骊歌行

欢娱

COURT LADY

上册

⊗ **风弄** —— 原著　⊗ **节南** —— 改编

长江出版社
CHANGJIANGPRESS

图书在版编目（ＣＩＰ）数据

骊歌行 / 风弄原著；节南改编 .
一武汉：长江出版社，2021.3
ISBN 978-7-5492-7478-9

Ⅰ . ①骊… Ⅱ . ①风…②节… Ⅲ . ①长篇小说—中
国—当代Ⅳ . ① I247.5

中国版本图书馆 CIP 数据核字（2020）第 251817 号

骊歌行　风弄原著　节南改编

出　　版	长江出版社	
	（武汉市解放路大道 1863 号　邮政编码：430010）	
选题策划	天河世纪	
市场发行	长江出版社发行部	
网　　址	http://www.cjpress.com.cn	
责任编辑	陈　辉	
印　　刷	三河市腾飞印务有限公司	
版　　次	2021 年 3 月第 1 版	
印　　次	2021 年 5 月第 1 次印刷	
开　　本	710mm×1000mm 1/16	
印　　张	41.25	
字　　数	750 千字	
书　　号	ISBN 978-7-5492-7478-9	
定　　价	88.00 元	

目录

楔子

贞观初年，唐皇李世民励精图治，对外一统天下，对内安民富民。盛世掀开了帷幕，长安百业待兴。

春三月，长安城卢国公府内，满院的牡丹正在盛放。

一位美人从卢国公府的一处大门大步而入，只见她生得一双明眸，眉间英气逼人，高腰的华裙上花团锦簇，高贵而又娇艳。

"呀……呀……"一阵尖锐的鸟叫声传来。

美人猛地抬头，她的目光恰与屋脊上的雕鸮正对，雕鸮被她发出的动静瞬间吓飞。美人哼了哼，快步行至主楼门前，只见一老一少在厅堂里绕圈追逐着。

其中年纪大的，黑着脸，一脸凶相，他就是眼前这位美人的阿爷——大名鼎鼎的名将卢国公程咬金。年纪轻的，脸又白又俊，正是她的大弟程处默——长安城内人尽皆知的"风流人物"。

此时，程处默双手遮着屁股，正仓皇地躲避程咬金的追打。跑姿还挺"曼妙"，虽然他明明时不时会挨上一棍，但仍活力四射。倒是程咬金渐渐气喘吁吁，略露疲态。

"我程咬金半生征战，论武勇，论战功，何曾输过侯君集一点儿半点儿。怎么你一遇上侯杰那小子，次次被打成像孙子一般？你这不肖子！"程咬金边追边吼，恼怒的不是他儿子打人，而是打不过人家。

程处默扭头，他的脸上鼻青脸肿，顶着一双"熊猫眼"而不自知，骄傲地拍拍胸脯道："谁说我比不过侯杰？长安千金们的多情郎君榜上，你儿子我，可一直排名第一。"

程咬金气极："什么榜？"

程处默停下脚步，认真地重复："多情郎君……"

程咬金趁机追上，一招千军横扫，挟带风声。

程处默大叫："阿爷，你耍诈！"

"兵不厌诈！"程咬金面露得意之色，手下也不收势，铁了心地要让儿子长记性。

程处默以为这下可惨了，不料眼前一花，有人挡在他的面前，花团锦簇的那身华丽衣裙分外眼熟。

"阿姐！"认出来人的瞬间，程处默飞快地与美人交换位置，一转身挡在阿姐的前面，他用自己的后背硬生生承住那棍子。

砰！结结实实的一记，疼得程处默眼冒金星！美人出嫁从夫，如今已经成了魏王妃，那也是他最敬爱的大姐！

魏王妃神情焦急，扶住程处默低声地责怪道："阿默，你傻了？阿爷能打我吗？"

程咬金看着儿子疼得扭曲的脸，心想死小子还算有姐弟情义，于是扔了棍子，坐回座椅，不过依旧还是气得直哼哼。

魏王妃问："好端端的，何故与侯杰又起冲突？"

程处默反手揉背，龇牙咧嘴道："侯杰和我抢燕回楼的头牌怜燕儿。"

程咬金举起拳头："你还有脸说？混账……"

"混账！"魏王妃接过话茬，一脸的不悦，"侯君集算什么？他的儿子竟敢为了一个娼儿打我弟弟，这是一点儿不把魏王府看在眼里了吗？"

"你怎么跟你娘一个鼻孔出气？就知道惯他！"程咬金憋了好一会儿，"你知不知道，他已是长安'第一纨绔'，恶名昭彰？我辛辛苦苦攒下的家业，恐怕将来全要毁在他的手上了。"

"阿爷，你是因为边疆动乱，陛下嫌你老，点了侯君集当主将，才把火儿撒到我身上。"程处默得了便宜还卖乖，一脸痞笑地道，"找我晦气无用，阿爷该找的是陛下。"

程咬金暴跳如雷："我就算再老，宰你这到处给我丢脸的东西，一样如宰鸡狗！"说罢，走到墙边，取下成名兵器马槊，转脸杀气腾腾地朝程处默走来。

魏王妃见势不妙，暗暗地推程处默一把，程处默立刻机灵地跑了。程咬金被长女挡住，气得只能直跺脚。

然而，谁都没想到，程处默这一跑——从此便踏上与"纨绔"截然相反的人生征途。

第一章　春日

春天的田野生机勃勃，路边的油菜花在微风吹拂下形成片片金浪，衬得中间大路格外灿烂。两匹快马奔驰在路中，卷起的尘土漫天飞舞，自成风景。

马上的人俨然一对主仆，马背上皆驮着行囊，似要去远行。年轻的主人斯文秀气，穿一袭青衫，一看就是书生打扮。

这时年轻的主人忽然听到后面有人喊他。

"陆庭，陆庭！"只见程处默歪歪斜斜地骑在马背上，看着像要被撒开四蹄狂奔的马儿甩下去一般。

原来，程处默从家里跑出来，本想找好友陆庭玩耍，谁知陆庭不在，说是正在去广州喝喜酒的路上。他一听，岂能有热闹不凑，便急忙地追了过来。

陆庭听出是程处默的声音，哭笑不得。只要这小子在，绝对没有好事儿发生。平时也就算了，这回他是去喝喜酒的，还是别给亲戚添堵了吧。但他心里虽然这么想，最终还是勒住缰绳，等程处默追上来。毕竟，程处默也就只有他这么一个朋友了。

"陆庭，你跑那么快干什么？你那表弟的新妇到底有多漂亮，这么心急如焚？"程处默磨着马鞍，疼得左右坐不住，咝咝地抽着气儿。

陆庭都懒得说他，他不是程处默，眼里只有美女，会去惦记素未谋面的表弟媳的长相。

忽然，大路对面走来一支队伍，步伐有力，铠甲闪亮，人人脸上志得意满。程处默盯住那面飘扬的旗子，大大的"侯"字令他眯起眼。侯君集奉皇上之命，出征平叛，如今得胜归来。

"侯大将军以分进合击之法大败叛军，痛快！"陆庭感慨道。长安皆知捷报，陆庭也不例外。

程处默不屑地看了陆庭一眼。

侯君集和程咬金同为皇上的开国功臣，只是程咬金年事已高，还落得一身伤，皇上已不大派他打仗。倒是侯君集，一应战事皆由他统军，他可是在朝中红得发紫。父辈们暗中较劲儿，儿子们自然会受到影响，程处默和侯杰平时一见面就互相看对方不顺眼。

这时，程处默的小厮君慧驾着马车赶了上来。程处默下马，一瘸一拐地走向马车，还咝咝地叫着疼。

"侯家是上阵父子兵，虎父无犬子。再看你阿爷，提起程咬金，威名赫赫，当年可是何等风光，偏你一点儿父辈的虎威不曾继承。"陆庭不怕白眼，实话实说。

程处默笨拙地爬上车，回过头来，一点儿没有自我检讨的意思，还对陆庭嬉皮笑脸。

"哎哎，你少眼红。这叫命！前人种树，后人乘凉。阿爷为国家辛劳了一辈子，我当然就是来替他享福的。要不然，皇上为什么要给我们程家爵位呢？就是为了让我们这些功臣子弟——永远活得好好的！吃好玩好！游山玩水！"

侯家军开路的骑兵冲过来："谁把马车停在路上？让开！"

骑兵挥鞭抽打程处默马车的骏马，马骤然受惊，马车顷刻间侧翻而倒，程处默哇哇地叫着，从马车里滚出来，狼狈至极。

"你们好大胆子！这可是卢国公的长子！"陆庭还是很仗义的，直接帮好友愤愤不平道。

骑兵戏谑地笑道："什么卢国公、肉国公？我只认得我们大将军！看你们这群人鬼鬼祟祟的，八成是叛军奸细！"

这时一群士兵赶到，他们将程处默和陆庭等人包围，摆出长矛枪阵，杀气腾腾。

"怎么回事？"只闻威风凛凛一声喝，一个身穿灰色将袍的中年人驱马而来，面庞冷峻，一双寒眸，长髯勾勒出冷酷的棱角。

"将军，这里有一群叛军奸细。"骑兵急忙上前禀报道。

来者正是侯君集。

程处默推开君慧，整理好衣冠，来到侯君集的马前行礼："小侄程处默，见过侯叔叔。侯叔叔此番大胜而归，可喜可贺。"

侯君集笑了起来："原来是贤侄。你怎么会在这里？"

"我和朋友去广州，不小心马车挡了路，却被他们诬陷是奸细，若非侯叔叔认得小侄，小侄这颗脑袋已经被他们割下，向您请功了。"程处默道。

侯君集睨过士兵们，问道："确有此事？"

士兵们听后满脸惊恐并颤巍巍地跪下："属下莽撞，请大将军饶恕！"

侯君集云淡风轻地下令："全部斩了。"

另一群士兵飞快涌上，将这些士兵拖了下去，他们二话不说就执行处决。哀号声此起彼伏，路旁血肉横飞，侯君集却视若无睹，与程处默笑着寒暄。他问了程咬金的近况，又惋惜皇上没有派程咬金出征，要转赠御赐美酒，就当尝尝征服叛军的滋味。

程处默岂能听不出侯君集暗讽父亲无能已不被皇上重用，但只能苦笑谦逊地回应道："小侄代阿爷多谢侯叔叔。"

侯君集召集来行刑军士："这些人虽然触犯军纪，但毕竟随我出征，立过功劳。别让他们在路上太孤单了。去挑一百个俘虏，一起杀了，让他们在黄泉路上，好给我大唐天军开路搭桥。"

军士领命而去，很快引发俘虏那边一片惨绝人寰的叫声。

"我阿爷常说，杀俘不祥。何况这些俘虏并没有犯错，只是些老人和女人，有几个还是孩子罢了。请侯叔叔饶了他们吧。"程处默终究还是没能克制住。

侯君集却不以为然："这些都是叛军家眷，是连蝼蚁都不如的东西。你乃将门之子，何来妇人之仁？"

一声令下，又是一场血腥杀戮。

程处默转开眼，心里想的是，与其当这种视人命如草芥的武将，不如当纨绔子弟，成为长安第一风流公子，怜爱天下无数的美丽女子。

广州城傅府，今日二女儿傅柔出嫁。

本是大喜的日子，傅府内人来人往也非常热闹，只是傅柔的闺房却分外安静。此刻新娘子傅柔坐在月牙凳上，五官精致分明，偏偏眼中却没有丝毫喜气，她身影似消瘦似清冷，与青蓝嫁衣不成辉映。

一旁榻床上，傅二娘子坐望着女儿的背影，潸然泪下。

"别哭了。"新娘子开口也清冷。

"你都要出嫁了，我这当娘的哭哭都不行？"二娘子不依。

"柔儿，你是该体恤你娘。"门外走入的是傅家三娘子，她穿戴妩媚，身姿圆润，"你娘不像我，有一双子女，嫁了音娘，还有涛儿陪着我。她就你一个女儿，你出嫁，她岂能不哭一哭？"

傅柔冷冷地看对方一眼，落井下石的来了。

三娘子看向二娘子："二娘也莫真伤心，柔儿多好的福气，十九了，还能找到像陈家郎君那般称心如意的多不容易。"

三娘子摘起妆台上一朵鲜花，欲插傅柔的鬓边。

"鬓边花，一朵足矣。"傅柔不客气地挡开。

"这几年你打理内宅，辛苦了，我该给你加一朵。"三娘子的话音才落，却见傅柔将鲜花放回妆台。

三娘子身后的常婆子会看眼色，上来凑笑："给柔小娘子道喜，家里的账本是否可以交还于我……"

"哪有这时候来要账本的？"紫云打断。

"都是陈家的人了，还拿着娘家的账本，也不妥当吧。"三娘子要笑不笑的，"再说，我也是奉家主之命。"

"紫云，交账本。"傅柔目光了然，说完转过头，继续对镜理红妆。

紫云只好取来账本，还没交出去，却被常婆抢了，常婆谄媚地献给三娘子。

"陈家的花轿已到巷口。"这时傅家大娘子由长女傅君搀扶而入，傅君未留意到刚才的这场交接，神色带喜道："都准备好了吗？"

傅柔起身，对大娘子和大姐行礼。

傅君将傅柔扶起，细声叮咛道："妹妹到了夫家，可不能像从前在家一样随着性子了，要收敛心性，孝顺阿家。"

傅柔轻"嗯"一声，缓缓拿起团扇掩面，也掩去眸中冷色，任由众人簇拥而出。

与此同时，程处默和陆庭抵达陈家。那位连陆庭长什么模样都已经记不清的姨母陈大娘子，殷勤地问着陆庭官职为何，官阶几品。陆庭表示尚在游学，有些官场的朋友而已。

"俗话说，宰相门前七品官，侄儿你既然和他们为友，少说也得有五品吧。不，四品？"陈大娘子不信地问道，只当陆庭谦虚。

程处默大笑："大娘子见识匪浅啊。"

陈大娘子仿佛才发现程处默："这位是……"

程处默诙谐地自我介绍："照您的算法，我该是九品？"

陈大娘子眉毛上挑，有点儿睨视道："九品是低了些，不过大小也是个官，也能帮我陈家今日撑撑场面。"

程处默忍着笑，对陆庭眨眨眼。

"姨母，莫非新娘子家不一般？"陆庭懒得理会好友，长辈的面子还是要给的。

"不过是新妇的阿姐当初嫁了个穷书生，谁想不但高中，还成了此地明府，傅家从此就'孔雀开了屏'，招摇过市。"陈大娘子一脸不待见地接着道，"那也罢了，偏偏我儿上元节瞧了傅家柔小娘子一眼，就被勾走了魂，非要让我去提亲。我拗不过他，想着人家瞧不上，咱这边提回亲，再由对方拒了，让我儿死了心便是，哪知对方便爽快地答应了，竟然就这样成了。"

"那不是挺好吗？"陆庭道。

陈大娘子啐了一口："侄儿你不知那柔小娘子，咱这儿出了名儿的挑剔，早些年向她提亲的人多了去了，哪个不是非富即贵？她从未点过头。我后来想明白了，她是年纪大了，没人要了，才答应我家，居然还要彩礼五千两，不顾我陈家要为她掏空家底。要不是你表弟非她不可，哼——什么广州第一美人，分明就是个狐狸精！"

陆庭正不知怎么接话，忽有一婆子慌慌张张地跑进来，手里挥着一张纸，送到陈大娘子面前。

陈大娘子目光览过，突然面色大变，她将纸死死地捏住："好啊，果然是狐狸精，做出这等丑事，却拿我陈家当遮羞布。去，把六媒婆给我找来！"

不一会儿，六媒婆让人领来，陈大娘子抹平那张纸，竖在她的眼前。

程处默哪能错过，念出声音也不自知："陈家小儿，欢喜迎亲，买个媳妇，不是千金。嗯？不是千金？"

陆庭一怔："这是指……新娘并非完璧之身？"

六媒婆大吃一惊："不能啊！"

"死婆子，你说怎么办？！"陈大娘子眼中怒火中烧。

六媒婆眼珠儿一转，计上心来，凑着陈大娘子的耳边说了几句话，陈大娘子的火气立刻消散不少。

程处默看在眼里，他一脸的饶有兴趣，想着终于有热闹可看了。

陈家大门前，花轿轻轻落地。然而，出来迎新娘的不是新郎，而是陈家大娘子，她直接让人在门口搭了顶小小的遮阳纱帐。

唢呐顿时停了下来，围观的人面面相觑。

人群中一名气宇轩昂的汉子盯着花轿微动的帘门。

六媒婆走到花轿旁，讪笑道："新娘子，外面可有些不清不白的谣言。你婆婆的意思，为新娘子着想，进门前要验一验。我们已经把老妈妈请过来了。"

陪嫁过来的紫云大怒："这不是存心糟蹋人吗？我家小娘子出身正经人家，那可是规规矩矩、清清白白的！"

六媒婆回头看了看陈大娘子。

陈大娘子睥睨："要是规规矩矩，有什么不能验的？验不明白，休想进我陈家门！"

紫云嗤冷："凭什么！"

六媒婆赔笑："这也是为新娘子好，验一下，天下都知道你家小娘子是干净的。"

紫云犀利地回应："要是不验，那就是不干净了？"

"紫云。"傅柔施施然地出了轿子，鲜红头盖遮着容颜，声音如黄莺出谷，"我验。"

傅柔大方地走入纱帐，不一会儿，验身的老妈妈走出来，一边放下挽着的袖子，一边凑近六媒婆耳语。

六媒婆笑了，快步走到陈大娘子跟前："恭喜，贺喜，新娘子是清清白白的身子。"

陈大娘子挑眉："没弄错？"

六媒婆道："绝对没错。"

陈大娘子轻哼一声。

傅柔被紫云扶出纱帐，走到花轿前，任喜娘催促也不入轿，抬手猛然扯下红盖头，露出月光般细腻柔美的容颜。

看热闹的人齐齐惊艳，门后偷看好戏的程处默顿时望成了痴，唯有人群中鹤立鸡群的男子，仿佛早就熟悉那份明美，眼中流露出强烈的思念之意。

傅柔对这一切无动于衷，出乎所有人意料，忽然向墙撞去。

千钧一发之际，一只手将傅柔拉了回来。她只觉自己撞进了一团温暖，抬头望入对方的眼。那是一双深邃的眼，不知怎的，嵌在那张骄阳般俊朗的面庞上，感觉有些违和。

救了傅柔的，正是程处默。以前，他看到美人总是很能彰显自己，但这回，他望着一朵小花自傅柔发间飘落，只知道发呆，听着自己怦然的心跳。

傅柔却没看程处默第二眼，推开人，走回轿子里，淡然吩咐回家去。

程处默目不转睛地看着轿子离去，指间轻转那朵小花，心里毅然决然。美人这么有个性，作为一个纨绔子弟，怎能不去追！

第二天，城中还在沸沸扬扬传着陈家门口那件事的时候，傅柔的屋子已经清扫干净，半点办喜事的痕迹也没有了。

二娘子走进屋来，一看这么干净，更是悲从痛中来，二话不说就哭了起来。

傅柔安坐窗下绣着花，仿佛她娘亲是一只吵闹的家雀，直至她收了针，仔细修好线头，才抬起眼来。

"娘，别哭了，这辈子我也不会进陈家的门。"

二娘子愕然："难道你要守一辈子活寡不成？"

傅柔面覆冷霜，嘴角冷笑："若真如此，皆是我命，当初与严家指腹为婚，也是没成。"

二娘子的脸色一变："严家得罪了侯大将军，全都死绝了，提它做什么？我当年退亲，还不是为了你？"

"为了我？您真是尽心尽力。"傅柔眼里渐渐凝起一层水光，"我的画像如何落到了外头？广州第一美人的名号，又是怎么来的？您为着找有权有势的好女婿，挑肥拣瘦，再三拒婚，坊间却传我傲慢，嫁不出去是咎由自取。别以为我什么都不知道。"

二娘子掏出帕子，有意要为傅柔拭泪，却到底没动弹，只是将帕子捏成了团。

"娘，请回吧，我累了。"傅柔用袖子重重一抹，神情恢复冷淡。

二娘子欲言又止，最终走了出去，碰到傅君正好过来。

"大姐千万帮着劝劝，我实在是说不动她。"二娘子只能寄希望于傅君。

傅君点头："二娘放心，柔儿的性子吃软不吃硬，其实最是通情达理。"

二娘子叹口气："但愿如此。我还不是希望她好，能像大姐你一样，嫁得如意啊？"

傅君笑笑，送走二娘子，转身走进傅君的屋子。傅柔起身相迎。

傅君收敛笑容，气哼哼地一坐："知道你有本事，却不知道你这么有本事，让人到陈家后巷贴了不三不四的字条，让媒婆给陈大娘子出验身的馊主意。我就不明白了，你既然不想嫁，又何必答应陈家提亲？"

"我要他家的礼金。"傅柔直言。

"你！"傅君张口结舌，"至于吗？"

"阿姐已经出嫁，自不知家里这本账。海上不安宁，我们的货船光是今年就被洗劫了两次，将军府的军税一年重过一年，染坊和绣坊入不敷出，我们傅家，只剩一个空架子了。"傅柔随即撇嘴笑，"陈友趁我在寺庙上香，屡次试图轻薄，心思龌龊，只要他家五千两，我已是手下留情了。"

傅君叹了叹："那你也不能用自己的一辈子去换五千两银子啊。"

傅柔摇头："不换不行。"递上一封书信。

傅君看过书信，神情惊变："三弟他不是去九华山学武艺吗？怎么会在外地打死了人？"

"苦主索要五千两银子，不然就要三弟一命偿一命。现在银子送过去，三弟也就能平安回来了。"傅柔却不多说。

傅君有些埋怨地道："这么大的事儿，你应该和我商量，你姐夫怎么说如今也是一县之主。"

"姐夫才走马上任，如何拿得出五千两？"傅柔讨厌仗势欺人，"阿姐别为我担心，我这辈子已不打算嫁人。"

傅君起身走到傅柔的身旁，但见绣架上一幅完成了大半的刺绣，一只展翅翱翔的傲气雄鹰。

傅君无声地一叹："这么多年，你还是没有忘记严子方。"

傅柔身躯微震，握紧了拳。她怎么能忘？一家遭难，只身来投靠的子方，被她娘拒之门外。她怎么能忘？那天的大雪，仿佛瞬间就能吞没了子方的身影。

傅君再次长叹："严子方已经不在了，被将军府的人追捕，坠江而死。"

"是，他不在了。"傅柔流露无尽哀伤，指尖轻触雄鹰的翅膀，"所以我才不能忘，否则世上就没人记得他了。"

门外突然喧哗。

"新妇呢？快叫她出来！"陈大娘子的尖嗓大过啼晨公鸡。

傅君一惊，正要往外走，却被傅柔拉住，神情好不从容。

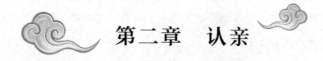

第二章　认亲

二娘子听说陈大娘子兴师问罪来了，心急火燎地赶来。

"亲家……"二娘子不知说什么，才能让对方消火。

"你养的好女儿！"陈大娘手叉着腰要吃人的样子，"花轿都抬到夫家门口了，一声回家，掉头就走，我还真是见都没见过！"

"亲家，我这个女儿虽娇惯了点，但她也委屈，还没进夫家门，就在大门口要她验身子，这实在……"二娘子硬着头皮。

"这是为她好！"陈大娘子半点不心虚，"外面传得不三不四，亏我宅心仁厚，才给她一个机会，证明她的清白！不过，这回念在她初犯，我大人有大量，只是今后再要回娘家，必须问过我，我们陈家可是有规矩的！"

"阿弥陀佛，骂得好。再骂狠一点。"三娘子躲在门后，乐滋滋地看陈大娘子兴师问罪，说到底，刚拿到的账本还没焐热呢。

这时，紫云和傅君的丫鬟末儿出现，各抱了张月牙凳，摆在廊下。傅柔带着傅君姗姗走出，自己优雅地落座，还对傅君做了个"请"的手势。傅君蹙眉，眼神示意傅柔不要任性。傅柔只当没瞧见，干咳一声。

陈大娘子回头一看，瞧傅柔坐得自在，两眼都快瞪竖起来。

陈大娘子道："你还坐着干什么？走吧。"

傅柔笑着问："到哪儿去？"

陈大娘子哼："自是回我陈家。"

"啊。"傅柔好似才明白，"婆婆可能不知道，唐律有言，女子在夫家受辱，可避回娘家。我一个未出阁的女儿，婆婆当众在大门口要求验身，奇耻大辱，我为此回娘家，谁也说不得不是？"

陈大娘子憋了憋气："好吧。就算受了点儿委屈，有什么大不了的？婆婆亲自来接你，已是给了你体面。"

"那倒不必劳烦婆婆，等我这点委屈消了，自己会回去。"等到猴年马月，她也不会踏进陈家的门槛。

"好啊，你是千金，受不得一点儿委屈，那就别进我们陈家的门！我……我退了你这个媳妇！"陈大娘子本就越想越后悔。

"退媳妇？笑话！"傅柔陡地站起，目光犀利，"我盖了红巾，上了花轿，当着广州所有人的面到了你家门。嫁出去的女儿，你说退就退？"

"你你你……"陈大娘子气得哆嗦，"没见过你这样的恶儿媳妇。我回去就叫友儿写休书！退不得，我还休不得？"

"还真是休不得。"傅柔面带讥笑，"凭什么休我？"

陈大娘子张口。

"凭我不敬公婆？"傅柔叹口气，"可我还没跨进夫家门，何时能够不敬公婆？无故休妻，可以问罪。至于七出之条，就更没一条能用在我身上。"

陈大娘子火大："你不到我家去，那……那就退礼金！"

傅柔淡定地回答："只怕婆婆失望。我已然出嫁，如今只是回娘家来歇息。没有娶了人家女儿，还要退礼金的。"

陈大娘子指着傅柔，手指颤得厉害："想待在娘家，行啊。我来接你，你不走，以后你休想再踏进陈家。你也别以为能白坑我陈家五千两银子，我给了钱，就把你买下了，你在娘家住，若有半点不安分守己，坏了名声，我就把你塞竹笼子里，用水淹了！"

陈大娘子转身就走，却被二娘子拽住。

二娘子道："亲家，有话好说。"

"对了，我立刻给友儿张罗一房温柔听话的妾，比你这狐狸精好得多。"陈大娘子转头狠瞪傅柔。

"娶妾也是不行的。"傅柔要笑不笑。

"我儿子娶妾，你管不着！"陈大娘子叫嚷起来，怎么自己说什么，傅柔都说不行。

"您看啊，我新娘子的红衣花轿还留着。我一天不回门，咱们大礼就一天未完。律法有例，平民百姓，内外各有其主，娶正妻前后一月，不许纳妾。我可是为了陈友好，他要娶妾，万一我正好坐花轿过门，娶妻之日娶妾，停妻再娶之罪，是要流放千里的。"傅柔接着讲唐律。

陈大娘子快被噎死："你！你！"

"婆婆别气坏了身子，我所言句句属实，您若不信，可去县衙问我姐夫，唐律他最熟了。"傅柔耐心以对，缓缓坐下。

陈大娘子两眼一翻，晕了过去。陈家众仆慌乱着手脚抬着她就走，简直抱头鼠窜一般地狼狈。

"果然是妖孽，连她婆婆都降不住她。"气冲冲的三娘子往回走，"难道她真待着不走了？不管！我死也不会把账本还回去！"

常婶从转角跑出，差点撞到三娘子。

三娘子骂道："要死了？慌什么！"

"三娘子有客人。"常婶跑得有点儿喘，"还是个小公爷。"

三娘子一愣："什么爷？"

常婶回答："卢国公长子，程小公爷。"

三娘子傻了半晌，踩着小碎步，往前面的厅堂跑去。

程处默正向傅老爷说明来意："我那位姓西的奶娘，对我很好，就像我的亲娘一样。她临死时，身边没有一个亲人，再三求我，要我哪怕找到一个和她同姓的也好。也算有个家里人，给她逢年过节上一炷香。"

小厮君慧在一旁帮腔："听说贵府三娘子也姓西。我家阿郎为了西奶娘，想来认个亲。"

程处默心动马上行动，想方设法打听了傅家的底细，弄出认亲这一招，唯一目的就是住进傅家，接近傅柔。

三娘子在门外听得合不拢嘴，刚才那点气儿全没了，心想老天有眼，让她的姓能派这么大的用场。她急忙入内，与程处默见礼，顺眼瞥见桌上金光灿灿的礼物，眼里也灿灿金光。

三娘子小心翼翼地问："不知小公爷那位奶娘，叫什么名字？"

程处默想了想："西奶娘当年说，她有个小名，叫胭脂。"

三娘子大叫一声："哎呀！我叔叔当年失散的那个女儿，小名不就叫胭脂吗？她一定是我可怜的堂姐。姐姐啊，你走了这些年，我们总算知道你的消息了，可怜叔叔到死都盼着你啊。"什么胭脂粉饼的，总之不能让上钩的大鱼跑了。

"三娘子不要伤心。"程处默揉揉鼻子，其实是掩去好笑，"今天可以认亲，西奶娘泉下有知，也会高兴的。"

三娘子一边呜呜假哭，一边拍拍程处默的胳膊："别这么生分，往后我们就是一家人，你叫我三姨吧。"

程处默乖巧地喊："三姨。"

三娘子"欸"地应了一声："那你——呃——"不知对方叫什么名。

"三姨叫我处默就好。"程处默终于说出正题，"城里的客栈都满了，我正为住的地方头疼呢。"

"家里还有几间空厢房，你要是不嫌弃……"三娘子巴不得稳固关系。

"不嫌弃！不嫌弃！"程处默差点儿蹦高。

三娘子转身叫人："常婶，赶紧叫人把客厢收拾出来，嘱咐伙房今晚弄一桌子好菜。对了，去叫小娘子出来，见见处默哥哥！"

程处默以为就要看到傅柔，脸上乐开了花。

一直坐在窗下绣鹰的傅柔，充耳不闻府里的喧哗。

紫云已告诉她，三娘子认了一门什么国公小公爷的亲戚，大摆家宴。傅柔觉得古怪，但也懒得多想，只让紫云把窗关上。

忽然房门一开，走进一个年轻男子，眼气与傅柔有些相似，五官周正，人高马大，一脸讨好的模样。

傅柔腾地站起来，抓了鸡毛掸子，朝他走去。

"傅涛，你真是好本事！"这个弟弟一直在九华山学武，好不容易盼到他学成下山，就闹出了人命官司，害得她不得不"骗"陈家的银子。

傅涛一边躲鸡毛掸子的追打，一边大叫："二姐听我说！"

"到九华山学功夫，难道就是为了让你争风吃醋？"傅柔一点儿不想听。

傅涛眼疾手快地抓住鸡毛掸子，但又被傅柔凶狠的眼神吓到，慌忙放手，只能上蹿下跳。

"那群地痞调戏一个卖身葬父的小姑娘，我看不过眼，才……哎哟！"鸡毛掸子抽到小腿上，傅涛龇牙咧嘴，"我才说了两句公道话，一伙人就扑上来打我，可怜我就回了一拳，谁知道那家伙那么不禁打，明明是他先用酒坛子砸我脑袋的，我脑袋还破了皮儿呢。"

"惹这么大的祸，家里赔了五千两银子，你还有理？"傅柔当然不会真打，只是嘴里不饶人。

傅涛哎呀呀喊着就往外蹿，一溜烟地跑了。等傅柔追出院子，傅涛早就没了影子，不禁又好气又好笑。她何尝不知傅涛秉性纯良，不然也不会拿自己的终身大事当筹码赌了一把，助他脱困了。

这时，传来一阵笛声。

傅柔不由得心神恍惚，驻足仰望夜空。月正圆，照亮她明美的容颜。

"严子方，是你吗？"是她听错了吗？"若真是你，就答应我一声。"

回应傅柔的，只有猫头鹰的"咕咕"声。

"你还记得从前那只猫头鹰？那是你抓了送给我玩的。"月光在傅柔眼底丝丝浮动，嘴角抿出天真的笑容。

猫头鹰又"咕咕"一声。

"我们从小一起玩，这么多年，你从来不托梦给我，为什么今天想起我了？"傅柔神情如梦如幻，"若是因为婚事，你可放心，我不会去陈家，以后我也不会嫁给任何人。只因身边皆是贪念美色的无能之辈，世上也许真有文武双全的盖世男儿，但傅柔，许是无缘一遇了。"

"啊啊啊！"程处默直直坠在傅柔跟前，四脚朝天。

"什么人！"傅柔吓得退了好几步。

"阿郎瞧见了吗？"君慧是忠仆，跑出来为程处默解围。

"闭嘴。"程处默却以为君慧问他有没有瞧见美人，急急嘘声。

"瞧见什么？"傅柔打量着树，再看看自己的院落方向，已然起疑。

君慧一本正经："我家阿郎在观星，每日一课。"一边把程处默扶起来，一边使眼色，"您说今晚太子星会往南偏移，为了看得清楚，还特意爬上树去。到底看到没有？"

程处默醒悟："哦！太微垣啊，当然偏了，不过偏得不大，不认真看看不出来。"

傅柔有点儿信了："你会观星？"

程处默故作谦逊："略知一二。我们卢国公是将门，行军打仗，必须懂得地理。所谓夜则观星，昼则观日，若遇到隐晦之日，就要用司南了。"

傅柔恍然大悟："原来，你就是三娘今天认的那门亲戚。"

程处默行礼："在下程处默，惊扰了柔娘。"

傅柔诧异："你怎知我闺名？"

程处默提醒："昨日陈家门前，你我曾经见过一面。"

傅柔想起来了，只觉得也太巧了。

"还你的花。"程处默自认挺帅地变了一枝鲜花出来。

"鲜花离了枝头就会凋零，更何况这并不是我的那一朵。"傅柔没有接，转身走回院子去了。

程处默眼巴巴地看着傅柔的身影，难得有些气馁。

君慧却道："阿郎这回表现得太闪了，比勾搭何大人千金那一回更帅。"

"有吗？很帅吗？"程处默马上就高兴起来，抓着君慧的手兴奋地乱摇。

忽然，傅柔走回院门前，程处默急忙收敛笑容。

"小公爷以后观星，请离我的小院远一点儿。"傅柔神情冷淡。

程处默随口瞎扯："整个傅家，就这棵树最高。"

傅柔不待程处默说完就关上了门。

君慧偷眼瞧程处默的脸色，程处默却兴致不减，摩拳擦掌的样子摆明了不会就此罢手。两人嘀嘀咕咕，商量着怎么吸引美人的目光，离开了花园。

谁也没发现，假山后有人。

那人正是在陈家门前盯着看傅柔的汉子，他的手里紧紧攥着一个鹰笛，一对英挺的剑眉深皱，仿佛懊恼自己怎么又慢了一步。

他望着傅柔的院子良久，怅然地吐口气，也走了。

傅柔错过了昨晚的宴席，第二日晌午家里又开宴了，也不知是三娘子拿来当借口还是怎么，这回终于想到请她去参加。她平时不太喜欢应酬，但想到程处默的样子，到底还是点了头。长这么大，第一次有人送花给她，哪怕是刻意献殷勤，至少还有那么一分诚心吧。

傅柔来到后园，看见父亲、大娘子和她娘都在，三娘子那房更是到得齐全，三弟傅涛和幺妹傅音陪坐在自家亲娘的身旁。这个家里，除了自私自利的三娘子，她都处得挺好。傅涛大大咧咧的不说了，傅音的长相和性子皆乖巧可爱，完全没有三娘子的算计心。

傅柔一进摆桌的凉亭，程处默立刻从松垮垮的状态变成精神抖擞。

三娘子本来正对着程处默热聊，一见他这副模样，就觉得奇怪，但转头一瞧傅柔，笑得就假了。

"哟，咱家的大忙人来了。"三娘子语气酸不溜丢。

傅柔却对父亲行礼："父亲，今早女儿去了染坊，染池的颜色需要补，配方我又调整了一下，等会儿让人送给您过目。绣坊那里没什么特别的事儿，几名新来的绣女技巧不错，稍加指点就上手了。"

"不用我过目了，这些事儿你拿主意吧。"傅父对二女儿十分放心。

傅家在广州经营染坊和绣坊，说不上大富大贵，但一大家子人衣食无忧，尤其擅长织染和绣艺的傅柔接手之后，生意越做越好。

"真是辛苦柔儿了，已经出嫁的女儿，还得为娘家操心。"只有三娘子不高兴。

"二姐最厉害，有她在，染坊和绣坊就不用担心生意。"哪知，傅涛帮理不帮亲，被亲娘狠狠掐了一把，皮糙肉厚的也不知道疼。

"柔儿，这是你三娘新认的亲戚，卢国公的长公子，程小公爷。"二娘子也有小心思，不过格局小，只想女儿嫁得好，"还不快叫人？"

"千万别见外，像傅音妹妹那样，叫处默哥哥就好。"程处默一边想着终于轮到自己了，一边施展自认为最有魅力的微笑。

"小公爷好。"偏偏傅柔声色不动，拒人于千里之外。

这时，傅君与丈夫徐又同来了。傅君的仪态落落大方，只是当了县令的丈夫全无读书人的风范，一上来就对着程处默大礼参拜，也不入席了，拿酒壶站在身侧，打算来个贴身伺候。还好，程处默是个人精，一口一个"姐夫"的，把徐又同哄回了座儿。

傅君对程处默感激地一笑，正想坐到丈夫身边，却被傅柔拉了过去。等她坐好，才发现这座位正好隔开程处默。她立刻就看了傅柔一眼，笑得有些暧昧，傅柔只当没看见。

"那晚惊扰了柔妹妹，就当处默赔罪。"程处默夹了一块糖醋排骨，仗着人高手长，毫不吃力地送进傅柔的碗里。

在众人的注目下，傅柔十分不自在，说也不是，不说也不是。

"我们来迟了，不知方才你们在聊什么？"傅君看出妹妹为难，巧妙地化解。

大娘子就说起程处默武功高强，在皇后娘娘面前得过赏。慧君趁机一顿好夸，众人纷纷应和。

傅柔看程处默的眼神微微不同，本以为是个登徒子，观星不过是说辞，但要是得过皇后娘娘的夸赞，想是有些真材实料，自己不该以偏概全。

程处默则想起，傅柔似欣赏文武双全的男子，心道好机会。

"要说打遍宫中无敌手，这话就太过骄傲了。我也就是有七八个高手名师天天督促，平日勤学苦练罢了。"吹牛嘛，张口就来。

"阿郎太谦虚，皇上都夸你是将门虎子，今天这么高兴，不如表演表演？"君慧打小儿跟着程处默，吹牛也不用打草稿。

"这怎么行？小公爷金贵……"傅父不同意。

"无妨，处默愿意舞剑，为大家助兴。"程处默为得佳人欢心，撒泼打滚什么都做得到。

"舞剑也算功夫？"傅涛刚学武归来，拳头痒得不行，"不如同我比试一下，怎么样？"

"刀剑无眼，万一我不小心伤了你，那可不大好。"程处默事先观察过傅涛，哇，那身结实的肌肉。

"可以比棍。久仰卢国公家传棍法，而我皮厚肉粗，挨你几棍还受得住。不过，你要是受伤，可不能找我麻烦。敢是不敢？"傅涛对程咬金久仰。

"这有什么不敢的？"程处默眼角余光瞥见傅柔似有兴趣，大话自动出口。

于是，两人走到凉亭外，自有仆人呈上棍棒。程处默绕傅涛转圈，同时耍开一套棍法，虎虎生风。傅涛认真瞧了两眼，忽然空手一抓，就将程处默的棍子抓拽过来，再一个直拳，正中程处默的脸。程处默两眼一翻，身体往后一仰，直挺挺地倒地。

人人惊呆。

第三章 自强

程处默坐在床上，鼻血流个不停。

君慧一边帮他擦鼻血，一边瞧着那脸上明显的乌青，想笑又不敢笑。他家这公子，为了追美人，真是什么话都敢说，什么事儿都敢做，明明不过是绣花枕头，非要跟九华山下来的人比。

"你也是，明知自己不行，就不要答应比试，好了，一拳让人揍趴下，丢人了吧。"陆庭这话，道出君慧的心声。

程处默恨恨地："我哪儿知道傅涛是认真的？害得我在美人面前丢尽了脸，看我饶不饶他！"并不是因为输了才怨恨。

说曹操，曹操到，傅涛被三娘子和徐又同押了进来，一脸气哼哼的。三娘子对程处默一个劲儿地赔不是。徐又同则有点儿邀功的意思，把劝说傅涛过来道歉的功劳归于他的苦口婆心。

"比武前就说好了，打伤了他，不找我麻烦的。什么小公爷？说话不算话，男人都算不上一个！"傅涛怎么都不服。

"你！"程处默恼火，臭小子武功好，了不起吗？他，他可是卢国公府长子！

"你还敢顶嘴？赶紧给我跪下！"三娘子就怕没了这门好亲戚，用力捶打儿子的背心，还假哭，"你不跪？好，你眼里没有娘了，我索性一头撞死！"

傅涛硬骨头软心肠，纵然万般不愿意，也只好妥协，眼看膝盖弯了下来。

陆庭突然干咳两声。

程处默顺着陆庭的眼色看向门外，见傅柔带着紫云正从对面的回廊走近，忙不迭地下床，一把扶住即将下跪的傅涛。

"涛弟这是何必！你我公平比武，胜负各凭本事，今日我输得心服口服，改日我赢了你，你可不要小心眼儿。"程处默哈哈大笑两声，使劲儿打了几下傅涛的胸膛，只好以此出气。

一屋子的人，除了陆庭，全愣住了。

"你不会要阴我吧？"傅涛心想怎么一点兆头都没有，刚刚还一脸黑。

"我与涛弟相识不久，你自是不了解我的为人。我可不是那种仗着家世显赫就嚣张跋扈、肆意欺辱别人的人。"程处默表情真诚，握住傅涛的手，啪啪拍打，再次"报复"。

"你当真不怪我？"傅涛本性纯良，哪有程处默变色龙的本事，开始有点儿信了。

"怪！"程处默莞尔一笑，"怪我自己大意，总以为高手都在皇宫大内，没想到民间也有了不起的壮士。如果涛弟愿意，我还想请教出拳发力之法。"

傅涛咧开嘴："行，你做事光明磊落，说话痛快，我愿意教你。"

三娘子和徐又同结结实实地松了口气。

傅柔欣慰地转身，带紫云悄悄离去。原以为程处默这样出身豪门的人，必是不务正业的纨绔子弟，谁料对方坦荡，气量过人，反倒是她心思过于狭隘。

紫云打量傅柔："好久没看见二姐笑得这么开心了。"

傅柔一怔，抚过自己的脸颊，一抹红晕悄染。幽默、细心，骄傲却不骄纵，竟然还胸怀坦荡，这样一个男子，仿佛是上天听到了她的心愿，让他从树上掉在她的眼前，是吗？

傅柔放下了心防，整日在她面前转悠的程处默也感觉到了，打了鸡血似的，更加使出浑身解数。打听到傅柔每日在哪里绣花，他拉着傅涛就近学拳，特意打个赤膊，装！知道傅柔欣赏能文能武的，他就拿着书到傅柔小院门口诵读，装！知道傅柔出入必经凉亭前，他就找侍卫们表演对打，无敌神勇，装！

只不过，这日真正的考验来了。傅音拉傅柔来讨教书法，因为程处默吹嘘自己写得一手好字。

程处默心里暗暗叫苦，他肚子里那点墨水，能对着书不念错字已不错了，平时何曾对书法下过功夫？但当着傅柔的面，他腰杆不直也得直。

君慧慢吞吞地铺好纸，慢吞吞地磨好墨，慢吞吞地蘸好笔，担忧地看着程处默一脸空白的表情，心想他是不是拖延得不够久。

程处默却陡地提口气，唰唰下笔，一气呵成！

纸上四个大字：自强不息。

君慧惊讶地张大了嘴，不由得摇起脑袋，钦佩啊钦佩。有句话怎么说来着，十年磨一剑？他家公子这是"十年磨四字"啊！

傅音哇一声："写得真好。"

程处默得意："《易经》有云，'天行健，君子以自强不息'。人生在世，必须努力向上，永不懈怠。"

傅柔望着纸上漂亮的字迹，目光带着欣赏："小公爷说得有道理。人只能活一世，不应该虚度。可惜很多生于富贵之家的人，并没有小公爷的志气，日日被酒色财气消磨，成了纨绔子弟。"

程处默咽了一口口水，违心地笑道："我这辈子最恨的就是纨绔子弟，不好好报效国家，就知道吃喝玩乐。故而常用'自强不息'四个字来提醒自己，不能空享父辈之荫，不思进取。"

傅柔抬眼，恰与程处默对视。程处默对傅柔温柔地一笑。傅柔面颊突然泛红，目光躲闪开去。

"处默哥哥的字写得那么好，快帮我写一副对联，我拿去让爹瞧瞧。"傅音丝毫不觉两人的微妙互动。

"这个……"程处默暗道妈呀，一时没招儿可支。

"这写字可不是随便写的。写字是养气修身的学问，你不是要学习书法吗？首先就要从这幅字上学起。这里面的形、神、意，是不是有很多学问在里面？"君慧急忙顶上。

傅音傻傻地点头。

"你先好好琢磨这四个字，悟出一点儿东西来了，我再教你别的。"程处默也反应过来。

傅音就把写着"自强不息"的纸拿起来，满足地离开房间。

傅柔迟疑一下："我能不能……"

程处默感到非常紧张，问道："什么？"

傅柔却有些羞怯："也要一幅字。"

程处默又惊又喜，挥笔一蹴而就，还是"自强不息"四个字。

"送给你。"程处默亲自递到傅柔的面前。

"多谢。"傅柔欣喜地接过，拿到窗边仔细端详。

君慧对程处默嘀咕："恭喜阿郎，傅柔小姐对公子动心了。"

程处默嘀咕回应："先生每次罚我，都要我写自强不息，写了几千遍，想不到能博美人心动，值得，太值得了！"

君慧忍俊不禁："可不是，阿郎能拿得出手的，也就这四个字。"

程处默瞪君慧。君慧吐吐舌头，自觉闭嘴。

谁知，今日的考验没完没了。傅涛风风火火地跑进来，刚入手一本兵书，却看不明白，不知程处默懂不懂，能不能教他。

程处默本想装谦逊蒙混过关，但让傅柔一句"将门之子岂能不懂兵法"打掉了牙，硬着头皮表示他很可以，拿着兵书假装认真，实则一脑门儿的黑线，除了书名《尉缭子》三个字，完全看不懂里头的内容。

"你是看了《尉缭子》后，才有许多不解之处吧？"不过，程处默的脑子转得快。

"你怎么知道我看的是《尉缭子》？你果然很懂，我找对人了。"还好，傅涛是憨愣脑瓜。

"怪不得。"程处默故作高深，"世间之事，都讲步骤。无知小童，先学执笔，再学写字。你初学兵法，尚未学步，岂想跑步？"

傅涛"哦哦"应声。

"兵法之中，以《孙子》为尊。那里面写的都是兵法的基本功，如何为将，如何领兵，如何排兵布阵。你读过《孙子兵法》没有？"程处默屏住呼吸，暗暗祈祷上苍。

"没有。"傅涛摇头。

程处默眼睛大大地放光："所以说，怪不得，好好一本《尉缭子》被你读得乱七八糟。"

紧接着，程处默一番大论，让傅涛要从《孙子》着手，再辅以《墨子》，学得精深之后，再看《尉缭子》，等等。

傅涛的目光崇拜："处默哥，你讲得头头是道，一定学过《孙子兵法》吧？"

程处默不能说只听过书名，笑笑装深沉。

傅柔开口："涛弟真是。小公爷既然精通兵法，当然学过《孙子兵法》，而且定然学得很好。"回眼对程处默一笑。

程处默顿失心魂，点了点头。

傅涛一拍掌："对了，处默哥就当我的师父吧。"

"好，我教你！"傅柔期待的目光又让程处默放出大话。

傅柔本想有人能替她约束傅涛的野马心性，也是满心欢喜，让紫云拿了酒来，正式谢程处默收下傅涛。

"我教他，可是有条件的。"此时不讨便宜，何时能讨？

"只要三弟日后出息，傅柔愿竭尽所能，报答小公爷的大恩。"傅柔没有多想。

"第一，以后不许叫我小公爷，要叫我的名字。"从称呼开始套近乎。

"可以。"

"第二，你给我香一个。"程处默本性暴露。

"什么？"

"呃……呃……我是说，你给我绣一个香囊。"程处默心里哀叫，差点把傅柔当成长安那些奔放女。

"香囊？"傅柔为难，女儿家之物，意义不同。

"怎么？我教你书法，还教你三弟兵法，至少值一个香囊吧？"程处默这回绝不妥协。

"好。"为了兄弟的前程，就当送给亲戚，傅柔想到这儿，"我就送你一个香囊。"

"要你亲手所绣，和那日我送你的花儿一样，才算。"程处默得寸进尺。

傅柔不语，嘴角抿起一丝默许的笑意。

然而，这头吹完牛，回到房里，程处默就急得团团转了。

这些日子，看着傅柔越来越肯定自己，他的内心却煎熬无比。傅柔喜欢的是，求上进、文武全能、有志气的好男儿，他的底子却是傅柔最讨厌的纨绔子弟。随着彼此在一起的时日变长，他真不知自己还能装多久。

陆庭看程处默犹如热锅上的蚂蚁，心想他这回为了美人，是不是有点儿做过头了？不但求着自己住进来，恶补诗词书画，还每天照三餐地练武。再这么下去，真要文武双全了。

程处默突然向天挥拳："我程处默不要当纨绔！为了柔儿倾慕我的目光，我要奋发图强，做她心中文武双全的盖世好男儿！"

陆庭要笑不笑的："决心这么大，那你得坚持到底。"

程处默陡地冲蹲到陆庭面前，双手托着腮帮子，可怜兮兮地道："不行了，装不下去了，都快黔驴技穷了。傅涛那臭小子，硬要找我学兵法。你也知道我肚子里就那么一点儿货，怎么教他兵法？万一露出马脚，我好不容易在柔儿面前建立的光辉形象……就完蛋了。"

陆庭气定神闲："若你真心发愤图强，我倒是知道一个绝世的兵法大家，就住在城外。"

程处默的眼前一亮："谁？"

陆庭憋着笑："你舅舅，牛无敌。"

"那个活阎王？打死我也不见他！"程处默几乎贴到墙上去当壁虎。

牛无敌不但是他的舅舅，还是他的噩梦。年少无知的时候，程处默曾跟牛无敌学过武，差点儿有命去没命回，如今这一身中看不中用的武艺，就是当时落下的阴影。

"随你。"陆庭无所谓，"就是好不容易在傅柔跟前建立的光辉形象完蛋了，不过也不要紧，天下美女这么多，小公爷的后花园也不缺她一个。"

程处默指尖戳陆庭的鼻尖儿："别以为我会中你的激将法！那死老头子是个疯子，说什么我天赋高，硬要收我为徒，差点儿没把我整死。我这次要是还自投罗网，就是全长安最大的猪头！"

陆庭耸耸肩。

程处默抱着脑袋，蹲角落想了半天，忽然跳起来，神情悲壮至极。

"猪头就猪头？"陆庭太了解程处默了，他确实不会中激将法，但他绝对过不了美人关。

"猪头就猪头！"程处默一咬牙，立刻往外走，"我这就辞行去，一定要让柔儿知道，什么叫士别三日当刮目相看。"

"不对吧，是化虚为实，别让人戳穿了牛皮。"陆庭觉得好笑。

程处默只当没听见，跑出门去。

无敌山庄坐落在广州城郊的深山里，因为老大牛无敌已经遁世，所以方圆几百里没有人烟。

程处默从出发的那一刻就打退堂鼓，越走越荒凉的时候，腿肚子都抽筋了，恨不得掉头回去，但想到傅柔崇拜的目光，终于坚持走到了牛无敌面前。

牛无敌坐在轮椅里。他的双腿是当年跟着程咬金打仗而残的，但丝毫不显得颓唐，反而双目炯炯有神，肩膀阔，胳膊粗，好像随时就能跳起来大干一架。

程处默就是在这股子气势下，大气儿都不敢出，把自己想要学兵法的来意颤巍巍地说了。

牛无敌慢悠悠地摇头："想当年，我为了能教你兵法，把大姐得罪了，被扫地出门，只能来这荒山僻壤混日子。你走吧，别开舅舅的玩笑。"

程处默抱拳诚恳道："那时处默年少不懂事儿，辜负了舅舅的一片心意。处默已经悔悟，求舅舅教导处默兵法之道。"

"这么说，你是真心想学了？"牛无敌眼里闪烁着光。

"真心。"程处默连头都不敢抬，看不见牛无敌的眼神。

"学兵法何等劳心劳力，你为何放弃花花世界，自寻苦吃？"不能怪他没给退路啊。

"当然是为了光宗耀祖，为我们卢国公府争光。"程处默信口开河。

"是为了女人吧？"哄谁呢？就程处默的风流名，早传到他的耳朵里了。

"呃……舅舅英明。"程处默想想，放弃顶嘴。

"你决心要学？"管它为了什么，横竖自己找死，怪不得他。

"当然。"程处默忽然抬眼。

"不怕吃苦？"牛无敌脸上的微笑在放大。

"不怕。"程处默感觉到牛无敌的欢快。

"当真……不后悔？"牛无敌向两边汉子们一使眼色，众汉分两拨，一拨向程处默包抄，一拨向大门移动。

"等等，让我想想。"程处默终于发觉不对，"我还是回去考虑考虑，舅舅别送了。"他忘了，把自己打造成傅柔心中的英雄之前，得有命当英雄。

"抓住他！"牛无敌冷笑下令。

要死了，又犯了无知的错误！程处默的背影一僵，撒腿就往外跑，却被一群汉子压住了。

"你小子，我盼了多少年，才把你盼来了。进了我的无敌山庄，你还想跑？苍天有眼，我牛无敌这一身天下无双的兵法，总算后继有人了。哈哈哈哈！"

无敌山庄的大门轰然关闭，隔绝了程处默惊惶绝望的脸，只闻他惨绝人寰的叫声，还有牛无敌的狂笑。

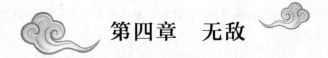

第四章　无敌

傅君走进傅柔的房里，见傅柔专心地绣一只香囊。香囊上的红花十分逼真，早先一直在绣的鹰却毫无进展。她知道傅柔做事的习惯，从来不会半途而废，把没做完的活儿放一边。

"还在绣它？要论绣功，你可是出了名的又快又好，这只香囊却绣了这么些日子。

花儿倒是真好看。"

"我用的是苏绣中的套针法，丝线在套接时不露针脚，晕色过渡才能浑然一体，花纹边留出水路，让绣面稍稍突起，看起来就像真花一样。"傅柔头也不抬，手也不停，但说起刺绣却滔滔不绝。

傅君"哦"了一声："那位年轻英俊、无所不能的小公爷，已经好些日子没露面了吧？"

"听陆郎说，他出门办事儿去了。"傅柔终于抬起眼，"好好的，为什么提起他？"

"不提他……"傅君将香囊拿过来，正反翻看，"那这香囊，是给谁绣的呢？"

"不和你说了。"傅柔夺回香囊，神情娇羞，"阿姐今日来，有何要事？"

傅君这才正经："听紫云说，自三娘管了账，愈发苛刻你，连你要的绣线也扣，她自己却大手大脚。你怎么打算？"

傅柔正要张口，管家气喘吁吁地跑进院子，语气慌张："柔二姐，不好了！染坊把徐家订的五百匹正蓝色布，全都染……染偏色了！"

傅柔拉着傅君往外走："阿姐瞧好儿，我这么办。"

两人来到染池边，只见一地青不青、黄不黄的布匹。她们一来，其他人的目光就都无言地看向了三娘子。

傅君皱紧眉头："怎么会这样？"

三娘子道："也不是什么大事儿。徐家要正蓝色，但最近账面上紧张，马蓝比菘蓝便宜多了，所以……"

"所以三娘就把我配方里的菘蓝改成了马蓝？"傅柔不动声色。

"如今我管着账，自是要想法帮家里省钱，谁知变成这样。"三娘子直着腰杆。

"换染料，三娘手里省下多少？又不知赔徐家五百匹布，却要多少钱？"傅柔问得很谦和。

三娘子都不用盘算，就知道这回是偷鸡不成蚀把米。

"我就是太操心了。管账的既是三娘，我何必多管闲事，还劳烦三娘处理了。"傅柔要走。

"柔儿，好柔儿，你不能这样对我啊。家里的事儿我本来就不熟，帮你代管这一阵，我……我已经是仁至义尽了。账本你赶紧收回去，后面的事情，休想推在我身上。"三娘子朝常婶使了个坚定的眼神，常婶把账本往紫云手里一塞，甩掉这块烫手的山芋，"天色不早了，我去看看郎君的晚饭准备好没有。"

三娘子说完，就和常婶头也不回地走了。

管家上前问傅柔："二小姐，这赔徐家的五百匹布……"

傅柔不慌不忙："赔什么？染池中放四两六钱姜黄、一两皂斗、三株紫草，把这些布放进去，浸染两个时辰，出来就是正蓝色。"

人们立刻定了心。

傅君笑道："这下好了。账本有了，绣线有了，香囊可以继续绣了。接着，就等小公爷露面了。"

傅柔羞道："阿姐浑说，谁等他了？"

无敌山庄的广场上竖满活动的靶子。一名骑士驭马乘风，一箭接着一箭，犹如射出的流星，然后从靶林中穿出，轻巧落地，大步来到牛无敌的面前。

骑士不是程处默，又是谁？晒得黑里发亮的脸，犀利的眼神，一夫当关万夫莫开的气势！

点靶的大汉上前报数："发三十箭，中靶心二十九，错失一箭。"

程处默把半袖衣一脱，失一箭，就要罚一鞭。

自被"疯子"舅舅抓起来的那天起，他浸过烫掉一层皮的药浴，绑在马屁股后面跑着背兵法，兜在网里倒吊着练射箭。如今，区区一鞭子，跟挠痒差不多。

"舅舅考我吧。"程处默只有一个愿望，越快离开越好，傅柔在他心里扎了根，天天小爪挠心一样难熬。

"又考？"牛无敌确实说过，考过了才放人，不过程处默不停地请考，刷新他对这个外甥的认知，"考不过的后果，你可想好了？"

"不就是受罚吗？我都习惯了。"程处默扭扭脖子动动腰，一鞭子不痛不痒。

"好小子，有点儿脾气了。"牛无敌心里很高兴，"行！什么叫择人用势？"

程处默背道："善战者求之于势，不责于人，故能择人而任势。任势者，其战……"

"我现在是叫你背书吗？我叫你说自己的看法！"牛无敌拿戒尺敲了一下程处默的脑壳。

"择人用势，意思就是善于作战的人，要设法造成对我军有利的形势。"程处默学会了从善如流，千万别顶嘴，顶嘴只会更惨，"手下的兵将有强有弱，各自有各自的优缺点，但作为主将……啊！"

"你说的不是你的看法，而是我昨晚告诉你的我的看法。你是鹦鹉吗？只会拾人牙慧。这叫懂？这叫思考过？这叫融会贯通？"即便坐在轮椅里，牛无敌都不显矮，气势碾压一切。

眼见戒尺又要打来，程处默突然抓住，认真起来。

"势，可以人为制造。一块石头放在平地上，显不出作用。但是如果让它悬在万丈悬崖的边缘，随手一推，砸下来就能要人性命。这就是势。水柔弱无力，但如果汇聚在江河里，建高坝，加大落差，形成冲击，激流就能卷带巨石，冲垮城墙。这个，也是势。一把刀，高高扬起，顺势挥下。这也是势。一支箭，放在弦上，拉满月弓。这还是势，是引而未发的，蓄势。"

牛无敌眼中光芒闪烁："还有？"

程处默思绪如潮："重要隘口，占据高位，一夫当关，万夫莫开。这是，人之势。"

"还有！"好小子！

"与敌作战，纵观全局。战在荒野，争在内廷，动摇敌军根本。这是，掘根之势。"

"好！为将者，首先要懂得造势。有了势，才能因势利导，击溃敌人。还有！"不错不错！

"釜底抽薪，背水一战。这是生死之势。"

"还有！"简直热血沸腾！

"说完了。过关了吗？"

"嗯……"还没过瘾哪！

"舅舅，为将者无信不立，说话要算数。"

牛无敌到底点了头，看程处默转身就跑，生怕他改变主意似的。他不禁笑了，同样的战术他不会用第二次，这回是放长线钓大鱼。程处默若真心想要守护自己心爱的女子，终有一天会明白，还得来自己这儿学本事！

程处默回来了！

当紫云带来这个消息，傅柔的心中忽然溢满了喜悦之情。回过神来，发现自己坐在了梳妆台前，一笔一笔仔细地画着眉，她才惊觉，原来已经对程处默这么在意，只不过想到要见他，心头就小鹿乱撞。

从来不在打扮上花过多心思的傅柔，好半天才打扮停当，让紫云找了锦盒，将香囊装进去，亲自拿在手里，去找程处默。

沿着长廊走了一会儿，傅柔看见程处默与涛弟有说有笑，心跳又加快了，下意识地躲到廊柱后面，悄悄地看他。他的衣装还是很华丽，但袍子被撑得满满的，这让她想到涛弟，当初去九华山前瘦得跟猴子一样，下山来却又结实又高大，跟变了个人似的。

傅柔就有些好奇，不由自主地从柱子后面走出，想问问程处默到底去了哪儿。

程处默一见傅柔，脑子里就放空了，巴巴地迎上去。

傅涛笑得暧昧："二姐怎么才来？师父把《孙子兵法》之火攻篇都讲完了。"

傅柔施礼："小公爷对三弟费心了。"一面对程处默，就忘了自己要说什么。

"还叫小公爷？"程处默眼珠子定着，不想从傅柔身上移开，这就是一日不见如隔三秋啊。

"程处默。"傅柔尽量把语气放自然。

"哪有连名带姓的？"程处默却不让她蒙混过关。

"……处默。"傅柔别别扭扭的，脸微红。

"我的香囊呢？"程处默摊开手掌。

傅柔递上锦盒。

程处默打开一看，香囊的做工细密，花儿几乎以假乱真，令他忍不住伸手摸了一下。

"虽听你娘说起过你的绣功，但想不到技艺这么精湛，只怕连宫里的绣品都比不上。"他哇哇赞叹。

傅涛凑过来，探头往盒子里瞧，刚想伸手，却被程处默拍开。

"二姐偏心，这香囊比你给我绣的漂亮多了。"傅涛突然留意到，"咦，这花儿有刺？"

傅柔话里有话："花虽好，但刺扎人。"

"扎就扎，我不怕疼，还就喜欢刺激。"程处默将香囊系在腰间。

傅柔低头抿笑，转身走了。

程处默望着傅柔离去的方向半晌，直到傅涛拍了他的后背心一下。

"师父，下月十五是二姐的生辰。"傅涛眨眨眼。

"那还等什么？"程处默拉着傅涛就走，"买礼物去！"

谁知，买个礼物，都能撞上麻烦。

傅涛带着程处默来到城里最热闹的街，两旁都是广州最出名的商铺，还有各种各样的小摊，而这一年天下初定，沿海最先繁荣，舶来品随处可见，还有成群结队、大胡子蓝眼珠的商人。

"怎么样，师父，咱广州热闹吧？"傅涛原以为程处默会很新鲜。

"我说你啊，不是在家，就是上山，见识也太少了。"程处默一脸的骄傲，"但凡到过长安的人，就会明白什么是天下第一都。"

"那师父能不能带上我，去长安看看？"傅涛不由得心生向往。

"没问题，我们一家人嘛。"程处默说到这儿，突然发现自己对傅柔的感情有多认真，竟然产生了娶妻的念头，而且心里不但不惶恐，还美滋滋的。

"师父，这个好看，我二姐会喜欢的。"傅涛察觉不到程处默的心理变化，拿起路边摊上的一根簪子。

程处默看了一眼，立刻嫌弃："木头簪子怎么配得上柔儿？"转身看看四周，见街对面有一家珠宝店，门面挺大气，"那家看着还行——"

话未说完，就见一骑快马冲入街道，马背上的人好不嚣张，手里的马鞭乱挥。

傅涛惊呼："师父，那里！"

程处默也看到了。

街中间站着一个娃儿，显然被吓呆了，眼睁睁地看着快马来到面前，高高抬起双蹄。说时迟，那时快，程处默和傅涛同时出手，一个抓娃，一个抓缰绳。马受了惊，将马背上的人摔落在地。程处默快步上前，坐在那人身上，傅涛则按住那人的一条胳膊。两人的默契，看得人们不由得喝彩。

"不长眼的东西！我乃侯大将军的信使！"骑士还在蛮横无理。

程处默揍他一顿爆炒毛栗，说道："睁大你的眼睛给我看清楚，我乃卢国公府的程处默！"但也不跟他纠缠，揍完就和傅涛退到一旁。

"程处默，程处默，你等着！"信使挣扎着爬起来，牵过马，一瘸一拐地跑了。

程处默冷眼看着信使走远，想起侯家是住在广州的。所谓不是冤家不聚头，程家人走到哪儿，都能遇到侯家人，不过他可不是怕麻烦的主儿，自报家门就是要让对方知道，想要报复就只管冲他来。

"惨了，二姐如果知道我又在外面打架，绝饶不了我。"傅涛却怕他家二姐的鸡毛掸子。

"欺上瞒下，乃男人必修的功课。瞒着她不就行了？"傅柔看不见的地方，程处默全然放飞自我，"刚刚打得痛快，走，请你喝酒去。"

作为未来的姐夫，有责任带着小舅子开眼界。既然要开眼界，那肯定不是普通的喝酒，必须是花酒。

第二天，程处默扶着一身酒气的傅涛回到傅府，尚未意识到危机，直至踏进傅涛房间的瞬间，迎头击来一只鸡毛掸子，脑子才彻底清醒过来，连忙把傅涛推了进去。

"青楼花酒，夜不归宿，还让人把账单送到家里来，傅涛，你想气死我是不是！"傅柔气得够呛，这小子完全是散财童子啊。

躲在门旁的程处默暗暗叫苦，自从来到广州，追随傅柔住进傅家，接着又去无敌山庄强化训练，已经好一段时日没能痛快喝一场了，所以喝得有点儿过，居然比傅涛先倒，忘了传授花楼要付现银的经验，傅涛这傻小子居然报上傅府的名头来会账。

"我就是喝醉了，在那儿睡了一觉，什么也没干。"傅涛抱头鼠窜，同时很不仗义地拉人下水，"是师父带我去的！"

程处默本来想溜了，一听自己的名字被报了出来，要是一走了之，岂不是让柔儿误会自己的品行有问题？于是，他硬着头皮走进房间，偷偷瞪了傅涛一眼。

傅涛才不管别的："师父，你帮我摆平二姐。"一说完，就溜了出去。

傅柔停下追打的脚步，抓着鸡毛掸子的手已经垂落，五指却收得死紧。她相信，自己的弟弟再胡闹，也绝对不会栽赃。她还以为程处默不是那种花花肠子的人，结果和其他男人没什么两样。

在傅柔的目光中，程处默第一次觉得自己像个做了坏事儿的孩子，前所未有的愧疚感让他抬不起头来。

"昨天是我的错，我把傅涛带了去花楼，不过我们只是喝酒，并没有做别的，你要是生气，就打我好了。"其实，他还是收敛的。

傅柔真将鸡毛掸子举起来。

程处默一缩脖，一闭眼，却没动静，等到睁开眼一瞧，傅柔已经将鸡毛掸子拿正了，轻轻扫过他的袍子。

傅柔低声说："鸡毛掸子是用来掸灰的，不是用来打人的。"而他，也不是她的兄弟，由不得她来管教。

程处默握住鸡毛掸子，同时也握住了傅柔的手。傅柔一惊，想要抽手，程处默却紧紧抓住不放。傅柔抬眼，望入程处默的眼。他眼里的她，面容有些哀伤，她从不曾看过自己这副模样。

"青楼都是欺辱可怜女子的地方，你为什么要去那里喝酒？"面对这般的亲近，傅柔禁不住问出了自己的真心。

"青楼也可以是三五知己吟诗作对、喝酒畅谈的地方。陆庭，他就最爱逛青楼。陆庭和我说，青楼女子可怜，如果不去逛，青楼没有客人，她们连吃的都没有。"程处默只能拉好友垫背。

"所以，你就爱上逛青楼了？"傅柔凝视着程处默的眼，真怕答案是肯定的。

"没有没有！我每次去，其实都是警告那些不正经的家伙，只许喝酒，不许嫖妓。"他保证，以后一定会这么做的。

"你也太天真了。"她失笑，心头一松，"以为这样警告，那些色鬼就会按你说的做吗？"

"尽力而为吧。"她的笑颜，让他可以再度呼吸，"这世上，总需要一些浩然正气。"

"你说得对。"傅柔的眼里仿佛有着一片美好的星空，"这世上，总需要一些浩然正气。"程处默望进傅柔的眼，感觉自己陷入了那片星空。

这时，全然不知自己成了花花公子的代表，陆庭端着砚台，拐过廊角。一道身影冲出，撞到他，墨汁尽洒他的袍衣上，他也没在意，下意识地抓住那人的手，帮她稳住身形。

那人竟是平日乖巧安静的傅音，一脸愤愤然，却在看到陆庭的那身墨汁时，立刻道歉。

"陆哥哥，对不住。"

陆庭谦和回应："我无妨，倒是你怎么了？"

傅音气鼓鼓地说道："还不是我娘？三哥逛青楼让二姐揍了，我娘却拿我撒气，说我——"娘骂哥哥没出息，又骂她勾搭不到程处默，但这种话她可说不出口，"无缘无故，说我的不是。"

陆庭劝："多半是你娘担心你兄长，才急糊涂了，你别往心里去。"

"陆哥哥，你研墨是不是要写字？"傅音需要找点儿事情来做。

陆庭点头。

"那你可不可以教我书法？本来处默哥哥答应教我的，可我总不见他的人影。"哼，娘越要她接近处默哥哥，她越要避开，她的眼睛又不瞎，人家眼里只有二姐，好不好？

"处默要教你？他说的？"陆庭想笑又不敢笑。

"是啊，处默哥哥写的字可好看了，我二姐都说好。"傅音看着陆庭哥哥笑笑的样子，真俊啊。

"他写的，一定是'自强不息'四个字吧？"陆庭太知道那四个字的出处了，很不幸，和某人从小一起长大，上的同一个学堂。

"陆哥哥居然猜得到，太厉害了。"傅音只觉得神奇，忽然眨眨大眼睛，"不过，他写得再好又不教，陆哥哥能教我吗？"

面对这么一张"虚心求教"的乖娃娃脸，陆庭没法说"不"，约好书房见，他先去换衣服。

但等他走进书房，傅音冷不丁拿了桌上一张字迹奇丑的字条。

"这是陆哥哥写的？"

陆庭一时顺口："不是，是处默——"忽然闭嘴，还差点儿咬到了舌头。

然而，太迟了，傅音听得一字不落，惊呆了。

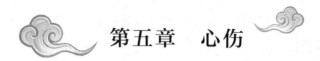

第五章　心伤

傅柔在自己院中刺绣，瞧见丫头放程处默进来。不知何时起，他在她跟前晃来晃去，已成为她的日常。

程处默搬了一张凳，紧靠着她的凳，巴巴地望着傅柔。

傅柔也不在意，恰巧绣到细致处，俯身凑着架子引针线。一缕垂落耳边的发乌亮，颈白如细雪，半边粉颊似出水芙蓉，也引得程处默心猿意马，不由得悄悄凑近，眼看要贴上芙蓉面。傅柔一转头，程处默急急地移开目光，装作钻研刺绣。

傅柔好笑道："你一个男子，对刺绣还这么好奇？"

程处默道："这话不对。三百六十行，行行出状元。刺绣也是一门博大精深的学问，我想学习学习，有什么错儿？"

"刺绣也是学问？"傅柔一想，笑了起来，"颇有道理。你真想学？"

"拜你为师，收不收我？"程处默天不怕地不怕，就怕没机会接近傅柔。

"不收。你指节粗大，只适合拿弓箭宝刀，拿不了绣花针。不过你想听，我可以和你说说。"傅柔指着自己绣好的图案，"我这一幅，用的是广绣。"

程处默瞎扯凑兴："为什么是广绣？哦，我知道了，这里是广州，所以你就用广绣，对不对？"

"胡说八道。"傅柔却教得认真，"这要看绣什么图案。这幅《杏林春燕》，布局满，图案繁茂，用广绣的方法，画面才最显得富丽堂皇。"

"不说不知道，果然很富丽堂皇。"程处默趁机又偷要好处，"柔儿，你也帮我绣一幅！《鸳鸯戏水》！怎么样？"

"你这人，不是已经给你绣了一个香囊了吗？"傅柔含嗔。

"你看，这香囊，我日也挂着，夜也挂着，万一坏了旧了，我会心疼死。你再给我绣一幅，做成小屏扇，就可以放在屋里。"其实，程处默恨不得把傅柔挂在身上。

"绣是可以绣，但不绣《鸳鸯戏水》。"傅柔嫌俗气，"海阔天空，最舒展人的胸怀。我给你绣一幅《海上图》？"

"好！"只要是她亲手所绣，他怎么都行。

"那你记得把图样画给我。"傅柔提醒。

"图样？"程处默的预感突然不好。

"没有图样，让我怎么照着样子落针？"傅柔没有察觉程处默脸色变苦，"你的字写得好，画想必也不错。"

"那当然。"程处默挺挺胸膛，给他自己使劲儿充气，"保证画得气概万千，尽显大海胸怀。"

傅柔笑了笑，接着说起刺绣的针脚藏针。程处默真的有兴趣，让傅柔好好讲解示范了一番。傅柔则惊叹程处默记性好，说一遍就能明白，并很快解读出藏在针脚里的意思。

"柔儿，我问你一件事。先说好，不许生气。"程处默看傅柔心情那么好。

"你问吧。"傅柔没想太多。

"严子方是谁？"程处默见傅柔神情一变，急忙解释，"那天晚上，我听见你对着月亮叨叨的。"

"你到底是观星，还是偷听？"傅柔霍然站起，不理程处默的呼唤，走进屋去，用力关上门。

程处默摸摸鼻子，心想一说严子方，柔儿就气成这样，其中定有蹊跷。柔儿不说，总有人会说。他筛了一下人选，最终决定去找傅音。

进了傅音的屋子，程处默见她坐在桌前，撑着下巴发呆。

"音妹妹！"

"是你啊。"傅音回神，看清是程处默，失望地努努嘴。

"你以为是谁？"程处默笑嘻嘻的。

傅音不告诉他："你来得正好，我今天在书房看到一张字条……"

程处默打断："严子方是谁？"

傅音变脸："不知道。"

"是不知道，还是知道也不想告诉我？"程处默一看就明白，只是不死心。

"那是二姐的事，哪里容得我多嘴？"傅音一点儿都不想八卦，二姐可不是软泥，"你问二姐去。"

三娘子突然从窗下探出头："处默啊，我来告诉你，严子方与柔儿定过娃娃亲。"

程处默感到心头一陷，有掉进无底洞之感。

　　"不过呢，严子方死了。"三娘子好不容易逮到机会，"傅柔就是一颗地地道道的扫把星。严家和她定个娃娃亲，立刻满门死绝，严子方自己也掉进江里淹死了。陈家想要她做儿媳妇，你看看陈家现在那惨样，听说陈太太现在每天气得肝疼。唉，所以说啊，还是我们傅音好，又干净，又单纯。处默，你说是不是啊？"

　　一阵风过去，三娘子发现程处默已经不见了。

　　"欸，人呢？"

　　傅音看着娘亲探头探脑的样子，翻个白眼。

　　哪知程处默也从窗口探出大头来："对了，音妹妹，你二姐最喜欢什么？"

　　傅音道："自然是刺绣呀。"

　　程处默不满意："哪种刺绣？名家的？"

　　傅音又道："我二姐最心爱的，就是慧娘子的绣品……"

　　程处默郑重地点点头，跑了。

　　"爷爷传给二姐一幅慧娘子的绣品，二姐一直珍藏，当传家宝似的。这人，我还没说完呢。"傅音叹口气，忽然发现被她娘恶狠狠地瞪着。

　　一个两个，都是没用的东西！三娘子气死了，儿子天天往傅柔那里凑，女儿帮傅柔牵线搭桥。

　　傅柔坐靠窗前。

　　天边绚丽的云霞，渐渐染上灰边，就要天黑了。

　　程处默提到严子方，她也不知怎的，心情五味杂陈。嫁陈友，是为了解家中燃眉之急，她既无情意，也无歉意。但对程处默，她动了心，故而一听到严子方，不由得就内疚起来，尤其是从程处默口中听到。这些年，她心中从未放下严子方未婚妻的身份，却因程处默的出现迅速忘却。

　　"严子方，是你把处默送到我面前的，告诉我天下还有文武双全、正气浩然的好男儿吗？若然如此，谢谢你。"傅柔一边自言自语，心境也明朗起来。

　　孩童时的她，抓不住严子方的手。如今的她，一定会握住自己的幸福。

　　紫云来报："二房大娘过来了，主人请您过去。"

　　傅柔长嘘口气，起身已然微笑从容。

　　来到厅堂，与二房大娘见过礼，傅柔就在一旁静听长辈们说话。傅音趁三娘子不注意，溜到傅柔身边。

"二姐，我跟你说，处默哥哥的字其实写得不好看，陆哥哥说漏嘴了。他呀，只有'自强不息'四个字写得好。"

傅柔一怔："道听途说，岂能当真？"

傅音吐吐舌头。

二房大娘的声音突然响起："你们不知道，长安多纨绔子弟，我怕荣安学坏，天天盯着，如今娶了媳妇才敢放出门。"

"我知道，长安不尽风流郎。"傅音的注意力立刻被吸引，就喜欢听八卦。

"那话过时了。"二房大娘说道，"这几年流行的是，长安纨绔一对半，处默亮剑盛金帆。"

傅柔的心咯噔一下。处默？程处默？

"处默哥哥？"傅音好奇极了，"处默剑法很好，胜了一个叫金帆的人？这和纨绔有何干系？"

"呸，才不是呢。"二房大娘神情不屑，"这话是说长安城里头，最有名的纨绔有三个，都是卢国公之子，程处默、程处亮、程处剑，合起来就是处默亮剑。至于那个金帆，不过青楼女子，三兄弟为讨她高兴，争着拿她的绣花鞋盛酒喝。咱们正经人家，想想都恶心。"

傅柔站起来："我有点儿不舒服，先回房休息了。"

众人看傅柔突兀地离开，都不知什么原因，唯有三娘子神情变换，最终撇出一抹笑，对傅音招招手。傅音不情不愿地走过去。

三娘子低声道："你二姐突然不适，你还不瞧瞧去？"

"呃？"傅音只觉得古怪。

三娘子推了傅音一把。

傅音来到傅柔的屋里，见傅柔正呆看那幅"自强不息"的字。

傅音脱口而出："二姐，我没乱说，处默哥哥只有这四个字写得好，我看过他写的字条，其他字无法入眼。"

傅柔用力地摇了摇头，心想处默不会骗她。

"好了，我不说了。"傅音看出傅柔难过，"我如今跟陆哥哥学呢。陆哥哥不但字写得好，画也好。昨日他刚画成一幅《落日海景图》。他说，等他装裱好了，就送给我。"

傅柔勉强笑笑："你呀，别让人家用一幅画就收买了去。"

傅音娇嗔："我才不会呢，我看得真真的。倒是二姐你，那么聪明，别被什么长安纨绔一对半的几句好话给骗……"

傅柔的神情更加难看了。

傅音连忙抿紧嘴巴，赶紧走了。

没一会儿，程处默拿着一卷轴，兴冲冲地走入傅柔的小院，大声喊她。他完全不知道，傅家长安有亲戚，对他的底子一清二楚，只知道自己运气太好了，傅柔才说要海景图当花样子，陆庭那儿恰有一幅，正好让他偷来借花献佛。

"别那么嚷嚷，全家都听见了。"傅柔心里七上八下，该不该问问他，听他亲口说？

程处默的心中一宽："你不生我的气了？"

傅柔淡淡道："我不是那么小气的人。我和严子方之间，也没有什么不能告诉你的事儿，如果你要知道……"

程处默故作大方："人和人相处，最重要的是信任。只要我信任你，不管是严子方，还是严子圆，哪怕是严子方圆，我都不在乎。"横竖都问清楚了，人死就不是他的对手啦！

傅柔别有深意地重复："的确，人和人相处，最重要的是信任……"

"你要我画的那个刺绣用的海上图样，瞧瞧，怎么样？"程处默却没听出来，忙着展开画卷。

"这幅画……真是你画的？"傅音说陆庭刚画了《落日海景图》，处默也画《落日海景》？这么巧？

"当然。我的画技在长安城里可是有名的，连我姐夫魏王都夸奖过。"程处默吹牛都不用打草稿。

"我上午才同你说。"傅柔轻浅一句。

"我下午画的，一挥而就。"程处默接得轻巧。

傅柔拿过画往书房走去，处默默契地当跟班。谁知，进了书房，她就摆开文房四宝，磨了墨，蘸了笔，递给他。

"干吗？"程处默不懂。

"题字。"傅柔面无表情，"连你的字我也绣进去，多好。"

程处默接过笔正要写。

"不要写'自强不息'。"傅柔忽道。

程处默的动作一顿："为什么？"

"这幅是夕阳配海景，和'自强不息'有什么关系？你就写'风和日丽'吧。"傅柔越来越觉得不对。

"怎么和'自强不息'没关系？你看这渔船,捕鱼养家,是自强不息吧？你看这海鸥,拼命地飞,是自强不息吧？你要我写,我就写'自强不息'。"程处默口若悬河。

"写'风和日丽'。"傅柔非要看一看。

"不,就写'自强不息'。"程处默拼命不让自己露馅,不由分说地在画上写了"自强不息"四个字,还好意思炫宝,"怎么样,和这幅画很搭吧？"

傅柔看着他,目光难懂,迟疑一下,不抱希望地问:"你家中可有兄弟姐妹？"

程处默不疑有他:"有两个弟弟,一个叫处亮,一个叫处剑,感情十分好,经常一起逛……"几乎说漏嘴,"逛书斋。"

傅柔一言不发,转身就走回了自己房间,紧紧关上门。要是再待下去,她就成了自欺欺人。一转身就见到了挂在墙上的程处默的字幅,"自强不息"四字苍劲有力,她以为看字如面君,谁知——

傅柔快步上前,气恼儿地摘下字幅,将它撕成碎片。

一桌佳肴,烹羊、蒸鱼、槐叶冷淘,从来都令程处默食指大动,这时动也不曾动,酒壶却七倒八歪。

陆庭头疼地看着醉醺醺的程处默。自从认识了傅柔,这位老兄各种不正常,居然为了女子伤心买醉。

"你说,我到底做错了什么？她要画,我给她画;她要题字,我给她题字。为了她,心甘情愿被我那阎罗王舅舅折磨,学兵法,练骑射,挨打挨骂,九死一生,我容易吗？结果,她一个不高兴,就完全无视我了。"程处默抱着脑袋揪头发。

陆庭想到傅音看到处默字迹的事儿,自我安慰应该没关系。

"女人心,海底针,我就算是千手观音也捞不着她那根针。问她,她也不说,沉着一张脸,那眼珠子睁得有我拳头这么大。"程处默越说越火大,抬手砸了一只杯子,指着天,"傅柔,你以为少了你,天底下就没女人啊！别以为我好欺负！你这只母老虎,动不动就虎着脸,我还不伺候了！"

"这就对了,世上女人千千万万,何必找一个最难缠的？那位傅二姐个性刚强,又不温柔,不是好相与的。她的四妹,倒是比她乖巧多了。"陆庭顺着程处默的情绪。

"你怎么知道柔儿不够温柔,不好相与？"程处默陡然不高兴,"陆庭,不许你说柔儿的坏话啊,你敢说她坏话,我饶不了你。嗯？我的酒呢？"

陆庭张口结舌,好半天才道:"吃尽苦头还不肯放弃,我看你这回是走火入魔了。"

程处默犟道："我没有走火入魔。"

陆庭摇头："还说没有，连自己砸了酒杯都不知道。"

程处默死犟："我是故意砸的！我喜欢砸，怎么样？我就砸给你看！"突发酒疯，见什么砸什么，弄出老大的动静。

隔壁包间却有客人，还是程家的"老朋友"侯家，侯君集的侄子侯长兴。

侯长兴的娘带大了侯君集的一对子女，侯君集功成名就之后也把侯长兴带了出来。侯长兴为人奸险，为了得到侯君集的重用，什么都干得出来。

这时，侯长兴正和地方官员们应酬，听到这么吵闹，才知程处默在撒酒疯，只因对方打着卢国公府的名号，也没人敢阻拦。

侯长兴心道正好，之前程处默打了侯府信使，叔叔不但无意找对方的麻烦，还特别交代，要侯府的人帮着纵容这位小公爷，不过他很清楚，叔叔暗地里一直和程咬金较劲儿，自是希望程家后继无人，个个变成废物。

侯长兴打算看看有什么把柄可抓，亲自过去关心程处默有什么难处。程处默醉得稀里糊涂，竟让侯长兴帮他找一幅慧娘子的绣品，全然没意识到自己所托非人。

这日，傅君来找傅柔哭诉。

原来侯长兴得知徐又同的妻家开绣坊，就限他三日内交出一幅慧娘子的绣品，否则要他身首异处。

傅君知道爷爷传了一幅慧娘子之作给傅柔，傅柔待之如无价之宝，然而事关夫君的生死，她也只好硬着头皮。

傅柔万万想不到，继严子方之后，侯家又要夺走她所珍惜的东西。

"侯府太霸道了。二姐，不如我们找处默哥哥，他怎么说也是卢国公……"傅音期期艾艾。

傅柔沉脸："不许提他，也不许告诉他。"

傅音嘀咕："那怎么办？与大姐夫性命攸关，不找人帮忙，就不能不给。"

傅君心惊胆战："当年的严家不就是因为侯府索要他们那只鹰王，严大人抗命不从，结果满门被害吗？你们说，要是夫君他交不出，会不会……"

"大姐放心，我分得清这里头的轻重。"不过，她傅柔已非当年幼弱，"侯府不是要慧娘子的绣品吗？好，我给，假的。"

傅君和傅音异口同声："假的？！"

傅柔也不多言，只让紫云取来慧娘子的绣品，开始对照着挑线落针，那么专注，甚至没注意到傅君和傅音是何时走的。

灯火被天光取代，天光又被灯火顶替，傅柔一直坐在绣架前，一针接一针，哪怕用膳的时候，眼睛都盯着绣品，实在顶不住了，就趴着绣架边打个盹。

紫云陪傅柔熬着，实在撑不住，趴在窗旁榻几上睡了一会儿，迷迷瞪瞪之间忽听傅柔咳嗽，急忙过去为她捶背，但瞥了绣架一眼。

紫云惊叹："绣得真是太好了，就算慧娘子重生，我看她也分辨不出来。"

"总算赶上了。"傅柔已然精疲力竭，"赶紧送去，阿姐怕是等得心焦。"说完，就往床榻走去，实在需要补眠。

"您三日足不出户，小公爷每过几个时辰就来探一回，奴照着吩咐，挡在了外头。"紫云走到门口，想起来告诉傅柔。

傅柔愣了愣，转而走向书桌，翻开一本书。书里夹着撕碎的纸，她一张张揉平，拼好，粘了起来。也许是身体累到了极致，她不想再心累了，无论程处默是不是骗子，她都要给他一个机会。

傅柔这一觉，睡到午后，睁眼看见屋里没人，紫云也不曾来报任何消息。她就有些放心不下，想去前厅瞧瞧。

傅柔才出院子，程处默就从门旁走出，似乎等了一阵，抱着一个锦缎盒子，一脸讨好的笑。

傅柔直接问："我这辈子，最讨厌骗子。你敢说你没有骗过我？"

"我……"程处默耷拉着脑袋，"骗过。"

"人非圣贤，孰能无过。知错就改，善莫大焉。你以后还骗我吗？"傅柔心想，还好他承认了。

程处默发誓："不骗了，绝对不骗。再对你撒一次谎，我就被天打雷劈。"

"好，我相信你一次。"傅柔不仅是不想自己心累，更多的是，想到程处默之前待她的好。

"真的？"程处默大喜，伸手来抓傅柔的手，"柔儿，你真好。"

"这么快又嬉皮笑脸的。"傅柔拍开他，果然原谅了他，她也快乐。

"我太高兴了。你不知道，这阵子我都快被憋疯了。对了，你的生日快到了，我给你准备了一件礼物。"程处默郑重地将礼盒放到傅柔的手里，"快打开看看，保证你喜欢！"

他今日一早收到侯长兴送来的绣品，还挺意外侯家这么殷勤，虽有些好奇侯长兴怎么弄到手的，不过只要能让傅柔开心，让他求敌人都行。

傅柔打开一看，脸色却变得苍白无比，锦盒中正是她三日不眠不休赶制的，慧娘子绣品的仿品。

"慧娘子的……"傅柔声音发抖，"怎么会？"

程处默笑道："不愧是大行家，一眼就看出来了。这慧娘子的绣品啊，传世不多，每一幅都是稀世珍品。我可是费尽周章，花了很大的工夫才弄到的。"

"这么说，我还真要感谢你啊。"傅柔冷笑连连，程处默和侯家人原来是一丘之貉，她眼瞎了，居然会被这种人骗得团团转。

程处默得意忘形："感谢就不必了，你赏我一个香吻，我就心满意足了。"

"好，我赏……"香吻？这人不是纨绔子弟，又是什么？傅柔抬手就打了下去，"我赏你一耳光！"

程处默惊呆了，同时一股火从心中蹿起。

傅柔悲愤交加："你卑鄙、无耻、下流！"

"我卑鄙、无耻、下流？"程处默受够了，何曾被人如此对待过，"我对你处处体贴，处处忍让，你要什么我就给你什么。你呢？对我爱理不理，想骂就骂，想抽耳光就抽耳光！你以为自己是公主啊？就算是公主，也不敢这样抽我程处默的耳光！"

傅柔怒喊："你走！我不想再看到你！"

"走就走！你这头母老虎，我还不伺候了！"程处默甩袖而去。

傅柔睁红了双眸，终于忍不住，捂住脸呜呜地直哭。

不一会儿，傅音和傅涛跑来。

傅涛喊："二姐！"

傅音往下接："处默哥哥怎么了？刚刚收拾行李，怒气冲天……"

傅柔拿袖子擦干眼泪，迫使自己的声音听起来冰冷，打断两人的话——

"我不想再听到这个名字。以后，谁也不准在我面前提起他。"

傅音连忙捂住嘴。

傅涛拢眉，握紧双拳，心里立刻偏向二姐。他的二姐，很少哭，很少不讲道理，很少这么讨厌一个人，所以一定是程处默不好。他带自己去喝花酒，那时就应该想到的，要不是情场老手，怎么会熟门熟路？看姐夫那熊样，再看程处默，外面的男人统统不可靠，他要好好磨炼自己，保护好姐姐妹妹们，看谁还敢欺负她们！

第六章　海贼

转眼，夏天到了。

傅家没人知道傅柔和程处默之间究竟发生了什么，一个走了，一个在家，却镇日丢了魂似的，但也没人敢多问一个字，整个傅府沉寂如一潭死水。

直到这日，三娘子的一声尖叫，令死水重新活了起来。傅涛竟然不告而别，只留一封书信，说他从军去了。

三娘子自从交出账本，就绝了要夺傅柔权的念头，但盼儿子这次可以接管家业，她好跟着享福。当初傅涛要去学武，她就很不乐意，从军简直是摘她的心肝。虽说天下挺太平，边境却时常发生战事，打仗哪有不死人的？

傅柔得了消息过来，淡然地看着三娘子闹腾。

三娘子忽然盯住傅柔："涛儿什么都听你的，一定是你怂恿！"

傅柔没有怂恿，但确实早知道这件事，因为傅涛向她认真辞行。

"男儿志在四方，涛弟胸怀大志，身体力行，并非一件坏事。"她想拦，最终没拦。

三娘子咬牙切齿地说："我就知道！我就知道！你恨不得傅涛死在外头！你这个毒心肠的黑罗刹！"

说着话，人就朝傅柔扑过去，却被紫云挡住。

傅老爷也训斥三娘子："三郎大了，有自己的主意，与柔儿何干？你就别胡闹了，赶紧下去！"

三娘子不甘不愿地被常婶带出厅堂，一转身，躲在门外听墙脚。

傅柔面无表情地向父母禀告："这回湛州进染料，我要亲自过去，一来宋伯病倒，二来此次货量大，种类杂，万一弄错，家里损失就大了。"

二娘子不乐意："船上风吹日晒，海上又不太平，你一个女子怎能出那么远的门？"

大娘子却道："生意上的事儿，柔儿最明白。再者说，广州到湛州的水路，我们傅家常走，应不会有什么意外。"忽然加重语气，"二娘啊，就当让柔儿出去散散心。"

二娘子反应过来，自程处默走后，女儿郁郁寡欢，出去走走也好。

傅老爷顺口一提："听说湛州征兵，也不知三郎是不是去了那儿，柔儿你可稍加留意。"

傅柔应"是"。

门外，三娘子听得清楚，心中有了计量。

烈日，烈马，烈酒，与广州迥然不同的夏风，刮起长安盛烈的繁华，然而卢国公府却静悄悄的。

亮、剑两兄弟，在程处默的房外探头探脑，看到程处默正坐桌案后，眼前竖一本书。

"阿兄在看《论语》？"程处亮身为老二，上有老大，下有小幺，最会看眼色，"不对！大不对！"

"二哥不懂了吧。"程处剑当然有小幺最滑头的智慧，"那一定只是《论语》的封皮，里头其实是——嘿嘿——春宫图。"

程处亮眼神拜服："不愧是阿兄。这么办，就算爹在面前也不怕。我怎么从来没想到？还以为阿兄在外面遇到了什么难事儿，连逛楼子都摆着一张冷脸，没过夜就回家了。"

程处剑道："也不是啊。你没瞧见，老大的新形象让美人们趋之若鹜吗？二哥，咱要不要也练练手？"

程处亮挽起袖子："走！"

兄弟俩谁也没看出来，程处默压根儿心不在焉，眼神透着烦躁。

与此同时，程夫人也正和程咬金说着大儿子的变化，天天在房里读书，没准明年还能考个功名。

程咬金哈哈大笑："我被那小子使奸耍滑地骗了十几年，要是还上当，就是全长安最大的猪头。"

程夫人不悦："处默刚回来时，不就让魏王叫去了吗？魏王考他，结果大大夸奖了他一番，说他兵法武技皆有精进。魏王总不至于偏帮他吧。"

"怎么不至于？魏王是他姐夫。"程咬金不以为然，"且你知不知魏王为何考他？前阵子我向陛下吹风，有意为那小子求娶清河公主，陛下却含混过去。之后跟皇后说起，皇后又跟魏王提了，让魏王好好教他小舅子。"

程夫人哼了哼："我说呢，怎么突然管起处默来，魏王妃都舍不得说重处默一句。"

"都是叫你们宠坏的。"程咬金上火啊，慈母多败儿。

"就是宠他又如何？你征战大半生，好不容易有了今日，孩子们享享福有什么不对？我可早跟你说过，我的孩子不上战场。"程夫人想得很透彻，只求儿女围绕膝下，不要他们为国争光。

程咬金敷衍地点点头："那不就得了？你管他变没变好！"

这时，君慧蜗牛似的蹭进来。

"君慧，你这次跟着处默到广州，是不是遇见了什么人？"程夫人还是想知道原因。

"遇见了牛无敌舅老爷，他……"君慧挑好的说。

"别提他！想起他从前折腾处默，我就生气。"程夫人却不待见自己的兄弟。

程咬金接茬："还遇见了谁？"

"还遇见了……"该不该说？怎么说？

"遇见了女人吧？"程咬金一看就明白。

"呃……是。"君慧承认了，横竖这样的事儿也不新鲜，"可是……"和原来那些款不大一样。

"那他每天的心思，就围着美人转吧？"程咬金不抱希望。

"呃……是，也不……"不只转，还吃了很多很多苦头。

程咬金懒得浪费工夫："哈！还不是那副德行！房玄龄约了我喝酒，我出门了。"在君慧屁股上轻轻踢一脚，"滚吧，小子。"

程夫人气得一屁股坐下。

出发这日，傅柔一早就到了码头，亲自盯着工人们把货搬上船。不远处，另一只船也在装货，沉红的大箱两人一抬，长长一列，迅速上下。她不甚在意，只关注自家，毕竟这一趟决定傅家染坊的将来，绝不能出差错。

三娘子戴着纱帽，穿着布裙，混在人群中，紧张地盯着傅家的船，等待上船的机会。她怕被傅柔看见，躲躲闪闪时不小心撞到另一只船的搬运工。工人没站稳，扁担从肩上滑落，箱子歪倒在地，顿时滚落好些金银珠宝。她当场就看直了眼。

工人恼火道："没长眼啊！"

另一个工人催促："别啰唆了，赶紧捡！"

傅柔听到嘈杂，看了一眼，但被一地的金银珠宝晃了眼，没发现三娘子就在一旁。

监督的侯长兴上前低声责骂："笨手笨脚的，赶快收拾，要敢多嘴，仔细你们的脑袋！"

这些钱财是侯君集和侯杰趁着发兵平叛的机会搜刮来的，让侯长兴运回老家去，若是被人知晓，罪可不轻。因此侯长兴极为小心，扫视四周，恰见转身上船的傅柔，却看不见正面。他下意识地有点儿介怀，找人打探，才知是傅家的船。

傅柔不知自己一时好奇，落入有心人的眼，也不知三娘子买通伙计上了船，躲在货舱中，只希望此行顺风顺水，傅家染坊有个好光景。

042

船行一日夜，第二天万里无云，鱼群追着船，时而跃出水面。

傅柔靠着船舷，好奇地观鱼。程处默消失的这些日子，她起初愤怒，随之痛楚，而今情绪沉淀之后，时不时地泛上酸苦。苦的是，自己也有错，回想起来并没有认真地了解他；酸的是，她还是想念他的好，那些讨好她的言行举止，会让她笑。

躲在货箱后的三娘子，一开始只是上来找水喝，看到傅柔微笑地吹着海风，心里那个上火。傅柔怂恿涛儿去吃苦，自己倒是很享受。想到这儿，她露出阴险的表情，悄悄往傅柔靠近，伸出手要推。只要傅柔死了，傅家就是她的！

"海盗来了！"有人惊恐高喊。

傅柔回神，就见前方一只乌黑的快船朝傅家的船驰来，船头一帮莽汉凶煞恶狠，手持大刀铁棍。

三娘子吓掉了魂，哪里还顾得上害人，慌忙往底舱钻去。

傅柔也怕，但仍能保持冷静，知道躲也没用，到伙房找了一些炭灰，弄脏自己的脸和衣裙。弄完了，海盗也搜到了伙房，见她脏兮兮的，就没太在意，只是押她上了甲板。

谁知一上甲板，傅柔就看到三娘子被海盗头子毒龙拎了出来，还要带回海盗船上去，用来要赎金。三娘子却不愿，拼命挣扎惹恼了毒龙，扬起鞭子就要打。傅柔冲上去，替三娘子挨了一鞭。

"我是傅家的二小姐。你要赎金，你抓我，放我三娘回去。她回去了，才能筹到足够的钱。"傅柔不仅挺身而出，还愿代替三娘子。

毒龙抓住傅柔，嫌弃地看了一眼，却发现她的眼睛迷人，双手扒了扒她脸上的炭灰，果然面目姣好。

"哈哈，是个大美人。这回买卖才算赚到！带走！"

"你们……"三娘子惊讶于傅柔替她出头，不由自主地拉住傅柔的袖子，"你们别抓她！"

毒龙踹开三娘子，恶狠狠地道："想要人，拿赎金来换。不然，等老子舒服够了，再把她赏给各位弟兄。这样的大美人，只要是男人都会喜欢啊，哈哈哈哈！"

海盗们扬长而去。

另一片海域，另一场冲突也结束了，却经历过真正的激战。

侯家的船，也让海盗劫了。侯长兴全身挂彩，被海盗们押跪在头目的面前，却一脸的傲慢。

"知道你们劫的是谁吗？这可是侯大将军的船！"侯长兴以为报出名号，对方自动吓退。

"劫的就是你侯家。"说话的，是这帮海盗的头目，一双鹰眸犀利。

他正是去过陈府门前看新娘子，又去傅府花园吹鹰笛的男子，如今的名字叫方子严，曾经的名字却是严子方，与傅柔定过娃娃亲，与侯君集有不共戴天之仇。

方子严一挥手，手下将侯长兴拖到船翼，扔进海里。

侯长兴大吃一惊，以为对方要杀人，但当他浮出水面，却见一只小船，连忙抓住。

方子严冷冷地看着侯长兴："要是你没在海上饿死、渴死、晒死，见到你家侯大将军时，记得告诉他，四海帮的方帮主向他问好，谢谢他孝敬我们兄弟。"

载着侯长兴的小船漂远了，上空传来一声鹰啸。

方子严抬手，雄鹰俯冲而下，到他面前陡然收势，落在他的手腕上，鹰脚赫然拴着传信铜管。他从中取出一张字条，看完之后脸色大变。

"好你个毒龙，说了傅家的船不准动，竟当耳边风。"方子严冷笑一声，"也好，趁此机会，收拾了他！"

广州近海的这片海域上，四海帮原是霸主，然而自从老帮主去世，由方子严接替，其他帮派就不再服从四海帮的约束。这毒龙，不但心狠手辣，还暗中联合几个小帮派，有意取代四海帮和方子严的龙头地位，这回倒好，给了方子严主动出击的理由。

且说方子严，率领四海帮杀上毒龙岛，打了对方一个措手不及。而他自己一马当先，最先杀入寨中，焦急地搜寻毒龙的身影。他想到对方是出名的急色坏，傅柔落在这种人手里，就怕自己来不及救。

忽然，一声痛楚的号叫从某间屋子传出。

方子严冲过去，一脚踹开门。

屋里，毒龙双手捂着两腿间，就地打滚，疼得脸色发白。傅柔怒红着脸，端着凳子用力追打。

"说好了给赎金，有你这么贪得无厌的吗？得了钱，还要得人？想得美！再有下次，叫你没法生孩子！"

方子严失笑。她还是一如当年的脾气，从不轻易对人低头，倔强又刚强，谁都不该小看了她。

傅柔听到笑声立即回头，圆眸冒火："你跟他是一伙的？"

方子严走过去。

傅柔拿凳子挡在身前："你别过来！"

方子严一手脱下披风，一手拍飞凳子，将披风往呆怔的傅柔身上一裹，扛了她就走。

流着冷汗的毒龙看得分明，可惜被傅柔差点踢残了，根本无力阻止，只能嘴巴凶——

"姓方的，你敢到我的地盘抢人……"

方子严脚步一顿，撇过头看毒龙，眼角余光就能杀人。

"我说过傅家的船不能碰，你把我的话当废话，后果就要自负！"很快，这海上将不会再有毒龙。

傅柔陡然睁开眼，感觉自己就像做了场噩梦，梦里她从一个海盗手里落到另一个海盗手里，还被打晕了。

想到这儿，她陡然坐了起来，环顾四周。这是一间小屋子，窗口正对着大海，可以看见落日。景致虽好，她却无心欣赏，低头发现身上换了一套干爽的衣裙，吓得立刻揪住了衣领，一手掀开被子。什么异样都没有，连她被绳索勒伤的手腕也处理好了，包着干净的棉布。

正当她觉得奇怪，一个高大的男子走了进来。他有一双犀利的鹰眼，五官组合起来有些忧郁。她立刻想起来，这人把她从毒龙岛抢了。

傅柔立刻缩到床的最里边，眼神警惕："我家里人一定会交赎金的。"她知道，虽然换了一群海盗，不过都是一丘之貉。

方子严却上了床，伸手抓住她的下巴。她奋起挣扎，反而被他环住脖子，迫使她仰起脸，举起了手。

傅柔以为他要打她，哪知他的手落得很轻，清凉感从面颊上传来，居然在给她涂药。

她脱口而出："你和其他的海盗不一样。"

方子严一本正经："长得比较好看？"

傅柔没好气儿，但仔细看了一眼，不知道好不好看，倒是有点儿眼熟。

方子严擦完药，将药瓶放进怀袋，抽出手时不小心掉出一物，急忙要拿回去，却被傅柔抢了先。

"这个长命锁怎么会在你这里？"这是她的东西。

"在我这儿很多年了。"方子严面不改色，"当年有一个小男孩，中箭掉进江里，我义父把他救上了船。他昏迷不醒的时候，手里就一直攥着它。"

"那个小男孩现在在哪里？"她十分惊喜，想不到会有故人的音信。

"你认识他？"方子严凝视着。

傅柔激动地点头："认识，我们从小一起长大，他就像我的嫡亲阿兄。"

方子严脸皮一抽："阿兄？"

傅柔急切地问道："他到底在哪里？你快告诉我。"

"他……"方子严心中苦笑，声音沉冷，"死了。"

傅柔燃起的希望刹那熄灭。有一瞬间，她以为严子方命大福大，逃过了一劫。如此一来，她的内疚会少一些吧。直到今日，她一直觉得自己对严子方的死负有责任，没能说服家里人收留他。

"左胸中了一箭，伤得太重，没多久就死了。"方子严自己宣布自己死亡。

"那这……"傅柔摩挲着长命锁。

"我觉得挺精致，就留着当个把玩的小东西。"方子严目光渐渐幽深，"一直陪着我。"说完，就把长命锁拿了回去。

"这本来是我的。"傅柔想要留个念想。

"你人都是我的，还跟我抢东西？"方子严下了床，朝门口走去。

"等等，你叫什么？"傅柔问。

"我是四海帮的帮主，姓方。"说着话，人已走到门外，关上了门。

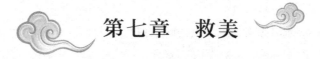

第七章 救美

方子严走进屋子，见傅柔侧卧床榻边睡着了，桌上放着一件叠好的新披风。

他会心地一笑，这是他强求她做的，却没想到她真听话，这么快就做好了。高兴虽高兴，却又心生怜惜，蹲在榻前，拇指轻轻抚过她的眼下那抹青黑。

"柔儿，对不住，一直想要你亲手缝制的一件衣裳，如今有机会实现，我才心急了。"

傅柔突然睁开眼，方子严一惊，动作顿住。

傅柔连忙撑起身："你干什么？"

方子严松口气，还好，傅柔没听到他说的话。严家一日没有洗清冤名，严子方就不能光明正大地带给她幸福，但要是她能喜欢方子严——

想到这儿，他和衣往床上一躺。

"你要在这儿睡？"傅柔又往里缩。

方子严却用力一拉，将傅柔抱在怀里，吓得傅柔用力挣扎。

他收紧双臂，威胁她："你再乱动，我就脱衣服了。"

她立刻像石头一样僵化。

方子严好笑地道："好了，闭眼，睡觉。"

傅柔睁着大眼，全身紧绷。这要怎么睡？和一个海盗同床共枕？

方子严又凶："因为你瞪我，罚你再绣一个荷包。"

傅柔一脸想得美的样子："你不要贪得无厌。"

方子严低头看她，鼻尖儿对鼻尖儿："或者让我亲一下。你选。"

傅柔赶紧闭上眼睛。方子严看着她五官皱在一起的表情，只觉得可爱。

"你别走了。"他脱口而出。

"为什么？"她不敢睁眼，看不见他温柔的眼。

"这里好吃好喝，绫罗绸缎、珠宝首饰都有。我不骂你，又不打你，待在这儿有什么不好？"严子方给不了她任何快乐，方子严可以。

傅柔摇头："你是海盗。"

"海盗怎么了？"海盗救了他的命，"海阔天空，自由自在，快意潇洒。"

"海盗肆掠船只、抢夺财物、夺人妻女，哪里潇洒？有手有脚的大男人，不堂堂正正做事养活自己，靠抢别人的，不觉得丢脸吗？我傅柔宁死，也不和盗贼同流合污。"

方子严拧住傅柔的下巴，她立刻睁开眼，眼神不遑多让。

方子严震慑，最终叹口气，大手抚过傅柔的眼，背过身去睡觉。

"记住，明天做荷包。"他命令。

傅柔也背过身，握拳而眠，却随着身后那男子的安稳呼吸，任困意席卷。她的内心深处，对这人有一种莫名的信任感，似乎本质不坏。

砰砰砰！门被拍响！

方子严陡地睁眼。屋内微亮，时辰还早，一定有什么事儿！他立刻下床去开门。

副帮主马海虎急报："三十里外，突现岭南水师，约莫四十艘大船。"

方子严关上门，当机立断下令："叫兄弟们在石滩戒备，静观其变，随时向我禀报水师的最新动向。"

马海虎急忙去了。

方子严走回屋里，见傅柔仍在沉睡，为她掖了掖被角，才走出去，轻轻关上门。很快，探子来信，岭南水师派了一艘船，试图从石滩登岸，已经成功伏击。

马海虎得意："咱这岛千挑百选，易守难攻，哪儿那么容易上岸！"

方子严却觉得不对："船有四十，只派一艘登岸，分明是知道我们可能设伏。"

马海虎"欸"了一声："岭南水师一向没那么精明。"

方子严鹰眸闪着冷芒："或许这回有高人，一定会另寻入口。"眯了眯眼，"传令，全员上船，撤离！"

马海虎吃惊："不至于弃岛吧，咱就算硬拼，也未必输。"

方子严勾起嘴角："这岛上除了几间烂屋子，什么都没有，丢掉不可惜。若然他们先找到入口，如同瓮中捉鳖，我方势必折损。与其飞蛾扑火，倒不如走为上。"

马海虎没明白。

方子严道："毒龙的船这几日停在一个点没动过，那几个老骨头却都离了寨，哪有那么巧？多半是要碰头，商量怎么对付我。"

马海虎恍然大悟："我说帮主怎么轻易放过毒龙，原来是这个用意。"

方子严自信地笑道："我年纪轻轻接掌四海，不服的人可不止毒龙，一个儿一个儿地对付太麻烦，不如等他们自发凑齐了，一锅端。"

马海虎竖起大拇指："高！真高！"

方子严挥挥手："你带两条船先动，引开水师，不必恋战，见机就跑，去吧。"

马海虎嘿喝："得令。"

方子严大步地往他的屋子走，也不管床上的人醒没醒，被子一裹，扛着就走，还不忘捎走那件披风。

傅柔被那股颠冲力惊醒，见方子严又扛了自己，立刻乱扭："放我下来！你又干什么？"

方子严重重地在被子上拍了一下："不想死就跟我走。"

傅柔不是轻易放弃的性子，一路上不停地挣扎。不一会儿，眼前忽暗，她嗅到潮湿的气息，奋力抬脸一看，自己已经身处巨大的山洞，洞中停着满当当的海盗船，洞口则被密密麻麻的藤蔓遮挡。

傅柔知道了，这是一个秘密的出入口。

忽然，藤蔓往两边打开，两只船快速而去，海风凶猛穿入，捎来嘈杂人声，隐隐可听见"海盗出来了""别让他们跑了"的声音。

傅柔反应过来，带着幸灾乐祸的语气："坏事做多终有报，要跑路是不是？"

方子严噔噔噔上船，将她往船舱里一扔，没好气儿道："别忘了，你我同船，我跑不了，你也一样。"随即一板脸，"乱箭不分好坏，千万待着，别出来。"

不等傅柔回答，方子严就锁了舱门，下令出发。

傅柔趴着窗缝往外看，只见船上了海面，不远处大帆如云，船只清一色的尖头窄身，旗帜清一色的"岭南"，人人清一色的战衣。

水师！傅柔没看到过，也猜得到，不由得大喜过望，抓起所有能扔的东西，砸木窗。

不过，傅柔绝对猜不到的是，带岭南水师来的人正是程处默。

程处默赌气回了长安之后，发现从前花天酒地的日子变得十分没滋味，更可怕的是，他只要看到女的，就会想起傅柔。痛定思痛，他想通了，男子汉大丈夫，石榴裙下死也没什么大不了的，脸皮也厚了不是一两天的，回去抱傅柔的大腿哭一哭，以傅柔嘴硬心软的脾气，事情肯定就能过去了。所以，他回到广州去道歉，哪知在傅家门口就得到傅柔被海盗绑架的消息。

对付海盗，只有水师。程处默发起前所未有的决断力和行动力，甚至破天荒地使用自己的官衔折冲校尉，说服岭南水师的吴将军前来。

方子严放出两只船来的时候，吴将军就打算全力追赶。

程处默却觉得有异，奔到船尾，发现一只海盗大船悄然出洞，往反方向去。

"吴将军，小心调虎离山！"程处默一边跑回，一边大喊，"恐怕那才是海盗的主力！"

吴将军起初是十分小瞧程处默的，但正是程处默说服他，认为海滩那边戒备疏忽，可能是海盗布置的陷阱，他因此才改派了一艘船登滩，果不其然，有埋伏，庆幸避免了更大的伤亡。此时此刻，他对程处默的意见很听得进去，立刻掉转方向。

眼看着海盗船接二连三地从洞口驶出，谁都明白了，这才是真正的主力。

水师在程处默的示警下，转变方向十分及时，逐渐拉近与海盗群船的距离。

吴将军下令："箭攻！降他们的船速！"

这时，傅柔砸破了窗户，跑出船舱，看见紧追不舍的水师，立刻撑着船栏大喊"救命"。

程处默听到海盗船上有女子的叫声，目光到处搜寻，但看不清。

他不管三七二十一，连声大叫："傅柔！傅柔！傅柔！"

傅柔听到有人喊她，但也看不清是谁，却见半空出现一片密密麻麻的黑点，箭落如雨。她再勇敢，也是富贵之家的女儿，何曾见过这阵仗，一下子吓得迈不动步子。

一道疾影冲来，抱着傅柔滚开，及时躲到舱板后面。她惊魂未定，再看方才站的地方，

"啪啪啪"竖了十几支箭。

"你找死！"救了傅柔的人，正是方子严。

傅柔道："还不都是你——"

傅柔的话音消失在方子严的口中。他狠狠地亲了她一下，以此平复差点失去她的恐惧。她惊红了脸，半晌说不出一个字，等到反应过来的时候，又被方子严关入舱房。

程处默死死盯着有女子身影的海盗大船，忽道："不必管别的船，那只最大，一定是海盗头目的座船。"

吴将军大觉有理，率众船盯准方子严的船追赶，追着追着，撞见前方一群海盗头子聚会。他不知这是方子严的本意，还以为自己撞了大运，想着拿下就是大功一件，哪里还在意方子严那一只船。

眼看方子严就要逃脱，程处默当机立断，向吴将军要了一只船，自己去追。

方子严本来挺高兴，借水师之力，把那些不服他的老骨头都解决了，他还能逍遥自在。不料，后面多了一条尾巴，从白日追到黑夜，甩都甩不掉。

方子严自幼聪明，虽然遭逢变故，但被四海帮老帮主救下之后，在帮里的表现也非常出众，能坐上如今的位子，全靠自身一股子求生的执念。难得看到一个和自己一样执着的对手，他觉得，应该向这名对手致敬，因此放慢了船速。

程处默看出方子严请君入瓮，却也不怕入瓮，搭了板子就跳到方子严的船上，与方子严大打出手。

程处默虽然在牛无敌的训练下长进不少，毕竟时日不长，与方子严这等风里来雨里去的江湖汉子打斗，终究稍逊一筹。程处默一剑削破方子严的披风，自己却被对方踢中腰间，整个人飞撞船板。

方子严敬佩程处默一战到底的昂扬斗志，也略微觉得这人有点儿眼熟，但什么都没有制敌的机会重要，一剑刺去。

"不要！"傅柔终于破门而出，跌跌撞撞地挡在程处默的身前。

"与她无关！"程处默千山万水终于见到心中的佳人，却不料是生死时刻，立刻将傅柔拉到他身后，摆出捍卫者的架势。

"他是你什么人？"方子严愕然，随即一股无名火腾地冒出，剑指傅柔。

傅柔咬唇。程处默是她傅柔的什么人？她不知道！她只知看到程处默出现的瞬间，欣喜若狂。原来，她的心从未对他绝望，只是对他决绝离开的举动失望了而已。

方子严见傅柔不答，怒火中烧，一剑弹开程处默，要抓傅柔过来。

程处默反手抓住方子严的披风角，牢牢不放，转头看着傅柔。她的容颜、她的眼，是化解他相思的唯一方法。

"傅柔，我程处默也许辜负了很多女子，但绝不辜负你！"随即，程处默对方子严大喝，"是好汉就跟我一决生死，别欺女子。"

方子严旋身，一抽剑，身上的披风不小心被破开。他稍微迟疑了一下，再转头却见程处默冲过去，与傅柔相拥。

披风缺了一角，心里也缺了一角，方子严眼中顿时流露痛楚之色。然而，当他深深凝望傅柔，这世上他最不想伤害的人，却对他没有丝毫的关心，紧紧拥抱着别的男人。

"滚！"方子严收剑。

傅柔吃惊，从程处默怀里看向方子严，这回清楚地看见了他的痛苦。她一怔，脑中闪过了一幅画面，小小的严子方被傅家的家仆推出大门，跌在雪地里，痛苦地望着她。

"都给我滚！"方子严一手紧紧揪住破了的披风。

他不会认输，只是需要好好想一想，在那之前，他为了傅柔，放这小子一马。这么多年都等了，不在乎多等几天。

傅柔回到家，与程处默十分默契，也不说详情，只道受了点儿皮外伤，算是有惊无险。傅家人个个松了口气，连三娘子都念了声"阿弥陀佛"。

倒是程处默，一进客房就支撑不住了，一头栽倒。连日的奔波，为傅柔一直紧绷着的一根弦，加上与方子严的一场恶斗，耗尽了体力。

"柔儿，我喜欢你。"累归累，程处默的脑子却很清楚，拉住了傅柔。

"我知道。"傅柔仔细想想，程处默也是为了讨她喜欢，才说了那么多大话。

"你对我呢？"真正让程处默患得患失的，是他看不出傅柔的心思。

"我不知道。"傅柔摇了摇头，见程处默急着要起身，轻轻按住，"你为什么喜欢我？"

"我……我走火入魔了。在长安，天天想着你，夜夜梦见你，我跑到城楼上，大声喊你的名字。我逼着自己读书、射箭、喝酒，可是不管怎么做，心都是揪着的，一阵阵地疼。我不知道为什么，可我真的在意！"对傅柔的感情，和以往不同，相思刻骨。

"我怕你再骗我。"傅柔却怕仍是水中月镜中花，"怕你嫌我这只母老虎，配不上你。"

"我不会再骗你，更不会骗你的情。"他也怕，怕她对他无情，"我……我那天话刚出口，我就已经后悔了。我真混账，我……我打我自己这个乱说话的嘴。"

程处默要打自己嘴巴，却被傅柔抓住。

程处默反手抓紧傅柔的手，傻笑着："柔儿，这可是你主动抓的，我再也不走了。"

忽然紫云跑进来："二姐，糟了，陈家把婚契卖给了侯家，侯杰来要人，说要你给他做妾呢！"

傅柔才蹙一下眉，程处默却从榻上蹦了起来，挽起袖子往外跑。

傅柔摇头笑着喊："处默，你慌什么？"

程处默边跑边回："我没慌。谁抢你，我让谁慌！"

程处默来到正厅外，调整脚步，大摇大摆地走入。傅柔跟在他的身旁，看到一个陌生人坐在平时父亲坐的位子。

那人二十出头，身穿云纹白袍，肩宽腰阔的样子，一看就是习武的，五官算得上周正，只是眼神不正，一股子邪气。

"我还以为自己听错了，想不到真是侯老弟。"从傅音那里得知了慧娘子绣品的真相，侯长兴把他害惨了，正想找姓侯的算账。

侯杰诧异："你怎么在这儿？"

"我？"程处默打个手势，让侯杰起来，又请傅老爷坐上主位，"我是傅家三娘子的侄子。"

侯杰不清楚原委，以为程傅两家真是亲戚，想着可不能在他家里安插程家的眼线，正要作罢，却见走来一位摇曳生姿的大美人，将他的心思重新勾了起来。程处默算什么？不过是仗着老子逞强的纨绔子弟！亲戚是吗？正好！把人弄回去，想骂就骂，想打就打，叫程家人堵心。

侯杰一笑："这可好，我们哥俩也成亲戚了。"手上挥一张契纸，"陈家将婚契卖与我，傅家二姐是我的人了。"

傅柔道："我与陈友乃是明媒娶之，正妻聘之，岂有买卖的道理？即便对簿公堂，我亦不怕。"

程处默眼睛发亮，终于明白正是傅柔的坚忍，令他一见钟情，难以自拔。

"怪道你婆家说你爱用唐律讲歪理，很好，我也想见识见识。"唐律？在这里，侯家的规矩才是道理！

"唐律如何是歪理？"傅柔咄咄逼人，"纵是皇亲国戚，触犯唐律也可追究。"

程处默心知跟侯杰讲道理根本没用，说道："侯老弟，陛下刚封你震勇将军，你就闹一出强抢民女，这不大好吧。"

"好，我给你一个面子，就以此女为赌注，下一次御前比武定胜负，我胜了，她归我。"

侯杰也就吃这套，官大一级压死人，更何况是当朝天子。

程处默答应得痛快："君子一言。"

"美人保重，明年春天，本将军再来好好疼你。"侯杰对傅柔轻浮地眨眨眼，大步而去。

程处默也不耽搁，立刻回房收拾行李，要找舅舅牛无敌学本事。他很清楚，之前的恶补已经见底，对付侯杰那种从小就发奋向上的熊孩子，自己还差得远。

"你哪儿也不用去，他凭什么拿我当赌注，又凭什么找你比武，莫名——"傅柔不想那么快就分离。

程处默的食指碰在傅柔唇上，整个人静静地靠近，自然而然地亲了上去。傅柔腾地红了脸，却没有躲，反而悄悄地闭上眼。

随即，程处默拥住傅柔，说道："柔儿，你信我，为了你，我刀山火海都敢去。这天底下，没有什么可以阻止我保护你。"

傅柔不由得回抱，在他怀里点了点头。

那边侯杰才吃了哑巴亏，这边侯长兴回来了。

他的运气不错，快要饿死、渴死的边缘，遇到渔民。可是，侯君集却一点儿都不高兴，因为满满一船的财物都让海盗抢了。

"带着那么多好手，都能让人把船劫了！你没报我的名吗？侯家的船也敢动！"

侯长兴跪着不敢抬头，悻悻然道："四海帮，一个姓方的，还说劫的就是咱们侯家。"

侯杰冷哼："找死！"

"有人找死，我们何须着急？"侯君集眯了眯眼，"长兴，船上这批货的事，除了四海帮那些海盗，还有别人知道吗？"

"在码头时，有一个箱子摔在地上，箱子里的东西，可能被人看见了。"侯长兴特意记了一下的，"是一个商户人家，姓傅的。"

"傅家？"侯杰抬眉，"巧了，我正要和父亲说纳妾的事，也是姓傅的，开着染坊和绣坊。"

"就是那家。"侯长兴确定。

"这……"侯杰迟疑了一下，对傅柔那般的绝色当真有些心动。

"你现在也已经是上过沙场，砍过无数头颅的震勇将军了。一个小户人家，却看了不该看的东西，该怎么办？"侯君集明知故问，其实要教儿子的是，女子如衣服。

侯杰定了定神，回道："程处默和那家有点交情，暂住那里。我们要不要干脆一起……"

做个斩杀的手势。

侯君集摇头："才说你心软，却又冒进。程处默若在广州出了事儿，卢国公岂会善罢甘休？说不定还会引起皇上的注意。我们是要掩盖事情，不是要把事情闹大。暂且不要碰程处默。至于傅家，几个平头百姓，不过就是几只无用的蝼蚁，让他们永远闭嘴。"

侯君集一锤，定了傅家人的性命。

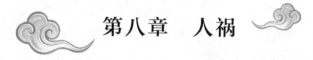

第八章　人祸

傍晚，傅柔在园中绣花，傅音端着一碗银耳莲子羹过来。

"二姐在绣什么？"傅音好奇地看一眼，扑哧笑出声，"这不是处默哥哥吗？他怎么四脚朝天从树上摔下来？"

傅柔拿纱掩去，接过莲子羹吃了一口，奇道："这可是你娘的手艺，如何舍得拿来给我？"

"我娘知道你爱吃，不好意思直接拿来给你，才跟我说多做了一些。"傅音忽然压低声，"我娘其实心里还是很感激你救了她呢。"

"都是一家人。"傅柔吃完了莲子羹，却看傅音不想走的模样，"无事不登三宝殿，你也有事儿啊？"

傅音吐吐舌："二姐借我点儿钱呗。"

傅柔问："借多少？"

傅音竖起三根手指："三个月月钱。"

"这碗莲子羹这么贵？"傅柔故意眯起眼，"说说，干吗用？"

傅音脸颊微红，喃喃道："陆庭的生辰快到了，我想准备一份礼物。他教我写字画画，而且他还会很多东西，钓鱼、弹琴、作诗、投壶，可厉害了。"

傅柔"哦"了一声："你喜欢陆庭，你娘知道吗？"

傅音没察觉傅柔在试探她，傻傻地摆手："我哪儿敢啊？陆庭他只是一个书生，家里又没有人做大官。娘整天要我找金龟婿，什么一朝野鸡变凤凰，飞上枝头，鸡犬升天。哎哟，我都快被她烦死了，我怎么就摊上这样一个娘啊？二姐，我和陆庭的事儿，你可千万不要告诉我娘。"

傅柔笑了出来："你还叮嘱我？你自己小心点儿吧。随口就陆庭陆庭地叫，在三娘面前一不小心漏点儿口风，你就惨了。"

"好。"傅音乖巧，姐姐说一不二，"处默哥哥什么时候回来？"

傅柔神情显出一丝落寞："我不知道，他那地方似乎不能传递消息，连君慧也进不去。"

"处默哥哥每次离开，回来都会变得不一样，不知这次如何。"傅音倒是挺期待的。

"更黑、更瘦、更结实了吧。"傅柔更期待，随后收起绣架，"天黑了，回房吧，我拿钱给你，也不说借，把你娘银耳莲子羹的做法教我就行。"

"二姐，这可是你说的。"傅音开开心心地挽住了傅柔的胳膊。

姐妹俩却不知，这天夜里，程处默就回来了。

他自己都记不清楚，到底被牛无敌剥了几层皮，反正除了他的脸仍然英俊潇洒，骨头却淬炼成了铁。不过，这回他一个字儿的抱怨也没有，心甘情愿。不仅如此，他还要求各种加码，让牛无敌差点掉了下巴，临走前把压箱底的宝贝——棋谱塞给他，虽然他还没弄明白它宝贝在哪儿。

"处默兄。"有人叫他。

程处默一回头，看见侯杰脚蹬五花马，疾奔而来。

程处默眼底闪过寒光，脸上却笑："侯杰老弟。"

"巧啊。"侯杰利索地下马，将马鞭往后一抛，自有他的侍卫巴巴地接住，"拣日不如撞日，走，咱哥俩喝酒去。"

程处默一用暗劲儿，没让侯杰拉动半寸："不去，怕你使诈。"是巧，他一进城门，就碰上了，就好像侯杰守株待兔似的。

侯杰大笑："哈哈，快言快语，让我想起了卢国公啊。你也太小看我侯杰了，既然约下比武，就在长安见个真章，我不会做那种下作的事。"

"那是真喝酒？"程处默有点儿心动，无敌山庄没酒喝，肚里酒虫叫唤，而酒桌之上没有敌我。

"真的啊。"侯杰眼珠儿微转，心想谁叫程处默早不回晚不回，偏偏要对傅家动手这天回来，绝不能让他坏事儿，"不打不相识。我们相识了，还是要打。男人嘛，架要打，酒也要喝。说不定啊，打了之后，惺惺相惜，还可以做个朋友。你说是不是？"

"对，总不能像娘们儿一样，一不对脸扭头就走，一辈子不相往来。小气巴拉的。"程处默松了劲儿，任侯杰拉动，说到底还是酒瘾被勾起来了。

侯杰勾住程处默的肩膀，语气暧昧："我听说，燕回楼花魁怜燕儿的玉足小巧玲珑、晶莹似雪，盈盈不足一握。不知是她的小脚摸起来滑呢，还是工部侍郎陈大人那位最易害羞脸红的千金的小脚摸起来滑？"

程处默答得认真："我没摸过陈小姐的小脚。"

侯杰诧异："怎么会？你对各位闺秀小脚各种优缺点的评论，可是名闻长安啊。"

程处默甩甩头："从前那些荒唐的行事，现在就不谈了。"

两人走进酒楼去。

这夜，三娘子睡得不太安稳，梦里海盗烧船，她被困在舱房无路可逃，傅柔却不知从哪儿出现，拉着她就跑，眼看就要到门口了，傅柔又不见了。

"啊！"三娘子惊醒，看清屋子里浓烟滚滚，着火了。

三娘子慌忙爬起，顾不得穿鞋，冲到门口却又往回跑，到梳妆台前抱了首饰盒，才冲出屋子，却发现到处都是火光。

三娘子一边走一边念："今年真是多灾多难，回头一定要去庙里拜拜。"

"外面有人吗？救救我！"傅柔的声音从膳房传出。

三娘子一惊，但见膳房整个陷在熊熊烈焰中，不由得抱紧首饰盒，咬牙继续往大门跑。

"啊！"傅柔尖叫一声后，再无声息。

三娘子顿住脚步，神情变了又变，最终将首饰盒放在绝对不会烧着的假山石头缝里，砸开了膳房的门。里面全是浓烟，三娘子冲进去就被呛到了，一边咳嗽一边拽起倒在地上的傅柔。

"三娘！"傅柔勉强看清三娘子的脸，感到诧异。

"还娘？小祖宗，你才是我娘啊！"三娘子发现傅柔的脚被倒塌的柴堆压住，赶紧帮她搬开，"深更半夜，你在膳房做什么？"

"我在做银耳莲子羹……"傅柔呛着。

三娘子哎哟喊道："你要吃，让音儿跟我说就是了。"

傅柔不好说自己是为了某人偷师三娘子，因那人喜欢吃三娘子的银耳羹。

这时，火势愈发凶猛，柴堆开始冒烟，三娘子吸了太多的烟，搬柴的动作渐渐迟缓。

"三娘别管我了，快走！"傅柔看见火舌即将吞没唯一的那扇门。

三娘子一边动作不停，一边嘟囔："我这次可是救了你的小命，以后的月钱，我要双倍。"

傅柔苦笑："只要我们能活着出去，给你三倍。"

"你可别骗我。我真会信你。"三娘子的手心已经烫破了皮，听到增加月钱，就顾不上疼了，终于搬开柴堆。

"三娘知道的，我一向说话算——"傅柔惊叫，"小心！"

屋梁断裂，傅柔想要推开三娘子，却反被三娘子用尽力气推开。她脱了困，三娘子却被横腰压在屋梁下，几乎晕死过去。

傅柔爬到三娘子的身旁，哭喊："三娘，你别急，我救你！"不顾梁木着火，伸手就推。

三娘子却出气儿多入气儿少："外头假山缝里有我的首饰盒，也就两双镯子，还有——"从手上扒拉下一只戒指，"这是音儿的外婆留给她的。你一定要给音儿，千万别私吞。"

傅柔泪眼蒙胧地说："三娘，你别说话了，没事儿的。"

三娘子吃力地抓住傅柔的手，目光涣散："涛儿，我的涛儿，娘见不到你最后一面了，娘想你啊，你千万活着回来。"忽然一醒神，推打傅柔，"你干什么？还不快走！"

傅柔被三娘子打得往后退，一片瓦砸在她的脚下。

三娘子大叫："走！给音儿找个好婆家，把家业交给涛儿，否则我做鬼也不放过你——"

傅柔神情痛楚，不忍离开，却被一片片瓦砸得步步往外，眼睁睁地看着三娘被火舌吞没。她待三娘并不算好，笃定地拿捏着三娘那点小精明，但三娘为人不坏，甚至胆小得可爱。早知如此，她不该事事与之争强。

哭着跑出大门的傅柔，看到焦急迎上来的傅音，内心更是充满了内疚。

"二姐瞧见我娘了吗？就差她一个了。"傅音不明就里。

"三娘她，她为了救我，被屋梁砸到……"傅柔泪流不止，握住傅音的手，"音妹妹，对不住。"

傅音捂住嘴，双腿一软，跌坐地上，突然放声大哭。

程处默接到火信就往傅府赶，远远地听见哭声，不禁心惊肉跳，目光焦灼地乱扫，看清傅柔呆站的身影才敢松口气。

"柔儿！"他大喊一声，飞身下马，箭步来到傅柔面前。

傅柔视线迟滞地移到程处默的脸上，却无反应。

程处默的心一提，放慢语速，放缓语气："柔儿，是我。"

瞬间，傅柔干涸的眼里蓄满了泪："三娘……去了。"他回来了，本来她应该高兴的，但她现在很难受。

程处默惊了惊，悲从心中来。虽说认的是一门假亲戚，三娘子也有点儿贪小便宜，但待他委实不错，想不到人就这么去了。他默默地揽过傅柔的肩，她的头一转，伏在他的怀里，痛哭起来。

　　大火过后，傅府变成一片废墟，程处默就将傅家人安顿在卢国公府的行馆里。

　　陆庭闻信赶来，叹道："真是无妄之灾。"

　　"侯家干的。"什么无妄之灾？分明就是人为，程处默眼中沉冷。

　　陆庭一惊："这……不能吧。我知道侯家一直和你家暗中较劲儿，比功勋，比圣宠，比儿子，何至于牵连无辜？再说，就算侯杰要与你争美，也不用放那么狠的火吧，傅柔差点儿丢了性命。"

　　程处默道："确实我没有证据，但侯杰那顿酒请得太巧，还故意灌我，以为我醉了，至少往窗外偷看两次。窗在西北边，傅家所在的方向，侯杰是在等火光。不过，如你所言，侯杰并非为了柔儿。"

　　陆庭皱眉："人命关天，也许是你想多了。"

　　程处默沉吟半晌："我相信我的直觉，迟早要查出真相。"

　　傅柔捧着一幅绣品走来，陆庭识趣，私心里也想去探望傅音，赶紧走开了。

　　傅柔眼圈尚红肿："家里烧得差不多了，倒是这幅绣品没遭殃，拿来给你。你之前不是让我绣幅大的吗？"

　　程处默一看绣品乐开了花，笑道："这不是我偷看，呃，观星——"但瞥见傅柔郁郁的脸，语气沉了些，"假装观星，实则偷看，从树上摔下来的样子嘛。绣得好！逼真！绝品！天下无双！看看，我多俊啊，四脚朝天都风流倜傥。"

　　傅柔扑哧笑出声："臭美，明明就是笨猪不会爬树。"

　　程处默嘻嘻笑道："我是笨猪，你也喜欢我。"

　　傅柔羞道："谁说我喜欢你？"

　　程处默指着底下的针脚："这里四横四竖，三个跳针，一个左斜，连续四个右斜，是什么？就是'喜欢'两个字。当我看不出来？"

　　傅柔急忙辩白："你胡说，那两个字，明明是'平安'。"

　　程处默厚脸皮："我从'平安'这两个字里，看到了喜欢。"看傅柔转身要走，马上伸手拉住，"是，是，柔儿说什么就是什么。走，我带你观星去。"

　　两人走到廊下，倚栏而坐，看夜空星光灿烂。

　　傅柔缓道："染坊和绣坊离后院近，大部分都烧毁了。爹说，我们要去长安，投靠二叔。"

程处默道："好，我也要回长安，我们一起走。"

傅柔"嗯"了一声，不再说话。

安静了好一会儿，程处默突然往天上某个点一指："那是织女星。"再往另一个方向指，"那是牛郎星。"

傅柔唏嘘："它们相隔那么远。"

"所以每年才有喜鹊架桥。"程处默也感慨。

"一年一次还是可怜。"傅柔叹着气，眼中却有了光亮，"我要绣一幅《牛郎织女》，在他们中间架一座桥，就可以日日相聚。"

程处默的眼也是一亮："好主意。"转头看向傅柔，"柔儿，你知道吗？你坚强的样子最美了。"

傅柔也看向程处默。每次只听他夸大其词，心里空空的，什么都没留下。这次他回来，还是乐天的做派，但话语有了温暖。

"不会被任何人、任何事打倒，看着那样的你，我就能获得力量。"程处默握紧傅柔的手，"无论多少难关，我们今后一同面对。"

傅柔用力地点点头，身姿放柔，把头轻靠在程处默的肩上。她承认自己性格偏，但并不意味着她不渴望一个温暖的依靠。

"你回来了，真好。"她的呢喃，轻拂他的耳畔。

程处默的脸，红了。

侯家父子已经在前往长安的路上。也算傅家幸运，侯君集收到长安来的消息，太子要选妃。因此，虽然那场火没有达到目的，但是他也没多余的心思理会，最要紧的是把女儿盈盈送进宫去。盈盈容貌出众，自小被父亲捧在掌心，集万千宠爱于一身，就为着这一日。

"啊，大海！"侯盈盈是个性子活泼的女子，姿容绝美，却不似她的父兄，心思天真无邪。

她一直看着车外，最终还是让随行护卫去告诉她阿爷，要到海边休息一下。

侯杰不同意，倒是侯君集认为应该满足一下小女儿的心性，毕竟日后入宫，就再没有自由自在的日子了。于是，他传令全队就地休息，又专门派人到海边设了纱屏，以防女儿被生人窥探。

侯盈盈高兴极了，踩着沙滩，赤足爬到礁石上，悠悠地唱起歌来。

"海上留余晖，天尽海鸥追。半掬珍珠泪，盈盈不思悔。"

忽然一声鹰啸，侯盈盈抬头，看见一只雄鹰在上空盘旋。她正望得出神，几颗石子滚落身旁，溅起小小水花，引起她的警觉，转头望去。一只大手攀住石棱，紧接着出现一个男子，鹰眸凌厉，湿透的劲装贴出一具矫健的身材。

侯盈盈既紧张又好奇，目光率真地打量对方："你是谁？"

"小声点儿，侯大将军护女心切，你一叫，我就只能跳下海，游回去了。"来者方子严。

侯盈盈笑容烂漫："你知道我阿爷？"

方子严神情不动，背着手悄然摸出腰间的匕首，刀光森寒闪现。他盯着侯家的一举一动，知道他们一路上戒备森严，想不到侯君集那么疼女儿，竟然同意女儿玩水，这才让他乘虚而入。侯家每个人，都是他的仇人，包括眼前这个看着天真无邪的女子。

"自然。"方子严冷冷地一笑，"半掬珍珠泪，盈盈不思悔。谁这么狠心，让你流了半掬眼泪啊？你还这么痴心不改，不思悔。"

"谁痴心不改了？我是听别人唱，就学会了，没别的意思。"侯盈盈丝毫不觉对方带着杀气，"你是怎么认识我阿爷的？你是他带过的兵？"

"可以这么说。我有今天，都是你爹一手教导出来的。"方子严坐到侯盈盈的身边，从身后拔出匕首。

"你坐远一点儿。"侯盈盈却努努下巴，"男女授受不亲，你没听过？"

方子严笑着说"好"，往旁边一挪，突然就掉了下去。

"啊！"侯盈盈吓了一跳，往水面张望，"喂喂！我不是故意的！"好一会儿都不见有人浮上来。

"不会淹死了吧。"侯盈盈提心吊胆。

"哟。"方子严的声音却从侯盈盈的身后传来。

侯盈盈忽地转身，差点叫出声，却被方子严欺上一步，捂住她的嘴。他靠得那么近，几乎额头碰到额头，令她的脸轰地烧了起来。

"给你，正好掉在上面。"方子严的眼里却毫无波动，只是将一个大蚌拿到侯盈盈的眼前。

"啊？"侯盈盈忽略突如其来的心跳。

方子严拔出一把锋利的匕首，撬开蚌壳，从蚌肉里挑出一颗珍珠。

侯盈盈惊喜非常："哇，好漂亮。"拿起珍珠，对着阳光照看，没发现严子方在她身后高举匕首。

"快来人，有刺客！"等得不耐烦的侯杰来催妹妹动身，但见方子严有意行刺的背影，立刻拔剑，往岩石上攀去。

方子严将匕首咬在嘴里，纵身跳入海中。

侯盈盈呆呆地看着海面浮起的洁白泡沫，不知所以："哥哥，你干什么？"

"你才干什么！他匕首都拿在手里了，要是我晚到一步，后果不堪设想！"侯杰气结。

"他拿匕首，不是要伤害我，是撬开蚌壳，送我一颗珍珠。"侯盈盈炫耀给兄长看。

"家里锦衣玉食地养着你，多好的珍珠你没见过？被一个男人用一颗烂珍珠就收买了，我真想揍你！"侯杰觉得她简直没脑子。

侯君集赶来，听了事情的经过，并不怪女儿，只问那人的名字。侯盈盈表示还没来得及问，但答应了父亲，到长安后会把对方的样子画出来。侯君集这才满意，却不知女儿只是敷衍自己。

对于侯盈盈而言，那一颗珍珠无价。

第九章　长安

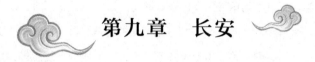

经过长途跋涉，傅家一行终于抵达长安。

马车驰进明德门，人声仿佛奔腾的水声，涌入傅柔的耳中，令她好奇地挑开窗帘往外望。笔直宽阔的大道上，车马人潮川流不息，两边的坊里对称分布，建筑群大气恢宏。

"柔儿，长安怎么样？"程处默感觉回到自己的地盘了，昂首挺胸的。

"当真是繁华似锦。"傅柔在书上读到的时候根本无从想象，如今身临其境，才有切身体会。

"那里就是西市。"程处默手一指，"等你安顿好了，我带你来逛逛，你一定会喜欢的。"

傅柔看过去，眼睛微微地睁大。坊门里商铺林立，还有很多异邦风情的房屋和店家，随处可见外国人走动。她以为广州番坊里的外国商人数量已是最多，但长安与之相比，更胜一筹，海上来的，丝绸之路来的，各色人等齐全。不过匆匆一瞥，那些饭馆和贩卖香料、花木、珠宝的风格各异的门面和招牌已经深深印入她的脑海。

长安，她不是一定会喜欢，而是已经喜欢了。

程处默把傅柔送进二叔家之后，就心急火燎地往自家赶。

他打算好了，要尽快将傅柔的事告知父母，抓紧娶进门。然而，他不知道的是，他请岭南水师对抗海盗的"英雄事迹"已经传到父母的耳里,还是为了追美人。

护儿心切的程夫人就让人探了个底儿朝天,得知傅柔有过娃娃亲,最近刚又嫁了一次,成亲当日被婆家要求验清白,扭头回了娘家,把婆婆气得晕过去。种种行径,听得她心惊肉跳,只想赶紧把儿子叫回来,远离"狐狸精"。谁知,儿子回是回来了,连那女子也一起跟了来。

所以,程处默连傅柔的名字还没提及,才开了个头,说到女方家里是商户,程夫人就立刻反对加威胁,让程处默在她和傅柔之间选一个。

程夫人本来笃定儿子会选自己,毕竟她打心眼儿里疼他,不舍得打、不舍得骂,在程咬金面前次次帮着他。不料,程处默铁了心地要娶傅柔,也让他母亲做选择,不让他娶傅柔,他就不认她这个娘。

程夫人无计可施,就找女儿哭去了。

魏王妃自然站在母亲这边,知道处默再胡闹,始终是个孝顺的孩子,就出主意让母亲装病,而另一边由她出面,对付傅柔。

程处默果然上当,暂时不闹意气,亲自服侍母亲。

因此,傅柔没等来程处默,却等来了魏王妃派来的侍从。魏王妃是程咬金之女,天下皆知,但傅柔瞧侍从的态度不善,本想推辞不去,但二叔叫她不要怠慢。她才知,二叔在煌来顺当铺当差,煌来顺正是魏王府的产业。如此一来,她也不好拒绝,毕竟二叔好心收留他们一家,不能害她丢了差。

傅柔走过有水有桥的庭园,走过白石铺成的广场,踩上又长又宽的石阶,进入富丽堂皇的魏王府正殿,满眼所见皆华贵。不过,最华贵的,大概是魏王妃。

魏王妃梳着高髻,插着金簪,妆容十分精致,身穿粉底墨染芙蓉裙,披一件曳地的轻薄纱罗,高坐主位之上,气势凌人。

然而,傅柔十分从容,毫无卑微之色。这虽是她第一次走进皇贵宅邸,可她学刺绣十几年,早就在锦绣之中看尽了世间百态。

"我们魏王府,缺一个针线人,听说你针线活儿干得不错,就留在府里吧。"魏王妃将傅柔的从容看在眼里,开口却不客气。

傅柔感到意外,以为魏王妃会直切主题,让她离开程处默,谁知二话不说,竟要她进魏王府。是怕她走不远,因此就近看管吗?

魏王妃冷冷撇嘴笑道:"一人得道,鸡犬升天。要是一人不识趣,惹了不能惹的人,且不论家里的鸡犬,就说家里的其他人,日子必定不会好过,对吗?"

"谢王妃提醒。"偏偏二叔靠魏王府养家，间接地，连带着她至亲的人也受到了恩惠。

魏王妃傲慢地吩咐管事："给她定一张五年的针线人工契。她在府里这五年，一切吃穿用度，都由府里包了，工钱照双倍的给，别让人说我们魏王府刻薄。假期，逢年过节，放假一天，让她去见见父母。其他时候，没有允许，不许她出魏王府半步。"

管事拿来契约，傅柔咬了咬牙，按下手印，却不忘向魏王妃行礼，才下去了。

魏王妃望着傅柔的背影，神情渐渐缓和。母亲言过其实，确实是个美人，不过没什么狐媚气，举止还算大方得体，做妾是够格了。且先让她待在王府里，学学规矩，懂点做人处世的道理，总比处默要死要活地把她弄进门，最后把她葬送在里面的好。

日子一天天过去，傅柔的心情安稳了下来。既来之，则安之，她相信这一切都是暂时的，处默一定会想办法找到她。而且，魏王府的生活比她想象的好，就做些缝补的活儿，也没什么人刻意来刁难自己。

这日，傅柔抱着补好的衣物，去交给侍女夏寒。还没走到夏寒的住处，就听到"啪啪"的声响，还有夏寒的惨叫。她加快脚步，却见主管针线院的卢婆子正让内侍打夏寒的板子。

原来，卢婆子将魏王妃的一件袍子给夏寒补，夏寒要了好些金银丝线和珍珠，却一直拖延，今日突然检查，发现她还没动针，所以才动了板子。

夏寒之前交给傅柔活计的时候，虽然有些趾高气扬，不过后来就还好，对事不对人。因此，傅柔觉得这人不坏，伸了把手，将夏寒扶回了房间。

傅柔环顾四周，最终视线落在桌上一件华美的袍子上。

她拿起来看了看，奇怪地说道："开的口子虽然大，但也不算无法缝补，你怎么就补不了呢？"

"我还以为你至少要做上几日，这么快就做完了，而且根本看不出补过。"夏寒起初沉默，顺手翻了一下傅柔交来的活儿，变得十分惊讶。

"活计交代给你了，我走了。"傅柔笑笑，放下袍子。

夏寒期期艾艾地问："你……能帮我吗？"

"你先回答我，那件嫁衣是给你自己的吗？"傅柔往墙角看一眼，那里的一口大箱子虚掩着，露出嫁衣的一角，闪着金银色泽，还缀着珍珠。

夏寒赶紧过去把箱子打开，要把嫁衣放回箱子，但一想，又拿出来，走到傅柔面前。她告诉傅柔，这件嫁衣是给妹妹的，她的爹娘走得早，妹妹由叔叔照顾，如今妹妹就要嫁人，她唯一能做的，就是亲手做件嫁衣。她每日经手王府的金线银线，私心里就想给妹妹的嫁衣添上一丝贵气，也算弥补这些年没能陪在妹妹身边的缺憾。

傅柔有些触动，想起了傅音。她答应过三娘，让傅音风风光光地出嫁，到那时她也会像夏寒那样，希望把最好的给傅音吧。

"用剩了多少料，你都拿来吧，我帮你。"别的不敢说，但凡用到针线，还没有她傅柔过不去的坎。

她自然不可能选择走捷径，但一定会用心去做。只要用心做的，就会弥足珍贵。

君慧冒着挨程咬金一顿打的风险，给程处默通风报信，傅柔进了魏王府。程处默算是看明白了，母亲和阿姐联手，要拆散他和傅柔。他当即闯进魏王府，不但对侍卫拔剑相向，更对这个从小就宠他的长姐大呼小叫。

"阿姐，你把柔儿藏哪儿了？"有什么事儿冲他来，对付无辜的傅柔，算什么！

魏王妃上前就是一巴掌，打得程处默发蒙。

魏王妃斥道："这是魏王府！当今皇帝第四子，魏王李泰的府邸！你敢拔剑？"

程处默知道自己僭越了，不敢再吭声。

"上回你懂了兵法，习了骑射，姐姐因你喜极而泣。原以为你长进了，没想到一个女子就能让你在魏王府大逆不道地拔剑叫嚣，将来若有再大一点儿的事儿，你岂不是要闯宫？你是要把整个卢国公府都葬送在你的手上吗？"魏王妃从手心疼到心肝，何曾打过这个弟弟？但不打真是不成器。

"我错了。"程处默敢作敢当，"可是这件事儿和柔儿没有关系，请阿姐放过她。"

"不行。"魏王妃打定了主意，趁这个机会好好磨磨处默，"傅柔放在我身边，也好让你警醒。你再纠缠不休，我就杀了她。"

程处默又起急："你敢！"

"我敢。"魏王妃目光冷凝，"怎么？难道你也要对我拔剑？"

程处默忽然向魏王妃跪下："姐姐，我真心喜欢她。我这辈子，没有这样喜欢过一个人。我求你，不要伤害她。"

魏王妃内心一震，却不动声色："阿爷打了一辈子仗，受了数不尽的伤，才被封为卢国公。现在，爷娘年纪都大了，你下面还有两个兄弟，在把你当作榜样。处默，你不能再像从前那样任性了。傅柔在我这儿很安全，你若真心想同她在一起，就真心真意去做。首先，不能不顾后果，横冲直撞，要得到母亲的应允。"

程处默听得一眼不眨，随后对魏王妃郑重地行了一礼，走了出去，却见傅柔从长廊那头走了过来。

其实魏王妃有心，知道程处默来的时候，就把傅柔叫了过来，安排两人碰上一面。

程处默的目光刹那成痴，傅柔也激动了一瞬，但顾忌前头的卢婆子，急忙又低下了头。只是卢婆子清楚魏王妃的意思，和程处默打过招呼，微微加快脚步，和两人拉开了距离。

程处默趁机握住傅柔的手腕，温柔许诺："我会带你出去的，等着我。"

"我一直都会等着你。"傅柔温柔地抽出手腕，施施然而去。

有了傅柔的话，程处默犹如吃了颗定心丸，大步而去。而见过程处默的傅柔，再面对魏王妃时，心里也很踏实。

"听夏寒说，其实这袍子是你补好的。"魏王妃也是为了这件早该做好的袍子，才找傅柔来问话。

傅柔看了旁边忐忑不安的夏寒一眼，笑了笑："回王妃，正是。"

魏王妃不说整件袍子变得十分顺眼，只道："珍珠少了。"

"奴婢拆了一些。"傅柔坦荡，"水满则盈，月满则亏，刺绣也是如此。这袍子图样本来就很艳丽，用了许多金线、银线、五彩丝，加上大量珍珠，令人眼花缭乱，反而生了一分俗艳之气。"

卢婆子教训道："放肆！王妃何等尊贵，衣着华贵也是应当的。你怎敢评头论足？"

魏王妃对傅柔道："你接着说。"

傅柔自信："刺绣有如作画，不能全部都挤得满满的，有繁复处，就应该适当留白。如此方能错落有致、大方典雅。一点儿浅知陋见，若有错处，请王妃恕罪。"

魏王妃心悦，点头道："这件袍子虽然少了珍珠，但确实更赏心悦目了。你做得很好。来人，赏。"

一旁侍女端上托盘，上头有两串钱。

傅柔道："谢娘娘赏赐。"

"不过，你自作主张改动袍子上的花样，还要罚。"魏王妃做个手势，两个侍女抬来一扇蒙了白绢的大屏风，绢上一幅《牡丹图》，"这是当代大书画家边鸾边先生为儿描画的《牡丹图》。我早就想叫人绣出成品，可一直找不到合适的人选。既然你自恃刺绣功夫了得，这件差事就交给你了。傅柔，你可要仔细了。做得好，固然有赏。要是做得不好，连着今天的错处，一并重罚。"

傅柔不但没有怯意，反而眼睛发亮，可以见识到名家的画作，还能绣出来，多么宝贵的机会。

这日，傅柔在房里琢磨着《牡丹图》，夏寒走了进来。她俩因为一件妹妹的嫁衣，关系亲近了许多。

"还在对着屏风想啊！要真是绣不出来，我劝你向娘娘请罪吧。娘娘一向慈悲，最多骂你一顿，不会重罚的。"夏寒有些内疚，毕竟是因她而起。

傅柔回头一笑："不是绣不出来，是在想怎么绣才最好。对于一幅上等绣品来说，第一针下在哪里，极为重要。等我想好，后面的就好办了。"看一眼夏寒手里的纸包，"刚探亲回来？你妹妹近来可好？"

"妹妹看到嫁衣不知有多高兴，知道有你帮忙，特意买了绿豆糕谢你。"夏寒把买来的绿豆糕纸包打开。

两人一边开开心心地分食，一边聊天。

"算来也不少日子了，怎不见你出府探亲？"夏寒问。

"王妃有命，只有逢年过节，我才有一天假。"傅柔语气一顿，随即开朗，"不过这种日子很快会过去的，有人在外面想办法呢，比我还着急。"

夏寒很好奇地问是谁，傅柔但笑不语。她和程处默的事儿，还不到广而告之的地步，不单单为了保护自己，也是为了保护程处默。

"好吧，我不问。我还想请你帮我一个忙。"夏寒拿出一个荷包，双手合十，虔诚拜托，"你帮我拿去梨园小院给一个人，好不好？"

傅柔揶揄："心意要自己送才好。"看夏寒提起妹妹亲事的时候，神情挺落寞的，想不到心里有喜欢的人，她为之高兴。

夏寒红了脸，抱着傅柔的胳膊撒娇："我要是能自己送，我早送了，还求你吗？好不好吗？"

傅柔吃软不吃硬，到底拿起了荷包，去梨园小院找人。

园子里有好些人，有的在练嗓子，有的在练眼神和手势，有的在和搭子排戏。傅柔一时瞧得新鲜，忽然有个耍花棍的后生朝她走来。

"你找谁？"后生真是俊俏，五官秀美，身段纤长，一双眼角微微上挑的眸子不经意就能传神。

"请问熊锐在吗？"傅柔喜欢美的人和物，下意识地对他微笑。

"熊锐今天向管事的告了假，探亲去了。你有什么事可以告诉我，等他回来，我转告他。"他说话慢吞吞的，透出一股子悠然闲散的奇异气质。

"有人托我把这个东西交给他，既然他不在，就麻烦你了。"傅柔拿出荷包。

对方笑道："你总要让我知道，这东西是谁交给他的。"

"夏寒。"傅柔答。

他接过荷包要走。

"等一下。"傅柔叫住人，现学现卖地反问一句，"你总要让我知道，我把东西交给谁了。"

"不过一个荷包，还怕我私吞？"但随即就报上名来，"我叫称心。'称心如意'的'称心'，记住了吗？"

"记住了。"傅柔心想，还真是不错的名字。

卢国公府近来恢复了以往的热闹，就是有些让人看不懂。同样的兄弟仨，却不是日日蛐蛐夜夜酒，而是琅琅书声惨惨叫。程处默一手大棒子，一手小皮鞭，比牛无敌还无敌，训练他那两个弟弟，白天读书晚上练武，丝毫不放水。

这样的热闹，让程夫人眼皮直跳，让程咬金开口笑，却都得出了同一个结论——程处默终于有点儿长兄的样子了。

这日，剑、亮俩弟弟终于受不了了，扑到程夫人脚下喊"救命"。程夫人看着瘦了一圈，精气神却十足的二子，不知从何安慰，还是选择偏帮长子。

"处默也是为了你们好。"

程处亮顶着一只黑眼圈："娘啊，他把我们的坟地都想好了。"

程处剑鼻梁上贴块膏药："棺材样式都想好了。"

"这……"程夫人憋半天气儿，"长兄如父……"

"他比阿爷还凶！"

"凶十倍！把我们打得惨透了！"

"阎罗王！"

"刽子手！"

"娘，要是你不帮我们，我们……我们就兄弟阋墙！"

"对！我们就和大哥翻脸，反抗到底！"

兄弟俩一个接一个，梗着脖子，像昂叫的鹅。

程处默忽然从门口进来，不怀好意地笑道："找你俩半天了，过来给娘请安？"

程处亮跪着去拿茶杯，又跪着回来，双手捧给程夫人："母亲喝茶，小心烫。"

程夫人呆呆地接过，喝了一口，有点儿不习惯儿子这么乖巧。正好程咬金下朝，走到门口，饶有兴趣地瞧着这场好戏。

程处默瞥见，心想好机会，父母兄弟同堂，可以显摆显摆。

"要你们背的书，都背了吗？"程处默干咳一声。

程处剑和程处亮同时回答："背了背了！"

"关关雎鸠，在河之洲。窈窕淑女，君子好逑。"

"蒹葭苍苍，白露为霜。所谓伊人，在水一方。"

"昨晚给你们布置的功课，不是这两篇。"程处默哪儿那么好糊弄。

程处剑和程处亮彼此看一眼，露出惊恐。

程处默眯起眼："没背好？那好……"

"哦哦！记起来了！"

"我也记起来了！"

程处亮和程处剑异口同声背诵，"大知闲闲，小知间间。大言炎炎，小言蛋蛋。"

程处默冷笑："什么小言蛋蛋？是小言詹詹。"

亮剑立刻抱拳鞠躬："对对，小言詹詹。多谢大哥教导。"

程咬金拊掌大笑："都说棍棒底下出孝子，我们卢国公府这次是棍棒底下出贤弟啊。书看来是读了一点儿，功夫呢？还是肩不能挑，手不能提，只端得起女子的绣花鞋？"

程处默道："这么短的时间，要把弓马骑射练好是不可能的，眼下就是叫他们跟着儿子，先把身体锻炼扎实了。喀喀！"

程处默一咳，亮、剑齐动，扎马步，嘿嘿喝喊。

程处默讨好地问："阿爷、阿娘，你们看这样，还满意吧？"

程咬金夫妻双双把头点，笑得合不拢嘴。

程夫人欣慰："我早就知道，我的儿子个个都有出息。尤其是处默，不鸣则已，一鸣惊人。有他带个好头，我也不用担心他两个弟弟了。"

程处默再问："我现在，已经不是从前那个纨绔子弟了吧？"

程夫人不知是圈套："那当然。"

程处默再问："那我也应该成家立业了吧？"

程夫人答得顺口："那当然。"

程处默终于问到重点："那我可以娶傅柔了吧？"

"那——"程夫人舌头及时打转儿，斩钉截铁，"不行！"

"什么？"程处默想不明白，"为什么还是不行？我已经做得够好了，读书练武，教导弟弟，孝顺父母。我还有哪里做得不好，让你老人家不满意？"

程夫人振振有词："你做得很好，娘很满意，所以，你更不能娶傅柔。"

程咬金难得地帮腔："处默，从前你是没资格挑三拣四，可现在不同了。你出身国公府邸，文章通达，弓马娴熟，文武皆通，简直就是所有人眼中的佳婿，你又怎么可以娶一个民女为妻？"

程夫人信心满满："对啊，处默，你应该娶清河公主啊。"

程处默呆住。搞了半天，他做那么多，是给公主当新郎官啊！气死他了！

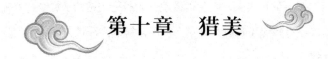

第十章　猎美

长安最大的酒楼，被客人们挤得满满的，唯独一大桌，只坐了两个人，一个抓狂，一个呆冷，虽然彼此交流，却完全鸡同鸭讲。

抓狂的那个说："为什么我辛辛苦苦，费了那么多工夫，却得到这样一个结果，阿爷阿娘非但反对柔儿，还要我娶公主！"

呆冷的那个说："今早我去见了音儿，音儿说她娘一生的心愿就是希望她做个官夫人，可我喜欢自由自在。"

"我想我的柔儿。"抓狂的那个是程处默。

"音儿和我的自由，哪个更重要。"呆冷的那个是陆庭。

"到底要怎么做，我娘才会点头？"程处默恨不得抓破头皮。

"我决定参加科举考试。"陆庭儒雅地倒茶。

"柔儿她一定想我想得心如刀绞、柔肠寸断。"

"音儿没了娘，我想好好保护她，为她做什么都甘愿。"

程处默最先从鸡同鸭讲的状态里回过神来，拽住陆庭的衣领，看那一脸呆冷模样，让他更加上火。

"你够了啊！"程处默早就看出陆庭和傅音有猫腻，就是懒得说，但今天他可不是来听好友诉苦的，"是我约的你，是我请的客，你一口一个傅音，什么意思！"

"松手。"陆庭面不改色。

"不松！"程处默几乎咆哮，"赶紧给我想办法！"

"你这样拽着我的衣领，我怎么想？还说什么精通兵法，连你娘都应对不了。"陆庭摇了摇头。

"就因为是我娘，才处处受制。我娘当关，儿子莫开。"他程处默就算再不肖，也绝不会不孝。

"你听过可怜天下父母心吧？"陆庭本想卖个关子，可是为了自己的脖子着想，还是算了，"还有一句，叫浪子回头，金——不——换。"

程处默反复咀嚼这两句，忽然一拍脑袋："行啊，陆庭，有你的！"掏了一锭银子，往桌上一扔，起身就走，"你快去我家，跟我娘说一声，我看破红尘，要剃度出家了。"

从陆庭那儿得了消息的程夫人，心急忙慌地赶到庙里，见儿子跪着，方丈拿起剃刀，伸向她儿子的头顶，吓得她魂飞魄散，立刻一声河东狮吼，冲过去夺了剃刀，丢得老远，死死地抱住了程处默。

"我的儿，你这是要干什么啊？"这年头，长子才是正式的儿子，亮、剑那俩小子只是替补的，她把所有的期望都放在这一个身上了。

"这位夫人……"程处默忍住不笑。

她惊吓到结巴："你……你……你……叫我什么？"

"人间太苦，贫僧决心已下，从此断绝红尘，清净六根，再无父母兄弟了。"程处默耷拉眼皮，免得看到他娘的表情就破功，"夫人请回吧。"

"好，我们回去。来人，把小公爷绑了，带回国公府，没我的话，谁都不能放他出房门一步！"当她软柿子？别搞错了！卢国公府真正说了算的，是她这个当家主母，天下名将程咬金，那就是给她提鞋的！

众仆一拥而上，绑了程处默就走。

接下来的数日，程处默被关在自己的院子，院门上锁，房门上锁，院内、院外都有侍卫把守。

程夫人以为只要远离"剃头"的环境，儿子发热的头脑就会冷静，自然也就消停了，哪知他要么要挥刀自宫，要么绝食抗议，不停地给她添白头发。

这天，她豁出去了，一下子带来十个美女，在儿子面前一字儿排开，打破了她的一贯认知，女子当自强，不该以色事人。

程处默看都不看一眼，念道："红粉骷髅，色即是空，空即是色。"

"可你从前，不是最喜欢美人吗？"程夫人第一反应是儿子真争气，但转念一想，不对啊，要是连这招都没用，岂不是唤不回儿子的心。

程处默眼观鼻鼻观心："程夫人说得是，当年我不知做了多少错事儿，欠下多少孽缘。若不在佛前忏悔，将来的孽报如何了结？"

"好好，我们不提从前，你已幡然悔悟，怎会有业报呢？"程夫人怪自己提什么从前。

"幡然悔悟，才能大彻大悟。程夫人若不让我出家，我就不吃不喝，但愿魂归西天，哪怕只是一粒尘埃，也能落在佛祖脚边。"程处默双手合十。

程夫人听了，旋风一般冲出了屋子，一眨眼工夫，又像旋风一般卷进了屋子。

"十个美人，你一个也看不上，那个傅柔，你总看得上了吧。"她还不信了！

程处默心中狂喜，抬头却是一脸漠然："什么傅柔？"

程夫人一愣："你前几天还嚷嚷着一定要娶的那个。"

程处默"哦"了一声："那位女施主啊，我已忘却了。种种深爱，都是魔障。佛，才是我的路，宁死也要坚定地走下去。"感觉自己头顶圣光，越说越带劲儿。

"你……"程夫人惊呆，"连傅柔都不要了？"

"不要了。"程处默就怕他娘玩试探。

"你不在乎傅柔了？"程夫人哭了。

"我意已决。"程处默装作闭眼，又念"阿弥陀佛"，偷看到他娘沮丧得要走，心想可不能演过头，"等一下！国公府对我有养育之恩，人非草木，孰能无情？如今我欠下如此大恩，没有给国公府留下一脉香火，岂不是多了一笔孽债？"

程夫人惊喜，急忙走回来："对啊对啊，孽债可不好。"

"既然如此，我就在出家之前，先觅一女子，留下后人，也算还了国公府对我的养育之恩。"程处默说出终极目的。

"娘这就给你物色美人，让你多多地生，生到子孙满堂！"等到那时，就不会再有做和尚的糊涂想法了。

"万万不可！"程处默大叫，"如果找别人，岂不是我又欠了一笔孽缘？"

"你是说——"程夫人揣测着，又怕猜不准而刺激到儿子。

"衣不如新，人不如故，既然我与傅柔女施主已有了一段孽缘，那就不妨再续前缘。"程处默也小心地察言观色。

"傅柔啊……"程夫人迟疑。

"不行就罢了。"程处默尽量淡然。

"行行行！只要不出家，你要哪个就哪个！"程夫人哪里还敢再反对。

"那么，程夫人是同意我把傅柔女施主从魏王府带出来了？"程处默要确定答案。

"怎么还叫我程夫人？"程夫人哎哟哎哟叹气，"同意！同意！"

"但我要先说好，带她出来，只为了给国公府延续香火。等报了你们的养育之恩，我还是要寻觅我的大自在、大清净的。"

程夫人终于相信儿子真看破红尘，开始把傅柔当成最后一根稻草："不行啊，儿子，人家毕竟是正经出身、温柔漂亮的好女子，你怎么可以和她生个孩子就把她甩了？儿啊，求佛求仁心啊，你得待人一辈子好。"

"再说，再说。"程处默双掌合十，好似无动于衷，心里乐翻了天。

魏王妃站在绣好的大屏风前，看牡丹芬芳吐艳，摇曳生姿，而屏风正对着门，恰好映衬着百花齐放的花园，刺绣的牡丹却力压百花，成为唯一的绝色。她禁不住伸手摸了一下，仿佛只有这样才能确定那是刺绣。

"绣得好。"心里再赞叹，魏王妃也不显露在脸上，语气平淡，"今日府中有大事要办，贵客临门，这屏风摆在这儿，也增色不少。"

眼下长安最大的事儿，莫过于选太子妃，皇上和长孙皇后都十分重视。太子是一国之本，太子妃若是贤内助，自然对太子大有助益。目前，宫里已经选定两位，一位是侯君集的女儿，一位是苏亶的女儿，都不错，将由太子自己选。

太子和魏王是同父同母的亲兄弟，又是长孙皇后所出，一直以来同心同德，因此魏王府将为太子选妃提供场所，担当东道，选在这天。魏王以狩猎的名义请太子出宫，魏王妃则请了侯家和苏家，各家会带女儿来。

魏王妃正要问傅柔想要什么赏赐，见程处默在门口探头探脑，一脸兴奋之情溢于言表。她心想多半是母亲点了头，也不再扮黑脸，让傅柔退下了。

傅柔一出门，就被程处默拉到她的房里。他把怎么争取他娘点头的经过简单说了，当她听到他还跑去庙里当和尚，心中又酸又甜，觉得自己这次没有错信他。两人十指交缠，情意正浓，却忽被两只麻雀打扰。

"看到没有？"

"看到了。原来让大哥忽然发疯的，是大美女啊。"

"美女？我也要看，给我看看。"

"别吵，别吵，让大哥发现，我们就死定了。"

程处默对傅柔尴尬地笑笑，无声地走到门前，猛地打开门。麻雀，不，亮、剑兄弟扑进来，一齐趴在地上。

程处默皮笑肉不笑地拎起俩弟弟的耳朵："自家兄弟，客气什么，大大方方地进来看吧。"随即就向傅柔介绍："这个是处亮，这个是处剑。"

亮、剑齐声："嫂子好！"

傅柔第一次瞧见这两人。长相各有出色的地方，性格也似不同。处亮看着沉稳，眼露机灵。处剑看着活泼，却是聪明相。她到今天，可以放心地下定论，这仨兄弟虽有风流之名，但实质是好玩的大男孩而已，本性绝对不坏。

"谁是你们的嫂子？油嘴滑舌。怪不得你们大哥说，你们两个不务正业，就知道调戏女子。"傅柔说话的语气一下子拉近了距离，就像一家人。

"不是啊，我俩今天不是来看大哥大嫂的。"程处亮对程处剑挤眉弄眼。

程处剑附和："对，对，是来看未来太子妃的。"

"太子妃？"程处默一头雾水。

"大哥，你最近一心顾着出家啊，剃度啊，自宫啊，绝食啊，当然不知道长安城最新的大消息。"

"太子要娶太子妃了，不是侯家的，就是苏家的。"

亮、剑弟弟们你一言，我一语。

傅柔微微睁眸，侯君集已经一手遮天，若女儿成了太子妃，怎么得了。

"侯君集那个老猴头，想得美！"程处默就更不用说了，新仇旧恨加一起，绝对不会让侯君集的野心得逞。

魏王府的后山猎场有很多飞禽走兽，其中一些比较珍贵的品种，还是帝后夫妇赏下来的。皇上觉得这个儿子胖乎乎的可爱，虽然对国家大事关心不多，但文学修养很高，管个学士阁，就和文人们打成一片，弄些好文章、好书籍献上，丰富了他的闲暇生活，所以动不动就赏。皇后的心思就很简单了，太子喜欢狩猎，在魏王府弄个猎场，兄弟俩平时就能混在一起，增加感情，另外魏王府不在宫里，到那儿说什么事儿都是家里长短。

这时，狩猎结束的号角已经吹响。

在树上睡得舒服的称心被吵醒，却见树下一人正爬树，踩一步滑两步，姿势滑稽得可笑。他环顾四周，看到树杈上挂着一只中箭的鹰，当下双手一撑，几个灵活纵跃，抄起了鹰，轻巧落在树下。

"想不到太子殿下也会爬树。"称心双手捧鹰，但也说不上毕恭毕敬，有种已经处于世间底层，干脆放飞自我的懒散气质。

"你知道我是谁？"那人面貌端正，眉宇间隐隐一股贵气，说话的姿态不容人挑衅。

称心跪下："草民识得殿下这身太子袍。"

"起来吧。"太子接受了这个说法，态度有所缓和，"我爬树不是为了鹰，只因这支金箭乃父亲所赐，不能弄丢，你可不要对外乱说，明白吗？"

"明白了。"称心起身，"草民告辞。"

太子叫住他："你叫什么？"

称心弯眼一笑："难道太子还想赏赐草民？"

太子看看腰间，那里只挂着一枚玉佩，不禁犹豫了一下。

"以后若草民还有幸和太子见面，再请赏赐草民吧。"称心躬身告退，走得很是洒脱。

太子看着挺奇特的一人，要是换了别人，哪敢不报上姓名？正因为奇特，他觉得很新鲜，反而网开一面。

称心浑然不知自己因为少根筋而"虎口脱险"，脑子空空地回到魏王府，正遇上傅柔。

"称心，你衣服怎么破了？"傅柔一眼就留意到了，她对于针线方面天生具有绝对的敏锐。

"树枝钩破的。"称心看一眼，"真麻烦，我最讨厌针线了。"

"给我吧。"傅柔伸手。

"你是新来的，不懂王府的规矩，梨园的人可不能差使你们针线人。"称心放飞自我的前提是，守着该守的规矩。

"就当多谢你那天帮忙转交荷包。不过，我现在有事儿要办，衣服要过几天才能补好给你。"傅柔奉魏王妃之命，要去苏灵淑那里听吩咐。

称心高兴地说道："不要紧，别忘了就行，多谢。"脱下外衣，大大方方地交给傅柔。

傅柔告别称心，继续往前走，心里想着魏王妃的吩咐。魏王妃说，侯盈盈的舞裙十分出彩，相比之下，苏灵淑的舞裙过于素雅，让她过去瞧瞧有没有修改的余地，她正好乐得可以帮一把。那么嚣张跋扈的恶人，如果老天爷还不收拾，总要有人收拾，哪怕只是给他心里添堵也是好的。

魏王府的宴台，临湖而建，又高又阔，四面推门的设计，在晴朗的天气下可以全部打开，坐享周围的景致，得蓝天绿湖相伴。

太子在主座，程处默敬陪末座，稍稍用食后，魏王妃就说要上节目了。众人心照不宣，苏家和侯家的女儿要上场献舞。

乐声起，先上来的是侯盈盈。

程处默发现侯君集的女儿长得居然不随爹，还真挺美，舞也跳得不一般，身姿轻盈，如花间翩翩的蝴蝶。可惜侯君集越在那儿吹嘘，说什么连曲子都出自侯盈盈之手，他心里厌烦。

太子却看得目不转睛，神情赞叹，甚至当素衣简裙的苏灵淑上台献舞时，他的目光仍在侯盈盈的身上流连不去。

这时，苏灵淑开始旋转，越转越快，终于吸引太子看了一眼。就在那瞬间，她的衣裙打开了褶子，舞出无数花瓣，裙如晴伞兜住了花瓣，再散开，如此反复，仿佛置身于花雨之中，看似不起眼的舞技，由此变得精彩绝伦。也是自那一刻起，太子的眼里再没有侯盈盈。

程处默无意之中碰到腰上的香囊，心念一动，往宴台外看去，果然在九曲桥的另一头找到了傅柔的身影。他笑了，不愧是他的柔儿，只有她那根出神入化的绣花针，才能有此神奇。接下来，就看他的本事了，他要让侯君集的女儿嫁不出去！

"太子殿下，可有何感慨啊？"魏王妃笑着问。

魏王妃率先得知侯家的舞裙远胜苏家，只觉得不能让人输在一件裙子上，谁能想到傅柔这么巧的手可以扭转乾坤？

"这个嘛——"太子为苏灵淑的花雨舞惊艳，又不舍侯盈盈的美貌，忽见程处默笑得别有深意，就点名他，"处默郎，孤左右为难，你倒是独乐乐啊。你对各家名门千金的评论名满长安，不妨说一说。"

"太子之命，岂敢不从？若处默说错了，不能罚我。"就算太子不让他评，他也要找机会开口。

太子笑道："说吧。恕你无罪。"

程处默起身一鞠："如果我是太子，我当然挑侯府千金，她的美貌是出了名的，舞姿如天仙下凡，声音又甜——"话锋一转，"而且，她皮肤滑，小脚又白。哦，对了，尤其是后腰上那颗红痣，简直让男子销魂啊。"

侯盈盈的神情刹那羞愤。侯君集大怒，一掌拍桌，正要发飙。

魏王妃扬声："处默，你放肆！陈国公千金的清白之躯怎会落入外人眼里？太子殿下面前，你也敢信口开河，还不快向殿下请罪！"

程处默从善如流："处默说话直，请太子恕罪。"

太子认真地问道："是'直话'，还是胡话？"

"不敢对太子撒谎。太子若不信，待你选了侯府千金，日后便知。"程处默垂头，藏起嘴角一抹狡黠的笑。

太子再看侯盈盈一眼，目光变得冷淡。

魏王妃打了个手势，内侍把一个托盘送到太子面前，托盘里是一朵牡丹宫花。

魏王道："虽然为难，可太子还是要有个决断啊。"

太子已有选择："百花之中，母后最爱牡丹，因为牡丹不但华贵雍容，而且没有招蜂引蝶的俗香。听说苏大人的千金也很喜欢牡丹，这朵牡丹宫花，就赐给苏小姐吧。"

苏亶大喜，领着苏灵淑下跪谢恩。

魏王妃笑道："太子殿下难得来一趟，魏王府的戏班子还准备了一台戏，想请太子殿下赏看，就当是饭后消食吧。"

太子感兴趣："什么好戏？"

魏王妃答："赵子龙七进七出长坂坡。"

太子道："好，去看戏。"

众人离开宴台，魏王刻意落在后面，对程处默竖起大拇指，程处默咧嘴一笑。侯家敢动傅柔，这就是代价！

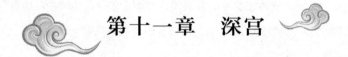

第十一章　深宫

宴台上的人都走光了之后，一个穿着宫女装束、圆脸白皙的年轻女子从柱子后面冒出来，气得直跳脚。

"可恶，果然是长安第一纨绔，连人家后腰上的红痣都看到了，这等好色之徒，本公主岂能嫁他？"

这女子，正是程咬金中意的未来儿媳妇，清河公主。清河公主虽非长孙皇后亲生，但由皇后带大，太子和魏王待她也极为疼爱。

今日她混在太子的宫女之中，就是为了来看一眼程处默。父皇虽然看不上程处默，却碍于程咬金的面子，尚未回绝，让她心里七上八下的。她自认不是不讲道理的人，在向父皇提出反对意见之前，一定要亲眼验一验，结果那个程处默真的不是好东西。

"唉，怎么都走了？"程处亮走进来，看到了她，自然而然把她当作宫女，"来，给我倒杯茶。"

清河公主左右看看，随后指指自己："你让我倒茶？"

程处亮也指指自己："难道我自己倒？"

清河公主迟钝得留意到自己一身宫女装，不甘不愿地倒了杯茶，可是放桌上时动作太用力，茶水洒得到处是。

"你……"程处亮想了想，还是自己动手算了，"看在你们女子也活得不轻松，不和你计较。"

"你怎么知道我们女子活得不轻松？"清河公主难得听到男子这么说，还挺稀奇，不知程处亮刚刚经由傅柔教导。

"我怎么不知道？光是练体态身姿，什么身体要直，脖子要正，就够惨了。"程处亮现学现卖，忽然盯住清河公主，"你挺漂亮，新来的？以前没见过你。"

清河公主犹豫一下："我今天刚来，叫清……青儿。你是谁啊？"

"魏王妃是我阿姐，我叫程处亮。"

"哦，原来你就是程处默的弟弟，程处亮。"处默亮剑，长安闻名。

"真没规矩，叫处亮郎君。"小小的丫头，架子那么大。

"我在魏王府做侍女，又不是在你程家做侍女，轮不到你教训我。"清河公主顶嘴。

"哎呀，胆子不小啊！敢和我顶嘴，我就亲你的嘴。"程处默吓唬她。

"你敢！"清河公主可不是被吓大的。

"为什么不敢？说亲就亲。"程处亮跳下桌，抱住清河，飞快地亲了她一口。

清河公主惊慌失措，用力地推开程处亮，谁知程处亮没站稳，脑袋在门槛上磕了一下，晕过去了。

清河公主紧张地探探他的鼻息，还有气儿，这才放了心。臭小子可别怪她，居然把她使唤来使唤去的，还抢走她的初吻！她远远地瞧见过卢国公几回，长相特别正气的伯伯，怎么生的儿子个个不正经？

想到这儿，清河公主对昏迷的程处亮做个鬼脸："警告你，今后别在我面前出现！"

梨园戏台上正演"赵子龙七进七出长坂坡"，打斗精彩。

"魏王，你这王府的戏班子，不错呀。"太子赞道。

"魏王妃就爱看这些热闹的武戏，我特地花了大价钱，请了一个武戏功夫极好的，常驻在我这戏班子里。"魏王极力显示自己宠妻。

"不过是戏，风花雪月的陈腔滥调，远不如军人征战沙场、为国流血的慷慨壮烈精彩。"侯君集的气还没消。

"侯大将军为国流血，劳苦功高，所以皇上才封了侯大将军做陈国公。皇上英明，一向赏罚分明。功臣们该赏的，早就赏足了。做臣子的，总不能得陇望蜀，对不对啊，陈国公？"魏王对侯君集笑笑，反正他的王妃讨厌谁，他就讨厌谁。

"魏王……"侯君集发现太子也望着他，只得忍耐，"说得是。"

这时，戏台上一连串精彩的打斗戏令人眼花缭乱，扮演赵子龙的人枪挑曹贼兵马，猛然回过头，竟是称心。

"扮赵子龙的人，叫什么？"太子立即注意到了。

"称心。"魏王答。

"好，果然叫人称心如意，让他过来，孤要赏。"

不一会儿，称心来了，行大礼："参见太子殿下。"

"称心，这一次，孤要好好赏你了。"太子解下玉佩，赏给称心。

称心接过玉佩，看着太子："谢太子赏。"

忽然，内侍来报皇后驾到，众人急忙移至正殿。

牡丹屏风前侧立着一位衣装雍容的女子，云鬓插黄金凤簪，两鬓闪现银丝，面颊有些瘦削。

"儿臣参见母后。"太子和魏王上前见礼，其他人随同行礼。

长孙皇后转过身来，笑容亲切，神态却带着倦色："都免礼吧。"

长孙皇后来魏王府，就是关切太子的选择，但听魏王妃说太子赐了苏亶的女儿宫花，颇为欣慰。苏亶是敢于谏言的直脾气，想来他教出的女儿品行一定优秀，她这么想着，也不忘安抚侯君集，答应他会帮侯盈盈留意其他合适的子弟。随后，她又转回去，看那面牡丹屏风。

侯君集心里正恨魏王府一碗水没端平，立刻把握机会："臣记得，娘娘的立政殿里也摆着牡丹屏风，只是这一扇精致多了。"

长孙皇后无心地回答："魏王府里的好东西是不少。"

魏王妃一惊："母后容禀，臣媳知道母后向来喜欢牡丹，下个月就是母后千秋大寿，所以，臣媳特命人绣一扇牡丹屏风，为母后贺寿。这扇屏风，原本下个月初要送进宫去。难得母后喜欢，臣媳这就命人立即送入立政殿。"

"魏王妃一向孝顺。"长孙皇后更好奇的是，"不知谁的手这么巧，能绣出此等佳品？"

"是魏王府的一个针线人，名叫傅柔。"魏王妃不敢不说实话。

长孙皇后道："手巧至此，必是个心灵之人。召她来，本宫瞧瞧。"

傅柔被传召入内，心里虽然忐忑，面上却不显露半分，对皇后从容见礼。

"听说这扇牡丹屏风是你绣的。"长孙皇后欣赏这女子的优雅大方，"本宫见过不少牡丹的刺绣，唯独这一扇屏风，尽显牡丹美态，栩栩如生。你有什么诀窍？"

"禀皇后娘娘，花朵要尽显美态，需要花瓣色泽过渡自然。别人绣花，一般都用单色线。民女是按照花瓣的色泽变化，先把丝线做出渐染，再用丝线绣花瓣。至于栩栩如生，最重要的是有凹凸逼真的感觉，除了苏绣中的套针法，还需根据枝叶脉络走向，使用斜滚针、旋针等技法。"傅柔侃侃而谈。

长孙皇后"哦"了一声："你还会染织？"

傅柔回道："民女家中曾开染坊和绣坊，略知一二。"

侯君集忽然想起进魏王府时，看见程处默拉着此女的手往后面走。

"臣恭喜娘娘。"程处默坏他好事儿，侯君集绝不让他好过，"皇上求贤若渴，盼天下英才为之所用，娘娘与皇上一心，此等人才岂能错过？"

"陈国公言之有理。傅柔家传绝学，技艺精湛，可堪侍奉皇家。恰好司织之位空缺，若能负责宫中的织染绣品，也算人尽其才。"长孙皇后越看屏风越喜欢。

魏王妃想开口，但被魏王眼神阻止。

侯君集看傅柔变得脸色苍白，语气一沉："傅柔，你还不谢恩？"

傅柔跪下谢恩。她的命运，自从来到长安，就好像不由自己掌控了，尽管她清楚地意识到这一点，却也万般无奈。

消息传到程处默那儿，他立刻来找傅柔，就看到她立在窗前，伸手对着星空比画着牛郎星和织女星的距离。

"我想去求皇后娘娘开恩，阿姐觉得时机不到，反而会连累你我两家人。"他走上前，与她一起仰望星空，"王母娘娘为什么非要用一条银河把牛郎织女分开呢？"

"可能是为了考验他们吧。令人刻骨铭心的爱情，都要经历许多考验，就像牛郎与织女、梁山伯与祝英台。"虽然万般无奈，她至少可以让自己的心态积极一些。

"真能化蝶还好，飞到大海尽头，天天吃点花粉什么的，顺便再孵几条毛毛虫。"他可积极不起来。

她扑哧笑出声："这时候，你还不正经。"

他握住她的手：“苦中作乐，不然怎么熬？你什么时候进宫？”

“皇后娘娘的旨意已下，明日回家拜别爹娘，后日一早进宫。”她望着他的眼，微微一笑，“我相信，我们一定能渡过难关。”

“但你一进宫，也不知什么时候才能见面，我今晚不走了。”他满脑子只想趁机求亲近。

傅柔睁眸，红晕迅速染上双颊。

程处默摆手：“你别瞎想，我程处默虽然血气方刚，但对你绝对一万分的尊重。”他很清楚，她不是轻浮的女子，值得自己珍惜，一定要等到成亲的时候。

“可以是可以，你睡一头，我睡一头，不准靠近。”傅柔并非铁石心肠，更何况她喜欢程处默，也不舍得和他分开。

程处默举手向天：“我发誓。”

于是，两人各占一处床角，背靠着墙，抱膝而坐。

过了一会儿，程处默开口：“柔儿，我可不可以……”

傅柔不等他说完：“不可以。”

又过了一会儿，程处默再接再厉：“就算是母老虎，也能摸摸毛吧。”

傅柔坚决拒绝：“是你说给我一万分的尊重——啊！”

程处默动如黑豹，已将傅柔扑倒，亲了上去。月光有多美，情有多动人。这一吻，就是无声的山盟海誓，交换两人一生的爱情信物。

好一会儿，他才稍稍离开，鼻尖儿轻轻擦过她的脸颊，目光咄咄，仍如饥饿的豹，寻求对方更多的默许。然而，脸红到耳根的她清醒得极快，用力推开他。他摸摸脑袋，退回另一头角落，重新抱膝。他尊重她，真心的。

“你，轻薄。”她还是害羞得不敢抬头。

“对啊，太轻薄了，应该亲得再厚一点儿，再深一点儿，再浓一点儿。”早知道她会这样，他就该一直亲下去，不放开。

“闭嘴。”这种话怎么说得出口？

“好，我闭嘴。”他却咂嘴回味，“满嘴余香，足可绕唇三日。”

“程处默，你可恶。”还越说越来劲儿了？

“等你入了宫，接下来相思的苦日子，我就靠回忆今晚这点点滴滴来熬了。一定要熬到雨过天晴那一天。”突然，他开始解腰带。

“程处默，你干什么？”她吓得捂住双眼，连脖子都红了。

他自己拿着腰带的一头，把另一头丢给床另一边的她。她放开手，抓住了腰带的另一头，然后听到他说了一句世上最动人的情话——

"这是我们的银河。"

傅柔入宫的这日大雪纷飞，前方的宫城美若仙境，后方的程处默深情相送，她的脚步轻快了许多，即便宫门关闭时发出沉重的声响，也没有让她心生胆怯。

她深信，她很快就会走出这道门，那时他一定在。

因为开了个好头，傅柔接下来就适应得很快。一开始，她以为司织就是会织染的宫女头衔，抱着从底层做起的思想准备，了解之后才发现自己见识少。

皇宫里有六局二十四司，尚工局下设四司，她所在的就是其中一司。司织是掌管女官，从六品，可以调遣全司的人，负责所有的织染绣品，地位一点儿都不低，还有随侍的宫女听她使唤。地位比在魏王府高了，要负的责任也大了，还要专门去尚仪局学规矩，考核通过才能成为正式的宫人。

然而，第一天学习礼仪，傅柔就因为整夜看账簿而迟到，让尚仪局的老大司徒严厉地训了一番，被罚和新进宫女一起练到天黑。

不过傅柔也有收获，从新进宫女们的口中听到了司徒尚仪的八卦，知道这位不近人情的尚仪不但受长孙皇后的器重，更是陪伴太子幼年的宫女，在太子面前很是说得上话。她再回想之前受到的训斥，终于明白对方只是恪尽职守，看法因此有所改观，端正了学习礼仪的态度。

天黑之后，傅柔才回到尚工局，刚想休息，林掌织就拿来一个托盘，上面放着绣品。

掌织的地位仅次于司织，上一任司织告老之后，林掌织一直代管着。傅柔来的时候，她带着女官们来拜见，办理交接也是面面俱到，更是主动交上了账本，让傅柔很是省心。

林掌织呈上托盘，退开两步。她动起来的身姿非常曼妙，姿容又远胜普通的宫女，要不是穿着统一的刻板女官服，稍加留意就会发现，她是一位货真价实的美人。

"司织大人，这是要呈给杨妃娘娘的绣品，按规矩是需要您亲自送去的。"人美，声音也悦耳。

杨妃是仅次于皇后的贵妃，生下了吴王，还深受皇上的宠爱。这样的人，是怠慢不起的。傅柔也不疑有他，直到来到杨妃的宫殿外，才觉得不对劲儿。内侍居然怪她来得晚，应该早上送的，晚上才露面。

傅柔当然一愣，林掌织并未提及这绣品本该是早上送的。她立刻起了防备之心，趁着内侍在前面领路，抬手掀了覆着绣品的布，翻看那些绣品。果然，不看不知道，上面的绣品毫无瑕疵，下面的却被人为割坏。

她心里吃惊，但从门口到正殿也不过几十步，什么都做不了，最后来到杨妃面前，二话不说就是一跪，将下面破损的绣品翻了上来。

"下官今日上任就出了疏忽，交上来的绣品未经检查，就匆匆来向娘娘交差，适才发现有误，却想着怎么也是迟了，只能向娘娘请罪。望娘娘给下官一个机会，下官明日黄昏前，必定送上娘娘想要的绣品。"为今之计就是说真话，认错。

"你倒是坦白。"杨妃一眼就看出破损的地方有异，"抬起头来吧。"

傅柔抬起头，才看清座上的女子。

若说长孙皇后的姿容端庄秀丽，杨妃的姿容就是明艳妩媚。明明有些年纪，儿子都成年了，却没有半点衰老的痕迹，一个眼波流转就光彩照人，似乎不曾吃过苦头，让人捧在手心里，才有如此纯粹的千娇百媚。

"说实话，总比说谎话好。"傅柔道。

"这皇宫里，说实话的人，可不多啊。"杨妃一笑，语气悄转，"你说这绣品是别人交过来的。那个别人，是谁啊？"

"下官一时不查，接了这有问题的绣品，错在下官，该由下官担起责任。"自己的问题，自己解决。

"皇宫里尔虞我诈、钩心斗角，有一点清新风气，是件好事。今天的事儿，本宫暂且不和你计较。至于你管的那一司，乌烟瘴气，回去也该好好收拾一下了。"杨妃想看看傅柔的本事，"皇后娘娘最近很喜欢的那扇牡丹屏风，就是你绣的？"

"是的。"傅柔没深想。

"本宫喜欢莲花，你照着同样大小，给本宫绣一幅来。"是傻，是聪明，一试便知。

第二日一早，林掌织带着她手下元女史，心情愉快地走进司织办公署，却见傅柔神情安宁地坐着，正翻看账册。

杨妃虽是个好相处的，地位崇高却待人亲和，但不代表一点儿脾气没有，更何况司织所已经屡次拖延杨妃指定的绣品，就算是菩萨，也有些泥性，谁知就让傅柔这么好好地回来了。

林掌织心惊，眼中终于流露出敌意。

"林掌织，你那日给我的账册少了一本。"傅柔只字不提昨日那件事儿，"向宫中领取的银钱器物、布帛丝线等，应该有一本详细登记的账册。"

林掌织收敛神情，语气却不再友善："司中用料用物的账，种类繁多，数字琐碎繁杂，而且经年累月地积存。账目复杂，恐怕傅司织看了也不明白。不如，还是像从前文司织在时的规矩一样，细目由下官和元女史登记，每个月，都向傅司织呈报总额。"

"说到规矩，明日还要去尚仪局学习宫中礼仪。正好，可以顺便向司徒尚仪请教，这司织不能看本司用物用料细账的规矩，是什么时候定下来的。弄明白了，我也好严格遵守。"规矩好，规矩公平。

"这……"林掌织不敢再推托，"傅司织要看物料细账，自然可以。这两日找出来，就拿来交给傅司织。"

傅柔也不多话："明天一早，送到本官案前。"

林掌织不甘不愿地回答："遵命。"

傅柔一头抓账本，一头打算采取三班轮值，赶制已经延误的绣品，整治司织所的不良惯例。然而，底下人反弹得厉害，非要傅柔同林掌织商量了再办。

傅柔当然没去和林掌织商量，反而叫来林掌织的手下元女史，表面上要一起查账，实则想从元女史着手，挖出真相。

"绣品点缀用的片金，与司织所用去的片金，数量不符。"傅柔翻着账册。

"账目繁杂，傅司织没看漏了哪里？绝对不可能少的。"元女史心惊。她和林掌织一样，以为傅柔不过是个针线人，看不出里头的手脚。

傅柔"哦"了一声，让舒儿拿算盘来，当着元女史的面噼里啪啦拨算珠。

"从今年年头算起，到最后这一次的登记，片金少了五束，捻金少了十二束，一等的蜀锦两匹，还有……"

元女史跪了，面色仓皇："傅司织，司织所人多手杂，这账本里少的东西，不能怪在下官头上啊。"

傅柔笑道："瞧这话说的，这字是你的字，难道还能怪我不成？"

"这……这都是林掌织命下官做的。"大难临头，夫妻都各自飞了，还顾得上别人？

"下属做事出了差错，就推在上司的头上？"傅柔笃定拿下她。

"不！不！真不是下官推诿。账上少的东西，都是林掌织拿了。"元女史的嘴巴撬开了，"一部分拿去给司织所的女史宫女们，施恩笼络她们。剩下一部分，林掌织用来做她自己的漂亮衣服。她那些衣服，就放在衣箱里，傅司织带人去找，绝对就能找到。那就是林掌织贪没尚工局物料的证据。"

"尚工局的人，每年都有定例的衣裳发下来。林掌织为什么还要冒着险，自己做别的衣服？"傅柔想不通。

"傅司织有所不知，林掌织一心盼望着讨得皇上恩宠，一步登天，所以暗中为自己准备华丽衣饰，想找个机会吸引皇上的注意。她的野心，大着呢。"元女史什么都交代出来。

傅柔一笑，自己果然没看错，林掌织志不在司织所，那样反而好办了，因为一个要登天，一个要入地，本不该起冲突的。

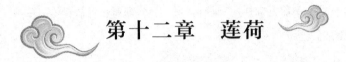

第十二章　莲荷

林掌织到司织所转了一圈，看似一切如常，就以为傅柔拿不到自己的把柄。想不到她一回屋，发现傅柔坐在桌后，角落的衣箱打开了，那一件件偷做的华美衣裙被明灯照亮，刺着她的眼。

她干脆认了："傅司织好手段，本以为你是个新来的，倒是小瞧你了。不过，这宫里日争夜斗，实属平常，我虽输了，要我向你求饶，你别做梦。"

傅柔手旁放着一件裙子，轻轻抚过："手工是真好，只是林掌织有机会穿吗？尚工局的人，衣装定制，即使你做得再多，穿出来也违背宫规，这些心思皆是白费。再者，后宫三千粉黛，皇上什么华服不曾见过？在最寻常处独辟蹊径，也许才是让皇上动心的最好办法。林掌织这路，走错了。"

林掌织突然有点儿摸不着头脑，听傅柔的语气里没有任何讥讽，反而暗示她有其他的法子。

傅柔接着道："织绣技巧，虽然是小道，但也不能等闲视之。就以金色为例，最早只有染了金色的丝线入绣，后来觉得颜色不够亮，就有了金丝入绣。再到后面，又有了片金、捻金。从两色金，到四色金，综合交织于一片彩锦之中，才有了织金锦的灿烂夺目。"

林掌织一转念："傅司织对织绣一道的认识确实远远在我之上。但那又如何？胜负已分，就算你大人有大量，饶恕了我，我也不可能再留在司织所继续当你的副手。"

"林掌织说得对，发生了这件事，你在司织所是不能长久的了。所以，为了让你我不要再抬头不见低头见，你尽快找对的路吧。"傅柔站起来往门外走，经过林掌织身侧时，"能吸引人注意的，除了色彩，还有光线。如果是若有若无，优美如粼粼波光，那就更有把握了。"

林掌织若有所思，半晌之后转头看去，傅柔手里的灯在黑暗中若隐若现。刹那，她就明白了！

过了几日，傅柔刻意带上林掌织，去给皇上送香囊。两人去，一人归。林掌织那身与寻常宫人无异的裙子，在阳光下折出粼粼波光，吸引了皇上的目光，被皇上留下。隔日，林掌织乘一顶宫轿回来，已受圣恩，封为宝林。

众人惊讶不已，唯独傅柔心中有数。

林掌织进了傅柔的屋，对她盈盈一拜："我有今日，全靠傅司织成全。司织行事磊落，做人忠厚，我心服口服。"

傅柔急忙扶起她："你如今已是宝林，我可受不起你这个礼。其实你我本就没有多大的仇恨，如此甚好。"真心里她还挺欣赏对方的，懂得做账本，又懂得刺绣织染，还懂得笼络人心。

林掌织也笑了："各得其所，确实好多了。"语气一转，略带愧疚，"你可记得第一次见面时，我给你一本心得？那时我糊涂，给了假本，若你照着去讨好娘娘公主们，必定马屁都拍在马腿上。不过，我这里还有一本真的。现在我已经用不上了，对你，倒还是可以派点儿用场。"

傅柔道谢。

"这就是杨妃娘娘要的芙蓉？"林掌织看到傅柔的绣架上有半幅粉莲，刺绣技术虽然高超，却让她蹙紧了眉。

傅柔察觉："还请宝林不吝赐教。"

"此事傅司织还要小心应对。"林掌织既然敢登天，自有生存的技能，对暗流的观察力特别敏锐，"你凭一扇牡丹屏风被皇后娘娘选进尚工局，如今杨妃娘娘要芙蓉，你绣得不够好，就会开罪她；但若绣得太好，就开罪了皇后娘娘。"

傅柔愣住，陡地背脊发凉。她根本没有深想，以为杨妃只是要看看自己的手艺。好在她运气不错，帮了林掌织，林掌织反过来救她。原来，皇宫之中真的是处处陷阱，行错一步便会坠入深渊，她太大意了。

太子又来魏王府了，不知怎的，总想着那出"赵子龙七进七出长坂坡"。谁知，一进正堂，看见魏王有客。

"太子来了。"魏王打招呼，圆脸笑哈哈的。

客人转过头来一看，立刻起身行礼："太子。"

太子看清对方，眼里瞬间闪过不悦。倒不是因为一张脸眉清目秀，也不是因为一身的气宇轩昂，只因为那是吴王。

吴王是杨妃之子，成年后去了自己的封地，只因母后大寿，太子又将大婚，父皇才让吴王来贺。太子记得圣旨发出去也没多久，吴王这么快就来长安了，也不知道什么意图。

明面上，三兄弟有说有笑，但并不深聊。皇上与皇后祸福与共，携手走到今天，待皇后非常敬重，然而要说感情，皇上更偏爱杨妃，这也注定了吴王和太子、魏王不可能像亲兄弟一样。

即便是打猎，俩兄弟和三兄弟的氛围也截然不同，太子摆明着和吴王较劲儿。吴王也不肯让步，太子打多少猎物，他就打多少猎物。魏王看得明白，却不知怎么插手，毕竟太子虽是亲兄弟，但吴王也没得罪过自己。

太子笑道："箭术精进自是好事，只要吴王的箭不要射入长安就行。"

吴王也笑："太子说笑。"

"我当然是说笑的。父皇威震万方，谁敢箭射长安？"太子还是话里有话，"这场打猎还没完呢，不到最后难说胜负，我们接着比！"

太子一马当先，冲入林子深处。只是他想得虽好，没料到又碰上了称心。这小子，就爱在树上睡觉，而且睡得那个香，看得他都羡慕。他立刻对着树连发三箭，同时把和吴王的较量抛到脑后。

称心惊醒，在树枝间跃动，灵巧地闪避，漂亮落地，抬头却见太子。

"原来是太子殿下。"称心的神情一垮，看来自己已经成了活箭靶，以后不能来了。

"称心，你又躲到树上偷懒？"太子丝毫不觉称心的颓丧，还哈哈大笑。

称心嘟囔："在树上小睡一下，也算不得偷懒。"

太子又道："你从树上翻下来这两手，看起来很不错啊。"

称心不以为意："都是演武戏要耍的功夫，练得久了，看起来就不错了。"

"你再翻两下给孤看看。"太子打了个手势。

"我又不是猴子。"就不让他好好睡一觉。

太子没听清："什么？"

称心大声："是，草民遵命。"就地随便翻了两个后滚翻，"太子殿下，满意了吧？"

"不满意。"太子看出敷衍，"你回去准备一下，孤要看'赵子龙七进七出长坂坡'。"

称心"啊"了一声："又是那一出？"

远处号角响起，太子这才想起打猎还没结束，一边策马离开，一边催促称心："快去快去！"

称心叹口气，转身往山下走去。他知道什么时候该懒，什么时候不该懒，别人看来，可能他这条贱命不值多少，但他愿意为之放弃尊严。

再说程处默，自从送傅柔入宫，心情就糟透了，镇日不是练武就是研究兵法，还拉着两个弟弟一起。

亮、剑兄弟被折磨得苦不堪言，好说歹说，拽着老大到酒楼散心，果然喝酒就是良药，程处默的心情好了不少。兄弟仨高高兴兴地去会账，好死不死，碰到了侯杰，还有侯府的门客们。

"侯老弟，巧啊。"仇人见面分外眼红，要不是侯君集，他的傅柔怎么会入宫？

"当然巧，冤家路窄嘛。"侯杰阴险脸变成凶恶脸，直接开始挽袖子，"程处默，你在太子面前胡说八道，败坏我妹妹的名声！"

"红痣长在你妹妹的身上，我有什么办法？"程处默故意大声喊，就是要全长安都知道！

"我宰了你！"侯杰挥着拳头要冲上去，却被他的门客们劝住，让他忍耐到御前比武的时候。

程处默忽然想到什么似的，语气唯恐天下不乱："不对啊，御前比武，为的是柔儿，和你妹妹有什么关系？"

侯杰难得地认为程处默说得有理："行，那就另约一场。"

"那就现在吧。"程处默正郁闷，恰好侯杰就在眼前，这么好的教训机会岂容放过。

"现在就现在，输了你得把说我妹妹那些话一个字一个字吞回肚子里去。"侯杰眯了眯眼。

"若你输了，你到我卢国公府门前磕个头，喊声虎父无犬子。"程处默自认是个孝顺孩子，不是不报父母恩，而是时候不到。

当下，两人选了一个包间开打。

侯杰的门客众多，堵在门口叫好，根本挤不进去的亮、剑兄弟只能听到拳脚声，还好自家大哥被踢飞出来三次，让他们能从他五颜六色的脸上看出战况相当惨烈。

程处默被踢趴第三次时，侯杰追了出来，一脚踩在他的胸膛上，如碾轧蚂蚁一般。

侯杰咆哮，双眼暴凸的样子很吓人："说不说？"

程处默像吓到了似的："我说！我说！侯府千金是清白女子，她后腰上那颗红痣，是我从侯家千金的心腹侍女那里打听到的。"

侯杰冷哼着抬起脚："不打不知道疼。"

"等一下！"程处默狼狈地爬起，将正要离开的侯杰叫住，"我警告你啊，我一定会在御前比武中取胜！"

侯杰仰天大笑："哈哈！我赌一千金，你会比今天惨十倍。"

程处默一副硬着头皮的表情，说话结结巴巴："我……卢国公府赌……一万金，我赢定你！"

在侯家门客的起哄之下，侯杰干脆地把赌局做大，有人开赌，有人下注，整个酒楼都沸腾起来，程家三兄弟看着人人押侯杰赢，默默地退场。

"大哥，没人押你，没事，我押你。"程处亮思考半天，决定贡献自己的零花钱。

"大哥，我也押你。"程处剑不甘落后，语气一转，有点儿不好意思，"就是我存的银子不多。"

程处默"啪啪"出手，一个弟弟挨一毛栗子，两眼冒火："你俩什么表情啊？我输定了吗？"

程处亮看老大突然一点儿不萎靡了，眼睛一亮："老大，你刚才，难道是装的？"

程处默一脸理所当然："废话！我要不用苦肉计，他会中圈套，开了这场赌局？"都在他的神机妙算之中，"你们那点儿钱，赢了也不够塞牙缝的，得找大金主支持。"

程处亮一转眼珠："你是说——娘？"

程处剑也反应过来了，神情兴奋起来："对，对，娘有钱！"

"不只有钱，还有地契、房契、田庄。"看着弟弟们越来越亮的眼，程处默的神情也越来越笃定。

他程处默已非当年吴下阿蒙，侯杰要是看不透这一点，就别怪他手下无情，这次侯家要是不输个十万八万两银子，怎么慰藉他的相思之痛！

此时的傅柔，完全不知道整个长安将为程处默掀起一场巨大的赌局，带着屏风，来到杨妃宫中。

杨妃身旁坐着一个衣着华贵的年轻男子，衣摆上绣着的银蟒腾云，让傅柔立刻联想到了杨妃之子吴王。她又看了一眼，两人当真是母子之相，都长得好看。

杨妃笑道："司织所向来行事拖沓，傅司织新官上任没几日，居然如此神速，这么快就绣好了？"

吴王听出母妃的话里有夸奖的意味，这才拿正眼看傅柔。

傅柔语气平稳，不骄不躁："下官答应的事，定当全力以赴。"回头让宫女们揭开屏风上的红纱。

一幅出淤泥而不染的荷花绣屏，只用黑白二色，却美得令人叹为观止。

"绣功倒是无可挑剔。"杨妃的第二反应则是多心，"为什么只有黑白二色？难道宫里的司织所，连五彩丝、金线银线，都不够使？还是傅司织觉得，本宫要的屏风，不配使用上好的物料？"

"杨妃娘娘身份尊贵，再好的物料也用得起。下官只用黑白二色，是因为只有这样，才能显出荷花的独特风姿。牡丹是百花之王，自有惊艳迷人之处，所以刺绣要用五彩丝线、金线、银线来衬托其华贵雍容。而荷花，出淤泥而不染，洁身自好，傲然于世。既然洁净到了极点，那还有什么比白色更能表达荷花的高洁呢？与白色最相衬的，又只有黑色。下官左思右想，才决定用黑白二色来刺绣杨妃娘娘喜欢的荷花。"

吴王的视线已经转到傅柔身上，专注地看她侃侃而谈。

杨妃没有留意到儿子的目光，心里的念头转了又转："听你这么说，似有几分道理。看来，本宫要你刺绣这莲花屏风，是有些难为司织所了。也罢，既然已有色彩绚丽的牡丹盛开在前，那本宫的莲花，就不妨独处一隅，素雅清淡点。不过，本宫要你绣的是莲花，为什么你口口声声，都在说荷花呢？"

"小时候在广州老家，常见老人们摘荷花供在祖祠里，据老人们说，荷花，就是（荷）和而不同，（荷荷）和和睦睦，一家人，只有和睦了，家宅才会兴旺发达。"傅柔的巧心思滴水不漏。

"和而不同，和和睦睦……"杨妃笑了起来，"本宫明白了。傅司织，你做得很好。"

傅柔暗暗松口气："谢杨妃娘娘夸奖。如果娘娘没有别的吩咐，下官告退。"

"等一下。"吴王出声，这花已入他的眼。

"这是本宫的儿子，吴王李恪。"杨妃说起儿子，一脸的骄傲。

傅柔早已猜到，从容行礼。

"傅司织这荷花绣得很好，本王见猎心喜，也想要一个精致的荷包。这是本王随身佩戴之物，不可假借他人之手，须由你亲绣。"吴王他这要求应该算是唐突了吧，不知她会有什么反应。

"下官遵命。请问吴王殿下，荷包要用什么图样？"傅柔一心公事公办，态度恭谨。

"傅司织这么有想法，这荷包的图样，你帮本王想。"吴王看傅柔连眼都不抬，心里不爽。

"遵命。下官告退。"傅柔垂眼往后退，心里却想，这吴王好大的架子。

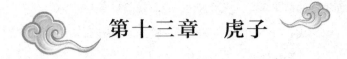

第十三章　虎子

自从傅柔绣了黑白二色的荷花给杨妃，不但得了杨妃的赏，还得了皇后的赏，突然成了六局二十四司的名人，连带常年遭人诟病的司织所都扬了回名气，众人一下子就对傅柔服气了，三班倒地赶制绣品，风气已正。

傅柔没有得意，反而通过这件事体会到了宫廷生活的不易，做人更加小心谨慎，事事亲力亲为，忙得连想程处默的闲暇都没有。谁知这天，在送绣品的途中，看见一群内侍在假山后面交头接耳，"程处默"三个字时不时地传进她的耳里，让她立刻停下了脚步。

这个程处默，自己没工夫想他，他难道非要通过别人的口来表现吗？傅柔一面觉得好笑，一面走了过去，终究架不住心中的关切。

"怎么都押侯杰？赌注堆一个人身上，让曹总管这个庄怎么做？好歹来个人，押一押程处默行不行？"领头说话的内侍叫杨柏，有一双讨喜的狗眼。

傅柔头一天进宫，就是杨柏带的路。多亏他告知，她才知道了宫里大概的人事，不至于两眼一抹黑。

"在干什么呢？"她开口问道，似漫不经心。

"啊？傅司织！"杨柏对众人使了个眼色，众人如鸟兽散，"没干什么，我们闲聊呢。"同时，双手一扒拉，想收赌注，却滚落了一地。

傅柔笑着帮忙捡银子："行了，我都听见了，押侯杰和程处默，怎么回事儿？"

"傅司织既然知道，那我就说实话吧。"

杨柏对傅柔的印象也很好，司织所里那点事儿他早就知道了，本以为傅柔要么被整下去，要么把别人整下去，却不料不但她坐得安稳，还有人当了宝林，一场下来竟然没有输家，那时他就知道了，傅柔和别人不一样。

"最近长安城里，出了一个大赌局，赌侯杰和程处默的御前比武，到底谁能打赢谁？长安城里的赌盘，已经开到一比十了。"

傅柔就问："谁是一，谁是十？"

"还用问吗？"杨柏一旦相信一个人，就知无不言，"侯杰可是皇上亲封的震勇将军，那卢国公的儿子要和一个上过沙场的将军比武，那是输定了。本来我也劝曹总管，别凑这个热闹，既然早就知道结果，这赚头就不大，白辛苦。可是曹总管说，还是玩一个小庄，就当给大家找点儿乐子。"

"内侍监的曹总管？"傅柔近来对人事没少下功夫，不是为了要讨好谁，而是避免自己犯简单的错误。

"是啊。这个赌局，长安城的大庄家是侯家，宫里的小庄家，就是我们曹总管。傅司织，你可不要说出去，让上头的贵人们知道啊。"

傅柔笑道："怎会？我还想凑凑热闹，押程处默一把。"

"傅司织，你是个好人，我才提醒你一句。你押程处默赢，这钱九成九是回不来了。"杨柏把丑话说在前头。

"我不信这个邪，押我在宫里得到的所有俸银和赏赐。"因为，她喜欢的，是一个文武双全、浩然正气的男子汉！

转眼，到了御前比武这日。

当今皇上文治武功都出色，认为虽然打完了天下，守天下也同等重要，因此定期举行这样的盛会，一来激励年轻一辈，二来也可从中提拔，给那些官贵子弟出人头地的机会。

大校场上，一面搭着皇上皇后专用的观景高台，两边的木棚和帐篷供达官贵人们看比赛和休息，场中以低矮的彩幔围隔，分成一个个比武的圈和通道。内侍们穿插其间，又由级别较高的将领担当评判。赢者晋级，输者淘汰，决出前十，进入第二轮骑射，骑射成绩最好的两名再进行最后一轮的决赛。

程处默虽然在傅柔面前吹过牛，但这么认真地对待御前比武还是第一次，而对手们十分小看他，反倒给了他很大的优势，一路过关斩将，悄声无息地进了前十。

程处亮抱着喊破嗓子的觉悟来给老大加油，没想到老大那么快就比完了，无聊得只好到处闲逛。忽然，他看到了一张熟悉的脸，立刻大步走进帐篷。

"我总算找到你了！好哇你，居然躲到宫里来了！"他指着对方。

帐篷里有两个女子。坐着的那位高髻簪宝石牡丹，身着雪锦翻绒冬裙，白狐裘短上衣，手里抱着暖炉子。站着的那个显然是随侍宫女，程处亮指的是坐着的那位。

宫女立刻训斥："大胆！公主殿下面前，毫无礼数？"

程处亮怔住："公主？你不是青——"这才看清她一身华贵的装束。

"我就是清河公主。"清河公主昂起头，"程处亮，给本公主倒茶。"

程处亮指着自己："我？倒茶？"

"是啊。"清河学那天的程处亮，语气颐指气使，"你哪个府里的，反应这么迟钝！"

程处亮一摸鼻子，乖乖地奉茶。

清河瞧他动作麻利："你还挺会伺候人的嘛，本公主还以为你会笨手笨脚的。"

程处亮嘻嘻一笑："多谢公主殿下夸奖。一般照我们卢国公府的规矩，要是谁端茶倒水伺候得好，喝茶的人就会奖励他一个大大的亲嘴。"

正在喝茶的清河公主一口呛出，止不住地咳嗽。这家伙真是死性不改！她大人有大量，本来还不想计较的。

"不过公主殿下是金枝玉叶，身份尊贵，名声更不容有任何瑕疵，这小嘴嘛，是不会随便被男人亲到的。你说是不是？"程处亮咧嘴一笑。

"放……放肆！"一旁的宫女傻了眼，"竟敢对公主殿下语出轻薄！"

清河公主轻喝："你给我出去！"

宫女重重地点头，对程处亮呼喝："快出去！"

清河公主一咳："我说的是你，珍珠！"虽然珍珠是她的亲信，但被程处亮亲了一下的事儿却绝不能让第三个人知道。

珍珠惊讶至极，却也无可奈何，只好出去了。

"威胁皇家公主，这是死罪。"清河公主看着程处亮大剌剌地坐进对面的椅子里，面色一沉。早知如此，她才不去魏王府！

"夺了皇家公主的初吻，也是死罪。反正不犯也犯了，多一条罪名不打紧。皇上总不能把一个人杀两次。"程处亮想得十分透彻。

清河公主瞪他："你怎么知道那是……那是本公主的初吻？"

"你那么紧张兮兮的，还能不是第一次？"他程处亮百花丛中游荡已久。

"你……你！"清河公主面红耳赤，尴尬得要命。

"你什么？你以为我很高兴啊？我后悔死了。"程处亮唉声叹气，好像多糟践了他自己似的。

"混账！你这个下流狂徒，占了本公主的便宜，还敢说后悔？"清河公主不敢相信他敢这么说。

"后悔啊。在魏王府遇到一个女子，又漂亮，又玉洁冰清，还挺投缘，本来以为是个侍女，打算君子好逑一番，说不定能娶回家共偕连理。没想到，竟然是个高不可攀的公主。早知道就不亲了，宁愿这段孽缘从来没有开始，也好过藕断丝连的难受。"亏他回家后一直想到她，就是运气太背。

"什么孽缘？说得真难听。"清河公主捂住耳朵。

"觉得我说话难听，那以后大家就别见面，也别说话，也别再亲嘴。"程处亮站起来，往外走。

清河公主一拍案："站住！你去哪儿？"

程处亮没回头："公主是皇上爱女，程处亮只是卢国公的次子，你我身份有别，就不要再彼此耽误了。在魏王府，那一杯香气扑鼻的茶，那个甜美无比的吻，处亮会把它放在心底，珍惜地记一辈子。"

清河公主呆住了，心中所有的羞愤一扫而空，泛上一股子甜蜜，感觉酥麻酥麻的，心怦怦直跳。

程处亮看似潇洒地走出木棚，转到拐角就腿软了，靠着墙大喘粗气，拍着心口。

"我的娘啊！那死丫头居然是个公主。幸亏我哄的女子多，经验够丰富。说了那么一番感人的情话，她应该不会向皇后娘娘告发我了吧？"

这时，校场上进行的第二轮骑射也已接近尾声。

出乎所有人意外的是，程处默和侯杰皆是十五射十五中，皇上终于留意到程处默的表现，得知他就是程咬金的长子，大感意外，却又相当欣慰。

骑射的最终结果，以程处默和侯杰成绩最高，两人要一决胜负。

宫人牵出两人的马匹，程处默一直留意着，但见侯杰手下也从马厩的方向过来，不由得心生警惕。侯家父子俩做事儿一向狠毒，到了这个节骨眼儿，对方的人去了马厩，只怕不是巧合而已。他心念一转，就叫来自己的侍卫，吩咐去找一匹花色差不多的马，暗暗换掉了原有的坐骑。

很快，鼓声催战。程处默和侯杰各占一头，策马向对方冲了过去。一开始，两方不分上下，你来我往，尘土激扬，忽然程处默的坐骑有点儿乱蹄，他似乎勒不住缰绳。侯杰心想机会到了，迫不及待地发动攻击，不想程处默灵活地将坐骑掉头，反身扫中侯杰的腹部。侯杰来不及反应，跌下马来。转眼，胜负已分。

程咬金大叫一声，"好！"

呆愣的众人才回过神，叫好声此起彼伏。

"哎呀，陈国公！"程咬金对侯君集咧大了嘴，"听说你家很豪气地坐庄，一比十，赌我儿子输啊。我们卢国公府跟了个顺风车，押了点田契、房契、商契、金条什么的。这次赢了十倍回来，也够吃几年大鱼大肉了，真要多谢陈国公的慷慨大方了。今天晚上，老夫就亲自到贵府上，记得点好了数目，给我等着啊。"

亮、剑弟弟们听了老大的教唆，真把家里的老本偷出来下注，程夫人气得双脚跳，程咬金反而很支持，把自己的私房钱都捐了出来，而今卢国公府因为这场赌局一夜暴富，这就叫赢了面子还有里子，爽极了！

侯君集表现得不以为意，心里却气炸了，想不到程处默就像换了个人，真是大意失荆州。

皇上不知两个爱将在旁边别苗头，宣程处默上前，还想再试试他，问他一箭射七重盔甲，他可以射穿几重。

程处默马上明白皇上的意思，自告奋勇一试。

内侍们连忙清理场地，在百尺远的地方架起七重甲。程处默运力开弓，一箭射出，洞穿七重盔甲。这回，众人真心叫好，他却丝毫不惊讶，这样的结果是自己在无敌山庄吃了无数鞭子换来的。

皇上欣慰至极："好一箭，洞穿七重盔甲。程处默，今日之后朕倒要看看，谁还敢说你是长安第一纨绔。"

程处默笑笑："微臣过去行事荒唐，现在已经改过了。"

皇上连声道好："知错能改，善莫大焉。卢国公有你这样的虎子，足以笑慰平生了。"

"不瞒陛下，老夫已经高兴坏了。不过，陈国公的儿子也不错嘛，好歹也拿了个第二名。"程咬金积了多年的窝囊气，终于扬眉吐出。

"臣的儿子确实不如卢国公的儿子。程处默弓马骑射，样样出色，有卢国公当年为陛下扫荡四方的勇战之威。国有良才，是陛下的齐天福运。臣恳请陛下，让程处默做臣的副将，相信再过几年，陛下又能磨出一把崭新的大唐宝刀！"侯君集眼珠子转一圈，就是一条毒计。

皇上只觉提得好："陈国公为国举贤，忠诚可嘉，朕心甚慰。从前跟随朕的老将们都老了，新一辈总要接班的。程处默，朕就封你为定远将军，做陈国公的副将，随陈国公一起征伐盛国。"

程咬金一怔，心里骂侯君集老匹夫，够毒的，想害死他儿子啊。

程处默倒是很干脆，下跪接旨。他心里想的是，立个头功，求皇上赐婚，他和傅柔就能在一起了。

上灯时分，宫里渐渐宁静下来。

这夜新月，星星也不多，一条漆黑的甬道那头忽然出现了萤火虫似的一点儿光。等到光点晃近了，才显出那是一盏灯，因为灯罩盖着布，只能照出两个朦胧人影，不稍加注意，就发现不了。

"傅司织运气可真好，要不是皇上和皇后近来提倡节俭，很多不常用的甬道都撤了灯，就算你求了曹总管也没用。"说话的是杨柏。

傅柔得知程处默要出征的消息，就以放弃赢利为条件，请曹总管帮她想办法，见程处默一面。曹总管正愁怎么还傅柔这笔账，乐得就答应了，利用他自己的人脉，打通了内外皇城的一道门，只给半刻钟的工夫。

"谢谢你了，杨柏。"傅柔心存感激。

"举手之劳，不用跟我客气。"杨柏挺佩服傅柔，心里特别有数的能干人，"您待会儿见了人紧着些，说几句就罢。便是有曹总管的面子，要是违反了宫规，重则可是要掉脑袋的。"

傅柔低低应了一声，眼中难掩一丝激动，已经快到门口，程处默就在门的那一边。

杨柏上前打开门，和守在外面的侍卫打声招呼。侍卫早就收了好处，刻意到远处去巡逻。杨柏这才放傅柔过去。

傅柔踏出门，一道黑影急速地冲到她面前，又猛地刹住。她望着那张尚未完全消去瘀青的脸，无声地蜷紧十指，却藏起担忧的心情，对他温柔一笑。

"柔儿！"程处默用力喊道。

杨柏吓了一跳，立即嘘声："祖宗，小声点儿。"

程处默会意，压低了声："还以为见不着你就得走了。"

傅柔抿抿唇："我很怕。"

程处默握住傅柔的手，发现她握成了拳，轻轻抚平，掌心对掌心："我不怕。"

傅柔抽出了手。有别人在场，她感到很不好意思。

程处默嘀咕："进了宫连手都不许我摸一下了，幸好那天晚上亲了你，好歹占了点儿便宜。"

傅柔也嘀咕："只要你平安回来，什么便宜都让你占个够。"

程处默耸起耳朵，两眼冒贼光："什么？"

傅柔却掏出一个香囊，放进他手里。

"这回藏了什么情话在里头？"程处默别的不看，只看针脚。

傅柔摇头好笑："不正经。"他这么滑溜，即使去了战场，也一定可以活下来。

程处默嘻嘻地笑道："你还没见过我最不正经的时候呢。等我回来，你就知道了。"

傅柔明眸湛湛，是的，他怎么可能回不来？他是她见过的，最厉害的人！

杨柏看到侍卫往回走，急忙催促："行了，行了，二位别难分难舍了，话也说了，东西也给了，又不能跟着走。"看傅柔一动不动，心想只能棒打鸳鸯了，拉起她就往门里走。

傅柔一边走，一边回头看向程处默，无声说了三个字——我等你。程处默扬起手中的香囊，又紧紧压在心口，无声地点了点头，彼此郑重地交换了誓言。

太子在林中策马狂奔，心绪纷乱。

昨日母后寿宴，父皇却连赞吴王，说什么吴王最像自己。今日一早，他又被母后叫进宫里训了一番。父皇偏心，吴王做什么都是对，他做什么都是不对，他又能如何？自从吴王回到长安，他的压力越来越大。

不知不觉，马跑出了林子，眼前深蓝幽湖，对面青山隐隐，乍然柳暗花明。太子心中的愤然渐渐平复，下马沿湖慢走。忽见湖畔有人悠然垂钓，竿头一动，那人即刻挑竿，水花一炸，跃上一尾鲜活的鱼。

只是太子没想到的是，那竿挑得太猛，活鱼直接朝他飞了过来，砸在他身上，又沾鱼腥，又湿了衣。

太子正要动怒，但见那人回过头来，竟是称心。

称心认出太子，也是一愣，半晌想起行礼："草民——"

太子一挥手："不必讲究虚礼。"直接坐到称心刚才坐着的位子旁边，"就以你我相称。"

称心犹豫。

"我出来散个心罢了，你接着钓。"太子拍拍身旁草地。

"草民钓完了，不敢打扰殿下清净。"称心却想走了，不知道为什么，走哪儿都能碰到这位，长安还有清静的地方吗？

"坐下。"太子沉声。

称心应声而坐，但悄悄翻了个白眼，抛竿接着钓。

没一会儿，水面起了涟漪。

太子大叫："有鱼！"

称心摇头："不是鱼。"

"你懂什么！"太子拽过鱼竿一提，钩上啥也没有。

称心很无语，他这个老钓的不懂，一个高高在上的太子懂？

"区区湖鱼，居然也这么狡猾。"太子把鱼竿塞进称心手里，"你继续。"

称心慢吞吞地："我看还是——""算了吧"没有说出口。

太子打断："继续，直到钓上鱼为止。你没有听过锲而不舍吗？"

天色渐晚，日暮铺霞，太子锲而不舍，三番两次拉鱼竿，就是一条鱼没再上钩，倒是肚子咕咕叫了。

"别看我。"面对称心的目光，太子不承认，"我可是太子，就算饿了，肚子也绝不会没教养地咕咕响。"

称心脸部抽搐："好吧，是我。"

太子下令："你去把鱼弄一弄。"

"才这么一条小鱼，怎么弄？"这时的称心很想念魏王府。

"随便弄。谁叫你钓鱼技术太差劲儿。"本来太子很期待大快朵颐。

"我钓鱼技术差劲儿？谁乱拉鱼竿，把快上钩的鱼给吓跑了？"称心大觉无辜。

"我可是太子，我会乱拉别人的鱼竿吗？"

"你……"称心硬生生转折，"好！你是太子，你做什么都是对的。"站起来，提起小水桶，认命总可以了吧。

太子看称心捡来干树枝，又是搭烧烤架子，又是生火，大感好奇，但等称心问他要不要帮忙的时候，他脱口而出"君子远庖厨"。

很快，鱼肉焦香四溢。称心摘下烤枝，凑近烤鱼闻着香气，忽听干咳两声。他叹口气，这叫什么？为他人作嫁衣啊！

称心恭敬地献上烤鱼："您老人家请吃。"

太子毫不客气接过，高兴地咬了一口，动作忽止，将烤鱼递回称心："大唐的太子，是会吃独食的人吗？独乐乐，不如众乐乐，我们一起吃。"

称心有些意外，看太子神情认真，就接过烤鱼吃了一口，太子立刻凑过来，就着他手里的鱼咬下去，就这么你一口我一口地分食。

吃完，称心一边收拾一边问："太子殿下现在不烦恼了？"

"我什么时候说自己烦恼了？"太子还是不承认。

"散心自然因为烦心。我们唱戏的，靠看戏人的打赏过日子，察言观色还是会的。"所以，他到底还是留下来了，陪这位钓了半天的鱼。

太子脱口而出："我啊，弟弟太多了。"

称心不知怎么接茬，转身挖起坑来。

太子走到称心身边，见他把鱼骨埋了进去，不由得奇怪："你做什么？"

称心道："这条鱼好歹为我们的肚子做了贡献，总不能让它暴尸荒野。我挖个坑，把它埋了。"

太子摇头:"伤春悲秋,无端生怜,徒惹愁绪。这是娘们儿才做的事儿。"

"你才是娘们儿。"称心本能反应。

"你再说一遍!"太子来气儿。

"你是太子,从小锦衣玉食,受父母的宠爱,还为了弟弟多而烦恼。我是个孤儿,没有父母,也没有兄弟姐妹,将来死了,估计也没谁会帮我弄个坟。我还不如这条鱼呢。"称心把土填满埋鱼骨的小坑,又特意堆出个小土包。

太子怔了好一会儿,忽然非常认真地承诺:"称心,我帮你弄个坟。"

称心吓到:"不会吧?我只说错了一句话,你就要杀了我?"

"不是。"太子失笑,"不是你说,你没有父母兄弟姐妹,担心死后没有一个坟的吗?我是说,看在今晚这半条烤鱼的分上,将来如果你死了,我会帮你弄个坟。"

称心淡道:"我这么年轻,离死早着呢。你要报答半条烤鱼,还不如赏我点儿什么。"

太子摘下腰上的玉佩:"拿去吧。"

"我不是强盗,还不至于为了半条烤鱼就勒索一个这么昂贵的玉佩。"事实是,玉佩他已有一个了。

"那你要什么?"太子想不出还能给什么。

"特权。"称心想了想,"整天关在魏王府里,想出来放松一下都不容易。太子,你是魏王的哥哥,能不能帮个忙,让我可以常到外头喘口气?"

"行,我和魏王打个招呼。"这么件小事儿,太子却不知怎的,心生怜悯。原来世上的人都有烦恼,他也不过是其中一个。

想到这儿,太子的心情彻底放松了。

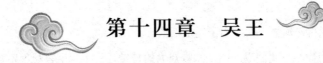

第十四章　吴王

傅柔做了个噩梦,梦中程处默被侯君集暗算,一剑刺穿。惊醒之后,虽知是梦,却再难安眠,走出了屋子,在月下漫步默祷。

"严子方,不要怪我又把你找出来,我现在心里很乱,睡也睡不着。严子方,如果真是你把处默送到我身边的,请你一定要保佑他。他去打仗了。前有敌兵,后有不安好心的侯君集,我很为他担心……"

"什么人?"巡逻的侍卫经过。

傅柔才发现自己不知不觉走进了御花园，连忙回答："尚工局司织傅柔。"

侍卫查看了名牌，却还是怀疑傅柔的意图，要把她带回侍卫所审问。她一听，事情要闹大了，正不知如何是好，吴王忽然走了出来。

"是本王约她来的。母妃生辰快到了，本王想叫她绣一样特别的东西。因为要保密，所以特意选了晚上。你们这样一嚷嚷，走了消息，毁了本王给母妃准备的惊喜，负得起这个责任吗？"

侍卫们急忙告罪，放开傅柔就走了。

"谢殿下解围。"傅柔一行礼，胳膊就有些吃痛。

"受伤了？"吴王观察得细致入微。

"没有。"傅柔不想再生事。

"那些侍卫都是精挑细选的强壮之士，你一个女官，细皮嫩肉，胳膊被他们抓了一把，当然不会太好受。"吴王一伸手，握住刚刚侍卫抓傅柔的那只胳膊，傅柔倒抽一口冷气。

"还说不碍事？"吴王凝视傅柔的容颜，"明日到凌霄阁来取药。"

傅柔回绝："不敢劳烦殿下，下官去太医署要点药就好。"不知怎的，虽然吴王帮她解了围，她还是觉得离他远一点儿的好。

吴王问："尊者赐，下一句是什么？"

傅柔一顿："不敢辞。"

"你明白就好。明日本王在凌霄阁等着你。敢抗命不来，你就等着瞧。"不待傅柔回应，吴王转身离开。

傅柔没好气儿，这么丁点儿的事儿，吴王这么蛮不讲理，让她收了恩惠都感激不起来。

第二天，傅柔来到凌霄阁。

凌霄阁是吴王还是三皇子时的住处，与东宫的位置相对，却离皇上和杨妃的宫殿很近。当初修建凌霄阁，皇上亲自督办，从设计到里头的摆设都非常用心，罕见的三层构造，拥有皇宫最好的视野，贴合冲上云霄之意，可见皇上对这个儿子的喜爱。

傅柔无心观景，到了门口还踌躇。

"人都已经来了，以为可以轻而易举地转头就走？"吴王要笑不笑的，心底愉悦。

"下官想了想，殿下的好药若要付出代价，实在消受不起。再说，下官还没踏进门，算不得来了。"果然，这就是个坑。

"即便你不拿药，御花园之事，你也欠了本王一个人情。"吴王自顾自地走回书桌后面。

"你想怎么样？"傅柔站在门口。

"过来，给本王磨墨。"吴王坐定。

傅柔觉得莫名所以："下官深夜游荡，确实有错。殿下若认为应该受到惩戒，尽管向侍卫处告发下官好了，但要下官受你的要挟，对不起，做不到。"这些事儿，都不是她应尽的本分，即便这人位高权重，她也不想卑躬屈膝。

吴王望向还在门外的傅柔："宫里都说，傅司织做什么都很认真，任何事都不肯苟且，看来是真的。只是不知傅司织主管的司织所，一共有多少人呢？"

傅柔皱眉："殿下问这个干什么？"

"皇宫内院，是天下最大的阴谋之地。前朝曾经出过一个大案，一群宫女因为不满卢妃虐杀身边伺候的人，企图毒死卢妃。因为在夜里勾结联络，被巡逻的侍卫发现，抓了一个宫女。严刑拷问下，那个宫女供出真相。最后，所有宫女都被逮捕，处以极刑。傅司织在深夜行为反常，也不知是不是领着司织所的人在谋划什么。要不要侍卫处把司织所的掌织、女史、宫女通通抓起来，审问一下？"可惜，不是人人都像她这么有个性。

"一人做事儿一人当……"傅柔心惊。

"这是皇宫，忌讳的是结党，讲究的是连坐，没有一人做事儿一人当这回事儿。"天真！他若罗织罪名，够她喝一壶的！"你现在是要过来，还是要走？"

傅柔瞧了吴王好一会儿，慢吞吞地走过去磨墨。

吴王提笔作画，眼角余光中看到的是一张薄怒的红颜，依旧勾起嘴角，心情大好。

很快，皇宫上下都为太子大婚忙碌起来了。司织所连轴转，赶制各种大婚所需的绣品，傅柔不但每件都要过目，自己也要分担刺绣的活儿，但她反而不觉得辛苦，一来可以避免自己胡思乱想，怕程处默出什么事儿；二来可以避开动不动就把她叫过去，当自己宫女使唤的吴王。

太子的大婚顺利结束，司织所人人松口气，可傅柔还是一早就来了。新提拔上来的薛掌织看她脸色不好，劝她去休息，她却看到给清河公主做的枕套有些问题，过去指点宫女怎么修改。

忽然，听众人纷纷道"吴王殿下"，傅柔只觉得眼前一黑，叹了口气，转身面对堵着门的那道高大影子。

"那是什么？"吴王对枕套没兴趣，对给傅柔找活干有兴趣，"你也给我绣一个。"

"下官手头有各宫娘娘交代的活。"面对"霸凌"，傅柔不屈服。

"本王交代的荷包，你何时做完？"他忽然想起来似的。

"下官……"一针还没动，完全忘记了，她却只想敷衍，"尽快。"

"下个月初交枕套，三天后交荷包，下午来凌霄阁。"既然她这么忙，他帮忙安排下。

"若殿下有吩咐，可以在这儿说。"她可不想再去磨墨。

"你可以不来，不过会有什么后果，你自己想清楚。本王走了。"

吴王的目光扫视司织所一圈，看到傅柔的神情一变，显然达到了他预想的效果，这才气定神闲地走了。

因为吴王来了这一出，傅柔也不敢去休息，一直在司织所忙着，直到天快黑了，才磨磨蹭蹭地去凌霄阁。她还不得不承认，吴王这套就算用千百遍，为了整个司织所，她大概都会遵从。

忍！忍！忍！她头痛欲裂地下着决心，走到拐角处，眼前又泛黑，身子歪了歪，撞到了前方什么人。

"你什么人，敢冲撞太子妃？"有人呵斥。

傅柔抬眼一看，果然是苏灵淑。身穿太子妃正服的女子，与为了一件舞衣而忧心的少女，气质已经截然不同。

她急忙行礼："下官一时脚下不稳，太子妃恕罪。"

苏灵淑微笑着扶起傅柔："傅司织不必多礼。"留意到她苍白的脸色，"你脸色不好，可是哪里不适？"

傅柔摇头："只是这几日睡得少。"

"你在宫里过得好吗？"刚进宫的苏灵淑，虽说贵气不少，心态上却各种不适应。

傅柔心有所悟："无所谓好坏，只是一份差事儿，下官尽力而为，有一日得到恩准离宫，与家人团聚。"

"你希望的，是离开这里。我希望的，是在这里安家。"苏灵淑轻轻叹口气，"你比我容易多了。"没嫁之前，羡慕皇后母仪天下，掌管六宫的威风，嫁进来之后却发现太多人压在她的头上，还不算太上皇那边。

"太子妃无须忧心，既然能被选中，就是上天庇佑，今后亦会否极泰来。"傅柔始终知道进退，碰到这种情况，也就只能说两句好听的。

"我自是感激上苍，亦感激傅司织当初相助之情。"苏灵淑拍了拍傅柔的手，"若有机会，定当报答。"

傅柔恭送苏灵淑离开，转头看向凌霄阁的方向，深深地叹了口气。报答，对了，就当报答吴王，做人要知恩图报。

然而，当吴王告诉她摆个病美人的姿势，他要画美人图，她的报答之心立刻不翼而飞。

"殿下，下官不是宫女，还有公务在身。"这人越来越过分，她有点忍不下去了。

"女官的公务，最终服务于皇族。本王是皇族，你是女官，服务于本王，就是你的公务。"吴王指指窗下一张榻，"你过去，侧坐，扶榻，做个病美人的姿势。"

傅柔发现自己很晕，也无力再反抗，走到榻前躺下，闭上眼，有意眼不见为净。

吴王本想叫傅柔睁眼，但见她弱柳之姿，面色白若初雪，樱唇一抹惊红，顿时灵感如泉，开始作画。眼看画作即将完成，却看她完全躺倒了，双手松垂榻沿，头冲下。

"别躺啊，美人带病，慵懒又娇媚，方才坐姿就是正好，否则过犹不及——"吴王忽觉不对，抛下笔，大步走到榻前推傅柔，"傅司织！"

傅柔一点儿反应也没有。

吴王神情大变，抱起人，冲出屋子。

傅柔舒服地嘘了口气，好像睡了个很舒服的觉，睁开眼，却被吴王那张放大的脸吓到，一边坐起，一边往后缩。

吴王看她吓得那样，反而起了捉弄之心，上了床榻，步步紧凑，直至她退无可退，却在她喘不过气儿来的时候，退回了安全距离。

"我……"傅柔暗暗叫救命，同时打量四周，华丽的装饰，精美的陈设，显然是吴王寝殿，"我怎么会在这儿？"

"让你做病美人之姿，不是让你真生病。"人已退到榻边，但目光不移分寸，吴王手中不知何时多了一碗药，"太医说了，你劳累过度，需要多休息，开了调理的药。"

傅柔的意识还有些迷糊，伸手去接："多谢殿下。"

吴王却不给，舀了一勺，吹着热气："张嘴。"

傅柔警醒，想要下床，吴王一只手按住榻栏，手长腿长，轻轻松松封住她的去路。

"乖，喂你吃药，你哪儿也不能去。"逗小野猫，原来这么好玩。

"男女授受不亲，殿下越来越过分，恕下官不奉陪。"她很不喜欢这么不公平，因为他的身份，她就必须处处受制。

"给本王躺好。"吴王笑着，语气却不容置辩。

"你……你再这样轻薄，我就要叫人了。"傅柔憋红了脸，大不了她豁出去了。

吴王一副正好的模样："你只管叫，嚷嚷得大家都知道，你就要在出家和嫁给本王做小妾的两条路里选一条了。"他期待后面一条路。

傅柔一惊，理智回笼，知道也许事态真会像他所说的，那么她死也不会让他得逞！

"一个女官，躺在本王的床上，让别人看见，你跳下黄河也洗不清。本王是无所谓的，大不了挨父皇一顿训斥，再把你收入房，让你从此叠被铺床。你要是有意攀龙附凤，非要嚷嚷，也可——"吴王收尾的语气意味深长。

傅柔闭上嘴。

"不嚷嚷了？"唉，可惜！"那就躺好。为了你的名声着想，本王连宫女都打发到外面了，亲自伺候你，你还有什么不满意的？"

傅柔已然冷静："太医不是过来看过了吗？还是会传出去。"

"本王在太医院还有一两个信得过的人，他们不会乱说。"吴王再度盛一勺药汤，"张嘴。"

"我自己喝。"傅柔坚持。

吴王瞧得有趣，故作沉脸："傅司织，你知不知道男子不喜欢被女子挑衅？"这女子，那么真挚，又那么聪慧，令他移不开视线，"来，张嘴。"

傅柔忍不住顶嘴："女子也不喜欢被男子逼着喂药。"

"再敢顶嘴，本王现在就要了你。"他当真心痒难耐，"本王说得出，就做得到，你想挑战本王的耐性？"来吧，试试吧，看你敢不敢！

傅柔张了嘴，无论如何，哄好了眼前这位，才能全身而退。吴王将药送进去，看傅柔被意外的苦涩蹙紧眉头，心情欢畅，紧接下一勺，很快药碗见了底儿。

吴王垂着眼舀最后一勺，突如其来地问道："你喜欢的人叫什么？"

傅柔心里巴不得赶紧结束，脱口而出："他叫——"随即反应过来，"你问这做什么？"

吴王面无表情："你那么怕被人发现躺在本王床上，显然你不愿成为本王的人，那你必定是已经有了心上人。他叫什么名字？在哪儿当差？"

傅柔皱眉："我为何要告诉你？"

"没有反驳本王的第二个问题，那就是说，他真在朝廷当差。"

傅柔想不到吴王敏锐如此，懊恼自己太笨，上了他的当。

"本来还不确定，不过你现在的表情，已经帮本王确定了。在朝廷当差的男人，又可以接触到傅司织，是侍卫，还是朝廷里的官员呢？总不会是太监吧。"吴王很想知道。

傅柔一个字都不说了。

"你以为不说话就不露破绽？"吴王笑了笑，"听说傅司织进宫前，是魏王府的人。那个男人，大概和魏王府有关系。"

傅柔闭了闭眼。

"闭眼睛！那本王就是猜对了。"这女子不会藏心事儿，猜起来太容易，吴王深凝。

傅柔睁开眼睛，干脆直视吴王："你猜得对也好，猜得错也罢。不错，我是有心上人，这辈子，也只会有他一个。"

说开了，就请放过她！

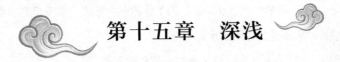

第十五章　深浅

大唐和盛国交锋的战场上，生命以一种最壮烈的方式消失，不论敌我。在这里，活下去就是胜利。

程处默比任何人都英勇，因为他惧怕死亡。死，会让他和傅柔永诀。所以，一路上，他推拒侯杰递来的酒，不要侯家军的饮食，一切自理。他惜命如金，只为在长安等他的人。

这一刻，程处默杀红了眼，忘了战场上最不缺的就是暗箭。他的坐骑突然中箭，失了前蹄，连带着他跌撞在地，敌方的几个兵立刻穷凶极恶地扑来。

说时迟，那时快，一道黑影蹿出，出手好不利落，眨眼就解决掉了对方。

"多谢。"程处默看到那人身穿大唐兵服。

那人回头，一脸的血，咬一口森森白牙，大叫一声："程处默！"

程处默也大叫一声，高兴坏了："傅涛！"

哪知，傅涛扑到程处默身上，狠狠地给了他一拳："打完这场仗，再找你算账！"说完就重新杀入战场。

程处默这才想起来，傅涛还不知道傅家的事儿，自然也不知他和傅柔和好，但也不再迟疑，拾起一把刀，冲到傅涛身边。两人联手，所向披靡，一直杀到大唐战鼓声停，四周的尸骸堆成了丘，身上溅满敌人的血，才背靠着彼此，累得坐了下来。

傅涛无力地用胳膊肘顶顶程处默："你这欺负我二姐的浑蛋。"

程处默也无力地顶顶傅涛："我早和你二姐和好了。"从怀里掏出一只香囊，"瞧瞧。"

傅涛爬转了身，凑到香囊面前，嗅嗅看看："是我二姐的手艺。"

程处默失笑。

两人互相扶起对方，朝大营走去。

"你怎么跑到这儿来了？"程处默问。

"从军打仗，上头今天一个调令，明天一个调令，调来调去，就到了这儿。告诉你，我表现好，已是陪戎校尉，从九品。"傅涛郑重地掏出一个手绢，把手绢打开，里面露出一个金戒指，"这是我第一次用自己杀敌挣来的赏金买的。我娘有一个金戒指，是外婆留给她的，宝贝得不得了，小时候我拿出来玩，还被她打了一顿。现在啊，我也有本事买金戒指了，等这场仗打完，我就写家书回去，告诉我娘，她儿子已经是从九品的陪戎校尉，再在家书里附上这个金戒指。嘿，还不美死她！我想都能想得到，她会一天到晚地戴着这个金戒指，在大娘和二娘面前炫耀。"

程处默重重地按在傅涛的肩头上，神情沉痛："傅涛，傅家着了大火，你娘她——"摇了摇头。

傅涛怔怔地望着程处默，手绢和金戒指落入尘土。

这日，是傅柔交吴王荷包的最后期限，不得已又来到凌霄阁门口，盯着自己的脚尖半晌，才走了进去，将荷包放在书桌上，尽量不和对面的吴王目光相对。

吴王把玩荷包："可是你亲手所绣？"

傅柔答："吴王吩咐，岂敢不从？"

吴王看着荷包上的怪兽："上绣一只嘲风，莫非讥嘲本王？"

傅柔抬起眼，目光清正："下官绝无嘲讽之意，只因觉得嘲风最适合殿下。龙生九子，各有不同。这嘲风虽然像狗，但毕竟是龙子，而且和殿下一样，是真龙的第三子，正切合殿下的身份。嘲风象征吉祥、美观和威严，王爷的威严，下官可是领教过的。"

"呵，口齿伶俐啊。嘲风的威严，是威慑妖魔的。谁是妖魔，本王就震慑谁。"毫无知觉自己的口齿也伶俐。

"绣品已经呈上，下官告退。"她是妖魔，她躲开还不成？

"站住。"每次都是她告退，他偏不让。

"吴王殿下还……"

"还有什么吩咐。就知道你会说这一句。你的身体好点儿没有？"

她居然能感觉到这话里的真心，不由得一怔，随即淡淡地答："不敢劳殿下过问，已经好了。"真心也罢，玩笑也罢，她不在乎。

"看来本王亲手喂你的药，疗效不错呀。"吴王勾笑，语气传递暧昧。

傅柔尴尬，脸又红了。

"好啦，傅司织开不起玩笑，本王就不逗你了。"吴王见好就收，"其实上次害你晕倒，

105

本王也觉得过意不去，想补偿一下。傅司织有什么想要的，不妨说出来。"

"下官只想要吴王殿下一个承诺，以后不再无缘无故将下官招来唤去。"只求这是最后一次来凌霄阁。

"这个做不到，本王在宫里太无聊了，少了傅司织作陪，心情会差很多。"他想天天看见她，跟她说话，听她说话，就会忘了自己身处何处，总觉得开心。

"既然如此，下官对殿下没有什么想要的了。"她别无所求。

"真的没有？机会难得，错过就可惜了。"他的声音带着诱人入瓮的魔性。

傅柔微微瞪起眼，她不是第一次和吴王打交道，他的东西都要她付出代价，还是少碰为妙。

"可惜，本王还以为傅司织入宫有一段日子，自然会很想念家人，本打算带你出宫一天，既然不稀罕，那就算了。"他望着她，眼里已有必胜的把握。

傅柔的双眸陡然睁亮。她知道自己不该表现得这么明显，但实在无法抑制对家人的思念。从魏王府到皇宫，她只在进宫的前夜与家人相聚了一回，至今还没回过家。

"那就有劳殿下了。"她内心挣扎着，最后决定接受诱惑。

"好。"他答应得痛快，没有再吊人胃口，毕竟是希望她感激自己的。

在吴王的安排下，傅柔假扮他的内侍，偷偷混出宫探亲。父母安好，没有以往那般富裕，但和二叔他们过成和和睦睦的一大家子。傅柔也放了心，探亲出来就向吴王表示感谢，又显得有些踌躇。

吴王达到目的，心情也愉快，大方地问道："还有什么事儿？说吧。"

"我在魏王府做事儿时，魏王妃对我很好，我想去看看魏王妃。"傅柔知道，那是唯一能打探到程处默消息的地方了。

"魏王妃？"吴王倒也不疑，好人做到底，"行。"

两人到了魏王府，魏王认出傅柔，虽然感到诧异，但也不多话，拿出好茶招待吴王，魏王妃则拉着傅柔去了她的房间。

"你怎么和吴王搅和到一起了？"魏王妃关切，"万一让人知道你偷偷出宫，可不好了。"

"吴王殿下他愿意帮我一回，应该不会被发现的。"傅柔难掩忧色，"娘娘，处默有消息吗？"

"去了那么久，才来了一封家书，上面就匆匆写了几个字，报个平安，也没说别的。"魏王妃一言难尽，"我担心他处境艰难。"

"都是我的错。"傅柔十分自责，"为了我，处默才和侯杰闹僵的。现在处默做了侯君集的副将，只怕侯君集会为难他。"

"倒不是这么说。"魏王妃很公允，"就算没有御前比武这件事儿，侯家对程家也早就暗中看不顺眼了。只是处默第一次上战场，我真为他悬心啊。"

"卢国公在朝中地位显赫，难道就没有托人照看一下处默？"事关程处默，傅柔自觉什么方法都愿一试。

魏王妃告诉她，家里早就这么做了，只是侯君集做得绝，不但调走了父亲的旧部，还借故驱逐了派给处默的亲兵，如今一切只能靠处默自己。

傅柔想到会艰难，想不到会这么艰难。

魏王妃看傅柔愁眉不展，想想还是安慰了一下："你也不要太担心，我这弟弟一向机灵，他会照顾好自己的。虽然他的信里，没有提到你，但我知道，那是他不想我们和你说什么，惹得你烦忧。你唯一能做的，就是在宫里好好照顾自己，这样才是对他最好的。"

傅柔心里稍稍好过些，从魏王妃那里出来，往前庭去，忽听有人喊"嫂子"。她一回头，程处亮猛地从廊柱后面跳了出来，吓她一跳。

"嫂子，你来一下。"程处亮把傅柔拉到一边，神秘兮兮地掏出一个平安结，"嫂子是宫里司织，各处可以走动，能不能请嫂子帮我把这个给清河公主？"

前几天，清河公主和程处亮在青楼闹事儿，结果让长孙皇后知道了，要惩罚程处亮，谁知清河公主主动承担所有的责任，因此挨了一顿打。

傅柔对这件事儿有所耳闻，好像是清河公主跑去青楼，被人认出女扮男装，程处亮当时正好在那儿，出面保护清河，就和人打了起来。等她知道的时候，这事儿都了结了，也没什么机会打听清楚，这会儿倒瞧出了点儿趣味。

"这平安结这么丑，显然是你亲手所做。你和公主之间，究竟发生了什么事儿？"别的不说，两人那天都在同一个地方，就有点儿过于巧合了。

"嫂子这么聪明的人，一定能猜到，就别笑话我了。"程处亮尴尬。

"哦，你这么一说，我还想起另一件事儿。最近宫里总有一些外头的风筝断了线飞进来，风筝还有字，清河公主说那些风筝都是她的，捡到的人送到清河公主的寝宫，还可以得到赏钱。这不会也是你搞的鬼吧？"这两人一定有问题。

"真的？她真的说那些风筝都是她的？"程处亮乐开了花，"那她肯定瞧见我给她写的……"

程处亮摇着傅柔的袖子："嫂子，求你了，一定帮我把这平安结交给她。"

傅柔失笑："多大的人了？还撒娇，你也不脸红。"

程处亮从不脸红，就是脸皮厚："大哥都说了，他一定娶你，那你就是我未来的大嫂。俗话说，长嫂如母，那你就等于是我另一个娘——"

傅柔听不下去，拿了平安结就走。程家兄弟仨个个属无赖，一张嘴太能说，无人能够招架。那时她还没想到，吴王带她出宫的事儿已经泄露出去了。

苏灵淑端着参汤来到书房，等太子把事情都吩咐完了，才盛了一碗参汤送上。

虽嫁进皇家不久，子嗣的压力却如影随形，不但母后一见她就盯着她的肚子，今日她的妹妹灵薇入宫探望，也说起父母在期盼外孙。

她刚入宫时，并没有那份焦虑，只觉得会水到渠成，然而太子除了大婚之夜，再不曾去过她那里，她就不知道该如何是好了，不知道是自己哪里做得不好，还是太子实在太忙碌。

太子终于抬眼，对苏灵淑微微一笑："有劳你久等，闻着好香啊。"

苏灵淑告诉自己，一定是太子太忙了，他对自己笑得那么温柔，应该不是不喜欢自己。

她回以温柔的一笑："还请殿下趁热喝。"

太子拿起碗刚要喝，内侍就递进一张字条。

太子看过，冷哼一声："我这三弟真是了得，仗着父皇宠爱肆无忌惮，竟把司织女官带出了宫，等明日向父皇禀告，看他如何自圆其说。"

苏灵淑一听，司织女官不就是傅柔？

她想到自己还承着傅柔的人情，不由得说道："殿下恕妾身无礼，此事是否慎重些？吴王深受圣宠，带女官出宫，固然不合礼数，却也非罪过。父皇知道之后虽然会训斥，但于太子，难免也有挑剔兄弟、心胸狭隘之感，因小失大。再说那位傅司织，还是母后从魏王府点名入宫的，她要是出了岔子，母后脸上也无光，魏王府还会被牵连，就怕我们得不偿失。"

太子越想越有道理："不错，孤就听你的，此事作罢。"手里的勺子就送到苏灵淑嘴边，"太子妃聪慧可人，实乃孤的福气。"

苏灵淑羞笑地吃了一口："能陪伴太子，才是灵淑天大的福气。太子，夜已深，你我早些休息吧。"

太子却放下勺子："孤总要把这些事情给做完了才能睡。你去吧。不然你待在这儿，孤三心二意的，到天亮都做不完呢。"

苏灵淑顿感失落，又是这种若即若离的疏冷，令她束手无策。

苏灵薇发现从太子那儿回来的姐姐心情不好，二话不说，拉着她到御花园里玩躲猫猫。苏灵淑的情绪才转好一些，就听有人轻喝——

"何人如此喧哗？"

苏灵淑回身看清来人，敛起笑容。

司徒尚仪上前，稳重见礼："太子妃乃储君正妻、东宫之主，言行举止皆要合规矩。肆意谈笑，举动不雅，有损东宫威严。"

"你这女官，对我姐姐说话如此放肆！"在苏灵薇眼里，姐姐是完美的，还当上了太子妃，那就是未来的皇后，如此风光地嫁进皇家，人人都该敬着、捧着才对。

苏灵淑对妹妹摇摇头，忍气吞声："多谢尚仪提醒，我以后小心。"

司徒尚仪道："知道就好。下官奉皇后娘娘之命，主管尚仪局，管的就是宫中人的礼仪规矩。如果太子妃对这些规矩有不了解的地方，下官很乐意专程地教一教太子妃。"

"你！"苏灵薇气坏了，怎么对方还得寸进尺！

苏灵淑及时开口："不劳费心了，我入宫之前就已经好好学过宫中礼仪。"

司徒尚仪不卑不亢："既然太子妃不用下官教导，那下官告退。"

苏灵薇等人走远，跺起脚，好不上火："姐姐为何如此忍让？"

"你不懂。"但苏灵淑却不能不懂。

她嫁进皇宫最大的感受就是，女子只有在未出嫁的那些年，才是一生最珍贵的岁月。一旦嫁人，就进入一个全新的世界，面对的是不熟悉的丈夫，完全陌生的公婆，虽说是家里的半个主人，人人看重的却是在这个家的资历年份。司徒尚仪伺候过母后，伺候过太子，虽说只是一个女官，资历却长，初来乍到的她招惹不起。

苏灵薇哪知姐姐心里的苦楚，主张十分任性："等以后姐姐当了皇后，第一件事就是把这老太婆赶走，好好整一整女官们的规矩，懂得尊卑有别。"

苏灵淑听到妹妹孩子气的话，只是笑笑。女官还真不好一棒子打死，如同母后重用司徒尚仪，助她掌管后宫，自己也需要培养亲信女官，做起事来就能得心应手。眼下就有一个现成的人选——傅柔。

傅柔从东宫殿出来，情绪有些低落。

太子妃让她制作一件夺目的舞衣，她虽知是为了博太子欢心，但认为故技重演未必还有效果。她如实说了，太子妃既然已入主东宫，以舞衣和舞技侍人的手段就不太高明。太子妃却打定主意，还责怪她态度敷衍。

109

实话实说，却被人误解，尤其还是她帮过的人。她叹口气，怪不得宫里人人小心，实在是人心难测。在魏王府的苏灵淑那么纯真，只准备了一件极为素雅的舞裙，还要魏王妃替她着急，而今变成太子妃，面容忧虑焦躁，眼睛里已全是高傲孤寒。

忽听"哎呀"一声惊呼，她回过神，循声跑到假山后面，见一女子浑身湿透，狼狈不堪地坐在地上，一个内侍的身影从假山顶上鬼祟晃过。

那女子竟是侯盈盈。

傅柔知道，尽管侯盈盈落选，但时常进宫与长孙皇后说话，获她看重，所以宫里就传出了皇后有意帮太子纳之为侧妃的谣言，加之苏灵淑尚无所出，谣言就更传得真了。这里离东宫那么近，刚刚那个内侍的衣服又是东宫的，只怕有人嫉妒生恨。

傅柔上前扶起侯盈盈，心里说不上来是什么感觉。她曾帮苏灵淑打败了侯盈盈，而今却又帮了侯盈盈，坏了苏灵淑的事儿，这纠葛翻来倒去的。

"我见过你。"侯盈盈"啊"了一声，眼睛亮晶晶，"我到长安的那日，在城门口见过你一面，你正好掀开车帘。你好，我叫侯盈盈。"

傅柔想不到还有过这样的巧合，而在她的想象之中，侯盈盈应该是个娇生惯养、坏心眼的人，谁知对方落落大方，目光露出善良。

"我叫傅柔。"看来侯家父子虽然可恶，但侯家女儿的好坏还需要观察，于是傅柔大方回答，"你要不要去我房里换身干衣服？"

"傅柔！"侯盈盈吃了一惊，"我哥哥就是因为你才和程处默御前比武打赌，那你为什么要帮我？"

"路见不平，伸把手。"而且，她可能误会了自己的本性，"不过一套普通的衣服，你也不必放在心上。"就当两不相欠。

侯盈盈看出傅柔无意攀交，也不硬凑着，换好衣服，道了谢就走了，不拖泥带水的性格又让傅柔生出一点儿好感。

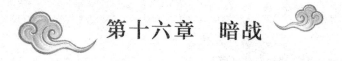

第十六章　暗战

过了几日，傅柔来向苏灵淑交舞裙，尽量照着她的要求，在不失典雅的基础上，适宜地添加了珠光宝气。

谁知，苏灵淑很不满意，连试都不试，就将舞裙往桌上一丢，沉下了脸。

"听说傅司织的绣品同时讨了母后和杨妃的好，怎么到我这儿做得就如此粗糙？是傅司织能力有限，还是我东宫用不得库里的珍珠宝石？"她以为傅柔很会看眼色，所以才有那天的花雨裙。

　　"下官不敢。"傅柔想不到苏灵淑脾气这么大，"下官只是认为过犹不及，纵然以太子妃的身份，再华贵的舞裙都穿得，却与太子妃的气质不符。"

　　"够了！"苏灵淑不耐烦地打断，"我未出阁时自有家教约束，不求奢华，可如今贵为太子妃，吃穿用度必须与身份匹配，否则让人当我小家子气。傅司织比我先进宫，应该很明白这一点才对。"

　　傅柔张了张口，却又闭上了。

　　"行了，拿下去改吧。"苏灵淑挥挥手，语气意味深长，"傅司织也是，不要只把母后和杨妃的话放在心上，把眼光放远一些才好。更何况，我还与傅司织有交情，只要傅司织用心做，今后自然随本宫水涨船高。"

　　傅柔心里都凉了。这就是所谓宫廷吃人的真相吗？苏家女儿已经被吞噬，眼前这个太子妃再不是她认识的那个女子了。

　　"下官遵命。"她不再坚持，也没有必要，道不同不相为谋。

　　傅柔捧着舞裙，经过御花园时，远远看见吴王，下意识地想要躲开，却快不过对方眼尖。

　　"最近不见傅司织，还以为又病了，本王正打算瞧你去。"她可真能躲，就跟长了双千里眼似的，以至于他最近到哪儿都找不到人。

　　"下官比较忙碌。"她没有说谎，东宫都跑了两趟，还要赶工修裙子。

　　"不是躲我？"他来到她眼前，一张高贵的脸，唯独目光流露殷切之情。

　　"不是。"她看不见他眼里的情意，忙着看后面有没有退路。

　　"那就好，不然我就要伤心了，冒着被父皇训斥的风险让你见了家人，结果你不但不感激，还处处避着我。"

　　她没发现吴王以"我"自称，讪讪然："殿下说笑。"

　　吴王一笑："手里拿着什么？"不等傅柔回答，就拿了过去，展开一看，"很漂亮。想不到傅司织不但会刺绣，还会跳舞。什么时候也让我欣赏一下傅司织的舞姿？想必优美动人。"

　　"下官不会跳舞，这条裙子是为太子妃做的，不过太子妃并不满意，要下官拿回去，再多添加一些宝石和珍珠。"说着说着，不自觉流露出不赞同的情绪。

吴王立刻听了出来："可你似乎有不同的想法。"

"衣物制作，讲究适合，并不是越奢侈就越有效果，但太子妃既然这样要求，下官就尽力而为吧，多少加一点宝石和珍珠。"傅柔实话实说。

"加一点？"吴王觉得好笑，"傅司织这是在打太子妃的脸啊。太子妃刚刚入宫，正是需要立威的时候，不过想要一条华丽的裙子，司织所却推三阻四。知道的，是傅司织想把差事做好，不愿意做出不好看的裙子。不知道的，还以为区区司织所根本就没把太子妃放在眼里。"

"为什么你们都把简单的事情想得那么复杂呢？"傅柔就是无法理解，"舞裙本身，只是适合或不适合穿它的人而已。"

"皇宫里头，桩桩件件牵一发而动全身，涉及复杂的人事，当然不可能简单。"就像他此时此刻，看似在看一件舞裙，心里却想到了别的地方。

傅柔叹口气，本想揣着明白装糊涂，修改的幅度小一些，也许还能两全其美，多亏吴王点透，可见是她天真了。

"舞裙用料多少，好看与否，只是小事。太子妃的威严不能不顾，司织所不应违逆太子妃的话。因此，她怎么说，下官就怎么做吧。"

"孺子可教也。"吴王笑了。

第二日，傅柔就把修改好的舞裙送到了苏灵淑手上。

苏灵淑一看，珍珠银片镶满了裙摆，宝石嵌勾每一条裙线，整条裙子璀璨夺目。这才是符合她身份的舞裙，她高兴极了，立刻换上，披了外袍就跑到太子的书房，想给他一个惊喜。

然而，苏灵淑一进书房，却见太子眉头深锁，面色恼火。

原来这日朝上，吴王向父皇呈上一篇《好奢谏》，父皇赞赏不已，不仅赏赐大食进献的宝马，还要太子抄上一份，放在案头时时阅读。一来吴王又讨好了父皇，让太子很不高兴。二来，那匹大食宝马他也想要，还曾向父皇暗示过，结果父皇却将它给了吴王，岂能不堵心？

"殿下脸色不好，可是哪里不适？"苏灵淑却以为时机正好。

太子勉强笑了笑："不妨事，只是有些累。"

宫女双喜接到苏灵淑的眼色，就道："太子妃近来勤练歌舞，不如献舞一曲，让太子殿下欣赏一下？"

苏灵淑趁势接道："殿下事务虽然繁忙，但一张一弛才是文武之道。"

"好吧。"太子略一迟疑，却回想起选妃那日美若花仙的苏灵淑，不禁有所期盼，到底点了头。

双喜立刻击掌，乐师们走入。

随着乐声响起，一群舞姬涌入场中，翩翩起舞，当她们散开的时候，苏灵淑就出现在正中，盈盈站起，飞快转了起来。她那身舞裙叮当作响，流光溢彩，无数的珍珠、宝石、银片竞相争辉，看得人眼花缭乱。

然而太子震惊不已，桌案上的《好奢谏》那么明晃晃地刺痛他的眼。

"别跳了！出去！都给我滚出去！"他猛地站了起来，勃然大怒。

众人如鸟兽散，苏灵淑吓得呆怔在原地。

"殿下！"她期期艾艾。

太子抄起《好奢谏》，用力掷在她的脚边："看看上面写的什么！集上书囊以为殿帷，所幸夫人衣不曳地。汉文帝贵为一国之君，他宠爱的慎夫人，裙子都不拖地。你看看你自己，身为太子妃，不但不带头节俭，做宫人的榜样，反而奢靡无度，一条裙子上面缀满宝石珍珠！你苏家一向自诩德行第一，这就是你的德行？"

苏灵淑颤声："太子，妾身只是……"她只想赢得他的垂怜。

"出去！"若让父皇知道，这篇《好奢谏》就成了专门骂他的了，"孤不想看见你这骄奢可恨的样子！"

苏灵淑哭着跑出去，哪知却和司徒尚仪冲撞到了一起。

司徒尚仪看着苏灵淑狼狈的妆容，还有那身珠光宝气的舞裙，脱口而出："横冲直撞，仪容失态，太子妃请注意自身的礼仪！"

"司徒尚仪，你够了！本太子妃用不着你一个女官教训！"苏灵淑心里的委屈已经满了。为什么，在别人看来，她做什么都不对？

司徒尚仪肃着脸："下官负责整肃宫中礼法，只要有人不遵礼法，下官就能教训。你是堂堂太子妃，居然披头散发，浑身邋里邋遢地四处游荡，成何体统？还有，你身上穿的是什么？奢靡艳俗，没有一点儿皇家贵气，把这种东西穿在身上，你以为你是低三下四的舞姬？"

苏灵淑扬起手打了司徒尚仪一耳光，愤怒至极："吾乃太子正妻，你一个侍候我皇家的奴辈，和我家养的狗差不多，竟然也敢侮辱我？"

"太子妃真是好家教，掌管宫苑礼仪的尚仪局，居然只是你养的一条狗。"长孙皇后的声音响起。

苏灵淑打了个寒战，慢慢转过身去。

长孙皇后沉着脸，从廊道那头走来，身后两列宫人。

"母后，我……"苏灵淑惶恐跪下，"我只是……"一句话都说不出来。

"本宫竟不知，何时女官成了我们皇家的狗。这种话，本宫闻所未闻，却能从太子妃的嘴里说出来。"长孙皇后的眼中一抹犀利，吩咐内侍，"去，给太子妃腾个地方，让她好好跪着，别挡了别人的路。"

苏灵淑倏地抬起眼，眼里尽是委屈和痛楚。她以为，未出嫁前父母疼，出嫁之后夫君疼，不过片刻的时光，她的世界却塌了，无人可依，无人可靠。宫里只有规矩，没有苦衷，无人关心问她一句，为何穿着舞衣哭泣。

长孙皇后冷然走了过去，让司徒尚仪跟她去立政殿。她心里对苏灵淑很是失望，只觉得在挑选太子妃这件事上失误了，就该选那伶俐聪慧的侯盈盈。

太子丝毫不知苏灵淑被母后训斥，出去找称心钓了半天的鱼。回到东宫之后，一向支持他的魏国公裴寂出了个好主意，只要献上儒学大家颜师古注释的《汉书》，必能盖过吴王的风头，他的心情才彻底好转。

这时，司徒尚仪端着一盏汤盅走入，严肃的脸上难得有了亲切的笑意。

太子对司徒尚仪十分尊重，起身迎上："你怎么过来了？"

"下官有一阵没见到太子殿下了，心里着实惦记。恰好今天去向皇后娘娘请安，娘娘说怕太子最近太辛苦，要赏太子殿下一碗燕窝粥。下官就接了这送燕窝粥的差事，顺便也来看看太子。"司徒尚仪慈爱地看着太子，把燕窝粥放在桌上，盛一勺吹凉了，才递给他。

"司徒尚仪，孤不是小孩子了。"太子好笑，忽然发现她的脸有些肿，不禁关心，"你的脸怎么回事儿？"

"近来上火，有些浮肿。"司徒尚仪轻描淡写，重点却在后头，"下官总是记得太子殿下小时候的样子。有一次喝鸡汤喝得急了，太子烫了舌头，下官为此哭了几个晚上呢。一转眼，太子已经成亲，会照顾人了。"

太子就有点儿不高兴："司徒尚仪不知，太子妃她……不太懂事儿，镇日来打扰孤办公不说，还做出不合身份的事儿。孤当初选她，是以为她心性纯真，哪知娶进来才发现不一样。"

"殿下，太子妃虽有些冒失，毕竟年轻。何况她刚来宫里，很多事儿都不明白、不知道，只要殿下多关心她一下，她会慢慢适应的。"司徒尚仪就是来劝和的，"皇后娘娘指望她为殿下开枝散叶，要是太子忙于公务，疏忽了她，自是难怪她会有如此不适宜的举动。"

"原来如此。"太子想想也是，"孤是有些冷落了她，今晚孤就过去瞧瞧她。"

司徒尚仪欣慰地点点头："下官这就告退了，还要回皇后娘娘那里复命。"

"稍等。"太子去柜中捧出一个玉盘，上有十个滚圆的大珍珠，"这是孤花了不少心血托人从南海带回来的鲛珠。这么大的鲛珠，一颗已经举世难求，孤好不容易才凑到十颗。本来是给母后的礼物，应该孤亲自送去，但最近吴王弄了一篇《好奢谏》，倒让孤左右为难。司徒尚仪，还是你帮孤给母后送过去吧。"

司徒尚仪神色一凛："太子放心，交给下官，保准妥当。"

她捧着玉盘走到外殿，忽然裙摆被凳脚钩住，不得不将玉盘放在一旁案几上，弯下腰整理裙摆。这时，外面传来争吵声，两个宫女为了一只风筝吵吵闹闹，她当然容忍不了，走出去教训两人，还把风筝撕了。然而，等她回到外殿，一看玉盘大惊失色，珍珠只剩下七颗！

"司徒尚仪在找什么啊？"苏灵淑带着双喜，出现在殿中，一脸不善。

跪了一上午的膝盖还在疼，她当然不会忘记是谁害的。她也决定，不会再在这老女人面前装友好，横竖她怎么做都被挑刺，那就干脆彼此"坦诚相见"。

"殿下交给下官的十颗珍珠少了三颗，不知太子妃有否看到可疑的人进出。"司徒尚仪看出苏灵淑的怨气，却也顾不得那么多了。

苏灵淑故作惊愕："殿下为了搜集这十颗珍珠费了多大的心力，你人还没出东宫，居然就弄丢了三颗？看你也真是老糊涂了吧！"转而看向幸灾乐祸的双喜，"去，赶紧告诉太子，他所托非人了。"

司徒尚仪看着双喜走过去，脸色刷白。

不一会儿，太子快步走出。

司徒尚仪立刻跪地不起，眼泪直流："太子殿下，都是下官的疏忽。只是当时这殿里一个人也没有，下官才走出去训斥那两个宫女，而且下官也确定没有其他人进出。好端端的，这珍珠怎么少了三颗呢？"

"不要哭了，孤又没说要责罚你。"太子虽然烦心，可对方是带大自己的老人了，如何怪得？

苏灵淑坐在一旁，满面同情，也没有刚才的犀利神色："殿下，这也怪不得司徒尚仪。

她年纪大了，手脚发颤，反应又迟钝，大概是走着走着，手一滑，就掉了三颗。"

司徒尚仪急道："不！不！下官很小心，绝对不会手一滑……"

苏灵淑不耐烦地打断："这么小心，就已经少了三颗。要是不小心，岂不全部都掉了！"

"掉都已经掉了，还有什么可说的？算了，辛辛苦苦给母后凑了十颗，想要的，就是一个十全十美的吉利。现在……"太子摇了摇头，"浪费孤一片心血。"

苏灵淑温柔劝慰："这也算是个教训。以后殿下有什么要紧事儿，还是吩咐别人吧。"

司徒尚仪颤抖着唇，说不出话。

这时，傅柔随内侍走了进来，身后的宫女捧着一叠绣品。

"殿下，殿中的家具最近更换过，下官担心这次新绣的桌布和家具未必匹配，想着能不能铺上去试试，如有不合，下官就可以直接拿回去修改。"

对于傅柔提出的请求，苏灵淑觉得奇怪，太子则无所谓地点了点头。

傅柔选出一块案几布，让内侍抱起案几上的双耳瓶，仔细铺好，又退开几步，打量着。

内侍忽然往双耳瓶里瞧："咦，瓶里有东西！"手晃了晃，嗒啦啦啦。

司徒尚仪急忙爬起，抢过双耳瓶往桌上一倒，三颗珍珠滚落桌面。

"鲛珠！"司徒尚仪大喊，"找到了！殿下你看，不是下官弄丢的，是有人故意难为下官！"

苏灵淑目光闪烁："是啊，谁在难为司徒尚仪呢？这东宫里，没被司徒尚仪罚过的人，好像没有吧？"

"够了。"太子松口气，目光瞥过苏灵淑，却也不想深究，"找到了就好，孤已经够累了，不想再在这种事儿上浪费时间。"

太子走出外殿，司徒尚仪也端起玉盘，连对苏灵淑的行礼都忘了，匆匆跟去。

苏灵淑盯着正在折叠案几布的傅柔，冷声发问："她为难我，也为难你，你这是为什么？"

她听说，傅柔参加内人试，表面上是因为仪礼做得不规范而被刷下，实则是司徒尚仪一人的决定。

傅柔转身，正对苏灵淑，神色坦然："司徒尚仪虽然不好相处，但也不应该被构陷诬害。"

好巧不巧的，她瞧得分明，就在司徒尚仪走出去训人的短短工夫，苏灵淑指使双喜，将玉盘上的三颗珍珠扔在双耳瓶里。她灵机一动，赶回司织所拿了一叠绣品，来为司徒尚仪解围。

"就算是为了我，也不行？"苏灵淑私心里以为傅柔可以成为自己的亲信。

"下官不帮这样的忙。"

傅柔微微一屈膝，转身离去。这一刻，她十分明白，自己和苏灵淑已经背道而驰。

快到司织所的时候，傅柔看到司徒尚仪站在不远处，立刻走上前，从容行礼。

"以为你该不喜欢我才是，为何帮我？"司徒尚仪送完珍珠就赶来了。

傅柔淡淡道："见到了，不能装没见到，如此而已。"

司徒尚仪略一沉吟："傅司织没能通过内人试，心中可曾对我有过埋怨？"

"不敢，不过，下官斗胆一问，自己的礼仪虽非尽善尽美，但也不至于通不过，司徒尚仪似乎是故意在刁难下官。"她也不傻，不至于看不出来。

司徒尚仪点头："不错，在内人试上，我确实是故意刁难你。"

傅柔诧异："为什么？"

司徒尚仪目光坦然："因为，有人要我这么做。"

"谁？"傅柔想不到。

"魏王妃。"司徒尚仪道。

傅柔随即微笑："想来魏王妃自有她的道理。"

司徒尚仪对傅柔的反应颇为嘉许，一边颔首一边道："我多年前曾受卢国公府的恩惠，魏王妃开口，这个人情自然要还。傅司织可知，什么是内人试？"

"新人入宫，都要学习宫中礼仪。只有通过内人试的考核，这宫中礼仪才算是学会了。如果没有通过，就说明礼仪尚未学成，不但要受罚，而且不管差事做得有多好，宫中职位也得不到晋升。"好在她无心于此。

"你只说了一半。"司徒尚仪缓缓道来，"内人试，是宫内人的考试。三宫六院的娘娘和宫女，六局二十四司的女官们，在这四面高墙里，都是为陛下而存在的。只要内人试通过，就说明你已经准备好了，正式成为陛下的人。有了宫内人这个身份，不管陛下是否宠幸过你，从此以后，除非陛下亲口赐婚，否则你再也不能婚嫁。就算贵人开恩，把你放出宫苑，你也只能出家，或者独身到老。魏王妃的一片苦心，你现在，懂了吗？"

傅柔深施一礼："下官懂了。多谢魏王妃，也多谢司徒尚仪庇护之恩。"

深宫虽险，亦有真心人，可以结伴同行，只希望程处默在战场上也能有她这么幸运，找到真心的伙伴，一起渡过难关。

第十七章　秋千

程处默带着从侯君集手指缝里漏出来的两千兵马，打下了号称固若金汤的九柱城，且不费一兵一卒，却让侯家父子大摇大摆来捡现成的便宜，一个谢字都没有。

"我看那王八蛋侯君集是要整死你！给到你手里的兵一次比一次少，当你打赢一仗光靠嘴皮子是不是？有那么简单吗！有本事他让他龟儿子打九柱城啊！"傅涛替他骂粗口。

程处默却想总算能睡个好觉了，倒头就往木板床上一躺。

"程处默，你还是我师父吗？一点儿大丈夫的气概都没有！"想当初在广州城，和程处默逛个街都威风，反观如今，蔫巴巴的。

"我不要当大丈夫。"他只要活着回长安，回到柔儿身边，"再说了，打九柱是挺简单的啊，天时地利人和。"

先把九柱城的城墙凿一块下来，研究是哪种夯土。再观星象，确定哪几天会是艳阳高照的好天气。在大晴天来到之前，让两千兵挖了一条渠，把附近的河水引到九柱城下泡城墙脚。接下来几日太阳暴晒，潮湿的夯土墙因此出现裂隙，最后就可以发动总攻了，也不用派兵，就用投石机，对准泡过的城墙部分狠砸。这么折腾下来，再坚固的城墙都垮了。

傅涛张口刚要说话，忽然外头战马嘶鸣，传来一阵阵哭声喊声。

程处默以为叛军偷袭，立刻从床上蹦起来，提了剑就往外走。然而，当他跑出门去，只见唐军四处叫嚣，打家劫舍，正欺负普通老百姓。他转念一想，立刻就去找侯君集。这种事儿，没有将领默许，谁敢这么干？

侯杰听闻程处默找来，心知不妙。侯家发的是战争财，打到一处就抢一处，但这次九柱城没多少油水，多数已落进他家的口袋，然后再放其他人去搜刮，想不到演变成了洗城，闹大了事态。

侯君集却淡定："程处默是个大将之才，可惜不能为我所用。"手化刀，凭空切下。

侯杰看得懂，那是要把程处默解决掉的意思。

程处默一进来，还没来得及开口，侯君集就说来得巧，正要找他。

"你打下九柱城，劳苦功高，本想让你休息几天，无奈战事紧迫，不能放松。刚刚快马来报，安西峡那一带发现了小股叛军踪迹，你带两百人去一趟，仔细查探叛军下落。

得到消息，立即回来报告。"

程处默心里苦笑，真是没底线，两千到两百，这么缩法，迟早是要他单枪匹马的节奏。

侯杰冷笑："又不是叫你打仗，是叫你查探。人多了反而暴露行踪。再说，只是小股叛军，你怕什么？"

程处默一针见血："既然只是小股叛军，用得着要末将亲自带人去查探吗？一个校尉就能做到的事儿。"

侯君集语重心长："处默啊，行军打仗，不能挑三拣四。攻城这种功劳，不能总让你一个人占，也得留些给其他同僚。放心，等你回来，自会论功行赏。"

程处默一笑，抱拳："末将遵命。"想他死，他偏偏不死，要到皇上面前去领功，气死侯家这对王八蛋父子。

程处默一回屋，就把侯君集派他去安西峡查探叛军逃向的事儿告诉了傅涛。

"安西峡？"傅涛大叫一声，"那个被当地人称作死亡峡的安西峡？浑蛋！又来这一招！这次他给你多少人？不会只给你一千人吧？"

"两百。"程处默已经淡然。

傅涛拍拍程处默的肩膀，面带同情："姐夫，你逃吧。我最恨人家当逃兵。可是现在，我真得劝你逃。当逃兵，也比这样活活被整死强。"

"逃？"程处默倒也不是没想过，何必当人鱼肉，"我卢国公府在长安将近八百口人，我阿爷征战一生，战功赫赫。我如果当了逃兵，他们怎么办？你二姐怎么办？我两个还要在长安混下去的弟弟怎么办？"

傅涛决定："那我陪你去，就算我死，也要让你从安西峡平安回来。"

程处默拒绝："你不能去。而且有一件事，我一直没和你说，现在必须告诉你了。你家那场大火，并非意外。"到底告诉了傅涛，在大火烧尽的傅府发现火油浇淋的痕迹。

傅涛双目圆睁："那场火是有人故意放的？"

"侯家放的。"程处默说得明白，"别问我为什么，我就是认定了，只是不知道侯家为什么放这把火。"

傅涛愕然："侯家？侯君集？"

程处默走到傅涛身侧："所以如果我回不来，你一定要活着，为你娘报仇，也为我报仇。"无声地一抬手，敲晕了傅涛。

他不让傅涛跟着，最重要的原因是此行太凶险，连他自己心里都没底，更别说还带着傅涛。而他知道，傅柔是个多么在乎亲情的人，一个三娘子已经让她十分自责了，何况傅涛还是她疼爱的好弟弟。即便不能保住自己，至少保住了傅涛，她大概会少埋怨他一点吧，要是他真的回不去！

这天，傅柔到立政殿送绣品，在门外遇到了晋王。晋王也是皇后所出，不过只有八岁，完全孩子心性，没有皇室中人的娇气。

他很愉快地和傅柔打招呼，睁着大眼瞧绣品，最后皱皱鼻子："总是花花草草，好没意思。"

傅柔对晋王也亲切："殿下喜欢什么花样？"

晋王想了想："父皇赏了我一支玉笛，想要一个装笛子的锦套，要又神气又厉害的样子。"

"又要神气，又要厉害？下官一时还真想不出来。不过——"傅柔温和地一笑，"听说《山海经》里有很多奇兽，晋王殿下不如去翻翻看，看中哪一个，下官就给晋王殿下绣哪一个。"

"那就说好啦。"晋王欢欢喜喜地跑进殿里。

傅柔也走进殿中，对长孙皇后和孙太妃见礼，呈上绣品。

长孙皇后之所以受到皇上的敬重，不但因为这些年患难夫妻的陪伴，还有她八面玲珑的巧心。当年玄武门之变，太上皇和他就心生隔阂，已经到了互不见面的地步，但太上皇只要在一日，即便是天子，也不能无视。幸好有长孙皇后从中和缓，为他尽孝，与太上皇那边一直相安无事。

孙太妃就时常到立政殿走动，与这个儿媳处得很好。

"傅司织这手艺，也是绝了。"孙太妃为人也和善，事理分明。

长孙皇后也喜欢得很，赏傅柔一块来自海外的点心，却一时想不起名字。

傅柔禀奏："皇后娘娘，这点心叫回头。下官的故乡在广州，靠海，常年有番商往来，故而下官吃过。要是遇到番商过节，就会有更多稀奇的点心。比如一种叫油炸什么的，下官就很喜欢吃。"

孙太妃惊奇："想不到傅司织不仅手艺好，还见多识广。"

傅柔谦虚："不敢当，只是住在海边的便利。"

长孙皇后也想听些新鲜事儿，让人搬来凳子："傅司织，你把你肚子里藏的那些波斯、阿拉伯商人和大唐不同的有趣习俗，都说给我们听听。"

傅柔就说起各种各样的见闻，人人听故事一般地专心致志。等长孙皇后放她回去做事，晋王却追了出来，表示不要笛套了，要听她讲故事。有人这么捧场，她也很高兴，答应晋王绣品也会做，故事也会讲。

离开立政殿之后，傅柔还想着今天比较顺利，谁知迎面又遇到她在这宫里的克星——吴王。

吴王瞧见傅柔身后的宫女捧着托盘，随意地瞄了一眼："皇后娘娘又赏你东西了，还是漳州贡上来的玳瑁宝石梳子，也就两件，分给了皇后和母妃，可见皇后娘娘十分宠你。"

傅柔心头一动，忽然想到太子妃要做舞裙的事。她才告诉吴王，吴王就写了一篇《好奢谏》，时间点掐得太好。

"吴王殿下对宫里的动静，真是了如指掌。"她以为他是真心提点她，原来是给他自己找灵感。

"要想在这地方活得好，就要眼观四面，耳听八方。唉，其实挺累的。所以，总要想点办法让自己放松。"吴王语气一转，愉快轻松，"走吧，去凌霄阁。"

"又要去？"傅柔脱口而出，"干吗？"

"因为本王要放松。"吴王转身就走，也不怕她不跟。

傅柔摇头苦笑，让宫女先回司织所，慢吞吞地跟上吴王。进了凌霄阁的园子，她发现多了好多花株，似乎春天已经到了。

吴王留意到傅柔环顾四周的视线，解释道："这是父皇让花匠们新种下的，叫我多住一段时日。"

"皇上真是疼爱殿下。"成年的皇子还能留在长安的，只有眼前这位了吧，"不过我看，殿下找下官，究竟所为何事儿？"

吴王让开身："为了这个。"

一个漂亮的彩带秋千，在风里轻荡。

傅柔无动于衷："殿下见谅，下官不喜欢小孩子的玩意儿。"

吴王也不恼："是啊，我做了个小孩子的玩意儿。不过傅司织，你知道秋千是怎么来的吗？春秋时期，它是北方民族的一种习俗。汉武帝时，把它引入了汉宫，在清明节，以树丫为架，缚以彩带，用来祈祷千秋之寿。所以，它本来的名字叫千秋。后来为了避讳，才改成了秋千。"

傅柔一下子就听得认真起来。

"荡秋千，给人腾云驾雾的感觉，又被称为半仙之乐。荡着秋千，而为自己关心的人祈祷千秋之长寿，是一种源远流长的文化。"吴王笑在脸上，心里不是滋味，只有利用她的心上人，自己才能吸引她的注意。

傅柔目光希冀："它真的……可以祈祷我所关心的人平安长寿？"

吴王走到秋千旁，做了个"请"的手势。

傅柔犹豫一下，坐了上去。日夜的牵挂，变成了胡思乱想，迫切需要一份安慰，哪怕虚无缥缈。

吴王说，荡得越高，祈祷越灵验。因为这句话，傅柔没有排斥吴王推秋千，还请他荡高一点儿，祈求苍天，愿程处默平安归来。她闭目默祷，迫切到忘了自己在高处，还双手合十，一下子掉下秋千。

吴王接住傅柔，同时失声惊呼，"柔儿！"

从秋千上掉下来没吓到傅柔，却被这声"柔儿"吓得一抖，急忙从吴王的手中脱开，退开好几步。

她认真说道："'柔儿'是下官闺名，非至亲不用，殿下慎言。"

吴王望着空落落的手心，抬眼却笑："好，这件事儿就听你的，但另一件事儿你得听本王的，明天陪本王去骑马。"

"殿下太霸道了。下官是尚工局的女官，不是凌霄阁的宫女。"她是不是不该让吴王带自己出宫探亲的？因为现在有一种被无形牵制的感觉。

"凌霄阁的宫女可都是通过了内人试的。尚仪局的人对傅司织的内人试考核，似乎有点儿严厉了。要不要本王去陛下面前说一说情，让傅司织早点儿成为宫内人啊？"吴王看傅柔神情一变，心里就有数了，"串通尚仪局的司徒尚仪，故意不通过考核，存心躲避侍奉陛下的责任。本王就奇怪了，司徒尚仪人缘那么差，傅司织为什么要在东宫帮她解围？好奇心一起，就特意去查了一下，原来两位早就私底下勾结了，怪不得。"

"不要说得那么难听，司徒尚仪面冷心热，是个好人。"皇宫中亦有人情，而吴王对消息的掌握精准得可怕。

"好，你们是好人，本王就当坏人吧。本王现在光明正大地威胁你，明天，陪本王去骑马。"他算是看明白了，目前自己也只能用身份压人，直至精诚所至，金石为开。

傅柔不甘不愿："听到了。"

吴王眯笑了眼："傅司织。"

傅柔没好气儿："还有什么吩咐？"

吴王眼神中流露出一种着迷："你知不知道，你生气的样子，特别可爱。"

傅柔瞪目，张张口，最终一句话不说，掉头就走。

第二日，傅柔依旧扮作吴王的侍卫，混出了宫廷，来到郊外，周遭已然有早春气象。

"傅司织会的东西真多。"吴王眼中却只有傅柔在马背上笔挺的身姿，"骑马都相当有架势。"

"家中兄弟善骑射武艺，下官自然也学了些。"傅柔收回目光，看着吴王那张脸，不见英俊五官，只见可恶的笑。

"宫外没那么多规矩，再说让人听去也不好，称呼随意吧。"吴王想拉近距离。

傅柔从善如流："我已经照你说的出来了，内人试的事儿，殿下是不是可以为我保守秘密？"

"这个嘛，要看你陪我玩得开不开心了。"吴王眯了眯眼，"看你这马术大有长进的余地，我来教教你。"

起初很顺利。在吴王的指点下，傅柔的控马术进步不少。她吃到甜头，渐渐爱上驰骋御风的感觉，不知不觉地松了缰绳，放任马越跑越快。沉迷在傅柔笑颜里的吴王回过神来，但发现傅柔的坐骑狂奔，急忙追赶，同时大喊"勒住缰绳"。傅柔却慌了，疾风打疼她的脸，再也坐不稳，用力抱着马脖子，反而更加刺激马儿，抬蹄狠甩。

"啊——"傅柔双手滑脱，感觉自己腾空飞起。

下一瞬，撞到一个结实温暖的胸膛，她本能地回头，但见吴王那张关切的脸。她本能地想要推开他，他的双臂犹如铁箍，有着不再容她逃脱的决心和骄傲。

傅柔正不知所措，小径那头跑来一个气急败坏的农人。

"我的稻苗啊！你们要赔我钱，不然咱去见官！"农人大叫。

吴王不舍地将傅柔放开，叹口气，一摸腰际，才发现忘带荷包，于是取了别在腰际的一把扇子。

"你拿着这扇子，到长安大街的黄三绸缎庄，就说是这把扇子的主人说的，要他们给你五两银子换这把扇子。"

"一把扇子，能换五两银子？你不会是骗我的吧？"农人不太相信。

傅柔开口："是我不好，没能控好坐骑，踏坏了你的稻苗，但请相信我们，是真心要赔偿的。"

吴王听到"我们"二字，不由得微笑。

农人看看傅柔，再看看吴王，两人似正经出身，面相不恶，于是将信将疑地收下了扇子。

经过这番折腾，傅柔也不想骑马了，吴王就带她去酒楼。

"想不到你看着柔弱，一上马竟有飒爽英姿，又给我一回惊喜。"真是看不腻，处不烦，越来越上心。

傅柔难得地正眼相对："我也想不到，你会赔人庄稼，而非以势压人。"

吴王抬眉："这话听来，是夸我。"

"就事论事。"傅柔语气一顿，"我还要多谢你。"

"无论如何，难得你夸我，我请你吃顿好的。"吴王招伙计过来，让他上一桌最贵的，又记在黄三绸缎庄的账上。

"我吃什么都一样，好坏不过满足口腹之欲，只怕你白费心思。"傅柔心知那家绸缎庄大概是吴王的私产，无须她担心付账。

"你可听过民以食为天？"不过口腹之欲？

"民间俗语，当然听闻。"傅柔不以为然。

"错了。"吴王自信满满，"此话出自《汉书·郦食其传》，王者以民为天，而民以食为天。令狐德棻在《周书》上列出国家八政，一曰食，二曰货，三曰祀，四曰司空，五曰司徒，六曰司寇，七曰宾，八曰师。这食，就摆在了第一位。我再问你，大家总说江山社稷、社稷江山，这社稷指的是什么？"

傅柔摇头，但露出想听的表情。她有时候会想，她之所以还没有讨厌这位到底，大概因为他学识渊博，知道很多她不知道的典故。

"自古以来，一直以稷为百谷之王。所以历代帝王，都奉祀稷为谷神，进而以此指代天下。"满足天下人的口腹之欲，即可称天子。

傅柔钦佩："见识如此渊博，你一定读过很多书。"

"读过很多，多到你不相信。睡不着时，没有别的事可做，就只能点起灯，在灯下读书，把黑夜熬过去。"吴王嘴角一勾，却显苦涩。

傅柔从那个表情里也读出了很多，识趣地不再多问，偏头往热闹的街道看去，却怔住了。

吴王留意到傅柔的神情变化，顺眼看去，目光很快定在一位俊美男子的身上。

他问："看见了熟人？"

傅柔摇头："算不上熟，只是之前在魏王府的时候认识了，他扮的赵子龙十分精彩。"

吴王"哦"了一声："一个戏子。"

傅柔听出他轻飘的语气，一时起了意气："戏子如何？也没碍着殿下的高贵身份。"

124

就在这时，称心面前出现一人，彼此笑容爽朗，愉悦地说着话，并肩走了，显然十分相熟。这幅画面，令傅柔和吴王同时沉默。因为，和称心说话的，居然是太子。

傅柔悄悄瞥吴王一眼，见他神情自若地又夹菜给自己，心里稍稍松口气，低头吃菜。

第十八章　大凶

程处默和一小队士兵在丛林中狼狈歇息，几乎每个人都带着伤。二百人，就剩这么几个，皆死于一拨拨的叛军围剿。

程处默心中有数，这么多叛军突然出现在安西峡，只怕有人通风报信。当然，这人会是谁，用脚趾头想都知道。

此时此刻的安西峡，就是一个巨大的捕猎夹子，逃生难如登天，但他还没有放弃每个人的生机，帮士兵吸毒蛇的液，带大家吃生蛇肉，哪怕活路只有细微一线，也要给它找出来。

程处默拿出一张布制的地图："一路血战，这里的地形和叛军的据点算是摸清了，我全部画在上面，你们之中谁能逃出去，就把它交给陪戎校尉西涛手里。来日，大军扫荡安西峡，咱那么多兄弟就没白死。"

西涛，就是傅涛。当时傅涛怕他娘找上门儿来，刻意报了假名。程处默原本还不以为然，现在才觉得方便，这样一来，侯家父子就不会想到西涛和傅家的关系。

这张用大伙性命拼出来的地图，士兵们谁也不肯接，个个争着要牺牲自己，掩护程处默出峡。

"你们想得美。"程处默内心焦虑，表面开朗，"如今敌军重重包围，要抓的却只有我一个，因为我程处默端了他们的好几个城。我只要自报家门，就能轻松引开大部队，你们行吗？"

士兵们也知道程处默说得没错。

"带着你们，碍手碍脚的，我怎么突围？"程处默看士兵们接过地图，才继续道，"记住，这地图，只能交到陪戎校尉西涛手上。告诉他，我说的，要他把这地图，亲自献给侯大将军。"

傅涛那小子，在他身边耳濡目染这些日子，这点领悟力应该培养出来了吧？老天保佑！

忽然，叛军们喊着"程处默"三个字，徘徊在丛林边搜索，眼看就要进入丛林。程处默一咬牙，从丛林中蹿了出去，冲向悬崖边，就在叛军杀气腾腾围拢的瞬间，转身跳下了悬崖。

过了几日，傅涛从两名侥幸逃回的士兵那里，得知了程处默被叛军追至坠崖的噩耗。士兵们还将地图交给他，表示程处默交代，要他亲自交给侯君集。

傅涛恨不得立刻手刃仇人，替娘亲和程处默报仇，但他明白程处默把地图交给自己的用意，以此邀功，接近侯家父子，耐心等待复仇的最佳时机。跟了程处默打了这些日子的仗，他学会了筹谋，否则就算自己豁出命去，也不过白白牺牲了而已。

于是，傅涛向侯君集禀报，程处默战死，尸身坠入大海，看着侯君集又是仰天悲叹，又喊"天妒英才"，明知对方虚伪，他也只能忍耐。

"跟随程将军的人，只回来了两个。刚进九柱城，就被末将撞见了，所以立即带他们来见将军。他们身上还有一张安西峡的地图，末将特意拿来，献给大将军。"傅涛双手捧上地图。

侯君集拿过地图，看得目露贪婪。只要有了这个，大军对付安西峡的叛军就易如反掌，他又要大胜回朝了！

侯杰在一旁打量傅涛："阿爷的亲兵营正缺人，不如给他一个机会？"

侯君集确实很欣赏傅涛："西校尉愿不愿意啊？"

"多谢大将军赏识。西涛愿粉身碎骨，报答大将军的知遇之恩！"傅涛字字铿锵。

"好！"侯君集十分高兴。

这时，亲兵进来，一手拎着一颗人头。傅涛一看，心头震惊，正是那两名带出地图来的幸存士兵。

侯君集语气不屑："贪生怕死，抛弃将官，自己逃命。不杀他们，何以立军纪，又何以向陛下和卢国公府交代？"随即吩咐亲兵，"去把人头挂在城门，让所有人都看看贪生怕死的下场。"

傅涛暗暗咬牙，侯君集做事如此狠毒，自己今后一定要小心行事。

称心奉召，来到东宫。和太子相处了这些日子，他多少知道，太子今日的心情应该不错。果然，一进书房，就看到太子脸上带笑。

"殿下。"称心行礼。

太子拿出一把弓，放在桌面："给你。"

称心上前轻抚，赞叹："好弓。"

"孤今日呈献颜师古所注的《汉书》,父皇大悦,赏了很多好东西,这把弓就是其中之一。只是孤用惯了刺月,用不着,就给你吧。"不只如此,吴王纵马踏坏农人庄稼的事儿,让他利用得当,父皇责其二十杖,让他终于气顺。

称心道谢。

"谢倒是不必,给孤唱上一段吧。"太子笑道。

"好啊,哪一出?"熟悉之后,称心也放开了。

"长坂坡。"太子理所当然。

"听来听去,你也不腻。"称心说归说,唱腔起,手势起,已经入戏。

苏灵淑领着双喜来送参汤,见太子专注地听称心唱戏,看似十分高兴。她也笑了起来,走到门前,正要踏入。哪知太子做了个摆手的动作,示意她不要打扰。

双喜在她耳边悄言:"太子怎么了,前几日不是说了不会追究司徒尚仪之事,与太子妃您和好了吗?"

太子已经看穿丢失的三颗珍珠是苏灵淑耍的把戏,但体贴地表示是他冷落了她,理解她博取注意之心,因此这几日反而待她很好。

苏灵淑沉吟半晌:"太子一向爱听这出,并非恼我。"只是心里却患得患失。

这边走了太子妃,那边来了程处亮。程处亮为了清河公主,同时也是向大哥看齐,混上了宫廷侍卫一职,可是天不遂人愿,被派到东宫当差,以至于他突然有种"人在曹营心在汉"的感受。

"我说,你怎么老往外面看?"和程处亮一起当班的樊侍卫觉得奇怪。

"皇族也是一家人,为什么太子作为长兄,和他妹妹们的住处离得那么远?"他才觉得奇怪好不好?

樊侍卫好笑:"怎么,你想窥探公主?"

"没有!"程处亮打死不认。

"你小子鬼鬼祟祟,敢问公主的住处,我要向头儿报告。"樊侍卫反而较真儿。

"樊大哥,别啊,不就是欠你两顿花酒吗?今天当完值,我们不回家,直接上燕回楼。就算你想尝尝燕回楼的头牌怜燕儿,我也给你把她叫来。"

樊侍卫翘翘大拇指:"小子上道啊。"

程处亮心想,花天酒地也并非完全虚度,追公主居然用得上。

"什么?吴王挨打了?"

傅柔听舒儿说起，今日殿上太子献颜大家注释的《汉书》，博得皇上欢心，而吴王却被御史告了一状，挨了二十杖。

舒儿答道："是啊，陛下一直很宠爱吴王，没想到这一次这么生气，真把吴王给打了。"

傅柔又问："陛下为什么生气？"

"嗯——"舒儿想了想，"好像是吴王骑马，踩了农夫的庄稼，结果人跑了，却不小心丢下了自己的扇子，最后被御史拿到，告到陛下面前。"

傅柔想，明明是她不会控马，而且吴王也没有跑，以扇子做了赔偿，显然有人成心大做文章。

起因既然在她，傅柔自觉不好置身事外，抽空就去了凌霄阁。杨妃正好走出，看到她，忧愁的神情略微缓和，瞥过她垂在身侧的空空两手。

杨妃柔声问道："傅司织过来送绣品？"

傅柔下意识地回答："是的。"

杨妃语气不变："吴王挨了打，身子虚弱，受不得刺激。傅司织这次送上来的绣品，可不能太艳丽多姿，最好以清淡温婉的图案为主。"

傅柔道："下官谨记。"

"有劳。"杨妃从傅柔身边走过去。

傅柔一边嚼着这两个字，一边推门而入，抬眼就对上吴王含笑的目光，但也留意到他苍白的脸色。

她不解："殿下为什么宁愿被责打，也不向陛下说明，骑马踩踏了庄稼的人是下官？"

"你内疚？"若是这样，挨打也值。

"是，很内疚。"无功不受禄。

"用不着内疚，我不是保护你，而是保护自己。纵马踩踏庄稼，最多挨一顿打。如果是私自带女官出宫，涉及宫禁，罪名更大。"她虽然诚实，他却不好意思邀功。

"不管怎样，还是要多谢吴王。"一个私自带出，一个私自跟出，他挨打，她却什么事儿都没有。

"想谢我？可以。帮我读《易经》吧，你也可以开阔眼界，看清楚身边的人和事儿。"吴王指指桌上的书。

傅柔去拿了《易经》，一边读，一边却想起一件事儿。今早她去长孙皇后那里，恰好太子也在，说到了吴王的事儿。长孙皇后让太子要多多探望，以免落人口实。太子则忧心父皇还是偏心吴王，本来五十杖，出口却成二十杖。长孙皇后就说，吴王心高气傲，打一顿让他收敛就行了。哪怕是同父异母，太子和吴王也是兄弟，然而她听不出半分亲情，令她突然想念自家的姐妹兄弟，庆幸出生在寻常人家。

还有，那太子妃也不是省油的灯。太子当着长孙皇后的面，提及最近送去太子妃那里的绣品次劣，让她多多用心。她固然知道太子妃记恨上次珍珠的事儿，却也不好说什么。

想到这儿，傅柔叹了口气。

吴王抬眉，以为她嫌书不好："《易经》虽说难学，却实在，包含天地至理，天下万物的变化，只是人心本我，没能理解它的奥义，渐渐变成卜筮之书。"

傅柔放下书："只怕我学不好。"一边想心事儿一边读，完全一窍不通。

"绝非一日二日之功，不急。"吴王指指案几上的药碗，"先吃药。"

傅柔看看药碗，再看看吴王，见他等着喝药的模样，知道是要她来喂。

"莫非傅司织说谢，只动嘴皮子？"吴王一笑，看着好不无赖。

傅柔再度叹口气，认命地端了药碗，一勺一勺送进吴王嘴里，好不容易喂完最后一勺，看见他嘴角沾着药汁，顺手就掏了手绢过去擦，却被他灼热的视线烧到警觉，当即懊恼地想要收回手。可惜太迟了，她的手让他紧紧握住，尽管她马上抽了出来。

他一脸惋惜得跟什么似的，从自己怀里掏出一条手绢，慢悠悠地点着嘴角。

傅柔凝眸认出："咦，这是我的手绢，怎么会在殿下这里？"伸手想拿回来。

吴王却眼疾手快，收入怀中："我贵为皇子，英俊温柔，知书识礼，骑射功夫也不错。比起那个声名狼藉的程处默，到底差在哪里？"

帕子是傅柔得知程处默要出征的那夜，心神不宁遗落在御花园的，恰好被他捡到，也因此顺藤摸瓜打听了一下，知道了一些事情。

傅柔却大惊失色："你……你怎么知道他？"

"你不说，我就查不到吗？程处默为了你和侯君集的儿子打赌，又不是什么机密。"

"你什么时候知道的？"

"早知道了。"

"早知道了？那你……"

"那我什么？我有没有对他做不好的事儿？"吴王要笑不笑，引用傅柔才念过的《易经》，"六三，师或舆尸，凶。"

傅柔神情一凛："你！"

"说笑的，他为大唐作战，我怎么会希望他出事儿？只是希望他回来的时候，身边多一个战场上救下的美娇娘，那我就用尽办法，玉成他们的好事儿。这样，傅司织也就可以一心一意地跟在本王身边念书了。"他的心意，她应该明了了吧。

傅柔陡然站起，对吴王行了一礼，头也不回地走了。他的心意，她承受不起，而她的心里已经被一个人占满了，容不下他人。

走到御花园时，傅柔远远地又瞧见杨柏和一群内侍围聚在一起，以为再开赌局，却听见他们在说什么人战死了，心里不由得咯噔一下，走了过去。

杨柏一见傅柔就挥散众人，打个招呼便溜远了。

傅柔愈发觉得不对劲儿，快步追上一个内侍："你们刚刚在聊什么？"

内侍不明就里："今日前线急报，卢国公之子战死了。"

傅柔忽觉天旋地转："你说什么？"抓住内侍的胳膊，"你再说一遍！"

内侍不自觉地说道："卢国公之子，就是御前比武拿了第一的那个，随侯大将军出征，说他被叛军围攻，寡不敌众，力战而亡。"

傅柔眼前一黑，仿佛跌进一团无底旋涡，魂飞魄也散！

同一时刻，报信的公公也到了卢国公府。

"战死？"程处亮瞪着宫里来人，他是在做梦吗？

今日轮值，终于实现了梦想，临时被调去清河公主那里，帮她从水里捞了一盏莲花灯，见到了她的欢颜，一解他这些日子的相思之苦，本就觉得如梦如幻。

"皇上刚得了急报，立刻就让奴才来给卢国公报信。"公公苦着脸，"……诸位节哀。"

程夫人两眼一闭，往后倒去。

程处剑扶住娘亲，大叫："不可能，我大哥那般了得，怎么可能战死！"

程处亮咬牙："和侯君集脱不了干系！"

"对！"程处剑的目光要杀人，"他是主将，大哥是他的副将，现在大哥死了，他为什么就平安无事？我们去见皇上！要侯君集为大哥偿命！"

程咬金吼道："你们都给我闭嘴！瓦罐不离井上破，将军难免阵前亡。踏上出征路，就要有战死沙场的觉悟。处默是被叛军围攻而死，你要陛下惩罚侯君集，是什么道理！"

"可是这分明就是侯君集的毒计！"程处亮用脚趾头想都知道。

"爹！大哥死得太冤了！"程处剑不服。

"连拔叛军数城，力战而不屈，为国尽忠。好！不愧是我程咬金的儿子……"程咬金一口鲜血喷出，直挺挺倒地。曾经力拔山兮气盖世，终究难敌丧子之痛。

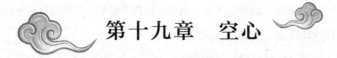

第十九章　空心

这日，卢国公府出殡。因为程处默战死在异国他乡，只是空棺放衣冠，隆重下葬。

吴王全程观礼，见到全长安的美人几乎都跑出来了，为程处默哭得肝肠寸断，这样的场面让他好气，好笑，还有一点点儿钦佩。纨绔之名，却不被痛恨，可见风流而非下流。他当然还知道，宫里也有一位美人，为之卧病不起，恨不得随之香消玉殒。观礼之后，他就直奔傅柔的住所。他不会乘人之危，但也不容她为程处默陪葬。

吴王才到门外，就见里头乱哄哄的。服侍傅柔的舒儿侧倒在地，司徒尚仪站在榻前，几名内侍强横地去拽榻上昏迷不醒的傅柔。为首的，正是养病屋主管赵领班。

"怎么回事儿？"吴王踏进门里。

舒儿扑到吴王脚下："殿下，他们要把傅司织搬到养病屋去。"

养病屋，是重病的宫人们最后待的地方，进去就如同死人无异。

赵领班想不到吴王会插手，急忙回禀："殿下，傅司织病了数日未见好转，奴才也是照宫规办差，不敢怠慢。"

"规矩本王也知道。"吴王一睬眼，"不过就算送养病屋，也得让人收拾一下，这般虎狼凶狠，有损父皇母后贤德，你过两个时辰再来。"

"这……"赵领班受人所托，想着忠人之事。

吴王目光一冷："怎么？"

赵领班头皮发麻："是，是，谨遵殿下吩咐。"一抬手，率众走出。

吴王为傅柔出面，阻止了赵领班把人带去养病屋的消息，由双喜传给了苏灵淑知道。原来，双喜打着太子妃的名义，让赵领班去找傅柔的晦气。

"都说了别去招惹她，你怎么又办出这样一件事儿来？事前也不问问我。要是让太子知道了，不是给我找麻烦吗？"苏灵淑近来只想一件事儿，就是如何拢住太子的心。

"我还不是替太子妃您觉得不值？"双喜不以为然，"这可不算招惹。宫里有宫里的规矩，她傅柔又不是什么贵人，不过一个女官，生了重病，就要送到养病屋里。我只是告知了赵领班，赵领班按规矩办事而已。"

苏灵淑敷衍了事："好了，好了。这件事儿就此作罢，不要再插手。太子既然叫我修身养性，那我就修身养性。她病了也好，死了也好，我也算瞧出来了，她用不着我，我也用不着她，今后也懒得劳神。"

"是。"双喜听从，"不过，要不是她这一病，还真看不出来，竟然把吴王也给拉拢了。要我说，她心机厉害得很，恐怕是想攀高枝呢。"

苏灵淑的脸上浮现一抹轻蔑的笑："再厉害，也不能是正妃，给吴王暖床罢了。"

两个时辰后，内侍们来抬走了傅柔，领头的却不是赵领班，而是杨柏，送去的也不是养病屋，而是杨妃宫中。对外的说辞是，因吴王挨打受伤，杨妃在佛祖座前许了愿，只要吴王康复，就亲手救治一人，傅柔特别幸运，被杨妃选中。

其实，就是吴王请他母妃出面，对傅柔施以援手。

杨妃也算开了眼，何曾见儿子对哪个女子上心，如今这是缘分到了，当着她的面儿，帮人绞湿巾，敷额头的。

"多谢母妃答应儿子任性的请求。"吴王道。

"受了这些年的委屈，你欢喜，就是母妃欢喜。"杨妃不但不会阻拦，还为儿子高兴，"夜深了，母妃累了，你为人子，好好代母妃还愿，知道吗？"

吴王失笑，正经一礼："恭送母妃。"

随后，他重新坐到榻边，目不转睛地望着傅柔，忽然俯下身，以脸贴额。她的体温滚烫，他的心跳过快。

傅柔悲伤梦呓："处默……处默……"

吴王轻喃："柔儿，柔儿，程处默死了，忘了吧。"

天海一色蓝，海鸥追逐着鱼群，一只铁头乌漆的大船乘风破浪，甲板上摊躺着一人，与蓝天对望。

"无聊啊——"

那人大喊一声，突然跃起，转身横扫一道袭来的黑影。闪电般的两个回合，那人就被黑影按在甲板上，半张脸挤扁。

"喂，喂，我伤还没好，你胜之不武。"那声音，分明是程处默。

"我来提醒你换药而已。"黑影冷声，面容刚硬，居然是方子严，"别忘了，是谁帮你逼出一肚子海水，救了你的命。"

"已经忘了。"程处默眼前浮现那日方子严的嘴贴着他的那张超级大饼脸，做了个泛呕的表情，挣扎爬起。

方子严嗤笑："是不是男人？婆婆妈妈的！"

程处默反嗤："我要不是男人，你难道还指望着以身相许？"

方子严爆粗口："放屁！要不是看到你那块定远将军的名牌，管你死活！"

"名牌？"程处默忽然拍拍身上，目光搜索腰际，"我的香囊呢？"

"没见过。"只当不知道。

"柔儿做给我的！"程处默焦急。

"不知道。"心酸加羡慕。

"名牌还在，香囊我特意缝固在腰带上，怎么会没有？"程处默奇怪了。

"你泡在海里，浑身破破烂烂，能把你捞起来就算不错了。难道还要我给你身上所有的东西负责？你说的那个香囊，应该早就掉海里头了。"

程处默起了疑："是不是你偷——"

方子严一掌拍在他的伤口上，疼得他脸部抽筋。

"伤都没好，半死不活的，还敢跟我嚷嚷。"

马海虎噔噔跑来，兴奋地大叫："帮主，找到绝命九那伙人了！"

程处默认真地想了想："这外号，一听就比你威风，所以你羡慕嫉妒恨，打算黑吃黑？"

方子严一把拎起程处默的后衣领子，连拖带拽地回了船舱，一圈圈麻绳捆成粽子，不顾他乱嚷乱骂，关门出去了。程处默喊得嗓子都哑了，也没人搭理，只听外面砰砰啪啪，真打起来的样子。

不知过了多久，舱门再次打开。

"喂，海盗头子——"程处默打起精神。

谁知，进来的不是方子严，而是一个虎里虎气的大妞，和其他海盗差不多的打扮，穿了个半袖短衣，下身扎了一片中长布裙，还有长裤皮靴。大妞上前，二话不说，松开几圈绳，解开程处默的衣襟。

程处默的手还被绑着，只能扭动上身："你谁啊？干什么？"海盗船上还有女的？

"我叫马海妞。哥哥让我来换药。对了，我哥哥是马海虎。"随着程处默的衣襟敞开，马海妞的眼睛发亮，伸手戳戳那白净的胸膛，"哇，你是我见过的最好看的强壮男人了，我喜欢！"

程处默翻白眼："我有心上人的，而且——"目光从上到下扫一遍马海妞，"我不喜欢强壮的女人。男女授受不亲，你别乱摸。"

"什么不亲？"马海妞听不懂。

"男女！"偏偏程处默还重复说。

"男人不和女人在一起，怎么生孩子呀？"马海妞咽咽口水，由戳改为摸，啧啧赞叹手感。

程处默涨红了脸："谁和你生孩子呀？你别碰我！"

马海妞神情率真："你都被绑起来了，还能怎么样？我就喜欢碰，我就碰。"双手十指一起上，在那好看的胸膛上打磨。

程处默大吼："我乃大唐定远将军，你再乱来，我砍断你的手！"

马海妞的眼睛变成星星："原来你还是个将军，厉害，厉害，除了我们帮主，你一定是天底下最好看、最厉害的男人。而且你吼起来，好有英雄气概。再吼大声点，我想听。"

程处默陡地沉默。

半晌，他突然伸直脖子，嘶吼："方子严！你给我过来！方子严，你这个浑蛋！用这种卑鄙下流的手段！"这女的，太恐怖了！

傅柔坐靠被褥，面容如凋零的花，惨无颜色。一醒来发现不在自己的屋子，却连问一声的意愿都没有，面对苦苦劝药的吴王，即便那勺子停在她眼前很久，也视而不见，只有眼泪流个不停。

"昏迷了这么久，好不容易醒过来，你就打算这样一直不言不语地流泪，直到哭瞎眼睛，还是打算就这样饿死自己？"

傅柔用力地甩甩头，一开口尽是哭腔："他不为了我和侯杰打赌，就不会去御前比武。没有御前比武，他就不会被皇上封为定远将军派上战场。如果不上战场，他就不会死得这么惨。"

"所以你就打算不吃不喝，为他殉情？"这么傻？

是！害死了她心爱的人，她活着还有何意义！傅柔再次撇开头，任吴王手里的勺子喂空。

吴王气冲冲地放下碗，朝门口大步走去。

她眼里什么时候能看得到他？他出生即为皇族，即便非正宫所出，亦是尊贵，何曾如此纡尊降贵地讨好一个女子？他想要的，除了皇位，或者有人送到面前，或者自己信手拈来。

走到门口，他突然停下脚步，猛地转身，回到榻边，在傅柔茫然的目光中，拿起药碗大喝一口，俯身按住傅柔，嘴对嘴灌了进去。

傅柔挣不脱，不得已咽下汤药，等吴王离开的刹那，狠狠甩了他一个耳光，却又惊望着自己的手。

吴王呼吸急促，目燃灼火："我把你从鬼门关里救回来，不是为了让你给程处默殉情。我是你的救命恩人，你这条命就是我的，你要是还敢不喝药、不进食，以后每一顿我都这样亲自喂你！"

傅柔怒瞪吴王好一会儿，端起了药碗，一口喝完。

"总算想开了？"吴王心中泛涩，她若坚持不喝，倒是他的福气了。

"自暴自弃，于人于己都无益。处默在天上，应该也不想看到我颓废消沉。"她真正的想法是，可不想顿顿被吴王这么喂。

"他想看的，应该是你不再伤心，抬头往前看，找到新的幸福。"吴王时刻不忘把自己摆到她心里。

"有一件事儿，想拜托吴王。"只是，她无心于他。

"你要去拜祭程处默。"他偏偏很懂她，"他们没有找到尸首，那只是一处衣冠冢。"

傅柔目光凄楚："没关系，我只想去看一眼，静静陪他一会儿，说几句话。"

吴王背着手，手中紧攥一枚玉佩，最终说了一个"好"。他不急，这枚玉佩会给到他心爱之人的手里。

夜海上浮着一片大岛，隐隐能听到热闹的人声。

程处默冷眼看着四海帮严阵以待，算是明白了方子严这个海盗的与众不同，不打劫货船、客船，就爱黑吃黑。他跟船没多久，大小七八战，什么绝命九、熊虎堂、太岁帮，名字越神气，死得越快。

不过，今日这个烛龙堂有点儿棘手，因为方子严连续打击，各个盗帮的残部都投靠到了这里。

"黑吃黑，小心撑死。"程处默嗤笑。

方子严打开酒囊，喝了一口，出乎程处默的意料，竟把酒囊丢给他，乐意分享的意思。

程处默也不客气，咕嘟嘟一大口，酒滑过喉却变脸："还敢抢贡酒？"

方子严耸耸肩："不喝还我。"

"休想！"程处默的酒虫彻底被勾了起来，喝空酒囊才抛给方子严。

"方子严，趁你没把自己作死，帮我往长安送封信。"他估计他派出送信的亲兵都已被侯君集灭口，而酒后胆无边。

"你怎么不干脆叫我放你回去？"当他的信差？

"我不信海盗有这种好心。我是大唐的定远将军，不管你救我有什么目的，我只告诉你一句，我程处默，不会和你同流合污。"

当初被傅柔严词拒绝，就是"同流合污"这四个字，如今又被程处默说一遍，方子严可不想再忍。

"我也不是一出生就是海盗。我有一个温柔慈爱的娘，虽然针线活做得一般，但是饭烧得很好，我最爱吃的，就是娘做的红烧肉。我爹是个县丞，做事兢兢业业，从不欺压百姓，他唯一的嗜好，就是像我祖父和曾祖父那样，养鹰。爹很喜欢养鹰，也很善于养鹰。他有一只鹰王，人人见了都夸这只鹰王有灵性。我总觉得，我爹疼这只鹰王，比疼我这个儿子还厉害，所以常常吃这鹰王的醋。"深藏心底的身世，竟对一个完全不熟的人说了出来，而且这人还抢他的未婚妻。

"看不出你还是官宦子弟，怎么跑来当了海盗？"程处默到底诧异了一下。

"因为鹰王。"方子严眯了眯眼，"有一个很有势力的人，看上了爹的鹰王，要爹献给他。爹没有答应。后来，爹就被人诬陷下狱了。娘悲伤过度，也病死了。那些人为了掩盖罪行，要斩草除根，一直追杀我。我逃到江边，被他们一箭射在胸口，掉进了江里。后来，我被四海帮的老帮主从水里救起来，他就成了我的义父。"

"跟我很像，一箭差点儿要命，被人追得走投无路，只能跳海。"程处默面露同情，忽然甩头，"哈，哀兵之计，差点儿上当，你救我肯定不安好心。"

方子严不依不饶："谁追杀你？"

程处默认真地看了方子严一眼："好吧，跟你说实话，明面上追杀我的人是叛军，实则是个姓侯的无耻之徒借刀杀人。"

方子严突然正色："逼着我爹献出鹰王，让我家破人亡的人，也姓侯，是唐军有名的大将。"

程处默和方子严对看一眼，异口同声："侯君集！"

程处默突然生出同仇敌忾之心，勾搭上方子严的肩膀："看在咱俩难兄难弟的分上，卖你一条妙招。"

方子严抖抖肩，但甩不开程处默的爪子："有屁就放。"

"对付烛龙堂，先烧其船，再围困岛，不必你们攻上去，他们自己就会抢粮抢船。你啊，鹬蚌相争，渔翁得利，来一个一网收。"程处默心中全盘清晰。

方子严看程处默一眼，夸他的话说不出口，但目光已有些敬意，叫来马海虎，照他所提议的进行部署。

第二十章　奇迹

烛龙堂变成一锅猪浓汤，在程处默的妙计之下，四海帮顺利拔掉这片海域最后一颗毒瘤。而方子严一回船，就把程处默找来。

程处默大刺刺地坐下："怎么，终于可以跟我摊牌了吗？"

方子严已经对他挺服气："既然猜到了，何不打开天窗说亮话？"

程处默一笑："最开始，我以为你想当海上霸王，不过现在却觉得不是这么一回事。你是在积攒被朝廷招安的资本，你之所以不杀我，是因为需要一个身份够高的人帮你牵线。"

方子严问："你帮不帮我？"

程处默反问："你放不放我回去？"

方子严毫不犹豫："只要你答应，我立刻放你。"

程处默伸出手："拿来。"

方子严知道他要的是什么，也知道自己已经被他看穿，但骄傲地不动。

程处默也不收手。

两人眼神互相较劲儿，只是方子严理亏，而且有求于人，掏了半天的怀袋，终究把小东西放程处默手中。

那是傅柔为程处默绣的香囊。

程处默将香囊收进怀里："不想再当海盗，就把抢人东西的臭习惯早点儿改了。柔儿喜欢的是我，香囊是为我做的，你就算揣在怀里，那也只能算贼赃。"

方子严转开话题："回你的舱房收拾一下，我叫人给你准备一条船，动作快点儿，免得我改主意。你这张臭嘴，说的话越多，我越想把你丢到海里去。"别以为这样，他就会放弃傅柔，没有香囊，但他还有定亲的信物——长命锁。

程处默本来就有点儿虚张声势，生怕方子严这家伙说话不算话，赶紧拔腿就跑。哪知慌里慌张的，推错了舱门，迎面而来一幅春光，不，女鬼图。

马海妞换衣服换到一半，转身看见程处默，惊声尖叫，引来了惜妹如命的马海虎。

"怎么了？"马海虎傻傻地看不懂状况。

"哥，他偷看我换衣服！"

马海妞的声音，在程处默听来有些莫名的兴奋。

马海虎一把揪住程处默的衣领："你这下流的浑蛋，竟然偷看我妹妹换衣服！"

程处默大叫："我急着回舱房收拾东西，不小心看错了门。你们这船上，每个舱房的门都是一样的！"

马海虎瞪他："吼这么大声干吗？心虚啊？我问你，你看见我妹妹的身体没有？"

马海妞看向程处默的目光充满希冀："应该还满意吧？"

程处默处于冷热夹攻之势，咬紧牙关，对着马海妞解释："我什么也没看见！"

马海妞失望得很："没看见？不可能啊！那，再给你看一次。"陡然把手从胸口拿开。

程处默急忙闭紧眼，摸着墙壁离开。娘啊！打死他也不会再上这只海盗船！一群不按牌理出牌的野人！

侯君集班师回朝了。他不但平定盛国，连安西峡里的叛军都清理得一干二净，皇上因此龙心大悦，亲自到宫城楼前迎接，全长安的百姓夹道称颂。没人知道，程处默和无数死难将士的功绩皆被侯家父子独吞。

卢国公府死气沉沉，程咬金尚未从丧子之痛中走出，一直卧病不起。偏偏这时，侯君集和侯杰前来探病，既是给皇上看样子，也是来故意炫耀。

程处剑一听说仇人上门，立刻拔剑，要去大门口拼命，忽听他娘亲一声吼——

"你给我站住！侯君集敢上门探病，我们卢国公府就不能输了阵势，不能让所有人看着，以为我们卢国公府少了一个儿子，就满府都成了不讲道理的疯子！"程夫人又对旁边的管家一咆哮，"去，打开大门，有请陈国公！"

程处剑顿住脚步，回头惊讶地看着娘亲。

程处亮也有点儿傻眼，知道娘亲对内厉害，把阿爷管得跟缩头乌龟似的，却不知道娘亲对外还这么厉害，大有一夫当关的气势。

侯君集正等得有些不耐烦，就见卢国公府的大门打开，齐刷刷地跑出两列仆人，个个手持长棍，看他的眼神犹如利剑出鞘。尽管他知道，这些人不敢把他怎么样，这士气却让他有点后悔来这儿。

不过，侯君集一见到病恹恹的程咬金，精神又立刻抖擞，唉声叹气都显得力气十足。

"处默他太可惜，这么年轻，这么英勇。他攻下九柱城，已经是立了大功，接下来留在营里就是了。可是他少年心热，总想着要打安西峡。那安西峡地势险要，当地人称死亡峡，叛军在里面有不少窝点。他一心想查探安西峡内的情况，不听本将再三劝阻，

138

带着人就出发了。结果，再也没能回来。"

"陈国公这话不对，谁不知道军令如山？没有你的命令，我大哥不至于冒着军法处置的风险，一意孤行吧。"程处亮抓住漏洞。

侯杰瞪眼："程处亮，你这话什么意思？"

"我大哥是副将，能让他去安西峡的，当然只有主将。"别当他程处亮是傻子，他已非吴下阿蒙。

"你这是诬陷我阿爷成心害你大哥？"侯杰拍桌而起。

"侯杰，你不要再说了。"侯君集长长地叹口气，"卢国公，我没有把处默毫发无伤地带回长安，心里很是愧疚啊。"

程咬金气弱："陈国公不必愧疚。打仗就没有不死人的。一个主将带这么多人出去，如果一定要他把所有人都活着带回来，这仗就没法打了。"

侯君集颔首："还是卢国公明白事理，知道做主将的为难。"

"大家都是做父亲的人，也都该知道点儿道理了。丧子之痛，我程咬金如今是尝到了，确实是痛不欲生啊。侯少将军年轻英武，是个很不错的小辈，希望他平平安安，不要让陈国公像老夫这样，白发送黑发。"程咬金悲从痛中来，岂能不恨？

程处亮昂起头，挑衅道："下个月皇家田猎，听说少将军会参加。刚好，我和处剑也会去凑凑热闹。"

程处剑眼爆火星："我们程家和侯家缘分这么深，说不定会在猎场上遇到，那就可以互相打声招呼了。侯杰，你小心点，猎场里有熊，还有老虎，去年攻击过一个人，头都被咬掉了。"

侯杰忍不住回应："该小心的人是你。你大哥已经是个衣冠冢了。你如果被老虎拖了去，尸首找不到，又是一个衣冠冢。"

侯君集与程咬金对望，放任儿子们别苗头，暗斗一股心气儿。

同一时刻，傅柔正前往立政殿。长孙皇后有命，要准备最好的绣品，赏赐侯君集的女儿侯盈盈。她对这位侯家女儿，实在有说不上来的复杂心情。人，看着不恶，偏偏生在恶人之家。

"傅司织。"有人唤她。

傅柔回头一看，原来是苏灵淑，后面跟着双喜，主仆二人都是一脸春风。她的视线落在苏灵淑平坦的小腹上，看到苏灵淑的手放在那儿，双喜则是一副弯背哈腰的守护架势。近来宫中最大的喜讯，就是太子妃有孕了。

傅柔行礼："见过太子妃。"看得出来心情好，居然主动攀谈。

苏灵淑微笑道："前阵子我心情不好，总挑剔司织所，现在想想真不应该。"

傅柔宠辱不惊："太子妃不要这么说，侍奉太子妃，是司织所的责任。太子妃有不满意的地方，尽管指出，下官一定改正。"

苏灵淑脸上又现魏王府中的亲切表情："我在这皇宫里朋友不多，你算是我入宫前就认识的朋友了，如果我有做得不好的地方，希望你别见怪，以后大家相处还是和和睦睦的好。"

"是，和睦是最好的。"做朋友？她高攀不起。

"我看你一直面带悲伤，是不是有什么心事儿？"

苏灵淑的语气有一丝试探，心里记着前阵子吴王为傅柔解围的事儿。吴王是太子最大的威胁，也就是她的威胁，若傅柔和吴王之间有什么，也许她可以利用傅柔。

傅柔却是滴水不漏："没有。"

"傅司织，你还是不把我当朋友看啊。"苏灵淑有意无意地瞥一眼傅柔手中绣品，"听说母后宣侯盈盈进宫，这可是为她准备的？"

傅柔点点头，无意多言。

"陈国公屡次为大唐立下战功，父皇对他的评价是越来越高了。太子说，父皇已经命人建造凌烟阁，要把大唐二十四位功臣的画像放在里面，陈国公就是二十四人之一。你想，这是多高的荣宠。"苏灵淑的语气一转，"母后对侯盈盈也很是欣赏，属意她为太子侧妃。侯家的未来，不可限量啊。傅司织有公务在身，就不耽误你了。"笑了笑，慢慢走开。

傅柔望着苏灵淑的背影，她提到侯盈盈时酸溜溜的语气一听就听出来了。春天虽然到了，但苏灵淑患得患失，只顾眼前的猜忌心，只怕不会改变。

哪知，傅柔来到立政殿，长孙皇后表示赏给侯盈盈的绣品要换图案，改为莲子和百合，她才知苏灵淑这回没有胡思乱想，侯盈盈真有可能成为太子侧妃。

长孙皇后还夸侯盈盈的字写得好，拿给傅柔看。

傅柔看着字，心里突然冒出一股恨意。处默战死，尸骨难寻，卢国公重病不起，魏王妃缺席宫中大小宴会，程家人人深受打击。同样出征的侯家父子，还有什么事儿都没有做的侯家女儿，封的封，赏的赏，荣极一时。她傅柔，哪怕人微言轻，也不想再忍受这种不公。

于是，她抬起眼，平静地说道："都说字如其人，字迹娟秀端正，想来侯小姐，是一个端庄优雅、能把丈夫伺候好的人。"

长孙皇后高兴地说："你也这么觉得？"

"这位侯小姐，下官曾经见过一面，长得极美，巧笑倩兮，美目盼兮。再看她写的字，燕燕于飞，差池其羽，之子于归，远送于野，更让下官想起了一个人。"为吴王读书的好处就是，学识增加不少。

长孙皇后好奇："哦？想起了谁？"

"庄姜。"怪只怪侯盈盈偏偏选了这字来写，"燕燕于飞，是春秋时的齐国公主庄姜所写。庄姜极有才华，写出了燕燕于飞，被世人传诵，还选进了《诗经》。她又长得特别漂亮，那句形容美人的巧笑倩兮，美目盼兮，最早就是用来形容她的。"

长孙皇后点点头："这侯盈盈也是才貌兼备，果然有点儿像。"

"只是天底下没有十全十美，老天爷赐给庄姜美貌和才华，就忘了赐给她另一样东西。"傅柔垂眸，"庄姜嫁给卫庄公，一直无法生育，卫庄公只好又娶了戴妫。戴妫为卫庄公生了个儿子，庄姜把这孩子视为己出，可是后来这个孩子，当了桓公没几天就被杀死了。庄姜一生不幸，最后郁郁而终。"

长孙皇后脸色微变，半晌才道："红颜薄命，天妒美人，也不是没有道理的话。傅司织，你先下去吧。"

傅柔告退，到了门口，就听长孙皇后吩咐内侍——

"庄姜过于完美，所以才遭来天妒。卫国后来大乱，不能说和她没有关系。长得好，命数未必就好。命数不好的人，放在太子身边，会连太子的气运也败坏了。以后东宫要进新人，侯君集女儿的画像，不必再呈上来。"

傅柔面无表情，慢慢走开。她不会为此感到羞耻，因为侯君集和侯杰这对恶人，太多人受到了伤害，作为侯家的女儿，自然不能置身事外。

然而小小的报复并没有带给她痛快，反而心中充满了感伤，茫然地走在甬道上，也不知自己去往何方。处默走了，她不仅见不到他最后一面，连祭拜都做不到。她被死死地困在冰冷的宫城，原本一切的努力都为了出宫，而今却失去了意义。

忽然，广场正中的路上，出现了一个人影。

强光耀眼，那人的正面正好背光，但如流星般的步子，挺拔的身姿，还有独一无二的飞扬潇洒，立刻吸引了傅柔的心神，停下脚步，一眼不眨地望着。

为什么他像极了她心中无比思念的人？是她的幻觉，还是上天的奇迹？

那人也朝她的方向看了过来，突然用力捶了捶胸膛，在原地高高地蹦起，还做了一个半空旋身。然后，他指指前方大殿，意思是要先去见皇上，对她挥了挥手，大步而去。

她听到自己的心跳怦怦加快，无神的双眼因为眼底泛上的水汽而折射出了光芒。是程处默没错！他还活着！他回来了！

傅柔喜极而泣。

程处默没死，活得好好的，不但平安回到长安，还告了侯家父子的御状，将他们在九柱城烧杀抢掠老百姓、搜刮财物等恶行公之于世。皇上勃然大怒，下旨将侯家父子关进天牢。侯家父子那时正开庆功宴，以为封赏的旨意下达，谁知这么反转，都不知是怎么回事儿，到牢里庆功去了。

卢国公府一片喜庆自不必说，宫里也人人议论着这事儿，将程处默传得神乎其神。机灵鬼杨柏还特意跑到傅柔跟前，跟她贺喜。

傅柔微嗔："你又耍嘴皮子，我有什么好恭喜的？"

杨柏压低了声："在我面前你还要装啊？上次你求曹总管帮忙，是谁把你带到宫门边上，让你和那个人见面的？我可是看得清清楚楚，你送了一个香囊给人家呢。"

傅柔呵笑道："就你眼睛尖。"

杨柏道："我可是真心为你高兴啊。上次你病得那么厉害，真怕你熬不过这一关，没想到现在，你的病好了，已经死了的人居然回魂，这就叫否极泰来。"

傅柔却不乐意："什么死了回魂的，你少说晦气话。"

杨柏听出傅柔这是吓怕了，自打嘴巴："好好，我不说。我走了。"

"等一下。"傅柔从袖子里掏出一块手帕，里面是一双耳环，"你不是说，你从小父母双亡，是你哥哥嫂子把你带大的吗？我这儿有一双翡翠耳环，是阴妃娘娘赏的，你拿去送你嫂子吧。"

"这怎么好意思？"杨柏连连摇手。

"拿着吧，每个月俸禄就那么一点，下个月十五皇后娘娘恩典，可以和家人见面，你把这个给你嫂子，也让她高兴一下。"宫里就那么几个待她真心的人，他们的好她不会忘。

"那就谢谢傅司织了。"杨柏接过耳环，高兴地走了。

傅柔脚步轻快地接着走，目不斜视，一往无前。

"傅司织。"熟悉的魔音穿耳。

傅柔一怔，转了一圈才发现吴王就坐在她刚刚经过的凉亭里。

"怎么？现在本王在你眼里，连影子都没了？看见了，也只当没看见，连招呼都不打一个。"瞧傅柔一脸惊讶他怎么在的表情，吴王黑了脸。

"下官不敢，确实是没瞧见吴王殿下。"瞧见的话，早躲开了。

"程处默回来了。"他语气悠悠。

"嗯，他回来了。"她笑容难掩，即便是在他的面前。

"怎么就回来了？"他实在看得刺眼。

"殿下这是什么意思？难道他不应该回来吗？"她母鸡护小鸡的架势又来了。

"很多人不想他回来。"这其中包括他。

"殿下如果没有事儿，下官告退。"那就话不投机半句多了。

"有事儿。"他转而以命令的口吻，"初九,你到凌霄阁来一趟。你可以不来。你不来，我就让程处默请你，还会告诉他，在他出征的这段日子，你和我之间发生的那些事儿。"

她猛地抬起眼，直视他，这是要挟吗？

"初九，凌霄阁，本王等你。"

吴王目光咄咄，与傅柔对视半晌，转身离开。以为他会成人之美？别做梦了！能让他退让的，只有父皇和母妃，而他可以让出其他一切，唯他心中所爱，绝不放手！

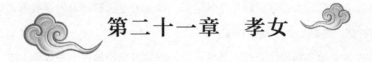

第二十一章　孝女

侯盈盈坐在花园里，看着脚边的杂草发呆。

印象里，好像自从来到长安，就没有闲暇好好看过自家的花园，因为她是侯君集的女儿，各家的请帖就像雪片儿一样，今日什么爵，明日什么侯，她奉父亲之命，在长安最富贵的一群女眷圈子里走马灯似的打转。

日子久了，她就有些厌烦，尤其父兄平乱归来，宴席多到要赶场子，累得她正准备跟父亲说要休息一段时日，谁知就变天了。

父兄入狱，长兴表兄筹集了家里所有值钱的东西去打点，请帖就跟那些一下子全都消失的贵重物品一样不见了，老实说她一点儿都不在乎。外面疯传的，说她父兄欺负当地百姓、洗劫财物、中饱私囊的那些话，她也不在乎。府里人心动摇，仆人们没心思干活，花园里居然长出杂草都没人修剪，她还是不在乎。

她只知道，自己出生的时候娘亲就死了，还是孩子的哥哥抱着褓褓中的她，一路艰辛找到了婶婶家，救了她的命。她只知道，父亲十分疼爱她，对她百依百顺，以弥补她失去娘亲的缺憾。对别人而言，行径恶劣的侯君集和侯杰，对她而言，是世上最好的父兄。她愿为父兄，舍弃自己的性命。

想到这儿，侯盈盈不再发呆，起身来到父亲的书房。书房里也空空荡荡的，格架上的古玩珍物被拿了个干净。忽然，她的目光落在屏风旁的盔甲上。

那是父亲的盔甲。她记得它的每一处战斗所留下的痕迹，它微微泛红的光泽是敌人的血，还有父亲的血，她相信，她能记得，那么皇上也一定记得。

侯盈盈终于知道自己可以做什么了。

第二天一早，侯盈盈就出现在宫门前，身穿父亲的盔甲，跪着求见皇上一面。皇上却因为侯长兴贿赂官员帮侯君集说情，把侯长兴也关进了大牢，心情正是最糟糕的时候，当然拒绝了侯盈盈的请求。她却决意跪着，一跪就是一天一夜。

上朝的官员们看到侯盈盈居然还跪着，倒有不少人觉得此女至孝。

消息传到苏灵淑耳里，心头就冒起无名之火。从两人一起待选太子妃开始，她就不自觉地把自己和侯盈盈进行比较。侯盈盈看似天真烂漫，能讨每个人的喜欢，而她至今也没忘记，当时太子看侯盈盈的眼神。如今，母后虽然打消了将侯盈盈纳为太子侧妃的主意，却难保侯盈盈又耍什么心眼儿。

于是，苏灵淑特意过去看看到底是什么情形，却见太子正和跪着的侯盈盈说话，明显一脸关切的神情，立刻引起了她的不安。

苏灵淑心里本来就不痛快，到母后那里请安，谁知母后让她这个正妻要大度，自己伺候不了太子，就要做好其他安排。她怀孕以来，除了第一天报喜讯，母后很是关切，之后就没那么关心了，如今竟然还让她要多顾及太子的感受，把别的女子推到太子怀里。

这时，傅柔走了进来。

长孙皇后问："傅司织可听说了侯盈盈跪在宫门前的事？"

"听说了，还跪了一天一夜。"傅柔尽管对侯盈盈喜欢不起来，但也无法讨厌这个人。平心而论，同样身为女子，她钦佩她的孝心。

苏灵淑实在忍不住："母后为何纵容她跪在宫门前？一个罪臣之女，如此作为，分明是要让父皇难堪。如果是臣媳，就算不惩处她这种放肆的行为，至少也把她驱赶走，不让她在皇宫前面丢人现眼。"一不小心，语气流露嫉恨。

长孙皇后深深地看苏灵淑一眼。

苏灵淑顿时觉得不安："臣媳是不是哪里说错了？"

长孙皇后淡道:"朝堂之事,我们后宫不应干涉,即便有人问,也未必要答,你记住了。好了,你有孕在身,不宜辛劳,回去好好养胎吧。"

苏灵淑十分忐忑的模样,讪讪然地行了礼,退出殿去。

"本宫这个儿媳妇啊——"长孙皇后欲言又止,最终没再说,对傅柔挥了挥手,也让她退下了。

侯盈盈为父披甲,敢于力争面圣,是感人肺腑的孝道,苏灵淑却将其视为眼中钉,私心只想严厉惩治,罔顾人情道理,气量过于狭窄,令长孙皇后感到十分失望。

傅柔离开立政殿后,往司织所走去。她一边走一边想,恐怕长孙皇后也是看穿了苏灵淑的小心思。在她看来,苏灵淑成为太子妃之后,一直看人脸色,过得战战兢兢,心里却又积怨,用见不得光的小动作去报复。侯盈盈恰恰不在意别人怎么看,被泼了水也不疑神疑鬼,为父兄跪宫门也不觉得丢脸,对错全凭自己判断,因此反而让人感到真诚。这深宫,犹如迷宫,有人越走越偏,深陷其中;有人坚持初衷,就能闯出去。

想到这儿,傅柔忽然站住,脚下转了方向,去找杨柏。

正午的阳光晒在侯盈盈的身上,不是很烈,但对于一个跪了一日一夜,不吃不喝,还穿着百斤盔甲的人来说,加快消耗着体力。

忽然一片阴影挡去刺眼的光亮,侯盈盈嘘了口气,抬眼看见一个笑得和善的内侍。

"喝口水吧。"内侍从袖子里偷偷拿出一个巴掌大的水囊,还主动打开盖儿。

这个角度,没人能瞧见内侍送水,也没人能瞧见侯盈盈喝水。

侯盈盈摇摇头。

内侍小声道:"你要再这么下去,就怕皇上还没改主意,自己就撑不住了。到那时,还有谁能救陈国公呢?"

侯盈盈一怔,伸手拿过水囊,没想到实在太渴,一口气喝完了。

她不好意思地把水囊递回去:"谢谢你,你叫什么名字?"

内侍笑笑,下巴朝某个方向一努:"不用谢我,我也是受人之托。"

侯盈盈费力地看过去,见远处有一道纤细的身影:"她是谁?"

内侍却已经走开了。

侯盈盈想要叫住他,又有两名内侍从另一边走来。

其中一人道:"侯盈盈,陛下宣你觐见,赶紧跟我们走吧。"

侯盈盈大喜过望,急切地爬起来,差点儿摔回去,多亏另一名内侍上前扶住,步履蹒跚地往甘露殿方向走去。

给侯盈盈送水的杨柏跑到小门边，那里站着的正是傅柔。

杨柏好奇："傅司织和她有交情吗？"

"数面之缘，说不上交情，而且我讨厌她的父亲，但却佩服她。"傅柔笑了笑，"谢谢你了，杨柏。"

杨柏望着侯盈盈往宫里走的背影："皇上终于肯见了，傅司织这一口水送了她大吉大利啊。"

傅柔淡然："不，只是她的孝行终于感动了陛下。"

侯盈盈被扶进了立政殿，跪伏在地："臣女侯氏，叩见陛下，万岁，万万岁。"

皇上的神情难测："有人问朕，凌烟阁那二十四功臣图，是否该撤下你父亲的画像。朕曰，君集少年时就已经有武勇之名，隋末战乱，他跟着朕东征西战，功勋卓著。当年齐王李元吉三番两次要谋害朕，要不是他，未必有朕的今日。"

侯盈盈不敢抬头："谢陛下念及昔日情分。"

"然，你父为一己私欲，洗城劫财，杀害无辜，乃今日之罪。"皇上沉声带厉，"这等罪，并非你一个女孩家重盔加身就能抵消。"

"这套盔甲，是父亲从战场上带回来的，上面布满了刀痕剑创，有几个地方已经被砍开了口子，又被父亲命人用铁线补了起来。"侯盈盈双手撑地，吃力地抬头。

"你是在替你父亲示功？"皇上不悦。

"盈盈不敢。盈盈读过圣人孟子的书，孟子说，人和禽兽之所以不同，是因为人有四心：羞恶之心，辞让之心，是非之心……"

皇上接话："还有，恻隐之心。"

"凡人尚且有恻隐之心，何况一代圣君？养育之恩，无以为报，盈盈虽只是一介女流，但求皇上慈悲，让盈盈代父亲受死。"侯盈盈再次伏倒在地。

皇上沉吟良久："恻隐之心，人皆有之。君集虽然有罪，毕竟随朕多年。你质朴笃孝，朕更不忍杀之。传旨，把侯君集和侯杰都从天牢里放出来吧，盛国之功朕不赏他，洗城之罪，朕，也不杀他了。"

侯盈盈喜极而泣，谢恩，但半天都没爬起来。

皇上觉得奇怪，命内侍上前一看，侯盈盈竟然晕过去了。他更觉得此女勇气可嘉，特准御用的车辇送她回家，派最好的御医为她诊治。

这事儿后来传开了，侯盈盈成了长安最热门的儿媳妇人选。

傅柔匆匆走着，手里紧抱一个包袱，还不时地朝身后望，生怕被人瞧见。谁知怕什么来什么，转角撞见吴王。

"今天初九，傅司织没忘吧？"吴王气定神闲，好像知道一定能等到人似的。

"没……"忘得一干二净，傅柔却更紧张包袱，用力收了收胳膊，"下官要先去清河公主那里送绣品。"

吴王抬眉："送绣品不是什么要紧的事儿，清河公主那里，本王派人知会，你现在就跟本王来。"吴王抓住傅柔的手腕就走。

到了凌霄阁，吴王才放开傅柔的手。

傅柔揉着手腕，没好气地道："殿下急着要下官来，到底有什么事儿？"

吴王早就看出傅柔十分紧张手里的包袱，问道："包袱里是什么？"

傅柔一怔："给……清河公主的绣品。"

"打开给本王瞧瞧。"吴王有些不信。

"绣品有什么好瞧的？"但在吴王紧凝的目光下，傅柔不情不愿地打开。

包袱里香囊、荷包、衣服、刺绣，其中刺绣堪称一绝，做工精致至极。

"全部都是你亲手做的？"吴王不由得赞叹。

"是的，清河公主喜欢下官的手工。"傅柔眼睛不眨地撒谎。

"本王也喜欢。"吴王爱不释手，小心地轻翻着，"怎么上面只绣一种红花？"

"殿下嫌乏味，自然有专一之人喜爱。"

包袱里的每一样都是她做给程处默的。自从程处默回了长安，她每天都在做这些。失去过，才知道没有什么比他更重要。以前他向她讨绣品，她矜持着不肯多给，而今不用他讨了。

吴王听着古怪，忽然翻出一件衣服："嗯？怎么还有一件男人的衣服？"

"大概是公主殿下要赏谁的吧？公主没有说，下官没有问。"早知道他会察觉，傅柔已有准备。

吴王悄悄眯了眼："这真的是给清河的？"

"是的。"回答时千万不能迟疑，眼前这位会读心术。

"好，这件衣服，本王要了。"吴王拎起。

傅柔脱口而出："不行。"

"今天是本王的生辰。"不然他何必约了这日，"本王的生辰，要一件傅司织亲手做的衣服，不算过分吧？"

"是不过分，可这一件……"不属于他。

吴王却已经把衣服穿在身上，左看右瞧："大小正合适。"

"殿下生辰，要司织所做新衣服，那是理所应当的，且有一定规制，不能随便。下官回去，立即动手做。但是，这一件，请殿下还给我。"傅柔不想给。

"本王已经穿在身上了，你要拿回去，行啊，你自己过来脱。"吴王抱臂，好整以暇，"来啊。"

傅柔心骂无赖，收拾了包袱就走，懒得再跟吴王纠缠。

吴王低头看着身上的新衣，尽管是抢来的，也心满意足。

傅柔走在湖边，真是越想越气。哪有这样的？不是他的衣服，非要抢过去。就像他对她的心思，根本不管她要不要，非要塞给她。偏偏他身份高贵，她一个女官得罪不起。

她正想得出神，忽然一道黑影跳到面前，吓得她几乎惊叫。

"嫂子。"还好，程处亮喊得及时。

"程处亮，你这爱吓唬人的脾气再不改，我就要你大哥教训你了。"傅柔拍着心口。

"冤枉啊，我哪里是想吓唬人？我这不是……"程处亮一边委屈地说着，一边东张西望，保持警惕，"侍卫不能和女官勾搭的，我是怕人看见，所以找个地方躲起来等着嫂子。"

傅柔当然也很清楚，赶紧把包袱递给程处亮："这些帮我交给你大哥。"

程处亮不客气地打开翻看："两个荷包，两个香囊，三个扇坠子。还真不少啊。嫂子，你也太贤惠了，我大哥把这些戴上，一定浑身香喷喷的，腰带上再插三把扇子，那可就威风了。"

傅柔气得笑："居然敢拿你哥和我开玩笑，小心我打你。"

程处亮嘿嘿笑道："嫂子，我可是要替你跑腿的，怎么舍得打我……"

"程处亮！"清河公主的一声吼，从湖对面传来。

傅柔立刻背过身去，快步走开。

程处亮绕了半圈湖，跑到清河公主面前耍贫："公主，真巧啊。"

从青楼事件开始，经过平安结和风筝的"助攻"，两人对彼此的感情也算一半明朗了。

清河公主微嘟着嘴："你和谁说话呢？"

程处亮嘻嘻一笑："干吗？吃醋啊？"

"你说不说？"清河公主疑心加重，柳眉竖起，用命令的语气。

本来可以告诉你的，不过你这态度，哼，我不说。程处亮心想，不能惯她那公主脾气。

"手里拿的是什么？"清河公主很难忽略那一个大包。

"反正不是给你的。"怎么还是这个态度？程处亮决定不告诉她。

不料，清河公主伸手就来抢，程处亮抓得死紧，争抢之间包袱被扯开，东西掉了一地。程处亮蹲身去捡，对着沾了土的香囊又拍又吹，一脸心疼的样子看得清河公主气炸了。

"不许捡！"清河公主跳脚。

"你讲不讲理？都说不是给你的，你还抢，还不许我捡？"程处亮也上火了。

清河公主大叫："对，不许！我命令你，把这些恶心的东西全部丢到水里去。"

"无理取闹。"程处亮转身就走。

清河公主瞪着程处亮的背影，想看他回头，哪知这人很快就走出了她的视线。

她怒火中烧，让珍珠把附近的巡卫找来，问刚才哪个宫女经过。巡卫却答不是宫女，而是傅司织。

清河公主起初一愣，随即想到平安结就是傅柔带给她的，原来表面帮她，背地勾引程处亮，跟她抢男人？好！好得很！她倒要看看，女官抢不抢得过公主！

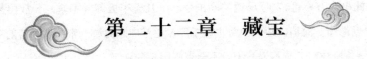

第二十二章　藏宝

卢国公府的牡丹又开了，程处默坐在前庭的台阶前，苦哈哈地看着花园。想起去年此时，他被阿爷追打，一口气从长安跑到广州，遇见了傅柔。转眼一年过去，他不但没有抱得美人归，反而越混越回去，连见一面儿都难于登天。

"大哥，我回来了！"程处亮跑过来，头顶一个大包袱。

程处默一动不动，眼里更加哀怨。谁想得到，程处亮竟然喜欢上了清河公主，臭小子没啥大本事，只能混个宫廷侍卫，官职虽小，却能出入皇宫内廷，和心上人日日相见。欸，早知如此，他也应该向这个弟弟看齐，当什么将军啊，他只要能在傅柔身边，干什么都成。可是，上山容易下山难，他总不能跟皇上说，不当将军了，当个侍卫就成。

程处亮见老大没反应，眼珠子一转，将包袱抱在怀里，坏笑道："大哥，知道这是什么吗？"

程处默这会儿看程处亮的眼神有点羡慕嫉妒恨，语气难免不好："有屁快放！"

"这可是我冒着天大风险，过刀山，蹚火海——"程处亮咧开嘴，"大嫂给你的！"

程处默一听，就把包袱抢了过来，三下两下打开一看，两眼冒光。这些精致的绣品一看就是柔儿亲手所制！柔儿知道他最喜欢她的手艺，以前求一件都难，如今几乎给他准备了一身的行头，可见柔儿在宫里也是难熬相思苦啊。

　　想到这儿，程处默傻傻地笑了起来，如获至宝一般，将包袱紧紧搂住。

　　"老大你不知道，就为了这个，我还和清河吵了一架。"程处亮没心眼儿，"她和我斗嘴，还扯包袱，把东西都摔到地上去了。"

　　"什么？你居然把柔儿给我做的东西摔到地上了？"程处默不注重过程，只在意结果，"柔儿把东西交给你，现在东西弄脏了，不怪你怪谁？你现在就给我去，蹲一个……不！两个时辰的马步！"

　　程处亮不敢违抗老大的话，乖乖地走到角落蹲马步。

　　程处默拿起一件件绣品，翻看针脚，突然又开始傻乐，自己在那儿嘀嘀咕咕。

　　"你这么想我啊？连睡觉都睡不着啊？哈哈，现在你知道我程处默宝贵了吧……你去我的墓陪我说了话？对哦，我自己的衣冠冢，我还没去看过呢，也不知道盖得够不够风光……"

　　第二天一早，程处默神采奕奕地上朝，提到四海帮方子严有意归顺，请皇上宽恕接纳。

　　"陛下，此事万万不可。"唱反调的，正是吃了几天牢饭却学不乖，一放出来就蹦跶的侯君集，"四海帮是海盗，他们的帮主方子严，更是广东海域一带凶名赫赫的海盗大头目。这些人烧杀抢掠，无所不为，绝对不会真心归顺朝廷。"

　　程处默对于皇上如此轻易放过侯君集的决定并不服气，烧杀抢掠，任何一条罪名放在普通人身上都是重罪死罪，然而对侯君集竟然只是功过相抵，祸害一出来还是祸害，丝毫没有反省之意。

　　他冷笑："陈国公对四海帮如此深恶痛绝，莫非有难言之隐？"

　　侯君集不看程处默："陛下，臣对所有强盗都深恶痛绝。"

　　程处默实在忍不住，讽刺道："也包括以查叛军余孽为名，实际上却劫掠老百姓钱财的强盗？"

　　皇上皱眉："程处默，朕已经把陈国公从天牢放了出来，过去了的事儿，就不要再提了。"

　　侯君集得意地睨程处默一眼，接着道："陛下，臣对广东一带很熟悉，对那里的海盗也很了解。四海帮的方子严，生性残忍好杀，不管是商船还是朝廷的贡船，他都敢抢劫。这个人目无法纪，作恶多端，不剿灭他，有损大唐声威啊。"

　　"陈国公对四海帮那么熟悉，是因为陈国公曾经被四海帮抢过吧？不知抢了多少金银财宝，让陈国公这么心疼不已！"程处默想看侯君集什么反应。

侯君集干脆承认："不错。连臣这个国公的船，他都说抢就抢，可以想见一般的商船受他的荼毒，有多严重。"

程处默反驳："方子严并非……"

皇上突然打断："程处默。"

程处默躬身："微臣在。"

"朕封你为宣威将军，命你把守玄武门，你应当竭心尽力为朕效忠，现在却因为一个海盗头子救了你的命，就罔顾君恩，在朝堂上帮他说好话，你可知轻重？"

程咬金伸手，拽一下程处默的袖子，示意他求饶。

程处默垂了眼帘，却看到腰带上的那枚香囊，陡然勇气倍增，抬眼直面天子："四海帮的方子严确实是微臣的救命恩人，这一点微臣从未向陛下隐瞒。微臣在海上亲眼看着四海帮扫荡其他海盗，把大唐海域逐步整顿起来，这对大唐是一件好事儿，对大唐海面上行走的所有商船和官船，也是一件好事儿。如果微臣因为说了心里的真实想法，就要被陛下降罪，那么，是陛下有负于微臣，而不是微臣有负于陛下！"

"程处默，你好大胆，竟敢在朝堂之上，说出如此狂言！"侯君集心里乐翻了，这是自己找死啊。

皇上却道："陈国公，你站到一边去，让他说。朕要听听，他还敢说什么？"

程处默不吐不快："当年孔子收徒，有教无类，公冶长是个犯人，孔子收他为徒，还把女儿嫁给了他。后来公冶长成为七十二贤之一，德才兼备，备受尊重。古有君王千金买骨，让天下人知道他对千里马的渴望，纷纷向他献上千里马。如今陛下圣德，放方子严一马，接受方子严的归顺，那天下曾经做过错事儿的人，就会知道陛下的心胸，像方子严一样纷纷来归顺陛下。这样一来，大唐就会少很多兵灾，百姓也可以安居乐业。微臣确实欠了方子严一条命，但微臣站在朝堂上，就是陛下的朝臣，微臣不是在为方子严说话，而是在为大唐说话。"

皇上沉吟半晌，再开口时，语气缓和不少："程处默，朕还是第一次知道，你不但弓马骑射了得，这口才也很不错。"

程处默道："微臣说话，靠的不是口才，是一颗忠诚之心。"

皇上一笑："好一颗忠诚之心。"

"陛下，方子严和微臣临别时，向微臣承诺，他会把海上的海盗都为陛下打扫干净。另外，他还托臣，向陛下献上一份礼物。"程处默看准眼风。

皇上果然感兴趣："什么礼物？"

"慧娘子亲手绣的山川锦绣图。慧娘子以刺绣闻名天下，其父亲、丈夫都是极有名的人物，天文地理，无所不通，而且去过的地方很多，见识到的东西，甚至是别人闻所未闻的。传说，在父亲和丈夫去世后，慧娘子十分悲伤，她把父亲和丈夫留下的所有秘密，都绣在了这幅山川锦绣图上。为了争夺这幅藏着无数秘密的刺绣，还发生过不少惨案。可惜这幅图上的秘密，一直无人可以破解。方子严接连剿灭了四个海盗团伙，才得到这幅刺绣，特请微臣代为献给陛下。祝陛下的大唐，永远山川锦绣。"程处默也是有备而来。

侯君集还想阻止："陛下……"

皇上却示意呈上，让内侍们展开山川锦绣图，眼前为之一亮。慧娘子的绣艺真是天下无双，山色饱满、水色灵秀，气势磅礴，看得他脱口而出一个"好"字，决定对招安一事认真考虑。

程处默心里就有底了，这事儿十之八九会成。

傅柔奉皇后宣召，前往立政殿，一路上却有些心不在焉。

今天早上，送到清河公主那儿的绣品被退了回来，而且被剪得七零八落。清河公主还让宫人传话，绣品太难看，点名傅司织，要她亲自重做。

司织所经过傅柔的一番整顿，如今做出来的绣品又快又好，收获了许多好评。像清河公主这么尖锐的，还是第一次，难免让人沮丧。

傅柔虽然安慰了下属和做刺绣的宫女们，心里到底有点儿介怀。但她并非对清河公主有什么意见，而是为难怎么绣才能讨公主的喜欢，毕竟呈上去的每一件绣品都会经过她检验，质量肯定是过关的。

然而，傅柔完全不知道，清河公主是因为误会了她和程处亮，才把气儿撒在绣品上而已。

"傅司织。"一声柔和的轻唤。

傅柔回过神来，发现自己已经到了立政殿外。

侯盈盈从殿里走出，停在她的身侧："我知道，内侍拿给我水是因为你。滴水之恩，当涌泉相报。"

傅柔脚步一顿："你不必挂怀。其实，皇后娘娘曾有意选你为太子侧妃，是我一番话，让皇后娘娘打消了念头。"

侯盈盈错愕，很快却笑了："我侯盈盈宁为鸡头，不为凤尾，这件事我倒应该谢谢你才是。"说着话，一颔首，走了过去。

傅柔望着侯盈盈离去，心想侯家确实有个好女儿，转身走进大殿。

"傅司织，你过来，本宫这里有件稀罕的东西，让你看一看。"长孙皇后一见傅柔就招手。

傅柔上前，看清桌案上铺着的东西，顿时挪不开眼。

长孙皇后道："据说这是慧娘子的山川锦绣图，想着傅司织精通刺绣织染，让你来鉴一鉴。"

傅柔看得极为仔细，终露惊喜之色："回娘娘，这确实出自慧娘子之手。下官家中有一幅祖传的慧娘子绣品，下官自小喜爱，熟悉她独特的针法和习惯。下官可以断定，这绝对是慧娘子亲手所绣。"

"没想到，倒是真的找对人了。"长孙皇后很是高兴，"既然傅司织了解慧娘子的绣品，那你再仔细看看，这幅绣品里藏着什么？"

傅柔奇道："藏着什么？"

长孙皇后道："很多人说，山川锦绣图是一幅藏宝图。本宫看了很久，都看不出来。你看看，能不能看出什么？"

傅柔看了半晌，摇摇头："若真是藏宝图，想来没这么简单看出来。"

长孙皇后点头："傅司织，你是尚工局的司织，宫中绣品事宜，一律归你管。而你又说，你了解慧娘子的刺绣，这件事儿本宫就交给你来办。"

"下官一定竭尽全力。"傅柔想都不想就答应了下来，心中雀跃万分。

凌霄阁顶楼上，吴王坐靠栏杆看着书，忽然眼角余光里出现一个浮动的黑点。他抬头望向窗外，原来是一只断线风筝挂在了屋檐上。出于好奇，他起身摘下，发现上面居然还写着一行字。

"我只喜欢带刺儿的红花——"吴王念到这儿，眼神一敛，陡然想起傅柔那一包袱的绣花样子，全是带刺儿的红花。

显然，有人进不来，只能用风筝传达情意。

他立刻唤来侍卫："这阵子总有风筝吹来，上面写着乱七八糟的话，把皇宫弄得乌烟瘴气。你去和侍卫所的人说，要他们到宫外周边巡一巡，看是谁这么大胆。"

吴王发了话，侍卫所岂敢耽搁，急忙派了一队人去巡查，果真发现两个可疑的人影。

"谁！谁在那里放风筝！扰乱宫廷秩序！"侍卫们追上去。

对方手忙脚乱地收了剩下的风筝，跑得飞快，直到把侍卫们甩开，才停下来喘气。

153

"你这法子一点儿没用，还把侍卫招来了。"怨念很足，老大风范，正是程处默。

"我也不知道怎么会这样，之前放风筝给清河，什么事儿都没有。"另一个当然就是给老大出主意的程处亮。

只是两人都没想到，风筝上的信息引起了同样喜欢傅柔的吴王的警觉，而更糟糕的是，清河公主也看见了风筝。

清河公主想当然地以为程处亮跟她求饶，很高兴地追捡了一只，却又看见了另一只，就让珍珠去捡。谁知她一看风筝上面写什么"我只喜欢带刺儿的红花"，不由得光火，误会程处亮故意气她。

也因为风筝，珍珠出了事儿。她在追风筝的时候，居然撞见了汉王，差点儿被他调戏。汉王是太上皇的老来子，皇上的幺弟，平日里好色荒诞，仗着身份不知欺辱了多少女子。

清河公主气愤至极，跑到长孙皇后那儿去告状，要她做主，严惩汉王。哪知长孙皇后还没说话，太上皇就派来了人，要儿媳妇把珍珠送给汉王。

太上皇一直疼爱这个老来子，对汉王有求必应，而这回求的又不过是个小小的宫女，自然不把它当回事儿。同样，长孙皇后也觉得不必为了一个宫女得罪太上皇，立刻答应了太上皇的要求。

珍珠陪伴自己多年，清河公主怎么都不甘心，跑去找太子想办法。

"明明是汉王做得不对，母后不但不惩处他，反而命我把珍珠送到汉王那里去。珍珠伺候我多年，没有功劳也有苦劳。因为汉王调戏她，她奋力反抗，不小心才把汉王推倒在地上，并不是存心犯上。"清河嘟着小嘴，十分委屈的模样。

"别说母后，就算是父皇，也不能不顾太上皇的脸面。既然太上皇开口了，这事儿就成了定论，你听母后的，把珍珠送过去吧。"太子也是这个想法，毕竟父皇对太上皇有所亏欠。

清河公主坚决不答应："不行。汉王为人残暴，太子哥哥没听说吗？汉王上个月因为被顶撞了一句，就把四五个宫女给活活打死了。珍珠得罪了他，去了他那里，哪里还有活路？父皇最宠爱太子哥哥了，太子哥哥帮我去父皇面前说请，求父皇出面，不要让珍珠去汉王那里。"

太子叹道："清河，你太不了解父皇了。父皇恨不得天下人都看见他孝敬太上皇，他绝不会为了一件小事儿去惹太上皇不高兴。"

清河公主哭了出来："那就只能看着珍珠被汉王糟蹋死吗？"

"别哭了，哥哥给你想个法子吧。"太子看不得妹妹流泪，"这件事儿之所以难办，是因为太上皇开了口，如果太上皇改变主意，事情就好办了。"

清河公主焦急地问："怎么让太上皇改主意？"

"听说太上皇最近喜欢上了搜集奇石。"太子从格架上拿下一块石头，看了好一会儿，才不舍地递给清河公主，"拿这个跟太上皇求情，保全珍珠。"

清河公主皱皱鼻子："这石头有什么稀奇？"

太子轻敲一下清河公主的脑袋，将石头放在日光下。

清河公主见石头中渐渐显出一个"福"字，不由得惊叹："哇——"

"别急，还有呢。"太子把石头翻了个面儿，又显出一个"寿"字，"这叫福寿见日显文石，天下也不过这么一块。"

清河公主摊开双手向太子讨宝，嘴上抹了蜜："还是太子哥哥待我最好！谢谢太子哥哥！"

太子依依不舍地又看了半晌，才将显文石放进清河公主的手里，但看她那么高兴的样子，不由得也笑了。罢了，有人吃鱼还要埋骨，若这块石头能换一条人命，也算物有所值。

第二十三章　拆分

这日，傅柔求见长孙皇后，征询可否将那幅山川锦绣图拆开。因为她花了几日工夫，始终看不出究竟，希望可以拆出绣品的底层，也许从里面的针脚可以发现什么。

长孙皇后问她有多大的把握。

傅柔想了想："五成。"

"只有五成，你也敢说，要拆开这稀世珍品？"长孙皇后蹙紧了眉，这是皇上交给她的，要是拆坏了却解不开秘密，那该如何是好。

"这幅图之所以珍贵，一是里面有宝藏的下落，二是绣功天下无双。如今一筹莫展，毫无头绪，宝藏自然是没有下落，然而如果拆开仔细揣摩，就算找不到宝藏，至少也可以学习到慧娘子的绣法。如果能把她的刺绣之法弄通弄懂，传之后世，不是比一个宝藏更珍贵吗？"傅柔用心却很纯粹。

长孙皇后失笑："说了半天，你不是为了藏宝图，而是为了研究绣法。不过你是司织，办的就是这差事儿，才会想到要把慧娘子的绣法传给后人，本宫算是没有挑错人。你要拆开山川锦绣图，本宫准了。"

傅柔一时激动。山川锦绣图非她家祖传的那幅小绣可比，集慧娘子一身绝学，对她而言，是一生一次的学习机会。

这天夜里，傅柔没有睡，一直研究到天亮，随后就带着山川锦绣图去见长孙皇后。但当她向长孙皇后回禀时，长孙皇后变了脸色。

"你再说一遍！"长孙皇后语调升高。

傅柔从容地说道："下官把山川锦绣图给剪了，已经不能复原。因为下官不但剪了它，还拆掉了不少线。"说到这儿，她示意宫女们将图铺展开来。

原本的山川、瀑布、云朵，变成了海洋和岛屿，已经完全看不出之前的图样。

长孙皇后吃了一惊："这是……"

"这是一幅海图。"傅柔眼里闪着光，针上覆针，图下藏图，慧娘子之心思，她难学万分之一，"下官拆开里层，发现这幅绣品用了完全不必要的叠针之法。而且针脚落处很奇怪，似乎这并不是一幅完整的大绣，而是由十幅小绣组成。所以下官先用剪刀，把它按照其中的纹理剪开，果然并没有让绣线散断。于是，下官又尝试着按照边缘处纹理的走向，把这十幅小绣再重新整合成一幅。还有，这绣品藏着两重线，下官斗胆，把上面的一重线小心地去掉了。"

长孙皇后恍然大悟："所以，就出现了这么一幅海图。"

傅柔指着图上一处红点："这里或许就是藏宝之地。即便宝藏只是讹传，慧娘子这幅详细标示着大唐海域的海图，也已是无价之宝。"

长孙皇后连连点头："好，很好，傅司织，你立了大功，本宫要赏你。你想要什么奖赏啊？"

傅柔略微迟疑："娘娘，下官想……"

长孙皇后道："如果是想离开，就不要说出来了。"

傅柔脸色微变，自己的心思难道这么明显？

长孙皇后敛眸："你进宫也没多久，各宫的人都说你差事儿做得好。你看看那些女官，谁得到的赏赐比你多？难道这皇宫对你来说就只是一个囚笼？本宫对你各种宽待，你就一点儿都不放在心上？"

傅柔连忙道："皇后娘娘对下官仁慈宽厚，下官非常感激。"

"既然感激，就不要整天想着离开皇宫。"长孙皇后微微一笑，"本宫盼着你能在本宫身边再伺候个两三年，这总不算过分吧？"

"下官……"过分是不过分，只在个人所图，但傅柔很清楚，没有说"不"的勇气，

"明白了。"她还想留着命见她心上人。

长孙皇后看出傅柔忍耐:"你也不要委屈,本宫没有恶意,只是舍不得你。不过,本宫也知道你很想念宫外的家人。这次你立了功,本宫就奖赏你每月一日假期,让你出宫和家人团聚。这样,你总满意了吧?"

"多谢皇后娘娘。"傅柔心中苦笑,至少出宫不再是遥遥无期。

再说清河公主,拿了福寿见日晷文石去见太上皇,太上皇果然非常高兴,收回成命,放过了珍珠。只是她一想到程处亮,又郁闷起来,这小子干脆连风筝都不放了?她的心头火起,最终忍不住,跑去东宫找人。

内侍以为她来找太子,告知太子不在东宫,她只好谎称要找太子妃,却满东宫转悠,东张西望地找程处亮。

终于,清河公主看见程处亮和一干侍卫巡逻经过。然而,他明明看到了她,却装作没看见,撇开头走了。他想治她的脾气,不承想她的误会更深了,以为他彻底变了心。

"清河,听内侍说你到东宫来找我,我等了半天都不见人,原来你在这儿。"苏灵淑走上前来,"我正闷得慌,幸亏你体贴,肯来陪我说说话。"

清河讪讪然,过去搀扶苏灵淑进了侧殿。

"清河,刚才瞧你的脸色,是不是遇到了不高兴的事儿了?"苏灵淑问道。

清河公主不敢让人知道:"别提了,上火的事儿可不能说给嫂子听,嫂子现在怀着小侄儿,只能听开心的事儿。"

苏灵淑一笑:"果然嘴甜,怪不得你太子哥哥那么宠你。"

"嫂子最近过得怎么样?太子哥哥是不是整天陪着你啊?"清河公主勉强陪聊。

"唉,他要是整天陪着我就好了。自从有了身孕,他在我面前出现的次数比从前更少。就算来了,也是循例问那么几句,今天吃了没有?睡觉睡得好吗?腹里的孩儿有动静吗?"全然不是苏灵淑想象的。

清河公主帮自己的兄长说话:"太子哥哥已经很不错了,起码没有趁着嫂子有孕,被别的女人给勾走了。"

苏灵淑微微一努嘴:"谁说他没有被勾走?只是勾走他的不是女人罢了,一有空儿,就和一个叫称心的去打猎,不然就是钓鱼,再不然就是两个人一块儿下棋。这几日更过分,因为称心受了伤,都带回宫里来养伤了。"

清河公主不以为然:"太子哥哥有个朋友陪着,也不错呀。"

"我虽然不能陪他打猎、钓鱼，但陪他下下棋，总是可以的。干吗一定要找那个称心呢？"苏灵淑还是想不通。

宫女进来禀报傅柔来送绣品。

苏灵淑道："我正陪着清河公主说话，你和傅司织说，把绣品放下就好，谢谢她。"

清河公主嗤笑："嫂子也是，对一个女官说什么谢！那是她们应尽的本分。"

苏灵淑叹气："傅司织正得母后的喜爱，我只能小心翼翼，不敢得罪啊。"

清河公主眼一亮："嫂子也讨厌傅司织？"

"也？"苏灵淑还以为傅柔太会做人，人见人爱。

"不管嫂子怎么想，反正我是讨厌死她了：当着面儿一本正经，贤良淑德，哄得母后和各宫妃嫔都以为她是个好人，背地里却和男人勾勾搭搭，不成体统。我最看不起这种两面三刀的女人。"清河公主一股脑儿地吐出心里的火。

苏灵淑诧异："你也知道她和吴王的事儿？"

清河一怔："什么吴王的事儿？"

"你不知道？"苏灵淑眼眸轻动，"那就算了。"

清河不依："嫂子，你说嘛，不要瞒着我。"

苏灵淑摇头："皇宫里的事儿我还是少说为妙，告诉了你，你也不舒服，又拿她无可奈何。"

清河睁眸："你怎么知道我拿她无可奈何？嫂子，你告诉我嘛。"

"她曾经违反宫禁，和吴王偷偷出宫。"苏灵淑乐得说出来。她屡次三番向傅柔示好，傅柔都不放在眼里，既然如此，她也没必要替傅柔担心了，"可别说是我说的。"

"竟有这种事儿！"清河公主哼了一声，"嫂子放心，和你没关系，我看她还能得意多久！"

傅柔不知自己成了太子妃和公主的话题，放下绣品就往东宫外面走，正好碰上太子和称心回宫，让她着实惊讶了一下。不知为何，她每次看到这两人在一起，都会有一丝莫名的忧心。

称心一瘸一拐的，先打招呼："傅柔。"

傅柔颔首："称心。"

太子想起来，傅柔也是魏王府出来的。

傅柔问称心："你的腿怎么了？"

太子想说前几天打猎遇到猛虎，称心帮他挡了，才导致腿受伤。

称心却抢答:"没事儿,不小心摔下马,受了点儿小伤。哎,我还要问你,我的衣服呢?"看傅柔一脸想不起来的表情,"上次我衣服弄破了,你说帮我补,还答应补好会还给我的,结果刘备借荆州,一去不复返。"

"那件衣服……"傅柔离开魏王府时太意外、太匆忙,"对不住,我忘了。"

称心摇摇手:"我说笑罢了。"

"你也快点儿养好你的伤。"随即傅柔向太子行礼,告退。

等傅柔走远,太子调侃称心:"叫人家给你补衣服,你是不是看上人家了?傅司织这人,还真的挺不错,又能干,又漂亮。"

称心哈哈一笑:"想到哪儿去了?那次是凑巧碰上,她看见我衣服破了,就说帮我补。哦,就是我们第一次见面,我帮你拿那只挂在树上的老鹰,你不是说,那支金箭是你父皇给你的,不能弄丢吗?就是那次,为了你,我衣服都破了。"

太子也笑:"要多谢那只老鹰,不然,我们也做不了朋友。"

称心认真地想了想:"嗯,是应该多谢它,干脆你就封它做老鹰将军吧。"

"我封它做老鹰将军,再封你做捡老鹰将军,全天下都是将军了。"太子答得也很认真,"你以为朝廷的将军头衔可以随便封的?天真!"

两人相视大笑,刹那间把东宫的沉冷一扫而空。

长孙皇后差内侍韦松给杨妃送些补品,近来皇上常歇在杨妃那儿。听说杨妃身体不适,她这个当皇后的,自然要以示关心。

韦松回来禀报,杨妃正听法雅大师讲佛理,脸色好得很。

长孙皇后一边听,一边咳嗽。

韦松赶紧给她披上披风:"娘娘可要保重身子。"

"杨妃如此康健,本宫就算撑着,也要把这身子多撑几年。不亲眼看着太子登基,本宫不放心啊。"长孙皇后握拢披风。

"母后。"清河公主的声音传了进来。

长孙皇后叹口气:"还有这个女儿,也不让本宫省心啊。"

但当清河告诉她,傅柔曾随吴王偷偷出宫,长孙皇后就不怪女儿了,立刻摆驾杨妃的宫殿。违反宫禁,傅柔固然要罚,吴王更该责承。子不教母之过,她整日忧心难眠,怎能让杨妃的日子那么滋润?

杨妃诚惶诚恐地出迎,恰好吴王也在。

"杨妃，本来你的病刚好，本宫不想让你烦恼，但是这件事儿，本宫实在忍无可忍。本宫过来，是想问问吴王，在你眼里，到底还有没有本宫这个皇后？"长孙皇后看杨妃的面色确实好，眉眼妖媚，怪不得皇上盛宠不衰。

杨妃最怕对方拿儿子说事儿，慌忙道："娘娘何出此言？吴王做错了什么？"

"擅自把尚工局的傅司织带出宫苑，吴王你这样把宫规视如无物，是笃定本宫不敢处罚你吗？"长孙皇后说的是吴王，盯的却是杨妃。

杨妃看儿子默认，立刻跪下："吴王一时犯错，请皇后开恩。是我教导无方，才让他这样任性妄为，皇后要处罚，就处罚我吧。"

吴王也跪下："皇后娘娘要打要罚，李恪都领了，只求娘娘不要怪罪母妃。"

"吴王，你母妃的病刚刚好，不要让她跪着，快扶她起来。"跪了就好，要她长着记性，谁才是六宫之主。

吴王连忙扶起杨妃。

"掌管后宫的难处，你们不知道。我一个皇后，要管住这么多人，靠的就是宫规。如果人人都不守宫规，六宫就会大乱。吴王的做法，真是让本宫为难。"长孙皇后语气一转，"杨妃是陛下的爱妃，吴王是陛下的爱子，这次本宫可以把事情给你们掩住。"

杨妃福了福身："多谢皇后娘娘。"

"但是宫里的规矩，吴王绝不能再犯了。"长孙皇后盯着吴王。

吴王起初不答，让杨妃悄悄拽了一下袖子才道"是"。

"陛下妃嫔子嗣本来就不少，这几年又新增了上万名宫女，后宫是越来越庞大，也越来越难管。本宫打算整顿宫纪，杨妃你能不能来帮帮本宫？"长孙皇后忽然提出。

吴王立刻回应："母妃她身体……"

杨妃抢过话："我当然愿意。每天闲着，能给皇后帮帮忙，再好不过。"

长孙皇后似欣喜："好。那第一件要办的事儿，就是管好宫门出入。现在能进出后宫的人实在太杂了，皇帝的后宫，居然什么人都能登堂入室，像什么样子？从明日起，所有僧侣道士，没有陛下或本宫的许可，都不许跨入后宫一步。"

吴王张嘴想说话，被杨妃再度扯住袖子。

"皇后娘娘说得对，后宫门禁，是应该严厉点。门禁管得严了，吴王也就不会再犯错了。"杨妃早就明白了，眼前这位从来不想看她过得顺心。

长孙皇后点点头："就是杨妃说的这个道理。"这天下，终究属于她的儿子，谁也别想抢。

第二十四章　情话

傅柔扶着墙，慢慢地走着，膝盖好像被无数小针扎着，疼得不敢伸直。

刚被叫到立政殿外跪了大半天，因为之前和吴王出宫的事儿让长孙皇后知道了。天下没有不透风的墙，如今只是罚跪，还让韦松给了她活血化瘀的药，已经是皇后厚爱。在宫里住久了，人人都会有一种只要保住命，都是走大运的认命想法，她也不例外。

忽然，她脚下让石缝绊了个趔趄，却有一只手伸过来，扶住了她。

"吴王殿下——啊！"她惊呼一声，猝不及防，被吴王打横抱起。

她抗拒着大叫："你干什么！"

吴王沉声："你只管喊，把人招来了我可不管！"

傅柔一噎，只好任他把自己带回了凌霄阁。

吴王将傅柔放在榻上，抓住她的脚踝，居然卷起裙边。傅柔大惊失色，用力挣脱后缩到一边。

吴王拿出一瓶药："我只想给你上药。"

"皇后娘娘给了我药。"傅柔掏出一个药瓶，"再说，伤在膝盖，让殿下上药，下官就没脸见人了。"

吴王似乎没在意她后面那句话，眼中一抹厉色，夺过药瓶，往地上狠狠一摔："不用她假好心！"

傅柔察言观色："莫非皇后也惩罚了殿下？"

"她没有惩罚我，却比惩罚更恶劣。"长孙皇后一向只会拿他来逼迫他的母妃，"她向来不会把狠毒显在脸上，不动声色就能一箭双雕。"

傅柔有些内疚："是我不好。"

"不，和你没关系。"吴王苦笑，"不过借你发挥，趁机敲打我和母妃罢了。我从小到大身边就留不住人，谁对我好一点儿，我对谁依恋一点儿，那个人就会出事儿。最疼爱我的奶娘，触犯宫规被赶走了。有一个宫女，像我的姐姐一样，知道我怕黑，晚上就陪在我床边，给我讲故事，后来她生了个小病，莫名其妙就死了。我不想害人，只能不和别人太亲近。再怕黑，我也不叫人陪着，只有看书。"

想不到他读书的理由竟然那么凄凉，傅柔同情地望着他。

"权太傅悉心教导我，像是我另一个父亲一样，结果也被他们弄到齐国去了。我经常叫你来，只是希望有个人可以聊聊，不过我也知道，这终有一天会害了你。"果然，因为他，她被皇后罚了。

"如果只是聊聊，也没什么不行。和殿下聊天，我学到了很多。"这是真心话。

吴王对上傅柔的眼，忽然手一挥："收起你那同情的眼神，本王虽然倒霉，但还不至于要一个女官来同情。今天只是心情不好，随便说两句。你左耳朵进，右耳朵出，不许记在心上。"

傅柔语调难得的乖巧："是，左耳朵进，右耳朵出。"

"算你聪明。"吴王终于笑了，"皇后说我目无宫规？我只是带个女官出了一下宫，她那位要继承大位、完美无瑕的太子，还和戏子在大街上明目张胆地厮混呢。我倒要问问父皇，到底是谁不守规矩？"

傅柔一惊，急忙跪求："称心无辜，还请殿下不要把这件事儿禀告皇上。"

吴王讶异："你平日这么倔强，现在为了一个没什么交情的人，你下跪求我？"

傅柔道："皇上知道这件事儿，对太子可能只是骂两句，惩罚却会落在称心身上。吴王殿下在太子身上出不了什么气，而称心却如何担得起皇上的雷霆之怒？我之所以下跪，不但是为了称心，也是为了殿下。"

吴王抬眉，"哦"了一声。

"殿下饱读诗书，满腹锦绣，请不要将锦绣变成恶毒的汁液。没有了美好和善良、同情和仁慈，就算站上再高的位置，也不会快乐的。傅柔，不想看见殿下变成这样。"苏灵淑就变得让她避而远之。

难道我任他们打击，随他们糟蹋，我就会快乐吗？看皇后整他母妃的瞬间，他心里冒出过恶毒的芽。

"本心真我，问心无愧。"傅柔道。

吴王沉默许久："好，我答应你，不用这件事儿报复皇后。你要知道，我不是为了我自己，而是为了你，傅柔。"

清河公主终于收到程处亮的信，约她城外湖边见面。她开心得要命，为了混出宫，苦苦央求她的太子哥哥，连菩萨托梦她今日下午一定要出宫这样的谎言都编了出来。

太子虽然觉得她满口胡言，却也只当妹妹贪玩，想她出宫一趟不容易，就答应了下来。

正好他给称心准备了一份惊喜，提前送出也好。称心一直在存银子，想要买一个小房子安家落户，这些日子称心陪他钓鱼、打猎、下棋，在他烦闷的时候为他解忧，甚至从虎口下救了他。他想，只有送他一处安身立命的居所，才显得出自己的谢意。

宫门前，戒备比从前森严，出入皆需皇后那里发放的令牌，法雅大师就这么被挡了回去。这些门禁规矩却无人敢对太子执行，任他带人出宫，也压根儿没发现混在侍卫里的清河公主。

出了宫，清河公主和太子分道扬镳，赶到城外湖畔。

水碧青，天碧蓝，清河公主却无心看，只是对着水面的倒影，整理妆容。但等程处亮出现，又慌忙收起脂粉盒，双手抱臂，噘起嘴。她必须让他知道，这次的事情很严重，他不哄她，她绝不原谅他。

程处亮走近，神情却不好看，也不开口。

清河公主忍不住叫道："你把人家叫出来，又不说话，想怎么样？"

"傅司织因出宫的事儿被皇后娘娘罚跪，是不是你告的状？"程处亮听其他侍卫说起，却怎么都想不通。

清河公主怒了，指着程处亮："你约我见面，就为了问这个？"

"不错。到底是不是你？"程处亮必须知道。

清河公主喊："是！是我干的，那又怎么样？我还嫌母后罚得不够重呢，怎么只罚跪啊？至少应该打断她的两条腿，打烂她那张道貌岸然的脸！"

程处亮沉了脸："你再说一遍！"

清河公主忽然觉得万分委屈："你忘了当初我为你挨打了吗？如今为了一个傅司织，你居然这样吼我……"

"吼你，是因为你做错了事儿。"真是让这位公主大人气死了！上回弄脏了绣品，大哥罚他蹲马步，这回害傅柔受罚，大哥还不把他吊起来打？

清河公主干脆说开："还不是因为你见异思迁，和她勾勾搭搭？"

程处亮一愣："什么乱七八糟的？"

"你和傅司织在庭院里，我都亲眼看见了，两人有说有笑，她还给你做荷包，做香囊，做扇坠子，就只差做衣服了！"

程处亮张口半天："我的娘，那不是给我的，是给我大哥的！"

清河公主怔住。

"傅司织是我未来大嫂。"程处亮不知该同情清河，还是该同情自己。

"啊？！"清河吓得在原地蹦了好几圈，"你为什么不早点儿告诉我？"

"你问过我吗？见了一次她和我说话，你就不管不顾的，见了面大吵大闹，最后居然还去皇后面前告状！"他还想跳脚呢，搞半天她以为自己和大嫂有什么，真是无语，"我们以后不能在一起了。"

"为什么？"清河公主没想到那么严重。

"长兄为父，长嫂如母。你把大嫂都给害惨了，还指望进我卢国公府的门，当卢国公府的二儿媳啊？"大哥那关就够呛了。

"我本来也不想这样的，是嫂子告诉我，暗示我去和母后告状的。"

"什么嫂子啊？"怎么又来一个？

"就是太子妃啊。"清河公主可不当这个冤大头。

程处亮马上想到了一个主意。

太子怒气冲冲地走进寝殿。

他今天本来心情很好。送给称心一处居所，称心果然高兴极了，还打算请他吃饭。谁知魏王找他去了魏王府，告诉他清河把傅柔出宫的事儿告知了母后，害得傅柔被罚，事后才知清河这么做是太子妃暗示的。魏王就想问问，傅柔是魏王府出去的，太子妃这么做，是不是魏王府哪里得罪了太子。

苏灵淑没发现太子的脸色不善，只开心他能主动过来，正要迎上去，太子抓起案几上的杯子，用力一掷，吓得她瑟缩止步。

"父皇有十几个皇子，孤一母同胞的兄弟，就只有两个。李治只是个小孩子，魏王有文才，深得父皇欣赏，孤就指望这亲兄能帮帮孤的忙。上次孤得到吴王带傅司织私下出宫的消息，一时没想清楚要报告给父皇，还是你阻止了，要孤顾着魏王府的脸面。孤还很欣慰，有个识大体的太子妃。结果你一转头，就把这事儿告诉了清河，还撺掇清河向母后告状！好了，魏王这会儿怀疑孤，来问孤对他有什么不满！"

苏灵淑怯怯道："我不知清河她会……"

"别说你不知道！你什么都知道！不要孤碰别的美人，和司织所闹别扭，女人的这些小心眼儿，孤都容忍你。可是如果你敢坏孤的大事儿，就别怪孤不给你这太子妃留面子！"说罢，太子甩袖离开。

苏灵淑跌坐在椅子上，泣不成声。

双喜安慰她："小心伤到肚子里的孩子。"

苏灵淑哭道："我只和清河公主闲聊了两句，当时又没有外人，到底魏王是怎么知道的？难道清河向我保证会守秘密，转头又去告密？想不到，我居然会有这样的小姑子。"

双喜眼珠子一转："清河公主和太子妃无仇无怨，犯不着做这个小人。照奴婢看，不是清河公主，而是这东宫里面，有人向魏王府通风报信。"

苏灵淑眼神变得凌厉，想到她嫁进来时，东宫有不少人是魏王妃挑选的，她日防夜防，家贼难防，看来应该要清理清理这些旧人事了。

傅柔出宫探亲这日，程处默一早就到宫门口等着，带她来到郊外的湖畔。

数不清多少别离的日子，虽然同在长安，宫里宫外却是两个世界，直到今天，两人才能面对面说话。

晨光变成午阳，傅柔终于听完了程处默出征后发生的所有事儿。即便此时此刻人就在眼前，她仍胆战心惊，她和他差点儿天人永隔。

"要是能尽早出宫该多好，无论你去哪儿，我都可以陪着你。"生死亦不离。

"柔儿。"程处默轻唤。

"呃？"傅柔一转头，就碰到了程处默的唇，刹那间红了脸，但没退缩，慢慢闭上了眼。

程处默贪嗅傅柔迷人的香气，双手捧了她的脸颊，动情地深吻。他从未有过这种热切的心情，想无比靠近她，又无比珍惜她，不敢毛躁。最终，他克制住自己躁动的心，起身，也把她拉了起来，手牵手散步。

"想不到方子严救了你。"侯家父子的作为都在意料之中，傅柔却怎么也想不到方子严会帮忙。

"他救了我，我也救了他。"程处默可不想显弱，"陛下已答应让他归顺，他现在应该接到了朝廷的消息。说起来还是多亏了你，没有那幅海图，陛下就不会龙心大悦，也就不会给他这个海盗头子重新做人的机会。现在不但赦免方子严的罪过，还因为他扫荡了其他海盗，献上了宝图，要封他一个镇海将军。方子严这次，真是赚大了。"

"当初海上你追我赶，要死要活，你差点儿就被他杀了，谁想到会有今天？"傅柔感慨万千，"缘分真难说。"

"柔儿，等他来了长安，你可千万不要在他面前提起'缘分'这个词儿。这家伙绝对有非分之想，他还抢了你帮我绣的香囊，不过我又抢回来了。嘿嘿，傅柔，你只能是我程处默的。"他很不喜欢方子严提起傅柔的眼神，搞得好像很熟似的。

傅柔拍程处默一记："什么你程处默的，我又不是一样东西。"

程处默点头同意："你不是东西，你是我程处默已经看准了的老婆。"

傅柔气得笑："你才不是东西。"

"柔儿说得都对。"程处默嬉笑。

"你当侯君集的副将，差点被侯君集害死，三弟在侯君集军中会不会也有危险？"傅柔又念起傅涛。

"侯君集害我，是因为我会承爵卢国公，可他不知道西涛就是傅涛。我听说，侯君集对你三弟还挺器重的，今后我一定找机会让你们见面。"程处默拍胸脯保证，随即温柔地拥住傅柔，"好了，你难得出宫一天，来，和我说说情话。"

傅柔嘴角噙笑："我不会。"

"不会啊？我教你。嗯，处默，你真是太帅了。处默，你是天底下最有男人味的男人。处默，我一天不见到你，就像隔了三个秋天一样的寂寞……"

傅柔扑哧笑出声："你说得很好，继续。"

程处默反应挺快："不是我说，是要你说。"

傅柔认真道："我不会用说的，我只会绣花，还有，织染。"

"很简单，你跟着我说就好了。"程处默发挥缠人的本事，"我这次可是死里逃生。被叛军围攻，掉下悬崖时，你知道我心里想什么吗？我想，我还没听过柔儿说的情话呢。也不知道她觉得我这个人怎么样？有什么优点？有什么值得她喜欢的地方？她最欣赏我程处默什么呢？今天，你一定要把我想听的，都说给我听。"

"好吧，我说。"看程处默一脸的期待，傅柔强调，"我跟着你说。"

"好，那你跟着我说。"程处默想着总比不说好，"处默，你真是天底下最帅的男人。"

"处默……"傅柔憋了半天，"你真是……天底下……最帅的男人。"

程处默忽然问："柔儿，你从什么时候开始觉得我帅的？"

傅柔答得自然："你从树上摔下来的时候。"

程处默诧异："那次糗极了，哪里帅了？我英俊威猛的时候这么多，你就只记得我从树上摔下来？"

"那一夜我彷徨无助，对月倾诉，你忽然从树上掉下来，就这样掉进了我的生命里。我每次回想起来，都觉得你那一摔，真的很帅，很帅，就像光明的太阳，掉进了漆黑的井里，把一切都照亮了。"傅柔回想那时的情形，由衷地说道。

程处默深受触动："我真是有眼光，找了个绝顶的好老婆，会刺绣，会染织，连情话都说得这么动听。我……忍不住了，再亲一个！"抱住佳人，深深吻下。

清风吹起的柳枝，悄然裁出一对依偎的身影，衬着粼粼湖光，好似一幅巧手剪成的窗纸，甜蜜又欢喜。

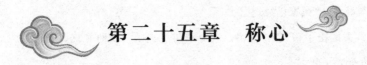

第二十五章　称心

傅柔回到宫里，带着绣品去给清河公主交差，本以为要看冷脸，想不到对方大叫着就扑了上来。

"哇！实在太好了！太棒了！太完美了！太厉害了！我这辈子都没见过这么让人满意的绣品！傅司织的手太巧了！"

傅柔惊讶地看着清河。

清河公主亲自去拉傅柔："傅司织，您请坐。"接过珍珠端上来的茶，把茶碗恭敬递出，"傅司织，您喝茶。"

傅柔坐立不安："公主，这……"

"傅司织，前阵子清河无礼，让傅司织受气了。都是清河的不是，清河现在给你赔礼道歉。"清河公主豁出去了，夫家才是女子未来的归宿，程处亮的大嫂和她抬头不见低头见，是要相处一辈子的。

傅柔急忙站起来："公主殿下万万不可，下官只是一个女官，这规矩……"

"这规矩我懂，所谓长兄如父，长嫂如母。傅司织，你是程处亮的未来大嫂，你早说多好，我一定对你好一千倍，一万倍！我是不知道，才会得罪你。你一定要原谅我啊！"

傅柔红了脸："处亮他……都和你说了？"

清河公主频频点头："说了，都说了。你看我真糊涂，嫂子你人品端庄，做事正派，宫里人人都知道啊。是清河没见识，误会了。你千万别生清河的气。你应该没生我的气吧？"

"没有。"是她自己先做错了，不能怪任何人。

清河公主小心翼翼地："那嫂子，我和程处亮在一块儿，你不反对吧？"

傅柔失笑："这件事儿，还轮不到我说话。"

"不反对就好。"清河公主又道，"那么，我去东宫把程处亮要回来，当我宫里的侍卫，嫂子你也不反对吧？"

傅柔笑不动了："侍卫当值是侍卫所的事儿，也轮不到我说话呀！"

清河公主还是一句："不反对就好！"

傅柔走的时候，清河公主亲自送出，人影都没了，她还挥着手——

"今天的绣品很好，好得不能再好！我满意得不得了！傅司织，有空儿常来啊！这里有上好的香茶，还有点心，还有……"

珍珠都觉得好笑："人家已经走远了。"

清河公主大大地松了口气："哎哟，总算对付过去了。我对她这么好，她应该不好意思阻拦我和程处亮了吧。"

珍珠回道："傅司织不是那么小气的人。"

清河公主凶巴巴地反问："你的意思是说本公主小气喽？"

珍珠闭紧嘴巴，连忙摇头。

清河和傅柔修好了关系，东宫和魏王府的关系却出现了裂隙。

苏灵淑借口魏王妃送来的侍女冬儿偷镯子，硬生生地栽赃，把人打发了回去。她就想做个姿态，让魏王夫妻别再小看她，动不动就跟太子说她的不好，结果魏王妃没吭声，似乎领会了。

这日，苏灵薇进宫来，说起她和魏国公府世子的亲事谈得不顺，魏国公裴寂看上了侯君集的女儿。

苏灵淑怎么看侯盈盈怎么不顺眼，以为侯盈盈当不成太子妃，就把主意打到魏国公世子的身上，抢她妹妹的佳婿，当然咽不下这口气。于是，她亲自炖了鸡汤，请了太子来。

太子想着因为傅柔的事儿发了脾气，但毕竟苏灵淑怀有身孕，心里也有点儿内疚，就过来了，喝了一碗，还要第二碗。

"今天殿下和魏国公聊了很久。"苏灵淑以为正是好机会。

太子不以为意，"嗯"了一声。

苏灵淑假意地一叹："殿下仁慈宽厚，对谁都那么好，那么信任。可是，并不是所有大臣，都是忠诚可靠的。"

太子喝汤的动作一顿："太子妃想说什么？"

"也不知道魏国公是怎么想的，明知道苏家对殿下是绝对忠诚的，他却嫌弃苏家，反而和侯家勾搭……"

"这汤有点儿变味了。"太子突然放下汤碗，站起来。

其实魏国公裴寂来时，他也问起过此事，然而裴寂一番言让他茅塞顿开。首先，裴寂是想避嫌，以免皇上忌惮太子的势力。其次，侯君集仍得帝心，可以借联姻拉拢侯君集，和太子一条船。所以，裴寂才选择了侯家的女儿。他本来是想和苏灵淑说的，不料她先开口，还是挑拨。

苏灵淑不知自己的浅薄惹了太子不快："汤变味了，还有别的菜，都是妾身手做的。殿下一口再走吧。"

"饱了。"太子冷淡，"孤身为储君，识人之明还是有的。只要没有人挑拨，孤身边的大臣都忠诚可靠。用不着太子妃浪费心思，给孤提点这个提点那个。"

眼睁睁地望着太子离开，苏灵淑委屈难受。

双喜拿起汤碗闻闻："鸡汤没有变味啊！"

苏灵淑咬牙："变味的不是鸡汤，是人心。刚刚进东宫时，殿下多温柔体贴，通情达理，现在都被身边那些人给蛊惑坏了。"

称心奉召来到太子的书房，发现他脸色难看。

"咦？太子妃找你去喝鸡汤时，你不还挺高兴的？说因为傅司织的事儿，把她骂重了，正好找个机会陪陪她。"

"别提了，陪孤下棋。"太子捧出棋盘。

称心摇头："你怎么又和太子妃生气了？女人大了肚子，脾气也会变大，你就让着她一点儿吧。"

太子给他一个白眼："别的孤都尽量让着她了，但她做的一些事儿，让孤真受不了。妇人之见，往往会坏大事儿。孤不好好教训她，以后还不知道她会闯出什么祸。如果她像你一样，简简单单，笨笨的就好了。"

"我哪里笨啊？看。"称心把一颗黑子下到棋盘，面带同情，"你的大龙死了。"

"你的大龙才死了。"太子下一颗白子，已分胜负。

称心目瞪口呆："能不能悔棋啊？"

"你说呢？"看着称心懊恼的样子，太子开心地笑了起来，"这样好不好，谁输棋，谁罚酒？"

称心一笑："好啊，反正你这儿好酒多得是，我可以过瘾了。"

结果，称心下一盘输一盘，太子见他喝得那么痛快，干脆一起喝。到了最后，两人都酩酊大醉，往榻上一倒，双双睡着。

他俩倒是睡得人事不省，不知因此惊动了两拨人，一拨是近来日日巡宫的司徒尚仪，一拨是苏灵淑派来打探太子去哪里歇下的双喜。

晨光乍起，鸟儿开始寻食，啾啾鸣叫的声音好不悦耳。

太子惬意地翻个身，一睁眼，对上称心的脸，惊吓地坐起。称心被那么大的动静惊醒，揉眼起身。

"孤怎么会……"太子看看四周，发现是书房，这才想起昨晚喝多了，"今后和你下棋不能喝酒，否则酒后乱性。"

"这话说的，只是酒后乱躺，哪有酒后乱性。"称心觉得这说法不好。

"还好没人看见，你可不许出去乱说。"太子知道，无论如何自己失仪了。

"也是我的名声，好吗？你也不许乱说。"称心跳下榻，整理衣裳。

这时，外面的内侍说司徒尚仪求见，太子就指指昨晚没下完的残局，让称心接着想，等他回来再下。称心虽然不知道自己这破棋艺有啥可想的，但还是很认真地盘起棋来。

不一会儿，傅柔从书房附近经过，见到双喜鬼鬼祟祟地往窗缝里看，随后又偷偷摸摸地走了。上回看到双喜这个样子，司徒尚仪就弄丢了三颗珍珠，她难免有些在意，特意来到书房门口，却看到称心坐在里面。

"称心，你怎么又入宫了？"她有不祥的预感。

称心坦然："我帮了太子殿下一个忙，殿下答谢我，在长安城里送了一个小宅子给我，家具没有做好，我腿上又不方便，殿下就叫我到东宫来待几天，顺便陪他下下棋。等家具做好，我就离开。对了，我的小宅子在落叶巷，你有空来玩儿啊。那里以后就是我的家了。我这人朋友不多，你算一个。"

傅柔沉吟片刻："既然我们是朋友，我和你说一句实心眼儿的话，行不行？"

称心道："你只管说。"

"你不该和太子殿下走得太近。"她能劝得住吴王，但堵不住悠悠众口。

"我和殿下只是朋友，我可没有想过要从他身上得到什么好处，宅子也是他把我带过去，我才知道他买了。"称心想得简单。

傅柔叹："坏就坏在'朋友'这两个字上。太子不是一般人，是天下的储君，如果让人知道他和你做朋友，不但对你不好，对太子也不好。"

称心明白了："说来说去，就是因为我是唱戏的嘛。"

傅柔道："我说得直接，你不要生气。"

称心摇头："我不生气。其实我也觉得，这样有点儿不妥，可是我和太子殿下又真的挺投缘。算了，等我见了太子殿下，我就向他告辞，离开东宫。"

"你能这样想，再好不过。"傅柔笑了笑，走了。

不一会儿，太子回了书房，下着棋，却明显地心不在焉。司徒尚仪昨晚巡视，看到他和称心醉宿书房，特来告诫。他自认行得端坐得正，然而司徒尚仪说的道理他也懂，最怕被有心人拿来做文章。

随后，太子发现，心不在焉的，不止他一个。称心放了一颗黑子，犯的是基本错误。

太子指了指另一角："应该下在这儿。"

"下在这儿？那我这几颗棋子就死定了呀。"称心看不明白。

"这几颗棋子虽然必死无疑，但你可以保住这边的大龙。遇到关键时刻，牺牲小的，保全大的，棋局上，就叫弃子。"太子教称心。

"原来这就是弃子。"称心"哦"了一声，"太子，都说这人生如棋，你身边是不是也会出现很多弃子？"

"随时会出现。"太子答完就问，"你是不是觉得孤很无情？"

称心一笑："没有，你做得对，我明白。弃子嘛。就像赵子龙七进七出长坂坡，遇上甘夫人和阿斗，赵子龙救不了两个人，甘夫人为了让赵子龙带着阿斗逃命，自己就跳井了。那甘夫人，就是一颗弃子。她不死，赵子龙和阿斗就要陪她一起死。"

太子忽有所感，望着称心："孤庆幸，你是赵子龙，不是甘夫人。"

"太子殿下以知己待我，如果将来太子殿下要拿我当弃子，我愿意的。"

"闭嘴。无缘无故，口出不祥之言。一点儿都不懂事儿。"太子看着棋盘，一颗棋子捏半天了，"称心，就算将来有什么事儿，孤绝对不会把你当弃子。这是孤对你的承诺。"

称心看着专注的太子："我要走了。"

太子猛抬头："走去哪儿？"

"回家。"称心忽然明白了，傅柔说得对，东宫不是他该来的地方。

魏王兴冲冲地从外面回来，给魏王妃看他买给她的胭脂水粉。魏王妃却不同往常，居然连看都不看一眼，对着手里的一张纸，不停地摇头叹气。

魏王看不得她皱眉，关切地问道："怎么了？"

"还不是太子妃，突如其来要向我们王府借戏班子，特别指定了要称心过去。"魏王妃就知道，对方这是醉翁之意不在酒。

她前两天刚刚接收被太子妃打出来的冬儿，想着兄友弟恭，没去计较。哪知，太上皇摔了，皇后让太子去侍奉，太子前脚刚走，太子妃就向魏王府要称心去唱戏，总不见得是嫌清净吧。

"称心最近确实和太子太过接近，难怪会让太子妃不高兴。只是他伤了腿，我看，还是别让称心去吧。"魏王担心出事儿。

171

魏王妃摇头："不，得让称心去。一是为了殿下。魏王府和东宫的关系，不要再搞砸了。太子妃开口问魏王府要东西，魏王府如果推三阻四的，她还以为我们魏王府在报复，我怕她记恨在殿下身上。二也是为了称心。太子妃毕竟是太子妃，不让她在称心身上发泄一下火气，这怨恨积在肚子里，以后爆发出来，称心招架不住。称心过去给她唱戏，最多是被刁难一下，忍忍就算了。"

　　"对，就照王妃说的办，让称心过去，给太子妃泄泄怨气也好。唉，自从有了这个太子妃，应对东宫就变得小心翼翼，再没有从前那么自在了。果然圣人的话是对的，唯女子与小人难养也。"魏王忽然觉得两道灼灼目光，舌头麻溜地打转，"哦，说错了，是唯太子妃与小人难养也。像王妃这样体贴漂亮，聪慧温柔的，当然很好养。"

　　魏王妃娇媚地一笑："殿下说得好。"

　　这头，魏王府的戏班子进了东宫，那头傅柔就接到了消息。她和魏王妃一样，觉得这件事儿不单纯，就亲自带着宫女来到东宫，围绕戏台四周，结出一张红绸的网。

　　苏灵淑见傅柔不请自来，感到狐疑："你这是做什么？"

　　傅柔稳稳地回答："听说太子妃在这里听戏，下官叫她们在戏台附近系上红绸，一是显得喜气，二也是讨个吉利的意思。这是宫里的老人教的，说对女人和肚子里的孩子都好，皇后娘娘也曾有过吩咐，太子妃有身子了，不管做什么，都要吉利。"

　　苏灵淑如今最当心的就是腹中胎儿，听傅柔这么说，也没再说什么。

　　锣鼓响，台上开了戏。起初称心游刃有余，但随着打斗动作变多，腿伤复发，可以明显看出身形不稳，好几次在戏台边摇摇欲坠，好在最终稳住，把戏唱完了。

　　苏灵淑傲慢地拍手，一抹淡却冷的笑："唱得好，怪不得太子殿下怎么看都看不腻，再唱一遍吧。"

　　锣鼓再响，称心再度出场，只是躲得过初一，躲不过十五，这回一脚踏空，从戏台跌落下去。

　　苏灵淑面无表情地看着这一切，连眼皮都不眨。这么一个贱人，卑微到连替她提鞋都不配，却敢与太子同榻而眠，妖惑太子。如此不要脸之人，跌死才好！

　　然而，苏灵淑没等到她期盼的好消息，称心跌下来时被红绸拦了一下，止住跌势，只不过崴了脚。她却不好再为难，不得不准许戏班回去。

　　戏台下的人群渐渐散开，苏灵淑忽然瞧见了站在称心身旁，神情关切的傅柔，再看那些红绸，眼中不由得闪过厉光。魏王府的人，果然都是一伙的！

第二十六章　祸心

这日，司徒尚仪到立政殿辞别。她受到长孙皇后的恩典，要放出宫养老。对于女官而言，这算是福气了。

长孙皇后有些不舍，又有些感慨："一晃眼，已经这么多年了。当初你到本宫身边时，还是十几岁的小丫头，现在鬓边都已经有了白发。"

司徒尚仪眼中闪着泪光："这些年受皇后娘娘照拂，恩深如海。"

长孙皇后道："大家都老了，应该好好歇一歇了。"转头命宫女端上锦缎、金银，"这是本宫赏你的，你抚育太子，监督宫规，多年来辛苦了。"

司徒尚仪感激地谢恩

这时，宫女传太子妃到。

司徒尚仪看长孙皇后的表情变得不太愉快，就问："娘娘，太子妃又犯了过错吗？"

长孙皇后叹口气："这个太子妃啊，总不让本宫省心。如果你不走，还可以帮着本宫，多教一教她。"

苏灵淑走入："臣媳给母后请安。"

长孙皇后神情一肃："太子妃，你知道什么是胎教吗？"

苏灵淑惴惴不安："这……"

"看来，你不知道。"长孙皇后一转头："司徒尚仪，你给她讲讲，什么是胎教。"

"是。"司徒尚仪娓娓道来，"《史记》有记载，太任之性，端一诚庄，惟德之行。及其妊娠，目不视恶色，耳不听淫声，口不出敖言。能以胎教。周文王的母亲太任在怀孕的时候，遵守各种礼节，重视胎教，所以文王一生下来，就非常聪明，圣德卓著，能以一识百。"

"周朝就有一条规定，王后有身孕，由太师抚乐，太宰奉食。如果王后怀孕了，心情不好，要听不是礼乐的曲调，或者要吃辛辣生冷的东西，太师和太宰就会说，不敢用这个来伺候王太子。"长孙皇后接过话茬，越说神情越冷，"太子妃，你知不知道，你肚子里怀着的这个孩子，将来是什么身份？"

"是……"苏灵淑硬着头皮，"太子的嫡长子……"

长孙皇后声色陡然犀利："既然知道。你还敢这样胡作非为？"

苏灵淑惊惶地跪下。

"有孕，要听戏，就听正正经经、昭显德行的斯文戏。要知道，你在看的东西，你肚子里的孩子也在看。赵子龙七进七出长坂坡，又打又闹，狂躁不堪，你看这种东西，还指望着将来给太子生出圣德稳重的嫡长子？"

苏灵淑辩道："母后，臣媳并不知……"

"你不是不知，你是本性如此。看了一遍不够，还要再看第二遍。摔伤了一个戏子事小，惊吓了太子的血脉，你担得起吗？苏家也是家教严谨的书香世家，怎么就教出你这样一个狂妄肆意、轻浮嚣躁的女儿！"每每看到苏灵淑犯错，长孙皇后就后悔一回。

苏灵淑惊慌失措，膝行到长孙皇后面前，抱住她的腿哭诉："母后息怒，母后容禀，并非臣媳轻浮，实在是另有内情，臣媳委屈啊！"

长孙皇后敛眸："你有什么委屈？"

"臣媳向来不爱看打打闹闹的戏，点这一出，实在是因为臣媳再也受不了了。唱赵子龙的那个戏子，魅惑太子，引诱太子做出淫邪之事。太子还把他带进东宫，日日相处，入夜与之同眠，种种行径，不堪入目。"

一旁的司徒尚仪变了脸。

"什么！"长孙皇后拍案起身，眼前一阵犯晕，还好被司徒尚仪及时扶住。

"臣媳初入东宫，不敢多嘴，东宫规矩向来都是司徒尚仪管着的。她应该也知道这事儿，臣媳还以为，她会向母后禀报。没想到，她竟然纵容太子殿下。"连带着拉司徒尚仪下水。

长孙皇后霍然转头，盯住司徒尚仪。

司徒尚仪跪下。

"司徒尚仪，本宫对你信任有加，把宫中规矩和太子托付给你。你就这样报答本宫？"长孙皇后已然怒不可遏，"那个敢勾引太子的戏子，现在在什么地方？速速捉拿问罪！"

"娘娘！下官失职，甘愿受罚。只请皇后娘娘暂息雷霆之怒，听下官一句话。下官查过，太子殿下去大安宫侍奉太上皇之前，已把那戏子打发离开，断绝了来往。此事关乎太子名誉，既然已经了断，就不要再追查了。否则，事情传扬出去，有损太子的清誉啊！"

"到了这个时候，你倒关心起太子的清誉来了？太子犯错需要你规劝时，你又在哪里？你为了讨好他，居然还帮他瞒着本宫！"长孙皇后扬声召唤，"来人！司徒尚仪渎职瞒上，拉下去，重责一百板！"

苏灵淑看着内侍把人拖下去杖责，嘴角露出一丝冷笑。

东宫发生了这么大的事儿，难免走漏风声，很快杨妃也知道了。吴王正好在她那儿喝茶，她就顺口问了一句。

"听说太子和一个戏子走得很近，把太子妃都惹恼了？"

吴王也不诧异："有这回事儿？母妃是不是听了误传？太子只是爱听戏，没什么大不了的。"

杨妃看着吴王，忽然注意到他身上那件绣着红花的袍子："你这身衣服近来是不是穿了好几次？"

吴王依旧淡定："是啊，儿子喜欢这件衣服，就多穿几次。"

"是喜欢衣服呢，还是喜欢做衣服的人呢？"杨妃一眼看穿，"你那块玉佩，一直都没有送出去吗？"

吴王抬眉："找不到好的机会。"

"论身份尊贵，你稍逊太子，可却是天子血脉，对方不过一个女官，如果你真的喜欢，索性开口要过来。一个皇子要一个女官，不算什么大事儿。这样拖拖拉拉的，不难受吗？"杨妃替自己的儿子难受。

吴王终于坦言："不但不难受，还很有乐趣。男女之事，要你情我愿。她要是没想通，儿子硬把她弄了来，也没什么意思。"

杨妃笑："你倒和你父皇不同，是个痴情的种子。"

吴王自信："母妃放心。你把儿子生得这么风流倜傥，玉树临风，儿子一定可以让她服服帖帖，心甘情愿地到儿子身边来。傅司织的事儿，只求母妃让儿子处理，不要插手。"

杨妃点了点头，本就无意插手，毕竟要让她儿子动心实在不容易，从傅柔那幅黑白荷花的屏风也看得出来，这女子很懂得分寸，如此就好。

皇上半点儿不知皇后那边头晕目眩，只知自己很头疼。

他眼前跪着两人，一个是程咬金之子，一个是侯君集之子，皆是名将之后，若能齐心协力，就是大唐的未来，偏偏水火不容。

事情的起因是，侯杰打猎回城，错过了时辰，城门已关，后来程处默虽然开了城门，却要求搜身，最后程处默把人绑了起来，喂了一晚上蚊子。

"一个宣威将军，一个震勇将军，都是将门之后，国家的臣子，居然在城门当着士兵们的面儿打起来了。你们羞不羞啊？朕都替你们羞愧！"

程处默振振有词："陛下，微臣奉陛下之命，守卫玄武门，兼管西城门，时刻不敢疏忽。侯杰在城门闹事儿，微臣当然要把他抓起来。"

侯杰气道："程处默，你血口喷人！陛下，是程处默假公济私，故意刁难微臣，最后还故意羞辱微臣的妹妹，激怒微臣，让微臣中了他的圈套。一切都是程处默无中生有。"

程处默恨不得把脸凑到皇上的眼珠子上："陛下，微臣脸上这道鞭痕，可不是无中生有的。"

侯杰道："我就只抽了一下。"

程处默夸张地大喊："你还想抽几下啊？幸亏是我，身体强壮，换了别人，可能已经被你打死了。"

侯杰挥拳："你……"

皇上揉揉太阳穴："都给朕闭嘴！"这是小孩子吵架吗？

程处默和侯杰低了头。

"程处默，侯杰说你羞辱他的妹妹，这是怎么回事儿？"皇上一下子抓住源头。

"微臣只是说了事实。微臣说，他妹妹没当上太子妃，和魏国公定亲，结果魏国公的儿子又病了。微臣请侯杰，代为问候他的妹妹。"程处默聪明地换掉当时的语气，所以听着没毛病。

侯杰侧目："你是这么说的吗？你说我妹妹是扫把星，谁沾着谁倒霉！"

"好了。"皇上也会转移话题，"侯杰，魏国公儿子的病，现在怎么样了？"

侯杰马上恭敬道："听说越来越重。"

皇上比谁都英明，马上赐药，让侯杰到太医院去领，先打发了一个。

然后，皇上望着神情不甘的程处默："程处默，你虽然挨了一鞭子，但你拿人家的妹妹说事儿，又把人家绑起来，喂了一个晚上的蚊子，也足以抵消这一鞭了。你和侯杰同朝为臣，大家都退让一步，不要弄得没有一点儿体面。朕提拔你，是要你为朕镇守长安，不是为了让你惹是生非，找人出气的。"

程处默答得有气无力："是……"

"侯君集在盛国对你做的那些确实过分，朕明白你心里有气。不过，看在朕的面子上，你不要再找陈国公府的麻烦。日后，朕找个机会赏赐你，给你做点儿补偿。"皇上开始口头许甜枣。

"微臣不敢要陛下补偿什么……"程处默突然想到，这不就是他日盼夜盼的好机会？"如果陛下真的要赏赐微臣，微臣想要一个老婆。"

皇上以为程处默和程咬金一样，想要他赐婚公主："你现在是出息了不少，清河公主的事儿，朕会考虑的。"

"陛下，微臣并不是……"程处默惊吓，他可不跟弟弟抢媳妇。

谁知不凑巧，内侍跑进来报，太子从太上皇那儿回来了。

程处默看出皇上脸色不好看，感觉不宜再提自己的婚事，乖乖告退。

太子入内，向皇上回禀："皇爷爷的身体好多了，他说儿臣离开东宫太久不好，他身体又好了很多，不需要儿臣日日陪伴伺候，就让儿臣回来了。"

皇上哼了哼："你皇爷爷还真为你着想，怕你离开东宫太久不好。离开东宫太久，究竟有什么不好？"大安宫那边，太上皇和太子说了什么话，都会传到他耳朵里。

太子尴尬，不知怎么说。

皇上一笑："太上皇和你说玄武门之变，你怎么看啊？"

太子脸色大变，立即跪下。他想不到，在太上皇那里的事儿，父皇都知道了。太上皇和他说起玄武门之变，他不敢评，却不能不听，跪了大半日。好不容易回了宫，不想又要提心吊胆。

"太上皇是顺嘴提了一下，但是儿臣没敢听。"

皇上"哦"了一声："为什么不敢？"

太子垂着头："子不闻父过，儿臣……"

"子不闻父过？"皇上的语调陡然尖锐，"这么说，玄武门之变，太子是觉得朕有过错了？"

太子急道："儿臣不是这个意思。"

"不是这个意思，那你有什么不敢听的？朕这个秦王，为国出生入死，在兄弟们之中，立的战功最大。隐太子李建成和齐王李元吉，嫉恨朕的功劳，害怕朕的威望超过他们，要把朕赶尽杀绝。朕何尝不想兄友弟恭，和和睦睦，无奈李建成和李元吉处处相逼，几次谋害朕。朕为了自保，迫不得已，才有了玄武门之变。如今四海升平，百姓安居乐业，这正说明朕当年的决定做对了，却想不到，在朕的嫡长子的心中，这段往事居然是朕的过错！"他唯一有愧的，是不得不让自己的父皇让位，但要是不那么做，以父皇当时对自己的态度，只怕他还是逃不过一个死。

太子惶恐："父皇息怒！儿臣绝无此心！"

"李承乾啊李承乾，你是朕和皇后的长子啊。当年玄武门之变，朕为了不泄露机密，开始只带了八十多人，你母后在秦王府里，听见东宫人马在攻打朕，当机立断，命你舅舅带领秦王府的卫士火速支援。出发之前，你母后亲自慰勉将士，所有将士莫不感激，愿效死命。经历种种危难，才有了你今天的父皇，才有了你这个太子。朕对你，难道还不够疼爱吗？难道这些年对你的宠爱，对你的付出，对你的谆谆教导，还比不上太上皇说的几句话？为什么太上皇只是轻描淡写的几句，就让你心生疑虑，坐立不安？"还有什么，比自己儿子的否定更令他难受？

太子跪伏："父皇！儿臣错了！儿臣以后，再也不会听太上皇的了！"

"太上皇是朕的父亲，是你的皇爷爷。他的话，你当然可以听。朕痛心的是，朕费了这么多心血教出来的太子，居然没有一颗刚强坚毅的心，如此容易被他人言辞动摇，却不知站在朕这边，捍卫你我父子的天下。"皇上叹了口气，"朕累了，你下去吧。"同时让人召唤吴王，要他来读《易经》。

太子灰头土脸地从甘露殿出来，又被皇后叫到立政殿。他本想着正好，可以跟母后说说这事儿，母后会在父皇面前为他说好话的，万万料不到，母后迎头打了他一耳光。他才知道，苏灵淑对母后告状，说他受一个戏子魅惑，与之同床共枕，整日嬉戏，行径不堪，为此连累了司徒尚仪受到杖责。

受到双重打击的太子回到东宫，看到迎面而来的苏灵淑，恨得咬牙切齿。这个女人给他最美好的一面，都留在魏王府的初见，自那以后，一日不如一日。

"哎呀，这嘴角怎么流血了？"苏灵淑拿出手绢要帮太子擦嘴角。

太子反手一抽："贱人！"

苏灵淑被他一个巴掌打倒在地，捂着脸，眼泪立刻流了下来。她纵然知道太子的心情不会好，却也想不到他会对自己动手。

太子看她流泪，心里一点儿触动都没有，因为她只有一脸委屈。她不经脑子的胡说八道，害了他，称心，还有司徒尚仪，她竟然丝毫不觉得有错，还敢委屈？

傅柔来探望司徒尚仪，见她面无血色地躺在榻上，身薄如纸，好似一口气就能吹走，鼻子不禁一酸。

"司徒尚仪，您好点儿了吗？"傅柔不愿往最糟糕处去想。

"人老了，不中用了，故乡的山水只怕再也看不到了。"不怨不怪，司徒尚仪觉得都是命。

"司徒尚仪千万不要这样想，慢慢休养，总会好起来的。"事到如今，傅柔只能劝慰。

司徒尚仪虚弱地一笑，闭上眼。

傅柔看到太子走进来，无声地行了个礼，和照顾司徒尚仪的吴掌仪退了出去。

傅柔问吴掌仪："太医怎么说？"

吴掌仪摇头叹气："太医说，只是挨时间的事儿。皇后娘娘亲口发话，说要重重责打，动刑的人都不敢有丝毫留情。一百板，年轻力壮的人尚且受不了，何况司徒尚仪已经上了年纪。"

傅柔又问："司徒尚仪还是不肯说为什么挨打吗？"

吴掌仪还是摇头，表示司徒尚仪守口如瓶。不过，她猜这件事儿和太子妃有关。那天司徒尚仪去辞别皇后娘娘，走的时候还高高兴兴的，听说皇后娘娘开始心情很好，还赏赐了司徒尚仪不少东西，可后来太子妃一去立政殿，司徒尚仪就被皇后娘娘下令狠狠责打，变成了现在这个样子。

傅柔想到苏灵淑之前就针对过司徒尚仪，若是因为那次报复不成，如今又来报复，甚至罔顾他人性命，那就太过分了。

这时，太子坐到了司徒尚仪的床边。这位将他抚养长大的老人行将就木，是他的母亲夺她性命，他却什么都做不了。

司徒尚仪睁开眼，十分惊喜："太子殿下，你怎么……到下官这小屋子来了？这不合礼仪啊。"

太子忍住心里的悲伤："孤来看看你。"

"皇后娘娘，没有责罚殿下吧？"司徒尚仪只担心太子。

"别为孤担心，你觉得怎么样？"太子想哭。

"怕是再也没机会伺候殿下了，唯一的遗憾就是没能亲眼看到殿下登基，接受万民朝拜。"这也是司徒尚仪此生唯一的祈愿。

"别说丧气话……"太子有些哽咽，"孤赐你最好的药，你给孤好好养着，活到孤登基为帝，吐气扬眉的那一天。太子妃，孤会好好教训她的。"

"殿下，你千万别和太子妃过不去，嫉妒是女人的天性，何况她还怀着身孕。她是殿下的妻子，殿下以后要和她过一辈子，不能闹得不可收拾。"

太子的语气一顿："是孤想得不周全，做错了，把你给害了。"

司徒尚仪泪光盈盈："我一生没有儿女，这辈子最幸运的事儿，就是皇后娘娘生下太子殿下，给了我一个照顾伺候殿下的机会。殿下聪明伶俐，可爱乖巧，到现在，我一闭上眼睛，还能看见殿下在襁褓中的小笑脸。年轻人总是会犯错的，殿下还年轻，犯一点儿错，不算什么，殿下不要往心里去，更不要为了我这个老婆子难过。我就担心，我去了之后，殿下身边没有知冷知热的人啊。殿下，一定要好好保重自己，读书不能读太晚，会伤了元神，饮食也要注意，爱吃的，不能尽着吃，吃多了，会伤脾胃。"

太子重重地点头："知道了。司徒尚仪小时候教孤的那些话，孤都记得。"

司徒尚仪的声音越来越低："舍不得，我舍不得啊……殿下，虽然这样做很无礼，但是……我想最后一次，摸摸殿下的脸。就像殿下还是小时候一样……"

太子握住司徒尚仪的手，将它贴在自己的脸上，眼泪落下。他身边的真心人，走一个，少一个了。

司徒尚仪含着笑，呼吸渐弱，永远闭上了眼。

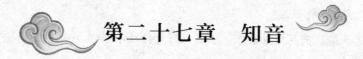

第二十七章　知音

这日，方子严率领四海帮众兄弟来到长安。皇上将四海帮招安，封方子严为镇海将军，特赐将军府，可谓风光而来。

"来了就来了，这么得意干吗？"程处默虽说来接他了，却是不甘不愿，奉旨才来，"你还真敢来，不怕我用假消息骗你，来个瓮中捉鳖？"

方子严道："我相信的不是你，是我们大唐的皇上。如果皇上为了抓我这样一个海盗头子，出尔反尔，那我也只好认了。"

程处默好笑："这才归顺几天啊，就我们大唐的皇上了。皇上要你做的事儿，你都做好了？"

方子严往身后的一溜儿囚车指指："海上那一带，叫得出名号的海盗都被我扫掉了。后面车厢里装的是石灰制过的人头。还有几个活的，献给皇上，让皇上看看新鲜的海盗是什么样子。"

程处默觉得很多余："看你不就成了吗？何必抓活的来给皇上看？你以为皇上很有空儿啊？"

"程处默！"一个胖乎乎的身板突如其来，往程处默身上一撞，见他纹丝不动，满意地点头，"不错，你还是那么强壮。"

程处默推开那人，护住胸前："马海妞，我有老婆的，你别乱摸啊！"

"可你都看过我的身体了，你得负责。"马海妞不管不顾，反正她要定他了。

程处默"啊啊"地叫道："我什么时候看过了？"

"你看了两次，还没看清楚？"马海妞一转眼珠儿，"找个机会，我可以再让你看看。"

程处默掉头就走。娘咧，他惹不起，难道还躲不起？

方子严却拽住了缰绳，看向人群之中。一张很难忘的美人容颜，一双与她姓氏不符的明亮眼眸，连她的名字他都记得清清楚楚，侯盈盈。

侯盈盈拼命挤到方子严的坐骑前，仰着笑脸，万分惊喜："是你！"

方子严也笑，露出白牙："我送你的珍珠还在不在？"

侯盈盈开心地点点头。

"扔了吧。"他凉声道。

"为什么？"她一怔。

"因为你父亲与我不共戴天。"他转开视线，轻敲马镫，随队伍前行。

她应该害怕，躲得远远的，因为他这次来，一定会让侯家付出代价！

程处默把方子严送进镇海将军府，以为可以喘口气了，想不到一回家就听到"噩耗"，皇上要为他和清河公主赐婚！

原来程处亮终于和父母说了清河公主的事儿，请他们帮他向皇上求娶。程咬金夫妇本就有意为程处默求娶清河公主，谁知程处默非傅柔不娶，如今肥水不流外人田，倒是圆满了。

只是人人想得挺美，天不遂人愿。等到程咬金觐见皇上，刚提了"清河"二字，皇上就直接赐婚程处默和清河公主，还很大方地批了一个期限，两个月后。金口玉言面前，程咬金也只能谢恩。

程处亮比老大的反应大多了："你是怎么做事儿的？一件这么简单的事儿，让你办出这么荒谬的结果！清河公主她爹犯了糊涂，你要反驳他啊！你要坚持立场啊！你不能就这样跪下谢恩啊！毫无骨气！毫无尊严！毫无……"

程咬金一巴掌拍在程处亮的脑袋上："小兔崽子，有你这样和父亲说话的吗？你脑子发昏啦？"

程处亮蒙了一下，忽然跪下来，抱着程咬金的大腿放声大哭："爹，我知道我比不上大哥，我没有大哥有出息，我不是长子，我不是宣威将军。可我也是爹的儿子啊，我也能传宗接代啊，爹你不能这样对我啊！好好的老婆，变成了大嫂，我脑子能不发昏吗？我从脑门儿到胸口简直都发洪水了！爹啊，你偏心啊！你把我的老婆给了大哥啊！"

程咬金叹气："不是爹要把你的老婆给你大哥，是皇上要把他女儿嫁给你大哥。"这叫什么事儿啊！

程夫人却乐见其成："好了好了，皇上既然发话了，我们听话就好。处默娶清河公主，挺好的呀。"

程处默和程处亮四目瞪圆。

程处亮更是往地上一坐："我是不是娘从街上捡回来的啊？我都要活不成了，你还只顾着大哥！"

程处剑啧啧摇头："二哥，你这打滚撒泼的本事儿，越来越令小弟叹为观止了。"

程处亮爬起身，对小弟一拳头揍去："叫你幸灾乐祸！"

程处默把程处亮拉到自己身后，阻止兄弟阋墙。经历和傅柔的情路曲折，他如今已经学会了淡定。

程咬金揉着太阳穴，大吼："够了！"

程夫人道："皇上都发了话，这婚事儿是改不了的。"

程处默和程处亮异口同声："一定要改！"

程咬金问："怎么改？"

程处亮理所当然："要大哥向皇上摆明态度，拒婚！"看向自家老大："大哥一定有办法，对不对？"

程处默一脸豪气干云："为了柔儿，我都死里复活了，还怕拒婚吗？"

大朝会上，文武百官黑压压地站了一大片，方子严入殿觐见听旨。

"奉天承运，皇帝诏曰。方子严昔犯唐律，而后能大悟而悔过，扫荡海上宵小，戴罪立功。圣人言，善莫大焉。献山川锦绣图，大船图册，谏言海船造法，颇有功劳。授镇海将军衔。钦此。"内侍递上圣旨。

方子严接旨："谢陛下隆恩。"但仍跪着，"陛下，微臣有罪。"

皇上道："朕已经赦了你的罪。"

方子严道："微臣说的是另一桩罪，关于微臣的身世。微臣幼年家破人亡，掉进水里，被四海帮老帮主救起来，才当了海盗。做了盗贼，也知道不光彩，不敢用原来的名字，于是跟着老帮主义父的姓，换了一个名字。方子严，并不是微臣的真名。如今蒙陛下圣恩，赦免罪过，微臣终于可以堂堂正正地做人了。微臣希望，可以用回原来的姓名，也好宽慰在天上的爹娘。"

皇上微微诧异："原来还有这么一重故事。身为人子，做了海盗，怕丢父母的脸，改名换姓，还算你有羞耻之心。好，你就用回原来的姓名。方子严这个名字，就让它随着你海盗的那些经历，一同丢弃吧。你的真名是什么？"

方子严跪直，目光炯然："禀陛下，微臣的真名是严子方。"

站在群臣中的程处默敛了笑容。这个名字他太记得了，严子方是傅柔的娃娃亲，怪不得要和他抢傅柔，原来仗着早有渊源。憋到这会儿才说，是怕早告诉他，他就不会帮

182

这个忙吧。臭小子，真是太了解他了！

侯君集的脸色也是一变，当然记得因为一只鹰，被他整得家破人亡的严家，难怪一直和他作对。

终于堂堂正正恢复了身份的严子方再度谢恩，起身归入百官之列，恰与侯君集对上了视线，嘴角一抹冷然笑意。等着，好戏刚刚开始。

侯君集和儿子一回到家，侯杰就火冒三丈。

"程处默这浑蛋，早就知道方子严是爹的仇人。我就说，一个卑微下贱的海盗，他这么拼了命地帮忙，还百般哄着皇上封了一个将军头衔，原来都是为了和爹作对。"

"不过一个镇海将军，就算和程处默联手，两个乳臭未干的小子，能对本国公有什么威胁？"侯君集知道方子严就是严子方的时候，虽然惊讶了一下，倒还不至于怕了，"如今就望盈盈的婚事一帆风顺，一旦我侯家和魏国公联姻，如同成为太子膀臂。"

侯杰道："程处默那个浑蛋，自从沾上他，我们家就一连串倒霉，他居然还敢拿盈盈取笑，说盈盈是谁沾上谁倒霉的扫把星。之前太子妃落选，如果魏国公的儿子又病死了，只怕大家都相信他那张臭嘴，盈盈将来的婚配也成问题。"

这时，管家跑了进来。魏国公派人来报喜，说是请了法雅大师诵经祛病，世子终于清醒过来，这下有救了。

侯君集大笑，道一声"好极"，老天爷还是待他不薄的。

侯盈盈却在房间里发呆，双指捻转着严子方送她的那颗珍珠。她不懂，他说和父亲不共戴天，到底是为什么？

喜讯传了进来，到她耳里却是晴天霹雳。原本对于嫁人这种事儿，她是没有想法的。在广州的时候，她一直知道父亲想要她成为太子妃，为此特别勤奋地学习才艺和礼仪，想要报答父亲对她的养育之恩。然而，落选太子妃时，她却有小小的窃喜，魏国公世子病倒的时候，她大大地松了一口气。

有个人，用尖刀挑开了蚌壳，送她一颗世上最美的珍珠，就仿佛同时挑开了她的心尖，将他自己放进了她的心里，让她再也放不下别人。

傅柔又被吴王叫来了凌霄阁，不知道为了什么事儿，横竖不来也不行。

"傅司织可知，我妹妹清河公主要当卢国公夫人了。妹妹出嫁，我这个哥哥十分替她开心。"吴王喜笑颜开，语气调侃，"傅司织为何一脸的愁苦？难道是遇到了负心男？"

"他不是那种人。"傅柔确实已知这则传闻，却不觉得程处默骗她，只觉得两人的未来充满荆棘般坎坷。

"在你心里，程处默是天底下最好的男人，绝不会辜负你。"吴王讥嘲着，而且他也不信，谁能逆转一桩天子赐婚。

"是。"傅柔坚信。

"那不如我们打个赌。"吴王借机，"如果程处默娶了清河，你就把他给忘了，安安心心地跟着本王。"

傅柔摇摇头："我不赌。"

吴王激她："原来你只是嘴硬，其实对程处默也没什么信心。"

傅柔一字一顿："我在乎他，我不拿自己在乎的人打赌。"

吴王心里不是滋味，却也不想再以身份压人："好好，不说这个了，有好处给你。"

吴王招招手，傅柔走过去，看到案上放着一张张的图，皆是船的样子。

"新奇吧？"吴王看她目不转睛，"这都是外国的船，和我们大唐的船不一样。你们司织所的绣品，整天不是花开富贵，就是杏林春燕，每个月要呈上的绣品数量那么多，花鸟虫鱼，都被你们绣尽了。是不是需要一些新鲜又漂亮的花样？"

"这些外国船，造型真新……"傅柔一转头，惊见吴王就在眼前，脸颊擦过他的唇。

傅柔大为尴尬，吴王却笑得得逞。

"你刚才想说什么？"她身上有一种很好闻的淡香，令他着迷。

"下官是想说，这些外国船造型新颖有趣，船帆的样式也个个不同，尤其是这船头，还雕出了独特的形状。把它们绣出来,各宫的娘娘们一定也会觉得很新鲜。"她说起刺绣，最是认真，已经忽略刚才的意外。

"嗯，本王很期待傅司织的新作。等你绣出来，可不许把本王给忘了，记得呈给本王一幅。"

"那是当然。"傅柔认为是应该的，"吴王殿下博览群书，没想到对外国的船只也有研究。"

"本王没研究这个，这是严子方献给父皇的图册。"吴王不会冒领任何人的赞美。

傅柔吃了一惊："殿下，你刚才说……严子方？"

吴王道："就是最近归顺的那个海盗，四海帮的帮主，父皇已经正式封他为镇海将军了。他家破人亡后被迫当了海盗，怕丢父母的脸，所以改名换姓。"

"家破人亡，被迫当了海盗？"傅柔自言自语，"居然真的是他……"

吴王好奇："你和他认识？"

傅柔不由得叹道："他是我以为早就不在人世的一个故人。"

"傅司织，我真小看你了。"广州商户之女，和卢国公的儿子扯上关系，竟和海盗还是故人。

傅柔妙答："人生无常，天定缘分。"

"也对，傅司织的人生比大多数女子都要精彩，也许将来会成为令人羡慕的王妃呢。"吴王凝望傅柔。

傅柔垂眸："下官没有这样的妄想。"

吴王善辩："没有可能的事儿，叫妄想。有可能的事儿，就叫梦想。"

她可没有这样荒唐的梦想，傅柔笑着摇了摇头。

车马和行人川流不息的大街，太子独自走着，格格不入，却也不引人注目。

今日他在父皇那儿又挨了训，又是吴王独占鳌头。母后那儿，只命他不准再和称心来往，连请安都给他免了。他的太子妃，占有心那么重，一次又一次地让他失望，甚至害死了他最信任依赖的司徒尚仪，令他的温柔也再难以持续。

偌大的宫廷，身边一个能听他真心话的人都没有。

忽然，前方出现一道身影像是称心，太子的脚步不由自主地加快，但等那人回头，却不是称心。

太子失望之余，茫然走了许久，待到回过神来，发现自己站在了落叶巷那所小宅子的门前。

木门未掩，可以清楚地看到院子里，称心正和熊锐练剑，大汗淋漓。

太子踏了进去，至少，应该和他最好的朋友当面告别。

称心一瞬惊喜，随之收敛，向太子恭敬地行礼："殿下今天怎么来了？"

"孤来看看你……"突然无话。

称心也不说话。

熊锐识趣地走进屋去。

静默好一阵，太子才又开了口："以后这个院子，孤不会再来了，也不会再召你去唱'赵子龙七进七出长坂坡'了。所以，今天不要拘束，我们像从前那样相处。这样的日子，以后都不会再有了。"

称心忽然自在起来："好啊。我呢，想做个游侠。将来殿下登基，我就四处游荡，路见不平，拔刀相助，好歹也算是帮殿下一点儿小忙，平定天下。"

太子往屋子的方向看一眼："你就跟着他练剑？"

称心耸耸肩："我这样的人，难道还能请到大内高手做师傅？也就凑合吧。"

太子泼冷水："师傅都很一般，徒弟的剑术就更不用提了。你学了这些三爪猫的功夫，就想到外头锄强扶弱？孤看啊，你别被人锄了，就已经很走运了。"

称心道："有本事儿，你教啊。"

太子撩袖："好，孤就教教你，让你看看什么是名师出高徒。"

称心一挑剑："来！"

一次又一次，称心的剑被太子轻松打落，两人干脆赤手空拳。起先还摆架势，到了后来招数全无，只拼谁的力气大，谁的小伎俩多，你压倒我，我压倒你，最终再也没有力气，呈"大"字形仰躺在地，望着天空直呼痛快。

"称心，孤很想再听听你唱的赵子龙。孤已经答应了母后，以后绝对不再见你，你今天不唱，孤就再也听不到了。"

称心一骨碌爬起，深深呼吸，再吐已是字正腔圆——

"自古英雄有血性，岂肯怕死与贪生……"

太子坐起，抱着双膝，深深凝望着称心，仿佛要将那道影子嵌入心底。称心唱完，他大声叫好，还将随身的一柄宝石匕首摘下，递了过去。

称心笑道："这最后一天，还要打赏我啊？"

太子摇头："不是打赏，是送给孤的朋友的。孤喜欢射猎，每次射猎时，都随身带着这把匕首。你拿着它，以后见到它，就当见到了孤这个知己吧。"

"知己相赠，我就不好拒绝了，还要日日带着。"称心接过了太子送的匕首。

太子一笑，转身离去。他很明白，长此以往不过害了称心，今日一别，他再也不会与之相见。

第二十八章　早秋

甘露殿上，程处默出列下跪，表示自己无能，没有资格娶公主为妻，请皇上收回成命。

皇上十分恼火。他之所以把清河公主下嫁给程处默，也是因为程咬金常在他跟前叨叨，谁想他点了头，人家却不要了，是嫌弃他女儿还是怎么？

程咬金陪儿子跪下："陛下息怒。卢国公府蒙陛下宠幸，赐予公主婚配，上下欢喜，喜不自禁，处默今天到陛下面前辞婚，实在是有迫不得已的苦衷。"

侯杰趁机用力踩："莫非他看上了别的女子？胆敢把尊贵的公主殿下和庸脂俗粉相互比较，最后居然还舍公主殿下而选择庸脂俗粉，不但愚蠢，而且猖狂到了极点，根本就是不把皇家的金枝玉叶放在眼里，更没有把皇上的恩德记在心上。"

程咬金面朝天子："陛下，绝对没有这样的事儿。清河公主是老臣梦寐以求的佳媳，处默之所以不敢接受，是因为……这件事儿，实在不大好听，说出来怕污了陛下的耳朵。"唉，他这是晚节不保啊，为了俩儿子，还要欺君。

皇上催促："叫你说，你就说。"

程咬金迟疑一下，把心一横："陛下也知道，处默这小子从前是个纨绔子弟，花街柳巷去得多，少年子弟，不懂节制，所以……落了一点儿毛病。"

皇上一眯眼，隐隐有所感觉，但继续追问："什么毛病？"

"就是……就是……夫妻之道，周公之礼，履行起来，有点儿……力不从心。"

侯杰一不小心笑了出来。

皇上愣了一下："居然有这种毛病？"转向闷声不吭的程处默："程处默，这是真的吗？"

程处默一脸的难为："是。微臣对这件事感到很羞耻，从来没有和别人提起过。其实，微臣忽然不再去青楼，不再沉溺风花雪月，也有一部分是因为这个毛病。陛下要把清河公主许配为微臣，微臣感激不尽，但是如果为了做驸马，隐瞒自己的问题，把清河公主娶过来，就是误了公主一生的幸福。微臣，不能这样害了公主。"

皇上半信半疑："难道就不能医治吗？"

程处默尴尬："一直暗中寻访名医，吃了不少偏方，只是目前还是没有一点儿起色。"

皇上终于了然："这种毛病确实没有人愿意说出来，你能如实告诉朕，也算你对朕忠诚。"

程咬金道："陛下，处默这病，虽然现在没有起色，说不定以后能治好呢。陛下如果不介意，可以先把清河公主嫁过来，要是托陛下的洪福，处默的病治好了……"

"治好了则已，要是治不好，朕的女儿怎么办？程咬金，你想要朕的女儿做儿媳妇，是想成老糊涂了。清河公主的生辰还有两个月，朕的旨意一个笔画都没写呢。清河公主和程处默的事儿，不要再提了。"皇上还不乐意了。

程咬金耷拉脑袋："老臣遵旨。"

程处默强忍兴奋："微臣，感激陛下体谅。"

一旁看了半天的侯君集开了口:"陛下,卢国公为国劳心劳力,如今长子有了这毛病,臣也很为他痛心。这子嗣延续可不是小事儿,臣斗胆,请陛下现在就派太医,检查一下程处默,看看是不是真的病得这么严重。"

程处默急道:"陛下,微臣这病本就难以启齿,事关清河公主幸福,才不得已说了出来,陈国公分明就是不信我。"

程咬金也道:"陛下,臣不敢欺君。"娘咧,打死了也得把瞎话说完。

"程处默你是不是心虚啊?其实就是装病,嫌弃清河公主?"侯杰觉得就是程处默偷奸耍滑,明明是为了那个傅柔,才拒婚公主的。

皇上又有疑虑:"行了,让太医来瞧一瞧,到底什么病,能不能治得好,朕也关心得很哪。"

太医来了,带程处默到偏殿检查。

程咬金神情惶恐。侯君集看在眼里,心里笃定七分。

"卢国公,你怎么满头大汗,不会是虚汗吧?"老小子天真,以为靠嘴皮子就能瞒天过海。

程咬金擦擦额头的汗:"我身强力壮,阳气充沛,天生容易流汗。"

侯君集冷笑:"流汗好啊,至少……比流血好。不过,到底是流汗还是流血,就要等令郎出来才知道了。"

程处默出来了,低头,撩袍,继续跪。

太医到皇上身旁,低声回禀。皇上听着,面露同情,挥挥手让太医退下,同时点名程咬金。

"朕也是为人父亲的,你的心情,朕能明白。你也不要太难过,我大唐奇人多得是,治愈还是有希望的。"

程咬金差点儿就欣喜若狂,好不容易将咧开的大嘴往下弯,装得苦哈哈的:"是是是,陛下圣明。有了陛下这句话,老臣心里就舒服多了。以后慢慢治,一定有希望。"

侯家父子立刻蒙了。他们不知道,严子方给了程处默一种波斯秘药,效果新奇,而程处默也绝不会做没有把握的事儿。

很快,清河公主就收到了消息,赶紧把傅柔找来,抱住她开心地乱跳。

"傅司织,程处默拒婚成功了!"

"真的?"傅柔心中的大石落地。

"当然是真的!父皇还赏了他不少补品。"清河公主说到这儿,语气一顿,目光转为同情，"傅司织，你可要有心理准备……"附耳过去，说了一番。

傅柔半张着嘴，好一会儿才找回自己的声音："他……他真的……"

"太医都验过，说他讲的是实话。"清河公主勾着傅柔的胳膊肘，仿佛这样就能支持她，"傅司织，你不要难过，这种毛病好像可以治的。"

傅柔吃惊的是程处默居然用这种理由拒婚，根本没往自己身上想，这时才听明白清河公主的意思，脸红到脖子。

"我难过什么呀？公主怎么……公主这么金贵，怎么说得出这种话来？"

清河公主心情好，不摆公主架子："我是看我们熟嘛，你就当童言无忌喽。"

傅柔尴尬至极："没有别的吩咐，下官先告退了！"

清河公主看着傅柔逃离的背影，摇摇头，拍拍心："还好，我喜欢的是处亮。"

傅柔一口气跑到御花园，才放慢脚步。心跳得太厉害，她禁不住用手拍着，调整呼吸。太好了，处默成功拒婚，他和她又过了一关！

"又一个人偷偷地掉眼泪啊？"吴王驾到，语气隐隐雀跃，"你那个程处默，好像有病。"

"我不在乎。"傅柔回过身来，脸上微笑。怎么大家都以为她在意？

"你不在乎？"吴王打量着她的表情，确实看不出勉强，"这可是一辈子的事儿。"

"只要他是程处默，就算有一千、一万个毛病，我都不在乎。"傅柔做个敷衍的礼，"下官告退，要找一个不被人打搅的地方，好好地高兴一下。"

吴王无言地看着傅柔走远，神情突然颓丧，一拳打向柱子。

侯盈盈坐轿进宫，透过纱帘，茫然地望着窗外。魏国公的儿子病好了，父亲正和魏国公议亲，眼看出嫁的事儿板上钉钉，她却什么都做不了，或者说，做什么都没用了。心里唯有一个强烈的愿望，再和那个人见上一面！

轿子一震停住，原来已经到了宫门前，她出了轿，等着宫卫例行盘查。忽然，一人身穿武将官服，威风凛凛地大步而出，正是严子方。

侯盈盈立刻冲到他的面前。

严子方一愣，随即面无表情，目光冷冷地睨着她，也不说话。

侯盈盈留意到守卫们好奇的目光："能不能找个清静的地方？我有话跟你说。"

"要说就在这里说。"严子方声音也冷。

侯盈盈一咬牙，摊开手心。

严子方望着她手掌上的那颗珍珠："不是叫你扔了？"

"还给你。"侯盈盈眼里却有一丝期许，"虽然只是一颗不值钱的珍珠，毕竟是那只海蚌用血肉孕育出来的。它是你送给我的，我还给你，也算合情合理。"

严子方不置可否，伸手拾走。

"我要嫁人了。"侯盈盈忽道。

严子方呵笑："你是想听我说一句恭喜？"

侯盈盈陡地抬手，给了他一巴掌。

严子方不动如山："你很走运，我严子方不打女人。"一声呼哨，坐骑就跑了过来，他脚下一蹬，上马策马，没有半点儿犹豫，驰远了。

侯盈盈眼底瞬间浮现泪光，但等她转回身，眼中已经干涸，苍白着脸色走入宫门。

太子和吴王被皇上召到甘露殿，学批奏章，苏亶和程处默随侍。

皇上看到一本折子，说和尚法雅诅咒长孙皇后，批其迷恋权势，贪婪浅薄，阻止弘扬佛法，死后必堕地狱。他不由得大怒，问这法雅是什么邪僧，竟敢大放厥词，对皇后不尊。

太子认为机不可失，提及法雅当初经常出入皇宫，大部分时间都去了杨妃那里讲经，深得杨妃的宠信。

吴王冷笑一声："禀父皇。法雅出入宫禁也不是一回两回，去的宫苑，也不是一个两个。他是曾经给母妃讲过经，但给阴妃和胡妃她们也讲过经，听说，皇后娘娘有一次到阴妃那里去，正遇上法雅讲经，皇后娘娘也听了小半个时辰。况且，法雅妖言惑众，是他不能进宫之后的事儿，怎能追究之前呢？儿臣倒是听说，法雅可以到处散播他那些大逆不道的言论，是因为背后有许多达官贵人给他撑腰，才让他名声大噪。"

魏国公正好入殿，听到这话，目光难免游移。

吴王瞥魏国公一眼，心道来得好："魏国公前几日就请了法雅到府中作法，随后派人到法雅的寺中，很大方地送了许多金银珠宝。"

魏国公连忙替自己辩解："陛下，臣的儿子病了，听人说念经驱病，法雅又名声响亮，才叫他入府，臣当真不知他如此狂妄，散播大逆不道之言。"

太子立刻说："父皇明察，吴王与魏国公早有私怨，这么说不过是挟私报复。"

吴王稳稳地反击："父皇明察，魏国公与法雅交好，尽人皆知，非儿臣一家之言。"

皇上看看程处默。

程处默如实禀奏："陛下，臣确实有所耳闻，魏国公与法雅往来丛密。"

皇上冷哼一声，抓起另一本奏折，甩到魏国公面前："魏国公，你以为朕宣你来是为什么？御史又奏，你收受贿赂，买卖官职。朕原本还不信，你从前一贯清廉，但看你对法雅如此大方，当真是有出处。"

魏国公吓跪，捡了奏折，颤巍巍地看了一遍，伏地高呼冤枉。

太子还想为之说话："父皇，魏国公只是……"

皇上怒斥："你闭嘴！裴寂罔顾君恩，贪污受贿，勾结妖僧，大逆不道！你母后都病成这样了，你身为人子，居然还再三地帮他说话！你的心肝难道被狗吃了吗？朕要下旨，妖僧法雅，大逆不道，诅咒国母，妖言惑众，斩立决！"

沉默良久的苏亶忽然爆发："陛下！太子已被宵小包围，深受蛊惑，种种作为，令人痛心疾首。臣苏亶不忍再看太子堕落下去，恳求陛下施慈父雷霆之威，对太子当头棒喝，让太子回归正途！否则，大唐的未来难保啊！"

太子震惊地望着苏亶，不知他是什么意思。

皇上双目一凛："太子还做了什么，让苏卿如此痛心？"

"太子他……他……"苏亶一口气说不完全，"他不但受魏国公的迷惑，更被一个叫称心的下流低贱的戏子蛊惑，做出了淫乱之事！"

皇上又惊又急："什么？"怒瞪太子，直呼其名："李承乾！你说！"

太子心慌意乱，陡然跪求："父皇，不关称心的事儿……"

皇上见太子一开口竟是护住那个称心，只觉得这事儿确凿无疑，一脚把他踹开，但想再踹，却让程处默跪抱阻止。

苏亶也及时进言："太子乃大唐国本，陛下教导训诫即可，万万不可伤了太子。"

太子忍着痛，重新跪好："父皇，儿臣已经和称心彻底断绝，不再有任何关系。"

皇上的气儿不打一处来："断绝？蛊惑太子，做出这等事儿，朕岂能容此淫邪之徒存活于世！太子，朕命你把那个称心的头颅，给朕带回来！否则，你这个太子，也不必当了！"他辛苦打下的江山，不会交给这样的儿子。

太子全身僵住，刹那绝望。

落叶巷，不知是否因为巷名，叶子落得特别早。

小小院子里，称心和侯盈盈对面而立，彼此并不相识，却因太子，结下这一面之缘。傅柔听到皇上要杀称心的消息，着急忙慌地求了正要出宫的侯盈盈，请她转告称心赶紧逃命。

"皇上要太子杀我？"称心低声道，仿佛喃喃自语。

"傅司织正好听到陛下雷霆大怒，让我来知会你，你快走吧。"侯盈盈看着这个目光清朗的男子，虽不知前因后果，却觉得对方不是坏人，

称心反而坐上石凳，笑着摇头："我不逃。"

侯盈盈诧异："你为什么不逃？"性命攸关啊！

称心神色如常："皇上让太子来杀我，如果我逃了，太子怎么办？"

"太子毕竟是皇上血脉，完不成旨意，不过受一顿惩戒，可你留在这里却必死无疑。"

"我这条命来得轻率，活得卑贱，死了也没什么。多谢你赶来通知我。见到傅司织，请帮我转告，称心感激她的情谊。"称心自斟一杯酒，举杯相送，"生死并不是最重要的，最重要的，是对得起自己的心意。你走吧。"

侯盈盈的眼神一瞬绽亮，是的，最重要的是对得起自己的心意。她喜欢严子方，不管严子方怎么想，她都不会改变心意。她转身走出了称心的院子，走上了自己选的路。

称心不知自己一句话改变了一个人，只是自斟自饮，眼看院子被霞色染红，忽然将酒杯一丢，唱腔起："自古英雄有血性，岂肯怕死与贪生……"

称心拔出腰间匕首，面朝东宫的方向："太子以知己待称心，称心以知己报太子。士为知己者——"手一送，匕首入心，他含笑，"死！"

不知过了多久，小院的门被猛地撞开，太子冲入。他想得很明白，要立刻把称心送走，再向父皇请罪。

"称心，孤绝不把你当成弃子——"他止声，愕然地看着眼前。

称心端端正正，跪坐在他们曾经练习剑术的院子中央，腰杆挺得笔直，胸口一把匕首，面带微笑，已然气绝。

太子跌坐于地面，眼中水雾起了又消，最终黯淡无光。

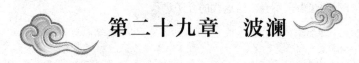

第二十九章　波澜

苏灵淑的膝盖已经麻木。

昨夜跪在东宫门前，望求太子原谅。尽管并不是她告诉父亲称心的事儿，但毕竟是她对妹妹多了嘴，妹妹听到父母为她争吵，才替她出头。父亲一向耿直，岂能不谏，结果引得天子震怒，太子三更半夜才回来，丢给她一把血淋淋的匕首，告诉她称心已死，

恭喜她得偿所愿。

她今日跪在立政殿前，望求皇后原谅，皇后却不见。在皇后眼里，她是选错了的儿媳妇，拖了她儿子的后腿，无知又小气。

苏灵淑跪得不甘心，却又不得不跪，给丈夫跪，给婆婆跪，但没有一个把她放在眼里。忽然，感觉身旁多了一个人，与她同跪。她侧头一看，是魏王妃。

同为皇家儿媳妇，谁都当得不容易。昨夜皇上一道旨，处死了魏王府戏班所有的人，因为称心，连坐同罪，没一个幸免于难。魏王夫妇不但只能干看着，魏王妃还要一早就来向皇后请罪。

苏灵淑和魏王妃虽然彼此不理，至少心里都好过了些，好歹一起倒霉。

长孙皇后卧病不起，咳嗽不停，被外面两个儿媳气得不轻。

"一个自己不能给丈夫生育孩子，竟然还给丈夫的哥哥介绍下流的戏子，这是什么不可对人言的龌龊心思？她是指望着让太子也没有子嗣啊；另一个，只为了自己拈酸吃醋，不顾太子的将来，让自己的父亲把甘露殿搅得天翻地覆。怎么教？怎么教啊？"

韦松想了想，还是劝道："娘娘，太子妃毕竟有身孕，这跪久了，就怕……"

长孙皇后挥挥手："太子妃虽然有错，毕竟太子先有不是，她怀着身孕，确实不能久跪，叫她起来，不必请安，回东宫去吧。"

"那……"韦松谨慎地开口，"魏王妃？"

长孙皇后闭上眼。

韦松有数了，出去传话，让苏灵淑回东宫养胎，对魏王妃无话。魏王妃就明白了长孙皇后的意思，继续跪着。

清河公主得了消息，立刻来见长孙皇后，殷勤地侍奉她吃完药。

"母后，我来的时候，瞧见四嫂还跪在那里呢。"

长孙皇后哪知女儿那点儿小心思，叹口气。

"其实这戏班子的事儿，也不能全怪四嫂，魏王府这么多伺候的人，如果谁出了差错，都要责罚四嫂，那四嫂就太难了。母后你这么能干，天天管着后宫，后宫还经常出点儿小意外呢，什么掉东西啊，什么宫女内侍违反宫规啊，这难道能怪母后吗？"

长孙皇后这才听出来了："你过来，到底是为了看本宫，还是为了给魏王妃说情？"

"当然是过来看母后，伺候母后啊。不过，她毕竟是清河的嫂子嘛。这样一直跪着，内侍、宫女们进进出出的都瞧见了，叫她以后怎么当这个魏王妃？她难堪，就是四哥难堪，四哥难堪，就是母后难堪。我……"她要是嫁到魏王妃的娘家，"我也难堪啊。"

长孙皇后奇怪："你往日和她，也不怎么亲厚，今天倒怪了，为了她，嘀嘀咕咕说了一大堆。"

"我只是路见不平……"这个嘛，出嫁从夫，夫家的亲戚才是亲戚嘛。

长孙皇后脸上有些厉色："什么不平？你觉得谁是那条不平的路？"

清河公主连忙摆手："不是不是。是一家人和和睦睦，母后是最慈爱的，小辈们做错了事儿，母后总能宽宏大量，原谅我们。"

"也罢，叫魏王妃起来吧。不然，魏王脸上不好看。"长孙皇后还是体贴自己儿子的。

"多谢母后！"清河公主马上站起来。

长孙皇后叫住她："急什么？本宫还要再赏她一点儿东西。"随手点了两名姿色上佳的宫女，让魏王妃一起带回魏王府去。

侯盈盈远远地看着镇海将军府的大门。

魏国公一家让皇上送回老家去了，婚事自然告吹，家里个个看她悲摧，她心里却一直盘着称心的那句话，生死并不是最重要的，最重要的，是对得起自己的心意。她的心意，要让严子方知道，否则放弃也不甘心。

严子方从将军府走出，骑马离开。侯盈盈急忙跟着，但到城外，拐过一个弯道，人却不见了。

"奇怪，人呢？"侯盈盈下了官道，漫无目的地到处找。

严子方从一棵大树后面闪现，突如其来地拍了一下侯盈盈的肩。

"啊！"侯盈盈惊吓，看清严子方，才松了口气，"你吓死我了！"

"你为什么跟踪我？"严子方抱着臂眯眼。

"我什么时候跟踪你了？"只是想找机会和他说话而已。

"喂，我从前是做海盗的，警觉性比一般人高多了。从我离开家门起，你就跟着我了，本来不想搭理你，想着出了城你就放弃，没想到你还一直跟到城外十几里的地方来。"严子方不懂，他已经放过她一次了，为什么还要送上门来。

"我的名字，叫侯盈盈。"不要喂喂喂的。

"你知道，在这种荒郊野外，像你这种富贵人家的千金，落到强盗手里，会有什么下场吗？"名字不重要。

"你是强盗吗？"

"做过十几年。"

194

“可你现在不是了。”

“不管是不是，做事最重要的是干净利落，不留马脚，别人查不出就行了。”

“你和我阿爷，有多大的仇？”

“血海深仇。”

“你现在已经把我抓住了，打算对我怎么样？”侯盈盈一步向前，仰脸直视。

“当然是让你身败名裂，让侯君集伤心欲绝。”严子方也向前一步，一把抓住侯盈盈的手肘，几乎贴紧，眼神似轻浮。

出乎意料的是，侯盈盈踮起脚，碰了碰严子方的唇。

严子方一愣，立即推开她，拿袖子擦着嘴，窘道：“你干什么？”

“让你报仇啊。”这就是她的心意。

严子方转头就走，心想碰上个有病的。

“严子方，你不是要报仇吗？”侯盈盈大叫。

严子方头也不回：“懒得理你！你最好赶紧回城，别出了什么事儿，你那对奸恶的父兄再赖到我的身上。”

她脑子有问题！都说不共戴天之仇了，靠她“牺牲色相”就能泯恩仇？可笑！

与此同时，还有一人正牺牲色相，就是程处默。

“果然是好山好水好风光。这长安城外的碧玉湖啊，虽然没有大海那么大，不过绿油油的，看起来赏心悦目，也没有海风的腥味，真是太舒服了。喂，你划快一点儿啊。”马海妞颐指气使。

程处默沉着脸，心里叹了又叹，划桨的动作却不能停。

他到严子方那里拿解药，谁知天杀的严子方让马海妞送药，他一见这妞就避之不及，全然不知情下，打破了盛有解药的茶碗。结果，严子方那颗解药浪费了，还剩马海虎那儿一颗，所以他就不得不满足马海妞的所有要求。

“足足划了一个时辰了，你当本将军是苦力啊？”为了他和柔儿的幸福生活，忍耐再忍耐。

“你那一身的肌肉，划划船有什么？”马海妞眯眼看着程处默的好身板，真是养眼。

“你什么时候把解药给我？”程处默的耳朵自动过滤不想听的话。

“等你履行了你的承诺，好好地陪我玩十天，我就去问大哥要解药。”要不要得到，就只能另说了。

"遇上你们这群卑鄙无耻的海盗，本将军真是倒了血霉。"他很可能熬不过十天，直接挂了。

"什么海盗？我们已经不是海盗了，皇上也赦免了我哥的罪过，还让我哥当了官呢。现在，我哥是正儿八经的朝廷命官。"

"不过一个校尉，在我面前炫耀什么。"

"喂，程处默，你态度好一点儿啊！要是让我哥听到你这些话，他一生气，说不定把解药扔到湖里去。"

程处默火大地划桨，用力过猛，湖水溅湿了马海妞的衣服。

"喂喂，你把我的衣服都弄湿了。"

"哼。"关他什么事儿！

"好哇，你答应了好好陪我十天，这才第一天，你就这样鼻子不是鼻子，眼睛不是眼睛地对我是吧？我这就回去，把解药喂给猪吃，你就一辈子这样，别指望娶老婆了。"

"衣服湿了不挺好吗？"大丈夫能屈能伸，"我觉得湿了更漂亮。"

"原来你喜欢这样，你早说嘛。"马海妞忽然站起来，像鱼一样姿势优美地纵身跳进湖里，"你看，衣服都湿了，本姑娘的身材是不是显得更好看了？"

"你有病！"程处默慌忙调开视线。

"你这么害羞啊？"马海妞双手攀船舷，用力摇晃起来，"来，咱们一起。"

程处默失去平衡，掉进水里，被马海妞趁机勾住脖子，开心地大笑。

"你……"程处默的眼睛都不知看哪里，最后用力地推开马海妞，"我受够了！"转身向岸边游去。

马海妞忽然叫起来："哎，程处默！快回来！我……我的脚抽筋了……"

程处默信她才怪，但游到岸边，抹了一把脸回头看，湖面上却没了马海妞的身影。他大吃一惊，急忙跳回湖里，找到正往下沉的马海妞，将她救上了岸。

马海妞吃了水，昏迷不醒，程处默犹豫着，到底下了决心，解开她的衣领布扣，又俯身渡气给她。她剧烈咳起，吐出好几口水，睁开了眼。

程处默一屁股坐地上，松口气儿："谢天谢地，你没死。"

马海妞坐起身，突然勾住程处默的脖子："我当然没事儿。被你程处默一亲，我就算死了，也能立即活过来。"

程沉默一愣，喊道："等一下！我那是为了救你。"

马海妞嬉笑："你救了我，我就只好以身相许了。"

程处默叫："我不要你许！"

马海妞也叫："我不管，我许定你了。"

两人的大吼大叫，惊了一整个湖，水波摇曳不停。

这夜的东宫好不萧索。尽管皇上和皇后下令封锁消息，到底还是透出了一丝风声。魏王府一个戏班没了，魏国公一家子突然移出长安，谁不知道魏王府和魏国公都是太子平时走得最近的。

太子没想到，在人人避东宫不及的时候，侯君集居然来为魏国公送信。

侯君集道："魏国公临行前，还想再见太子殿下一面，无奈，皇上不肯答允。他走的时候，再三嘱托我，要我把这封信交给殿下。"

"孤身边的人，不是死了，就是离开了。"东宫犹如冷宫。

"殿下不要灰心，您毕竟是太子。目前处境是有点儿难熬，就像不能避免的严寒冬天，但是只要熬过去了，就能豁然开朗，见到春光的明媚。"对侯君集而言，真是柳暗花明，攀附太子的机会终于让他等到了。

"冬去春来，四季循环。草木到了冬天，可以再次发芽。死去的人，还可以活过来吗？称心死了，魏国公也走了，孤做什么都提不起劲儿。"

"也是魏国公不走运，甘露殿事发时，偏偏碰到程处默在场。吴王点了一把熊熊大火，他不帮忙救火，居然还随手就浇了一壶油。如果不是他推一把，陛下未必就会气得这么厉害，立即对魏国公下手。"侯君集早就在为自己谋更远更强的富贵权势，那就是成为太子最信任的近臣，因为太子才是大唐的未来。

"孤对程处默不错，他为什么会这样？"太子疑惑。

"程处默是魏王妃的弟弟，这件事儿，会不会……"程咬金唯一的靠山就是魏王，魏王倒了，看程咬金还怎么得意。

"你觉得这件事儿里，有别人的影子？"太子听出来了。

"太子最近重用魏国公，也许魏王殿下觉得他的地位受到了威胁？"侯君集点透。

"一母同胞的亲兄弟啊，对我这个哥哥，就这么不相信吗？"太子的个性就是谁对他好，他就对谁好，轻信了侯君集。

"侯君集该死，太子殿下和魏王一向感情深厚，一定是我猜错了。"他装腔作势，却达到了目的。

太子送走侯君集之后，站在庭院中发呆了许久，忽道："来人。"

内侍走过来听吩咐。

"把这花圃给铲平了。"太子两眼空洞，"铲平它，在上面造一个坟，再做一块碑。称心没有家人，孤答应过，如果他死了，孤会为他做一个坟。这个世上，至少还有人，会记得他。"

太子在东宫为称心造坟立碑，傅柔在花园为称心烧纸送香。

忽觉身后来风，傅柔一回头，看见吴王走来，也不理他，继续将纸钱一张张扔进火盆里。

"我没有把他的事儿告诉父皇。"苏夐说出来的时候，他也猝不及防。

"我知道，和吴王没有关系。"当时傅柔就在殿外，知道是怎么回事儿。

"是称心的命不好。"吴王又道。

"不是。他本来有机会逃走，但他没有。"她早知道，称心和别人不同。

"为什么？"有那么傻的人吗？

"大概，是为了他觉得很重要的人吧。"她拿出一件崭新的衣服，丢进火盆，"我曾经答应帮他缝补一件衣服，后来忘记了这件事儿，还把他的衣服弄丢了。后来，我又答应他，赔他一件衣服。想不到，衣服刚刚做好，还来不及拿给他，他就……去了。"

"想不到一个戏子，会让这么多人为他伤心。"吴王不由得感慨。

"皇亲贵族是人，戏子也是人。身份再高贵的人，也有痛苦脆弱的时候；身份再卑贱的人，也有热血慷慨，令人佩服的作为。"有没有人为之伤心，和身份无关，和人品有关。

袅袅青烟，伴着灰飞升空，离开喧嚣的红尘。

侯杰知道妹妹独自出了门，傍晚还没回来，急得要命，正准备出去找，这时候侯盈盈却回来了。

侯杰冲上去，把她小心地扶下马："你跑哪儿去了？差点儿把我急死！"

"我觉得闷，骑马到处逛逛。"侯盈盈不敢说真话。

"你倒逛得轻松，我差点儿把长安城给翻过来了，还不快点儿进去，阿爷也在担心你呢。"这个妹妹，在广州城一直挺乖的，如今却变得淘气起来了。

"阿爷才不像你，阿爷肯定会说，婚约取消，盈盈她愿意到外面散心，就让她去，最要紧的，是别憋出病来。"侯盈盈吐吐舌，自顾自走进门去。

侯杰摇摇头，却拿她没办法，谁叫那是他唯一的妹妹。

侯盈盈回了房，坐在窗边，情不自禁地摩挲着唇，心怦怦地跳。她自己都不敢相信，竟能做出这样的举动，去亲严子方。严子方是不是应该知道自己的心意了？知道的话，他和父亲之间会不会有所转圜？

范妈端着水盆进来，给她洗漱。

侯盈盈需要给自己的胡思乱想找个出口，不由得问范妈："你说，如果一个女子亲一个男子，意味着什么？"

范妈一脸的嫌弃："如果不是夫妻，那就是奸夫淫妇。"

侯盈盈摸摸嘴唇，嘀咕道："才不是奸夫淫妇呢。"

范妈问她老是摸嘴唇做什么，她赶忙放下手，表示只是天气干燥。范妈拧了湿巾子，要给她润唇，她却紧紧捂住嘴。

"不能擦！"声音从指缝中传出。

范妈吓了一跳："什么不能擦？"

"就是不能擦！哎呀，你快去睡觉，我自己来，用不着你。"她把范妈赶出了房，一个人对着铜镜傻笑。

那时的侯盈盈，天真地以为仇恨就像冰块，只要自己抱得够紧，就可以把冰融化。后来她才懂得，对于严子方来说，仇恨是剑，她若紧抱不放，就会落得遍体鳞伤。

 # 第三十章　斗鸡

皇上轻轻走入皇后的寝宫，众宫女和内侍纷纷行礼，正要接驾。他做个噤声的手势，来到皇后榻前，望着她消瘦的面容，情不自禁地伸手，将她凌乱的碎发拨开。

长孙睡得不安，立刻惊醒，看到是皇上却笑起来，赶忙起身行礼。

皇上不让："快躺着。觉得好一点儿了吗？"

"看见陛下，臣妾的病就好了一大半了。"长孙还是坚持要坐起来，"躺着太久，浑身疼，想坐起来，和皇上说说话。"

皇上亲自扶她起身："怎就只有韦松他们伺候？魏王、晋王和清河呢？太子更混账，他母后生病了，居然都不在跟前服侍。"

"太子来过几次了。是臣妾把他赶走的。臣妾一想到他把陛下气成这样，就不想见他。陛下若是不肯原谅他，那臣妾也不会原谅他。"

皇上叹息："太子这次，实在是太糊涂了。"

长孙道，"听说称心的事儿，是苏亶和陛下说的。"

"皇后，你不要怪苏亶，他做得对。"皇上认为一国之君要英明，必须让臣子们大胆直谏。

"臣妾绝对没有怪苏亶的意思。和陛下一样，臣妾也很感激苏亶。他是太子的岳父，难道还能害太子吗？小辈犯了错，做长辈的都是痛心疾首，恨不得打他一顿，把他打痛、打醒。苏亶向陛下禀报称心的事儿，正是想陛下像天下间发现儿子不听话的父亲那样，好好教育太子，让他回到正途。苏亶这样做，才是真正把太子当一家人来看了。"长孙由衷地说道。

"皇后和朕果然是心意相通。"皇上宽慰。

长孙皇后看着皇上的表情："那太子……陛下的打算是……"

"没有打算。承乾毕竟是我们的长子，他一向循规蹈矩，各方面都做得很好。这一次只是被小人蛊惑，年轻人有好奇心，遇上淫邪声色之物，一时把持不住也是常有的事儿。朕还不至于为了他有一点儿小错，就动了更换国储的念头。"气头上的话，就让它随风而去吧。

长孙松了一口气："陛下拳拳慈父之心，太子一定会明白的。确实不能全怪他，臣妾听闻，太子妃有孕，自己不能侍奉太子，又不许太子去接近东宫的美人，太子应该也是太过寂寞。"

皇上皱眉："苏亶的女儿居然这样嫉妒？"

"有孕的女人嘛，就让她有点儿脾气吧。以后生下孩子，臣妾再好好教导她，让她知道为人妻子应该怎么做。"有过错的，只能是儿媳妇，不能是她的儿子，更不能是她的太子。

"其实回想起来，太子犯错，也有朕的不是。朕忙于国务，疏忽他的教育了。"

"是呀，正想和陛下提这个。"魏国公不牢靠，太子妃的娘家人也不好过于亲近，"太子身边，应该多几个正直敢谏的大臣。"

"就等这次科举结束，朕用心帮他挑一挑，好好辅助他。"

"臣妾代太子多谢陛下了。"

"要多谢朕，你就快点儿好起来。朕的身边，少不了皇后啊。"

长孙皇后依偎到皇上怀里，好了，这场风波算是过去了。

陆庭找了几遍榜单，都没有自己的名字，暗暗叹口气，老婆飞了。

中举的同学们纷纷替他可惜，都知他向来笔下不留情，估摸着戳中哪个考官的死穴，文采再好也没用。

忽然，快马急蹄，一名内侍跳下马，从怀里掏出一卷纸，往原来的榜单上一贴，居然换了榜单。这回，陆庭的名字赫然在列，高居甲等。

陆庭不知，自己的卷子先被考官们定了末等，但又被他的老师张玄素抽出，给皇上亲阅，皇上十分中意他大胆的精彩言论，改定甲等，放入翰林。对陆庭而言，金榜题名，众人贺喜，都不及他所期盼的，傅音的笑颜。

这天，皇上钦点陆庭等后起之秀，同游御花园，而太子和魏王伴驾。他兴致本来很高，尤其中意陆庭的对答，但发现太子一直打呵欠，令他皱眉。

魏王看出来了，就帮着打圆场："父皇，治国平天下，反正是轮不到儿臣的。不过，儿臣打算听父皇的，好好修身。"

皇上好奇："哦？你打算怎么修身？"

"父皇是知道儿臣的，儿臣这胖嘟嘟的身板，说到弓马骑射，那就别提了。儿臣最喜欢的是文学和书画，修身嘛，当然就是多看点儿书，多向大儒们请教。"

皇上笑了："你能这样想，也很好。"

"儿臣还想修一部书。儿臣最近看《汉书·地理志》和顾野王的《舆地志》，深受启发。儿臣想，我大唐有三百五十八州，泱泱大国，总不能没有一本全面的地志。儿臣希望可以修一本大唐的地志，把每个州……不，不是每个州，而是详细到每个州下面的县，把各处的地望、得名、山川、城池、古迹，甚至历史上曾经发生的大事儿都记录下来。"

皇上道一声"好"："不愧为朕的儿子！这本书修出来，一定要拿给朕看一看。"

"不过，光是儿臣一个人是办不成的，需要不少有才之士。儿臣就担心，以儿臣这藩王的名义招纳贤才，御史那边，要上奏弹劾儿臣私自聚拢人才。这个罪名，儿臣可担当不起。"

"你敢当着朕的面儿提这个，可见你心怀坦荡，没有要隐藏的事儿。好，朕为你免此后顾之忧。魏王听旨。"

魏王跪下。

"朕准你就府别置文学馆，允许你引召学士。"

"儿臣谢恩！"

众人的神情或喜或赞，只有太子伸手捂着嘴，打了个哈欠。

皇上实在看不下去了，面色不悦："太子，你累了就先回东宫去吧。"

太子一惊："父皇，儿臣想陪着父皇……"

"朕有这么多人陪着，不缺你这一个，回去吧。"皇帝对他很失望。

太子失落地离开。

游园之后，皇上直接去了立政殿，想让皇后提醒一下太子，不要再萎靡不振，然而殿里静悄悄的，只有韦松来迎。

皇上关心："皇后好点儿了吗？"

韦松道："娘娘近来睡得安稳多了，咳嗽也减轻了，这不正睡得香。"

皇上不想打扰皇后睡眠，转身要离开，忽然留意到太子蜷在窗边的榻上，也在睡，只是神情显得疲累。

韦松解释："陛下，太子殿下这几天，除了办理陛下交代给他的政务，其他时间都待在立政殿，不休不眠地侍奉皇后娘娘。皇后娘娘叫他回去休息，他就是不肯。睡得少，吃得也少，您看，都瘦了一圈了。"

皇上的眼神渐渐充满慈爱之情，走过去为太子盖上锦被，怪不得见他老打哈欠，原来是他误会了。

宫门前，一场公鸡斗，不，嘴皮子斗。

"严子方，你来干什么？"程处默目光戒备。

"等我未婚妻。"严子方撇撇嘴，并不是只有程处默一个知道今天傅柔能出宫。

"喂喂，海盗头子，我再一次郑重提醒你，傅柔不是你的未婚妻。你们那个娃娃亲，在你掉下江死掉的那一刻就结束了。"

"我是掉下江了，可我没有死。"

"你就当你死了吧。"

"那你被叛军追杀掉下海时，怎么不当你自己死了呢？早知道，我就不救你，你就真死了。"

"不救我？不救我你严子方能……喂！你站住！"

严子方才不听程处默的，因为傅柔出来了。他掏出长命锁，静静地递到她的面前。

傅柔呆住："严子方……"该说什么才好呢？

程处默推开严子方，对傅柔笑："柔儿，我是来接你的，他是来散步的。"

严子方推开程处默："柔儿，现在，你应该知道我是谁了吧。"

程处默抗议："柔儿是你叫的吗？"

傅柔望着严子方，神情已经平静："为什么从前我们见面时，你不告诉我？"

严子方张口欲言。

程处默横刀拦截："因为他是见不得人的海盗，和你相认，不是把你推进火坑吗？"他拍拍严子方的肩膀，语气赞赏："严子方，你当时做得很有男人味，麻烦你坚持下去。"

严子方只看傅柔："这么多年，终于相认，你就只想问我为什么不告诉你我的真实身份吗？你不想知道别的？"

"不想。"程处默抢答。

傅柔却不想让人代答："严子方，我想说……"

"说什么？"严子方和程处默异口同声。

傅柔白了程处默一眼，认真地看着严子方："我很感激你。因为你救了程处默。"

程处默哈哈笑了："严子方，听清楚了吧？是男人的就大大方方地认输，天涯何处无芳草，大将军何患无妻。柔儿，我们走，今天我找了个很美的湖，我们可以划船，还可以游泳，还可以……"

严子方却拉住了傅柔的手。

程处默瞪眼："你再这样，我可要翻脸了。"

"柔儿难得有一天假期，我陪她。"严子方不怕。

"你凭什么？"程处默觉得岂有此理。

严子方拿出长命锁："凭这定亲之物。"

"这长命锁和你一样，都快生锈了。能不能不要拿十几年前的东西来丢人？你看，我这，这，还有这，都是新的。都是柔儿一针一线帮我做的。这才是情意，你懂不懂？"程处默转一圈，显摆全身的小挂件，还拿出扇子来炫耀。

严子方拉起身上披风："我也有。"

程处默"欸"了一声："柔儿，你为什么要给他做披风？"

严子方笑："因为我亲了她。"

程处默一脸的不信。

"这么巧？我也亲过她。"吴王从宫门里走出，打量着程处默和严子方，想不到自己有两个情敌。

程处默一脸的难以置信。

"你谁啊？"严子方不认识吴王。

"本王没有必要撒谎。她还帮本王亲手做了一件衣裳，就是本王身上穿的这一件。

这是你的针线吧，柔儿？"

"柔儿，你不但帮严子方做披风，你还给吴王做衣服？不！这不是重点。重点是……他们真的都亲过你？"

"他就是吴王？皇帝的儿子？"

"我……"三双眼六道光，让傅柔无言以对。

"你说啊！说啊！不用犹豫，直接告诉他好了。你不要程处默，我要！"第五人出现！

程处默一回头，心里喊娘："马海妞，你怎么追到这里来了？我这里有很重要的事儿，你不要过来捣乱。"

"这不是捣乱，是接收。"马海妞笑嘻嘻地跑过来，打量着傅柔，"你就是程处默整天嘴里挂着的老婆吧？当了人家的老婆怎么可以和别的男人来往呢？这样很不好啊，我现在就替程处默休了你。"

"柔儿，我跟她没关系。"程处默只紧张傅柔的反应。

"至于你和别的男人亲过，不用内疚，我也和程处默亲过啊。"马海妞很坦然，"他刚才说要带你去的那个湖，我前几天才和他在那里划船、游泳，他在草地上一直亲我，还拉开了我的衣服。"

吴王幸灾乐祸："善哉，非礼莫视，非礼莫听。"

严子方负责分配："马海妞，柔儿归我，程处默归你了。"

"柔儿，冤枉啊，这女海盗简直就是强迫良民，我明明没有……"程处默一转身，却发现傅柔早就走远了，"柔儿！柔儿！"

程处默要追，却被严子方抓住。

"本将军还没有和你算账！敢叫我的柔儿给你做披风？敢亲我的柔儿？我揍死你这忘恩负义的王八蛋！"程处默一拳打在严子方的脸上。

严子方毫不犹豫，还回一拳。

吴王看得很开心，一旁悠悠地扇风，哪知，程处默和严子方互掐的时候，都没忘了他，同时给他一拳。吴王岂能示弱，加入战局。由此变成一场三人混战。

这边，傅柔独自回了家，和家人一起吃团圆饭，说些宫里的趣事儿，其乐融融。一吃完饭，傅音拉着傅柔进她的屋说话。

傅柔笑："有什么话，当着大人们的面不能说，要把我拉到房里说？"

傅音拿出娘亲留给她当嫁妆的两副镯子："二姐，你帮我戴上。"

傅柔帮傅音戴上镯子："这是三娘留给你的嫁妆，难道陆庭要提亲了？"

傅音羞红了脸。一放榜，陆庭就来告诉她，他已经禀报父母，很快就会找媒人上门，让她安心准备，当他的小妻子。

傅柔为之高兴："真是太好了。他怎么说？"

傅音羞涩："他考中了，还被皇上选到了翰林院，虽然不是什么大官，不过毕竟像娘盼望的那样，我可以嫁一个当官的男人。陆庭说，他回家就和父母提这件事儿，再叫媒人过来见爹。"

傅柔忽然想起三娘，眼泪情不自禁地就流了下来，傅音也忍不住哭了。

傅柔抹着泪，也帮傅音抹泪："好了，大喜的事儿，我们不哭。音妹妹，我要帮你做一件天底下最美的嫁衣。"

"二姐，你嫁给处默哥哥的时候，嫁衣不如我的好看，那怎么行？"傅音说笑。

"谁说我要嫁他。"傅柔皱皱鼻子，"他老是惹麻烦，今天又是。"

"什么麻烦？"傅音好奇。

"不管他，让他自己去解决吧。"傅柔回想起今天宫门前混乱的情形，只觉得好笑，"来，二姐帮你把这边的头发也梳起来，这是现在宫里最流行的发式。"

傅音觉得奇怪："不用了，大晚上的，还梳什么新发式。"

傅柔有些神秘："等会儿处默要带一个客人来。"

程处默告诉她，傅涛随侯君集到了长安，驻在城外，今天正好也有半天假，可以趁着天黑入城，回家住一晚。她有好多话想跟涛弟说。

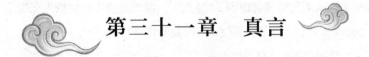

第三十一章　真言

只是，傅柔想不到的是，程处默在宫门前和严子方、吴王大打出手，惊动了皇上，又被狠狠训斥了一顿。好在马海妞在场，皇上就以为这是打架的由头，没有过分追究。不过，因为这么一耽搁，等程处默把傅涛带到傅家的时候，她已经回宫了。

傅涛的安然返家，令傅家人惊喜又伤怀，毕竟三娘子不在了，一家难以团圆，如今不要再少任何一个，已是万幸。而傅涛感到最遗憾的是，不能送娘亲最后一程，只能对着牌位大哭了一场，然而磕头上香。死者已矣，活着的人还要继续过日子。

该做的事儿都做完了，傅涛要走。傅音追出正屋，来到院子里，拉住了他。

"三哥，你怎么又要走，不能留下来吗？我……我可能……"她很快就要出嫁了。

"我不能留下，因为有很重要的事儿要完成。还有，我回来看你们的事儿，不要和任何人说起。"他不能暴露身份。

傅音觉得古怪："为什么？"

"我现在在侯君集的军中当差，改名西涛，如果让侯家父子知道我的真实身份，只怕对我不利。"

"侯君集？"傅音大惊失色，"那不是处默哥哥的仇人吗？你为什么要给处默哥哥的仇人做事儿？"

傅涛神情悲愤："侯家不仅仅是程处默的仇人，也是我们的仇人。"

"我不明白。"傅音摇着头，"三哥，你到底在说什么？"

傅涛郑重："小妹，你听好，烧死娘的那把大火，是侯家放的。"

傅音瞪大了眼："什么！你的意思是，那场大火是侯家预谋？可是，为什么？"

"我也不知道，所以我在查。如果是真的，我就要让侯家血债血偿。"傅涛仿佛立誓。

傅音紧紧抿着唇，半晌才道："我也要为娘报仇。"

傅涛摸摸傅音的头："小妹，报仇的事儿交给我，你好好孝敬爹、大娘和二娘。等我报了仇，我们就能一家团聚。"

傅音心绪烦乱："万一被他们发现你要报仇，怎么办？"

"我早就想好了。"傅涛毫不畏惧，"如果被发现，我就跟他们拼命。杀一个不赔，杀两个有赚，如果杀了侯君集，我就赚大了。"

傅音哭了出来："不，我已经没了娘，我不能再没了三哥哥……"

傅涛抓起袖子，笨拙地给傅音擦泪："别哭了，漂亮的脸蛋都哭成大花猫了，我就那么一说，不会轻易被他们发现的。再说，还有我师傅罩着呢。"

"三哥……"傅音紧紧抓住傅涛的衣袖。

傅涛小心地掰开傅音的手："我保证，一定会回来的。"

傅音泪眼迷离，呆立树下，看着院门开了又合，三哥的身影消失了。她不由得想起以往，自己总嫌娘亲小气苛刻，然而娘亲临终前还叫二姐把她的嫁妆带出来，只为让她出嫁不寒碜，她才明白了娘亲对自己的爱。她一直非常痛苦，误会了娘亲，没有做一个贴心的好女儿，然而傅涛带来的真相，令她心中起了狂澜。

她擦干眼泪，盯着手腕上那对镯子半晌，最终将它们褪了下来。她做不到让三哥只身犯险，自己幸福；她做不到躲在姐姐的羽翼下，享受安逸的生活。对不起了，陆庭。

寂冷的东宫，黑夜仿佛永远都过不去。

灯火虽明亮，却照不进苏灵淑空洞的心。她麻木地摘除发饰，忽见太子走了进来。她的脸上立刻有了光泽，急忙起身上前。他来了，就像以往每次吵架之后，都会来跟她说，他会待她好的。然而，她迎上的，只是一道彻骨冷风。

太子一眼不望她，径直从她身边走过，打开衣箱翻找着什么。

苏灵淑走到太子的身边，强颜欢笑："殿下想找什么？妾身帮你找。"

太子头也不抬："孤想把称心找回来，你能帮吗？"随即，他从衣箱里翻出一件紫色的披风，转身离去。

苏灵淑呆怔了好一会儿，跌跌撞撞地追了出去，跟在太子后面，看他停在称心的坟前，将披风铺在坟上，自己却随意地往地上一坐。

"晚上天冷，孤给你加一席披风，不是赏赐，是孤作为朋友送你的，你只要说谢谢就好，不用磕头。

"孤总觉得你还活着，你这么聒噪的人，孤如果不常常来陪你说几句话，你一定受不了，会在背地里骂孤。可惜，你现在不能再陪孤下棋了。不过，你那一手臭棋，比孤差远了。孤次次都赢你，也没多大意思。

"父皇今天在甘露殿，和孤说了很多话，让孤知道他的用心良苦。他说，他对孤寄予厚望，才给了'承乾'这个名字。其实，这些孤都知道。孤知道，但偏生这个天家，亲情会变，必须活得战战兢兢，不然连命都不保，杀你的人却是最亲的人。看着父皇的慈父面容，孤诚惶诚恐，心里怕得要命！

"孤看父皇心情好，本想替你求情，换个身后名，可孤一提，他就说你必须死，不是因为事实如何，而是因为孤这个太子之名。原来不但权力可以杀人，名声也可以杀人。称心，如果你知道自己是为了看不见摸不着的名声而死，你会不会觉得好笑？孤想笑，但是……笑不出来。"

苏灵淑痴痴地看着太子的背影，他可以对着一个坟说一个晚上的话，却连看都不愿意看她一眼。称心活着的时候，太子还不时地陪伴她，哪怕每次都很短暂。她曾以为只要没有称心，太子就会一直陪着自己了，谁想到正好相反，如今她在太子眼里如同无物。

双喜在一旁劝，等孩子出生，太子当了父亲，一切就会好的。

苏灵淑已经不敢期盼了，但好歹是给了自己一个继续熬下去的理由。她不相信，老天爷会这么残忍，连一个晴好的日子都不给她。

这日大晴，立政殿里的气氛难得轻松愉快，因为长孙皇后的精神好了许多，还能起来走走。

韦松笑："全亏了太子殿下，日日夜夜地精心侍奉娘娘汤药。那份孝心，我们看见了都感动呢。"

长孙皇后有些心疼："都是你们，本宫再三说了，要他回去休息，你们怎么不照办？可不要把他给累坏了。"

"太子殿下不愿走，我们也没办法。后来，还是皇上发话，太子殿下不敢抗旨，才回东宫去休息了。对了，昨晚上，皇上把太子殿下留在甘露殿里，说了大半个晚上的话。父子俩谈得很好，太子离开甘露殿的时候，脸上还挂着感动的眼泪呢。今天一大早，皇上又命内侍，给太子赏赐了不少东西。"

长孙总算放下一颗心："听见这个，比吃什么药都好啊。"

韦松道："都妥当了，娘娘这病也就全好了。娘娘是洪福齐天的人，没有任何事儿能难倒娘娘，就算偶尔有一些事儿啊，那也肯定逢凶化吉，遇难成祥。"

"本宫的病才好些，你这张嘴就像吃了两斤花蜜似的，停都停不下来，故意说这些来哄本宫高兴呢。"

"哪里，奴是有一句说一句。这不，娘娘病一好，这皇宫里面，就出了祥瑞了。"

长孙起了兴致："什么祥瑞？"

原来，花音阁的一棵槐树上近日来了一双雪白的白鹊，筑了巢，叫起来还特别欢快，像在唱歌一样。

皇上突然走了进来，笑道："竟有这等事儿？皇后，朕陪你去逛一逛，顺便看看那祥瑞，说不定就去了病根了。"

长孙皇后一看到皇上，就笑弯了眼，隐隐流露出少女般的羞怯。

帝后一起游园，何等难得，随行的队伍浩浩荡荡，很快就来到了花音阁，已经可以看见那棵老槐。哪知，众人就听一阵叽喳的鸟叫，但见林宝林拿着竹竿，正对树上的鸟巢乱打，把那对白雀吓飞了，鸟巢也落了地。

长孙皇后面色难看。

皇上冲林宝林发火："你做什么？"

林宝林回头一看，那么大的阵仗吓得她魂飞魄散，立刻跪下："妾身……妾身觉得它们太吵闹，只是想把它们赶走……"

"这宫里谁吵闹，你就要把谁赶走吗？这白雀是难得的祥瑞，皇后的病刚好一点儿，你觉得不顺心，就把它们的巢毁了？毁掉祥瑞，就是诅咒我大唐，如此歹毒，其心可诛！"

皇上往后一喝："来人！"

"陛下容禀。"傅柔走了上来，跪在帝后面前。她本来在和林宝林闲聊家常，白雀的叫声太吵，林宝林才临时起意的。

"傅司织，朕知道，你一向受皇后看重。难道你要为这毁掉祥瑞，令我大唐不祥的人求情？"

"微臣不敢，只是觉得祥瑞无关紧要，陛下实在不必为了这些，生这么大的气。"

"你说什么？"天子语气立刻不佳，"祥瑞是无关紧要的东西？"

"傅司织，本宫知林宝林以前是司织所的掌织，你们关系要好，但今天的事儿，你还是不要掺和了，退下去吧。"长孙皇后怕傅柔被迁怒。

"微臣斗胆，请问陛下，为什么历代君王都这么在乎祥瑞？应该不仅仅是因为它们罕见吧？"傅柔知道，一旦她退，林宝林可能性命不保。

皇上想了想："祥瑞，表示上天对君王统治的满意，也表示天下太平，百姓安居乐业，所以珍贵。"

"也就是说，如果百姓家中富足，四海太平，那么就算没有祥瑞，也不会影响陛下成为尧舜那样的圣明君主。相反，如果有罕见的祥瑞，但是百姓们挨挤受冻，愁苦怨怼，那么，祥瑞也不能使君王避免桀纣那样不堪的名声。微臣曾经读过一本书，上面说，后魏的时候，曾经发现巨大的连理树，树下还有羽毛雪白、长相奇特的白雉鸡，当时人们都认为是天大的祥瑞。可是后来天下大乱，到处都是饥荒，官吏就把连理树给烧了，白雉鸡也煮了来吃。请问陛下，这样的连理树、白雉鸡，难道能看作是盛世的象征吗？"

皇上冷静下来，神色缓和："看不出，你身为司织，读的书还不少。"

"读书，是为了明白道理。微臣只是一个微不足道的女官，但也想尽一份做臣子的责任，不想陛下在盛怒之下过重地惩罚林宝林，使陛下的圣名受损。驱赶白雀，林宝林是做得比较鲁莽，但她绝对没有别的心思，更不应和诅咒大唐这样严重的罪名牵扯到一块儿。国富民安，才是真正的祥瑞，而不是两只稍微稀罕一点儿的白雀。陛下渴望的贤才，才是陛下所需要的祥瑞。"

"白雀不是祥瑞，朕渴望的贤才，才是朕所需要的祥瑞。"皇上重复着这话，笑了笑，"林宝林做事莽撞，削减林宝林三个月的一半供给。"

林宝林如释重负："妾身多谢陛下，妾身多谢皇后娘娘。"

皇上又道："傅司织，你读的书不少，在尚宫局可惜了。"

长孙皇后也笑："陛下真是说到臣妾的心坎里去了。傅司织口才好，又爱看书，臣妾早就想把她召到立政殿伺候。只是担心她那一手出神入化的刺绣，让众人不舍。臣妾把她要了去，各宫的妹妹们只怕会不愿意。"

"皇后要一个女官，谁敢说不愿意？有这样放肆的人，叫她来和朕说。傅司织，从今天起，你不是司织了，到立政殿去，就做……"皇上看皇后的意思。

"就做臣妾身边的司言吧。陛下觉得如何？"长孙皇后的贤良之名可不是虚的。

皇上颔首，看向傅柔："以后，你就是傅司言了。这职位不可小觑，在皇后身边代为启奏宣旨，傅司言，你要更小心谨慎地奉差。"

傅柔恭谨领旨，有点儿意外，本以为这么贸然出头，少不得要挨一顿训诫。人人说宫里可怕，怕了反而不敢说真话，宫廷就变成"深宫"了。然而帝后皆贤明，只要说对了道理，就有明光照亮。

太子回到东宫，却见魏王在等他，拿了本书在读，胖憨憨的一如既往。他眼中却毫无看见兄弟的愉悦，神情冷淡地问魏王怎么来了。

魏王没瞧出太子的神情异样："太子怎么忘了，前些日子约好了今日去我那儿打猎，哪知怎么都等不到你，我就过来瞧瞧有什么事儿。"

太子这才想起来："哦，这是孤的不是。大安宫里来人，说太上皇病了，孤急急忙忙地赶过去侍奉，就把和魏王约好的事儿给忘了。"

"太上皇病了？要紧吗？"魏王对太上皇有点儿怕，平时没有宣召，不敢去那边。

太子看着他这个同胞兄弟，想起太上皇今天病榻前，提到魏王的文学馆和当年父皇还是秦王时成立的天策府，有异曲同工之妙，都是所谓的广纳贤士。先有侯君集提醒他，再加上太上皇的话，又不知不觉让他上了心。

太子的态度敷衍："受了点儿风寒，太医诊治过，已经喝了药，睡下了。老人家就是身上没力气，不太清醒，说了几句胡话。"

魏王仍后知后觉："没有大碍就好。那我们现在去打猎吧。"

"不打猎了，孤有点儿累。"

"那倒是，太子刚刚照顾完太上皇。不如这样，我们喝点儿酒，聊聊天？"

"孤今天……"

"来吧，太子。我们兄弟俩，好一阵没在一块儿喝酒聊天了，我有一肚子话想和太子说呢。"魏王热情地拉着太子。

太子拗不过，只得随他。

两人喝着酒，魏王一句不离他的文学馆，太子正觉得不耐烦时，双喜来送莲子羹。太子立刻板脸，直接把人和莲子羹都打发了。

"太子，你和太子妃还是……"魏王看出不对。

"别提她。"太子心里烦躁。

"这件事儿，别人不提可以，我不能不提啊。不瞒太子，东宫里这冷淡光景，连母后都注意到了。母后还把我叫过去立政殿一趟，要我劝劝太子。我就想，这是太子夫妻之间的事儿，我这做弟弟的不好开口啊。可后来再想想，太子是我亲哥哥，我要是不开口，还有谁开口呢？所以，我就厚着脸皮，开个口嘛。"

太子听到"亲哥哥"三个字，心里一软："你想说什么，就说吧。"

"其实这夫妻呢，就是吵吵闹闹的。你看，我和魏王妃，一样的吵啊。开始的时候，你看我不顺眼，我看你不顺眼，吵着吵着，那就越看越顺眼了。魏王妃的脾气，也就越来越温顺了。"

魏王说得诙谐，太子露出了笑容。

"魏王妃温顺？孤看越来越温顺的，是魏王你吧。"

"这太子就不明白了，女人嘛，在外人面前给她一点儿面子，回到家里，她就像猫一样乖。魏王妃还努力学习厨艺，给我做了不少吃的呢。"

"就是上次那碗，放了三倍盐的鸡汤？"真是很努力，有眼睛的人都看得出来。

"呃……其实鸡汤咸一点儿比较好喝，喝着喝着就习惯了。"

太子笑了，魏王也笑了。

"太子，真的，别再和太子妃斗气了。她做得再不对，毕竟是太子儿女的母亲。你冷落她，整个东宫都受影响啊。夫妻就是这样，互相扶持，互相体谅，也互相原谅。你就原谅她吧。"

"太子妃最近对魏王妃诸多责难，想不到你还会帮太子妃说好话。"很多事儿，太子心里清楚。

"一家人嘛。太子妃是我们的嫂子，我们总不能怨恨自己的大嫂，是不是？"

太子轻轻地叹了一口气："她要是有你们这么宽的心，倒好了。"

聊着家常，太子也从言不由衷，变成吐露心声，兄弟之间的感情裂隙，似乎补了起来。

第三十二章　心药

傅柔第一天上任司言,就被吴王叫到凌霄阁。她也算想明白了,不管她的官职怎么变,在这位殿下的眼里,她就是一个"宫女",随他差遣。

傅柔才跨进门,一件衣服就朝她飞来,她连忙接住,就见袖子撕烂,前襟破了洞,衣摆也破得不成样子。一抬眼,发现吴王的脸更是惨不忍睹,想笑,不敢笑。

吴王怪她:"都是你的错,你快点儿补好,不然要赔我一件,不,两件你亲手做的新衣裳。"

"殿下和人打架,与我何干?"说是这么说,傅柔已有觉悟,拿着衣服要走,"我还要去皇后娘娘那里应差。"

"就在这儿补。"吴王又抛给她一个针线包,"第一天上任,按规矩不用到立政殿,你今天很闲。"他早就打听好了。

傅柔不再多言,坐在秋千上补衣服。吴王一边读书,一边悄悄看她。

"权太傅快回长安了。"他语气轻扬。

"真的?"她十分惊喜。

"他这次是从封地来长安来觐见父王,我一定要恳求父皇,让父皇允许权太傅重新回到我的身边。"他看着她欢喜的样子,"你怎么比我还高兴?好像你不认识权太傅吧。"

"可是跟着殿下读书,听殿下说过很多关于权太傅的事情,如果有一个这么关心殿下的人在殿下的身边,殿下会快乐很多的。"她为他高兴。

"你关心我快不快乐?"她的一句话,让他心中雀跃。

"关心,不过——"她有一个条件,"殿下不能把你的快乐,建立在下官的痛苦之上。殿下最善于抓别人的软肋,然后加以威胁利用。"

"威胁是威胁。"他承认,也不承认,"可我从来没有伤害过你。"

"谁说的,那次你灌我药……"给她的心灵造成很大的伤害!

"那次什么?"他的语气却好不暧昧。

"没什么。"她陡生警觉,及时住口,把补好的衣服递给吴王,"殿下的吩咐,下官已经照做了,下官告退。"

傅柔转身要走。吴王一把抓住她的手腕,拽回来,凝视着她。

"那次灌你喝药，我……很快乐。"

"殿下，你快乐，我不快乐。"她抽出手离开，感情的事儿不能勉强，她无法给他一点儿希望。

傅音拿着鸡毛掸子，这里拂一拂，那里扫一扫，时不时地往窗外望去。

外面的花园很大，好多她从来没见过的花草，就连看似很随意的假山样子都很奇特。她以前觉得广州的家已经很富贵了，来到这里才觉得自己是井底之蛙，没见过世面。不过，她倒不是眼红，只是感慨了一下。

娘要是还在，一定想不到她那么胆大，竟然找牙婆子，把自己卖进侯家当丫鬟。陆庭应该去过家里了，不知他得知自己离家出走，会否以为她无情。还有，管家把她安排在侯杰书房里，她很快就要见到仇人之子。傅音就这么胡思乱想着，心中忐忑。

一个穿着胡服的男子走进来，五官俊朗，英武不凡，一股耀武扬威的气势。

和傅音一起在书房当差的玲珑，之前把她丢在书房，颐指气使地命令她干完所有的活儿，这会儿不知从哪儿冒出来，脸上的妆好像重新上过，还换了一套显眼的衣裙，妖娆地往男子身旁凑近。

"少郎君回来了。"玲珑的声音都柔和了许多。

傅音偷眼打量侯杰，看着一点儿不像坏人，真是知人知面不知心。

侯杰吩咐："倒杯茶来。"

"是。"玲珑应得快，转头白一眼傻呆呆的傅音："听见没，少郎君要茶呢？"

傅音放下手中的活儿，倒了一杯茶，走向侯杰。玲珑忽然拦住，轻巧地接过托盘，扭着腰肢，将茶送到侯杰面前。

侯杰喝了一口，烫到嘴："想烫死我啊？"

玲珑横眉立目骂傅音："你怎么回事儿？我再三告诉你了，茶要试过温才能端上来，这么简单的活儿都教不会，笨得要命。"

傅音愣了愣，慢吞吞地回应："你没有和我说过。"

侯杰看了傅音一眼，有眼前一亮之感。小丫头五官长得好细致，如雨后嫩笋，水灵水灵的。

"算了。"让他心动了一下，语气随即缓和，"这是新买回来的丫鬟？"

"是，她叫音儿，别看样子好像挺机灵，做起事儿来笨手笨脚的。"玲珑赶紧贬低她。

侯杰仔细打量傅音，眉毛扬高，明显透露出兴趣："新来的嘛，总要一点儿时间适应。"

傅音闪避着侯杰的目光，让他觉得好玩儿，怎么看怎么像可爱的小兔子。来日方长，他这么想着，走到桌前铺纸，打开砚台盖。父亲让他做功课，他不得不从。

玲珑热络地上前："我来磨墨。"

侯杰皱眉："玲珑，你用的香粉……"刚才就熏他的鼻子，太浓了。

"啊，少郎君的鼻子真灵，我特意托人在荷香居买的。"玲珑笑得娇媚，还往侯杰身上贴去，"好闻吗？"

侯杰用笔杆顶住，把玲珑推开："好闻，就是熏得我够呛，你别跟烟花筒似的杵在这儿，下去吧。"

玲珑不想走，但被侯杰犀利地看了一眼，又不敢不走。经过目光发呆的傅音时，她心念一转，把傅音一起拉了出去。

"喂，你少痴心妄想！"一直把傅音带到后院，玲珑才甩开手。

傅音并不是在看侯杰，而是留意到搁架上有一把做装饰的小剑，想着她要是能靠近侯杰，有没有机会手刃了对方。

"去，把这些衣服都给我洗了。"玲珑将一大盆衣物放进傅音的手里。

傅音不由得说道："这是女子的衣物，可管家说我只需洗小公爷在书房里换下的那些。"

"刚才对着小公爷只会闷骚，这会儿敢跟我顶嘴！"

玲珑过来掐她，她下意识地就躲，气得玲珑抬手要打巴掌，却被人抓住了。

"新人不懂规矩，玲珑你好好说就是，何必动手打脸？万一留了印儿，书房客来客往的，杰哥儿面儿上不好看，再找你的晦气。"来人是侯长兴。

傅音看他一眼，直觉这人的眼神不安分。

"算你运气好，滚。"玲珑心里烦透了，这个死丫头才来一天，勾了侯杰，又勾了侯长兴，什么东西！

傅音不喜欢侯长兴的眼神，巴不得赶紧走。

侯长兴的目光始终跟随傅音："这回管家眼光不错，好一个标致丫头。"但见玲珑柳眉竖起，立刻抬起她的下巴，嘴几乎贴着她的嘴："不过，绝对没你标致。"

玲珑任侯长兴亲了好一会儿，才推开他："那你还帮她？"

"我明明是在帮你啊。"侯长兴捏捏玲珑的脸，"脾气这么大，侯杰最近又没理你？"

玲珑没好气儿："除了端茶倒水，就是倒水端茶，他居然还嫌我身上擦的香粉太多了。伺候了好几年，好不容易勾搭上一次，这没良心的，把人家清白要了，只提拔做通房丫鬟，涨了两倍月钱，就当没事儿人一样了。"

侯长兴不以为意："他要纳妾，你怎么不争取一下？"

"我还不争取啊？我争取得都快头破血流了，他硬是当没看见。还叫外头的人送画像进来，挑来挑去，挑了个傅家小姐，嫁过人，还出了名的泼辣。果然倒了霉，就因为那女人，才有他和程处默的御前比武。结果还不是鸡飞蛋打，赔了夫人又折兵。"

侯长兴忽然板起脸："张嘴不离侯杰，你当我死的啊？"

"是你先提起他的。再说，我好，不就是你好嘛。"玲珑依偎进侯长兴的怀里，"找我什么事儿啊？"

侯长兴一脸色相："到我屋里补衣服，补得好呢，就有好东西给你。"

玲珑作势打了侯长兴一下，却是百媚千娇。两人暗通款曲，彼此勾结着捞好处，一起算计侯杰，偏偏侯杰对此一无所知。

这天，马海虎决定了，要带众兄弟杀到卢国公府去，给程处默两条路。一，娶了海妞，大家高高兴兴地喝喜酒；二，如果他不肯娶，他们就干掉他。

众人抬柴火焰高，家丁忽然来报，卢国公府的亮、剑兄弟来了，要见马海妞。

马海妞既兴奋又紧张："他们找我干什么？是不是程处默把我们的事儿告诉了他家里人？"忽然发现兄长和众兄弟个个儿找椅子坐好了，"人家要见的是我，你们一个个儿的五大三粗，凶神恶煞，走进来还以为进了土匪窝呢，快走开。"

和马海妞一起长大的海草，粗声粗气地说："我们是怕你被欺负。"

马海虎最懂他的妹子："好好好，我们走。妹妹，我们就在后面，你需要的时候就吱一声儿，我们立即出来帮忙。"

马海妞噘噘嘴："这还差不多。"

众人躲到内厅，耳朵齐贴墙壁。

程处亮和程处剑走入，只见马海妞一人，立刻抬头挺胸。

老大不在，老二做主，程处亮清清嗓子。

"这次我们兄弟过来，是为了……"

马海妞抢话："我知道你们过来是为什么。"

程处剑很高兴："那太好了，大家都痛快点儿，东西拿来吧。"

马海妞心想真直接："哪儿有这么快，要准备的呀。你放心，到时候，会找人抬到卢国公府去的，至少几担。"

程处剑"呃"了一声："几担？这解药分量也太多了吧。"

马海妞愣了一下："解药？"

程处亮开始觉得不对劲儿："不然你以为是什么？"

马海妞挑眉："不是嫁妆吗？"

"我呸！"程处剑还没意识到危机，"你还真想嫁给我大哥啊？"

"我当然要嫁给程处默，我和他已经……"

程处剑抬手，一脸什么都知道的表情："亲了，抱了，扯了衣服了。"

马海妞理所当然："对啊，所以他必须娶我。"

程处亮笑了："那又怎么样？知道我大哥当年在长安的名头吗？长安第一纨绔！如果他亲过的女人就要娶回家——"

程处剑配合默契："那我们卢国公府现在已经被挤爆了。"

马海妞也是有脾气的："喂！你们两个，我好好招待你们，你们居然这么嚣张。你们到底是来干什么的？"

"要解药！"亮剑兄弟同声共气。

"想要解药？没门儿！"

"想当我们大嫂？没门儿！"

马海妞突然大喊一声："大哥！"

程处剑嗤笑："叫得再好听也没用。"

程处亮往后看了一眼，拽了拽程处剑的袖子。程处剑回头一看，娘咧，不知什么时候，满满一堂汉子，膀大腰圆。两人还没来得及摆功夫架子，就被这些人一拥而上，噼里啪啦挨了顿揍。马海妞定心地喝着茶，竖着耳朵，终于听到亮、剑一齐喊"大嫂"，才说"住手"。

她问："你们不反对了？"

程处亮率先变节："绝不反对！作为我大哥的二弟，我在这里表示十二分的赞成。这门亲事简直就是亲上加亲，强强携手，毫无瑕疵，珠联璧合！"

马海妞和海盗们的目光，一起转到程处剑身上。

"……"程处剑一脸的惊恐，生气地瞪了二哥一眼，干吗把话都说完了，憋半天搜刮出四个字，"早生贵子！"

马海妞满意了："大家都说空口无凭，你俩把刚才的话写下来，按了手印才能走。"

程处亮和程处剑对看一眼，这一趟，绝对，来错了！

太子应邀到汉王府做客，茶都喝完一壶了，也不见汉王出来。忽然，他瞥见一道身穿突厥服饰的人影从庭中闪过。他心中一惊，父皇正和颉利可汗开战，汉王府却为何有突厥人？想到这儿，他立刻行动，暗暗地跟了上去，发现突厥人一路无阻进入后花园，而迟迟未至前庭的汉王竟然等在那儿。

汉王问："都准备好了？"

突厥人回道："都准备好了。刀也检查过，每一把都很锋利。"

汉王沉声："太子好不容易肯到我这儿来，机会难得，绝不许出一点儿差错。"

突厥人恭敬地说道："殿下放心。"

"好。"汉王的语气莫测，"我这就去见太子。"

藏在暗处的太子听得分明，想不到汉王居心叵测，勾结突厥，设了这个圈套要拿他。他转身就走，但汉王府大得很，没一会儿就见不少侍卫奔忙，好像在找人的样子，心知是在找自己，只好退回后花园，希望另有出口。

本来还知道方向，随着侍卫们的脚步声靠近，太子只好放弃廊道，钻进小树林，慌不择路。忽然，眼前一片碧绿的草地，令他万分诧异的是，那里扎着十几顶帐篷，许多突厥人走来走去，仿佛他才是不速之客。

太子猛然转身，汉王带着侍卫已经站在他的身后。

"汉王你……"想干什么！

汉王却轻松地笑起来："哎呀，让你发现了，本来还想给你个惊喜。"

"孤有点儿不舒服，现在就想回去……"太子以为汉王不知他有所察觉，也许还有机会脱身。

"哎，好不容易来了，可不能就这样走掉。我为太子准备的好东西，太子还没尝到呢。来来来！"汉王热情地拉着太子往帐篷那儿走。

太子被汉王连拉带拽，眼见两列剽悍的突厥骑士拔出弯刀，不由得握拳，准备拼命。谁知，弯刀向天，没有挥下，骑士们还发出一阵欢呼。

太子蒙了："这不是突厥人吗？"

汉王失笑："当然不是，都是我的侍卫假扮的。怎么样，这草原风情在长安不容易看到吧？我最喜欢大漠风光了，可惜我这汉王的身份想到大漠去，那是没指望的事儿。只能叫人假扮突厥人，搭几顶帐篷，过过干瘾。"

太子也笑了："汉王好兴致。"

汉王命人点燃篝火，架起大锅，锅里放满肉，熬着浓浓的肉汤。穿着突厥服饰的女子，翩翩起舞。侍卫从锅里捞起大块的滚烫的肉，放在很大的碗里，端到汉王和太子面前。

汉王拿出突厥制式的小刀，豪气地切割，刀尖挑肉，送进自己的嘴里，另有侍卫为太子奉上刀。

这一切，看得太子十分新奇。

汉王一边吃一边炫耀："这刀可是从大漠买回来的真货，割起肉来特别带劲儿。我特意叫他们把刀子磨锋利了，太子，你用用。"

太子大感兴趣，也切了一块肉送进嘴里："不错，吃起来特别香，不过这是……牛肉？"

汉王点头："是啊。"

太子迟疑："父皇有命，要爱惜耕牛，无故不得宰牛。这牛的数量都是有统计的，汉王你杀了牛，怎么向官府报备？"

汉王嬉笑："没关系，不用报备，这牛啊，是偷的。"

"什么？"太子一惊，"你偷的牛？偷谁的？偷农民的牛，这是伤农的作为，被发现要重罚的。"

"哎呀，我的太子殿下啊，你我什么身份，偷一头牛有什么？就算被发现了，这又不是强抢民女，大不了赔他们一头牛。你呀，放下平时那些规矩，开开心心享受一下，行不行？"汉王再切一块肉，连刀子一起递给太子，"吃！"

汉王的话说到太子的痛处，他就是被规矩拘得太紧，连称心的命都救不了，如今都快喘不过气儿来了。

太子突然接过了刀，大口地吃起肉来。就当是梦吧，梦醒之后，他只能是那个被无数规矩捆住手脚的李承乾。

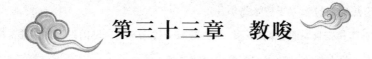

第三十三章　教唆

太子睁开眼，发现苏灵淑枕在他的胸膛。他隐约记得，昨晚喝醉了，汉王派人送他回东宫，内侍问他歇在哪儿，他说了太子妃寝宫。魏王的话，到底让他有些心软。更何况，不看僧面看佛面，他即将为人父。

太子想伸手移开苏灵淑的头，让她睡得舒服点儿，却看她睡得那么香，突然于心不忍，改为轻抚她的面颊。大婚那日，苏灵淑的脸好似红苹果，润泽健康。如今，才多久，消瘦了这么多。

太子的目光落在苏灵淑鼓起的腹部，母体孕育一个生命，其实很艰辛。他的手，情不自禁地移过去，心中油然生出陌生却温暖的情感。或许，他可以当一个好父亲。

苏灵淑因此醒来，看见太子，赶紧坐起来，显得局促不安。

"妾身压到殿下了吗？都怪妾身，昨晚睡太沉了。殿下的肩膀，是不是很麻？"

"没事儿。"太子下床，拿起衣服。

"妾身……"苏灵淑语气一顿，"妾身来伺候殿下。"

太子淡然地阻止："不用你。"

"可是，殿下……"

太子唤来宫女，伺候他梳洗更衣，只要看到苏灵淑要起身，他就让她坐着。

苏灵淑以为太子还是生她的气，不过因为酒醉糊涂，才到她这里歇着，故而不敢再违逆。

太子梳洗完毕，正要和苏灵淑说话，内侍却来传张玄素求见。

苏灵淑看着太子离开，心中撕裂般痛楚。昨晚他过来，她欣喜若狂，即便他梦里喊了称心的名字，她也觉得满足。然而，天亮了，梦也醒了。

觉得梦醒了的还有太子。

张玄素奉旨，这日上任东宫右庶子，专职侍奉太子，特来拜见。

太子平日不太喜欢张玄素这个人，只觉得他口无遮拦是为了沽名钓誉，但父皇的旨意又不可不遵。

"有你张玄素在身边，孤以后一定会听到许多……颇有你张玄素特色的话吧。"

张玄素听出弦外之音，面不改色："殿下，忠言永远都是逆耳的。但是，忠言可以匡正殿下的言行，更利于殿下的未来。"

"孤知道。父皇派你来，不正是因为你喜欢进谏吗？孤也是善于纳谏的人，你以后有什么话，都可以对孤说。说得对的，孤也会赏赐你。"太子打算接受。

"太子殿下，你真的听得进臣的进谏？"

"听得进。"

"臣能不能现在就进谏？"

"能啊。你要谏什么？"

"臣要谏太子殿下骄妄荒诞的习性，如若不立即悔改，大祸就要临头了！"

"张玄素，你放肆！"太子大怒，给他三分颜色就开染坊了吗？

"放肆的，不是张玄素，而是太子殿下。汉王被太上皇宠溺得不成样子，是藩王之中最骄纵放肆的一个，太子殿下读书理政闲暇之余，应该和魏王这样有文才、有德行的

219

王爷交往才对，为什么反而去交好汉王？汉王府是个藏污纳垢之地，你身为太子，竟不带侍卫，孤身前往，还喝得大醉而归。这是大唐储君应该有的作为吗？你怎么对得起苦心期盼你有所成就的陛下？你又有什么资格做天下人的楷模？"

张玄素毫不客气的直谏，如给太子当头棒喝，好梦不再！

苏灵淑坐在窗边的榻上，很认真地绣着一件小衣服。昨夜太子歇在她这儿，尽管不要她伺候更衣，语气也冷淡，却似乎透出些许体贴，让她心里回暖了不少。

忽然，外面传来"砰"的一声巨响，惊得苏灵淑走出去一看究竟，只见偏殿的门大开，书案掀翻了，太子坐在榻上，神情既愤怒又痛楚，双眼却空洞。

"殿下，是不是妾身今早又做错了什么，惹你生气了？"苏灵淑站在门边，怯怯地问。

太子的视线落在苏灵淑鼓起的小腹上，强忍怒气："与你无关，只是孤心里不舒服，一时忍不住发了脾气。"

"可是张大人说了什么？"太子一早就匆匆地去见张玄素，苏灵淑自然往那儿猜。

"你也知道他？"太子确实被张玄素训得郁闷，发一通脾气，丢下人，跑了回来。

"父亲偶尔提及，说他比自己还直，话不中听……"

太子忽然抬起手："朝堂之事，你不该多言。"

苏灵淑立刻惊退一步："是。"

太子起身，大步往外走，从苏灵淑身旁过去，带起一阵冷风。

苏灵淑垂眸咬唇，心情重新跌入谷底。

她真不知道，如何才能得到自己夫君的疼爱，好像说什么、做什么都是错，却又想不明白错在哪里。她万分后悔的，只有一件事——称心活着就好了。至少，称心能让太子开心，她仍可以看到他的笑容。

太子却没有苏灵淑的多愁善感，决定再去见张玄素，好好安抚一番。他脑中盘旋着父皇母后的面容，皆对他殷殷期盼。他是太子，在成为天子之前，必须忍耐那些死板的规矩，还有那些往他身上套规矩的人。只有如此，称心才不会白死。

张玄素原本气得翘胡子，正打算去皇上那儿，请求皇上给他换个差事儿。哪知太子回来了，还给他行了个大礼，承认汉王的一些做法确实不好，会尽量少打交道。他性子就是直，见太子听进去了，心里也就没了疙瘩。

这时，魏王正好派人来请，得了一幅好书法。

张玄素认为，魏王设文学馆，撰写地志，受到皇上的称赞。魏王府现在多有才学之士，魏王又是太子的胞弟，兄友弟恭，既安慰了皇后娘娘，还得一个美名。

太子马上答应过去，这让张玄素更加欣慰。

但太子出宫，就看见了汉王，他心道糟糕，左右张望，忽见程处默站在宫门另一侧，计上心来。

"程将军。"太子招手。

程处默这才注意到太子，上前行礼："殿下。"

他刚刚押送处亮过宫门，去跟傅柔解释马海妞的事儿，以防这个没出息的二弟临阵脱逃。这两个弟弟，没能摆平马海妞就算了，居然还给他乱上添乱，白纸黑字写下支持马海妞当他老婆的话，加盖手印。这要让傅柔知道了，还以为他真做了什么对不起她的事儿，连自家兄弟都偏过去了。

"魏王邀孤去赏书法，你要不要同去？"其实，太子想拉程处默挡箭。

程处默略一迟疑："好，我正好去看看姐姐。"

太子忽然压低了声："等会儿汉王过来，你帮孤挡一挡。"

程处默一怔，但见汉王已到面前。

汉王下马，语气十分热络："太子昨夜喝了不少，今早起来有没有头疼？"

太子笑得刻意："还好，劳汉王牵挂。"

汉王没发现太子的神情尴尬："一家人嘛，这么客气干什么。太子这是去哪儿啊？"

太子道："魏王府。"

"我陪太子一起去吧，等去完魏王府，再到我那里坐坐。"汉王挤眉弄眼，"我还有很多有趣的玩意儿，要和太子一起玩儿呢，保证让太子乐不思蜀。"

"太子殿下，魏王今天召集了文学馆一批贤才讨论地志，只怕要花上一整日的工夫。"程处默突然有些明白太子为什么要让他帮忙挡了。

太子道："如此一来，连晚膳都要在魏王府用了，闷是闷了些，有汉王一同去，倒也多份热闹。"

汉王听说什么地志要讨论上一整天，有点儿不情愿。

"太子殿下忘了，汉王不喜欢枯燥沉闷的场合。"程处默察言观色。

太子仿佛恍然大悟："是了，那可不好勉强。"

程处默再接再厉："殿下，魏王他们正等着殿下，我们还是别耽搁了。"

太子连连点头："对，迟了就不好了。"对汉王抱歉地一笑："汉王，下次再聊。"

"呃，我对地志是没兴趣，不过——"汉王回过神来，愕然发现程处默和太子已经

221

走远，"哎？太子？太子……"奇怪，怎么有点儿故意躲他似的，昨天明明玩得好好的。

汉王越想越生气，策马往青楼驰去。他今天本来和人有约，特意推掉了来找太子玩儿，谁知对方突然嫌弃起他来了。虽然，他接近太子，也只是为了自己的将来有个保障。太上皇年纪大了，皇兄又和他没什么兄弟感情，不然何必他纡尊降贵，巴巴地讨好自己的侄子。

青楼里多是汉王的狐朋狗友，约在大白日下，因为其中有驸马杜荷，晚上要伺候公主的。当汉王坐定，看到侯杰也在，就有些奇怪。

"侯家的家教挺严，你怎么也和这几个家伙混到一块儿了？"

侯杰一笑："是驸马约我来的，本来不知道是风流之地，不过，既来之，则安之。"

汉王哈哈地拍掌："好一句既来之，则安之，是男人本色。"

常跟汉王混的张合奇怪："哎呀，殿下不是今天要找太子玩儿，没空搭理我吗？"

汉王气道："也不知怎么回事儿，太子忽然就翻脸不认人了，好像怕本王缠着他似的，也不知道有多嫌弃本王。昨晚还玩得不亦乐乎，他回东宫的时候，我看他挺开心的呀。结果今天一大早见面，丢下一句要去魏王府商量什么地志，话都不肯和本王多说一句就走了。"

"太子不可能才过了一个晚上就变了样儿，是否有人挑拨太子和殿下的关系？太子是储君，将来要当这天下之主的，要是他因为小人的挑拨，对殿下生出了误会，甚至是厌恶之心，目前还不会怎么样，最怕的是将来……既然太子今天赶着去魏王府，不知道这事儿和魏王……"有其父就有其子，侯杰和他父亲一样，都喜欢把脏水往魏王身上泼。

"哼！看魏王一脸忠厚，其实满肚子的鬼心思。今天程咬金那儿子跟着太子，也是一脸的不哼不哈，看得人生气。"汉王立刻信以为真

侯杰的目光一凛："程咬金的儿子？程处默？"

汉王点头："对，就是他。"

侯杰冷笑："这就是了。程处默奸险狡猾，居心叵测，上一次我父子两人都差点儿遭了他的毒手，没想到他竟然把主意打到汉王殿下身上来了。"

汉王想了想，摇头："本王和卢国公府并没有仇怨，他为什么要这样做？"

侯杰煽风点火："程处默的姐姐是魏王妃，只要魏王努努嘴，程处默还不在太子面前，说尽殿下的坏话。"

汉王咬牙："岂有此理！程处默，看本王怎么收拾你！"

侯杰眼珠一转："正好，我赠殿下一个消息，那程处默的心上人就在宫里当女官，

之前在司织所，如今皇后看重，升了司言，是个美人……"

汉王眼睛一亮。

侯杰来到书房，傅音为之打帘。他忽然止步，捏着她的下巴，抬起来，发现她的面颊上一块瘀青。

"脸上怎么了？"侯杰问。

"没……没什么。"傅音不想嚼是非。

不过两天，傅音已经吃足玲珑给她的苦头，洗衣、擦地，连饭菜也被克扣。但她知道，她必须忍了，只有留在侯杰身边，才能找到报仇的机会。

侯杰觉得十分碍眼："去问管家弄点儿药擦擦，在我书房里伺候，不许有这种难看的脸。"

这时，玲珑走了进来，白了傅音一眼，过去给侯杰磨墨。

"今天又在用功了？"玲珑说着话，眼睛一直往纸上瞟。侯长兴说侯君集给他和侯杰布置了功课，让她打探侯杰怎么做，他也好心里有个数。

只是玲珑做得过犹不及，墨汁飞溅，坏了侯杰写得那张纸。着急慌忙地，她想挽救，结果又撞翻了旁边的茶杯。搞得书桌一片狼藉。

"真是越帮越忙！"侯杰甩了笔，走了出去。

玲珑做委屈状，却没盼到侯杰回头看一眼，立刻变得凶神恶煞，对傅音耍狠。

"还不赶紧擦干净！懒东西，但凡有一点儿做得不好，看我怎么撕你这小贱人的皮！你不是很厉害啊，才来几天，就会和少爷告黑状啊。你这小美人的脸蛋，还不许我掐？呸，以为自己是什么东西？我不掐脸蛋，我哪里掐不得？我掐这儿，掐这儿，掐这儿！"玲珑使劲往傅音脖子后面、胳膊上乱掐。

傅音一声不吭，擦着地板，为了娘亲，再苦再累她也不怕。

第二天天刚亮，傅音已经做完了很多活儿，又不得不把玲珑的衣物都洗了。她吃力地端起木盆，走上廊道，经过玲珑那间屋子时，忽听里面有男子的声音，却不是侯杰的声音。她存了心眼儿，悄悄地往窗缝里窥探。

玲珑身上穿着一件华丽的珍珠衣，对着铜镜左转右折，面露高傲，身后站着的男子竟是侯长兴。两人亲密的样子，让人看得脸红。

"不是和你说了，这衣服不能留，要拆掉。"侯长兴一手摸过珍珠衣。

珍珠衣是他趁着侯家父子蹲大牢的时候，借口要打点，从侯盈盈那儿拿了转手讨好

223

玲珑的。

"就是打算拆掉才拿出来的。这么漂亮，有点儿舍不得嘛，想着上一上身，看两眼就拆。"玲珑嘟嘟嘴，脱下珍珠衣，很快剪拆成颗颗珍珠，"满意了吧？谁也看不出来了。"

侯长兴听出她语气中的不舍："不就是一件珍珠衣吗？等我再打两场仗，也给你弄一件回来。"

"算了吧，这种东西可不是我一个丫头能穿的？就算你真送我，我也只能压箱底儿。唉，同人不同命，谁叫我投胎的时候没找准好人家呢？"可恨，她穿上珍珠衣，容貌明明能和侯盈盈一比高低。

"少埋怨了，你能遇到我，命还不好啊？"侯长兴从后面搂住玲珑，"侯杰要纳那姓傅的美人做妾，你不是恨她恨得要死吗？我还帮你出气了。"

"吹牛。你帮我出气，我怎么不知道？"玲珑转过身来。

侯长兴脱口而出："傅家那场大火，就是我干的……"

傅音大惊失色，快步走向小院的拱门，但泪眼蒙眬，让门槛绊了一跤，以至于木盆落地，发出砰然巨响。

玲珑和侯长兴冲出，见傅音跌坐在地上，互相看了一眼，同时走近。

玲珑顿时露出凶相："音儿，你这懒东西，又干什么好事儿呢？"

眼泪在眼里打转儿，傅音怯怯地回道："我把衣服洗好了，正打算拿去晒。衣服很多很重，一下子没拿稳……"

玲珑嗤笑："哟，哪家的大小姐啊，洗几件衣服就一肚子委屈了？等等！这不是我昨天刚上身的新裙子吗？"

傅音捡起来："我这就去再洗干净……"

"我说呢，这么一桶衣服好端端能摔到地上去，好啊！你是看不得我有条漂亮裙子啊。你这黑心肝的狐狸精！你存心的！"玲珑抓着傅音掐打。

"别打了。不过一条裙子，大不了我送你一条新的。你看雪白的脖子，都被你掐出乌青了，侯杰瞧了会不高兴的。"侯长兴说着话，伸出手，面带轻浮的笑意，似要摸傅音的脖子。

玲珑一手拍开侯长兴，恶狠狠地瞪向傅音："看什么看！还不快点儿把衣服拿去重新洗干净？见人就摇尾巴，当谁都吃你这一套啊！"

傅音擦擦眼泪，把衣服捡进木桶，转身要走。

"站住！"玲珑忽喊。

傅音十分害怕对方发现她偷听，玲珑却是叫她买香粉。她不由得松了口气，快步走出院子，跑到没人能看得到她的角落，环抱双臂跌坐下来，浑身发颤，痛哭了起来。

她找到了，杀害她娘亲的凶手！

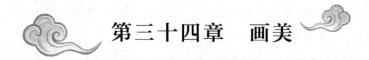

第三十四章　画美

"美人图？"

吴王抬眉，看着对面的傅柔，想不到她难得主动地来凌霄阁一趟，却提出让他出乎意料的请求。

傅柔今早去看司织所的姐妹们，得知汉王要她们绣一幅美人图，但呈上去几次都不满意。元掌织就想求吴王，因他擅长美人图，又不知怎么开口，她才答应帮忙。

"一幅就好，下官会给殿下报酬的。"傅柔却不多言。

"我看起来像那些街边摆摊的画师吗？"吴王话锋一转，饶有兴致，"有什么报酬？"

"殿下想要什么报酬？"

"说了，傅司言又要生气……"

"那就别说了。"傅柔赶紧止住话头，"下官给殿下绣一幅绣品，作为报酬。"

吴王觉得不够分量："你还是给我做一套新衣服吧。上次那套虽然补好了，毕竟是撕破过的，我要一套新的，也很说得过去。"

"好。"这个简单。

"还有一个条件。"吴王得寸进尺，"下一次你放假出宫，陪我一天。"

傅柔毫不犹豫："不行。"

吴王心里不是滋味："怕程处默生气？他还和那个女海盗纠缠不清呢，这种男人，亏你也受得了。"

傅柔不动声色："这是下官的事儿。"

吴王试着任性："你不答应陪本王一天，就不要提美人图的事儿。"

傅柔转身往外走。

"好了好了，不就是一幅美人图吗？给你就是。"吴王见她开不起玩笑，连忙过去打开柜子，抱出一大堆画放在书桌上，"都是现成的，你随便挑。今天我心情甚好，便宜你了。"

傅柔翻开图，吃惊地发现全部是她的画像。

吴王目光凝视傅柔的侧面："没错，我画的全部都是你。"

傅柔垂了眼帘，继续翻画，画上读书的，刺绣的，望月的，病卧的，她自己从未见过的模样。最终，她挑出一幅半身正面像，自觉满意。

吴王嘴角勾一抹自得的笑意："嗯，有眼光。这一幅，我自问是把你的神韵抓住了。"

"多谢殿下赐画。"傅柔行一礼，"等我把这幅画拿给薛司织，就去做新衣。"

"薛司织？"吴王敛住笑，"这美人图，你不是自己留着看的？"

"汉王嫌司织所呈上的美人绣像不好，有意想请殿下一幅美人图。"以免吴王以为她自恋，傅柔道出实情。

吴王一把夺回画像，连同书桌上的画像一起放回柜子，还加了把锁。

"你到底有没有脑子？汉王那个色鬼，别人是避都避不及，你倒好，把自己的画像呈给他。你是怕他不知道宫里有你傅柔这一号美人，还是嫌自己在宫里过得太舒坦？汉王若见了你的画像，起了别的心思，要起人来，你知道是什么后果？他是太上皇的爱子，想要一个女官，开个口就行了，十个程处默也救不了你。"

傅柔这才反应过来："殿下提醒得是，我只想着司织所的差事，没想那么多。"

吴王气笑："你在宫里也算老人了，还是不知道保护好自己。"

傅柔心想，她才进来一年不到，怎么就是老人了？刚想和他辩一辩，却见他开始铺纸，还指指砚台，对她使了个眼色。

傅柔习惯性地上前磨墨。

"答应了给你一幅美人图，画好的那些不能用，就现在给你画一幅新的吧，免得你回司织所不好交代。"

傅柔感激："多谢殿下体谅。"

吴王笔下很快出现一位美人，桃花眼，樱桃唇，粉腮雪肤，纤腰盈盈一握。

"殿下，这画中的女子是——"傅柔立刻认了出来。

吴王住笔，眼带薄凉的笑："侯君集的女儿，侯盈盈。"

傅柔沉吟半晌，忽然道："殿下，能不能请你另画一张？"

"你不是讨厌侯君集吗？"他可是在帮她。

傅柔大方地承认："是。但我讨厌侯君集，并不等于就可以陷害他的女儿。侯盈盈和我无冤无仇，明知汉王的为人，还把她的画像制成绣品呈给汉王，她岂不无辜？殿下实在不用因为我而这样做。"

"说实话吧，我也不全是为了你，我也讨厌侯君集。侯君集现在是要紧紧巴住太子这艘大船了，为了讨好太子，整天给我使绊子。"他却没她那么大度。

傅柔望着吴王，轻轻叹气。

吴王再试探："真不考虑，用汉王让侯君集难受？"

傅柔还是摇头。

"我就喜欢你这方方正正的性子。好，另画一幅。"吴王重新铺纸，很快纸上出现一个美人，等到墨干，交给傅柔。

"这次不照着真人画，想出来的美人，不会有谁遭殃了，害不了任何人。善良的傅司言，满意了吧？"

"多谢吴王殿下，下官告退。"傅柔接了，走到门口，忽然回头，"殿下虽然没能让侯君集难受，但是，殿下此刻心里也并不难受，或许还有点儿轻松。做好人，其实不吃亏。"

吴王目送傅柔离去，自言自语："被你这么一说，确实很轻松。"

傅柔拿着画，经过御花园，就听假山后面传来猫叫声。她还以为是哪位娘娘的宠物，回头一看，凸起一个又高又大的黑影，露出程处亮鬼鬼祟祟的脸，一边环顾四周，一边拼命对她招小手。

傅柔走过去："你一个皇宫侍卫，该好好做事，这样乱走乱窜，被人发现怎么办？"

程处亮唉声叹气："我也明白啊，可不来不行。要是不来传话，等我回家，大哥会揍死我。"

傅柔失笑："好，你快说吧。"

程处亮干咳两声："以下的话，每一个字都是程处默对傅柔说的真心话。"声音变得极其扭捏，"柔儿，不管你心里怎么想的，你一定要相信我，我和马海妞没有任何关系……"

程处亮说了一大段。

"……这就是事情的经过，没有一个字是假话。我程处默向你保证，我的心里只有你一个。"程处亮打了个哆嗦，一脸的受不了，恢复自己说话的语气，吐出一口长气，"我的娘啊，总算背完了，浑身的鸡皮疙瘩都牺牲了。"

傅柔一脸的平静："处默逼着你来找我，就是为了说这些？"

"是啊。"程处亮忽然想起来，"哦，对了，还有另外一件事儿，他也要我转告你一声。"

傅柔问："什么事儿？"

"你妹妹傅音离家出走了。"

傅柔的脸色大变："什么？离家出走？"急得跺脚，"你……你怎么现在才说？"前面扯了那么多没用的！

傅音握住玲珑的手腕，死死地不放手。她盯上自己的镯子，竟然伸手要抢。活儿都是她做，吃饭还被克扣，动不动就挨掐挨打，这些都可以忍，唯独镯子，打死也不让。

玲珑贪红了眼："一个死丫头，都穷得要卖身了，身上怎么会有这么值钱的东西？一定是偷的，这是贼赃！"

"我不是贼！"傅音将玲珑推倒在地。

"你想死啊！"玲珑爬起来，拽住傅音的头发，"敢打我，你这死丫头！造反了！我打死你！打死你！"

傅音反抗："放开我！啊！"

"住手！"侯杰走进书房，看到这两只打得跟野猫抢食似的，不知是该笑还是该骂。

玲珑回头赶紧放开傅音，对着侯杰撒娇："少郎君，音儿是个贼，不知从哪儿偷了一副镯子。我问她镯子是哪里来的，她不但撒谎，还把我推到地上。"

傅音大声地辩解："我不是贼，这是我娘留给我的。"

侯杰的目光扫过狼狈的傅音，冷淡地说："吴管家买进来的人，是偷的还是本来就戴着的，问吴管家不就得了。去，把吴管家叫来。"

不一会儿，吴管家来了，证实傅音进侯府时，手上就已经戴着这副镯子，是她娘留给她的遗物，宁愿卖身，也不愿当了这副镯子。

玲珑心虚："可是……"

侯杰很不耐烦："我刻薄你了？没赏过你镯子啊？为了一副破镯子，又打又闹，还冤枉人家是贼，要是有外人在，岂不是连我的面子都丢了？"

玲珑还想施展媚功，侯杰却赶苍蝇似的，让她下去了。

傅音也往外走。

"倒茶。"侯杰敲敲桌子，却见傅音根本不理自己，都快走出门了，"音儿！"

傅音才停住脚步，回头一脸的空白："啊？"

侯杰气得笑了："叫你没听见吗？倒茶。"

"哦。"傅音转回桌案旁，慢条斯理地倒了杯茶。

侯杰喝了一口茶，抬眼看傅音的站姿局促，很不自在的模样："你怎么傻乎乎的？"

"我不常在你跟前伺候，有点儿……"傅音憋出两个字，"认生。"

"会磨墨吗？"侯杰朝着砚台扬扬下巴。

“哦，会。”傅音慢半拍地回答。

这时，侯盈盈走进来：“大哥找我？”

傅音没见过侯盈盈，只觉得她好漂亮，看得目不转睛。

“上次我答应帮你画一幅美人图，一直没空儿，不如今天画了。”忽然察觉傅音又在发呆，侯杰伸手轻轻拍她一记脑瓜：“你果然不会伺候，怎么连一杯茶都不上？”

“哦，是。”傅音赶紧去拿杯子。

侯盈盈打量傅音一眼：“这就是大哥书房里新买的丫鬟？眉清目秀好可爱，比玲珑顺眼多了。”

侯杰嗤声：“顺眼是顺眼，就是很笨。”

“笨有笨的好处，我就喜欢笨笨的，不会多嘴多舌。大哥你要是不喜欢，不如给我使唤吧。”侯盈盈是真心想讨过去。

“谁说我不喜欢了？”侯杰转开话题，“盈盈，你那件珍珠衣呢？去穿上它，我画起来就更好看了。”

“没了。”一旁的范妈开口，“家里出事儿那会儿，把所有的值钱东西都拿给长兴去说情，小姐就把珍珠衣也放了进去。”

侯盈盈一笑：“都是身外物，父亲和大哥平安回来就好。”

傅音终于斟了茶送上来：“请用茶。”

“嗯，长得好，心性也好，声音都好听。叫音儿对吗？”侯盈盈的目光落在傅音瘀青的手腕上，“咦，怎么青了一块？”

傅音收回手，小心地掩饰：“是奴婢手笨，不小心撞柱子上了。”

侯盈盈却马上明白了：“果然是个傻丫头，连撒谎也不会。撞柱子上的伤，和被指甲掐出来的伤，能是一回事儿吗？不用问，又是玲珑干的好事儿。前两回吴管家买来的新丫鬟，就没一个能留得下来。”

侯杰不由得奇怪：“盈盈，玲珑什么时候得罪你了？”

侯盈盈噘噘嘴：“没得罪我，就是我瞧着她，总觉得哪里不舒服。好了，她是大哥的丫鬟，我才懒得管。下次再画吧，我要出门去。”

侯杰急忙起身：“到外头？喂，我陪你去，免得你又走丢了。”

侯盈盈拒绝：“不要你跟着。你这么凶巴巴的，跟在我后面，满长安大街的人都吓跑了，我还逛什么？”

侯杰迟疑着，实在不放心她一人出门。

"大哥，你别忘了父亲说的。魏国公的亲事儿没了，我心里烦恼，需要常常散心解闷呢。父亲说我可以一个人出门的。你要是不同意，我们去见父亲好了。"侯盈盈有恃无恐。

"这点儿小事儿也要见父亲？"侯杰的头大，"好，好，你去。小心点儿啊。"

侯盈盈已经走出书房，率性地挥挥手："知道啦。"

傅音看在眼里，心想侯杰倒是个好哥哥。

画不成美人图，侯杰就顺手画了一幅老树图，只是怎么看都不满意。

"怎么搞的？这树枝画来画去，怎么都不对劲儿。几根破树枝，为什么这么难画？"

傅音小声地嘀咕："根本就不是树枝的事儿。"

侯杰转头瞪着傅音："不是树枝的事儿。那是什么的事儿？"

傅音不作声。

侯杰忽然凶她："说啊！"

"树干。"傅音受到惊吓，话一溜串，"画树，首先要立干取势，一株树有正、有斜、有直、有曲，皆由主干的姿态决定。你画的是老树，用逆锋才能显出老树苍劲毛辣的质感，而且画树干时，运笔要特别顿挫转折，才能使树矫健多姿，富有生气。树干失去了苍劲，再添多少细枝上去，都无济于事。"

侯杰斜眼看看桌上的画："好像有那么一点儿道理。"头一转，发现傅音又发呆，就起了捉弄之心，悄悄往她身边凑，"你学过画？"

傅音不是发呆，只是想起了陆庭教她画画的好时光，回过神来却发现侯杰的脸近在她的脸侧，本能地伸手推开。

侯杰反手捉住傅音："造反啊你？"

"你放开我。你……"傅音急忙往后仰，"你不能这样……"

侯杰好笑地问："你忘了，你是我侯杰房里的丫头？我不但能这样，我还能这样。"用力一带，傅音撞上他的胸膛。

傅音大叫着，掀翻书桌上的砚台，连侯杰的衣服都溅到了墨汁。

本来只是玩闹的侯杰不高兴了，扬起手要教训傅音："臭丫头，给点儿恩宠就敢上房揭瓦了！"

傅音惊恐地抱住头，全身瑟缩。还是陆庭哥哥好。她把墨汁溅在陆庭哥哥的衣服上，他还笑得那么温柔。

侯杰看着她可怜兮兮的样子，这手就打不下去了："滚下去吧！"

傅音哽咽地逃出书房，冲进自己的屋子。

"小美人，谁欺负你了？"

傅音只觉得寒毛直竖，擦掉眼泪，回头望着门边要笑不笑的侯长兴。

他不请自入："衣服破了，想找玲珑帮我补一补，结果她不在。"

傅音戒备："府里有针线人，你怎么不找她们补？"

"我这人挑剔，只喜欢好针线，玲珑比那些人好。你呢？你的针线功夫怎么样？帮长兴少爷我补衣服，可有不少好处哦。"侯长兴忽见桌上的笔墨和画，被吸引了注意力，"咦？你还会画画啊？这是海上图？"

傅音盯着侯长兴的后背，四下张望，目光落在簸箕里的剪刀上，脚步无声，走过去拿了，悄悄接近他。

"你的画不错嘛。是不是学过？"侯长兴翻到一张图，"嗯？这不是侯杰的画像吗？你们这些当丫鬟的，个个都想着攀高枝儿。把清白身子给了侯杰，能当上姨娘的有几个啊，还不如……"侯长兴出其不意，拿着侯杰的画像转身。

傅音只来得及放低了手。

侯长兴抬眉："你拿着剪刀干吗？"

"我……"傅音目光游移，"拿剪刀把这些图的毛边裁一裁，然后拿给少郎君看。少郎君最近在练画，知道我这里画了一些，起了兴趣，说要我拿给他看。你要是没别的事儿，我要整理这些图了。"

"我没别的事儿，你忙你的。"侯长兴明显嫉妒的语气，"这家里除了我叔叔，侯杰最大。他等着你，我哪敢耽搁啊。"

傅音看着侯长兴走出去，长嘘了一口气，眼神渐渐坚毅。

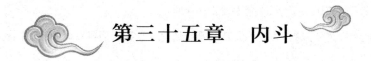

第三十五章　内斗

陆庭从酒肆中走出，望着满大街的人，忽然痛恨长安的繁华。这个城太大了，人也太多了，要找他的心上人，犹如大海捞针，穷其一生，也未必能再见上一面。

他不明白傅音为什么离开。若是嫌弃他家世或官阶，大可直言，他岂会无赖纠缠。若是她忧心出嫁之后没了为人女儿的那份自在，至少应该和他说说，给他一个开解她的机会。最怕如今这样，让他揣测，没着没落，他以难言的心情，目光不停扫过茫茫人海，想见到她，又怕见到她。

"陆庭！"似乎有谁叫他的名字。

陆庭立刻转过身望去，就见一个小贩捉着一个孩童，另有一妇人，拨开人群，跑到小贩面前，争执着什么。街上的人潮因这个小小事故而显得更加拥挤，以至于他找不到那道熟悉的倩影，最终怀疑自己思念过甚，产生了幻听，苦笑一声，朝反方向走了。

他没看见，就在不远处的小巷口，傅音紧靠着墙，死死地捂住自己的嘴，潸然泪下。

傅音出来给玲珑买香粉，想不到遇见陆庭，情不自禁地叫出了他的名字。但她知道，她不能让他找到。因为只要他一开口，她一定会跟他走，不顾一切，抛开所有。

傅音一口气跑回陈国公府，冲入自己的屋子，却惊见侯杰。

侯杰见她一头的汗，脸红气喘的，笑道："跑哪儿去了，让我等了好一会儿工夫。"

傅音调整着呼吸，同时看出侯杰的心情不错："帮玲珑姑娘买香粉。"

"刚才遇见侯长兴，他提起你，说你在整理你画的画，还说是我吩咐了要你拿给我看。"侯杰望着她红彤彤的脸蛋和水汪汪的眼，原来这就叫明眸善睐，"我什么时候说过要看你画的画了？不过，看不出来，你的画还真的挺不错，尤其是画了我的这一幅。"

傅音瞥一眼侯杰手里的画像，心虚得很。那是她第一次看到侯杰之后，信手涂鸦，可以天天咒念。

"这长安城里，仰慕我的女子不少，不过把我画下来，日夜思慕的，我还是第一次遇到。"侯杰的好心情由此而来，"看在这幅画把小爷的英俊表现出七八分的分上，我就赏脸收下，砸坏砚台的事儿也不罚你了，明天过来书房伺候。"

傅音张口结舌。她曾经觉得处默哥哥已经很狂了，侯杰却简直狂得没边儿了，这脸皮得多厚，才能说得出这种话。

侯杰自以为："高兴得又犯傻了？就不会说点儿什么？"

傅音又憋半天，挖出四个字："多谢赏识……"

侯杰反正把她当呆瓜来看："不够机灵，天分是差了点儿，但可以调教。"拿着画卷，高兴地走了。

傅音哭笑不得，不知怎的，心里的痛感减轻了些。

立政殿上，长孙皇后高高上座，身后侍立韦松，傅柔侧立一旁。

一个宫女跪着，神情战战兢兢，欲哭，又不敢。

她慌慌张张地经过御花园，正巧让傅柔和程处亮撞上，掉出来一包老鼠药。程处亮心思活络，看出不对劲儿，当场抓包。谁都知道，宫里严禁带毒。

"皇后娘娘，奴婢也是没有办法。奴婢是在库房当差的，最近库房里多了很多老鼠，见着也不敢打，唯恐砸坏了易碎的瓷器。可是那些老鼠很可恶，晚上乱跑，碰倒东西，已经摔坏了好几个瓷杯。为着这些被老鼠砸坏的东西，奴婢挨了好几顿打。曹总管说，如果再弄坏东西，就打断奴婢的腿。小时候家里闹老鼠，都是拿砒霜药死的。奴婢央人从宫外带了一点儿进来，只是为了对付老鼠。"

长孙皇后面无表情："没有旨意，宫里任何人都不许携带毒药，你在尚仪局学规矩时，没人教过你吗？"

"奴婢……是听尚仪局的姐姐们教过，可是……可是奴婢真的没想过害人啊。再让库房里的老鼠这样闹下去，砸坏了东西，奴婢非被打死不可，奴婢实在是没办法了。"宫女掀开衣袖，露出被打得青一条紫一条的胳膊。

傅柔不忍："娘娘，宫中确实是在闹鼠患，司织所也被咬坏了绣品和绸缎。听下面的人说，库房的鼠患最为严重，东西受到损坏，宫女们要挨罚。这宫女说的，倒有几分是实情。"

长孙皇后语气不变，问宫女："你说，老鼠药是你央人从宫外带进来的，还经了谁的手？"

宫女老实交代："内侍监的杨公公。"

傅柔想到杨柏，心头一跳。

韦松厉声："当着娘娘的面儿，把名字说全了。"

宫女赶紧回答："是。是内侍监的杨厚。我给了他一点儿钱，求他出宫的时候帮我带的。真的就只是用来药老鼠的，不然，他也不敢帮我带的。"

长孙皇后脸色稍缓："看得出来，你说的是真话，就你这年纪和小胆子，还不敢用毒害人。"

宫女以为逃过一劫，急忙磕头："多谢娘娘，多谢娘娘。"

长孙皇后平和地宣告："既然没有存害人之心，就赏你一个全尸。"

傅柔震惊，"娘娘……"

长孙皇后看了傅柔一眼，容色平静但目光犀利。傅柔立刻把要说的话吞了回去，眼睁睁地看着拼命求饶哀泣的宫女被内侍拖了下去。

长孙皇后又吩咐韦松："帮她私带毒药入宫的太监杨厚，也不可恕，立即杖毙，叫内侍监的人都去观刑。毒药是宫中大忌，谁再敢碰这种歹毒的东西，先掂量一下自己有几条命。"

233

韦松恭敬地答"是"，出去传话。

长孙皇后对傅柔道："傅司言，你今天做得很好。皇宫里养着成千上万的人，每个人都有每个人的小心思，规矩不严不行。你以后也要这样警醒，发现有不妥的地方，立即向本宫禀报。"

"是。"傅柔鼓起勇气，"娘娘，恕微臣斗胆，想问……"

"你想问，本宫明知那宫女是无心犯错，为什么却非要她的命？"长孙皇后知道傅柔想问什么，"以后，你会懂的。本宫现在真想念司徒尚仪，那次是本宫气极了，才杖责一百，却没考虑她那把年纪，她因此而死，我每每想起，就十分伤心。偌大皇宫，要再找一个像她这样紧守着规矩，不怕得罪人，做事一板一眼的人，只怕不可得了。"

傅柔没再说话。在她心里，始终认为人命大过天，那个宫女也好，司徒尚仪也好，一条命就因为一个人的决定，说没就没了，如此的处置方式究竟是对，还是错？

傅音来到书房外，刚想进去，就被玲珑拦住。

玲珑心里不爽："砚台砸了一个还不够，还想多砸一个啊？哼，昨天害我收拾了半天，还没找你算账呢。"一手托住茶碗，另一手要去掐傅音的手臂。

侯杰的声音传来："外面是音儿吗？磨蹭什么，进来。"

玲珑动作一顿，傅音急忙走了进去。

侯杰站在书桌旁，对着傅音傲慢钩钩手指："叫你早点儿过来伺候，干什么去了？你是当丫鬟的，以为自己是主人啊？睡得太阳晒屁股才起来，小心我拿鞭子抽你一顿狠的，过来。"

傅音道："我把水缸的水挑满了才过来的。"

侯杰皱眉："你是书房伺候的人，为什么去挑水？"

傅音如实作答："玲珑姑娘叫我挑的，现在我们那小院的水缸，每天都是我挑啊。"

侯杰忽然抓过傅音的手，捏捏她的手腕："怪不得你这么瘦，我还以为是吴管家没让你吃饱呢，原来是干的活儿太重了。听着，从今天开始，你不用挑水了。"

傅音抽回手："可是玲珑……"

"玲珑有意见，叫她来和我说。"侯杰将一支笔递给傅音，"拿着。"

傅音傻傻地接过笔。

侯杰推着她的肩，来到书桌前："画吧。"

傅音"啊"了一声："画？画什么？"

"画老树啊。你嘴皮子不是很厉害吗？什么要用逆锋，什么要下笔顿挫，你画一幅老树给本少爷瞧瞧。画得好，有赏。要是画得不好……"侯杰忽然贴近傅音，笑音贴耳，"我就重重罚你。"

傅音惊颤，急忙往旁边跨开一步，开始作画。侯杰起初闲得干喝茶，瞧着她那副专注的模样，渐渐望出了神。

没过多久，一名仆人送来一封急信，侯杰看完信后脸色大变，一巴掌拍翻茶碗，让仆人立刻去请父亲。与此同时，他察觉自己的怒气惊到了傅音，挥手让她退下。

傅音忐忑不安地走出书房，对上玲珑那张晚娘脸。

"中看不中用的东西，说到伺候，还不是要我来。赶紧滚，免得等会儿主君来了，在他面前丢人现眼！"玲珑其实另存心思，赶走了傅音，书房就只有她一人伺候，想听什么不方便？

侯君集很快就过来了，看完书信之后不怒反笑："我蠢啊，为了给子孙们攒点儿余粮，接受了洪义德献上的家财，放了他一命，结果还没运到老家，就被严子方劫了。如今严子方被招安，当了镇海将军，我竹篮打水一场空。这还罢了，洪义德这个叛军余孽又不安分，居然跑到广州。这要是被皇上知道，私放叛逆，就不是吃两顿牢饭那么简单了。"

洪义德就是侯君集上一次围剿的叛军首领，为了保命，拿出所有家财贿赂侯君集，也就是侯长兴在广州运送的那船财物，结果被严子方抢了。侯君集还心虚地以为傅柔会看出来，由此想要灭口，对傅府放了一把火。

侯君集让侯杰立即给广州那边写信，就说有海盗余孽躲进了城里，封城搜索，找到洪义德之后切不可留他全尸。

父子二人说着话，玲珑进来上茶，走路婀娜多姿，奉茶又显得规矩。

侯君集看在眼里，等她下去之后，问侯杰纳妾的事儿想得怎么样了。

侯杰朝玲珑离去的方向努努嘴："本来是想抬举她的，可她总缺了点儿气量。外头的人送画像来，又没看得上眼的。"

侯君集不以为然："女人只是用来生儿育女的，反正是妾，你也别太挑剔，先纳一个，以后有看上的，再纳就是了。你是我侯君集的儿子，这样的身份，要多少女人不行？子嗣才是最重要的，开枝散叶，侯家才能千百年地兴旺下去。盈盈的婚事已经好事多磨，你呢，又眼界过高，这个看不上，那个瞧不起，你爹我还盼着抱孙子呢。"

侯杰笑笑："阿爷放心，儿子知道分寸。"

侯君集从椅子上起来，用手捶捶腰："想不认老都不行啊，也到要操心儿女的时候了。

235

你在老家的婶婶写信来，求我帮长兴看看有没有好亲事儿。我这表嫂年轻守寡，把长兴拉扯大不容易。长兴从小就没有父亲，跟着我这叔叔，他的亲事儿，也只能我给他拿主意了。依我看，赵侍郎的女儿配他还不错。"

"就是满脸麻子，说话还结巴的那个？"侯杰两眼瞪直，"只怕长兴——"

"满脸麻子，说话结巴又怎么了？娶妻求淑女，要温柔体贴的美人，可以纳妾嘛。这赵侍郎出身世家，做官很有一套，将来也许能做到一部之首，说起来还是长兴高攀，更何况我们侯家需要这门亲事儿。"侯君集话锋一转，目视侯杰，"还有你。纳妾的事儿，你可以做主。但你的正妻之位，必须留给公主。以皇上对你的赏识，还有你爹对大唐立的这些汗马功劳，求一个公主还是有点儿谱的。你可不要学卢国公府那个没出息的程处默，为了一个平民女子癫狂放肆，连陛下赐婚清河公主这种事儿都敢拒绝。外头喜欢什么女人随便你，但千万别打娶她当正妻的主意。明白吗？"

侯杰毫不迟疑地表示明白。

所有的话，都让书房外的玲珑听得一清二楚，她一扭头就找侯长兴去了。

"我听到的，好像一个叫什么义的叛将，老爷收了他很多财宝，私下把他给放了，现在那人不安分，又出来活动了，父子俩商量着，要把他做掉。"玲珑坐在侯长兴的大腿上。

侯长兴想起来："是不是叫洪义德？"

玲珑点头："好像是这个名字。"

"怪不得。"侯长兴恍然大悟，"我说上次平叛，哪儿弄来这么多钱，几大箱子都装满了，要秘密送回老家去。原来有这么一笔见不得人的勾当。"

玲珑斜睨："对了，还要恭喜你，你要娶老婆了。我听老爷说，他打算帮你和赵侍郎的女儿定亲。"

侯长兴"啊"了一声："赵侍郎？你听错了吧？他女儿丑得简直是京城一绝啊！"

玲珑却笑："就是很丑的那个。满脸麻子，说话还结巴。老爷说，侯家需要这一门亲戚。"

侯长兴怒道："侯家需要这门亲戚，怎么不叫侯杰娶？却让我来娶？"

"侯杰是老爷的亲儿子啊，你算什么，名分上是侄儿，其实不就是一个跟班儿嘛。"一看侯长兴变脸，玲珑勾住他的脖子，撒娇道，"又不是我招惹你，别拿我发火呀。不要急啊，赵侍郎女儿的亲事，也不是两三天就能说定的事儿，可以慢慢商量。眼前，我可有一桩好事儿便宜你。"

侯长兴狐疑："什么好事儿？"

"你不是对音儿眼馋吗？我大人有大量，决定让你如愿以偿。"玲珑已经发现，侯杰对音儿越来越在意。

侯长兴看穿了："别以为我不知道你打的什么主意。她是侯杰书房的人，我把她给弄了，侯杰准找我麻烦。"

"你怎么说也是他堂哥，他就算找你麻烦，不过就是吵一顿、骂一顿，还能真的杀了你？到时候，你就说是音儿勾引你的。她脏了身子，少爷也不会稀罕她了，说不定顺水推舟把她赏给你呢。先说明白啊，我可不光是为了我。我也是为了你。要是音儿越来越得宠，我在书房怎么立足？我不在书房立足，怎么帮你探听消息，偷看少爷的信件文书啊？"

侯长兴思忖片刻，回搂玲珑："还是你想得周到。那好，咱们商量商量，怎么让音儿不再碍你的事儿。而且这事儿宜早不宜迟，万一让她把侯杰的魂儿给勾走，你哭也来不及。"

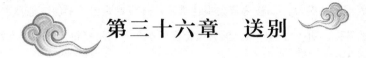

第三十六章　送别

傅音又被侯杰传唤到书房。他刚将两封加急信送出，总算能松一口气了，找她来捶腿。她犹豫一下，开始给他捶腿，但瞧他舒服地闭着眼，不由得想到她娘，手上就用了点儿力道。

侯杰睁开眼，拢紧眉："你从前家里是做什么的？"小手那么有力？

"做生意的……"傅音下意识地回答。

"什么生意？"侯杰追问。

"卖……"傅音当然不敢如实说，"文房四宝。"

"怪不得会画画。你也算生意人家的小姐了，怎么就卖身进了陈国公府？"

"家里生意垮了，欠了很多钱，爹娘受不起打击，丢下我去了。我到了远房舅舅家，舅妈嫌我晦气，天天打骂我，后来就把我卖给人贩子了。"傅音胡说八道。

侯杰打量傅音片刻，忽然把搁在椅子上的腿收了回来："你从来没帮人捶过腿吧？一点儿也不舒服。"

傅音正好告退："少爷要是没别的吩咐……"

"有吩咐。"侯杰却不让她走，"唱首曲儿给本少爷听听。"

"我不会唱曲。"生来有福，没为吃穿发过愁，不用卖艺讨生活。

侯杰好笑："端茶笨手笨脚，不会捶腿，又不会唱曲。你万般无用，总还算有一桩好处，会画画。你去画一张画好了。"

"画什么？"傅音不排斥。

"嗯，就画本少爷。"侯杰得意地指指自己，"你暗地里偷偷摸摸画我的画像，现在给你机会，让你光明正大地画，你应该感激。"

傅音瞧侯杰摆出一个自以为帅气的姿势，忐忑不安地拿起笔。但她一边画，他就一边评价，一会儿说要突出起势，一会儿说眼睛不够大。她一火大，画了一对夸张的大眼睛。

侯杰步步逼近，将她逼入死角，双臂一拦，让人无处可逃："你存心的？"

她睁着兔子般的眼睛："我哪有……"

"你的眼睛才那么大，而且很亮……"侯杰不知不觉，着迷地靠近她的脸。

傅音惶恐，却无处可闪。

侯杰拧住傅音的下巴，以一种诱惑的语气道："讨得我的欢心，你要什么有什么。"

眼看侯杰就能一亲芳泽，却被傅音狠狠地推开，转眼就跑出了书房。他几乎恼怒，转念之间又起了兴味，明明对他仰慕，偏偏羞得像只小兔子，可爱得让他心痒难耐。他不介意，陪她慢慢来。

深宫内幽暗偏隅，一盏灯照着一只小小纸船，傅柔双掌合十，对着纸船默祷。

两条命无声无息地消逝，这宫里的人，多是断了亲缘的可怜人，至少她可以点盏灯，表示还有人记得他们，让他们一路好走。

"李春儿，江陵人氏。"

傅柔吃惊地回头，但见吴王走上前来。

吴王道："你要为亡者祈祷，至少要知道名字。"

"你怎么知道……"傅柔问到一半，苦笑，"下官总是忘记，吴王殿下在皇宫里是神通广大，无所不知的。"

"平常这种琐碎事儿，我不会放在心上，只是牵扯到傅司言，少不了关心一下。"吴王不介意说实话，"你心里很难受？"

"是，我没想到会是这个结果。"放在寻常百姓家的一件微不足道的小事，在坐拥天下的皇家，竟然要了性命。

"李春儿也没想到，她用来毒老鼠的老鼠药，最后会让自己送了命。"吴王勾了勾嘴角，意外地凉冷，"你不觉得挺有趣吗？"

傅柔愕然："如此悲惨的事儿，怎么可能会有趣？"

"我说得有趣，是人生的不可测，就这样把一个人的命运给彻底改变了。在事情最开始的时候，你根本想象不到最后会变成什么样子。"身在皇家，其实是一种悲哀，"我小时候曾经有一次掉进了这个池塘，差点儿淹死。知道是谁救了我吗？"

傅柔摇摇头。

"是太子。"他此生铭记。

"太子殿下？"看如今兄弟俩这么冷漠，傅柔想象不到，"他救了你的命？"

吴王目光悠远："那时候我们都很小。我还称他大哥，他也唤我三弟。他看见我掉进水里，想都不想就跳下水来救我，差点儿把他自己也淹死了。我有时候想，如果那时候我就这样淹死，在他心里，可能我永远是那个可爱乖巧的三弟，而不是整天碍着他眼的吴王。"

"那后来，为什么……"傅柔想不通。

"因为袁天师的一句话。"人生从此颠覆。

"以相术闻名天下，极受陛下看重的那个袁天师？"傅柔知道这个人。

"就是那家伙，给我看了一个相，说我命格贵不可言。"吴王只觉可笑，"贵不可言。对皇族来说，这四个字多么要命！从那一天起，我莫名其妙就成了太子的对手。他再也不是我的大哥，我也不是他拼着性命也要保护的三弟了。傅司言，你因为那宫女的死而痛苦，可你知道什么是真正的痛苦吗？"是血缘之亲，却无情。

傅柔望着慢慢沉入水中的纸船："以为殿下是来安慰我的，结果殿下越说，我的心情越沉重。"

"傅司言的情都放在程处默那儿了，我安慰你有点儿吃亏，捞不回本钱。"吴王微微笑起，是他想被她安慰，"我只是把你当废话篓子，心里不舒服，把烦恼往你这儿一倒，这样我就轻松了。"

"凭什么我要当殿下的废话篓子？"

"觉得委屈？那也容易。你丢开程处默，跟着我，我保证以后不用自己的烦心事儿来烦你，而且只要你有心事儿，立即逗你笑，给你排忧解难。"

傅柔无言，转身要走，手却被吴王拉住了。

她回头，声音紧张："你干什么？"

他问："知道我什么时候真正看中了你吗？"

傅柔摇头。

"是你在东宫帮司徒尚仪的那一次。后来，太子妃在御花园向你兴师问罪，你答了她一句话，不是这样的人，不帮这样的忙。"吴王清楚记得每个字。

"这没什么，我只是实话实说。"

"你很执拗，你不愿意被这个世界改变。然而，这世上有很多诱惑，也有很多磨难，面对这些诱惑和磨难，要坚持着，从头到尾都活得像自己，很难很难。所以，承受不住的人，会不知不觉就忘记自己本来的模样，做出一些，从前的自己绝不会去做的事儿。"吴王目光渐深，"坚持做自己，不愿意被世俗改变的傅司言，虽然看起来僵化又很不识趣，可是，我喜欢，很喜欢。"他终于表白。

宫门深似海，侯门又何尝不是，这夜的陈国公府正是阴森时刻。

傅音独自走在花园里，穿得单薄，只觉风冷。玲珑忽然喊肚子疼，凶狠地把她赶了出来，要她去找吴管家。

四周黑漆漆的，几盏灯笼在廊下飘动，灯火忽明忽灭，更显诡异。她胆子小，脚步加快，一心想着赶紧穿过花园，未察觉身侧溜过一道黑影。黑影忽然回扑，捂住她的嘴，将她连拖带拉，进了一间杂物房。

月光映亮那张脸。傅音惊恐地瞪着，居然是侯长兴。她呜呜地挣扎，终于意识到这是一个圈套。

侯长兴邪笑着，目光如狼似虎："别怕，小美人，今晚让你享尽人间极乐——"

沙！沙！沙！沙！

侯长兴听到房外传来声响，不由得一惊，急急刹住动作。

片刻之后，一声猫叫。

傅音的眼神顿时绝望，被侯长兴压制得动弹不得，任由他撕开衣襟，欺上她的雪颈。就趁这时，她狠狠地咬了侯长兴一口，终于摆脱被动，冲到窗前，大喊"救命"。

侯长兴把她抓回来，一耳光打得她跌倒在地："贱人，敬酒不吃吃罚酒，看老子弄死你！"

侯长兴坐压着她，目露凶光，双手要撕开已经裂了的衣襟。她使尽最后一丝力气捏住侯长兴的手不放。

房门突然打开。

侯杰冲进来咆哮："原来是你这小子！"一步上前，提起侯长兴，一脚踹他到门外，紧接一顿暴揍。

傅音狼狈地爬起来，紧紧地揪紧衣领，却见玲珑从门边探头，一脸的幸灾乐祸。

"我就说呢，大半夜的，不好好睡觉，一声不吭地往外跑？少郎君对你这么好，你还和别的男子鬼混，下贱。"

傅音愤怒地扑向玲珑："我没有！你害我！"为什么？她和玲珑无冤无仇，为什么要这么害她？

玲珑不退反进，拽住傅音的头发，泄愤地拍打。

再说侯长兴，连着挨了侯杰好几拳，火冒三丈，还起手来。

"侯长兴，你碰我书房的丫鬟，还敢还手？"侯杰一时不查，被揍了一拳，难以置信。

"侯杰，你不过就是有个好老爹，有什么了不起？你书房的丫鬟，自己没看住，怪我啊？你要是有本事儿，她也不会三更半夜跑出来找我。你情我愿的事儿，你管不着！"侯长兴豁出去了。

侯杰怒火中烧，出拳不再留情。忽然，傅音撕心裂肺一声喊，令他下一瞬就收了拳，冲回房里。

傅音和玲珑揪扯之中，被玲珑推倒，摔坏了手镯。

侯杰回头，看见侯长兴已经跑了，冷哼一声，转向玲珑："怎么回事儿？"

玲珑假哭："这小贱人被坏了好事儿，恼羞成怒，还抓伤奴的脸，你要为奴做主。"

侯杰甩开玲珑不安分的手："半夜三更的，做什么主？有事儿明天再说，你先回去睡觉。"

玲珑咬唇，瞪了傅音一眼，扭身离开。

侯杰看着傅音，见她头发散了，衣衫不整，嘴角破皮，鲜血红得刺眼，消弭了他眼中的冷意。

他脱下自己的外衫，用自己都未察觉的温柔动作，为她披上，声音却冷若寒冰："马上滚回你的房间，恬不知耻，把我的脸都丢光了，你还想这么衣裳不整坐到天亮，让所有人看见吗？"

傅音没看离开的侯杰一眼，捂脸痛哭，为今夜的羞辱，为娘亲的遗物，兀自沉浸在悲伤之中。

不知过了多久，她才止住哭声，缓缓捡起断镯。起初，她很恨陷害自己的玲珑，还有无耻的侯长兴，但渐渐她更恨自己的软弱无力，连那种小人都对付不了，竟妄想报仇。

她想到了很多，娘亲希望她嫁进官宦之家的心愿，还有侯杰明摆在面上的，对她的兴趣，心中油然升起一股邪恶之念。其实，力量唾手可得，借力打力，又可趁其不备，只要——放弃自我！

傅音的眼神悄然转变，攥紧破损的镯子："娘，这世上坏人真多。害娘的人，害我的人，只要他们死，不管付出什么代价，我都愿意。"

侯杰躺在床上，辗转难眠，满脑子都是傅音，越想越可恨。真是看走了眼，以为她傻傻呆呆，天真可爱，谁知心机深沉，见一个勾搭一个，差点儿就骗过了他。

忽然，房门吱呀响。

侯杰惊得起身，拔出挂在床架上的剑。冷锋一闪，映出傅音姣好的面容。

侯杰眯了眯眼，随即冷哼："你来干什么？"

傅音的脚步坚定地轻轻挪动："我来，为自己申冤。"

侯杰打量着她，看那一身若隐若现的纱裙凸显曼妙的身段，立刻就明白了，脸色一沉："不干不净的事而被人发现，十个人里面有十个喊冤的，我可没工夫理会。你爱和谁鬼混，是你的事儿，别再来碍我的眼。"当他是急色鬼吗，什么人都要？

傅音的神情平静："我有证据，可以证明我的清白。"

侯杰的眼里闪着光："什么证据？"

纱裙落地，不着寸缕的傅音缓缓走向侯杰。

"我自己，就是最好的证据。"

"哪儿也不要去，等着我——"陆庭温柔的声音远去了。

傅音想哭，却不敢哭，只是将自己投入眼前这个男子的怀中，闭上眼，感受那份陌生的热力，禁不住战栗。

侯杰一挥袖，熄灯。

天色微亮，侯杰睁开眼，看见仍在熟睡的傅音，这才留意到她的眼下青窝还有些红肿，瓷娃娃般的脸看着苍白。

也许是委屈哭红了眼，也许是他累坏了她，他伸出手，大掌轻轻包住她的半张面颊，拇指不由得眷恋地摩挲，动作怜惜。

他算是知道了，这是个傻乎乎的丫头，哪有勾搭的本事儿。

"少郎君，该起床了。"玲珑推门走了进来，端着洗脸的铜盆。

傅音的眉皱了皱，眼睫如羽毛轻扇。

侯杰急忙"嘘"了一声。

玲珑还以为侯杰赖床："快辰时三刻了，小公爷今日不练——"一回头，戛然止声。

傅音一手揉着眼睛，一手拥着被子，乌发披散在光洁的肩头。

"咣当"一声巨响，玲珑手中的铜盆落地。

侯杰按住要起身的傅音，温柔地笑了笑，转头却对玲珑冷了脸："你干什么？一大清早儿冲谁发脾气？"

玲珑结巴："她……她……"

"她什么？"侯杰抓着被子往上提，将傅音的裸肩盖住，"她是清白的，我已经验过了，确凿无疑。侯长兴那浑蛋，晚点儿再找他算账。还有你，明明什么都不知道就胡说八道，污蔑音儿的名声。以后音儿也是我房里的人了，你识趣点儿，我一碗水端平，谁也不亏待。你要是欺负她，别怪我教训你，听见了没有？"

傅音弱弱地道："别为难玲珑姐姐，过去的事儿都是误会。"玲珑骄纵，侯杰并不喜欢，她看得很清楚，自然要对准他的胃口。

侯杰果然满意，捏捏傅音的脸蛋："音儿真乖。我这个人最烦的就是房里人闹事儿，把以前的不愉快都忘了，和玲珑好好相处，我一定疼你。"

"是，音儿听话。"傅音笑了笑，手肘支起，"我伺候你洗漱吧。"

侯杰按住她，语气满是宠溺："用不着你，你多睡一会儿，还有玲珑呢，她也伺候我惯了。"转头看玲珑，面色沉冷："还不快再去打一盆水过来？"

玲珑悻悻地捡起铜盆往外走，想不到自己偷鸡不着蚀把米，那个死丫头果然心眼儿多，平日扮得天真无辜。

侯杰起了身，自行更衣。

傅音敛起笑容，背过身去，眼泪无声地落下，心里充满了悲伤。她，送别了自己，已经再也没有回头路。

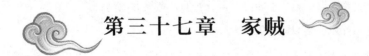

第三十七章　家贼

侯长兴跪在侯君集跟前，心里不甘，面上不露，而且装得痛悔不已。

侯君集喝口茶才淡淡地说道："起来吧，不是什么大事儿。"

"虽然叔叔是这么说，但我还是觉得对不起侯杰。叔叔三番四次教导，要我不要犯这'色'字上的毛病，偏偏我那天晚上喝多了点儿酒，在花园里看见那丫头容貌美丽，没有细想就……幸亏侯杰赶来，阻止了我，后来我才知道那是他书房里的人。"侯长兴哪敢起身。

侯杰冷哼："后来才知道？音儿又不是头一天进府，你会不知道她是伺候谁的？你小子一天到晚在府里不干好事儿，如今居然惹到我头上……"

侯君集打断："不必多说，不过一个漂亮点儿的丫头。长兴已经认错了，你又打了他一顿出气儿，这件事儿到此为止。以后不许你再拿这事儿为难长兴，听到了吗？"

侯杰郁闷，却也不敢挑战父亲的决定，乖乖答"是"。

"谢谢叔叔。"侯长兴这才起来，抬头却对侯杰一笑。

侯杰顿觉刺眼，如同挑衅。

侯君集没察觉："长兴正是血气方刚的年纪，也难怪在女色上头犯毛病，说起来，还是我这做叔叔的不是。你娘早就来过几次信，要我给你订一门亲。这两年事儿多，都耽搁下来了。这阵子看来看去，倒是相中了一家。赵侍郎家的千金，家世好，教养也好，堪为贤妻良母。"

侯杰看着侯长兴骤变的脸，忽然心情转好。

"叔叔，其实我还不急……"侯长兴想缓缓。

侯君集道："这话糊涂，你不急，你娘急啊。你当了赵侍郎家的姑爷，对你的前程也有好处。"

侯长兴又抬出母亲："还是先画一幅赵家千金的画像，送去给我娘看看，让我娘决定。"

侯君集面不改色："我已经和你娘通过书信了。你娘说，让我拿主意。我看，不妨就定了赵家的小姐。"

"叔叔！"侯长兴脱口而出，"那位容貌丑陋，我不愿意！"

侯君集语气波澜不兴："哦？你不愿意？"

侯长兴仗着胆子："娶妻是一辈子的事儿，娶回家就要天天对着。侄儿也不求娶什么大美人，至少要看得过眼，不能丑得全长安的人都笑话我啊。"

侯君集的目光幽冷："你真的这么想？"

侯长兴瑟缩一下，咬牙直言："事关侄儿一生幸福，侄儿想，还是慎重一点儿好。"

"这么说，是我不够慎重了？"

侯长兴还是听不出叔叔什么语气，但惊得膝盖一软："侄儿绝不敢这么想。"

侯君集叹气："你这么想，我也不怪你。你父亲去了这么多年，我一直把你当我的儿子一样看待，哪知道到头来，毕竟还是隔了一层。一个老头子，什么都要插手，管到侄儿的亲事上头，也怨不得惹人嫌。男人志在四方，我不该把你拘束住，从今天开始，除去校尉一职，你侯长兴，从我侯君集的府里离开。"

侯长兴跪着喊："叔叔！"

侯杰凉声带笑："恭喜啊，堂哥，你可以自己挑老婆了，这么洒脱，我可是想都没敢想过。"

侯君集又道："天高任鸟飞，你只管飞。你不是嫌人家赵侍郎的女儿丑陋，不愿意娶吗？我倒要看看，没了我侯君集这个叔叔，全长安的人还会不会笑你。你出去吧，出去找你那看得过眼的妻子，以后不管你过得多风光潇洒，我陈国公府，没有你这一号人物。"

侯长兴伏地告饶："叔叔别生气，长兴错了！婚姻大事，父母之命，媒妁之言。叔叔就好像长兴的父亲一样，叔叔要长兴娶谁，长兴就娶谁。"

侯杰呵呵道："对嘛，娶妻求淑女，丑一点儿怕什么？有我爹给你撑腰，又有赵侍郎当岳丈，堂哥的福气大到天上去了，不要不知足。"

侯长兴想清楚了："确实是我的福气，刚才是我一时糊涂。"

侯君集把侯长兴扶起来："你这孩子，都是上过沙场的人了，还一点儿小事儿就垂头丧气。高兴点儿，侯府总算要办喜事儿了，挑个吉日，叔叔亲自为你上赵府提亲。"

侯长兴垂头丧气地走了。

侯杰撇撇嘴："这家伙，一辈子也只能替我们侯家卖命。"

侯君集不大赞同："你这什么话？他也姓侯，不为侯家卖命，为谁卖命？还有你。"

"我？"侯杰反应不过来。

"长兴的婚事儿既然定下，自然就轮到你了。"侯长兴眯了眯眼，这才是重中之重。

这日，严子方当值，经过一个巷口，听到有女子呼救的声音。他深知天子脚下龙蛇混杂，一般的闲事儿不由一般的人管，更何况他们还是上了岸的海盗，也就不想招惹。

谁知，马海虎不干，一根肠子通到底，见不得老弱妇孺受欺负，自告奋勇地过去瞧瞧。

那呼救的女子，本是名震长安的青楼名花怜燕儿，程处默尚未收心时的知己。如今程处默情归傅柔，她则退出欢场，从了良。只是从良容易，重生难。平时遭受邻里的指指点点，即便遇到熟识，却多是以前的客人，自然避之唯恐不及，甚至出来买个东西还要挑僻静的道儿走。不过，今天碰上的，真是麻烦中的麻烦，得罪不起，又令她厌恶至极。一个是驸马杜荷，一个是官宦之子张合，程处默兄弟仨和他们一比，可谓纯良之辈。

马海虎冲出来的时候，怜燕儿还吃惊一下，以为没人敢得罪那两只。

张合和杜荷得知马海虎是镇海将军府的校尉，笑得前仰后合。长安，随便拉出来一个遛遛，都比校尉大。然而，让他们想不到的是，马海虎官阶芝麻绿豆小，胆子包天大，一看说不通，拳头来招呼。

严子方左等右等，等不到马海虎回来，当然就会找来，结果加入战局，混乱扩大，最终惊动了巡城的官儿徐良平。

徐良平是个怕事儿的，张合的父亲是他的上官，更何况还有驸马牵涉其中，当然知道帮哪一边儿，立刻让底下的士兵围住了严子方和马海虎等人，一顿胖揍。

怜燕儿不忍心，喊着"别打"。

张合甩手就给了她一耳光："你还敢出声，都是你这贱人不识抬举！"

马海虎大叫："住手！你有种冲我来，打女人算什么玩意儿？"

张合嗤笑："都已经这个熊样了，还敢嘴硬！徐大人等什么，赶紧拉走吧，让他们尝尝牢饭。以为上岸从良就能重新来过，痴心妄想，那得下辈子重新投胎啊。"

杜荷拍手起哄，忽然在人群中看到一张认识的脸，慈眉善目，面上无须。那人是杨妃身边的内侍玉合，还对自己使眼色。杨妃可是当今圣上的宠妃，他不看僧面，也得看佛面，和玉合走到了一边。

玉合道："要不是我来得巧，驸马今日就要犯下大错了。"

"公公是不是有点儿危言耸听了？区区一个镇海将军府，本驸马教训不得？"杜荷不以为然。

"镇海将军算什么，以驸马的尊贵，当然可以想怎么教训就怎么教训。可驸马要是把皇上也教训了，那就不妙了。"玉合一笑，神情就带了些莫测。

杜荷一愣："我什么时候教训了皇上？"

"皇上为使四海归心，连严子方这样的海盗头目都赏了一个将军的头衔，特意安置在长安城里，以示君恩。皇上相信严子方会改邪归正，驸马却叫人把严子方抓住，还要押着游街，这丢的是镇海将军府的脸吗？不，这是在丢皇上的脸。驸马在长安演这么一出，到底是驸马诬陷了严子方，还是皇上看错了严子方呢？这事儿如果传到皇上耳朵里，追究起来，错的只能是驸马，最终受罚的必然是驸马啊。"

杜荷醒悟，急忙走回去让人住手，对严子方等人冷笑："算你们走运，今天就饶了你们。"拉着张合就走了。

徐良平一看，乐得两边儿不得罪，也走了。

严子方自始至终看得清楚，上前向玉合道谢："不知尊驾贵姓。"

玉合的笑容及眼："奴叫玉合，在宫里伺候杨妃娘娘的。"

严子方心想怪道杜荷给面子，原来一山还有一山高。

"原来是玉公公，多谢仗义相救。"

"举手之劳，何足挂齿。"玉合的话锋一转，"我在宫里见过几幅外国海船的刺绣，十分新颖有趣，问了别人，才知道是以严将军献给皇上的海船图册为蓝本而制的。我对大海非常向往，还寻思着有机会要找将军请教呢，没想到今天在这里撞上。"

"大恩不言谢，日后公公有海上的问题，只管问我，镇海将军府随时欢迎。"严子方拱手。

玉合也不客气："好，日后一定登门拜访。我还有事儿要办，先走了。"走了一步又停下，"严将军，有一句话，不知当讲不当讲。"

严子方恭敬回道："公公请说。"

"在长安城没有一点儿依仗，是无法立足的。"见严子方拢眉，玉合笑了笑，"就是一句善意的提醒，没有别的意思。"

玉合走了，严子方陷入沉思。

等到下了值，他走进一家酒馆，叫了一坛酒，也不点菜，独自喝着。心里挺郁闷，当义盗的时候被人鄙视，改为朝廷效力了，还是被人鄙视，来长安这些日子，脚踩着实地，心反而踏实不起来，还不如在海船上快哉。

"别喝了。"一只白皙的手按在酒坛边沿。

"拿开。"严子方都不用抬头，就知道对方是谁。这位千金，怎么总在他的眼前晃？

侯盈盈却无视严子方冷漠的语气，泰然自若地坐下："怎么受伤了？"

严子方的一对寒眸逼视："别再靠近我。"她为什么没自觉？她的父亲害死了他全家，难道还要他笑脸以待？

侯盈盈偏偏没自觉："靠不靠近由我自己决定。虽然我知道，你曾经想杀我，但是下不了手。我更知道，那天在城外，你明明可以伤害我，却毫不犹豫地把我放走了。"还把酒坛拿开，"身上有伤，就别喝酒了。"

严子方却由不得她做主，猿臂一伸，就把酒坛子拿了过去，倒进碗中。

侯盈盈伸手要夺，严子方反手捉住她的手腕。

"你够了！为什么总是接近我？我是被人看不起的归顺的海盗，你是高高在上的国公之女，我们两家还有血海深仇。别以为我现在拿你们没办法，你就觉得我严子方是可以随你撩拨的玩物，是你想逗弄就逗弄一下的小猫小狗！"

"我没有这么想。"手腕上传来的痛楚令侯盈盈皱眉。

"那你想什么？难道你还真的喜欢上我了？"严子方嗤冷。

侯盈盈一愣，随即爽快地承认："对，我喜欢你。"

轮到严子方愣住了。

"真是笑话。"他忽然松开手，扔下一块银子，大步而去。

侯盈盈呆坐在那儿，死死地咬住了唇。她出生以来所有的勇气，用来向他告白，却是惨败。早已料到会是这个结果，心仍然撕裂般地痛楚。原来，人真贪心，自己喜欢了还不算，希望对方给予回应，明知眼前是一道无法跨越的鸿沟。

她拿起酒碗，一饮而尽，然后被呛得猛咳，连眼泪都呛了出来，流个不停。

严子方迫使自己不要回头。他知道她无辜，但他看见她，就会想起那年的大雪，父母的鲜血飞溅。他的心里，怎能有她半寸的位置！

他因为走得太快，出了店门的时候，肩膀撞到一个路人。

"对不——"他抱歉地说着，却见那人匆忙而去，还拉低了头上的竹笠。

那人的前方，一队戴着竹笠的人，和他一样步履匆匆，灰扑扑的，仿佛不想引人注意，却偏偏让其他路人觉得不好惹，纷纷避让。

严子方却没盯得太久，心里烦，又怕侯盈盈纠缠不休，逃也似的往反方向走了，哪里料到，刚刚和旧识擦肩而过。

带着那队人的，正是侯家父子要干掉的洪义德。

侯家父子以为洪义德还在广州，不知他真正的目的是要报复大唐帝王李世民，当然要到天子脚下。不过，洪义德没料到的是，他能堂而皇之地来到长安，因为侯家军里有个拖后腿的傅涛，帮他掩藏了行迹。

傅涛在广州城大张旗鼓地抓叛军，把洪义德的手下灭口之后，故意谎报，有心放洪义德到侯君集眼皮子底下捣乱，最好能把他们的老底儿都给掀开。

严子方没发现洪义德，洪义德却看见了严子方，对他归顺朝廷的行径颇为不屑，只是也懒得与之怼上，一耷脑袋，背道而驰。

侯杰走进书房，见傅音正在画画。他一看到她，心情就莫名地好。

"音儿，画什么呢？"他笑着上前。

"你不是说，要我和玲珑姐姐好好相处吗？我别的都不会，就只会画两笔，所以我想给玲珑姐姐画一张画像，也许能让她高兴。"傅音放下笔，拿起画，微笑地回应，"你看，画得像不像？"

"这个主意不错——"侯杰突然消声，目光变冷。

傅音仿佛没察觉侯杰的异样："怎么了？我画得不像？"

侯杰答非所问："音儿，玲珑身上穿的是——"

"珍珠衣。"傅音状似无心，"玲珑姐姐穿珍珠衣的模样漂亮极了，令人过目不忘，所以我能画下她最美的一面。"

侯杰追问："你何时见玲珑穿过？"

"就在前几天。当时我还想，少郎君对玲珑姐姐真好，送她这么漂亮的东西……"

侯杰没听完，怒气冲冲地往外走。

"你去哪儿？"

傅音冲着那道背影喊了一声，既不急，也不惊，慢慢地将画卷了起来，投进旁边的篓子里，才走了出去。玲珑害她一次又一次，也该轮到她出一口气了。

玲珑很快被人拖到后庭的花园，同时吴管家向侯杰交上一只匣子，里面满满的珍珠。侯杰刚"哼"了一声，她就"扑通"跪下。

"我向来喜欢珍珠，这些是我这些年积攒的赏钱买的。"情急之下，谎话编得荒唐。

侯杰也不废话："盈盈的珍珠衣是怎么到你手上的？"

玲珑一惊："我没有……不是的！不是的！"

"我这里有人证，瞧见你穿在了身上。"侯杰转头瞥了傅音一眼。

傅音垂着眼帘。

玲珑陡然明白了这是傅音的报复，不禁咬牙切齿："是你！是你这个贱人害我！我就知道，从你进府的第一天就知道，你是个害人的狐狸精！"玲珑歇斯底里地叫骂着，朝傅音扑过去，却被家丁拦住。

傅音还是往后退了一步。

侯杰轻轻抓住她的手："别怕，有我。"随即转向玲珑："说，珍珠衣是怎么落到你手里的？"

玲珑大喊："我冤枉！是那狐狸精害我！我一直尽心尽力地伺候，少郎君怎么能不信我？"

侯杰冷哼，一声令下，让家丁们对玲珑用刑。棍子打在肉上啪啪地响，玲珑惨叫连连。傅音起初瞧得痛快，但等玲珑有点儿接不上气的时候，渐渐不忍再看，甚至犹豫着是否要为她求情。

好死不死，侯长兴走了过来。

他看清玲珑在挨打，下意识地说好话："一个蠢笨丫头能惹多大的麻烦，侯杰你别上火，打一顿作数。"

侯杰冷冷道："她敢偷盈盈的珍珠衣，打死都不可惜。"

侯长兴的面皮一抖："啊？她胆子那么大，难怪侯杰你会生气。"心虚地要开溜，"我想起来还有事儿，要出去一趟，先走了。"

玲珑不可置信："侯长兴，你见死不救，我也不替你隐瞒。"转而对着侯杰："珍珠衣就是侯长兴送给我的！"

侯杰的目光在玲珑和侯长兴之间打量来去，突然才明白这两人之间有暧昧，神色渐沉。

侯长兴恼羞成怒："你这贱人，不要胡乱攀咬啊！我什么时候送你珍珠衣了？偷了东西就赖在我的身上？"

玲珑豁出去了："是你亲口说的，老爷和少郎君在天牢时，府里值钱的东西都被你拿走了，说是送给大臣救老爷、少爷的命，其实你早自己先吞了一半。珍珠衣也是你私吞的，你贪恋我的姿色，才把它送给了我。"

侯长兴跳脚："闭嘴！满口胡言！我先打死你！"

玲珑不管不顾，保住自己要紧："就是你！偷珍珠衣的是你！"

"都给我闭嘴！"侯杰冷然地吩咐吴管家，"手脚不干净的贱婢，按府里的规矩处置。"总不能当众揭示自己被这两人扣了绿帽。

玲珑大惊失色："饶了我吧，我是冤枉的啊！真不是我偷的，是侯长兴——"

吴管家带人把玲珑拖了下去。

傅音没来多久，不知道他们要如何处置玲珑，想着最严重也不过是打发出府。

侯长兴连看都没看玲珑一眼，笑得左歪右倒："侯杰，还是你英明，知道那贱人诬陷我……"

侯杰一把拧住侯长兴的衣领，带进书房去了。

傅音听着拳打脚踢的声音，还有侯长兴吃痛地喊叫，心知侯杰在教训他。不知怎的，她有点儿担心玲珑的处境，匆匆跑下台阶，往吴管家他们离开的方向跑去，一时找不见人，却见吴管家领着人，居然从她们的小院走了出来。

傅音等他们走远，才进了院子，推开玲珑那间屋子的门，却被眼前的画面骤然震慑。一根绳索挂横梁，玲珑悬空摇荡，方才还是活生生一条命，此刻已成一缕幽魂。

她跌跌撞撞地跑出小院，怎么也想不到，因为自己的小小私心，不愿再受欺负，竟会害死一个人。

跑着跑着，迎面一道黑影，她急忙扶住墙壁止住脚步，看着侯长兴走过去。他虽然鼻青脸肿、一瘸一拐的，让侯杰修理得很惨，但还活得好好的！

傅音瞪着侯长兴离开，冲进了书房，对侯杰大吼一声："为什么？"

侯杰莫名其妙："什么为什么？"

250

傅音直勾勾地盯着侯杰："玲珑死了，为什么侯长兴还活着？偷珍珠衣的是侯长兴，玲珑虽有错，也不过错在她接受了贼赃，何至于要死？贼反而活着？"

侯杰沉了脸："你这是在质问我？"

"对，我是在质问你。"傅音想到侯长兴害死了她娘就全身发颤，"为什么你让侯长兴活着？他做的那些孽，你以为装模作样地打一顿就可以了吗？你为什么不杀了他？"

侯杰抬手给了傅音一耳光："你想知道为什么，我就告诉你。玲珑只是个丫鬟，侯长兴再没出息，再惹是生非，他到底姓侯，是我们侯家的人。还有——"他垂下头，擦着傅音耳边，声音冰冷，"别忘了，你也只是一个丫鬟，现在给我滚出去！"

傅音红着双眼，怒瞪侯杰好一会儿，转头跑了出去。

侯杰的右手收成了拳，把书桌打出一个洞来，神情懊恼。她瞪什么瞪，以为装得可怜兮兮的，他就会哄她吗？岂有此理！

第三十八章　雀屏

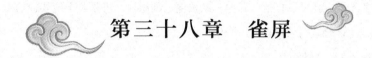

傅音坐在台阶上呜呜地直哭，凉风吹得她瑟瑟发抖，蜷成了一团。忽然，耳畔拂风，肩上落暖。侯杰为她披了一件衣，在她身侧坐了下来。她起身要走。

侯杰以命令的语气："站住！吴管家没教你规矩吗？"

傅音一听规矩就打了个冷战。

侯杰将她拉坐下来，盯住她的手腕："你的镯子呢？"他记得清楚，玲珑曾眼红那副镯子，是她娘留给她的纪念。

"碎了。"就像她一样，都碎了。

侯杰伸出手，轻轻抚过她的脸，为她擦泪。她却往后缩了一下，偏过脸去。

侯杰语气缓和："恼我了？"

"不敢。"侯门丫鬟的命，比纸还薄，"我比不得有人天生好姓氏，不管做了多少坏事儿，照样逍遥自在活着。"

侯杰望向她，有些奇怪："你为何如此恨侯长兴？"

傅音不能说实话："我只是觉得不公。"

侯杰沉默片刻，忽道："音儿，你娘不在了，我娘也是。那时还没有大唐，阿爷在外打仗，家里遭了灾，怀着盈盈的娘只好带着我去投奔婶婶。"

在傅音的眼中，侯杰总带着优越感，骄傲得像只孔雀，不曾见过他哀伤的一面。

"半路上，我娘难产，好不容易生下盈盈，却……"侯杰眼里起了一层雾光，"你觉得我对盈盈好吧？"

傅音点点头。她还奇怪过，他居然是个疼妹妹的兄长。

"可那会儿，我恨她害死了娘，曾把她丢在路边，想让野狗咬死她。哪知她哭得那么大声，把野狗都吓跑了。我只好重新抱起她，可她一直哭，让我心烦意乱，我就拿手去捂她的嘴，没想到她居然含住了我的一根手指，就不哭了，还对着我笑。"侯杰的笑容一显即没，"我当时还小，脚程慢，三十里地，不知走了多久，等我好不容易找到婶婶家，盈盈已经不会哭也不会笑了。我很怕，怕她和娘一样，永远也不会醒了，是婶婶把盈盈救了回来，也救了我。那段日子，我婶婶带着我们艰难度日，直到我爹找到我们。"

傅音感触："你婶婶真是好人。"

"她是个寡妇，她唯一的儿子，就是侯长兴。"侯杰望着傅音，"现在，你明白了吗？不管侯长兴有多浑蛋，我可以打他、骂他、欺负他、利用他，可是我不能要他的命。"

他的目光放柔，轻抚傅音的脸颊："还疼吗？"

傅音咬了一下唇："好多了。"

侯杰为傅音重新披上了外衣。这回，傅音没有挣脱，她心里有个小小的声音，还知道感恩戴德，保护妹妹，这样的人也许还没坏到无可救药。

清河公主生辰的这天，收到两大份礼物。一份让她笑，一份让她哭。

程处亮别别扭扭，又拿了一个平安结给她，不过比起第一个好看太多了，她喜欢得紧。

想着这一天开头开得好，应该好礼收到手软，谁知跑到父皇那里，礼物倒是多，还掺进一份侯君集的礼物，侯家传家的玉佩。

就算她再不懂事理，也知道这东西不能乱收。只是她婉拒的同时，父皇发话，说程处默没福气，侯杰文武双全也不错，给她当驸马，吓得她差点儿把人家的传家宝砸地上，当场表示不愿意。结果，惹恼了父皇，还被侍卫押回寝宫，严加看管。

"怕我插着翅膀飞出宫啊？居然让人看着我！"清河气得团团转。

"好端端的千秋生辰，怎么会搞成这样？公主，不是奴婢说你，你太莽撞了，顶撞谁不好？偏偏当面顶撞陛下。难怪陛下会龙颜震怒，叫侍卫把你关起来。"珍珠实诚。

"闭嘴！我已经够心烦的了，你不要再惹我好不好？难道我想顶撞父皇？是不顶撞不行，他要把我嫁给侯杰。我总不能欢欢喜喜地点头吧？我就算是死，也不要嫁给侯杰。"

以前觉得当公主无所不能，如今觉得当公主啥也不能，连嫁谁都没的选。

"呸呸呸，今天可是你的生辰，不能说'死'这个不吉利的字眼。"珍珠忠贞不贰，"公主，现在怎么办？"

"刚刚摆平了一个程处默，又来一个不长眼的侯杰——"她有点儿想不起来，"话说，我是怎么摆平程处默的？"

珍珠回答："你什么都没做，是程处默他们摆平的。"

"对哦。"她忽然眼睛一亮，"我想到了程处亮跟我说过的一个故事。张三借了李四的钱，第二天就要还，可是张三又没有钱还。张三晚上就睡不着了，在床上翻来覆去。张三老婆受不了了，就问张三，你怎么回事儿啊？张三说，哎呀我一想到明天还不了李四的钱，我就睡不着。张三老婆一听，就从床上起来，打开窗户，对着李四家嚷了一句——李四，张三明天没钱还你。然后，张三老婆对张三说，你就安心地睡吧。现在轮到李四睡不着觉了。"

珍珠觉得深奥："这个故事能有什么作用啊？"

"你啊，朽木不可雕。只有我这么聪慧的人，才能领略这故事的深刻含义。程处亮遇到头疼的事儿，都推给他大哥。"她得意地笑，"那么我呢，遇到为难的事儿，当然也可以依样画葫芦，推给大嫂呀！"

珍珠傻了眼。

清河打着哈欠往榻上一躺："终于没有烦恼了。"

寿星梦周公去了，杨妃却劝着还在生气的唐皇。

"陛下就算生气，也用不着把清河关起来呀，教训两句不就得了。"

"朕是存心要打打她的气焰。不是朕小气，被她顶撞两句就要惩罚她。朕是担心她这脾气，日后嫁人，不比皇宫自由自在的日子，她是要相夫教子、侍奉公婆的。不把这骄纵的脾气改改，怎么行呢？"皇上恼火，"真是把她宠坏了。"

"要她改脾气也不急在一时，毕竟今天是她的生辰呀。"杨妃柔声道。

"关都关了，就别说了。"皇上语气一顿，"说到生辰，恪儿的生辰应该也快到了吧？"

杨妃笑："不是快到，是已经过了。"

皇上一怔："已经过了？为什么朕不知道？"

杨妃不以为意："陛下贵人事忙，皇后娘娘体恤陛下辛劳，没让内侍监报上去，也是情有可原。"

皇上摇摇头："这事儿不能怪皇后，她最近一直病着，只是内侍监那群奴才越来越放肆，自作主张。你也是的，他们没报，你怎么也不提醒朕一声？"

"那几天陛下正为侯君集洗劫百姓下了天牢的事儿烦恼。恪儿说，就不要拿他的事儿给父皇添乱了。"杨妃始终温和。

皇上叹："这孩子就是被你教得太体贴了，既叫人恼火，又让人心疼。"

"宫中这么多皇子公主，陛下日理万机，哪能个个儿都顾得上。恪儿蒙陛下恩典，允许他在宫中暂住，陪伴妾身，我们母子已经很感激了。"

"杨妃，你伺候朕多年，一直谨小慎微。朕知道，因为你的身世，你在宫里受了不少委屈，连带着恪儿也受委屈。"

"妾是隋炀帝的女儿，大隋已经烟消云散，妾却能在宫中享受荣华富贵，这都是因为得到了陛下的爱护。恪儿哪怕受点儿委屈，心里也明白陛下是疼爱他的。"

"他越懂事，朕这做父亲的，越觉得亏欠了他。"皇上思索着，"虽然他的生辰已经过了，但朕还是要补偿他。"

"陛下真的想补偿恪儿？"杨妃挑眉。

"朕不能厚此薄彼。"君王一言九鼎。

"既然陛下有这个心思，恕妾斗胆，替他求陛下赏一个心愿。"既然儿子不开口，就由她这个母亲开口吧，毕竟那是关系他一生幸福的大事儿。

第二日，清河神采奕奕地去见她的父皇。

皇帝就问她有没有反省，她当即表示想清楚了自己不能嫁给侯杰的理由。

皇帝不悦："你倒说说看什么理由。"

"理由嘛，就是——"清河深吸一口气，"傅司言！"

皇帝愣了好一会儿，宣傅柔觐见。

"傅司言，清河公主有不能嫁给侯杰的理由，但是她又不愿意告诉朕到底是什么理由。她说，只有傅司言可以让朕明白来龙去脉。"

傅柔完全不知所以然，望向清河公主，可是对方东张西望，就是不和她对眼神。

皇帝追问："既然清河不肯说，那么，就由你来说。清河到底为什么不能嫁给侯杰？"

"陛下，微臣……"傅柔说不下去了，巧妇难为无米之炊，她都不知道来龙去脉，怎么往下编啊？"请陛下允微臣和公主殿下单独说几句话。"

皇帝虽然奇怪两人这会儿要说什么，但到底还是答应了。

一走出殿外，傅柔就问是怎么回事儿。

清河讪笑："简而言之，就是父皇要我嫁给侯杰，我不愿意，但我又想不出说服父皇的方法，所以我就让你来想。傅司言以后要当程处亮大嫂的，做人家的大嫂，就要承担起责任来，你说对吧？我是程处亮的责任，程处亮是你的责任，所以，我就是你的责任。"

傅柔无语。

清河做出拜托状："傅司言帮帮我。"

"你都这么说了，不帮也得帮。"傅柔思考着，"不过这一时半刻，哪能想到办法？"

正说着，一只孔雀从她面前悠悠地走过，阳光映得它尾羽碧亮，让她的眼睛也一亮，有主意了！

傅柔独自走进甘露殿．

"如何？"皇帝也没在意清河怎么不一起进来，还等着傅柔说理由。

傅柔气定神闲："启禀陛下，清河公主不愿意嫁给侯杰，和一个人有关。"

"哦？和谁有关？谁如此胆大包天，敢影响公主的婚事儿？说出来，朕看看他有几个脑袋。"皇帝就差挽袖子了。

傅柔道："这个人，就是太穆顺圣皇后。"

皇帝愣住："朕的母后？"

"正是。太穆顺圣皇后聪慧刚毅，仁慈宽厚，她去世时，公主年纪尚幼，但公主心里，对皇祖母充满了眷恋和崇敬，还有深深的羡慕。太穆顺圣皇后拥有一段传奇美满的婚姻，所以公主曾对太穆神圣皇后之灵立下誓言，她也要像她的皇祖母那样，找一个文武双全的驸马。"

"朕问你。清河想找一个文武双全的驸马，这是她不能嫁给侯杰的理由吗？"皇帝没有听懂，"侯杰是朕看中的驸马人选，他的文韬武略，哪一点儿不足了？如果清河的要求是文武双全，那她就更应该高高兴兴地点头答应婚事儿。"

"陛下，公主不愿嫁给侯杰，是因为侯杰还没有通过最重要的一项测试。"傅柔不卑不亢。

"什么测试？"皇帝奇怪。

"雀屏中选。"傅柔回答。

"对！就是雀屏中选！"另一个声音传入，随即清河扶着太上皇走了进来。

太上皇笑道："想求娶娇妻，不射中雀屏，不得中选！"

清河对傅柔挤眉弄眼，亏得对方想到让她去请这尊大佛。

皇帝立刻走下，恭敬行礼："太上皇。"

255

太上皇泰然受礼："想当年，诸公子纷纷为你母后慕名而来，求婚者踏破了门槛，你外公把你母后视若掌上明珠，哪里肯轻易嫁出女儿，于是就设了一个雀屏，给每个求婚者两支箭，要他们射屏上孔雀的两只眼睛。几十个人试过，没有一个人射中，朕还只是隋朝的一个卫尉少卿，得到消息晚了，等朕去的时候，不少先到的人，已经尝试射过了。"

清河挽住皇帝的胳膊肘："先到有什么用？要看真本事呀。皇祖父一到，拿起弓箭，簌簌两下，就射中了屏上孔雀的眼睛。"

"对！两箭，射中孔雀的两眼。"太上皇遥想当年，声音更加爽朗，"朕那老丈人对朕是欣赏真不得了啊，当场就把你皇祖母许配给了朕。清河啊，想不到，朕这些儿孙中，只有你还挂念着你死去的皇祖母啊。"

清河娇声道："皇祖父不要这样说，挂念皇祖母的不止孙女，父皇也是十分思念皇祖母的。"转看皇帝："是吧，父皇？"

皇帝伤感追忆："朕当然思念母后。"

清河忽然跪下："求父皇看在皇祖母的分上，为清河的婚事而设下雀屏。清河很想像皇祖母那样，把这一生托付给值得的人。"

"清河，你对皇祖母有这样的孝心，有这样的心愿，为什么不直接告诉朕呢？"非要让傅司言兜兜转转的传话，绕这么大一个圈子。

"女儿……婚姻大事，和父皇面对面地讲，女儿害羞嘛，只好请傅司言代劳喽。父皇，你答应了？"

皇帝微笑着点头，心里这么想的，雀屏中选说白了就是射箭，对于侯杰来说，自然是十拿九稳。

但皇帝却算落了一个人，刺绣高手傅柔。雀屏是绣出来的，但凡用到刺绣，傅柔就有千百种奇思妙想，让百发百中的神射手变成眼盲之人。

傅柔和舒儿一起忙活，把门窗都用布帘挡了，以免阳光照射，随后就调配各色的水染，染起丝线。眼前一面刚刚由司织所送来的雀屏，原本就是她亲手所绣，一直放在库房里，想不到能派上用场。

舒儿拿了一把药草过来："这染色还要放草药呀？"

傅柔也不多说，接过草药研磨，仔细看好分量，才倒进水里，不敢有半点儿马虎。丝线染好了色晾干，再穿针引线，开始在屏风上落针。

舒儿更看不懂了："这屏风已经很美了，为什么还要再补添针线呢？"

傅柔脱口而出："因为人家好歹叫了我一声'大嫂'。"

舒儿"啊"了一声。

傅柔连忙改口："因为我觉得孔雀头上的羽毛太少。"

转眼到了第二天，傅音伺候侯杰更衣。

侯杰一边穿衣，一边抱怨："也不知皇上在想什么，赐婚就赐婚，还要搞什么雀屏中选，都是傅柔那女人在宫里搞的鬼。"

听见傅柔的名字，傅音的动作一滞。

侯杰立刻留心，还挺高兴："怎么，我要娶公主，你吃醋了？放心，公主进了陈国公府的门，我不会让她欺负你。"

"有少郎君怜惜，音儿什么都不担心。"傅音对侯杰要娶公主的事儿无感，"那个叫傅柔的，到底怎么得罪你了？"

侯杰冷笑："那女子是程处默的心肝宝贝。我呢，和程处默不共戴天，程处默喜欢谁，我就要修理谁。"

傅音一惊："你要修理她？"

"别提她了，扫兴。"侯杰忽然亲昵地搂住傅音。

傅音双手要推："一大早的……"她眼前忽然出现了一对玉镯。

侯杰将镯子戴上傅音的手腕："你娘给你的镯子不是打烂了吗？这一对，是我特意为你挑的。虽然不能替代你娘给你的遗物，不过，你看着它，就知道这世上，还有人在乎你。"眼中柔光，笑容温和，"虽然我无法自己选妻，可是，我可以选择要对谁好。"

傅音愣愣地看着那对漂亮的镯子，回过神来的时候，侯杰已经走了。她不由得把手放在心口，镯子发出清脆的敲击声，仿佛落进了心湖，泛起涟漪。她居然会觉得他很温柔！怎么办？

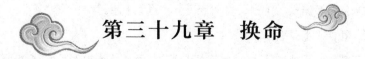

第三十九章　换命

皇宫的大校场上旌旗长扬，人声喧哗。上一回这么热闹的时候还是御前比武那会儿，这次连太上皇都来凑热闹。

侯杰上前行礼，皇帝对他期许甚高，毕竟这已是清河的第二次议婚。

"侯杰，今日雀屏择婿，是清河公主对皇祖母的一番心意，也是太上皇和朕对太穆神圣皇后的纪念。你不要让朕失望。"

侯杰恭敬且自信："微臣绝不会辜负陛下。"

内侍来报，程咬金和程处亮来见。

与皇帝同台的清河，看见程处亮手持弓、身背箭，不由得露出笑脸。

皇帝皱眉："卢国公，你又来凑什么热闹？"

"老臣得知今日陛下要用雀屏为清河公主挑选驸马，老臣的儿子处亮不才，但箭术还过得去……"

皇帝打断程咬金："所以你就觉得，他也可以来射两箭试试。"

程咬金硬着头皮："陛下一向公正公道，雀屏射箭靠的是真本事……"

"你以为朕的女儿，是市场的大白菜，有点儿本事儿就能拿走一棵？"皇帝摇了摇头，"程处默已经令朕失望了一次，你还打算让朕再失望一次？朕的女儿是金枝玉叶，程处亮一不能继承国公之位，二没有战功，拿什么和侯杰比？就算他能射中雀屏，也没资格娶朕的清河。"

程处亮鼓起勇气："陛下……"

程咬金却拽了拽他的袖子，示意他闭嘴，退到一旁的木棚子里去了。

再说另一边，曹总管叫人摆雀屏，一百五十步之距。

杨柏在一旁嘀咕："雀屏放那么远？是不是让射箭的人靠近一点儿，比较容易射中啊？"

曹总管听了笑："臭小子，你收了陈国公府多少好处，来给侯少将军帮忙啊？"

杨柏连忙摆手，表示不敢。

曹总管笑得颇有意味："放心吧，不用你说，这个忙我也会帮。"不会看谁的脸色，也会看皇帝的脸色，显然皇帝看好侯杰，他们岂能顶真干活？

内侍对曹总管打手势，表示一切就绪。

曹总管过去向皇帝禀报："陛下，雀屏已开，一百五十步。"

皇帝赐箭，让侯杰上前准备。

"等等！"清河听程处亮提过，侯杰箭术过人，"一百五十步也太近了，至少两百步。"

侯杰脚下一顿。两百步？最强的弓弩，也不过三百多步，而他手上只是一把射猎用的弓。

皇帝就问曹总管："你是宫里的老人了，这射雀屏，宫中有没有规定啊？应该隔多远？"

"宫中对这个倒没有规定，陛下您看，要不要改成一百步，取个十全十美的好彩头。"

曹总管讨好的是圣心。

"什么？"清河柳眉倒竖，"你刚刚都说没有规定了，还敢多嘴？"

杨柏突然多嘴："启禀陛下，射雀屏的距离应该是多少，这不好说，但是如何分辨善射与否，距离多少，典籍是有写明的。"

皇帝示意他说下去。

"典籍中提及射艺，有写道，楚有养由基者，善射；去柳叶百步而射之，百发百中。所以，旧俗以百步为准，来甄别善射与否。"

清河气极："小小内侍，也敢在父皇面前多嘴！"

皇帝不理她，转头看太上皇："太上皇，您看……"

太上皇沉吟："嗯，朕可是盼着雀屏中选的佳话再续，今天人选只有侯杰一人，如果太远了，射不中，岂不扫兴？"

皇帝颔首："好，那就以百步为距。"

清河才张嘴，就让皇帝扫了一眼，只好闭上。

侯杰往雀屏走了五十步，得意地拉开弓，信心满满地瞄准，正要射，却见雀屏上的孔雀动了一动，惊得他手臂一耷拉。他以为自己眼花，用力地眨眨眼，然后再搭弓，但孔雀依旧动个不停，根本无法瞄准。

远观的众人也察觉到了侯杰的异样。

程咬金眯起眼："架势倒是摆得十足，怎么半天都不射呢？"

侯君集见皇帝皱了眉，连忙帮儿子说话："高手出手，自然谨慎些，你着什么急！"

清河却不管，趁机大声催促："你到底射不射？再不射，就别射了！"

侯杰没办法，只能勉强出手。等内侍把屏风抬过来，两支箭皆未射中孔雀眼。皇帝很不高兴，期望越高失望越大。

侯杰跪禀："陛下恕罪，微臣刚才射箭时，发现这屏上的孔雀……"

清河抢过话："发现这屏上的孔雀眼睛太小，所以射不中嘛。父皇还说他文韬武略有多好，幸亏托了皇祖母的福，不然女儿就要所嫁非人了。"

侯杰想要辩驳："公主，并不是这样的……"

皇帝打断："别说了。不管你是沉迷玩乐，功夫生疏了，还是一时激动，失了手。射不中就是射不中，再砌词狡辩，只能显得你更无能。"

太上皇起身叹息："唉，雀屏中选的佳话看来是不能再续了。回去吧，扫兴。"

清河喜不自胜，离开时和程处亮偷偷交换了一个眼神，彼此安心。

很快，孔雀屏被撤了下去，众人皆散。

程咬金走到侯杰身旁："少将军，你也别沮丧，其实你的箭术也没差到哪儿去，不过是把孔雀头上的羽毛当成孔雀的眼睛罢了。"

侯君集火大："卢国公也用不着冷嘲热讽，侯杰没能娶到清河公主，陛下好歹还赏识他，给了他一次机会，不像你那儿子，陛下连机会都不肯给。"

程咬金不甘示弱："我们家处亮只是欠缺点儿军功，他还年轻，将来自然会有为大唐效力的机会，咱们走着瞧。"他三个儿子，老猴头一个儿子，切，数量上完胜！

傅柔望着太阳的高度，已经日上三竿，想着大殿那边的射屏应该结束了。果不其然，杨柏兴冲冲跑了过来。

"傅司言，侯杰两支箭都射偏，和清河公主的婚事儿算是泡汤了。"

傅柔松口气："杨柏，这回多谢你。"

"小事儿一桩，不过就是把你告诉我的典籍上的那些话，在陛下面前说一遍嘛。我说了之后，看陛下的眼神儿，还挺欣赏我的呢，如果以后我能得到陛下重用，那就应该是我多谢你了。"杨柏神情好奇，"傅司言既然不希望侯杰娶到清河公主，为什么还要我向陛下建议，让侯杰站得离屏风更近一点儿呢？站得越近，不是越容易射中吗？"

傅柔神秘地一笑："虽然他靠近了屏风，但最后还是射偏了，不是吗？"忽然往杨柏身后看了看，"对了，不是请你帮我把雀屏那幅刺绣拿回来吗？"

杨柏龇牙："我问了好几个兄弟，都说亲眼看见那孔雀开屏的刺绣被裁下来，丢进了装破烂儿的篓子，可我把那些篓子都翻遍了，压根儿找不到。"

傅柔的脸色一变："找不到？你有再找一次吗？会不会落在哪个角落了？"

"傅司言，我答应你的事儿，会不用心吗？别说那么大一块的孔雀开屏的屏风刺绣，就连巴掌大的布片都没找着。我也怕自己是看落了，来回找了三次。你闻闻，我浑身都是破烂儿垃圾的馊味儿。我猜，这东西会不会被别人捡去了？"杨柏举起袖子。

傅柔的心里"咯噔"一下，若是被有心人捡走，那就糟了。

色彩艳丽的孔雀，唯有眼睛附近两个洞，破坏了灵气。傅柔怎么都找不到的刺绣，已经落在侯家父子手里。

"你真看见这孔雀会动？"侯君集绕着书桌走了一圈，确实绣得活灵活现，却也不过是一幅绣品而已。

"阿爷，真的。"侯杰这会儿也瞧不出名堂，"宫里传出的消息，这幅雀屏是傅柔亲手所绣，以她的本事儿，在这孔雀上藏了什么蹊跷，应该不难。"

"如果她真敢动手脚，这就是置她于死地的罪证，而她向来和魏王妃交好，又和程处默之间有不清不楚的关系，一旦证明她欺君，就能顺理成章，把卢国公府也拉下水。"侯君集认为是机会。

"我立即叫人把这刺绣送到长安城最有经验的绣师那里。"侯杰领会。

"不，这东西太重要，不能弄丢，找他们来看。"侯君集老姜一块，"务必仔仔细细地查，一根线也不能放过。"

侯杰应是，陪着侯君集走出书房。

一直听着墙脚的傅音溜进房里，看见铺在桌上的刺绣，想到父子俩的对话就心惊，如果他们从中找出端倪，只怕二姐难逃一劫，还会连累处默哥一家人。她拿起孔雀刺绣，一手伸向抽屉里的剪刀。

"音儿。"侯杰却走了进来，"干什么呢？"

傅音浑身一僵："我只是瞧着这么漂亮的刺绣怎么破了两个洞，好可惜。"

"别嫌它有两个洞，这幅刺绣是个宝贝呢。"侯杰不疑有他，走到傅音身边，把刺绣取走，"它说不定会让某个我讨厌的人倒大霉。"

"你在说什么？音儿不明白。"傅音本想旁敲侧击。

侯杰却笑："你太单纯了，有些事儿还是不明白的好。"反身抱住傅音，"来，你家主爷今天在皇宫吃了一个大亏，你打算怎么安慰我啊？"

"要不你先回房，我把这儿清理一下就来，给你打扇唱曲？"傅音想支开他。

侯杰却叫来刘管家，当着傅音的面，把刺绣交给他："把此物收进库房，不容有失，另外，立刻将城中最好的绣师都请来。"

吴管家拿着刺绣去了，如此一来，傅音无计可施。

侯杰忽然认真地看着傅音："真奇怪，今天没有雀屏中选，娶不到清河公主，但我心里并没有那么难受，相反，还有点儿小小的高兴。"步步靠近，将傅音锁在他的双臂之间，"音儿，只要我一天不娶正妻，我和你就可以过一天这种轻松快乐的日子。"

傅音眼神有些迷惘："少郎君……"

侯杰俯身，亲住了傅音的唇。她起初睁着大眼，渐渐闭上，感受到他的气息出乎意料的温暖，他的力量令人惊讶的安心。

上灯时分，花音阁。

林宝林请傅柔来下棋，傅柔却屡屡下错。

"我还以为，你这个人永远只有一副样子呢。"林宝林似笑非笑，瞅她一眼。

傅柔心事重重："什么样子？"

"从容沉着，胸有成竹，不会被任何难题难倒的样子。"林宝林语气一转，眨眨眼，"不过嘛，这会儿你连续下错棋子，神情心慌意乱，倒是更讨人亲近些。"

傅柔叹口气："也不瞒你，是有点儿心事儿。"

"我猜猜。"林宝林才是胸有成竹，"你的这点儿心事儿，和今天早上侯少将军没射中雀屏有关？"

傅柔微微睁眸。

林宝林笑了笑："别的我不知道，但你刺绣的本事，我是亲眼见过的。我听说，侯少将军射完雀屏之后嘀咕，说什么屏风上的孔雀会动。我也是在司织所做过掌织的人，自然知道刺绣的孔雀不可能活过来乱动。不过，能教我在裙子里掺入鲛丝，以阳光为饵，让裙子变得波光粼粼的傅司言，也许有什么办法制造奇迹。你若信我，就告诉我，你到底做了什么？"

"不是我不信宝林，只不想牵连无辜。"傅柔心思细腻，知道轻重。

林宝林握住傅柔的手："从你帮我那刻起，我已将你当成姐妹。这宫里，无人可以独行。"

傅柔沉吟片刻："孔雀屏风刺绣的秘密，说穿了，就是加在孔雀羽毛边缘的多层叠针法。如果每一层的绣线，会随着阳光的照射而褪色，显出原本被覆盖的下一层的图案颜色呢？"

林宝林诧异："会褪色的绣线？"

"我们傅家经营染坊已经有好几代，掌管染坊，不但要掌握上色的技巧，也要掌握褪色的诀窍。有一种叫猫舌花的草药，平常并不起眼，但只要在染料中分量下得对，就能使刚刚染好色的东西，随着阳光的照耀而不断褪色。我把屏风交还司织所时，特意叮嘱了元女史，务必在最后时刻，才把遮盖屏风的红布揭开。就是为了避免绣线上的颜色过早地褪去。等红布揭开，侯杰对着屏风瞄准，太阳照到屏风上，绣线上的颜色一褪，叠针法的奥妙逐渐呈现。这样一来，就会出现孔雀在动的错觉。"

"这种微妙的变化，离得过远，就看不出来了。"林宝林也是行家。

"所以，我请杨柏帮忙，劝说陛下让侯杰尽量靠近屏风。"一切早有定谋。

"原来是这样。可是，不对呀。就算上面一层的绣线褪了色，那也就成了白色的丝线，还是蒙在了下一层的图案上，又怎么能显现出下面的图案呢？"林宝林问。

傅柔低声："宝林还记得当初赢得陛下宠爱，是怎么于不起眼处乍起光辉的吗？"

林宝林恍然大悟："鲛丝。"

傅柔点头："对，鲛丝是透明无色的。"

"鲛丝不但透明无色，而且还会反射点点光芒。侯杰忽然看见屏风图案变化，已经够惊讶了，又被阳光的反射刺激双眼，自然更看不准。"林宝林赞叹，"傅司言，这种天衣无缝的手法，也只有你想得出来。"

"这件天衣，它有缝，而且，还是一条很要命的缝。"不然她也不用愁，"最要命的缝，就是那幅孔雀屏风刺绣本身。猫舌花液浸过的绣品，还有用叠针法留在屏风上的透明鲛丝，逃不过刺绣行家的眼。只要拿到孔雀屏风刺绣，用行里人的手法进行检查，就会被识破。我请杨柏去帮我把孔雀屏风刺绣拿回来，但是，那幅刺绣已经找不到了。我担心，它落在有心人的手上。"

林宝林忽然站起来："傅司言，刚才我们还是好姐妹的交情，现在，不是了。"

傅柔一怔，随即明眸熠熠，坚定不移。她相信林宝林。

"你听过换命帖吗？"林宝林认真地问。

"换命帖？"傅柔摇摇头。

"身在后宫，遍地荆棘，每一步都可能踏进阴谋陷阱，像我们这种弱女子总要有几个真真正正信得过、靠得住的人。你信任我，把能置你于死地的秘密告诉了我，把你的性命托付给了我。这，就是你给我的换命帖。从今天开始，你和我，不是嘴皮子说说的好姐妹，而是可以换命的交情了。"林宝林说完，从寝屋捧出一样东西。

傅柔惊讶地起身："这是……"

那东西，不是孔雀刺绣，又是什么？！

"这是你那件天衣上最要命的缝。"林宝林递过去，"自从听说你在陛下面前为清河公主说话，还提出用雀屏做考题来选驸马，我就开始留心了。你可别忘记，我也是司织所出来的，还当过你的下属，目光当然首先就盯在绣品上。"

傅柔松了口气："怪不得杨柏找不到，你真让我吃了一惊。"

"刚才，你要是不把我当自己人，对我虚言隐瞒，这幅孔雀屏风刺绣，我绝不会交给你。至于我会交给谁，你自己想。说到底，欺君之罪，谁也不敢随便掺和，这是掉脑袋的事儿。即使只是知情不报，也是死罪。"林宝林说得明明白白，"为了以防万一，我还叫人往内侍监的破烂儿篓子里丢了一幅孔雀开屏图案的屏风绣品来顶替。宫中制品都有定制，我这儿恰有一幅相似的。当然，我还在上面扎了两个洞的。现在啊，是和你上了一条船了。"

"因为我信任你，所以你信任我。"傅柔懂了。

"你能以性命相托，我就能以性命相报。"林宝林微笑。

"这就是宫里女子的换命之交。"傅柔万分触动。

第四十章　蝼蚁

侯杰一早就把汉王请了出来。气死他了，折腾一晚上，还找来长安城号称绣王的人，结果什么发现也没有。不过，他绝对肯定的是，傅柔动了手脚！

"侯杰，你一大早地把我拉到宫门口，到底什么事儿？"汉王还在犯困。

"当然是请殿下欣赏美人。"侯杰撇笑。只要傅柔落在汉王手里，要她求生不得，求死不能！

两人说话间，傅柔从宫里走了出来。

美目盼兮，姿若轻柳，傅柔这样的大美人，让汉王立刻看直了眼。

"殿下您看，程处默。"侯杰目光一扫，指给汉王看对面的街口。

汉王望着傅柔快步向程处默走去，虽听不见两人说什么，但看有说有笑，神情亲昵。

他冷哼："早想着要教训一下程处默这小子了，偏偏皇兄赏了本王两个外邦金头发蓝眼睛的美女，把本王一时给耽搁住了。先让程处默和他的女人快活一天，等程处默攒够了一肚子的幸福甜蜜，我再出手，把他们从天堂一巴掌打下地狱。"

"汉王殿下高明！"侯杰吹捧，"程处默日后回想起来，这就是他和傅司言最后一天的快乐，而且还是他一无所知地把自己心爱的女人送回宫，献给了汉王殿下。这样的教训，才能让程处默刻骨铭心。"

汉王狞笑："谁敢和我过不去，我就让谁刻骨铭心。"

程处默和傅柔丝毫不知他们被汉王盯上了，先回了一趟傅家，才到郊外去散心。

"音妹的事儿你别太担心，我会找到她的。"程处默深知傅柔，对家人最是挂心。

"她留下书信，自行离家，这里面必有缘故。我有一种感觉，就算找到她，她也未必肯回来。"傅柔叹息，"我倒不是难过，只是迷惘，现在才知道在广州城的日子是那么平静珍贵，如今我总感到不断有人从我身边离开。三娘不在了，涛弟走了，音妹也走了，称心原本活生生的，转眼就死了。有一个宫女想让库房的老鼠少一点儿，带了毒药进宫，我……她被皇后娘娘赐死了，还有一个牵连在内的内侍，也死了。而我，谁都留不住。"

程处默牵住傅柔的手："你还有我。"

傅柔与程处默对望，微微一笑："是，我还有你。"

"对了，处亮要我代他，谢谢他未来的大嫂。"

傅柔失笑："谁答应做他大嫂了？你们程家三兄弟，没一个正经的。我和清河公主投缘，很喜欢她，所以才帮她呢。"

"你就嘴硬吧。你喜欢的是清河公主吗？你喜欢的是我，英俊潇洒，文武双全，天下第一帅的程处默。"

傅柔抿唇不语，神情却显然愉快。程处默总能逗笑她，是她那么喜欢他的一个理由，肩上的担子太重了，但奇异的是，他可以让它们瞬间消失。

程处默瞅着机会好："柔儿，那个马海妞……"

"你不用解释。"傅柔竖起食指，挡在程处默嘴前。

"啊？连解释都不许啊？"程处默却误会了，"我很冤枉的，一定是处亮那笨蛋没有和你解释清楚。"

"不是的。"傅柔摇摇头，"处默，你死讯传来的时候，我祈求上苍，只要你回到我身边，我会一辈子对你好，只要你活着，我可以什么都不计较。而我，相信你。"

程处默心头一震，深深凝住傅柔，再次握住了她的手。

"人的生命，真是太脆弱了。你以为它会很漫长，其实到头来，才发觉很短暂。严子方也好，马海妞也好，和你能活着这件事儿比起来，根本就是无足轻重。处默，我不知道这条路有多长，那么多人都在路上失散了，我真的很害怕，你一定要紧紧握住我的手，不要松开。"

程处默用力地点点头，以为气氛恰好，谁知马海妞和马海虎忽然杀到。

"你们又想干什么？"他有了傅柔的话，底气大增。

"我又不找你。"马海妞转而指着傅柔的鼻子，"我不管你是吴王的女人，还是我们帮主的女人，我警告你，程处默这人，是我马海妞的！"

傅柔默然地望着马海妞。

"你别不信，我的地位可是受到承认的——"马海妞拿出程处亮和程处剑画押的字条，"程家兄弟已经站在我这一边儿了，白纸黑字。"

程处默猛然抢过纸，马海妞想抢回去，却被他推开。马海虎恼火程处默对自己妹妹动手，一拳揍了过来。程处默不甘示弱，撕碎了纸，反手一拳打过去。

傅柔一动，马海妞就亮出匕首，抵在她脖子上。

"一般我不打女人的，不过，谁抢我的男人，我就割断谁的脖子。"

傅柔冷静："这位姑娘，要当谁的妻都可以，只是用暴力的方法就不好了。"

"那你说怎么办？"马海妞想什么说什么，"我喜欢他，可他喜欢你。这软的不行，就只好来硬的了。"

"要进卢国公府的门，就要先得到程处默家人的认可。"傅柔中肯，"这一点你没做错。不过，程处默既是兄长，怎么会听他两个弟弟的？"

"难道……只有卢国公和卢国公夫人的指印有用？"马海妞领悟。

"孺子可教，但你知道程处默最听谁的话吗？"傅柔还不想惊动老人家。

"谁？"马海妞瞪大眼。

"魏王妃。"傅柔微笑。

马海妞拔腿就跑。马海虎一看，架也打不下去了，跟着跑。

程处默失笑："我还真不知道，你居然有这么坏的时候。"

傅柔斜睨一眼："我哪里坏了？"

"叫马海妞去找我姐姐，这还不坏？"他家大姐多厉害啊，害得他难以抱得美人归。

"好吧，我坏。你不喜欢，可以追马海妞去。"傅柔笑靥如花。

"你休想。"程处默拥住傅柔，"照马海妞的话说，你就是我程处默的船，唯一的一条大海船。"

当马海妞身穿牡丹大花裙，头顶一大碗水，扭扭捏捏地在堂中学着"国公夫人"步子，还被四位老妈妈轮番敲戒尺的时候，压根儿没想到中了傅柔的计。

傅柔都在魏王妃手里吃了亏，才阴差阳错地进了宫，迄今没办法脱身，更遑论马海妞这个没心眼儿的姑娘了。

马海妞的心里叫苦不迭，早知如此，她跑来见魏王妃干什么啊！魏王妃只说，要嫁程处默，就得像傅柔那样，学习礼仪、读书、刺绣等一大堆的东西。她一时冲动，就答应学了。第一门就是礼仪，以为简单得很，谁知她全身骨头都要累断了。

高高在上的魏王妃看这出好戏看了半个时辰："今天第一回学，两个时辰就好，明日再来就得三个时辰起了。"

马海妞傻眼了："明天还学？"

"站姿、坐姿只是最基本的，每天要坚持。对了，当国公爷的夫人，还要知书达理。"魏王妃一招手，就有宫女搬上来两堆书，"平常这些书三天要背完，我给你四天。这些书，傅柔都会背。"

另有两名宫女，抬上一面刺绣屏风。

"这幅刺绣是傅柔绣的，在她绣的东西里面，只能算中等。她有一幅绣得很漂亮的牡丹屏风，被皇后娘娘看中，带到宫里去了。"魏王妃看马海妞想开口，打断道，"你放心，我在你和傅柔之间，当然是偏着你的。不要求你比傅柔绣得好，只要你的女红比得过这幅中中等等的屏风就行了。"要怪就得怪她大弟，什么人都能招惹得来，如今看来，傅柔倒是大弟的造化。

"我这辈子从没拿过针啊。"马海妞哭丧着脸，她只知道拿刀。

"你难道不愿意嫁给我弟弟？"魏王妃挑眉，这么容易就能打发？

"我……我愿意啊。"马海妞硬着头皮。

"我这么辛苦，做这么多事儿，全是为了让你可以打败傅柔，风风光光地进卢国公府的门。你难道连这点儿小事儿都不愿为处默做？你心里到底有没有他？"魏王妃摇头叹息。

"我有啊——啊！"马海妞叫得太大声，被一旁妈妈的戒尺打了一记。

马海妞憋了声，扭捏出来的娇柔："我有……"

魏王妃欣慰："有就好。我会支持你的，你要坚持下去。"一转头，铁面无私地吩咐老妈妈们："先站足两个时辰，然后背书，接着练习女红，这位可是未来的国公夫人，你们要好好伺候。"

众人齐刷刷地应"是"。

日近黄昏，程处默将傅柔送到宫门口附近，不舍得与她话别。

"这日子什么时候是个头儿啊？还说牛郎织女被王母娘娘划了银河，分隔两岸。我看我和你，就是活生生的牛郎织女，这皇宫的高墙就是银河。"

"那王母娘娘呢？"傅柔已经接受了这样的坎坷。

"还用问，当然就是皇后娘娘——"

傅柔作势捂程处默的嘴："你胆子还真大，敢抱怨皇后娘娘。"

"为了你，我连玉皇大帝都敢顶撞，抱怨两句算什么。"他程处默从来天不怕地不怕，"柔儿，等我找个机会，把皇上哄得高高兴兴，再求他放你出宫。"

"皇上是这么好哄的？"还是要看机缘。

"你不知道，皇上可赏识我呢，很快我们就能在一起了，你再忍忍。"程处默不但无惧，还自恋。

傅柔笑他："到底是我忍忍，还是你忍忍啊？"

程处默也笑："呵呵，一起忍。"指指自己的嘴，"亲一个才让你走。"

"没正经，这是宫门前呢，万一被人嚼了舌头，你我一辈子都见不着了。"傅柔想的是长远，为人谨慎仔细。

程处默没再坚持，心知她说得对，目光痴痴地送她的身影，直至没入宫门。他不是不能忍，只是深宫吃人，令他怕自己再不动作，会永远失去她。

傅柔一回司言所，下属李掌言就说孙太妃请她去玉丹阁。她心里挺奇怪，但这些都是压在她头上的人物，躲是躲不开的，只能小心应对。

傅柔走进玉丹阁，却见灯光晦暗，一个人影儿都不见。她回头想问领路的内侍，不料内侍根本没有跟进来，动作迅速地关上了门。她心头一惊，转身去推门，却听到锁链声，门竟被锁了起来。

"傅司言的美貌名不虚传，灯火朦胧之下，更是人间难得的绝色。"一个身穿华服的男子从内室走出。

傅柔猛地回身，但见那人相貌虽然周正，却一脸的邪笑，两眼冒光，一副色坏急相。她立刻就猜到他是汉王，假借了孙太妃旨意。汉王一向色无忌惮，众所周知，之前点名要清河公主的贴身宫女珍珠，还闹到皇后那里，她在司织所就已耳闻。

她强自镇定，行礼淡道："汉王殿下，下官奉孙太妃之命而来，既然孙太妃不在，请恕告退。"

"傅司言弄错了啊。叫你来的，不是母妃，是我。"汉王眯眼笑着，"早听说宫中有你这么一位美人，却一直无缘得见。今日巧了，远远地瞧见你和宣威将军程处默在一处。他从前可是拈花惹草的高手，如今居然能为你收了心，我当然更加好奇，故而宣你来见。"

汉王说着话已经走近，绕着傅柔转一圈，放肆地闻香："好一道美人妙香。"

傅柔不动声色，步步退远，安静地拔下发间长簪。

汉王嗤笑，亦步亦趋："我纵是比不得宣武将军，身为皇族，文治武功一向要兼顾，你一个小女子岂能奈何得了我？"神情愈发放浪，"不过，也好，你够野够辣，玩起来更带劲儿。"

傅柔冷眸对视："论力气，下官自是不好比，即便以自身性命相要挟，出身高贵的殿下也不会在乎，看我们不过蝼蚁。"

"既然知道，何不识时务，若得我宠，蝼蚁也可升天。"汉王傲慢。

"殿下如果要对下官用强，下官别无选择，只能求死。只是，下官临死前，有一个问题想请教殿下，不知殿下能不能大发慈悲，告诉下官答案？"但见汉王逼近一步，傅柔即将簪尖抵刺脖颈。

她记得程处默提及，今晚程处亮会在宫中当值。又因职务之便，她知道宫卫们巡逻的每个点，以及到达的时辰。她也许可以呼救，但机会万分珍贵，现在只能拖。

汉王顿步，毕竟还想尝销魂滋味："你想问什么？"

"下官想知道，梁州是个怎样的地方？"傅柔注意着灯盏里的油，暗暗计算时间。

汉王哪里看得穿傅柔玲珑的心思："梁州？哼，鸟不拉屎的地方。土地贫瘠，天气恶劣，吃的东西难吃死了，女人也不漂亮。"

"和长安比，如何？"

"和长安根本就不能比，一个是天上，一个是地下。"汉王嗤声。

傅柔意味深长地"哦"了一声。

汉王忽然疑惑："你死前的最后一个问题，就是这个？"

傅柔点头。

"为什么？"汉王想不通。

傅柔微笑："下官的簪子只要这么一下去，这条命也就是因汉王殿下而去的了，自然要关心一下汉王殿下的下场。"

"什么？"汉王瞪眼，"我的下场？"

"汉王殿下的封地不就在梁州吗？下官一死，殿下去梁州，不是挺顺理成章吗？"傅柔笑着，出口却是威胁。

"放屁！"汉王只觉得可笑，"你以为你一条小命能够左右一个藩王的去向？美人，你也太看得起自己了。"

"下官不敢如此自大。下官这条小命的分量，充其量只是一根稻草，不过，却可以成为压垮骆驼的最后一根稻草。"傅柔思路分明，"陛下登基，分封诸王，为了大局的安定，早有藩王们必须就藩的规定。如今长安城里，到了年龄而未去封地待着的王爷可不多，汉王殿下您，是其中最碍眼的。"

"我碍眼？那魏王李泰，吴王李恪，都不待在长安吗？"而且汉王有恃无恐。

"魏王和吴王都是陛下的爱子，可汉王你，只是陛下的兄弟罢了。汉王殿下不妨扪

269

心自问，在陛下心中，你的分量有多重？既在陛下心中分量不重，又犯了不肯到封地就藩的忌讳，汉王以为你在长安立足很稳吗？"

汉王一愣："没想到，傅司言不但长得不错，还很会唬人。我在皇兄心中分量或许不重，但是在父皇心中，分量却不轻，皇兄就算不看僧面，也要看父皇的佛面。怎么说，那也是他的父亲。"

"对啊。"原来这位王爷也并非完全的草包。

"所以，才需要下官这最后一根稻草嘛。"傅柔一手拿簪，一手提壶倒水，"任何人的忍耐，都像这个杯子，是有个定数的。碍着太上皇的面子，陛下容忍汉王留在长安，这太上皇的佛面，陛下念着父子之情，给得足足的。"

傅柔往杯子里倒入小半杯水，动作稍顿："汉王在长安总不能老在家里待着，出门喝个花酒，偶尔闹点事儿，惊扰了百姓，对一个王爷，也不算什么大事儿。陛下度量大，又忍下来了。"又往杯里加了一点儿水，"在外面惹事儿也就算了，可是汉王在皇宫里，又看上了清河公主的贴身侍女。清河公主好一番折腾，才求了太上皇，保住自己的贴身侍女。她是陛下的爱女，事后免不了在陛下面前抱怨两句。陛下虽然没说话，但这心里，难道就真的对汉王一点儿意见也没有？"

她手腕轻转，又滴进一点水。

汉王斜眼瞥着只装了一半的杯子："这才半杯，还有半杯的分量呢。"

"下官一条命，虽然是蝼蚁之命，也有一点儿蝼蚁的分量。小小司言，虽然只是汉王殿下瞧不上的从六品，但恃强凌弱，逼死有品级的人，汉王又把《大唐律》置于何地？陛下一向最重视律法，他也许不会在意傅柔区区一个女子的死活，却绝对会在意汉王对《大唐律》的无视。这是《大唐律》的分量。另外，下官承蒙皇后娘娘厚爱，刚刚做了司言，就遭遇了不测。不追究一下，皇后娘娘颜面何在？为了整肃宫规，娘娘把身子都累垮了，结果汉王呢，却于如此敏感的时候在宫里肆无忌惮地作恶。以后还有谁把皇后娘娘放在眼里？所有人都知道，陛下和皇后娘娘是恩爱夫妻，汉王如果令皇后娘娘难堪……"茶水持续倒入杯中，水溢了出来，流满桌面。

她气定神闲，放下茶壶："陛下的忍耐耗尽，也就只有令汉王难过了。"

汉王沉默片刻，皱起眉头："似乎有点儿道理，如果为了你这等卑贱女子，我被发配到梁州那个鬼地方去，可是很不值。"

"殿下英明。"傅柔心中一松，"下官出来多时，司言所的女官们会担心的，殿下若没别的吩咐，下官就告辞了。今晚的事儿，下官不会告诉任何人。"

汉王让开身："你走吧。"

"多谢汉王殿下。"傅柔从容行礼，谁知经过汉王的身边时，被他一把抓住。

汉王歪嘴笑道："看你能说会道，想不到如此单纯。我还偏要试试看，皇兄会不会因为这么个人，罔顾兄弟之情，将我打发去梁州。"

傅柔惊乍，却挣脱不开。汉王一手就撕裂了她的领襟。

傅柔忍不住大喊："住手！放开我！来人！来人啊！"

汉王大笑："瞧你嘴巴上胆子不小，心里却揣着兔子！尽管嚷嚷，看谁敢来多事儿！"

傅柔挣扎中摸出袖中发簪，举手扎向汉王，与其被他羞辱，不如同归于尽。

汉王躲得快，下巴却还是被划了一下，疼得惨呼一声："不识抬举的贱人，我要的人，从来没有到不了手的！这顶绿帽，程处默戴定了！"

说完，汉王夺走发簪，反手给了傅柔一巴掌，扇得她眼冒金星，趴在桌上。

汉王正要欺上，房门突然弹开，一道人影拍住他的肩膀，他一回头，就挨了一拳。

来者程处亮。恰如傅柔计算，他巡逻经过，听到了她的呼救声。

汉王和程处亮对招，却发现不是对手，急忙大叫："来人！刺客！快来人！"

哪知，侍卫没来一个，吴王走了进来，一眼瞧见傅柔狼狈的模样，瞬时眯了眼。

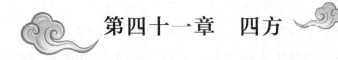

第四十一章　四方

"你，出去！"吴王对程处亮一撇下巴，眼中盛怒。

"不准！"汉王大叫，"他是刺客！来人！"

"还不走？"吴王语气上扬。

程处亮知道吴王对傅柔有意，既然出现在这儿，应该能护得住傅柔，于是他转身就走，要赶紧回去知会他家兄长。

汉王气得跳脚："李恪，我是你的叔叔！"

"如果你不是我的叔叔，你现在还能活着？这里是皇宫，不是皇爷爷的大安宫，由不得你肆无忌惮！"

吴王的面上冷漠，心里却一股想要杀人的怒火。千防万防，防不住这只色狼。还好他今晚有事儿找傅柔，却听说孙太妃让傅柔去玉丹阁，觉得蹊跷，才过来看一眼，不然真不知道会发生什么。

汉王色厉内荏："你给我等着！"推开吴王，快步离开。

只剩吴王和傅柔两人，彼此无言。

良久，吴王叹口气，解下披风，走过去："今晚的事儿，汉王有错在先，应该不敢再提。不过对你，恐怕他不会善罢甘休。"

傅柔脸色苍白："我知道。"静静地推开吴王欲落披风的手。

"请殿下叫两个内侍来，让他们陪下官回去吧。"他的温柔，她也消受不起。

吴王的语气强硬而犀利："半夜三更被人骗到玉丹阁，已经够蠢的了。到现在，你竟然还觉得两个内侍比我更能保护你？"他不由分说地把披风披在她的身上，系上带子，"走吧。"

两人一前一后走着，看到司言所的大门时，傅柔打破沉默。

"下官有点儿明白，皇后娘娘为什么对毒药那么忌讳了。"

吴王不作声，但在倾听。

"因为，这皇宫就是个恃强凌弱的地方，到处都是算计和阴谋。每个角落都充斥着弱小者的悲鸣，堆积着满满的怨恨。在这里待久了，即使再善良的人，也会在一瞬间产生恶念，想把那些无法发泄的仇恨，用一杯毒酒解决。了结别人的痛苦，也了结自己的痛苦。"刚才有一瞬间，她想和汉王同归于尽，不顾一切。

"你认为值得吗？"吴王心中自有答案。

"不值得。"傅柔的答案果然如一，"只要这世上还有我所爱，就不值得。"

"所以，既然你觉得不值得，那就坚持下去，只做那些你认为值得的事儿。"不知何时起，她成了他的一盏明灯，每每想到她，他就不会心浮气躁，可以做回他自己。

"我会的。"傅柔挺直腰杆，走进了司言所。

吴王在门畔站了好一会儿才离开。无论傅柔如何看他，他心意已决，要在汉王开口之前，得到父皇的应允，保护他所心爱。

第二日一早，皇帝看着眼前跪着的三人，第一次发现月老还真不好当，而且还叫人哭笑不得。

先来的，是吴王，不顾他正和严子方讨论藏宝图的事儿，非要求见。再来的，是程处默，不顾他正和吴王说婚事儿，天大的急事儿要他解决。最后的，反而是最早的，严子方，打断程处默，跪下向他求一件事儿。

最令人惊讶的是，三个出色的男子，一个是他的儿子，一个是国公之子，一个是曾称霸海上的新贵，竟然求娶的是同一个女子，新任皇后司言的傅柔！

吴王表示为傅柔心动，程处默表示和傅柔早就心心相印，严子方更是语出惊人，和傅柔曾定了娃娃亲，还有长命锁为凭。

但杨妃比谁都早，吴王又是他的儿子，皇帝岂能不存私心。

他打定主意说道："这位傅司言不简单呀，一个皇子，两个将军，竟都同时为她神魂颠倒。既然你们要朕做主，那好，朕就给你们做主。朕决定，把傅司言……"目光落在吴王身上。

已经来来回回跑了几趟的内侍又来报："陛下，太上皇派人来了。"

吴王和程处默同时变脸。吴王自不用说，昨晚亲身经历。程处默却是从兄弟那儿听说了经过，且查到是侯杰在背后挑唆，汉王针对的其实是自己。

皇帝一听，再不耐烦，也得宣进来。

太上皇的内侍走入，毕恭毕敬："太上皇说，汉王年纪也不小了，身边却没有一个知冷暖的人，想代汉王问陛下要一个伺候的宫里人。"

皇帝心想这个简单："哪个宫里人？"

"尚宫局底下的一个女官，傅司言。"

皇帝惊讶极了，想不到为了一个女官，竟连太上皇都惊动了，看来还要谨慎处理。

"傅司言是皇后身边的人，女官的去留当由她做主，朕不管，就交由皇后裁决吧。"烫手的山芋，扔出去，就烫不着自己了。

事情传到魏王妃的耳里，她立刻请来了程处默。

"大姐不必着急，吴王、汉王、严子方，还有我，四选一，我有两成半的机会。"程处默面上沉稳。

魏王妃却不这么认为，替他急死了："你以为你真有两成半的胜算？告诉你，你压根儿就没有胜算。半成也没有！"这事儿一点儿不简单，否则皇上推给皇后做主，皇后又以病中推延，显而易见，为难得很。

"汉王的阿爷是太上皇，吴王的阿爷是皇上，咱阿爷一个国公，比得上太上皇和皇上吗？光是拼身份，汉王和吴王就胜过你了。求娶傅柔的四个人里，母后绝不会考虑你，更不会考虑那个强盗头子出身的严子方。这件事，不是四选一，是二选一。母后必须在汉王和吴王之间选一个。"

程处默没有吭声，他学过兵法，又岂能不知，只是他也绝不能放弃而已。

"如果母后置太上皇和皇上的颜面于不顾，把傅柔许给你，那才是卢国公府大祸临头之日。"

"阿姐就不能想想办法？"程处默心明眼亮，"帮我进宫一趟，求求皇后？"

"求也没用。"魏王妃叹息，"当日要不是为了斗气，硬把傅柔召到魏王府做针线，她就不会被母后看中入宫，不会有今天的事儿。处默，是姐姐对不起你。"

"阿姐如此，好像真的一丝希望都没有了。"程处默眼神坚毅，"天无绝人之路，我绝不会眼睁睁地看着柔儿嫁给别的男人！"

魏王妃始终觉得无望："母后威严不容冒犯，傅柔是个好姑娘，但是事情都到这地步了，你不能强求。多少女儿家仰慕你，何愁没有良妻？你看那位马姑娘，就为了你天天跑到魏王府来。"

程处默愕然："她还在啊？我以为早被你吓跑了。"

"本来我也以为她会被吓跑，没想到她坚持下来了。看她那样子，对你倒是一片痴心。"魏王妃也出乎意料。

"痴心？说全了，叫痴心妄想！别提她了，我听见她的名字就心烦。"程处默不耐烦地挥挥手。

"人家为了你，可是认真学礼仪、刺绣，还一个字一个字地背书呢，也不知挨了多少戒尺。"

"阿姐，我这辈子女人见得多了，就没见过这么不要脸的，仗着手里有一颗解药，恬不知耻地要挟男人娶她。我肯和她周旋，只是为了解药，不然早把她赶得远远的了。"

魏王妃神情突然有些别扭。程处默一转过头，发现马海妞站在凉亭外面。

马海妞柳眉倒竖："程处默，你说的话，我都听见了，你有什么解释？"

程处默哈地一笑："都被你听见了，我还怎么解释？不解释。"

马海妞咬牙："好！好！我总算明白了。你放心，不用你赶，我以后离你远远的！"转身就走。

程处默喊道："你别跑！解药呢？既然放弃了，你就大方点儿，把解药给我，做海盗也要光明磊落啊！"

马海妞猛地回头，眼泪汪汪，神情悲愤。程处默愣了愣，任由她跑了。

程处默焦头烂额，傅柔也备受压力。

一个早上，指指点点的有之，殷勤讨好的有之，都觉得她傅柔一手拢四男，手腕高段，却不知个中滋味，头痛欲裂。

这回，她主动去了花音阁，既是躲一躲风头，也是想和换命的姐妹说说心里话。

林宝林笑着出迎："恭喜傅司言，贺喜傅司言，飞上枝头成凤凰，指日可待。"

傅柔叹气："别人这么说，我就忍了。可是你也这么说，我要生气的。"

"别生气，我认错。"林宝林挽着傅柔的胳膊肘进屋。

傅柔把昨晚的事儿说了一遍。

"原来如此。"林宝林总结，"汉王的所为实在可恶，严子方坚持要履行小时候定下的婚约，吴王呢，是适逢其会，唯有你那程处默无辜可怜。"

"这么多人掺和进来，事情越闹越大，现在一切要看皇后的意思了。"傅柔说归说，心有不甘。

林宝林瞧得出来："可是你心里装着的，却是……那个根本不可能被皇后挑中的人。表面看来是四选一，其实就是二选一的事儿。"

"连你也这么想？"所以，她才忐忑啊。

"只要有点儿脑子的人，都会这么想。难道皇后会让汉王和吴王失望，而对卢国公府加恩吗？程处默何德何能，让皇后为他担这样的风险？"不是皇后人品不好，而是现实压力。

"可我总不能坐以待毙。"傅柔从不认为，等着就能水到渠成，尤其入宫以来的所见所闻，让她清楚，自己的命运交在别人手中有多可悲，"如今唯有一法，就是让皇后娘娘既不挑汉王，也不挑吴王。"

双喜张望着，尚仪局的小宫女熙儿约她在御花园见面，却迟迟不来。忽然，她瞧见傅柔和林宝林朝这儿走来，急忙躲到一旁。

林宝林道："跟了吴王，今后好日子就等着你了。"

傅柔回："我也不指望什么好日子，只要以后安安稳稳的，不要总被人无缘无故地刁难就好。"

"太子妃对你呈上的刺绣鸡蛋里面挑骨头，宫里的人都知道，连皇后都说太子妃气量不足。从前你是伺候太子妃的女官，不得不受她的气。以后好了，你成了吴王的人，太子妃还能拿你怎么样？我看啊，太子妃要羡慕死你了。"

傅柔不解："她羡慕我什么？"

林宝林又道："吴王才华横溢，性格温柔，他开口向陛下要你，心里想必对你极为爱慕。

等你到了吴王身边，得到的自然是宠爱和重视。太子妃呢，她在太子心里，可是一点儿也不……东宫如今是怎样一个情形，你不会没听说吧？"

傅柔摇头："现在说这些太早了，皇后娘娘还没有下旨。"

"我看旨意下来，也就这几天的事儿，难道还能出什么变故？"林宝林认为板上钉钉。

"如果有心人多想一想，恐怕还未必……"傅柔转而低声。

双喜庆幸自己离得近，还能听得一清二楚。等傅柔和林宝林走远，她走出藏身处，若有所思。

熙儿匆匆赶来："双喜姐姐，对不起，我来迟了，领班宫女临时叫我去领一个对牌……"

双喜转身就走："熙儿，我先回去了。"

"哎？"熙儿奇怪，"我还有话和你说呢，上次你叫我弄的那个玫瑰花粉……"

"玫瑰花粉什么的以后再说。"双喜赶着回东宫，"我有急事儿先走了。"

熙儿目送双喜走远，朝园子的拐角处看了一眼，吴尚仪对她点了点头。

吴尚仪一转身："都照傅司言的吩咐做了。"她身后，站着的，正是傅柔和林宝林。

林宝林嘀咕："吴王不是挺好的人选吗？非要折腾掉，可惜了。"

傅柔懒得理她，目光笃定。只要不是程处默，她傅柔谁都不要！

魏王妃忐忑不安地等在立政殿前，手里捧着一个锦盒。她家那位要命的大弟，居然亲手绣了一方帕子，非要她给送进来。她可不敢在母后眼皮子底下搞小动作，只能想辙，弄得光明正大才行。

韦松来迎。

魏王妃笑问："母后身子可好些了？"

韦松摇头："娘娘近来容易乏，偏生事儿又多，让她放心不下。"

魏王妃心想，这是变着法儿说她来添事儿？不由得在心里骂上程处默三遍。等到进了殿里，她向皇后行了礼，也不主动张口。

长孙皇后就问："今天怎么有空儿过来？"

"听闻母后凤体不适，臣媳非常担心。"更担心的是，她娘家大弟，"母后的身体，觉得怎么样了？"

"你真的只是来探本宫的病？傅司言的事儿，难道没有人到魏王府，向你说什么？"

"傅司言的事儿，臣媳确有听闻。但臣媳今天进宫，绝不是来为臣媳的弟弟程处默求情的。"

"哦？"长孙皇后还真不太相信。

"傅司言的归属自有母后决断，哪里轮到臣媳多嘴，只是她曾在魏王府待过一阵子，臣媳也挺喜欢她，无论花落谁家，臣媳都替她高兴，因此备了一份小小的礼物想送给她，望母后允准。"魏王妃递上锦盒。

长孙皇后示意韦松打开锦盒，拿出一方手帕看了看："虽不指望你手艺有多好，这针脚也太不齐整了，今后要多多练习。"

魏王妃很尴尬："是。"

长孙皇后没再说什么，吩咐将手帕送到傅柔那儿去。

魏王妃暗暗地松口气："母后好好保养身体，臣媳告退了。"

长孙点点头，看着魏王妃离开，感觉还算满意，没提出过分的要求，稳重多了。

内侍来报说清河求见。

魏王妃前脚才出，清河公主后脚就来，这让长孙皇后以为这是魏王妃耍的狡猾伎俩，自己不好意思提，却挑唆了清河来说好话。

韦松劝慰："娘娘您还没见到公主殿下呢，就已经生气了？也许公主殿下只是来给娘娘请安的，没别的意思。"

"有没有别的意思，叫她进来就知道了。她要是敢为程处默说话，本宫就连她带魏王妃一并重罚。"看谁还敢耍心眼儿。

清河走入："听说母后身体不适，今天好点儿了吗？"

长孙皇后意有所指："要是没有这么多让本宫头疼的事儿，自然应该好点儿。"

"那——"清河靠着长孙皇后撒娇，"儿臣为您分忧啊。"

"分忧？"长孙皇后眯了眯眼，"你说的是傅司言的事儿？"

"母后真英明。照儿臣说啊，母后这么头疼，不就是因为不知道把傅司言给谁好吗？"

"看来，你倒是有主意了？"

清河没发现长孙皇后的脸色有点儿沉："对啊对对啊，儿臣想到一个很不错的主意。"

长孙皇后冷哼："这个主意，不会和魏王妃的弟弟程处默有什么关系吧？"

"不是，不是啦！儿臣是真心为母后分忧，和程处默，还有魏王妃没有任何关系。儿臣发誓，天地良心！"

"那本宫心里还宽慰一些。你也大了，不能像过去那样，稀里糊涂地说话、做事，更不能被人随意利用。"

"儿臣怎么会被人利用，儿臣心里明白着呢。"清河压根儿想不到长孙皇后把她和魏王妃当成一伙儿的，"那……儿臣想到的主意……"

"你说吧。"听听也无妨。

"那儿臣就直说了。儿臣觉得，程处默母后是不会选的，严子方母后也不会考虑。真正让母后头疼的是汉王。汉王什么德行，母后很清楚，但是不给汉王，就会得罪皇爷爷。但是如果给汉王呢，那傅司言就倒霉了，汉王一定会折磨她的。母后这么慈悲，又怎么会忍心给傅司言安排如此凄惨的命运呢？母后现在，应该是在汉王和吴王之间摇摆不定，对吧？"

长孙皇后不答："说下去。"

清河得意："我的法子，绝对是天底下最好的法子，就是——看天意。"

长孙皇后挑眉："天意？"

"母后难道忘记了，有一个人以相面预测闻名天下。他当初为杜淹、王珪、韦挺相面，无一不准，术数之精奇深奥，连父皇也赞不绝口。要是母后遇到难以抉择的事，问一问他，最好不过。"清河掰手指，数出三个字，"袁天师。"

"你这孩子真是另辟蹊径。"倒是个主意，不过长孙皇后笑了笑，"傅司言这事儿，还不至于让本宫难以抉择，要落到去找袁天师的地步。你去吧。"

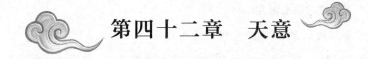

第四十二章　天意

长孙皇后见到苏灵淑的时候，想着这日好不热闹，一家子都来她这儿请安，一个接一个。

"本宫不是说过了，你这样的身子，不要跑来跑去，请安就免了。"

"臣媳今天来，一来是为了向母后请安，二来是有一件事儿想和母后说说。"

双喜把偷听到的话原原本本地说了一遍，苏灵淑就怎么也坐不住了。她从前为难过傅柔，傅柔要是成了吴王侧妃，今后相见指不定怎么趾高气扬，她可受不了。好就好在，双喜听到了傅柔的话，一并知道了对方的软肋。只要她把握得好，傅柔休想攀上吴王这根高枝。

"听说母后打算让傅司言做吴王的侧妃？"

长孙皇后蹙眉："太子妃好好养身体就是了，别的不要多管，这事儿更和东宫没有关系。"

苏灵淑急道："母后错了。"

长孙皇后眼神顿时犀利："你说什么？"

"臣媳失言，母后息怒。"苏灵淑缓和了语气，"臣媳是说，傅司言如果真的跟了吴王，和东宫大有关系。傅司言在宫中的人脉，不能成为吴王对付太子的武器。"

"宫中的人脉？"长孙皇后敛眸。

"母后您想，吴王那么年轻风流的皇子，为什么就看中了傅司言，甚至不惜为了她去和汉王争夺？难道只是为了傅司言的美貌？傅司言是个极聪明伶俐的人，她最厉害的，不是一手刺绣，而是能讨得所有人欢心的高超手腕。她虽在宫里的时间不长，但宫中六局二十四司，还有哪个比她出众？一边笼络上司下属，一边交好各宫各苑的嫔妃公主，连内侍监里，她都有不少熟人为她办事儿。这样的人，到了吴王身边，就是吴王一只臂膀。到时候，宫里还有哪件事儿，能逃过杨妃的耳目？"

"交好各宫各苑的嫔妃公主？"长孙皇后还真没往那方面想。

"吴王一直深得父皇器重，对东宫来说就是一个隐患。母后万万不能再让吴王通过傅司言增加他在宫中的势力了。为了太子着想，绝不能把傅司言交给吴王。"

长孙皇后沉吟半晌："本宫知道了，你先回去吧。"

苏灵淑却知，她一定能成功。因为，长孙皇后最在意的，莫过于太子，但凡有一丁点儿威胁到太子的可能，都不会轻忽过去。

同日，长孙皇后请来皇帝，告诉他，她在汉王和吴王之间难以抉择。

"难以抉择？"皇帝不太高兴，"皇后一向是有决断的人，怎么这样一件小事儿，却让你为难了？朕看，吴王不是一个挺好的选择吗？当然，朕把事情交给了皇后，那就还是由皇后来决定，朕只是说说看法，不会妄加干涉。"

长孙皇后暗道果然，皇帝就是偏着杨妃那边，心意更加坚定。

"臣妾对吴王视如己出，当然希望他能得偿所愿。可是太上皇是明确地说了，他希望汉王身边，可以有细心伶俐的傅司言照顾生活起居。太上皇的心愿，如果臣妾这做媳妇的置之不理，就是不孝。臣妾又怎么能对太上皇不孝呢？"

"你不会是想把傅司言交给汉王吧？"皇帝拢眉。

"臣妾明白陛下的心思。汉王在宫中轻薄女官宫女，种种劣行，臣妾早有耳闻，碍着太上皇的面子，没有作声。确实不该再赏赐他宫中女官，增加他的气焰了。只是，我们要给太上皇一个说得过去的交代呀。"

"皇后打算怎么做？"皇帝好奇了。

"看天意。"长孙皇后微笑，"四男在同一天向陛下开口求娶同一个女官，不能说不是一件异事。事不寻常，就应该用不寻常的方法来解决。本来臣妾也很头疼，倒是清河乖巧，给臣妾出了一个主意。"

"清河能出什么主意？"皇帝也想不出来。

"袁天师。"长孙皇后道，"袁天师相术天下无双，陛下也曾夸他相人预测灵验非常。正好臣妾也早就想到清风观去散散心了，把傅司言带上，让袁天师给她相相面，看她到底命数如何。如果傅司言命里有伺候吴王的福分，袁天师开了口，要对太上皇交代起来，也比较说得过去。陛下觉得如何？"

"皇后怎么打算，那就怎么办吧。"话是他说的，又所谓金口玉言，如今反悔也来不及了。

"谢陛下恩准。"长孙皇后放了心。

只是皇帝心绪不佳，起身要走："杨妃身子不适，还有点儿咳嗽，朕不放心，去看看她。"

难得杨妃开口求他成全，谁知一向温顺的皇后违背他的心意，导致事情脱出他的掌控，他岂能过意得去。什么视如己出，说到底，不是皇后亲生，不愿让杨妃母子称心如意罢了。

皇后决定去问袁天师的消息，很快传到魏王府。

程处默特意跑来和魏王妃确认，得知八九不离十，非常高兴。一切正如他的计划，接下来，他立刻启程就行了。

马海妞忽然出现，呈上一个小盒子："王妃，这是治你弟弟的解药。"

程处默怀疑："这么容易就拿出来？不会是毒药吧？"

马海妞看都不看程处默一眼："信不信由你，反正我已经放弃你了。"

魏王妃示意仆从收下："多谢你了。望你今后遇到属于自己的良人，这几日的辛苦就当是你和我们魏王府的缘分吧。"

马海妞问："我还能继续学下去吗？"

魏王妃愕然："这是为什么？"

马海妞道："我想变得独当一面，成为让自己骄傲的女子，而不是依赖谁。"

魏王妃赞许地笑道："的确，女子也当自强。"

"王妃，我把书都看完了，能再给一些吗？"马海妞主动地讨书看。

程处默插嘴："马海妞，没想到你这五大三粗的，居然也会看书啊？"

马海妞不理他。

程处默也是欠："喂，马海妞，我和你说话呢。"

马海妞始终目视前方，端庄行礼："王妃有客人在这里，我就不打扰了。"说完，她转身而去。

"喂喂，你没必要装作我不存在吧？"程处默冲着她的背影喊。

马海妞头也不回，但一跨出门，脸上就露出一个胜利的笑容，自言自语道："果然怜燕儿说得没错，我不理你，你就追着我流口水了。"

原来，马海妞不是不在乎，而是改变了策略。怜燕儿传授她三条黄金法则，第一条就是让对方欠她的，第二条不要追在对方后面跑，第三条自强自立。

程处默不明所以："大姐，你是不是给她吃了什么药？"

魏王妃嗤笑："后悔了？人家可说得明明白白，不要你了！"

程处默瞪眼："只不过她突然转性，让我觉得可疑而已。"挥挥手告辞，"大姐，我走了，还有关系我一辈子幸福的大事儿要办。"

魏王妃喃喃自语："但愿这回顺顺利利，能把傅柔娶回来，我心里少亏欠些。"

园子里传来叽叽喳喳的鸟叫，惹得傅音心里更烦。

虽说雀屏中选那会儿，二姐逃过一劫，她却又听闻四男求娶二姐，其中汉王和吴王各有撑腰的。她知二姐属意处默哥哥，无论是汉王，还是吴王，只怕都不能如二姐所愿。

忽然，身后有人抱住了她，传来侯杰意气风发的声音。

"音儿，有没有听见外面有喜鹊在叫？"

傅音回身，悄然推开他："原来那是喜鹊，我没在意。"

侯杰点点她的脑袋瓜儿："小笨蛋，我都提到喜鹊了，你就应该顺杆子问问有什么喜事儿才对。"

"哦。"傅音听话，"什么喜事儿？"

侯杰得意："牵涉机密，无可奉告。你只要明白，塞翁失马，焉知非福，就是了。"

他今早随父上朝，从皇后那儿领了一件大差事儿。皇后要去见袁天师，哪知随行保护的范将军身体不适，就让侯杰临时替上。若能办得好，得了皇后赏识，前途简直就是康庄大道了。

侯杰再度搂住傅音："来，香一个，庆祝一下。"

傅音红了脸，推着不肯："别胡闹了。"

侯杰笑："如今还害羞，偏偏我就喜欢瞧你脸红。"

侯盈盈走入书房，见此情形，立刻捂眼："哎呀呀，你们两个，光天化日的……"

侯杰放开傅音："谁叫你进来的，不是说了嘛，进门之前先打招呼。找我什么事儿？"

侯盈盈皱皱鼻子："谁找你？我找音儿。"对音儿招手："音儿，来我房里，帮我打个络子。"

侯杰不同意："你没丫鬟使唤吗？整天找我的音儿。"

"哟，什么时候你的音儿，我的音儿？听得人鸡皮疙瘩都起来了。"侯盈盈调皮地做个鬼脸，"音儿手最巧嘛，我就只要她。音儿，来，我给你好吃的。"

侯杰瞧着傅音被妹妹拽走，本想阻止，但也知道正经事儿要紧。皇后出行，护军之责重中之重，一个不好，那是要掉脑袋的。

傅音灵巧地打着络子，十指麻利地整理、梳拢、编织，就好像每根手指都有自己的思想。

"你的手真巧。"侯盈盈叹为观止。

"说到手巧，我二姐才真是……"傅音顿住，说漏嘴了。

"以为你家里已经没人了，原来还有姐姐。"侯盈盈倒是没多想。

"是远房堂姐，家中败落之后，再没联络过。"傅音讪笑。

"过去的事儿就别多想了。你能到陈国公府来，就是你的缘分。"侯盈盈体贴，"再说，我还挺羡慕你呢。"

"羡慕我什么？"傅音只觉得纠结。

"羡慕你可以每天和你喜欢的人在一起。"看她和自己兄长的甜蜜互动，侯盈盈心中酸楚。

傅音一愣："我喜欢的人……"

"如果我可以和我喜欢的人，开开心心地在一起，哪怕只有一个月，一天，甚至一个时辰也好，我愿意付出任何代价。"侯盈盈径自说着。

傅音苦笑了一下："你这么漂亮温柔，以后一定可以和你喜欢的人开开心心，永远在一起的。"

侯盈盈失神："永远？他见到我，是不可能开心的。不说我了，我告诉你啊，大哥真的把你放在心上了。我从前使唤他书房的丫鬟，他一点儿都不在意。现在我叫你打个络子，他就拿眼睛瞪我。真没良心，有了心上人，连妹妹都不在乎了。"

"好哇，不但抢我的人，还在背后说我坏话。"侯杰走了进来，"把音儿借你半天，也不记好处。"

侯盈盈嗔怪："大哥真坏，偷听人家说话。"

傅音适时地说道："络子打好了。"

"打好就跟我走吧，都等你老半天了，想喝茶都没人倒。"侯杰拉着傅音的手就往外走。

这时的侯杰却不知道，他刚刚做好的计划，包括时辰、路线、护卫军的班次安排，都被侯长兴偷偷记了下来，送到了洪义德手中。

上回，侯长兴挨了他一顿饱拳，出门喝闷酒，却遭洪义德绑架。两人一狼一狈，各怀鬼胎，发现彼此都想对付侯君集父子，于是一拍即合，联起手来了。

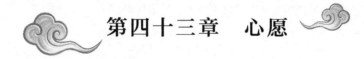

第四十三章　心愿

甘露殿中，皇帝兀自沉思。

尽管人人赞皇后贤良，他也非常尊重她，但在吴王的事情上，她从来是苛刻的。他看在眼里，却能明白，她为了稳固太子之位的那番苦心。只是，这一次，让他心里很不愉快。

不过是给吴王找个心仪的女子陪伴罢了，这些年他亏欠杨妃母子的太多，杨妃又亲自开了口，他实在想不通皇后阻挠的用意。

"陛下。"曹总管入内禀报，"皇后娘娘出行大苍山，一切已准备妥当，您可还有其他吩咐？"

皇帝不作声。

曹总管又道："今天一早，汉王陪伴太上皇去探望娘娘，不知说了什么，太上皇出来就赞娘娘贤良，还提及了智云殿下的忌日将近，也要去大苍山。"

皇帝抬眉："智云的忌日快到了？朕忘了。"

曹总管道："皇后娘娘帮您记着呢。"

皇帝神情莫测："她一向懂得哄长辈开心，就算把朕骂得一无是处，她都是最佳儿媳。居然能想到用智云的忌日当借口，朕都不得不服。"

"陛下如果是为吴王的事儿烦恼，何不趁着皇后娘娘还没动身，亲自为吴王开一开口呢？"曹总管多嘴一句。

"朕那天晚上就已经表态了，可皇后这一次出乎意料地坚决。宫里有宫里的规矩，既然朕开了金口，说交给皇后决定，就不能出尔反尔，损伤皇后的颜面。再说，如果朕硬插一手，强行要皇后把傅司言给了吴王，眼下皇后也许会妥协，只难保将来皇后不会对吴王秋后算账。若朕不在了，太子登基，皇后就是太后，朕不能让皇后和吴王关系太僵。要为这孩子将来考虑。"早知如此，一开始就不交到她手里。

"陛下这是慈父之心。"

"只可怜吴王，这次又要失望了。"他天下在手，偏偏不能为这个孩子多做什么。

"忻州澄泥砚是砚中极品，发墨而不损毫。鳝鱼黄又是澄泥砚最上等的，极不容得。这次忻州府贡上来二十八方澄泥砚里，也就只有这三方鳝鱼黄。吴王殿下最爱舞文弄墨，会知道陛下的用心。"

皇帝明白曹总管的意思，苦笑一下："只怕这赏再好，也难消弭他心中的失望。不过，罢了，赏总比不赏好，再把朕那支玉管宣笔拿来，赏给他吧。"

曹总管应"是"。

傅柔手中拿着外袍，往立政殿走去，恰遇得了赏的吴王，淡淡行礼。她知道他的心意，但她的心意已决。

"傅司言这是……"吴王打量一下，敏锐察觉，"要出门？"

"皇后娘娘出行，命下官随行。"傅柔有些意外，以为吴王已经知道了。

"皇后出行，一向不是由尚仪局女官随行吗？怎么司言所的女官也要跟着去？"吴王不知道，也没人忍心告知。

"下官只是奉命行事，皇后娘娘叫下官随她去奉天观，下官就去。"傅柔笑了笑。

吴王猛然警觉："奉天观？是袁天师修行的那座奉天观？"

"是。"

"皇后是为了傅司言的事儿，去见袁天师？"这个节骨眼上，皇后突然去奉天观，他想不出还有别的理由。

"皇后出行的目的，并没有对下官说，下官也不清楚。"即便理由十分明显。

"你撒谎。"他从那对清澈的眸子中看得分明，"当我是瞎子？你的表情，不是不清楚，而是满怀期待。"

"吴王殿下刚刚从甘露殿过来吗？似乎又被赏了不少东西。"她想转开话题。

然而，吴王却抓了她的腕子就往另一个方向拽："你跟我去甘露殿！父皇答应过把你嫁给我，他不能说话不算数，我要父皇当面给我一个明白。"

她用力挣脱："殿下别说笑了，皇后娘娘有旨，下官要去奉天观。"

他深深地望着她："到底是皇后要你去，还是你自己想去？"

"皇后娘娘要下官去，下官自己也想去。"要他放弃，就必须铁了心。

"你就是不想和我在一起？"不管他怎么做？

"下官的心思，殿下应该清楚。"她并未给过他半点儿错觉，他为何不肯放手？

"看来那位袁天师，果然是本王命中的劫数。"吴王苦笑，转头就走。

怪不得，连太子都没有的鳝鱼黄澄泥砚，一赏就是三方，原来是拿人手短，让他别抱怨的意思！

傅柔张张口，化作一声叹，继续朝立政殿走去。

每个人都有所得，有所不得，她无法勉强吴王放弃她，也无法勉强自己将就除了程处默之外的姻缘。

皇后的车队浩浩荡荡地出发，侯杰这才将前往奉天观的路线图交给这次的副将曹元。

曹元奇怪怎么只有去程的路线，侯杰却表示回程的路线自然是回程的时候再给。自从侯杰代范将军接了这趟差事，就趾高气扬的，让曹元很是不满，如今这种做法，分明是不相信他。

"我可没这么说。只不过，少一个人知道，就少一分泄露的危险。太上皇和皇后娘娘的安危，谁也不敢不一百个小心。"侯杰不信任任何人。

曹元哼道："那你何必把去程的路线图给我。干脆都不给，反正我只要跟着你侯将军走就行了。"

"这可不行，不知道路线，你怎么做事儿？每到一处，你都要派人在前面打点好。这一路上，可不能让太上皇和娘娘有任何一点儿不舒服。"他是最高将领，当然要派活儿给下面的人做，不然让他们吃闲饭不成？

"前头打点的琐碎麻烦事儿我来做，在娘娘马车旁露脸的事儿你来做。侯将军，你算盘打得好精啊。"曹元恼火。

侯杰泰然："我为主，你为辅，我们各司其职，天公地道。"

曹元瞪着侯杰策马驰离。

按理，一路上还要请求地方军支援，偏生侯杰这小兔崽子，眼珠子长在脑袋顶上，做什么都不跟他商量。既然他的气焰如此嚣张，一边有侯君集撑腰，又有汉王照拂，他何必热脸贴人家冷屁股，他还乐得听命行事呢。

这时，与太上皇同车的汉王也有意见。

"父皇，我打听到了，皇后去奉天观不安好心。皇后想让袁天师给傅司言相面，看看傅司言应该给谁。父皇您想，如果她想把傅司言给儿臣，用得着绕这么大一个圈子吗？直接给了不就得了。一定是她不想把傅司言给我，故意把袁天师搬出来，好堵父皇的嘴。"

太上皇闭目养神："那个内侍有没有告诉你，皇后去奉天观，要给你五哥做道场？"

"说是说了……"汉王不以为然，"鸡毛蒜皮的小事儿……"

太上皇怒睁双眼："你说什么？"

汉王瑟缩："我……我没说什么呀。"

"你五哥的忌日，怎么在你嘴里，就成了鸡毛蒜皮的小事儿？在你的心里，除了女人还有什么？你就没有一点儿兄弟之情吗？"太上皇这一生最伤心的，莫过于分崩离析的父子兄弟之情。

"父皇，儿臣错了。儿臣说错话，你就教导儿臣。儿臣任打任骂，只求父皇不要生气伤了身子。"汉王对太上皇认错认得快。

太上皇架不住汉王撒娇："也不能怪你。你生得晚，连见你五哥一面的机会都没有，又何谈兄弟之情？朕的智云，年少聪颖，小时候最喜欢缠在朕的身边，要朕教他射箭。其实他在射箭上没有天赋，倒是善于作画，不到十岁就能画出极好的云雀图，见者无不赞叹。隋朝末年，朕率兵起义，因为他还小，不想让他在军中吃苦，就把他留在老家河东。没想到，当地官吏贪图赏银，将他抓走，送到长安交给阴世师。阴世师在沙场上打不过朕，竟对你五哥下了毒手。可怜朕的智云，那一年只有十四岁。"

汉王悟道："原来五哥善画云雀，和儿臣有点儿像啊，儿臣也喜欢画画，不过画得最好的是老鹰。"

太上皇点头："你和你五哥，何止在画画的天分上像。你这眼睛、鼻子，还有侧脸，要是你五哥能活到你这岁数，也大概就这模样。朕看见你，就常常想起他啊。"

"怪不得这么多年来，父皇最疼爱儿臣，搞半天，儿臣是沾了五哥的光。好，等儿臣有了皇孙，带着皇孙，连五哥的份儿一块算上，好好孝敬父皇，承欢膝下。不过话又说回来，要有皇孙，首先要有给儿臣生皇孙的女人，对不对？"

太上皇既好气又好笑："你啊，旧习不改。没说两句，又绕到女人身上了。"

"儿臣是担心，如果袁天师给傅司言看相，说傅司言的面相和儿臣不能在一起，那怎么办？皇后心里啊，说不定就打着这坏主意，让儿臣竹篮打水一场空。"

"袁天师那老道士，相术确有独到之处，对问冥冥天地，必须有所敬畏，非人为可改。"太上皇笃定，"朕都亲自跟过来了，皇后也不敢在朕的眼皮子底下命令袁天师篡改天命。更何况袁天师名满天下多年，不惧权贵，视金钱为粪土，也不是皇后可以使唤得动的。"

　　程处剑顶着张苦瓜脸，望着山顶的福安寺，只觉得和天一样高。还有数不清的、白灿灿的台阶，让他眩晕。

　　都怪他家老大，整天弄幺蛾子，前几日突然在家绣起花来，吓得阿娘以为老大又想不通了，伺候得小心翼翼，等老大一出门，就把他踢了出来，下达一个高难度指标，十步一磕头，上福安寺给老大祈福，保佑如愿抱得佳人回。

　　"为了兄弟情……"他深呼吸，挽袖子，爬台阶，"一、二、三、四、五、六、七、八、九、十……磕头……这年头当什么都好，就是别当人家的小弟弟。不然，为什么不是我泡妞，我大哥为我磕头求佛呢？娘的心啊，都偏到胳肢窝底下去了。"

　　身侧一阵香风，有人稍稍碰撞了他一下。他花丛里待久了，直觉灵敏，立刻侧目望过去。哦，一位好看的小娘子，乌溜溜的眼睛，柳叶的眉，粉桃似的脸颊，真想让人掐一把。

　　"对不起。"佳人正是苏灵薇。

　　自从称心出事儿之后，她想求得姐姐的原谅，但姐姐始终不肯见她，听说福安寺祈福灵验，才特意地跑来。

　　"没……没事儿。"程处剑忽然精神抖擞，和苏灵薇同步上台阶，并肩跪台阶，磕头，感谢老天爷是公平的。

　　"我姓程，喜读书，也爱骑射。尚未娶妻。你呢？"他大方地介绍自己。

　　"娘说不能和陌生人说话。"苏灵薇到底瞄了他一眼，眼睛很亮，鼻梁很高，笑起来牙齿很白，长得可真俊啊。

　　"我们连头都一起磕了，怎么能算陌生人？你这辈子和谁一起肩并肩跪下地磕过头？没有吧？我是唯一一个吧？那就证明我们关系非同一般啊。"他程处剑最本事的地方，就是油嘴滑舌，不，能说会道。

　　"谁和你有关系？唐突。"这说法真是新鲜有趣，苏灵薇嗔笑。

　　"我错了，不是关系，是缘分。我们缘分非同一般，才能在此时此地相遇，相识，相磕。"博得佳人一笑，值了。

　　"轻薄，不和你说了。"苏灵薇加快速度。

　　"你可以不和我说，你只要听我说就行了……"程处剑步步紧随，叽叽歪歪，"然后我拿起我爹那对天下闻名的大斧，把那两个胆敢调戏民女的家伙给打跑了。你说，我是不是很正义？我这个人啊，最恨男人欺负女人了。还有一次，我从长安大街上过，看见一个小偷……

似乎通天高的山顶，不知不觉，就到了。

"你这个人，一路上来，就说了一路的话，也不怕口干。"苏灵薇几乎没再拿正眼瞧过他。

"你真体贴，居然会担心我口干。"程处剑怎么都能攀关系。

"我嫌你聒噪而已……"她的脚下忽然一崴，却被他扶住。

"我一直忘了问，你这么虔诚地一路磕头磕上来，想和佛祖求什么？"女孩子都是口是心非，说他聒噪，其实就是爱听他说话。

苏灵薇当然不想随便告诉别人。

"我知道了，你想求个好姻缘，对不对？哎哟我的娘啊，这福安寺真是太灵验了。"他终于要和两位兄长一样，有福啦。

"你怎么知道它灵验？"苏灵薇不明白。

"你来求姻缘，才踏上石阶就遇到了我。不是很灵验吗？摆在眼前的事儿。"他比老大、老二更强，天赐良缘。

"胡说八道。谁说我是来求姻缘的？"苏灵薇红了脸。

"你真容易害羞，这样就脸红了？"让他心里痒痒的。

苏灵薇不再理程处剑，走进寺里，想拿许愿符。谁知，福安寺每日只发一百只，最后一只刚送出去。程处剑是无所谓，但看苏灵薇难过得眼泪都落下来了，就缠着寺里的和尚好说歹说，却也没用。最后还是苏灵薇劝程处剑不要为难人家。

程处剑想了想："许愿符算什么，我这里……"摸到内袋，"哦！我这里有比许愿符更好的东西！"掏出二哥做的平安结。

"我这个啊，叫程氏平安结，能驱邪祟，保平安，令人心想事成，十分灵验，千金不换。"程处剑看出苏灵薇不信，"我程处剑什么坏事儿都做，就是不骗女孩子。悄悄告诉你，这可是我们程家祖传手艺，知道我父亲程咬金是怎么得到当今皇上器重的？除了他会打仗，更重要的就是这程氏平安结，从前他用这平安结好几次保证了皇上的安全，皇上龙颜大悦，才封了他做卢国公。还有，上上个月清河公主病了，我哥送了一个平安结给她，她的病'唰'一下就全好了。这次清河公主生辰，她什么都不要，就对我哥苦苦哀求，要我哥再送几个平安结给她。"

苏灵薇眼睛一亮："你说的是真的？"随即又一想，"既然你有这种好东西，为什么还要来福安寺？"

"我是……"老大的事儿是秘密，不能随便说出来，程处剑只能扯，"……过来锻炼身体的。爬爬山啊，磕磕头啊，锻炼腿脚，又锻炼腰。我这完美体形，全靠辛勤锻炼才得来的。"

"要不，我向你买一个？"苏灵薇不想白跑。

"不可以，因为这东西只能送给有缘人。你和我这么有缘，我送给你。"人情比银子好用。

苏灵薇迟疑着，最终收下了它。她急需一个福佑，让她和姐姐和好如初。

"敢问芳名？"程处剑很会趁机。

苏灵薇却警觉："闺名岂能轻易告诉他人？"

程处剑一脸的失望，看着苏灵薇离开。哎，折腾半天，还送上一个礼物，连人家名字都打听不到，他太失败了！

苏灵薇忽然回眸："要是我心愿达成，定要来这里还愿，希望我们有缘再见。"

程处剑跳了起来，大力挥手："好，我们有缘再见！"缘分嘛，都不是偶然的，有志者就能事竟成。

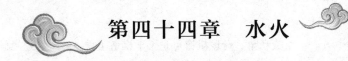

第四十四章　水火

奉天观建在山顶上，上达天听的风水之势。一般人只要远远地看到它，就会产生敬畏之心。但程处默身在其中，觉得这地方坑爹，吃饭不香，还不让他睡觉。这不，两顿饭并一顿，饿得他前胸贴后背，吃饭的时候狼吞虎咽，差点儿噎到，咳了好一会儿。

他会有这种悲惨的待遇，皆是因为奉天观大名鼎鼎的袁天师是个棋疯子，一提下棋，人人都躲着，唯恐被抓住过招。虽然他属于羊入虎口，不过在真正体验之前，他也想不到棋疯子这么疯，输了还不许走，逼着继续下，一盘接一盘，不但是体力上的考验，更是精神上的摧残。

然而，他是不会退缩的，设计此局，就是打着买通袁天师的主意。

袁天师是出了名的棋疯子，而他在舅舅那儿学的其中一样，就是棋。当初没觉得多有用，如今却成了制胜的关键。他一来，没日没夜，没吃没喝，对局一百零七盘，输了一百零七盘，袁天师非但一点儿不嫌弃，反而被他的新颖下法吸引，抓着他不肯放。

无论如何，这个走向是对路的。

程处默一边吃饭一边喝酒，拼了几坛子。一来压力太大，二来为下一步铺陈。

袁天师见到醉醺醺回来下棋的程处默，很不高兴："老道这一辈子，不惧权贵，视金钱如粪土，活到如今，天下事儿于我只是浮云耳。但为了下棋，老道对你可是放下颜面，百般屈就啊。没想到，你却如此对待糟蹋老道的一片诚心！"

"不过就是喝了你几坛好酒嘛。别小气，等我回去，给你弄百八十坛的好酒。"程处默心里直笑。

"谁在乎那几坛破酒？我等你等了半天，还特意把皇上赏我的暖玉棋子取出来，知道我心里多期待接下来的棋局吗？你却醉成这样。连坐都坐不稳，怎么和老道下棋？来人，把他带到井边，打冷水给他淋淋，别以为喝醉了就可以逃过去。我袁天师可不是让人糊弄着玩儿的！"

"糟老头子，叫唤什么？别以为你赢了我一百零七盘棋就了不起了，等我把玲珑棋谱残卷看懂、看透了，我闭着眼睛也能赢你。"这招就叫，酒后吐真言。

"程小友，你刚刚说什么？玲珑棋谱？"袁天师的眼睛发光。

"我说了吗？"程处默吐口气，摆摆手，"我没有说。不可能说。"

"老道听得清清楚楚，'玲珑棋谱'四个字。你手上有这宝贝？"

"没……没有。"上钩了。

"哎呀，同道中人，不要藏私嘛。玲珑棋谱可是天下棋道圣物，昔年老道愿倾尽家财相求，也求之不得啊。你是怎么弄到手的？借给老道看一看，行不行？"

"你这么想要玲珑棋谱？"打算收线。

"想。"袁天师点头如捣蒜。

"想要它也不难，用赌的。"程处默眯了眯眼，"我们下一盘棋。如果你输了，必须答应我一件事。如果你赢了，我就把玲珑棋谱残卷送给你。"还从怀里掏出棋谱，拍在桌上。

袁天师的眼珠子定住："好！我赌了！"

这一局，不同于之前，程处默全力以赴，棋面渐渐有利。

程处默下一子，得意扬扬："袁天师，长江后浪推前浪，是人之常情。我这一子下在你绝命之处，你愁眉苦脸也没用，痛快点儿认输吧。"兵家大忌，切莫轻敌啊。

"程小友，你是个聪明人啊。和老道下了一百零七盘，就学走了老道不少看家本领，还用它来对付老道。"死小子恐怕还有留手。

"聪明是天生的，这得感谢我爹我娘。"程处默眉毛飞扬。

"可是，聪明反被聪明误。"袁天师下一子，棋面反转，且已无力回天。

程处默傻眼了："这不可能！"

"下棋是修身养性之道，你只想争胜，杀气过重了。要是你不急着下这一颗绝命子，稳打稳扎，也许还真的能赢老道一局。可是你等不及，抢先下这一手，逼得老道山穷水尽。须知阴阳循环，生死相依，乃天地之至理，山穷水尽之时，就有绝处逢生之机啊。这一局，你输了。"袁天师拿起棋谱，"这本绝世棋谱，老道笑纳了。"

程处默一脸的化石相，心里却在狂笑，老道终于钻进了他的圈套，哈哈！

这日，长孙皇后一到，就在奉天观前面做道场。

傅柔这才有了闲暇，独自一人在观后散步，心绪有些不宁。她虽然收到了程处默请魏王妃送来的手帕，读懂了针脚的意思，随皇后来带到奉天观，却不知他葫芦里卖的什么药。

忽然听有人喊："我的道袍！我的丹药啊！毁了！毁了！这到底是怎么回事儿？"

她循声而去，见一位道长拿着一件红色的袍子，上蹿下跳的，另一个看似谦恭，似是弟子，正在劝说。原来，这位道长叫孙思瑶，专事炼丹，很快就要开一炉丹药，但他讲究吉利，非蓝色的道袍不穿，哪知道袍变成了红色，他认为这是大大的不祥，不知如何是好。

眼看两人一个比一个叫得厉害，傅柔上前插话："两位道长，请问一下，你们装这件道袍的箱子里，是不是放了什么防虫咬的东西？"

"你怎么知道？这道袍比我的眼珠子还珍贵，山上寒湿多虫，我怕它被虫咬了，几个月前特意买了驱虫的五味片放在箱子里。"孙思瑶很激动。

傅柔点点头："应该放得还不少吧？"

孙道长摇摇头："不多，也就十二包。"

"十二包……"还不多？

"道袍珍贵，只要能不让它受损，买再多的五味片我也不心疼。只是，没想到，它没被虫咬，倒是变了颜色。哎呀，我的道袍啊，师傅，徒儿对不起你……"

傅柔叹道："这道袍是用木蓝染的，五味片里含有姜黄和紫靛等，你放的量太大，又久置密闭的木箱中，遇上木蓝，两者合二为一，颜色会慢慢沁入。用草药浸洗，只要控制得当，就能以撞色之法破解。"

看两人傻呆呆不懂的表情，傅柔笑了笑："也就是说，让这件道袍变回来不难。"

孙道长大喜。

傅柔向他要了些草药，煮了一大桶水，将烧成的草药灰放进热水，一边放一边解释："染织和炼丹有不少相似之处。例如五倍子、干槐花，既可以做染料，又可以入药。而且正如各种药材在药师手中控制分量，融合变化，能成为治病的丹药，不同的染料在染师手中，也会通过微小的分量变化和独特手法，来使颜色随心所欲地改变。刚才说樟木，就是因为它比檀木更容易让五味片中的紫靛散发。"

孙道长"哦"了一声："有意思啊。"

傅柔把道袍放进水里，煮上一会儿，但拿出来的时候仍是红色的。

孙道长叫起来："这……这怎么没有变回来？"

"还要在太阳底下晒一晒。"傅柔不急不缓。

孙道长和弟子一起扭干道袍的水，忙着挂杆。阳光正好，渐渐晒干了道袍，同时神奇地将红色变回了蓝色。

孙道士"哇哇"叫道："变回去了！真的变回去了！"回头一看，"咦，刚才那女子呢？"

傅柔看事情做好了，又惦记着长孙皇后那边，就走了。

弟子也奇怪："刚才一直盯着道袍看，没瞧见她去哪儿了。"

"有机会再答谢吧。赶紧赶紧，我这会儿赶去，刚好出炉！师傅保佑！"孙道士一边说着，一边披上道袍，冲向丹房。

　

第二天一早，长孙皇后和太上皇上座，袁天师还打着呵欠。谁叫昨夜他没睡好，先是长孙皇后派了韦松来打招呼，再是太上皇派人来威胁、利诱，他统统都打发了，专心地看绝世棋谱。

长孙皇后蹙眉："天师昨晚没睡好？"

袁天师大剌剌地道："昨晚老道没睡，呵呵，太上皇和娘娘是要老道给谁看相？"

长孙皇后道："本宫手下一名女官，傅司言。"

"这倒是稀奇事儿，一名女官的命数能让各位贵人这么关注。"

太上皇笑道："这傅司言也不是寻常人啊。同一天里，居然有四个男人向当今天子求着要她，其中就有朕这个儿子，汉王。"

皇后也笑道："陛下说，把事情交给本宫料理。倒让本宫为难，香馍馍只有一个，不知道该给谁才最合适。因此，请天师帮帮眼。"

内侍带傅柔入内。

袁天师打量着她:"难怪一家有女四家求,果然端庄大方。不知是哪四家?"

长孙皇后却不答:"天师,其余两家都是臣子,不提了。你就看看她,面相如何,福运如何,有没有资格伺候汉王……或者吴王?"

"老道必尽全力。"袁天摸摸胡须,"傅司言,请走近两步。"

傅柔上前,神情镇定,唯独双眼泄露一丝忧心。她实在想不出,处默能有什么法子,让天下闻名的袁天师为他说话。

"天庭饱满,人中清晰,垂珠厚大,她这面相……"袁天一咧嘴,"福运极佳啊。"

汉王大笑:"本王的眼光,自然是不错的。"

长孙皇后还想问:"那她和吴王……"

太上皇不悦:"皇后,何必再提吴王?傅司言福运极佳,正适合伺候汉王,朕看着欢喜。朕这点儿面子,你总要给吧。"

傅柔终于无法再保持镇定,紧张地看向长孙皇后。

袁天师却不耐烦地挥挥手:"你们都别急嘛,老道还有半截没说哪。她这福运,与皇室中的男子相冲相克。"

汉王不服:"这是什么鬼话?既然是福运,又怎么会相冲相克?"

"不同的运,要看不同的人。就像水,把鱼放到里面,自然如鱼得水。可是如果把一头老虎按在水里,老虎就会淹死。傅司言属水,而且是极重的水运,而汉王是太上皇的儿子,身上自然带着一丝龙气,龙属火性。这火龙遇到大水,不是好事儿啊。"袁天师讲得头头是道。

太上皇也不死心:"如果汉王要了她,会怎么样?"

"子嗣方面会有大碍。"袁天师一言就把太上皇说变了心意。

太上皇立刻反对:"这万万不行,朕还等着汉王给朕生小皇孙呢。汉王,朕看这件事儿,就此作罢。"

长孙皇后倒是喜在心里,还要问得明明白白:"天师,你刚才说的,包括所有皇室男子?那吴王呢?"

袁天师摇头:"只要身上带一丝龙气的都不行。吴王是龙子,自然也不行。"

长孙皇后吐了口气:"幸亏走这一趟,不然差点儿犯下大错。傅司言,你可以下去了。"

傅柔恢复稳重的神情,对袁天师行礼:"多谢天师相看。"

她走出大殿,大大地松了口气,随即笑了起来。好个程处默,果然机灵加聪明,化解了这场危机。就是不知他用了什么方法,能让天下闻名的袁天师顺着他的心意说话。

"女施主，总算找到你了。"一个道士跑上来。

傅柔想起来："你是昨天那位……"

道士奉上一个小瓷瓶："孙师叔那件道袍晒了太阳之后，真的恢复原状了，丹药也炼成了。这炉丹药厉害着呢，是师叔的心血，总共就十颗，可以解百毒，活人命。师叔给它起名叫'敌阎罗'，就算只剩一口气儿，也能把人从阎王爷那里抢回来。这里装着两颗，是师叔要我给你的，报答你的大恩。"

傅柔摆手："这怎么行？我不能收。"

"给你，你就赶紧收了，这可是你的大福缘。"道士把药瓶硬塞进傅柔手中，"孙师叔说了，他为这丹药已经耗尽心血，从此封炉，以后都不会再炼丹药了。你拿着这两颗，就是两条命啊。快收起来。"

"那……多谢道长。"傅柔想到了程处默，他是武将，难免磕碰受伤，为他拿着也好，"我收了这样的大礼，还是要走一趟，亲自向孙道长道谢才行。"

"不用了。孙师叔炼完丹药，每次都要大睡个十天半月。"道士拱手，走了。

再说大殿上，众人散去，长孙皇后留了袁天师说话。

"你看本宫寿限如何？"一开口，就很直接。

袁天师稍愣即笑："娘娘有天之洪福，自然千岁。"

长孙皇后叹："本宫已经开了口，就是诚心诚意的，天师也不要说虚话了。"

"娘娘，相面说寿限是大忌中的大忌，会惹天怒。如果老道狂妄言之，不但老道遭殃，恐怕也对娘娘不好。"寿再长也会有遗憾，寿再短也会有意义，看怎么个活法。

"要不是太放心不下，谁会问这个？隋末兵荒马乱，生灵涂炭，百姓活得如猪狗一般，那种惨状天师是亲眼见过的。如今多亏了陛下英明，天下稍有安宁，可说实话，也就是个百废待兴的局势。大唐现在最怕的，就是又一场大乱。太子这一年，频频出事儿，本宫这个病又……本宫就担心，万一本宫撒手而去，太子不够沉稳谨慎，局势一旦有变，朝堂乱起来，就是万劫不复之境。"

袁天师除了下棋疯，其他都看得通透："娘娘苦心，老道明白。"

"既然明白，你就和本宫说实话，本宫还有多少时间。"

"这个嘛……"

"你只要点头或摇头。"

长孙皇后说着话伸出一只手掌，却见袁天摇头。她伸三根手指，袁天师还是摇头。

她脸色愈发沉重，还要再伸手指询问。

袁天师肃然："娘娘，事不过三，不能再问了。"

"连三年都没有？"眼见袁天师默认，长孙长叹，"就没有什么办法吗？哪怕三年半也好啊。"

袁天师摇头："阳寿天注定，非人力所能更改，不过……"

长孙皇后眸光微亮："不过什么？"

"娘娘要尽量找一个能辅助的人在身边，会助长气运。例如刚才那位傅司言，水运极重，娘娘命相属木。水能生木。她待在娘娘身边，将来必有大用。"可怜国母之心，也不过是极其普通的母亲之心。

长孙皇后沉吟良久，点了点头。

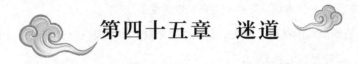

第四十五章　迷道

"你再说一遍！"程处默两眼冒火，恨不得在老道的脸上烧出洞。

"我和皇后说傅司言对她有好处，建议她重用傅司言。"袁天师老神在在，"皇后娘娘如此忧愁，老道于心不忍，看傅司言的面相，她确实能帮皇后的忙。再说，你这么关心傅司言，老道让皇后娘娘对她好一点儿，那不是两全其美吗？"

"美你的元始天尊！我要娶她做老婆，你却要皇后重用她。她如果被皇后留在宫里，一辈子不许她走，你给我当老婆？"

老道成事不足败事有余，枉费他拿出半本绝世棋谱设了圈套，好不容易哄之跳进去，结果傅柔是不用许给吴王或汉王了，可也让皇后不肯放人了，对他半点儿好处都没有。

袁天师嘿嘿笑："要是你不嫌老道年纪大、胡子长、骨头有点儿硬，老道愿意为自己的错误负责。"

"够了！我们本来说好，你阻拦皇后把傅司言交给汉王或吴王，让皇后明白，傅司言唯一的归宿就只有我程处默。办好这些事儿，我才把玲珑棋谱全本给你。现在你办成这样，我……"程处默掏出棋谱，作势要撕烂，"跟它同归于尽！"

"不能撕！"袁天师拦住，"老道也有尽力，可是一开口想把你'程处默'三个字引出来，立即就被打断了。皇后说，其他两家是臣子，不用提。老道还能怎么办？如果老道无缘无故提起你程处默，说什么程处默才和傅司言最般配，这不是什么都拆穿了吗？

皇后能不猜到这里面有蹊跷吗？老道已经尽力，至少那位傅司言，没有被赐给汉王吴王，对不对？这玲珑棋谱你不能不给。"

程处默嗤声："不给你又怎样？"

"你要是不给，老道这就去见太上皇和皇后，说刚刚给傅司言看错了，傅司言和汉王是天作之合。天上一双，地上一对，而且对大唐的国运大有好处。"为了绝世棋谱，他也豁出去了。

"你也太卑鄙了。"看不出来，慈眉善目一老道。

"为了把玲珑棋谱从你的魔掌里解救出去，老道愿意牺牲自己，卑鄙一次。"袁天伸出手，抬高白眉。

程处默岂能不懂其中的利害，老道要是撕破脸，他真可能赔了夫人又折兵，只有今后再想办法。

袁天师一拿到另外半本棋谱，就当宝贝一般捧走了。

程处默望着奉天观的高墙。同在长安，宫墙分割，如同银河的两岸。同在奉天观，只要翻过高墙，就能见到他的柔儿。

然而，他不能见。大姐说过，长孙皇后非比寻常，鼻子比狗还灵，要是猜到袁天师被他买通，所做的一切都将白费。为了柔儿和他的美好未来，他必须忍耐，等待下一次机会，把计划设计得万无一失，一击即中！

短短两日，来时忐忑不安，归时气定神闲。傅柔等在马车旁，远眺苍山，听着奉天观悠扬的古钟，神情欣悦。不知为何，总感觉程处默就在她的身边，令她不会觉得孤单。

长孙皇后走了出来，登上马车之前，忽然对着她笑道："傅司言，你与本宫同乘吧。"

她微微惊愕，在众人的注目下登上皇后的马车。人人皆知，能与皇后同车的，唯有皇后亲信之人。

车队出发，行了好一路。

长孙皇后打破沉默："四家男儿同求一女，如今有袁天师的一句话，这事儿算是有个结果了。如此结果，傅司言，你心里是何滋味？"

"实话讲，滋味不好。"傅柔苦笑

"说来听听。"长孙皇后要求。

"自己的命运，自己不能决定，只能等着他人判决，这滋味下官不喜。"傅柔语气稍顿，"下官莽撞，娘娘恕罪。"

"何罪之有，你说的是心里话。"长孙皇后很久之前就看出来了，"傅司言，你是不是想离开皇宫？"

"是。"她不愿撒谎。

"回答得毫不犹豫啊。"长孙皇后一笑。

"在娘娘面前闪烁其词，遮遮掩掩，那是自讨苦吃。"何必多此一举。

"离开皇宫是你的心愿，你知不知道本宫的心愿是什么？"

"应该是大唐国泰民安吧？"傅柔猜道。

"不。"长孙皇后摇了摇头，"本宫的心愿，是本宫的孩子每一个都平平安安地长大，好好地活着，活到他们安详离世的那一天。凡是母亲，都如此，为了孩子不惜自己的生命。然而，你也清楚那座富丽堂皇的皇宫，每晚游荡着多少孤魂。"

"所以下官才希望离开。"平凡的家，平常的事儿，淡淡度日。

"可本宫希望你，能多留一阵，帮帮本宫。"长孙皇后很在意袁天师的话，"你愿意吗？"

"下官斗胆，想问娘娘一个问题。"

长孙颔首允准。

"假如袁天师那句话，只有前半截，没有后半截，娘娘会把微臣交给汉王吗？"

"本宫要说不会，你信吗？"长孙皇后望着傅柔，"傅司言，你怨恨本宫？"

"下官不敢怨恨。"原来，还是打算牺牲她的。

"你不说不怨恨，而说不敢怨恨，可见你心里有气。宫中局势复杂，本宫做决断，也要左右权衡，有许多无奈之处。不过本宫也要承认，这一次只顾着考虑太上皇、陛下、汉王、吴王他们，是没有考虑你的感受。本宫决定补偿你。"长孙皇后拿出一块绢帕递给傅柔，"这块绢帕上，本宫写了一个'赦'字，赏赐给你，可以赦免一人一次的罪过。"

"什么罪行都能赦免？"那可不得了！前有救命灵丹，后有免死手帕？

"你当它是丹书铁券？那连皇上都不能等闲赏人。这个只能赦免小罪，要遇上大恶之罪，可是不顶用的。但你也不要瞧不起它，宫中女官能得本宫这份赏赐的，你是头一个。"

"多谢娘娘。"傅柔收下，已经不会装大方推辞不要，保不准哪天，就能救一条性命。

"安心在本宫的身边，本宫不会亏待你的。"长孙皇后见她大方收了，倒觉得识时务。

忽然，马车猛地震了一下，傅柔急忙扶住长孙皇后，又掀开窗帘往外看，不由得大吃一惊，只见一群野兽从密林中冲出。

侯杰望着咆哮的黑熊和狼群，先喊曹元，毕竟曹元一路打前阵，负责清路。然后想起来，曹元昨日在奉天观摔了腿。他低咒一声，见这些野兽好似发狂，也不敢强行突破，指挥队伍往旁边的山道躲。谁知一进山道，就被人堵得结结实实。

"洪义德？"侯杰看清了来人，万分惊讶，还以为他在广州城。

"正是！"洪义德歪嘴一笑，大刀霍霍，"侯杰，我早在这儿候着你了。你们父子二人真不是东西，今日就要侯君集尝尝丧子之痛！"

侯杰架住大刀，同时冲着后面的护军们喊："保护太上皇和娘娘撤离！"

傅柔听得分明，打开车帘，发现车夫不知去了哪儿，连忙扶皇后下车。随后，她看到汉王驾车要带太上皇离开，灵机一动，上前拦住。

"找死啊，你！"汉王勒住缰绳。

"带上娘娘一起走。"她并不考虑自己。

"马车负重走不快，滚开！"汉王扬起马鞭。

"危急之际丢下国母，她还是你的亲嫂子，你就算逃过今天，陛下日后能饶了你？让娘娘上去！"她昂起头，张开双臂。

"你！"

汉王没说完，太上皇打断："别耽搁了！快让皇后上来！"

傅柔扶着长孙皇后上马车，长孙皇后反手拉了傅柔一把，两人都上去了。

汉王喝驾，马车奔入山道另一头的山林。

洪义德这回真正的目的是要抓太上皇和皇后，见他们跑了，立刻下令手下去追。侯杰想阻止，却被洪义德和他的手下团团围住，陷入苦战。

侯杰心里懊恼，今日一早本该等护军齐集再走，痛失佳人的汉王却很不耐烦，一直催促他。他想着正好可以表现一番，才留下一半护军打点行李，自己率先出发。这下可好，洪义德这些人数量占多，又个个玩儿命，眼看他的人马分崩离析。

侯杰这一走神，让人得了空，一柄长枪直刺向他的软肋，他纵然发觉，却也不及。

啪！一剑侧挑，将长枪挑飞，一道身影落在他的背后。

侯杰回望："程处默！"想都想不到会是他！

程处默目不斜视，剑更不慢，只关心一件事儿："柔儿呢？她在哪儿？"

侯杰没好气："一张口就问你的女人，怎么不见你问皇后？"

"她应该就和皇后在一起，我问她就是问皇后。"程处默毫不含糊。

侯杰"嗤"了一声才道："她们逃走了。"

程处默问："往哪个方向？我去救她们。"

"你先过了眼前这关再说。"侯杰可不想在这时少个能打的。

两人背贴背，果然滴水不漏，让洪义德他们久攻不下，终于等来了地方军的支援。洪义德见势不妙，抛下被生擒的手下，带剩余的人撤入山林。

侯杰留意程处默瞪着自己："干吗？还想听我谢谢你不成？"

程处默二话不说，抬脚狠狠踹了侯杰一下。

侯杰就地打滚，跳起来："你个浑蛋……"

程处默怒火中烧："要不是你，也没今日这事儿。你挑唆汉王，欺负柔儿，其实却是报复我，这笔账我早就想和你算了。"

"是我又怎么样？你和那个傅柔串通，处处给我侯家使绊子，当我不知道啊！"侯杰一拳揍来。

刚才还背对背战斗的两人，扭打成一团。

火折子的光，几乎被黑暗吞噬，湿冷的石壁上勉强映出四道恍惚的影子。傅柔他们为了摆脱洪义德的追兵，弃车逃进老林，危急关头她发现这处山洞，不顾一切地跑了进去。然而，追兵倒是摆脱了，却在这无数岔路的深洞中迷失，找不到回去的路了。

太上皇认为这里可能是大苍山的绝地迷道。

大苍山多山洞，山洞深处相连，地形复杂，是一座庞大的迷宫。隋朝横征暴敛，百姓为了逃避苦役躲进大苍山山洞，许多人困在山洞里找不到出路，活活地饿死、渴死，所以人称绝地迷道。

长孙皇后十分乐观，在岔洞前用铜钱选左选右，慢慢前行。

岔洞连接岔洞，走到死路，再回头选择，这么一路走着，让人筋疲力尽，尤其太上皇上了年纪，长孙皇后仍在病中。

傅柔聪慧，沿路做了记号，不至于徒劳，更因为她的善良，在整理那些迷路人的骸骨时，意外地发现机关，开启了一道暗门。

暗门之后，是两间石室，有些简陋的石床、石椅和陶具用品，还有油灯、火石，显然有人在这里生活过。虽然并不是出口，但能让四人喘口气。

傅柔又想到，有人可以在这里安家，可能摸透了绝地迷道，知道如何出入，如此一来这石室里兴许还有地图什么的。

长孙皇后和太上皇都同意傅柔的想法，开始四下翻找。

太上皇见汉王站着不动："汉王，你也别站着不动，过来帮忙一起找。"

汉王忽然倒地不起，吓得大家把他扶到石床上躺下，傅柔这才发现他的背上受了伤，而且伤口发黑。

长孙皇后回想一下："一定是和那些贼人打斗时受了伤，只怕兵器上还涂了毒……"

太上皇推着汉王："汉王，你醒醒，不要撇下你的老父啊，你快醒醒！"

"太上皇不要着急，汉王年轻力壮，现在应该只是晕厥过去，让臣媳看看……"长孙皇后伸手想探探汉王的额头，却被太上皇一把推开。

"滚开！朕不许你碰他！你们……你们好狠的心！"太上皇大叫。

长孙皇后吃惊："太上皇……"

"你们就一个都不肯放过？朕的建成，朕的元吉，已经被你们杀死了。你那陛下，知道隋朝官吏要抓人，自己连夜逃走，却把朕十四岁的智云丢在河东老家，害他被阴世师砍去头颅。朕已白发苍苍，只剩一个汉王，你们还不放过？你们得到了皇位，得到了大唐，得到了整个天下，还不够吗？一定要把朕活活逼死，你们才满意！"太上皇似乎失去了理智，双眼充红。

"太上皇，您急糊涂了。自己连夜逃走，把五弟留在河东老家的，不是陛下，是隐太子李建成啊。"长孙皇后觉得不对。

"建成？"太上皇目光涣散，"对，朕的建成也死了。还有他的孩子们，朕乖巧的孙子们，都死了。秦王，李世民，你好狠！朕是你的父亲，他们是你的亲兄弟，是你的亲侄儿啊！秦王！秦王！大唐陛下，你杀了朕这么多儿孙，你还要夺走朕的汉王吗？好，好！朕不再忍了，今天不是你死就是朕亡！朕和你拼了！"

太上皇忽然扑向长孙皇后，掐住她的脖子。

傅柔一看，顾不得许多，抄起身旁的陶壶，在太上皇脑袋上砸了一下，太上皇立刻失去意识。

"娘娘没事儿吧？"傅柔心中却吃惊，想不到太上皇对当今皇上如此怨恨，那可是嫡亲的父子啊。

"原来这么多年，他都把恨藏在心里。恨陛下，恨我。不管我们怎么孝敬他，都弥补不了玄武门那一天发生的事儿。"长孙皇后面容如丧，"汉王中毒，明明是别人做的，他也要算在我和陛下头上。他竟这么，这么恨……"

"娘娘，你满头都是汗。"吃人的深宫，也吃至亲亲情，傅柔叹口气，掏手帕为长孙皇后擦汗，不经意中碰到了一只药瓶，"娘娘，我这里有两颗药丸，是奉天观的孙道长送给我的，说是可以解毒，也许对汉王有用。"

长孙皇后看着药瓶，喃喃道，"奉天观的孙道长？人称丹仙的孙思瑶？"

傅柔当机立断："我这就喂汉王吃一颗试试。"取出药丸，要走向石床。

长孙猛然握住傅柔手腕，却盯着毫无意识的太上皇："等一下！本宫……要想想……"

"想什么？"傅柔反问。

"太上皇对陛下和我的……杀子之恨，永远都不会忘，永远都会用各种借口，为难陛下和我……"长孙皇后何尝不自我挣扎，"这里是绝命迷道，天不知地不知……"

傅柔打断："太上皇急糊涂了，娘娘你，也急糊涂了。"

傅柔缓缓却坚定地将长孙皇后的手拿开，走向汉王，喂下一颗丹药。长孙皇后的神情错综复杂，但没有再说一个字。

过了一会儿，傅柔发现汉王脸色好转，松了口气。汉王固然是不正经，她却不至于要他的一条性命，因为人命关天，不可违心。

太上皇悠悠醒转。傅柔那一下并不重，本是他气急攻心，才一时失去意识。长孙皇后犹豫着，要过去扶他，却被他再度推开。

傅柔看在眼里，沉稳地说道："太上皇，汉王吃了丹药，已经好转，性命并无大碍。"

太上皇检查汉王的伤口，发现伤口流的已是鲜血，惊喜交加："上苍保佑，上苍保佑。"

傅柔又道："多亏娘娘提醒，下官才想起孙思瑶道长所赠的两颗丹药。"用得好，谎言也可以帮人。

太上皇一怔，悻悻地看向长孙皇后："朕刚才……"

长孙下意识地摸摸仍觉压迫的脖颈："刚才太上皇着急汉王伤势，不小心撞了臣媳脖子一下。"

太上皇反应得快："对！朕确实……太不小心了。"

汉王睁开眼睛，喊声"父皇"。

太上皇叫："哎！父皇在这儿，父皇在这儿。"危难时刻，父子血脉心连心，与身份地位无关。

长孙皇后走到另一间石屋里去，傅柔跟上。两人默默地找遍每个角落，没有任何发现。

长孙皇后忽然道："我们四人困在这里。太上皇年迈，汉王受伤，本宫又是个病秧子，走路都要人搀扶，你是我们出去的唯一希望。"摘下发间明珠簪，"这是陛下赐本宫的夜明珠，你拿去吧，为我们找到生路。"

"下官遵命。"傅柔心知长孙皇后说得对，转身要走时，长孙又叫住她。

"傅司言。"

傅柔回头："娘娘还有什么吩咐？"

"你知道吗？袁天师和本宫说，你是可以帮到本宫的人。"长孙皇后凝望着她，"本宫也相信，你可以帮本宫。"

傅柔颔首，带着夜明珠、墨块，还有从衣裳上撕下的一块布料，走出石屋，走入无底的黑暗。

第四十六章　出口

洪义德在林中狂奔，身边已经无人，皆死在护军的箭下。但他实在跑不动了，靠着一棵大树喘息，却见从树后走出一人。

"谁？"他惊慌。

"我。"那人神态自若，相貌竟和称心有几分相似，只是气质大不同，眼中有一丝凉薄。

"覆水。"洪义德松了口气，"之前就该听你的，这下可好，我是在劫难逃了。"

覆水击掌，他身后忽现两道影子，还有一匹骏马："你确实蠢，但我也不会看你死。去吧，我的人会保护你离开。"

洪义德大喜："够义气，欠你的人情我一定会报。"

覆水笑了笑："会有机会的。"

洪义德上了马，往林外奔去，惊动了率兵搜捕的侯杰。

"逆贼，速速受死！"侯杰紧追不舍。

他和程处默打完一架，就去审了被捉的洪义德手下，才知侯长兴对自己怀恨在心，将他制定的路线图交给洪义德。他很清楚，绝不能放洪义德活着离开，否则他和父亲收受洪义德贿赂的事儿必会爆出。到时，就怕不是吃几天牢饭的罪，而要掉脑袋了。

侯杰目露凶光，一边催马，一边取了弓箭，对准洪义德的后脑勺儿。

冷不防，一支箭擦过他的身侧。

他回头，还没找到偷袭的人，却被接连射来的箭惊出一身冷汗，险险避开，但还是被一箭射中了腹部，坠马落坡，撞上石头。彻底失去意识之前，他想到一点，洪义德还有帮凶。

此时此刻，皇帝在杨妃的宫中，坐立不安。

杨妃温柔地劝说："陛下少安毋躁，太上皇和皇后都是洪福齐天的人，不会出事儿的。"

"说起来，是朕的责任。当日朕要是一语决之，把傅司言赏给吴王，皇后也不必往奉天观走一趟，就不会发生这样的事儿。"

杨妃更觉得歉意："为了吴王要一个女官，皇后特意跑一趟，臣妾心里很惭愧。"

皇帝想起给杨妃的承诺，有些尴尬："爱妃，朕原本是答应了你，让恪儿心愿实现的，可是没想到……"

杨妃打断："陛下，现在最重要的，是皇后他们能平安归来。"

"是，是。"皇帝忽然问，"嗯？恪儿不是每晚都过来尽孝，陪你抄写佛经吗？怎么今晚不见他？"

杨妃内侍玉合答道："殿下听说皇后娘娘他们在回长安的路上出了事儿，急得不得了，骑上马就出宫了。他说，出了这种大事儿，做小辈的不能呆看着，必须亲自去大苍山寻找。"

皇帝赞赏："这孩子，就是实心眼儿，他这脾气像朕，朕喜欢。"

"最像陛下的，应该是太子才对。太子沉稳，有乃父之风。"杨妃似乎不愿儿子抢风头。

"是了，太子呢？他母后不见了，他难道就在东宫呆看着？"皇帝让人去东宫打探。

内侍回来复命，说太子知道皇后出了事儿，焦急万分，正在焚香祷告，祈祷皇后平安归来。

皇帝大为不满，堂堂男儿遇了事儿只知道焚香祷告，就不知道像吴王一样亲自去找一找，为他的长辈尽一份心力，平时打猎那么积极。

杨妃听着皇帝发牢骚，奉上暖茶："陛下，这不能怪太子啊，皇后是他的亲生母亲，太子一定很担心。至亲有了意外，太子惊慌过度，有点儿举止失措，也是情有可原。"

皇帝摇头："他以后要掌握整个大唐，轻易就举止失措，朕怎么放心？"

"陛下谈到储君的事儿了，臣妾胆子小，不敢接嘴，也请陛下不要和臣妾说这方面的事儿，免得被人误会。"内宫自有章程，不得干涉政务。

"杨妃，你做得很好，懂得避讳。是朕不该和你随口说起。"不知皇后严防死守到底是为什么，杨妃母子已处处小心。

杨妃不骄不躁："陛下请用茶。"

傅柔跌倒在地，夜明珠滚了出去。

她不行了，一丝力气都没有了。那些山洞看起来就像血盆大口，下一瞬就会吞噬了自己。她想到了爹娘，想到了大姐、二弟和小妹，来长安之后，和他们在一起的日子屈指可数，令她常常想念在广州城里的日子。即使是三娘，在她的记忆里，也只有那可爱的小计较而已。一家人那么寻常的吵吵闹闹，真的很开心。她又想到了处默，让她变得快乐的人。

她闭上眼，感觉似有微风轻拂她的脸颊，微微笑了："处默啊处默，自从见到你，我的人生就变了一个样子。因为你，我才进了魏王府，进了皇宫，成了皇后身边的司言，一切虽然艰辛，但是日子也精彩。不管结局如何，我都感谢你，你就像这一阵温暖的风，吹进了我的生命……风？"

傅柔陡然睁开双眸。是风！有风必有出口！

求生的欲望压倒一切，她撑起身躯，捡起夜明珠，重新走了起来。很快，前方渐渐出现亮光。她激动地扒开那些挡光的野草藤蔓，被强烈的日光刺得睁不开眼。

等到眼睛适应了光线，兴奋的心情也平复了不少，她冷静地打量着四周，发现这个出口和入口不同。

但她的兴奋劲儿还没过，草丛中竟然走出一只老虎，把她吓得魂飞魄散，连地图弄丢了也没察觉，只想虎口脱险。然而，连求生的力气也用尽了，她再次摔倒在地，无论如何都爬不起来，听着老虎的沉喘离自己越来越近，意识也越来越模糊。

她心中默喊，程处默！

仿佛回应她的呼救声，不远处出现一双男子的靴子，随之是老虎惨烈的咆哮，片刻即恢复了宁静。

她隐隐知道来者帮她解决了猛兽，想要看上一眼，却觉得身体腾空而起，被对方扛到了肩上，同时彻底失去了意识。

程处默烦躁极了，大面积搜山只找到被撞烂的太上皇车驾，还有脑袋磕了石头的侯杰，却怎么都找不见傅柔。

他一向知道傅柔聪慧，一定临危不乱，但随着天色渐渐暗下，还是不可避免地胡思乱想起来，万一傅柔饿晕了，渴晕了，遇到了野兽，摔下了山坡……

"将军，有发现！"前方某个士兵挥着一块布片。

程处默心中忐忑，脚下却毫不含糊，第一个冲过去，很快发现这布片不但是宫廷所用的布料，上面的黑线、黑点是被人画上去的，而且手法眼熟。

柔儿！他几乎确信，这是她画的。

"这是地图，记载了很多岔路，却一点儿不像山道……"程处默说着，忽然想到，"莫非是山洞？你们立刻搜索这一带，特别要留意有没有洞口！"

很快有人发现了一个洞口。

程处默快步来到洞口前。风呼呼地往洞里灌，众人高举的火把都照不到头，但他毫不畏惧地走了进去。手上有着傅柔亲手所绘的地图，而她做事儿从来不出错。

程处默带着人在迷洞里走了很久，愈发感到傅柔的厉害，所记路线详尽又精确，要是没有这份地图，只怕早就被绕晕了。

"这里就是地图的起点了。"他拍拍石壁大喊，"柔……太上皇！皇后娘娘！"

很快，有人回应。

程处默看到地图上一个小圆点，和其他的记号都不同，随即发现机关，找到石室，一眼就看到长孙皇后、太上皇和汉王。

长孙皇后显得十分虚弱："你们总算来了。"

程处默见礼："微臣程处默，拜见太上皇、皇后娘娘、汉王殿……"

汉王也没理他，急吼吼地问士兵要吃的。

长孙皇后道："程将军这次可是救了我们一命啊，回到长安，本宫一定叫陛下好好赏你。"

程处默扫视四周，不见傅柔："微臣听说傅司言和皇后娘娘一起逃走了，怎么……只有三人。"

长孙皇后一怔："咦，傅司言去寻山洞出口，还以为是她把你带过来的。怎么？你在外面没见到她？"

程处默心里一沉，拿出地图："只在洞外找到这个，未见傅司言。"

长孙皇后看过："不错，这正是本宫交给傅司言的布片，只是她怎么不见了呢？"

程处默抱拳："微臣不才，愿继续寻找傅司言。"

长孙皇后沉吟："傅司言救了本宫、太上皇和汉王，如今她下落不明，本宫岂能心安理得。程将军，那就拜托你了，不管花多大的工夫，都要把人安全带回来。陛下那边，由本宫来知会，绝不算你渎职不归。"

"是，娘娘，微臣定然不负所托。"程处默转身就走。

他打算要把大苍山翻个儿，有没有皇后娘娘的允准，还有什么渎职不归，统统不在他的眼里，世上没有任何人，比傅柔更要紧。

傅柔是被饭香叫醒的，睁眼环顾四周，木桌木椅，每样都是木制品，油然而生的淳朴感。外面啾啾鸟鸣，铲子撞锅子，每一种声音，仿佛来自桃源。她舒服地吐了口气，黏湿的石壁，可怕的白骨，幽暗的人心，刹那沉入记忆的深处。

咕噜噜，肚子叫了，她起身往隔壁屋子走去，脚步却定在了门边。

那是一间简易的灶屋，烧着旺火，铁锅吱吱地冒烟，铲子熟练翻炒着菜，青黄红绿，搭配得令人开胃。

然而，让她定住的，是那个炒菜的男子。他背对着她，宽大的肩，结实的臂膀，似乎要将木屋的顶都撑破的身高。谁能想到，这样一个擎天般的男子，会屈居在小小的灶屋炒菜。

"严子方。"她叫出了他的名，轻声，带着叹息。

严子方动作一顿，却没回头："再等一会儿，饭菜就上桌了。"

"娘娘他们……"

"程处默拿着你画的地图去救他们了。"

"谢天谢地。"

"既谢天又谢地，你怎么就不谢我？"

"谢你？"

"是谁把你从老虎嘴里救出来的？"

"谢谢你。"她是讲道理的人。

"不必了，男人救自己的老婆，天经地义。"他是难伺候的人。

严子方将菜装了木盘，盛好了饭，走过傅柔身旁，摆上木桌。傅柔实在是饿了，也不客气，坐到严子方对面，问他怎么会出现在大苍山。

"这次袭击你们车队的洪义德，我认得他。"严子方为她夹菜，"他混进长安城的时候，不小心被我瞧见，我当时就怀疑他的目的。"

"你既然早就知道，为何不上报朝廷？"如果早有防备，也不会发生伤亡，遭遇惊心动魄。

"不在其职，不谋其政。"严子方却不以为然，"再说，我只是一时好奇心起，才让人盯着他们，谁知道洪义德筹划要袭击的是你的车队。"

"不是我的车队，是皇后娘娘的车队。"

"那就对了。皇后如此高贵，她的出行更不是我这区区镇海将军能打听的。"

"你就算不知道他们要袭击哪个车队，也不应该沉默。即使是老百姓的车队，如果被歹徒打上主意，难道就可以视而不见？"

"柔儿，我在你眼里，做什么都是错的吗？"严子方突然放下筷子，掏出怀中的长命锁，往桌上一拍，"还是说，把我严子方贬低得一无是处，你就能没有一点儿愧疚，和程处默双宿双栖？"

"这和你我的事儿无关，我只是不赞同你的做法，明知有人要受到伤害却冷眼旁观，不是堂堂正正的男子汉所为。"傅柔的双眸清澄，"至于长命锁，是两家父母的约定，那时你我都还小，也不懂事儿，我把你当成亲人。你被我家赶出门，大雪连天，我永远也不会忘记当时的情景，但你从此消失了，以一则死讯告知，一晃十多年。我从未忘记过你，却不是以未婚夫的身份，而是那个像兄长一般疼爱我的、已故的严子方。而就在你重新出现之前，程处默从树上掉了下来，从那一刻开始，我真正地对你释怀。"

严子方沉默良久，随后站了起来："饭菜凉了，快吃吧。"

傅柔看着严子方往门口走，忍不住问道："我身上的衣服……"

"是我帮你换的。"严子方没回头，"你当时身上有一些手帕、小瓷瓶之类的小东西，我就放在床头，你清点一下。"

严子方走出屋外，双手握拳，长吐一口气。这是傅柔第一次和他说心里话吧，那么真切，却让他那么痛苦。和她不同，无论是落水之时的拼命挣扎，还是当了海盗后的奋力出头，他一直抱着和她结发白首，一生一世的期望，才能坚持下来。

她说，她已经释怀。那他呢，该怎么放下这么多年的牵念？

长孙皇后回到皇宫，皇帝亲迎，众人恭贺。太子、魏王，还有年幼的晋王，都围绕长孙皇后身侧，激动不已。

长孙皇后要给皇帝行礼，皇帝急忙扶住，牵着她的手，走入宫门。跪着的妃嫔们，等皇帝、皇后进去后，才各自起身。

阴妃笑："皇后娘娘累糊涂了，都忘了叫我们平身。"

郑妃瞅一眼杨妃："阴妃姐姐说笑了，别人糊涂也罢了，皇后娘娘怎么可能糊涂？我看啊，皇后娘娘是想让某些人知道，只要皇后在一天，其他人最好规规矩矩，不要有别的想头。"

杨妃从容："郑妃妹妹越来越厉害了，连皇后娘娘心里想什么都一清二楚。希望皇后娘娘也知道妹妹的心，多劝陛下常去妹妹宫里坐坐。听说陛下已经三个月没去妹妹那儿了，姐姐我为妹妹着急呢。"

郑妃脸色难堪，"哼"了一声就走。

众人皆散，玉合陪着杨妃回殿，宫女就端了参汤进来。

杨妃摇头："拿走，我没胃口。"

玉合劝："娘娘要保重身体。"

杨妃改了主意，接过参汤，慢慢喝了起来："从前我父皇和我说过一句话。他说，人斗来斗去，其实说到底，就是斗谁活得久。等你熬到所有的敌人都死了，你就大获全胜了。"

玉合垂眸："先帝的话，从来都是至理名言。"

"所以，我这身子骨，可要好好地保养。"杨妃把最后一口参汤优雅送入口中。

 # 第四十七章　朝露

乌云的夜，伸手难见五指，大苍山的影子比黑夜还暗。程处默不知自己身处何处，也不知自己找了多久。

咔——树枝轻微断裂声，他却连眼睛都不眨，一剑向身后刺去。

在寻找傅柔的过程中，他全神贯注，视觉、听觉调整到最佳状态，犹如黑豹，所以他知道，身后有人。

那人身手不错，反应很快，避开他的剑之后，还能还手。但那人却想不到，他动作更迅猛，借着弃剑的顺势，扑了过来。

"是你？"看清了脸，程处默一愣，"吴王！"

吴王揪住程处默的领子："你以下犯上，竟敢偷袭我？"

程处默咧嘴，反捉吴王的衣领："乌漆麻黑的，谁知道是你。再说大苍山已经封山，除了护军，就是歹徒。你来干什么？"

"傅柔不见了，我来找她。"吴王上火，"你别压着我，给我起来。"

"就许你抢我老婆，不许我压着你？"压死了最好。

"叫你起来，听见没有？胆敢压皇子，你想造反啊？"

程处默翻到一旁，麻利地起身："我可不是怕你，找柔儿要紧，你哪儿来的，回哪儿去。"

"如果我叫你走，你会走吗？"吴王起来得也很利索。

"不会。"程处默耸耸肩，"但你不是我，你和柔儿没关系，我和柔儿两情相悦。"

吴王冷"哼"一声，转身往另一个方向去，但是很快发现程处默跟在后面。

"你跟着我干什么？"吴王看到他就烦。

"和你一起找。"程处默不烦，很适应，"殿下，你别误会，我这不是在保护你，我是在防着你。"

"你防我什么？"吴王反应不过来。

"这里是荒山野岭，叫天天不应，叫地地不灵，柔儿赤手空拳，孤身在外，万一被你找到，不知道会发生什么事儿。"程处默打量着色狼的眼神，"我必须和你一起找。"

"莫名其妙！"吴王懒得再理，径自往前走去。

程处默倒也跟得不紧，只是保持同一个方向。他独自找了太久，也许运气不好，如果吴王运气佳，他不介意借用。忽然，他看见吴王弯腰拾起了什么，立刻大步上前。

"这看起来像……"吴王翻看着。

程处默惊喜："是宫中女官服饰的残片！"果然借势有用，同时眼尖，"有血迹……"

吴王蹲下身，拨开烂叶："这是老虎爪印。大苍山一向有猛兽出没，皇后车驾出事儿，林中起火，还有士兵搜索，都会让野兽惊恐愤怒，这种情形之下，它们更容易攻击人。"

"柔儿那么机灵，老虎都能被她驯服。"程处默大声否决，"你别乌鸦嘴，她这会儿一定藏得好好的，等我去救她呢！"他拔出剑，对草丛一通乱砍，明眼人都能看出他在发泄。

"程处默，你别自欺欺人。老虎脚印、带血的衣服，你是亲眼看见的。就算你把大苍山翻过来，又能怎么样？"吴王真不明白，程处默到底哪里好，有勇无谋，没个正行。

程处默吼道："对，我就是要把大苍山翻过来！"他往最陡的坡上爬，一定是他找的地方不对，也许柔儿滑倒在哪儿，无法呼救。

吴王也吼："你到底要找什么？找傅司言的尸骨吗？那恐怕已经在老虎肚子里了。程处默！你给我停下！"

程处默一剑指向吴王："我说了，不准乌鸦嘴！"

吴王冷哼："如果你不是傅柔心坎上的男人，我才懒得管你。若非看在她的面子上，我管你的死活。你以为我心里就不难受吗？"

"你难受，我这里——"程处默猛回头，双目发红，戳着自己心口，"裂了，碎了，懂吗？痛不欲生！痛到不如死了！可我生要见人，死要见尸，必须找到她！她若活着，我带她远走高飞；她若死了，我也不会活着走出这大苍山！你要放弃，你只管走！"

吴王大为震动，看着程处默披荆斩棘，在几乎垂直的山林砍出一条路来，渐渐攀上去。

陈国公府。

傅音为昏迷不醒的侯杰擦着脸，感觉水温有些凉，又让新来的丫头茉莉加了热水，悉心敷上。

"还好大哥有你照顾，看来你对他死心塌地呢。"侯盈盈走了进来。

自从侯杰被送回来，一直陷入昏迷。大夫诊断颅内有瘀血，能不能醒来，只能尽力用药，全看天意。

傅音手上的动作一顿。死心塌地？她对侯杰吗？不，不是的，她只是为了得到他的信任，利用他报仇而已。

"大哥怎么样了？"侯盈盈拿过药汤，一勺勺地喂侯杰。

"呃……"傅音回神，"还是老样子，眼皮都没动一下。"

侯盈盈忧心："连大名鼎鼎的张太医也没办法？"

傅音摇摇头："和其他大夫说的一样，不过换了药方。"

侯盈盈喂完了药，对傅音道："我那儿有一株老参，我问过大夫，说是和药不相冲，你随我去取吧。"

傅音乖巧地跟随。

侯盈盈越想越不放心："我觉得不能光等着。这么大的长安城，异邦各族聚居地，难道没有其他办法？"

傅音忽然想道："我听说，广州蕃坊的药房里有一种活血化瘀的奇药，叫真主救命丹，不过不知道长安哪儿有的卖。"

侯盈盈眼睛亮了亮："我会想办法找找看，你帮我照顾好大哥。"

傅音拿到老参，嘱咐茉莉去熬参汤，走回侯杰的寝屋，却见侯长兴拿着一只布枕站在榻前，对着侯杰的脸冷凝。

"你干什么？"她委身于侯杰，想要为娘亲报仇，但侯长兴却还活着。

"我能干什么？来看看自家兄弟，给他加个枕头。"

侯长兴把枕头塞在侯杰的脑袋下，暗骂傅音这个死丫头盯得紧，害得他没机会下手干掉侯杰。还有洪义德，王八蛋，答应不会让侯杰活着回来，结果这会儿还喘气儿呢。

傅音走过去，抽出那只枕头："张太医说了，不能垫高枕头。"

"好好，你说不能垫就不能垫。"侯长兴表面讨好，"音儿，看不出来啊，你当初进陈国公府，可是又老实又腼腆又乖巧，现在一抖起来，就变成母老虎了。"

傅音冷着脸："玲珑怎么死的，我可没忘记。你对我做过什么，我更不会忘记。小公爷养伤需要安静，如果没别的事儿，请你离开。"

侯长兴"哼"了一声就走。

傅音看着手上的枕头，只觉得侯长兴不是善类，侯杰平时对他呼五喝六的，他没事能躲就躲，这会儿跑出来晒好心，有些蹊跷。

她在榻边坐了下来："侯杰，你快醒来吧，我很怕侯长兴，真的很怕，他的眼神不怀好意，只有你在，才能治得了他。"

侯杰却没有半点儿反应。

傅音叹息着，握住他的手，趴在他的身侧，仿佛如此，才能安神。

侯长兴走在廊下，一边啐道："呸，不就是一个上过侯杰的床的丫鬟吗？神气什么？等侯杰一死，我日后继承陈国公爵位，要你求生不能，求死不得。"

管家从庭院出来，上来就道喜。

侯长兴一愣："道什么喜？"

管家就说赵府来人，正商议赵家千金和侯长兴成亲的日子，好给侯杰冲喜。

侯长兴瞪凸了眼珠子，不管不顾地咆哮一声："什么，要拿我冲喜啊？！"

傅柔已被关了一天一夜。她试图离开，但门窗都被严子方锁上，怎么也打不开。这会儿，她踩着木屋各处，想着能不能挖个坑，钻出去。

忽然，屋外传来锁链的动静，她赶紧跑回桌前坐好。

严子方走了进来，一手提着肉和菜。

傅柔问："你要把我关到什么时候？"

严子方把肉和菜拎进灶屋，走出来收拾桌上的碗筷："我还以为你再也不和我说话了。"

傅柔神情淡然："我还以为我说得够清楚了。"

"就算我放了你，你也只能回皇宫。"严子方望着傅柔，"难道你更喜欢待在那吃人的地方？别忘了，汉王不是东西，皇后也不会为了你得罪任何人，没有人站在你那一边。"

"我不喜欢皇宫，但是……"傅柔欲言又止。

"但是，你更不喜欢和我待在一起，因为你已经不是当年的傅柔了。"他只是单相思。

"你我不是敌人，更不是仇人，无须恶语相加。"她只是希望他放下。

"你还记得小时候……你从小就戴着这个长命锁，把它看成宝贝。别的东西，你都愿意拿出来和我分享，唯独这个长命锁，你碰都不许我碰。你说，这是你爷爷留给你的。但是，在我被你娘赶出傅家的那个夜晚，你跑到我跟前，哭着叫我不要走，你把它留给了我。这是我握过的最温暖的东西。我被侯君集派来的人射中，掉进江里，江水那么冷，可我的掌心还是热的，因为我握着你给的这个长命锁。就算是死，我也不会放开它。

"傅柔，你不知道，我这些年是怎么活下来的。在顷刻会起风暴的大海，身边都是杀人不眨眼的海盗，当小弟，要担心被你看不顺眼的老大杀死；当上老大，又要防备有野心的手下背后捅你刀子。这么多年，我不敢上岸，不敢去看你，不知道你长大后会变得有多漂亮。我什么都不知道，但是，我知道一点，我严子方有未过门的妻子。在大海的尽头，在岸上，有一个女人一直在等着我。我知道你喜欢上程处默时，我的心情，你无法明白。"对她而言的过去，对他，却是昨天，今天和明天。

傅柔沉默许久，最终说出："对不起。"

严子方苦笑："你不用说对不起，因为我不认这个命，你是我的妻，谁也不能改变这一点。"

傅柔万般无奈："你这是强词夺理。"

"对，我强词夺理。"严子方用力握着长命锁，"你把它放到我手里的那一天，我就有了强词夺理的权力！"

傅柔突然伸手抢长命锁，严子方不肯放手。她恼火地一扇，指甲在他脸上划出一道血痕。

严子方摸过伤口，看着指尖的鲜血："柔儿，你的心真就这么狠？"

傅柔迫使自己强硬："感情不能强求，我对你感觉愧疚，可我没有办法勉强自己。"

"我放弃大海，重新上岸，到长安看人脸色，只是因为你一句话。现在，你又是轻松地一句话，就要我不再强求。对不起，傅柔，这一次，我不听你的。"

严子方大步地离去，"哐当"下锁。

傅柔在屋中独坐了不知多久，思绪万千。那些童年的记忆，鲜明翻涌，令她感叹、伤怀，却无可奈何。

笃笃笃！

傅柔回神，发现一道影子映在窗户上，随后窗户被砸出一个洞来。

严子方喝得酩酊大醉，想来想去，不能再一次轻易放弃，又回到木屋之中。他要告诉傅柔，他的真心。

屋中漆黑一片，他脚下又不稳，踉跄摔倒。忽然，一只纤细的手伸到他的面前。

"柔儿？"他有点儿迟疑，伸出了自己的手，感觉对方的温暖从手心传递过来，心中一喜，顺势将对方打横抱起。

浅浅的月光，照不进小屋，只见一头青丝如瀑，埋在他的怀里。他欣喜若狂，无比温柔地吻在她的发上，走向木床。

"我发誓，我绝不负你。"

他覆上她，无比温柔地亲吻过她的发，她的脸，最后落在唇上，将她用力抱住，似要揉进他的身体，如此合二为一。

一夜缠绵后的无梦好眠，天光放亮。严子方睁开眼睛，但见枕边有人，乌发如云。他欣喜地嘘口气，撩拨发丝，看清她的容颜，惊得从床上翻了下去。

"侯盈盈？！"他不知这是什么状况，"昨晚……是你？"

侯盈盈红着脸，但微笑着："是我。"

她原本想去向他打听真主救命丹，却见他独自出门，好奇地跟到了山上，发现被困住的傅柔。于是，她放走了傅柔，还想为自己争取一次。

严子方不可置信："你是高门贵女，如此肆意妄为，会有什么后果，你知道吗？"

侯盈盈不答，握住严子方的手，目光恳切："就和我做一天夫妻，好吗？"

严子方摇头，想要用力甩开她，刹那却出现昨夜旖旎的肌肤相触，动作不由得轻了许多，把手抽了回去。

"你是我的第一个男人。"侯盈盈掀被穿衣，"我呢？是你的第一个女人吗？"

严子方背过身去，冷然道："最不应该成为我第一个女人的，就是侯君集的女儿。"

"还记得我在海边唱的那首歌吗？海上留余晖，天尽海鸥追。半掬珍珠泪，盈盈不思悔。你就是那个时候出现在我的面前。你问我，谁这么狠心，让我流了半掬眼泪，为什么我还这么痴心不改，不思悔。"那一眼，定了她的终身。

"如果可以重来，我不会招惹你。"那一刻，他是去杀她的。

"你后悔了，可我不后悔。我是侯盈盈，盈盈不思悔。本想和你做一日夫妻，以后留个念想。不过你既然这么不喜欢，那算了，我不勉强。"若经过了昨夜，他仍对她弃之如敝屣，那么她也不要自取其辱。

严子方看着她走到门口，忽然开口："我还以为你用自己来换真主救命丹呢。"

不知怎的，他从侯盈盈的身上看到了自己，自己对傅柔那份执念，原来这么惹人讨厌。

侯盈盈回头，惊讶地看着严子方。

"侯杰重伤，脑内有瘀血，昏迷不醒。又不是什么机密，我对你们陈国公府的消息，一向注意。"随时准备报复一把。

侯盈盈却眼中欣喜："你真的有真主救命丹？"

严子方从外袍里掏出一个药瓶，往桌上一放："侯杰的性命在我的眼中一钱不值，不过我严子方不占女人的便宜，你拿了这瓶药，昨晚的事儿，你我再不相欠。以后，我不认识你，你也不认识我。"

"你用一瓶药，就要我忘记生命中的第一个男人？"侯盈盈盯着严子方，眼中痛苦。

"不接受，你可以把药丢掉，但如果你用它，就表示你答应了。"严子方往外走，"一天一颗，温水送服。"

侯盈盈追了出去："严子方，如果我不是侯盈盈，不是侯君集的女儿，你会不会喜欢我？在你心里，会不会有我一个位置？"

"这种问题，没有任何意义。"她生来是侯氏女，他生来是严家子。

"不，有意义。只要你给我一个肯定的回答，我可以不当侯盈盈，不当侯君集的女儿。我爹有儿子，没了我，陈国公府依旧传承。我可以跟你浪迹天涯，甚至永远在大海漂泊。只要你带我走，天涯海角，我一辈子都死心塌地跟着你。严子方，放下你那些仇恨，带我一起走，去找更好、更幸福的日子，好不好？"

严子方反问："如果你父兄被我杀了，你能否放下仇恨，和我一起过日子？"

侯盈盈呆了呆，摇头道："你不会，你是个堂堂正正……"

"但就是你的父亲害死了我的阿爷阿娘，害得我落草为寇，背负骂名。每次一看到你，我就想起我阿爷的冤，我阿娘的血，你说放下，何不设身处地！"   昱妈

严子方走出去，摔上门。

侯盈盈死死地咬着唇。她知道他说得对，灭门之仇，消除谈何容易。她慢慢地走到桌前，颤抖着手，拿起药瓶，顷刻泪落。

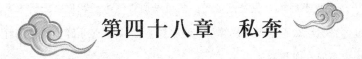

第四十八章　私奔

晨光缕缕穿过密林，仿佛织机上一根根的丝线，轻弹起微尘。程处默眼中却看不见这样的美景，反被盘根错节的大树绊倒，已经没有爬起的力气，只能靠着树干，喘口气。吴王早已不见，什么时候不见的，是在找柔儿，还是已经回宫，他毫不关心。

"柔儿，你是不是在生我的气？我真没用，不能保护你。早知今日，我当初就不该让你进宫，哪怕抗旨，被皇后杀头。我辜负了你。柔儿，你的魂魄还在这大苍山吗？你出来，让我见见你。我舍不得你，我舍不得……"他喃喃自语，心中痛悔。

前方隐约出现一道纤细的身影，恍若林间仙子，朝他走来。

"柔儿？"呵呵，他还是累趴了，所以发梦。

"处默。"她蹲在他的身前，伸手抚过他疲累的脸，"你一直在找我吗？辛苦了。"

"这算什么？你放心，我一定会找到你的！虽然这是做梦，应该没有五感，我的柔儿就是处处与人不同，你的手好舒服，好温暖。"

傅柔笑了笑："这不是……"

话未说完，却被他拉进了怀里，她稍稍挣了一下，却看他累得眼睛都睁不开，顺从地偎依着。

程处默忽然睁眼，捉住傅柔的双臂，四目相对，凑近，凑近，凑到鼻尖儿对鼻尖儿。

"柔儿，真是你！"不是梦？！

"你是活的！"也不是鬼？！

傅柔失笑："我当然是活的。"

程处默猛地亲了傅柔的脸颊一下，激动，兴奋，思路还很清晰："可我在森林里见到了你的衣服，上面沾着血，还有老虎的脚印……你是怎么活下来的？"

"我……"答应过侯盈盈不牵扯出她，而且严子方也无恶意，"我在山里迷路了，遇到一户采药人家。他们心肠很好，让我换了一套干净衣服。原本穿的女官服又脏又破，我脱下来，不知丢哪儿去了。至于你说发现了我的衣服，上面还有血迹，我就不清楚了。"

程处默固然有疑虑，但人既然平安，什么也顾不得了："好，只要你活着就好！"

这时，远处传来护军的喊声，他们还在搜山。

傅柔没有多想，站起来："太好了，他们来找我们了。"

程处默却拉住她的手："柔儿。"

她低头望着他，看他神情严肃地摇了摇头，她已然明白。

"只要你不出去，他们会以为你已经死在猛兽的利爪下，这是唯一逃离宫廷的方法。然后我们一起离开，从此以后，再也不用当牛郎织女。"

她仍理智："我们不可以就这样丢下一切，这太不公平了。"

"我们不公平？"他从来顺心而活，为了她，憋了太久的真性子，"我们倾心相爱，为什么要被一堵该死的高墙隔开？为什么你的婚事儿不能自己做主，皇后要你嫁给谁，你就要嫁给谁？在他们眼里，你只是一个用来平衡局势的砝码。我们不公平？皇上公平吗？皇后公平吗？这个世界公平吗？柔儿，跟我走吧。"

"处默，我爹娘年纪大了，涛弟不知生死，音妹又不见了，抛下他们，我做不到。"

"我明白了。不是公平不公平，而是我在你心里的分量，没我想象的那么重。你要回去皇宫那个囚笼，我程处默，不送了。"他奋力起身，仿佛要挣脱过去的泥沼，往反方向走去。

傅柔面向护军的方向看了一会儿，理智告诉她没错，但内心深处却在呐喊，处默才是对的那一个。自由的机会稍纵即逝，她其实一点儿都不喜欢由别人掌握她命运的感觉。

傅柔猛地转身，朝他离开的方向追去，可是他却已经不见了。她慌里慌张地一通乱找，忽然有人从背后抱住了自己。

"处默。"她红了眼，"我差点儿找不到你了！你为什么不等等我？"

他的话语贴在她的耳畔，温柔深情："傻瓜，我一直都在你身边，从没离开过。"

这日早朝，皇帝大赞程处默英勇，虽然程处默不在，仍当着群臣的面，许诺要赏。

程咬金近来因为这个儿子，大大长脸，但反观侯君集，有点儿灰头土脸。侯杰负责皇后出行，如今出了这么大的意外，无论如何要被问责。不过，中途杀出个汉王，来传太上皇旨意，证明侯杰英勇忠诚，挡住了歹徒一时，太上皇和皇后才有时间撤走。

汉王不仅有太上皇的证言，还把曹元的两个亲兵带了上来。他们证实曹元对侯杰心存不满，没提醒侯杰知会当地官员和驻军的惯例，把玩忽职守的罪名扣在了曹元的身上。

程咬金却提到一个疑点，歹徒早设埋伏，显然有人泄露了路线，侯杰难辞其咎。汉王仍指曹元泄密。

最后，皇帝认为兹事体大，还是要让专人审理。太子毛遂自荐，皇帝却反而把这件案子交给了吴王，又看汉王能抓住曹元这个点，因此也让他协同办理。

下朝后，程咬金看见侯君集和汉王交头接耳地离开，不禁"哼"了一声，真是臭味相投。

"阿爷。"程处亮已等他一早上了，"到处都找遍了，连大哥的影子都不见。"

"吴王发现了傅司言带血的衣物，这人十之八九已遭遇不测，因此才将护军带回，停止了搜索，肯定是你大哥他不死心。"

"大哥会不会想不开……"

程咬金打断："闭嘴，少说不吉利的话。给我加派人手，静静地找，别惊动其他人，尤其是你娘。"

自从处默给程家长了脸，提心吊胆的次数也多了起来，哎，福兮祸所伏。

谁也没想到，程处默已经带着心上人私奔了，去的还是广州，靠着海的城市，感觉就自由自在。

不怎么享受这份自由的傅柔蹙着眉，听程处默跟店小二报了一堆复杂的菜名。自由是需要代价的，问题是两人腰包空空。

"这些都不用，来两碗素面吧。"她掂了掂钱袋，叹口气。

来广州城这一路，程处默大手大脚，她怎么劝也不听，乐观得要命。

程处默叫起来："光要素面怎么行？一顿饭至少要有鱼有肉吧？我已经很节制了。"

小二有些不耐烦，好似看出他们的窘迫。

程处默虽然看见了傅柔手里那个瘪瘪的荷包，仍撑直腰杆，要了两个荤菜，两碗素面。

等小二走了，傅柔把荷包放在程处默手里："你自己瞧瞧，吃完了拿什么付账？和你说了一路，今时不同往日，你偏不听。"

程处默信心十足："柔儿放心，我绝不让你吃半点儿苦。像我这样的，能文能武，长得又俊，还怕挣不到钱吗？"

傅柔斜睨："倒是不知，你有牺牲色相的打算？"

程处默哈哈一笑："柔儿，你还会说笑话哪。"

"不然，你说，等会儿结账的时候，怎么打算的？"傅柔觉得在宫里都遇不上这么难的事儿，囊中空空，骗吃骗喝。

"我这么帅，这么壮，给他们干活不就成了。"他确实打算好了，"有我在，看谁还敢在这家酒楼吃霸王餐！老板白捡这么大个便宜！"

傅柔无语地看着他，除了他脸皮那么厚，吃饭不给钱，还能有谁！

不过，还真别说，程处默这相貌确实占了些优势，吃完这顿饭，和老板一套近乎，老板就同意他当了伙计，工钱抵饭钱。

傅柔也不说什么，在酒楼对面的茶寮要了一壶茶，边喝边等。老板说三日。她笃定，不用两个时辰。

果然，才一个多时辰，程处默就从酒楼走了出来，一脸沮丧的表情在看到傅柔时瞬变，脚步轻快。

"柔儿，有个好消息！"

"我来猜猜，老板说不用你干活，还那顿饭的钱了？"简而言之，被赶出来了。

"柔儿最聪明。"程处默咧开嘴，笑嘻嘻的。

"哪儿是我聪明，是老板聪明，再让你待下去，他这买卖就不用做了。"

傅柔微微歪了头，但见客人们纷纷从酒楼里跑出来，要么鼻青脸肿，要么一瘸一拐，老板跟出来，不停地拱手作揖，求爷爷告奶奶的模样，好不惨烈！

"不能怨我！那些孙子，对我横挑鼻子竖挑眼的，说我不像伙计像将军，我夸他们眼力不错，他们就骂骂咧咧，还跟我动手动脚，非让我点头哈腰，我怎么可能受那群白痴的窝囊气啊！"所以，一时没忍住。

傅柔笑了笑："还是我做些刺绣赚家用。"含着金汤匙出生的小公爷，放弃一切，就为和她在一起，她永远不会怨他。

程处默不同意："不行，我程处默的心爱之人，怎需抛头露脸当街叫卖？"忽然挤眉弄眼，"靠脸吃饭不行，我还有好身手啊，山里的野味就够我们吃上一辈子的。"

到了晚上，两人的伙食果然大大改善，篝火烧得旺旺的，架子上烹着野兔，香味四溢。

程处默美滋滋地割下一条兔子腿，递给傅柔。傅柔咬了一口，眼睛让火光映亮，表情一看就知道很好吃。

程处默笑得眯了眼，温柔地为她擦拭嘴角："跟着我，你就放心吧，就算离乡千里，隐姓埋名，我还是能包你吃香的喝辣的。"原来，只要让喜欢的人开心，他就能成为英雄。

"打野味儿，可以顾得了肚子，但住的地方怎么解决呢？"总不能一直风餐露宿。

"好办，我明天多打几只，到城里卖了钱，就可以住客栈了。"他忽然撇头，神情冷冽，"谁？"

草丛一动，颤巍巍地走出一位衣衫褴褛的老人和邋里邋遢的小女孩儿，直勾勾地望着傅柔手里的兔肉。

傅柔立刻留意到了，招了招手："别怕，坐过来吧。"

老人还在犹豫，小女孩儿却跑到了傅柔的身边，接过她递过来的兔肉，吃了起来。

当兔子肉变成骨架子，彼此也熟稔起来。

老人说起老家在狮子山，有好几股土匪，庄稼人没了活路。年成好，土匪就抢粮食，家里养的鸡鸭也不放过。要是年成不好，就抢女人，小女孩儿的娘，也被土匪抢走了。

傅柔心里酸楚，给小女孩儿编了好看的辫子，问她叫什么名字。小女孩儿欢喜地摸着辫子，突然跑到草丛边，摘了一朵小花，羞涩地送到她的手里。

老人叹息："我这孙女天生就不会说话。"

傅柔奇怪："老人家，土匪如此猖狂，朝廷难道不管吗？"

"不中用。有一次，听说来了上万的官兵，说什么剿匪。后来就说剿光了，领头的回京升官去了。其实啊，那些土匪还在，抢得比从前更厉害。"老人摇了摇头，布满皱纹的脸无声诉说着苦难。

程处默特别明白："有的武官怕死怯战，在地方上虚晃两枪，就向朝廷报功，借此升官。

一群无能小人！要是给我两千人马，我肯定……"

他忽然感觉到傅柔的目光，下意识地住了嘴。是的，他已经做出了选择，放弃从前的一切。

老人一无所觉："要说如今，确实比当年兵荒马乱的日子强，就算逃难到这里讨饭，也能勉强挨个半饱，不像隋末，遍地都是饿死的尸首。可人心就是不足啊，总有点儿小盼头。盼着仗不打了，就想着要是能再来一个程咬金那样的大英雄，把那些害人的土匪给收拾了，那日子就好过了。"

程处默忍不住："你也知道程咬金？"

"程咬金谁不知道啊？评书上都说了，半路杀出个程咬金，吆喝一声，大斧一挥，坏人就没气儿了。"老人中气都足了些。

程处默骄傲地哈哈笑："对对！我也听过！"

老人却是苦笑："不过，都说程咬金当大官了，现在不打坏人了，要不然他怎么不来我们狮子山，打打土匪呢？"

程处默为老父亲说话："程咬金也是人，也会老，年纪大了，总该清闲清闲，享享福，对吧？"

"对，对。人老了，就盼着儿孙满堂，看着儿子孙子围着自己，享天伦之乐，那就是大福气。程咬金那么厉害，一定正享福呢。哪像我啊，儿媳妇被土匪抢了，我那傻儿子不死心，到处找，最后自己也不见了。剩我一个老头子，白发苍苍，还活着干什么呀？但我不能死，我还有这小孙女。人老了，自己如何不要紧，心里想的都是子孙。"老人感同身受。

程处默望着老人，瞬间恍惚，仿佛看到了父亲。他的父亲嘴上不说，但当他活着回家的时候，父亲激动得晕了过去。也不知道如今，父亲会多担心他。他不由得叹了口气。

傅柔默默地看在眼里，什么也没说。

第二天一早，老人带着孙女向两人辞行，继续上路去寻找他的儿子和儿媳。小女孩儿又送了傅柔一朵小花，向她挥挥手，跟着爷爷远去。

程处默目送良久。

傅柔望着他，她知道他没睡好，梦中在喊他阿爷。逃难的老人，让他想起来同样白发苍苍的老父。而她，何尝不挂念着家中父母。

"处默，我们回去吧。"不告而别，心存内疚，到底能走多远呢？

"不！"程处默猛地转身，目光倔强，"我们好不容易走到这一步，我绝不放弃，

319

你也不许放弃！"

陈国公府里，今日张灯结彩，到处是"喜"字。

侯盈盈独坐窗边，隐隐约约，能听到众仆的说话声。侯长兴成亲，人人忙着张罗，只是不知这喜气，能不能让大哥醒过来。

傅音走进来，乖巧地行礼。

侯盈盈勉强笑了笑："大哥有好转吗？"

"按您说的，一天一颗药，但还是不见起色。不过张太医说，也许少爷脑里的瘀血正在化去，只要坚持就有希望……"傅音的语气一顿，面色迟疑，到底还是开了口，"其实，我来是想问问小姐，那瓶真主救命丹是谁给您的？"

侯盈盈的眼中一抹痛楚，咬了咬唇："为什么忽然问这个？"

"丹药只剩一颗了。我想，您能否可以再去要一瓶，或者告诉我哪儿能得到，我来去……"

侯盈盈嘴角浮笑，表情却像哭："再要一瓶？可惜，能够换这真主救命丹的东西，我也只拥有一次，再也不可能换到第二瓶。"

傅音吓了一跳："是音儿说错话了，这么珍贵的药，能要到一瓶已经不容易，我还为难您。"

"你没有说错什么，是我没用，再帮不上什么忙。"她该死心了，一个连笑容都不愿施舍给她的人，一个用一瓶药就想换她最珍贵的，她何苦作践自己。

"您最近憔悴了很多。"傅音小心翼翼，"是不是有什么心事儿？"

"我连心都不在了，还哪有什么心事儿。"侯盈盈冲动地出口，但见傅音惊讶的神色，"大哥出事儿，我太难过，说话难免颠三倒四。音儿，好好照顾大哥，一切就拜托你了。"

傅音的心里七上八下，总觉得侯盈盈遭遇了什么难事儿，但等她回到侯杰的屋里，就顾不得别人了。

她紧紧捏着他的手："都是我的错。你会这样，都是我的错。从我遇到你的那一天起，我就没有安好心。我一直在诅咒你，因为你是侯君集的儿子，是害死我娘的侯长兴的堂弟。你对我那么好，我却一直骗你。我错了，我不该诅咒你，我不想你死。你睁开眼睛看一看我，好不好？求求你，不要这样惩罚我。"

手上突然传来一股握力，她惊得坐直，见侯杰的手回握住了她的手，刹那喜出望外。

侯杰睁开了眼，定定地看着傅音。

傅音想起刚才那番话，以为他都听见了，心跳急速。

"音儿……"他伸出手，包住她半边的脸颊，"怎么瘦了？"

她松了口气，但觉得眼前一黑，晕了过去。

侯君集得到儿子醒来的消息，带着张太医赶来。侯杰却焦急地让张太医先看看昏迷的傅音。

张太医仔细地把了脉，笑着拱手："大喜，大喜啊！这位小娘子是少将军的房里人吧？她有喜了！"

侯君集哈哈地大笑："好！好啊！我儿终于醒来！我侯家要添长孙！长兴这一冲喜，果然喜事连连！"

仆人们把傅音抬回屋去，太医开药去了，房里只剩侯君集和侯杰父子俩。

侯杰面色一正："阿爷，是侯长兴向洪义德泄露了车队回长安的路线，还要我死。"

侯君集大感意外，神情变了又变，眼中沉狠。

 ## 第四十九章　心误

侯长兴让吴管家和护院们夹着，被推进了侯杰的屋子。他揉揉肩膀，倒是不在乎那身脏了的吉服。

侯君集冷哼一声。

侯长兴抬起眼，看见侯杰已经坐了起来，不由得大吃一惊。这小子怎么醒了？一瓶真主救命丹吃下去没有起色，他还以为老天爷帮忙，就等着侯杰嗝儿屁。想不到啊，居然大难不死。

"侯杰，你……你醒了？"他忽然觉得乌云盖顶。

侯杰冷眼相对："看见我醒了，你很吃惊？"

"当然吃惊，惊喜！"侯长兴看向侯君集，"恭喜叔叔，侯杰总算醒过来了，老天爷开眼啦！只要侯杰没事儿，我就算付出婚事的代价也……"

侯君集反手一扇，打肿了侯长兴的半张脸。侯长兴连滚带爬，心里有数，脸上却装无辜，喊一声"叔叔"。

"你说得不错，老天爷开眼，没让你把我儿子害死！侯长兴，亏我把你视若己出，我侯君集真是养了一条白眼狼！"侯君集怒吼。

"侯长兴，你是什么时候和洪义德勾搭上的？"侯杰追问。

"洪义德？"侯长兴还想装下去，"我没有！这一定是有人诬陷！我不认识什么洪义德！"

"事到如今，你还敢狡辩？杰儿亲耳听洪义德说的，要帮你灭口，才好霸占我侯家家产。泄露车队回京路线，和洪义德约定，不让侯杰活着回来，你好狠啊！来人，拿我上阵的兵器来，我要剖开这条豺狼的心，看看它是不是早就烂透了！"侯君集怒火中烧。

"叔叔！叔叔饶命！长兴只是……只是受奸人蒙蔽，一时糊涂。侯杰，堂弟，你知道我的，我天生就笨，莽撞冲动，你帮我求求情。"侯长兴跪到侯杰的榻前。

"要不是我命大，你可就得逞了。"而且给他留了这么大个烂摊子，要不是汉王，他醒来就在牢里了。

"我错！我错！"侯长兴自打嘴巴，啪啪响。

吴管家来禀报，侯长兴的娘亲到了。大喜的日子，侯君集还特地派了人接老太太来喝喜酒。

侯长兴看到了希望："叔叔，你就看在我娘的分上，放我一条生路。你答应过娘要好好照顾我的，你就饶了侄儿这次，侄儿给你当牛做马！我娶了赵家女儿，今后一定帮叔叔把事情办好！"一边喊着，一边往门口溜，"娘！娘！快来救我啊！"

"二嫂受人敬重，竟生出你这样一个不成器的东西。"侯君集给吴管家使了个眼色，"堵住他的嘴，关到后院去。这事儿谁也不许泄露，尤其不能让二老太太知道。"

傅音休息了一会儿，终是放心不下侯杰，亲自熬了药送来，哪知才到门口就听见他一声怒吼。

"报个屁的信！"

傅音吓了一跳，连忙走进去，但见一个身穿军服的男子背影，对侯杰毕恭毕敬地抱着拳。

"洪义德在广东消失不见，你现在告诉我有什么用？人家早就到了长安地界，还在大苍山差点儿要了我的命！"侯杰两眼都快喷火了。

"我在广州城搜了很久，搜不到，又按照犯人口供，在城外山里搜了很久，还是搜不到。我想着，既然侯大将军信任我，对我委以重任，我就一定要找到洪义德，所以我又扩大了搜查范围……"

那人的声音让傅音的手一抖，药碗碰了盘，这声音分明是——

那人回头，看到傅音，神情也像看到了鬼。

侯杰叫："西涛，你眼睛往哪儿看啊？"

西涛就是傅涛。

傅涛结巴："我……我……"为什么他亲妹子在这里？

"呵呵，看呆了吧？漂亮吧？漂亮你也不能多瞧。告诉你，这是我的侧室，轮不到你招惹。"侯杰看一眼傅音，立刻不高兴了："音儿，你怎么也发愣了？"

"啊？"傅音干笑，急忙走到桌前放下药碗，"你说什么侧室啊？"

"你肚子里已经有了我的孩儿，总不能连个名分都不给你。过几天我身体好点儿，就按规矩办，风风光光地抬举你。"侯杰盯着傅音的后背，又看看傅涛。

傅涛感觉到侯杰的目光，不敢再看傅音。

傅音把药碗弄倒了，"哎呀"一声，心急地慌忙往外走："我再去熬一服来。"

"傻丫头，高兴坏了吧，连话都不会说了，我就喜欢你这笨模样。"侯杰心情又好了，"西涛啊，事情办砸了，你应该受罚。不过今天双喜临门，饶你一次，快出去，别碍着我的好心情。"

傅涛匆匆一鞠躬，也走了出去。

两人一前一后走进一个院子，傅音小心地关上院门。

"三哥……"千言万语，不知从何说起。

"你怎么……"傅涛一把抓住傅音的胳膊，急得脑门儿都要冒烟，"你知不知道侯杰是什么人？侯家是什么地方？你怎么成了他的侧室，还……还有了身孕？"

傅音反而冷静下来："侯家在广州城纵火，活活把娘给烧死，把我们傅家给烧成一片灰烬。我来是为了报仇。"

"我早就说了，报仇的事儿交给我。"傅涛放开傅音，来回踱步，"这不是乱来吗？我已经当了侯君集的亲兵，迟早手起刀落，你何苦把自己搭进来？侯杰是不是强迫你？浑蛋，我一定杀了他！"

傅音拼命摇头："不，他没有强迫我，他是这里对我最好的人。"

"你说什么？"傅涛一股子火气，指着高墙之外，"你还记不记得，外头有一个男人叫陆庭，他发了疯一样地到处找你，你却在这里，怀了仇人儿子的孩子……"

傅音捂着嘴哭泣。

两人都没发现，院子的角落里藏着一道贼影。

侯长兴逃了出来，没想到会撞见这一情形。他歪着嘴冷冷一笑，得了，自己这条小命算是保住了，托这对蠢兄妹的福。

程处默打猎回来，四处找不见傅柔，心里"咯噔"一下、怕她不告而别。他知道，她心里一直有个结，所以他很努力地克服着一切，想用行动证明，他能给她一个家。

程处默匆匆经过湖边，忽然听到哗哗水响，往湖面上一看，立刻刹住了脚步，笑自己想得太多。傅柔只穿着一件单薄的里衣，正在湖中梳洗。美人出水图，只嫌春光不够亮。

"你……闭上眼睛。"傅柔很快感觉到了程处默的存在，看他抱着膝盖撑着下巴，就差流口水。

"早看光了，不闭。"他嘻嘻一笑，眼睛睁得更大更圆。

"轻薄。"傅柔嗔道，慢慢地走上岸，在草丛中整理长发，"把我的外衣递过来总可以吧。"

程处默目不转睛，看着美人的背影："什么外衣？"

傅柔回头，失笑："看一下自己的脚边。"

程处默低下头，原来她的外衣就在脚下。虽然美人养眼，却也担心她着凉，他到底捡起了外衣。一样东西从她外衣里掉了出来，他呆了半晌，弯腰捡起。那是严子方当宝贝一样的长命锁，口口声声是定亲信物。

程处默将长命锁放进自己怀里，才把外衣递了出去。

"柔儿啊，我觉得我们做错了一件事儿。"他试探。

"做错了什么？"傅柔不明所以。

"你不是说有一户猎户在大苍山救了你，还给你换了一套干净衣裳吗？我们离开之前，应该去多谢人家的。"告诉他实情吧，别让他胡思乱想。

"……"傅柔再聪慧，也无法读心，"将来有机会再说吧。"

"……好，将来再说。"他换上轻松的语气，"我打了几只野鸭子，留下一只我们自己吃，剩下的我带去城里卖。卖掉就有钱了。"

"处默……"傅柔已经考虑再三，"我想见见我的家人。"

程处默的神情突然一冷："说来说去，你还是想回长安。"

傅柔解释："不，我说的是我的大姐傅君，她和姐夫就在广织县，离这儿不远。"

程处默微愕，随即讪笑道："好，我陪你去，先把野鸭子卖了，挣点儿路费。"

傅柔点点头，穿好外衣，戴上纱帽。

两人一起往山下走，迎面遇上两个小吏。

"喂，你，手里拿的是什么？"其中一个小吏语气蛮横。

"野鸭子啊，我刚打的。"程处默心想这也要问？

"你个小贼，还挺理直气壮。"小吏道。

"你说谁是贼？"小公爷脾性一上来，威武。

"说你哪。"小吏让程处默激起更大的脾气，"我家老爷，是广州别驾曹俊林曹大人。曹大人说了，广州城附近的山林湖泊，都是皇上的家产，在皇上的山上打猎，就要给打猎税，要不然就是盗取天子之物，要杀头的。不过土包子，算你运气，这一次就饶了你，但野鸭子是贼赃，我们发发善心，帮你给处置掉。"说着话，小吏伸出手，却被程处默反手按倒，疼得乱叫唤。

傅柔对程处默低声道："别把事情闹大，我们的身份会藏不住的。"

程处默恨恨地放开小吏。

傅柔则把野鸭子都交了出去，软言软语："对不起，二位官爷，大人有大量，不要计较我们这些粗人。"

"呸，贱东西，老子非……"但被程处默一瞪眼，气势就瘪了，手还疼着，"不和你计较！"抢过野鸭子就走了。

"区区一个广州别驾，也敢擅借天子之名，开征杂税，鱼肉百姓。我要是在长安，一句话就能让他……"程处默走了两步，没听见傅柔的脚步声，回头见她站在原地，"柔儿，你怎么了？"

"处默……"傅柔抬起眼，仿佛下了决心，"我不想走了。"

"你说什么？"程处默握拳。

"耳鬓厮磨，日夜相守，固然重要。可是难道别的就不重要吗？为了我们的快乐，让家人为我们日夜担惊受怕。而我们自己，只能鬼鬼祟祟地躲起来，不见天日。"

"你就这么后悔？"无论他做多少，原来都无用。

"你文武双全，是顶天立地的英雄，你可以为国征战，为民请命，为这国家变得更好尽自己的一份力，让你爹娘为你自豪。可是现在呢？你为了我，被那些小人折辱，还要忍气吞声。我不能让你这么下去，最终把所有的雄心壮志都消磨殆尽，庸庸碌碌度一生。"她终会后悔，他也会，不如及时回头，"我后悔。我们一开始就错了，只想着自己，只想着逃。可逃了一时，就要逃一辈子，爹娘要为我们悬心一辈子。我们所学、所会，从此再也不能施展，不能报答养育之恩，也不能做自己力所能及的事儿。这样活着有什么意思？这样相守有什么意思？我们必须回去，不管事情有多难，只要我们齐心协力，总有解决的办法。"

程处默垂着眼帘，看不出情绪，语气平静："那就回去。"

傅柔丝毫不觉得异样，以为他想通了："好，我们不再逃避，一起回去，一起勇敢面对。总有一天，我们会堂堂正正地在一起，得到所有人的祝福。我去把东西收拾了，然后就走。"

"大苍山，那个救你的猎户，姓严吧？严子方。"程处默冷道。

兴冲冲要走的傅柔，惊讶地转头："你怎么知道？"

"怪不得你一直想回长安，怪不得这么多天，你都不许我碰你。"程处默啊程处默，你就是个傻子。

他掏出长命锁，丢在她的面前，往反方向去："从现在开始，你走你的路。"

傅柔追上："处默，你听我说……"

程处默陡地回身，用力抓住傅柔的肩膀，目露凶光："离我远点儿，我狠起来，会杀人的。"说完，将她往路边草丛一推。

傅柔从地上爬起，再想追，却已失去他的踪影。

呆呆地望着程处默消失的方向，她潸然泪下。一路走来，彼此扶持着，坚持自欺欺人，也欺骗着彼此，强行压下内疚之心，但到了今天，看着官吏仗势欺人，看着处默愤怒却又忍着愤怒，她就决定不能这么下去了。

她和他都一样，走到了广州，心却在长安，心上始终拴着一根无形的线，一直牵扯着他们的良心，越扯越疼，疼得每走出一步都撕心裂肺。

如果他始终顾虑着她的感受，那么就由她来当坏人吧。她一定要说服他，走回正确的路，光明正大地相爱，如此得来的幸福才能长长久久。

这次，不用他来找她，她会找到他，用追的、哄的、求的，死缠烂打也不放手。

（上卷完）

326

骊歌行

欢娱

COURT LADY

下册

⊗ 风弄 —— 原著　　⊗ 节南 —— 改编

长江出版社
CHANGJIANGPRESS

目录

第五十章 求亲

在傅柔的记忆中，番坊里的茉莉花蕾冒出来的时候，夏天就要到了。她很喜欢去那里看花，把它们画成花样子，绣下来。

时隔一年，从长安回到广州，走在自己最喜欢的坊间，嗅着那些熟悉的香气，心境却再也不同以往。

她惦念着父母，从军的傅涛，失踪的傅音，还有司织所的女官和宫女，好姐妹宝林，当然还有病弱的长孙皇后。虽然她进宫是情非得已，但毕竟和自己的命运牵连在了一起，有一份必须回去好好道别的责任感。

"哟，美人，怎么一个人哪？"一个油腔滑调的，却似曾相识的声音在耳边响起。

沉浸在回忆中的傅柔回了神，抬眼看到对面那张虚胖的脸，有点哭笑不得。真是想不到，今生还能和陈友再相见！

"啊，傅柔！我可算找到你了！"陈友第二眼才把傅柔认出来，立刻指使着身后的一票人把她围住。

有人路见不平，问傅柔要不要帮她报官。

陈友喊道："她是我明媒正娶的娘子，报官就报官，我还想讨个公道呢。成亲那天，她连我陈家门都没踏进来，直接回娘家，骗了我家几千两礼金。"

"既然你说我是你的妻，拿出婚书来。"傅柔可不是柔弱女子。

陈友一愣，想起卖婚书那茬事，但仗着今日狐朋狗友多，便说："哪里用得着婚书？当日你我成亲，这些人都来喝过喜酒的。"

众人纷纷应和。

来往的行人听了，当真以为是夫妻之事，也就不多管了。

傅柔被他们一步步逼近小巷，眼睁睁看着陈友的爪子就要搭上自己的肩，她才有些紧张。

"光天化日之下强抢民女，胆子不小啊。"有人将爪子打开，站在傅柔身前，一手牵住她的手。

傅柔听出了声音，认出了背影，轻轻咬住了唇。她还以为，再也找不到他了。

"你谁啊？抓住我娘子干什么？放手！"陈友一看两人的手都牵上了，黄豆眼珠子一瞪。

程处默扬拳往土坯墙上一打，顿时出现一个坑，吓得陈友和损友们噤声。

"好吧，强抢民女的不是你，是我。这女人，大爷我看上了。"程处默说完，拉着傅柔就走。

陈友才跨前一步，一道剑光削过他的头顶。

程处默目沉寒光："为了一个女人，想拿自己的命来换，值得吗？"

陈友惊恐："不，不，我……我只是想问问，大……大王这么威武，是哪路好汉？"

"本大爷就是大名鼎鼎……"程处默恰好看见墙上洪义德的通缉令，"鼎鼎大名的洪义德……的手下。"

陈友战战兢兢："如……如雷贯耳。"

程处默撇嘴一笑，带走傅柔。

陈友立刻换了副奸诈嘴脸。好啊，土匪是吧，没了老婆，赏金也好，他要去官府告密！

程处默一走到安全地带，就放开了傅柔的手，一个人往前走，心里却在默数。她会来追他的，毕竟她隐瞒在先，应该好好哄他开心，甜蜜地补偿他一番。然而，他走出好一段路，耳朵恨不得竖成驴耳，也没听见傅柔叫他，甚至连脚步声都没有。

他回头一看，发现身后压根没人，赶紧往回跑，转了弯才见她蹲在角落。

傅柔听到动静，抬起头来，眼泪还没干。

"我不是舍不得你，我很生气，非常生气！"他嘴上犟着，"我告诉你，这次我可不会轻易原谅——"

"对不起。"她忽然起身，抱住了他，"大苍山的事我不该隐瞒，可其中另有内情，我和严子方……"

他的神情刹那改变，但又硬声道："别提他！你没有错，是我逼着你私奔。我程处默，从前就是个处处留情的纨绔子弟，我有什么资格要求你？严子方是你的娃娃亲，吴王在宫里能保护你，汉王身份高贵，甚至连刚才那窝窝囊囊的陈友，都和你有一纸婚书。我呢？我什么都没有，什么都不是！"

"你别这么说，是我不该骗你。"她已经反省。

"算了，我从前也骗过你，被你骗回来也是我活该。"和好的时机总算到了，他忍得实在辛苦，"不过，以后不许再犯啊。"

傅柔把脸紧紧贴着他的颈项，贪恋他的温暖，点了点头。

程处默开始翘尾巴："其实你很喜欢我，对不对？"

"喜欢。"她之前的坚强都是装出来的，心里就怕他早就走远了。

"全天下的男人，你最在乎谁？"他很紧张。

"程处默。"她脱口而出。

"只听程处默的话吗？"他望进她的眼。

"只听程处默的。"她回答得毫不犹豫。

他满意了，牵着她的手，向前走。

程处默最怕的，其实是傅柔对他无心。她也不像其他女子，黏着他，依赖他。她很独立，聪明到她自己就可以解决所有的难题，他很难像英雄一样出现在她面前。但她不擅长说肉麻的话，所以能让她这么说出来，他才算有些安心。

侯家大宅。

傅涛抓着傅音的肩膀拼命摇着，咬牙切齿。他从没想到，有一天，他和他的亲妹妹会在仇家相见，而且亲妹妹还成了对方的侧室。

"三哥，你冷静一点。"傅音想要挣脱傅涛的手。

"冷静什么！你报仇报仇，把自己的清白都报给仇人之子了，娘就算活着，也会被你气死。"他改抓她的手，"走，跟我回去！"

忽然，傅涛发现不对，角落那边有一道阴影，好像藏着人。

"什么人鬼鬼祟祟？"他目光凛然。

侯长兴有恃无恐地站起来："别喊嘛，我们可是一条船上的人。侯君集是你们的仇人，也是我的仇人。"一撩袖子，露出手腕上的绳索勒痕，"侯君集那老东西，六亲不认，做他的侄儿，我倒了八辈子霉。西涛，哦不，傅涛，只要我们合作，我们就能让这富丽堂皇的国公府像傅家一样，只剩一片灰烬。"

傅音恨道："三哥，别听他的，他放火烧了我们家，害死了娘！"

"原来是你！"傅涛怒吼，一拳将侯长兴打得眼冒金星，跳坐到他身上，拔出匕首就要朝心口刺去。

侯长兴大叫："等等！有话好说！不错，傅家的火是我放的，但你知道下令放火的人是谁吗？是侯杰！是你妹妹肚里小杂种的爹！"

傅音不敢相信："你说谎！"

"你二姐看见了侯府要送回老家藏匿的金银珠宝，侯杰为了保住秘密，叫我斩草除根，放火把姓傅的统统烧死。"侯长兴不过奉命行事。

傅音摇头哭喊:"不是的,你撒谎!你在撒谎!"

"程处默!"侯长兴说出一个出乎意料的名字,哈哈大笑,"你去问程处默,傅家大火那一晚,是谁请他到外头喝酒?侯杰一边陪程处默喝酒,心里一边计算着傅家何时家破人亡。事后,侯杰告诉我,从他们喝酒的窗口,就能望见火光熊熊,好精彩,好助酒兴!我只不过不得已而为之,侯杰才是主谋。侯杰害死了你娘,你却帮他生孩子,真是好女儿!好孝顺的女儿!"

"你闭嘴……闭嘴!不要再说了!"傅音情绪失控,夺过傅涛手中匕首,刺向侯长兴。

侯长兴惨叫一声,万万想不到傅音会下手。

傅音已经失去了理智,一连刺了好几刀,即便侯长兴已经断气,仍然不罢手。

傅涛将她用力抱开:"够了!他已经死了!"

傅音看侯长兴被鲜血浸了大半身,怔愣着,她杀人了!

"三哥,你走吧。"她听见一个冷冷的声音从自己嘴里说出来,但全然不像她。

"我不可以丢下你。"傅涛看傅音的样子,实在忧心忡忡。

"你可以让我留在这儿,把该做的事做完;你也可以现在就带我的尸首回去。"手中的匕首对准咽喉,傅音面无表情,"你选吧。"

傅涛紧张:"你别做傻事,我都听你的。"一咬牙,翻墙而去。

这时,发现侯长兴不见的护卫们搜到这里,看到侯长兴的惨状,急忙请来侯杰。

"音儿。"侯杰推开扶着他的茉莉,慢慢走向瘫坐在地上的傅音。

傅音目光呆滞:"侯长兴他……忽然从角落里蹿出来,想对我……我不肯,他想杀我……我也不知道怎么会……"

侯杰蹲身将傅音抱入怀中,同时收去她手中的匕首:"别怕,一切有我。"一把将傅音横抱起来,边走边骂那群护卫:"一群蠢货!连个犯人都看不住,让他跑出来伤人。幸亏音儿机灵,知道自保。要是音儿肚子里的孩子出了事,看我怎么收拾你们!还有,音儿说得不对,这人是我杀的,就算我阿爷问起来,也必须这么回答。谁敢多嘴,我要他的命!"

凌霄阁。

吴王正在看曹元的供词,杨妃走了进来,给他送来补品。

她坐下,看儿子乖乖喝着,瞥一眼桌案,仿佛漫不经心:"大苍山一案,查得如何了?"

"曹元承认和侯杰有过小冲突,但抵死不肯承认泄露回长安的路线,说侯杰直到队伍出发前才给了去时的路线，侯杰还表示回来的路线图要到回来当天才给。哪知曹元的腿受了伤，不能再领军，根本没机会看见另一半的路线图。我也觉得奇怪，曹元也是功臣之后，深受重恩，怎么会因为看不惯侯杰，就勾结逆匪？"

"这里面确有蹊跷。"杨妃沉吟片刻，"难得你父皇倚仗你一次，你可要想得深入一点，有一个人你也要注意。"

"谁？"吴王问。

"范章。"杨妃一笑，"范章早不病晚不病，偏偏在皇后出行前病倒，侯杰才有机会替代范章的位置，负责护卫。范章是不是早就知道有人会袭击皇后，所以装病呢？"

"范将军是陛下和皇后信任的老臣，皇族出行的安全，一向都是交给他的。如果他有逆心，那事情就严重了。母妃提醒得对，我要查一查他，父皇安危是最要紧的，没有证实其无罪之前，我要劝父皇考虑让别人来掌管禁军。"

"那侯君集父子……"杨妃又道。

"我也会追查下去，侯家父子已有欺压百姓的先例，难保他们不利欲熏心，暗中勾结叛贼。"吴王心中有数。

"那我就放心了。"杨妃语气一转，"你还为傅司言难过吗？"

吴王默然。

"傅司言出了这种事，是很可惜，但这是天意，挽回不得。她既然已经不在了，你要好好保重自己，来日方长。"想不到那么聪慧的女子，如此没福气。

"母妃放心，我知道怎么做。"吴王尽量让自己听起来没有情绪。

"既然知道，为什么还穿着这件衣裳呢？"杨妃轻叹，一眼看出吴王身上还穿着傅柔做的袍子，"睹物思人，伤心又伤身啊。"

吴王起身："我这就去脱了。"

杨妃看他离去，长叹一声。

陪同杨妃一起来的玉合忽道："禁军一向最难插手，范章和曹元一去，我们的人总算有机会出头了。"

杨妃挑眉，看玉合一眼，抿翘嘴角，露出全然不同以往的犀利神情。

傅柔打量着客栈的房间，天字号甲等。掌柜要求先付一天的钱，程处默居然答应得爽快，随后就跟着掌柜出去了。她没再说什么。这一次吵架最大的收获，大概就是懂得了，在外头要守护好他的自尊心，他若说能住，她就安心住。

傅柔打开窗户透气，却听见楼下噼里啪啦的，低眼一看，竟是程处默。他光着膀子，正在劈柴，一旁圆木堆得小山高。

她忽然明白房钱从何而来，不由得动容。陆庭曾说过，遇到她之前，程处默连马都骑不好，只因为娇生惯养。这样的国公之子，如今却为了生活而卖劳力。

她望了许久，转身走出去，请掌柜帮她置办些东西，她用绣品来还。掌柜看过她绣的一方帕子，立刻答应了。

程处默干完活儿，揉着酸痛的肩膀，在房门口整理一下，换上一个大大的笑脸，推开了门。

"柔儿，我回来——"他惊住了。

客房已经完全不同于之前，床架挑着大红绸缎，被子全换了红绸面，桌案上放着两支红烛，一桌酒菜，窗上贴着耀眼的双喜。分明是洞房！

"不要呆站着，过来，喝杯酒吧。"傅柔的衣裳还是那身，但上了淡淡妆容，精心梳了发髻，烛光下美艳不可方物。

程处默不由自主坐过去，呆呆地问："这是什么酒？"

傅柔面容带粉桃红："你觉得呢？"

"这房间像新房，这杯酒，也像交杯酒。可是，我忽然糊涂了，柔儿你——"一路上简直严防死守，连拉小手都赐白眼。

傅柔打断："从前我总想，成亲要热热闹闹，要有父母家人在旁，否则就是一辈子的遗憾。现在我想明白了，再热闹，也不过是一天的事，和谁成亲却是一辈子的事。只要是跟着对的人，就算没有那场热闹，也不觉得遗憾。"

她顿了一顿，他不敢呼吸，怕自己漏听。

"处默，你愿意做我的夫君吗？"她向他，求亲。

"……"他的目光紧紧锁在她美好的容颜上，"我怎么觉得自己就是个笨蛋，老被你牵着鼻子走。"

"不愿意？那我也不勉强。"她面不改色，放下酒杯，却被他的手及时抬住。

"说出来的话可不能收回去。"他脸上表情不变，心里却乐开了花，"喝了交杯酒，你我就是夫妻。"

他勾住她的手，她顺势反勾他的手，两人交杯，共饮。

"没有媒人，只能自己动手，这里有花生、枣子，我们都要吃一点……啊！"

他一下子把她抱了起来，走向床第："花生、枣子以后再吃，我要先吃最好吃的！"

"不行，快放我下来，你不能不顾规矩。"她急捶他胸膛。

他丝毫不为所动，将她放在床上，自己随之覆上："我娶老婆，要按我的规矩来，先叫一声夫君来听听。"

她的脸已经变成通红："羞死人了，我不叫。"

"你不叫我叫。"这会儿别把老婆再吓跑了，他得好好哄着，"娘子！娘子！我程处默的亲亲好娘子！"

"你小声点，小心别人听到。"她拿手捂他的嘴。

"害羞啊？那我们做点更害羞的事。"他却用嘴，堵她的嘴，另一只手轻轻放下绸幔。

红烛羞羞摇曳，帐里春风搅梦。

第五十一章　短　福

傅音这夜睡得很不踏实，但习惯起了个大早，来到侯杰房里。侯杰还在沉睡。尽管恢复了意识，体质仍虚，很容易乏力。她端着铜盆，站在门口，痛苦地望着他，心火焦灼，自己竟委身于害死娘亲的真凶。

然而，更让她觉得难堪的是，自己居然对他动了真心！她恨他恨得几乎咬碎了牙，但腹中的小小生命又令她无比珍惜，冰火两重天！

侯杰忽然翻了个身。

傅音一惊，看看自己手里的铜盆，陡然转身走了出去。真是伺候出毛病了，对仇人垂首帖耳。她疾步走出好一段路，忽觉胸口恶心，扶墙干呕起来，铜盆坠了地。

一位面相憨厚的老妇将铜盆捡起："我是来看杰哥儿的，你就是音儿吧，听盈盈说起过。"

傅音苍白着脸色接过铜盆："嗯，是我，不过少郎君还没起来，我去禀报一声。"

老妇连忙摆手："不用，不用，让他睡，我们就在这儿等等。"笑眯眯地打量傅音，"你这才怀上吧？"

傅音惊讶地看着老妇，又有些羞怯，一手遮肚。

"盈盈昨天没口子夸你，说你对杰儿又温柔又细心，把他照顾得非常妥帖。今天一看，果然温柔灵巧，模样也这么标致。杰儿是个不轻易动心思的人，他肯让你为他生孩子，那是真的相中你了。"老妇笑容慈祥。

傅音问道："老太太，您是……"

老妇不答，兀自沉浸在回忆之中，说起侯杰小时候和隔壁牛家兄弟打架，一个打人家三个，回来浑身是伤，腿上破了一个大口子，把她吓得每天拔草药给他敷了两个月，还直怕他以后走不得远路。

傅音失笑："他小时候就这么调皮？"难怪如今性子急！

"他不是调皮，是受不得欺负。谁敢说他是没有娘的孩子，他就和谁打。要是有人敢欺负盈盈，那更不得了，非要打得别人磕头认错不可。这脾气，怪不得长大了当将军呢。"老妇叹口气，"我家长兴就没他出息。"

傅音神情一僵，结巴道："侯长兴……长兴是您的……"

老太太笑道："我是长兴的娘，你应该见过他吧？"

傅音下意识地点点头。

"他是胖了还是瘦了？个头长高了吗？"大概看出傅音神情不对，还以为是她莽撞，"瞧我，净问这些有的没的，等他从边城送信回来，不就见得着了吗？"

侯长兴出事之后，侯君集就瞒着这位老太太，说赵家女儿不能生育，他及时取消了婚约，又说侯长兴军务在身，不在府里。老太太也没往别处想。

傅音心虚低头，忽然看见自己的鞋尖一点红，是侯长兴的血。她还来不及缩脚，老太太也瞧见了。

"欸，你这鞋子上沾了什么？"老太太伏身，拿袖子去拂，"这么漂亮的绣花鞋，弄脏了怪可惜的……怎么看着像是血？"

傅音脑中空白。

"我昨天流鼻血，音儿帮我擦，不小心滴到她鞋子上了。"侯杰忽现傅音身后，"二伯母，对不起，昨天我生病了，没去接你。"

老太太的语气更加亲切："你这孩子，还和二伯母客气？当年，你和盈盈、长兴，三个小泥猴，一个土锅子里抢红薯吃，可从不讲什么礼数，为了一块红薯，你和长兴就能打翻天。"

侯杰笑得像个孩子："多久的事了，你还拿出来笑话我。"他揽住傅音的肩。

傅音本能一颤，神情从厌恶到忍耐，瞬间一变。

二伯母没看出来："嗯，是一对的样儿。我那长兴，日后如果也能找个像音儿这样温柔漂亮的娘子，我就高兴了。音儿啊，你有了杰儿的骨肉，我这做长辈的，必须给个见面礼。"从怀里掏出一块素帕，取出一个手镯，"这镯子，本来是打算给长兴的新媳妇的，可杰儿他爹说，这亲事结不成了，可巧又遇上你，就送给你吧。你和杰儿要长长久久、和和美美。"

傅音急忙推辞："不，我不能收。"因为她杀了侯长兴！

侯杰心知傅音拒绝的理由："您既然是给长兴媳妇准备的，又何必给她？"

"你和盈盈都是我看着长大的，和我亲生的儿女没有两样。你们有了身边人，我一视同仁，都要给一件东西。长兴以后娶亲，我自然还有东西拿出来。这个就给音儿。拿着，不拿我要生气了。"老太太真心实意。

"二伯母给你，你就收下吧。"侯杰不想引老太太疑心。

傅音一怔，老太太就趁机把镯子套上她手腕。

傅音垂眸，正对鞋尖上的那点血迹，喃喃道："谢谢二老太太。"

老太太笑："叫二伯母。"

傅音顺应："二伯母。"

老太太高兴地答应："音儿，你是要长久在杰儿身边的。我家长兴是个粗笨人，他要是做错了什么事，惹杰儿他爹和杰儿生气了，你看在二伯母的面子上，帮忙劝劝。拜托你了。"

傅音张张嘴，没说出话，只是嗯了一声。

她对侯长兴并无歉意，无论是不是侯杰的命令，侯长兴都是帮凶，而且还对她意图不轨。但眼前这位慈祥的老太太，令她心里万般不是滋味。人说快意恩仇，然而对于侯长兴的死，她丝毫不觉得快感，只有窒息般的空虚。

同样的早晨，对于程处默和傅柔而言，迎来夫妻生活的第一日。

程处默为傅柔梳发画眉："我想好了，丢掉卢国公府长子的臭架子，勤勤恳恳干活儿，养老婆。"

傅柔笑："就想好了这个？"

"不，还想好了别的。"他是一个为老婆着想的好老公，"你说得对，我们不能一辈子藏着过日子，让父母悬心。如今我们已经成亲，先找个地方安顿下来，然后我再想一个既可以你我相守，又能和亲人团聚的办法。但你得给我时间，不要自己胡思乱想，也不要离开我。"

"我什么时候离开你了？"她是尊重他，但不是出嫁从夫、放弃自我，"昨天是你大发脾气，丢下我，自己跑掉的。"

"我是迫不得已。我不丢下你，吓唬一下你，你会愿意和我喝交杯酒，洞房花烛吗？"这叫以退为进，"还有，以后不许你和严子方来往，也不许你和吴王来往，反正，不许你和其他任何男人来往。"

傅柔斜睨他："我都在这里了，怎么可能再和他们见面？"

"所以说，私奔有私奔的好处，不用见到不该见的人。"程处默嘻嘻一笑，"肚子饿不饿？想吃什么？我叫他们送些酒菜上来。"

傅柔摇头："你砍了所有的柴，也就抵一日房钱，何必要酒菜？我啊，吃上一个你买的包子，就很高兴了。"

"好，我给你去买最好吃的包子。"程处默走到房门口，忽然回头，目光好不认真，"柔儿，没有媒妁之言、父母之命，没有拜堂那些虚礼，但我们已经是真正的夫妻了，对吧？"他心里没底，需要亲耳听到她的认可。

"对。"她一字千金。

"既然是夫妻，就要不离不弃，你可不能背着我跑回长安。"因为她太善良，总是关心别人多过自己。

"杞人忧天。"她眼弯如月。

"我多辛苦才把你这母老虎娶到手，杞人忧天是正常的。"他俩差点就成牛郎织女了。

"你说谁是母老虎？"她作势叉腰。

"母老虎可不是我说的，是你三弟傅涛说的。"赶紧找个背黑锅的，他转身往外跑，"我去给你买包子，娘子等夫君我回来哦！"

傅柔万万想不到的是，她没等到程处默回来，却等来了麻烦。

之前，程处默信口胡诌，说他是洪义德的手下，结果把官兵招来了，搜到客栈。她自然不能再等，问了客栈掌柜，得知程处默去了城西，急忙找去。

谁知还没见到程处默，却见到了她大姐和姐夫，而且她姐夫被五花大绑，由官兵押着走，据说是纵容了通缉犯洪义德。

傅柔想不通，她姐夫那胆子，怎么可能和洪义德他们挂上钩？但她看着大姐苦苦哀求，亦步亦趋跟着姐夫，自然做不到视而不见，就混在人群中，来到衙门口一看究竟。

徐又同为官迂腐，平时对上峰奉承讨好，没想到勾结逆贼的罪名会扣上自己的脑袋，但也不敢失了分寸，只道自己冤枉。范大人一拍惊堂木，直接准备上刑。

一向性子温柔的傅君坚强护夫："范大人，我家老爷是官身，你不能屈打成招。"

范大人吹胡子瞪眼："这里没你说话的份儿，拖出去。"

傅君不遑多让："为了抓一个洪义德，闹得风声鹤唳、人心惶惶，我家老爷身为广织县县令，为被误抓的百姓说一句公道话，到底错在哪里？你怎么可以诬陷他勾结逆匪？洪义德的手下当初是在广织县露过面，可他们昨天还在广州城里犯案了呢。难道你要说管着这广州城的曹别驾——曹大人，也勾结逆匪吗？"

范大人心虚。原来曹俊林和他通过气，侯君集要追究洪义德的事，怎么都得推一个替死鬼出来。

傅君又道："我的二妹傅柔，是皇后娘娘身边的司言女官。你为求一己之私，诬陷下属，擅动大刑，这样的行径如果被皇上和皇后娘娘知道了，会有什么后果？"

"有一个在皇后娘娘身边伺候的女官妹妹，真是了不得啊。"范大人冷笑，"你妹妹要是活着，本官也许会给你两分面子。现在嘛，一个死了的女官，救不了你。"

傅君吃惊："你说什么？"

"蠢妇！你以为曹大人为什么要大张旗鼓追捕洪义德的手下？那是因为洪义德在长安犯了大案。本官刚刚接到消息，洪义德在大苍山放火行凶，导致多人惨死，其中一个就是皇后娘娘身边的傅司言。"

"死了？"傅君几乎站不住，也不愿相信，"不可能……不！二妹不会死！你胡说！你诬陷我家老爷还不够，还诅咒我妹妹！你卑鄙无耻！"

"妇道人家，阻止本官办案，还敢咆哮公堂。"范大人扔出竹签，"给我重重地打！"

两名衙役将傅君按在地上，傅柔再也不能旁观，走上公堂，大喊住手。

傅君吃力地抬起头来，眼中惊喜："柔儿！"

傅柔对大姐笑了笑，示意她安心，看向范大人："我姓傅名柔，尚宫局下，掌管司言所，领正六品衔。"

范大人眯起眼："你是傅司言？"

傅柔拿出名牌："名牌在此，请范大人看仔细了。"

范大人眼神很好使，看得清楚："果然是宫里来的。不过，我不太明白，我在办案，傅司言何故插手？"

"我看了整个过程，抓不到贼人，最多只能说徐县令办事能力不足。至于勾结洪义德，纯粹是无中生有，你一无人证，二无物证，凭什么不放人？"

范大人道："哼，内廷女官也敢干涉地方官员办案？看在你的身份上，我不追究，否则就算呈到陛下和娘娘那儿，也是你因私忘公，越职之罪。"歪嘴一笑，随即对行刑的官差下令，"愣着干什么？给我狠狠地打！"

"住手！"山高皇帝远，傅柔反应很快，"好，我不以女官身份说话，就说大唐律法。其一，没有朝廷诏令，不能擅自剥官帽官服，对其用刑。"

范大人却有恃无恐："为官者，本因捧着大唐律法，战战兢兢。不过洪义德一案，案情重大，非同小可，我已有吴王手谕，可以便宜行事。你要再阻挠我办案，别怪我不客气。"

傅柔的手握紧皇后给她的手帕。她该用吗？

"范大人，早知我的手谕让你当了令箭，我就不给了。"忽然传来吴王的声音，随即本人就从人群中走了出来，"傅司言说得一点不错，扣在徐大人身上的罪名十分牵强，范大人不能屈打成招。"

范大人差点从椅子上滑下来："殿下！"

"来人，摘去他的官帽，关进大牢，我晚些再来处置。"吴王笑着，命人将范大人拿下。

傅柔还没来得及和大姐说句话，吴王过来拉着她就往外走。

"在大苍山，看见你脸上的笑容，我一时心软，就让程处默带着你走了。"他看见了傅柔和程处默重逢的那一幕，"假如你们再也不出现，我会就此放手，没想到你自己主动暴露了身份。你必须回长安，我已经给过程处默一次机会，绝不会再给第二次。"

傅柔甩开手："我为什么要听你的？"

吴王凑近傅柔耳边："宣威将军勾搭内廷女官，把皇后身边的人从长安偷到了遥远的广州城。只要我心情不好，露个风声，你说程处默会怎么倒霉呢？"

傅柔蹙眉，吴王又要挟她！

"程处默就在城中吧？有人向官府报案，说洪义德手下抢走了他娘子的那个人，名字叫陈友，听说曾和傅家二小姐有婚约。这么说，那个强抢民女的洪义德的手下，就是程处默？"吴王什么都知道。

"你明明知道，程处默绝不可能是洪义德的手下。"傅柔气他不讲道理。

"我知道，不过我可以把它办成铁案，让程处默和卢国公府一起完蛋。"他从未为自己天生拥有权势而骄傲过，但为了她，他可以利用。

傅柔心里清楚，在她踏进这公堂的瞬间，和程处默的幸福小生活就戛然而止了，她不能看着大姐和姐夫受冤受刑。而就算吴王不要挟她，她也只有回长安，如今只希望他能体谅她的难处。

傅柔默然跟着吴王，直至来到他的车驾前才开口："我想再见上处默一面。"至少解释清楚。

"不能！大苍山的案子悬而未决，我赶着回去处理，而且我也不能保证见到程处默时，不会把他当成逆贼捉拿……"吴王突然侧身，无比温柔地抓起她的手，扶她上车。

傅柔一惊，想抽手。

吴王暧昧贴近："程处默的前途就在你手上。还有，你要是现在对我笑一个，我保证回长安的路上，对你规规矩矩。"

傅柔僵着，最终为了程处默着想，就对吴王露了个笑脸。然而她却不知，程处默就在人群之中，吴王早已看见了他，故意做出这样的举动。

程处默看着吴王的车驾驰离，热腾腾的包子落地，心也凉了一地。他不明白，为什么昨夜两人才结为夫妻，今日她就绝尘而去？严子方、吴王，一个又一个，都能左右她的心，唯独他，可以轻易被她舍弃。

他，原来，是天底下第一大傻瓜。

傅音慢吞吞走在街上，神情茫然。

每天早上醒来，看到睡在身旁的侯杰，她就痛恨自己。复仇复仇，竟然报复的是自己。她和仇人共枕，她肚子里怀着的，是她的骨肉，却也是仇人的骨肉。每每想到这儿，心里就爱恨交织，感觉要崩溃了。

"……音儿，你又发呆了。"侯盈盈跑回来，"我叫你好几声。"

"我们还是回去吧。"喧闹声让傅音头痛欲裂。

"我就是看你这几天郁郁寡欢、心事重重，才把你带出来的。"侯盈盈拉着她，走进一旁的酒馆，"我以过来人的身份告诉你，有心事，不能自己闷着，找个好地方，和人说一说，会好过很多。"

傅音失笑："你说的好地方，就是酒馆？"

"你有心事，我也有心事。酒馆对有心事的人来说，是最好的地方。"侯盈盈神情忽然落寞，"我从前不知道酒是这么好的东西，自从认识他，我才懂了……"老练地一饮而尽。

傅音看着侯盈盈的样子，以前就感觉她心里藏着一个秘密，今天则确认秘密和某个男子有关。她不禁猜测，侯盈盈喜欢上了谁，不能对父兄说出来，而要借酒浇愁。

两壶酒转眼就空了，傅音一杯都没喝完，全让侯盈盈喝了。

侯盈盈捧着酒杯，喃喃自语："……你说我没那么值钱。既然看不起我，为什么又要把真主救命丹给我？你到底是一点都不喜欢我，还是有那么一点喜欢我，却不肯承认？不管是哪一种，我已经被你伤透了。拥有一夜回忆，我不再强求别的。我不是为了你，我是为了自己而做的。这辈子，侯盈盈再也不会去求你，再也不缠着你……"

傅音看着侯盈盈趴在桌上，似乎睡着了，才敢吐露自己心事："自从踏进你们侯家，我就再也不是那个可爱善良的音儿了，我变成了一个坏女人，一个不孝女，一个杀人凶手。我亲手杀死了侯长兴。"

侯盈盈陡然睁开眼，一脸不可置信："你说你杀死了谁？"

傅音完全不知怎么反应，眼睁睁看侯盈盈跑出了酒馆，才慌忙追出去，一把拽住了对方的袖子，神情哀伤。

"别碰我！"侯盈盈却觉得那是虚伪的表情，立刻甩开傅音的手，回头怒瞪，"你这个杀人凶手！二伯母对我们兄妹恩重如山，没有她，大哥和我早就没命了，堂兄是她独子！"

傅音一时没站稳，往后退了好几步，

一匹快马疾驰而来，马上的人看到路中有人，急忙收紧缰绳，同时暴喝："敢拦我的路？踩不死——"

傅音惊吓抬头。

"哟，是个小美人啊。"马上的人正是汉王，一看到美人就脸色转好。

汉王协同吴王办案，结果把范将军的小妾给办到他的枕边去了，皇上气得把他从案子里撤了下来，太上皇又狠狠说了他一通，他心情正差，谁想天上掉下一个美人。

侯盈盈认出汉王，知道他的臭名声，本不想出面，但又想到她大哥，最终走到傅音身旁，对汉王优雅行礼："侯盈盈见过汉王殿下。"

"侯盈盈？"有侯盈盈这等绝色入了眼，汉王再也瞧不进傅音，"这姓氏——"

"家父侯君集。"侯盈盈抬出父亲，"汉王殿下，冲撞了殿下的是我家一个贱婢。殿下大人有大量，请不要和她计较，让我把她带回去，好好教训她。"

汉王眯眼笑："行，我今天就卖你一个面子。"

"多谢殿下。"侯盈盈冷瞥傅音一眼，"贱婢，还不跟上？"

傅音垂头，快步跟着侯盈盈走了。

汉王望着侯盈盈的背影良久，笑得始终色眯眯。

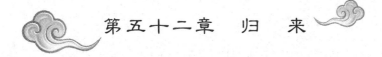

第五十二章 归 来

汉王哼着小曲来到酒楼，狐朋狗友已经来齐，包括侯杰在内。

侯杰一上来就向汉王敬酒，感谢他在皇上面前保了自己，才能平平安安站在这儿。

"好，喝！"汉王一口喝干，笑得格外亲切，"侯杰，你今晚只敬我一杯可不够啊。我很快就有喜事临门，至少要敬三杯。"

狐朋狗友们自然关心汉王有什么喜事。

"太上皇总说汉王府里缺个王妃，催着我找一个。可你们也知道，我可不是能将就的人，这王妃既要出身好，又要是绝色，不容易找。我找来找去，许久都看不中一个。"汉王话锋一转，"不过，功夫不负有心人，我总算找到了一个，就是侯杰的妹子，侯盈盈。国公之女的身份，配我还勉强过得去。"

侯杰变了脸，想不到汉王看上的是盈盈，讨好汉王是一回事，拿妹妹讨好是另一回事。汉王之色，让人闻之色变啊。

"这……殿下，俗话说，父母之命，媒妁之言，小妹婚嫁之事，我等私下议论，恐怕不太好。"侯杰别无他法，总不能看着自己的妹妹入虎口。

汉王当然听出了侯杰的言外之意，很不高兴："你这是什么意思？我有意抬举你们，你倒摆起架子来了？"

侯杰的神情从犹豫到坚定："侯杰听父亲说过，对盈盈的婚事已有打算，盈盈福薄，恐怕没有福气伺候殿下。"

汉王瞪着侯杰，歪嘴一笑，摔了酒杯，怒冲冲离席。

侯杰马上回家告知父亲。

侯君集拢起眉头："虽然汉王看上盈盈不是什么好事，但你当面拒绝也过于冲动了。"

"不当面拒绝，难道还等他正式提亲不成？"侯杰不觉得自己做错，"汉王如何糟蹋女子的，谁人不知？要做汉王妃，不如嫁个普通人，起码平平安安。"

"我也不会让盈盈嫁给这种人，只是汉王正协办大苍山的案子，这节骨眼上得罪他，只怕后果严重。"侯君集担心小人作奸。

侯杰无悔："我就这么一个妹子，后果再严重，也不能拿她的终身来交换。"

来求证侯长兴之死的侯盈盈正好听到了对话，大吃一惊，想不到自己的一时心软，救了傅音那个丫头，却把自己搭了进去。汉王是皇帝的兄弟，又有太上皇撑腰，这事只怕难了。

傅柔弯腰出车，站在车辕之上，想过回来，却想不到这么快就回来了。

高高的宫墙，向两边延展，将长安割成两个世界，一踏进去就是惊涛骇浪，她要苦苦支撑。但她从来没想过逃离，而是堂堂正正走出来，完成自己的承诺，无愧于心。

所以处默他会懂她的，因为她也懂他。他并非表面上的玩世不恭，或许连他自己都没意识到，他继承了他父亲的英雄之心，眼里容不得不平事。

吴王伸手来扶，傅柔却自己跳下了车，挺直腰杆走入宫门，走向立政殿。

长孙皇后看到傅柔很是欣慰，果然袁天师看得准，此女福泽深厚，不但赏赐她一堆好东西，还让她从今开始领双俸，更叫她陪同用膳。

傅柔没有受宠若惊，也不骄傲自满，将这段日子的经历说了个"大概"，省去了严子方、侯盈盈，还有程处默。

"下官在大苍山被老虎吓得慌不择路，逃到江边，不慎掉进水里。等醒过来，发现自己已经在船上，受了风寒，时睡时醒，无法说明身份。救我的那家商户，就一路把我带到了南边。最后，我向广州城衙门表明身份。"

"原来是顺水而去，怪不得完全没有你的音讯，令我着实悬心。"长孙皇后微微一笑，"你和我一样，都比较喜欢素菜……程处默倒是比较喜欢荤食，对吗？"

傅柔一惊，神情略不自在。

"失踪于大苍山，却在遥远的广州城现身。与此同时，程处默不知所终，他的家人代他请假，理由说得支支吾吾，也不能确定何时销假。我原以为你已不在人世，故而也没想到这上面来，但你活着回来了，一顿饭吃得心不在焉，受了许多赏赐，眼角眉梢却郁郁寡欢。"长孙皇后的眼力锐不可当，"拐带内廷女官，程处默的胆子还真不小。"

傅柔离席跪下："所有罪责都在下官，和程处默无关，请娘娘责罚。"

长孙皇后凝视她半晌，拿出一枚令牌："这是出入令牌，以后你可以随时出入皇宫，不用再受一月一次的限制。"

傅柔又诧异："娘娘不责罚下官吗？"

"你救了太上皇、我和汉王的性命，有功无罪，为什么要责罚你？"长孙皇后面容柔和，岂不知儿女情长，谁没有年轻过呢？

"可是程处默……"

"这事和程处默有什么关系？"长孙皇后打断，"以后有人问你此番经历，你就用刚才的话，对他再说一遍。"

"下官斗胆，想问娘娘，为什么宽恕了下官？"傅柔自知她违背的规矩一条又一条。

"我宽恕过许多人，大部分人只会嘴上谢恩，暗自庆幸，只有你会追问原因。"长孙皇后目光也柔，"因为你终究还是回来了，我很是欣慰。"

傅柔从立政殿出来，忽觉假山那边有人窥视她。

"谁在那儿？"她轻喝。

"大嫂。"程处亮冒了出来。

"处亮，你怎么又偷偷溜到这儿来了？不是你当值的地方，不要到处走动，小心被人看见。"傅柔懂得宫规森严。

"我听说你回来了，当然要来见一见。大哥不见了，我们全家都在找他。他到大苍山找你，然后就没了消息，你知不知道他在哪儿？"

"处默他……"傅柔正想告知。

"程处亮，"吴王一直等在立政殿外，看到程处亮跑出来，心中立刻防范，"侍卫都是分组巡逻，你怎么孤身一人在此？"

"我想问问傅司言，知不知道我大哥的下落。"兄弟一心，程处默怕吴王抢傅柔，程处亮自然也对吴王不待见。

"笑话，你大哥的下落，你都不知道，傅司言怎么会知道？"吴王望向傅柔，目光示意她不要吐露实情。

傅柔也不想在吴王面前说太多，对程处亮道："你大哥如今在什么地方，我确实不知道，但希望他尽快平安回来。"

程处亮没能听出话外音，垂头丧气地走了。

"你能从立政殿平安出来，只是过了皇后那一关。"吴王存有私心，但也为了傅柔着想，"记住，不要向任何人吐露你曾和程处默私自离开长安的事，否则不但害了你自己，也会害了程处默。"

傅柔怎能不知？可是看程处亮的样子，处默还没回到长安，而她这一路走得不算快，为何他的速度这么慢？

傅音进了侯杰书房，想问茉莉收拾好了没有。茉莉虽刚来不久，还有些手生，但心眼实在，和她相处融洽。

茉莉慌忙将手藏在身后："打扫好了，一点东西都没弄坏。"

傅音没注意茉莉的动作，看看整理好的书案："不错，挺仔细，长进多了。"

茉莉笑起来，出去拿茶壶。

傅音才坐下，家丁拿着一封信进来，说是为侯杰在外办差的人，有一份急信要给侯杰过目。她就代为收了，正想把它和其他信件放在一起，忽然瞥见信封角落一个记号。她想起来，侯杰特意关照过她，但凡有这个记号的信件，多是事态紧急的军务。心念不由得一动，她小心拆开来看。

信上说的是，洪义德在严子方手上，若不及时应对，侯家大祸临头。

傅音瞪着信半晌，神情犹豫，拿起来，又放下，不自觉抚了抚小腹，但最终目光一冷，将信烧去。她必须谨记，她进侯家的目的。

忽然，门外传来爽朗的大笑。

"房武陵那家伙，以为我伤势没有痊愈就可以欺负我，和我打赌比剑，当然输惨了。那家伙腰杆比筷子还细，我就算捆着两只手也能赢他。"

侯杰回来了！

傅音回了神，出门相迎："今天又这么晚才回来，还跟人比剑？张太医说了，伤还没有全好，要多休息。"

"哎呀，出去了一整天，就盼着回来听你唠叨。嘤嘤黄莺，如闻仙乐，比吃了人参还提神。"侯杰抱起她，转了一圈。

傅音刚刚烧了一封重要的信，心里不是滋味。侯杰察觉她无精打采，立刻关心她是否被人欺负了。

"有你在，谁敢欺负我？"傅音勉强笑笑。

"对了，给你带了好东西。"侯杰从怀里掏出一盒东西给她，"风靡长安城的美容养颜膏。那些人说什么来着？哦，每天吃一口，青春永不走，是女人家的最爱，相公送给娘子的最佳礼物。有了这个，你就可以漂漂亮亮，天长地久地陪着我了。"

"天长地久？"傅音嚼着这四个字，苦得舌头麻。

"干吗哭丧着脸？笑一笑嘛。这宝贝啊，都快被魏王一人给包了，听说魏王妃最爱这个，魏王就靠这个哄他家王妃，我好不容易才买到这一盒。"

"……我不值得你对我这么好。"她变成了什么样子？小人、凶手，还要接着害人？

"傻瓜。"侯杰只当她羞怯，"我就是要对你好，一辈子。"他心里只有她一个，欢喜得不得了。

这日早朝上，皇帝大觉伤脑筋。

大苍山一案，范章虽不认罪，但从他府里搜出的书信字迹已经确认是洪义德的。至于曹元，虽承认因为与侯杰不和，没有好好履职，但不承认和洪义德勾结。此案尚未定论，然而范章和曹元已经不能再用，禁军统领的位置空着，他实在想不到合适的人选。

皇帝先问吴王，吴王就提出一个人选，钟玉堂。太子事先由长孙皇后提醒，不能让倾向吴王的钟玉堂上位，因此翻出钟玉堂以往被参的奏章做文章，提议让令狐得关接任。

皇帝最终同意了太子的建议。

吴王看太子和侯君集交换眼色，忽道："今已查实，大苍山一案由匪首洪义德犯下，但儿臣记得清楚，当年负责剿洪的正是成国公，战报上说的是洪义德已被斩杀。怎么这人死而复生，又出现在了长安，犯下如此滔天大罪？"

侯君集跪下："陛下，老臣有罪。老臣当年剿灭洪义德叛军，清理战场，确实发现了洪义德的尸体。那尸体头颅被乱剑砍过，面目不清，但身形和洪义德酷似，又穿着洪义德的衣服，腰上系着洪义德的大印。被俘虏的洪义德亲兵也确认，他们亲眼看着洪义德被杀。所以，老臣就相信了那是洪义德。如今看来，洪义德是诈死逃生。老臣一时糊涂，受奸贼蒙蔽，还满心欢喜向陛下禀报，这是老臣的罪过，请陛下重重责罚！"

"陈国公这么老谋深算的人，居然会被一个洪义德骗了，这话谁信？也许不是被洪义德骗得了，而是有人贪图战功，明明没有杀死敌人，却硬说敌人死了，借此蒙骗皇上，博个升官发财。"汉王道。

吴王有些意外，不知汉王记恨侯家父子看不上他，说翻脸就翻脸了。

侯杰忍不住禀奏："汉王殿下，我爹已经向陛下请罪，你又何必咄咄逼人？"

汉王叫道："我就是逼你，又怎样？谁不给我面子，我就不给他面子，礼尚往来。"

侯君集一脸悔恨，对皇帝重重磕头："老臣有罪，辜负圣恩。老臣老了，办事糊涂，连一个尸首都分不清，任凭陛下责罚。"

严子方出列："陛下，他不是糊涂，而是贪图洪义德所献财宝，把他私下放了，拿了一具面目全非的尸体充数，欺君罔上。"

侯杰大惊："严子方，你不要血口喷人！"

太子凡事和吴王对着干，自然站在侯君集一边："父皇，严子方和陈国公有宿怨，而且出身不正，曾是杀人放火的海盗，说的话不足为信。成国公忠诚可嘉，是国之柱石，如果随随便便就被污蔑，会寒了老臣的心。"

严子方早有准备："微臣有人证——洪义德。他亲口告诉我，当年侯君集收了他的钱，放走了他。这次路线泄露，也是侯君集身边的人告诉他的。陛下若不信，洪义德现关押在我府中，可与侯君集对质。"

侯君集心里惊慌，面上愤慨："老臣之心，天地可表。老臣只是被洪义德奸计蒙蔽，绝没有和洪义德勾结。洪义德和老臣在沙场多次交锋，早对老臣恨之入骨，他这是诬陷，要害死老臣啊！"

皇帝不再迟疑，让人先将侯家父子收押，又打算让吴王负责审问洪义德。

太子仍不死心："父皇，此事关系国家重臣，吴王还年轻，经验不足，由他负责恐怕……"

皇帝心情已经很差了，清楚太子那点心思，更加不耐烦："恐怕什么？他年轻经验不足，你就比他厉害吗？"

太子不敢再言语，给魏王一个眼色。魏王平时上朝就是个旁听，听不太懂这些事，不想随便乱开口。太子因此恼火，只觉得这个弟弟平时争宠那么伶牙俐齿，这会儿看他被教训，居然保持沉默，气死他了！

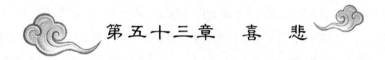

第五十三章　喜　悲

太子在朝上吃了一肚子火，回到东宫又被张玄素指鼻子说了一顿，说他不该和某个臣子走得过近，更不该在未明事实之前继续偏帮，不分是非。

他再也不想忍这沽名钓誉之辈，火大得把张玄素赶走了，但心里仍是郁闷，习惯性地到称心坟前，想要诉诉苦，出乎意料的是，他竟看到了苏灵淑，急忙躲到树后。

"称心，我真后悔。你活着的时候，我嫌你碍事；现在你死了，我却一心盼着你能活过来。不是为了我，而是为了太子。自从你不在了，我就没见他开心地笑过。"苏灵淑神情忧郁，点燃一支香，又倒了一杯酒，"人人都以为当太子妃风光，谁也不知道我每一天受着怎样的煎熬。我只希望有一个机会，告诉太子，我真的知道自己错了，父皇在甘露殿逼着太子要你的命，不是我存心造成的，我也是事后才知道呀。可是，我知道，太子再也不会相信我了。为什么？为什么我苏灵淑的命运会是这样？一个无心之错，真的一辈子也无法偿还？我是真心地想当太子的妻子，真心地想和他过一辈子，为他生儿育女。就算要上刀山，下火海，我也只跟着他。为什么他就是不肯给我一个机会？"

太子听得动容，忽见苏灵淑抚着小腹倒在地上，不由得大惊失色，跑出来扶住她。

苏灵淑看到太子很是意外，抓住他的衣襟："殿下，我的肚子好痛……孩子……"

太子大叫"来人"，想想不对，抱起苏灵淑就走："不要怕，孤在你身边！"

苏灵淑放松一笑，紧紧勾住太子的脖子，却因为腹中阵阵尖锐的疼痛，变了脸色。

太子妃突然临盆，也惊动了长孙皇后，带着傅柔匆匆赶来。哪知稳婆说太子妃难产，不知保大还是保小。

长孙皇后几乎没考虑："皇孙最要紧。"

太子一愣，急忙道："母后……"

长孙皇后一摆手："我当然也盼太子妃平安，但孰轻孰重，太子你不要犯糊涂，东宫需要你的血脉。"

双喜从房里冲出来，抱住太子的腿大哭："殿下！不行啊，只保小的，硬生生拖下来，太子妃会大出血而死！殿下，你大发慈悲，救救太子妃！一日夫妻百日恩啊！殿下！求你不要放弃太子妃！"

长孙皇后怒道："大胆宫婢，这种事也敢插嘴！"

太子实在于心不忍："稳婆，难道就没有两个都保住的办法吗？那是孤的结发之妻！"

傅柔忽然插嘴："娘娘，有一个办法，也许可以试试。"

外面发生了什么，苏灵淑丝毫不知。她只觉自己仿佛溺水，身体明明被疼痛撕扯着，却连呼吸的力气都没有。她也不知，原来生孩子这么可怕，要用自己的命去拼。

"太子妃……太子妃……"

太子的呼唤，刹那令她睁开双眼，最终看见他站在窗外。他喊她喊得那么急，是不是说明还是有一点点在意她的？

"殿下……"苏灵淑的眼泪流到鬓边，"我只怕要辜负殿下……"

太子满面焦急："不要说丧气话，你是孤的妻子，你要陪着孤白头到老。"

"能听到殿下这句话，灵淑死也瞑目……"苏灵淑好想活下去，把孩子生下来，三个人一起。

"不许死！孤陪着你，不许你死！你和孩子都要平安！"太子动容大叫。

苏灵淑的视力有些模糊，却见一道可疑黑影在太子身后。她拼命睁大了眼，终于看清一个蒙面的黑衣人举起匕首，朝太子背心刺下。

"小心！"她惊得几乎魂飞魄散，"你背后……"

太子大叫一声，从窗口消失了。

这一惊，苏灵淑不知自己哪儿来的力气，一边大口大口呼着气，撑起双肘要起来，一边大叫"刺客"。就在这刹那间，她感觉几欲夺命的腹痛消失了。

稳婆欢喜地抱起一个新生儿："生了！生了！太子妃，您这猛一用劲，什么都成了！"往娃娃屁股上一拍，娃娃哇哇大哭。

稳婆恭喜："恭喜太子妃，母子平安哪。"

苏灵淑急问："太子呢？太子怎么样了？"

"太子妃受惊了，我没事。"太子走了进来，坐到床沿，"那是为了保全你和孩子，不得已为之。"

苏灵淑松了口气，倒在太子怀中，接过她的儿："殿下看看，他是不是长得很像你？"

太子轻抚儿子的小脸，语气满是柔情："像极了，太子妃如此辛苦，今后我不会辜负你的，我们一家三口，好好过日子。"

皇帝喜得长孙，大办家宴，后宫人人有份。宴上，皇后说孩子长得像皇帝，皇帝说他长得像皇后，人人说皇长孙机灵，气氛喜气洋洋。

"父皇，东宫有后是举国之喜，今日只是家宴，皇长孙的庆典一定要热闹隆重。不知道父皇让谁来负责此事？"吴王忽然提起。

长孙皇后时刻防范："吴王考虑得周到，不过你现在忙着大理寺的事，还有空管庆典？"

"兹事体大，儿臣不才，但想推荐魏王。"吴王早料到，当然无意揽麻烦上身。

魏王正吃得欢，回答也实在："父皇，儿臣的文学馆现在正忙得天昏地暗，还要抽出时间准备什么庆典，儿臣担心……"

太子立刻不高兴，亲兄弟的架子怎么越来越大？

长孙皇后干咳一声。

魏王没注意太子的表情，但对他母后的表情领会得十分及时，立刻住嘴。

杨妃道："魏王文才极佳，来往的都是博学大儒，这礼仪庆典上的事，动辄要查究古礼，正需文学馆诸位博学之士，确实是个很好的人选。"

皇帝大觉有理："魏王，这件事就交给你了。"

"啊？"魏王不甘不愿，"呃，儿臣遵旨。"

长孙皇后道："陛下，这次皇孙平安出生，除了太子妃，还有一人也立了大功。傅司言在危急时，献惊吓之计，才保住了太子妃母子平安。"

"哦？傅司言，你很不错嘛。"皇帝听了太多傅柔的功劳，"前面勇闯大苍山，用布帛传出石室位置，救了太上皇和皇后；这一回，你又救了太子妃和朕的皇孙。朕要怎么赏你才好？"

傅柔上前行礼："为君分忧，是臣子本分。"

"这话说的，倒让朕想起张玄素了。一个女官，也知道为君分忧，好，有男儿气概。不过，有功不能不赏。你说说，想要什么？"

傅柔略沉吟："陛下如果真的要赏下官，那下官确实有一件心事。广西狮子山一带，土匪猖獗，抢掠良民，令百姓妻离子散，极为凄凉。下官恳请陛下，派兵剿匪，让那些可怜人可以回归故乡，安居乐业。"

"朕知道了。"皇帝还奇怪，"你怎么知道广西狮子山土匪猖獗？"

"下官在路上偶遇一对爷孙，亲耳所闻。"傅柔说得简短。

长孙皇后补充："陛下，傅司言这次出宫，有诸多见闻。"

皇帝又问："傅司言，怎么之前朕没听你说起过？"

傅柔沉稳作答："天子面前，未得旨意，不能多言。"

李世民忽然笑了："朕知道该赏你什么了。你既然是司言，朕赏你一个言的权力：以后，在朕面前，你可以言。"

长孙皇后见傅柔愣着，笑道："陛下对你另眼相看，还不谢恩？"

傅柔跪谢："谢陛下隆恩。"

天子面前可言？这赏可大了！

侯君集和侯杰第二次吃牢饭，引起侯家人心涣散，个个议论着是不是该散了。侯盈盈充耳不闻，来到侯杰的书房，却见傅音一脸愁容，看着侯杰以前画的画发呆。

"现在知道愁眉苦脸，后悔了？你下狠心杀死堂兄的时候，想过今日吗？如果堂兄还活着，至少他会为爹和大哥四处奔走，疏通关系。"她以为傅音后悔杀人。

傅音虽然回了神，目光还是呆滞："杀侯长兴，我不悔。而我的愁，你也不懂。"

"真看不出你如此狠毒。"侯盈盈面若寒霜，"我也不想弄懂一个杀人凶手的心思。我来，只是看看我未来的侄儿。"

她走到傅音面前，蹲身对那微微凸起的小腹软语："好侄儿，别怕，你还有姑姑。姑姑不会让你一出生就见不到爷爷、见不到爹的。"

傅音忍不住开口："你打算怎么做？"

侯盈盈却不理会，起身离开。只是她嘴上说得好，出了书房，出了侯家，却完全不知从何做起。她只知道，她已经不能再用同样的方法，跪求皇帝宽恕。

一阵喧笑传来，令侯盈盈悲戚，真是几家欢喜几家愁。她循声望去，更觉讽刺至极。那是严子方他们正在喝酒，大快朵颐，时不时哈哈大笑，一看就是庆祝她家倒霉。她直直盯看着，最终和严子方的视线对上。

严子方冷凝良久，才走到她面前："你来干什么？"

"我要救我阿爷和大哥。"想问问他能不能帮她。

"我已经说过，两不相欠。你要救谁，和我严子方没有关系。你总不会期望我救你父兄吧？那可好笑了，要知道，洪义德还是我抓的。"他不懂她，就像她不懂他一样，本不该有交集。

"不错，你我只是没有任何关系的陌生人，是我傻。"侯盈盈转身要走，又猛地回头，"严子方，一个人无论经历过多不堪的过去，被现实磨炼得多么无情冷酷，心里总该还有一块柔软的地方。我曾经很天真，以为能为你找到那块柔软的地方。"

"你确实很天真，你只知道让我向善，却不知劝你父兄少做些恶。"难道好人就活该被恶人欺？

"我相信人性本善，相信人心有美好的一面，即便是我阿爷，还有我大哥，也不是坏到无可救药。我眼里的世界，比你的眼里世界明亮美丽。严子方，我可怜你。"侯盈盈走了。

严子方呆怔。没有人看到他活得多辛苦，傅柔也看不到。只有她，侯盈盈，看穿了他。他，的确可怜。

魏王悠悠醒转，头疼欲裂，但看到魏王妃坐在一旁刺绣，神情不由得放松。

"醒了！头疼不疼？我说啊，下次太子叫你喝酒，你也别傻乎乎地接，能推就推。"前段时间太子和魏王有些疏远，怎么都请不来，这几日却频频拉魏王喝酒，谁都知道太子开心。

魏王不做评价，只问她在绣什么。

魏王妃的神情有一丝尴尬，想要藏，魏王就从床上坐起，将刺绣拿了过来，原来上面绣的是百子图。

"太子妃是个争气的，进东宫才多久，就给母后生了小皇孙。和她比起来，我……"魏王妃心里很苦。

"这种事，不能比的。"魏王不让她说下去。

"说是这么说，可母后的心事，谁不知道？别说母后，就是我自己，也觉得对不起王爷。"一直没有子嗣，是她最沉的心病。

"你还年轻，我也力壮，子嗣迟早会有，可我就见不得你这唉声叹气的样子。"他平生爱好有二，一吃，二她。

"人无远虑，必有近忧。我现在心里就这么两件事：一是要给王爷生个世子，二是处默那不让人省心的——"

她话没说完，内侍在外传报，程处默回来了。

魏王妃当然惊喜，只不过没想到的是，失踪这么久的家伙，一出现就吐得稀里哗啦，一身酒气。

"这家的人是怎么了，醉酒还能传染不成，一个个的。"她没好气地瞪魏王一眼。

魏王赶紧找替罪羊："对啊，处默，你不能喝就别喝，喝出毛病来怎么好？你啊，真是太不争气了，无缘无故闹失踪，知不知道你姐姐多着急？你是朝廷将官，不能擅离职守，要不是程处亮来求本王，然后本王亲自去为你告假，你这朝中职位恐怕已经……"

"够了，没看见他喝醉了吗，还能听进你的话？赶紧扶他去客房。"她到底心疼自己弟弟，这些日子在外也不知遭了什么罪。

等把程处默安顿好，魏王妃去弄醒酒汤，魏王也想跟着去，却被他一把拉住。

"别走，不许走！"程处默醉眼蒙眬，看不清眼前，"我为你抛弃所有，为什么你还是要走？那天给你买的包子还热乎乎的，但你却碎了我的心。你摸摸……"

魏王凸着眼珠子，拼命想要把手抽回来："我不摸！"

"为什么你三番五次辜负我？如果不在乎我，又为什么给我希望，让我以为你真要和我白头偕老？"他死抓着不肯放。

"哎呀，你醉得比我还难看！"魏王哭笑不得。

"没想到这么软滑的小手，生生捏碎了我程处默的心。"他拿脸蹭着魏王的胖手，"我醒了，再也不会那么傻了。这最后一吻，你我之间那点柔情，就此断绝。"

魏王还没反应过来，程处默就吧唧一下亲在他手背上，还好死不死，让魏王妃看个正着。

魏王妃愕然："你们在干什么？"

"王妃，你别误会。"程处默吃遍长安美女，这套路真够深，魏王抽回手，搓这手背皮，肉麻，"他喝得太醉了，根本搞不清谁是谁，拉着说了一堆，然后就……就那啥了。"

"他喝醉了，你没醉啊！就由着他胡闹？"魏王妃失笑。

"谁叫他是你的宝贝弟弟，我也只好宠着他喽。"魏王忽然压低了声，"我看啊，他是被女人给伤了心。好啦，管他胡闹呢，只要人回来了，什么都好说。"

"那是，人平安回来最要紧。"魏王妃说着话，忽见程咬金在门口探头，"哎哟，阿爷，您倒是出个声，吓我一跳。您怎么来了？"

"得到你送来的消息，我能不来吗？"程咬金看见已经沉睡的大儿子，松了口气，下一刻却凶神恶煞，"臭小子，等他明天醒了，我打断他的腿！"

"好，要打要骂，等处默出了魏王府的门，我随便您。"魏王妃是孝顺长女，也是护弟大姐。

亮、剑兄弟陪着父亲来的，岂能听不出他色厉内荏，嘻嘻偷笑。

程咬金猛然回头："笑什么？兔崽子，记住，回去告诉你们娘，处默在外游历后回来了，他曾经一段日子没有消息的事，谁也不许让你们娘知道。不然，她又要呼天抢地地叫唤。唉，慈母多败儿。"

魏王看着这一家子，笑得憨然。

燕回楼里来了新美。这一消息，引来群狼，汉王一马当先。美人上台，白纱覆面，身段却妖娆，一舞更如天外来仙，把所有人的魂都勾走了。众人嗷嗷乱叫，正摩拳擦掌，要争美人欢心之时，美人却走到了汉王面前，盈盈一跪。

"小女子特向殿下赔罪。"美人美眸灿若明珠，"小女子曾在长安大街上，和殿下有一面之缘。殿下潇洒倜傥，令人心生仰慕。回到家中，和家兄谈及，街上偶遇一人，是真英雄也。只是因为女儿家害羞，未曾说明殿下的身份。没想到，家兄就因为听了小女子的话，知道小女子已心有所属，所以为小女子拒绝了一门亲事。"

"拒绝得对啊。"汉王平时艳遇多得数不清，想不起此女是谁，只是两眼冒光，"既然郎有情妾有意，美人你当然还是跟着本王最幸福。"

"可是被拒绝的那个人生气了，小女子正想办法让他消气，才来燕回楼献艺，博他一笑。"美人取下面纱，露出绝色姿容，正是侯盈盈，"那个人，就是殿下你。"

"是你！"汉王一笑即冷，"侯杰疼妹妹啊，看不上我这个妹婿。"

"那天哥哥回家，说他拒绝了殿下的好意，我急得不知如何是好。不和殿下解释，怕殿下误会了我和哥哥；要去找殿下，又师出无名。今晚，盈盈就是来向殿下赔罪的。"她已走投无路，唯有羊入虎口。

"怪不得，侯杰那天死活不肯给本王面子。他是因为你心里有喜欢的男人，而你喜欢的男人，其实就是我。"原来侯盈盈属意于他，汉王的神情又得意起来，"哈哈，好一个误会！侯盈盈，你真对我一见倾心，还是想用美色诱惑我，让我去救你的父兄啊？"

"盈盈不敢撒谎，二者皆有。"她深知撒谎之后的后果。

汉王果然不恼："好一个二者皆有。"

"虽仰慕殿下，但父母之恩、长兄之情，无法割舍。只要汉王殿下能大发慈悲，救度父兄，盈盈愿为奴为婢，伺候殿下。"

"国公之女，为奴为婢可惜了点。你啊，本来是要抬举你，做我王妃的，奈何你没这个福气。"汉王勾起侯盈盈的下巴，色眯眯看着她的容颜，"凭你这姿色，就做妾吧，伺候得好，我也不会亏待你。"说着话，一手往她腰际搂去，这就要带走。

侯盈盈起身旋开，好声好气："殿下，就算是妾，离家之日，也该有父兄相送吧。"

"……我明白了。"谁让对方说得明白，牺牲了色相，就是要他救人，没好处自然不肯屈就，"好，他们父子回家的那一天，就是你成为我小妾的那一日。"

汉王大笑而去。

侯盈盈静静站在那儿，垂着眼，仿佛一座石雕。

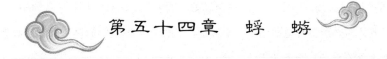

第五十四章　蜉　蝣

皇帝想起晋王的太傅请了假，怕晋王趁机偷懒，就去检查。刚到殿门口，就见傅柔在讲故事，晋王和清河两人听得津津有味。

"魏文侯是战国时候魏国的君主。有一天上朝，魏文侯问他的大臣：'我是一个什么样的君主？'大臣们大都说：'您是一个仁德的君主。'也有人说了不同的意见。其中，一个叫任座的大臣就跳出来，对魏文侯说：'国君，您得到了中山国，却不用来封您的弟弟，只封给自己的儿子。这算什么仁德的君主呢？'魏文侯一听，勃然大怒。任座一看情况不对，赶紧跑了。魏文侯越想越气，只好对着剩下的大臣们发泄。魏文侯一眼看到翟璜站在大臣之中，就指着翟璜问他：'你说，我是什么样的君主？'"傅柔说到这儿，停了下来。

"傅司言，怎么不说下去？翟璜是怎么回答的？"晋王正听得起劲，急忙追问。

"殿下，听故事要动脑筋。只听而不思考，是没有益处的。我想问，如果你们是翟璜，会如何回答魏文侯？"

清河立刻回答："还用问吗？这时候，不能冲出来当替死鬼，和其他人一样，就说他是个仁德君主好了，用不着拿自己性命赌博。"

晋王反对："不对。食君之禄，忠君之事，大臣的职责就是辅助君王，见到不好的事，应该挺身而出。翟璜如果是忠臣，就应该实话实说，指出魏文侯做得不对的地方。就算得罪魏文侯，被魏文侯惩罚，也不能失掉大臣的风骨。"

"两位殿下，各有各的道理。"傅柔一笑，"翟璜回答魏文侯说您是仁德君主。魏文侯一听，气消了大半，有点小得意，忍不住接着问：'翟璜啊，你怎么知道我是仁德君主？'翟璜回答：'臣听说，只有国君仁德，他的臣子才敢直言进谏。刚才任座有胆子当着国君的面，说出那么耿直的话，臣就知道了，您是仁德的君主啊。'魏文侯一听，恍然大悟，赶紧派翟璜把任座追回来。任座回来后，魏文侯亲自下殿堂去迎接任座，把任座奉为上客。"

晋王露出思索领悟之色："魏文侯应该把翟璜也奉为上客，翟璜才是忠诚又能干的大臣。"

"不错，魏文侯当然也赏识翟璜，他任命翟璜为相，开创了魏国百年霸业，成为战国极有作为的明君。所以说，能识别人才、善听谏言，才能造福百姓、恩泽四方。"

皇帝听傅柔说到这儿，走了进去，扬声赞好："清河、晋王，太上皇身体不适，别忘了探望。孝道是为人子女最重要的本分。今后，让傅司言也给你们讲讲孝子的故事。"

清河和晋王立刻领会，一起去看太上皇。

李世民看着傅柔微笑："有怎样的见识和心境，才能说出怎样的话。晋王年幼，清河任性，有你从旁辅导，朕颇为放心。晋王的太傅告假两个月，就算他日后回来，你也不要放松，多督促晋王。朕看他，倒有几分愿听你的话。"

"晋王殿下只是爱听微臣说故事罢了。"傅柔不敢卖乖。

"天下人的故事里，就藏着天下的道理，你尽管说故事好了。"说得让人喜欢听，就好。

这时内侍来报，说程处默回长安了，等在甘露殿觐见。

傅柔日夜惦念的心，终于放下。

皇帝看出傅柔神情变化："这个程处默，奉了皇后的旨意去找你，结果你回来了，他却迟迟未归。傅司言，如何，随朕去瞧瞧吧，听他有什么说辞。"

傅柔没有推辞，即便不能说上一句话，看他一眼也好。

傅柔随皇帝走入甘露殿，看到魏王、吴王、严子方都在，最后看到程处默。她露出笑容，他却只是目光冷扫，不再看她第二眼。她心里一凉，但随即给自己打气，只要解释清楚，一切都会好的。

皇帝道："程处默，要论功行赏，却怎么也找不到那个应该被赏的人，你可是头一个，总算回来了。"

程处默跪下："微臣知罪。"

魏王特意跟来，就是为了说好话："父皇，程处默也是不得已。他不是身有隐疾吗？听说有一个世外高人有灵药可以治他的病，那世外高人行踪缥缈，好不容易得到他的行踪，程处默就赶紧去找他了。这可是关乎他一辈子的事。为了这个，儿臣还特意为他告了假。"

皇帝点点头："既然是为了治病，也算情有可原。"

"父皇，大苍山之案，程处默救出太上皇和皇后，严子方抓到了洪义德。他们这么年轻，就能为朝廷立功，全因父皇的圣明。"吴王话里似无偏颇。

"吴王这番话，一半是讨朕的高兴，一半倒也说到点子上。最令朕宽慰的，正是这年轻二字。老臣们战绩功勋摆在那里，但年纪也真的大了。朝廷有一批朝气蓬勃的年轻将领可用，很好。严子方。"

严子方跪道："在。"

"你抓到洪义德，可见你的才能。传旨，赏严子方千金、宝剑一把、如意一枚，官升一级，掌西城卫军，负责长安西城治安，缉贼灭盗。"全员到齐，皇帝开赏。

"微臣谢恩！"严子方叩伏，终于给他实权了。

"程处默，"皇帝又点名，"你既救了朕的父亲，又救了朕的妻子，该如何赏你，朕倒有点拿不定主意。"

魏王抓紧机会："父皇，这可是大功，不能小气啊。"

"又帮着你妻弟说话。好吧，朕大方点。"皇帝笑了笑，"程处默，你有什么心愿，不妨说出来。"就算是儿女情长，也能成全的。

魏王低声对程处默："你要娶心爱的女人，这就是机会了。机不可失，时不再来。"

程处默面无表情："恳请陛下给微臣机会报效国家，微臣想离开长安，为国守边。"

吴王和严子方皆意外，以为他一定会开口讨要傅柔，没想到他居然放弃这么好的机会。

"程处默，你吃错药了？"什么情况？镇守边关？他家王妃知道，还不掐死他！魏王阻止，"父皇，他一定是高兴得发昏，胡说八道了。"

"不，微臣没有发昏。微臣从前以为世上最重要的是风花雪月，如今醒悟，所谓儿女情长，不过镜花水月。程处默今日，与从前种种，一刀两断。愿边疆苦寒之地，能磨炼微臣的心志，报答陛下圣恩，光大程家门楣。"昨日种种，譬如昨日死！

傅柔也万万没料到，程处默竟然对她误会得这么深，连解释的机会都不给了，要一走了之。

"既然如此，朕准了。程处默，今日傅司言讲故事，给了朕第一个惊喜。你不贪图奖赏，主动请缨，为国守边，给了朕第二个惊喜。朕今天，非常高兴。"皇帝哪里知道其中缘故，只在意这皆大欢喜的结果。

皇帝高兴极了，退出甘露殿的众人神情各异。

魏王掐程处默一把："你是不是疯了？边疆苦寒之地，是人待的地方吗？干吗自讨苦吃？"

程处默漠然，目不斜视地从傅柔身边走过。

魏王看傅柔一眼，叹了口气，一边追一边喊："你这不但害了自己，你还连累你姐夫我啊！你姐姐要是知道你要去守边，我没拦住，回到王府还不找我算账吗？"

吴王来到傅柔身后，问道："后悔吗？那天暴露自己的身份。"

傅柔望着那道决然而去的背影，虽然心痛，却不想他人看出来："应该后悔吗？"

吴王语气一转，幸灾乐祸："也许是件好事。你不是喜欢有责任心、顶天立地的真英雄吗？程处默这一回，倒有点英雄气。总比他死皮赖脸地缠着你，逼着你抛下家人、抛下职责要强。"

傅柔按捺不住，恼火道："冷嘲热讽，落井下石。"

吴王又笑："有人心情不好，我还是先避开吧。"有人自动退出，他可以来日方长。

傅柔再往程处默离去的方向看一眼，人已经不见了。

"对不起。"严子方走上来。

"你做的事，并不是一句对不起就可以弥补的。"谁都不能勉强她欺骗自己的心意，不管程处默误会不误会，不都是第三者插手的事？

"那你为什么不告发我？我隐瞒了洪义德的消息，又绑架囚禁了你。"只要她说出真相，别说赏赐和升官，他可能脑袋也不保。

"因为我答应了救我的那个人，保守这个秘密。"她不是为了过去的情分。

严子方顿悟："侯盈盈？"

"我知道你恨侯君集，但侯盈盈是无辜的。就算你不能对她好，起码不要伤害她。"凭一个女子的直觉，她知道这两人之间有着暧昧情愫，"严子方，你放不下的，只是童年的一道幻影，千万别因此错过了眼前的人。"

严子方无言以对，看着傅柔飘然而去。

这天，苏灵薇来福安寺还愿。上回来的时候，虽然没能求到符，但得了另一件吉祥物，还真挺灵的。如今，姐姐生了小皇孙，和太子姐夫的感情也融洽，更是与她和好，又能常常进宫去了。

她打发丫头桂圆去买香，就在寺中东走走西看看，慢慢走到上次因为求不到符，她哭鼻子的那棵树下。

"找我吗？"树上跳下一个人，嬉皮笑脸，但讨人喜欢的俊俏，正是程家老三程处剑。

苏灵薇眼睛一亮，嘴巴上却违心："谁找你啊？不过，你来得也算正好。"

程处剑笑咧嘴："我知道了，你许的那个愿……"

"嗯，实现了。"她还是感激他的，"那个独家的平安结，真的好灵验。我姐姐生了个儿子，姐夫现在对她特别体贴温柔，而且我姐姐不再生我的气了，对我也很好……哦，对了，平安结还给你。"

"送你了，就是你的，干吗还给我？"程处剑没说的是，定情信物岂能随便收回，"你是不是姓苏？"

苏灵薇诧异："你怎么知道？"

"我程处剑什么人啊？要打听长安城一个美女……"他要收敛收敛，别把她吓跑了，"呃，一个大家闺秀，还是不难的。我知道，你叫苏灵薇，是大臣苏萱的女儿，你的姐姐是太子妃。"

"你真厉害，什么都知道。"她感叹。

"我还知道，你五天后会再来福安寺，给你爹娘祈福。"最要紧，先约好下一次见面。

"我没有打算五天后来啊。"她没反应过来。

他认真道："你一定会来。因为五天后，我在这里等你。"

她认真答："不行。"

"为什么不行呢？"他循循善诱。

"不合礼法。"她是很孝顺的女儿。

"你是女儿，给你爹娘祈福，是孝道，有什么不合礼法？至于我嘛，我也是来给我爹娘祈福，也非常合乎礼法。"他是很孝顺的儿子。

"听着有些道理……"可是，还是有点不对。

他再接再厉："你是孝女，我是孝子，我们在这里碰面，一起为爹娘祈福，一起说说话，一起牵牵手，很对啊。俗话说，近朱者赤，近墨者黑。我们都是好人，都讲孝道，就应该多接近，做好朋友，这样才能彼此影响，成为更好的人，对不对？"

她下意识点头，挑不出他话里毛病。

"况且，我不是你的恩人吗？连最珍贵的程氏平安结都送给你了。听我的话，就是知恩图报。你爹娘应该教过你，做人要知恩图报吧？"

"嗯。"她这回重重点头。

"你真是太乖了。"他的福气多好啊！

大哥找了个母老虎，二哥找了个傲公主，只有他，找了一只乖小猫，幸福人生要开始啦。

汉王兴冲冲到东宫找太子。本来只是去天牢打点侯家父子的事，毕竟答应了侯盈盈，虽然没办法帮两人一下子翻案，但让他们吃好喝好还是可以做到的。谁知，这一去，居然还让他得到一个重要的消息。

汉王一路横冲直撞，和傅柔差点撞上。她急忙往旁边避让，虽有袁天师帮忙，绝了她和这位王爷的姻缘，却不是保命符。

"等等！"汉王忽然叫她。

她目光戒备："殿下有何吩咐？"

"当日我在绝境迷道中了毒，听说你用一颗孙丹仙的丹药救了我？"防备他吗？可惜，他已另有目标。

"举手之劳，殿下不必挂怀。"要感谢她不成？

"我当然挂怀，起死回生的药可不多见，既然你还有一颗，赶紧交出来！"他见她大眼瞪起，"干什么？尊卑有别，你懂不懂？好东西就该给尊者享用，你这等卑贱之人不配！"

傅柔咬唇，程处默自请去边关，她还想着找机会给他。

"说起来，我还挺怀念傅司言身上的香味的，要是你不肯乖乖拿给我……"他奸笑着，往她身边凑，忽有一个小瓷瓶挡住他视线。

"拿去。"她语气冰冷，"农夫救蛇，倒被反咬一口。"

他听出她话里的讥讽，却也不以为意，反正好东西已经到手。他很忙的，没空和一个女官计较。

起初，太子见汉王的情绪不高，直到汉王告诉他，洪义德只肯向太子招供，但这个消息被吴王压了下去。

汉王得意："这可是我花了不少工夫才打听到的。吴王把洪义德看得死死的，日夜逼问，但洪义德就是不肯招。他说，除了太子，他谁也不信。太子，这个大案子，你如果不插手，功劳就都给吴王了。况且，吴王一手把持大局，谁知道他查出来的案情，到底是不是真相？侯君集一向亲近太子，如果吴王利用这个机会，诬陷侯君集，再把太子拖下水……"

太子冷然："孤不会给他这个机会。"

汉王趁机套近乎："太子英明啊！"

"吴王不可小觑。借着大苍山一案，他把曹元和范章整下去，就是想把钟玉堂抬出来，掌握禁军。幸好孤识破了他的奸计，及时弹劾钟玉堂，禁军这一块才落在令狐得关的手上。"太子沉吟半晌，"我要去见洪义德，但绝不能让吴王事先得知。"

"太子只管去，我已经打通关节，从此与你共同进退。"汉王表决心。

很快，太子来到关押洪义德的牢房，闻着牢里的味道，不由得捂了捂鼻子，没发现洪义德的脸上闪过一抹狠戾。

"太子殿下，你终于来了。"李世民的太子真蠢啊。

"你只愿意对孤招供，孤能不来吗？孤来了，你应该很满意才对。"

"可你知道，我为什么一定要你来吗？"

因为大苍山一败，他已经明白，凭一己之力，根本无法损伤大唐皇帝分毫，但他可以参与覆水正在布谋的一场大风暴，以他一条命，换来理想的战果。更何况，他还有一个孙子，洪氏唯一的独苗，需要他豁命相保。

"因为孤比吴王分量重，你更相信我，如若从实招来，孤可以向父皇美言，你或能有一线生机。"太子猜得，完全不沾边。

"一线生机？"不，不，他必死无疑，不过不能白死，"我和李世民有不共戴天之仇。可惜我没用，杀不了李世民，又杀不了李世民的爹和老婆。只是，要是能害他的太子，也不枉我到大理寺走一趟了。"

"你说什么？"太子一惊，后退一步，但见洪义德被镣铐锁得紧紧的，以为他只是恫吓，"你手足被锁，连给自己挠挠头都做不到，还妄想害孤？"

"要害你，比挠头容易。"洪义德忽然用力一咬牙，嘴里吐出了黑血，又尽最后一丝力气大叫，"来人，快来人——"

门外守卫跑进来，看到洪义德的样子，大吃一惊，急忙上前探他鼻息，人已经死透了。

太子彻底傻了。

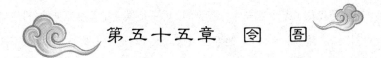

第五十五章　囹圄

明月照凉亭，照的是镇海将军府的凉亭，亭里两个人，一个是拿到实权的严子方，一个是长得像称心的覆水。

"我还以为上天派来一个不求回报的神仙，助我报父母之仇。现在我才知道，你把洪义德送给我，不是为了对付侯君集，而是为了对付太子。"严子方自斟一杯酒。

"侯君集此刻在何处？"覆水浅笑，也是自斟自饮。

"大理寺牢房。"严子方答。

"这不就行了？"结果最重要。

"你到底是什么人？"严子方问。

"不是告诉你了吗？我的名字叫覆水，覆水难收的覆水。"这个名字还有深意。

"你为什么要用洪义德来陷害太子？"严子方又问。

"看他不顺眼。"又是虚晃一招。

严子方听得出来，但不轻易放弃："全长安这么多朝廷命官，你把洪义德交给谁，都是功劳一桩，为什么选择我？"

覆水想了想："因为我们是一样的人。"

严子方好奇："什么样的人？"

覆水一笑："亡命之徒。"

"问你一句话，你答得比算命先生还玄乎。这样神神秘秘，怎么做好朋友？"严子方还挺欣赏他。

"我们算朋友吗？"覆水微愕。

"你把洪义德白送给我，让我得了千金、宝剑，官升一级，还负责了长安城西的治安，又请我喝这么香醇的御酒，在我严子方的眼里，这就算朋友。"不管对方真正的目的是什么。

覆水笑了，举起杯，与严子方碰杯，一饮而尽。

秋高气爽的无云天空，一队人字形的大雁往南飞去。

傅柔往立政殿走去，有些魂不守舍。她听清河说，今日一早程处默就启程了。虽然长孙皇后给了她出宫的牌子，但昨天太子出事，皇帝震怒之下将他关了天牢，朝堂摇撼。

这时候，身为司言，怎能出宫？

苏亶哭喊着为太子求情，一向对太子严厉的张玄素也反对关押，并提到审案应该换掉吴王。太子非审案之人，本不该出现在洪义德面前，但人们的眼光都集中在吴王身上，心里皆有一个阴谋论，这反而让皇帝更加生气。明明是太子一意孤行，却牵扯到吴王。还是吴王自觉，认为此案已非洪义德报复这么简单，推荐房玄龄接手审理，皇帝到底点了头。

然而，长孙皇后亲自出面，请求皇帝放了太子，皇帝还是断然拒绝。他认为太子近来的所作所为让人失望，长孙皇后就问皇帝是否想要废太子，皇帝居然沉默了。帝后之间，难得彼此心凉。

傅柔坚信，程处默迟早会明白，她那份堂堂正正、赢取自由的任性，只是为了和他永远相守的私心。她甚至觉得他离开得正是时候。从大苍山出事，她总有种感觉，一个无形的旋涡越卷越大，他离开的话，至少不用担心深陷其中，反而是一种幸运。

傅柔走入立政殿，没有其他人，连韦松都不在。长孙皇后坐在窗边，手里拿着书，人却看着窗外，心思远游。她也不出声，静静伺立。

良久之后，长孙幽幽叹息："你可知我手里这本是什么书？"

"《隋书》。"傅柔入内时，第一眼就看了书名。

"隋文帝建立大隋，攻下陈国，击破突厥，被尊为圣人可汗；他见春秋、汉代典籍因战火焚毁遗失大半，所以下诏求书，献书一卷，赏绢一匹，因此隋朝藏书之多达到三十七万卷。在他的治理下，隋朝疆域辽阔，人口达到七百万户。傅司言，你怎么看待这位隋朝的开国之君？"

"有武功，也有文治，算得上是一代雄主。"

"国力强盛至此，隋朝为何却两代而亡？"长孙喜欢傅柔学识渊博这一点，能与之深谈。

"因为隋炀帝的残暴。"这一点众所皆知，"隋炀帝一人之过，把天下百姓都害惨了，不知多少人因此而家破人亡。"

"你错了。这是隋文帝之过。"长孙摇了摇头，"你想，隋文帝立的第一个太子是谁？"

"杨勇。"傅柔回忆书中所言，"杨勇是隋文帝的长子，生性好学，善于辞赋之道，个性宽厚温和，率真不虚伪。书上说他资于骨肉之亲，笃以君臣之义。抚军监国，几乎有二十年。如此看来，治理国家的经验和能力应该还不错。"

长孙赞赏："果然是个喜欢读书的人。这后宫女官，恐怕没人能答出你刚才这番话。

杨勇本应是大隋第二代君主,但他的弟弟杨广贪婪狠辣,在父亲隋文帝面前装模作样地讨好,不断诬陷杨勇,使隋文帝开始厌恶自己的长子。最后,隋文帝下旨,废除杨勇的太子位,改立杨广为太子。杨勇心里委屈,想见隋文帝,向父亲诉说自己的冤枉,却屡屡被杨广阻拦。最后杨勇没有办法,为求见自己的父亲一面,只好爬到大树上,大声地呼唤隋文帝。当隋文帝听见杨勇在树上呼喊时,杨广的亲信杨素趁机对隋文帝进谗,说杨勇已经心神丧失,被妖魔附身,魂都收不回来了。隋文帝相信了,直到最后,杨勇都没有机会见到隋文帝,诉说自己的冤屈。隋文帝死后,杨广登基,做的第一件事情,就是赐死杨勇。大隋曾经的太子,就这样被杀了。"

傅柔感叹:"父子骨肉至亲,竟然连一面都见不到,杨勇太可悲了。"

"可悲的只是杨勇吗?"长孙也叹,"可悲的,是天下,是无数百姓。当时的大隋多么富庶强大,商旅往来,珍奇山积,粮仓里储存的粮食多少年都吃不完,这一切,统统落到隋炀帝杨广手中,毁于一旦。如果隋文帝当年能够坚定心志,爱护他的太子杨勇,不听信谗言,杨广就不会成为太子,也就不会有残暴的隋炀帝,更不会有后来生灵涂炭的惨祸。太子之位,不是一人一家之事,它关系天下,关系整个大唐的将来。此刻,大唐的太子被囚禁在牢狱之中,我却只能读着《隋书》,心中戚戚焉。"

傅柔劝道:"娘娘,陛下是英明之主。"

"再英明的人,也有想不明白的时候,也需要有人给他劝告。只是如今,他连我的劝都不听,只认为我护短,慈母多败儿。"长孙自知不能再贸然开口,否则适得其反。

"那……"傅柔沉吟道,"就让他人来。"

"事关国本,谁敢多嘴?就算敢,也劝不动天下至尊。"苏亶和张玄素是被皇帝让人拉出早朝的。

"或许,还有一人。"傅柔已然想到。

长孙目光中露出希冀:"谁?"

太子跪在立政殿里。因房玄龄审他的时候,他始终不肯开口,皇帝火大,亲自提审。他却仍然无话可说。洪义德死时,没有其他人在场,就是要往他身上泼脏水,所以他现在说什么,都只让人以为狡辩。

皇帝叫来严子方:"洪义德自关进大理寺,到他暴亡,一直不曾招供。这人是你亲手抓到的,他有没有和你说过什么?"

严子方道:"洪义德说,当年他被侯君集抓住,本以为必死无疑,没想到侯君集贪婪成性，洪义德献出洪家累世积攒的家财，把命买了回来。但微臣不知，侯君集为什么要向洪义德透露路线，洪义德又要付出什么代价，这些他都没有提起。不过，洪义德清楚地说过，侯君集派了他的侄儿侯长兴和洪义德联系，皇后娘娘车队回长安的路线，正是侯长兴亲自交给洪义德的。"

房玄龄插言："侯君集和侯杰被关起来时，吴王殿下就去查过了。侯长兴得了急病，前几天病死了。"

皇帝冷笑："病得巧，死得也巧。太子，你说呢？"

太子顿了一会儿："如果侯君集真敢如此大逆不道，儿臣请父皇赐宝剑，愿亲斩侯君集于剑下。"

"如果？真敢？"皇帝不满太子对近臣的偏帮，"到现在，你还不忘为侯君集说话。"

"儿臣遭人陷害，困于囹圄，明白百口莫辩的苦楚。所以儿臣忍不住想，侯君集对儿臣是不错，但他首先是父皇的臣子，是大唐的成国公。如果侯君集有罪，固然要严惩，但只凭严子方一人所言，就能定侯君集满门之罪吗？若成冤案，将是大唐不可挽回的损失。"

皇帝哼了哼："知道自己困于囹圄，就不要乱说话。"

太子顶嘴："正因如此，才不能不说话。"

皇帝神情忽厉："你再说一遍！"

太子昂然："儿臣未曾被牵涉入洪义德一案时，向父皇坦诚说出心中的怀疑。如今被牵涉入案，关乎自身安危，就要放弃心中真正的想法，三缄其口，明哲保身吗？儿臣是父皇的儿子，不做苟且之辈。若父皇因此要责罚儿臣，儿臣愿领罚。"

皇帝却对如此倔强的太子有些刮目相看，神情稍缓。

严子方看在眼里，忽道："陛下，洪义德还说了一件事，只是牵涉太子，微臣与洪义德又曾有过私怨，所以迟疑不决。"

皇帝认真："兹事体大，你说！"

"洪义德说，他世代祖传的珍宝中，有一对战国的青玉龙形佩，世所罕见，极为珍贵。侯君集特意把这一对龙形佩取出来，送给了太子。太子很喜欢，把它放在书房……"

严子方话未完，太子大怒："胡说！就算洪义德和侯君集有来往，侯君集又怎么会无缘无故向他提起孤，还说到孤的书房？父皇，这是早有预谋的构陷！"

严子方沉稳道："微臣也觉得洪义德这话不可信。正如太子所言，东宫书房里的事，洪义德这种逆贼怎么可能知晓？就算是侯长兴大嘴巴，和洪义德碰头时漏了口风，但侯长兴只是侯君集的侄子，又怎么会了解侯君集和太子的来往呢？"

皇帝立刻吩咐曹总管去东宫书房查看。

不一会儿，曹总管惶恐走入，手里的托盘上正盛着两块龙形玉佩。

皇帝怒极反笑："怪不得，洪义德必须死。"

太子跪行："父皇！冤枉啊！这对玉佩确实是侯君集送给儿臣的，但儿臣根本不知……"

皇帝怒指太子，扬声道："来人！把太子……"

傅柔忽然出现："陛下，太上皇病情恶化，在榻前召唤陛下。"

皇帝一怔，急忙摆驾前往。

老大走了，老二当家。程处亮到娘亲那儿当完孝子，准备回房补觉，却见老三在他屋里翻箱倒柜，跟贼似的。

他偷偷走到程处剑身后，一把揪住他耳朵："你这臭小子，大哥才走几天，你不读书不练剑，还当起贼来了！我这平安结，是要留着哄清河的，拿来！"

程处剑一边把平安结往怀里揣，一边讨饶："二哥手下留情！横竖清河公主已经对你死心塌地，没有平安结，也不会跑。我就不一样了，八字没一撇，可怜兮兮求我再给她一个平安结，我怎能不答应？二哥，帮帮我吧。"

程处亮哦了一声，饶有兴趣："她是谁啊？"

"不能说！"程处剑捂住自己的嘴，"她家教很严，漏了风声，我就再也见不到她了。"

"哟，看来这回是认真的。行了，便宜你了。"程处亮也不追问，毕竟程家三兄弟对感情这回事，都有莫名的执着。

程处剑咧开嘴："多谢二哥！"

程处亮摊开手心："不用客气，五十两。"

程处剑哇叫："这破东西要五十两？你打劫啊！"

程处亮再次揪住弟弟的耳朵："现在涨价，一百两，买不买？不买就还回来！"

程处剑惨着脸，却想到今天早上在福安寺苏灵薇可怜兮兮求他再给一个平安结的小脸。他知道，太子出了事，她为她太子妃姐姐担惊受怕。错过这么善良的好女孩，他终生遗憾，他的终生肯定比五十两值钱。

"买！买！买！"程处剑掏出一张银票。

程处亮好笑放手："臭小子，等你把人追到手，记得给我一个大红包啊！"无心插柳柳成荫，这平安结可以当传家之宝了。

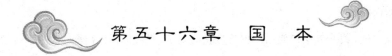

第五十六章 国 本

太上皇已到了弥留时刻，帝后皆赶到榻前，听他的最后之言。

"李世民，"太上皇直呼儿子全名，"朕一直在想，世上真有报应吗？如果有，朕乞求上苍，不要报应在你的儿孙身上。"

"太上皇！"儿子亦有深深的心结。

"闭嘴！多少年，朕要说的话，都被你堵在喉咙里。今日朕要撒手了，你至少让朕把话说完。"太上皇闭了闭眼，再开口已冷静，"当日玄武门事变，你杀死了太子——你的哥哥李建成，夺了皇位，从此开了李家骨肉相残的先例。朕永远不会原谅你的所作所为，但朕更害怕的，是这骨肉相残的惨剧会在我们家族内重演。"

太上皇换口气："当日朕立建成为太子，保不住建成。朕问你，今日你立承乾为太子，你能保得住承乾吗？"

皇帝沉吟："承乾早年聪慧孝顺，近来却屡屡闯祸，令人失望。"

太上皇目光一凛："是他在闯祸，还是有人在祸害他？历史上有多少太子，被构陷而亡？当年你垂涎太子位，在朕面前对你哥哥捣的鬼，又有几次被抓住了证据？"

皇帝略显不满："父皇，当年也是迫不得已……"若非他的好兄长欲置他死地，他也不会那么做。

"够了。朕最后这几口气，不想用来和你争辩当年。朕只要你知道，为了皇帝的宝座，为了这大好江山，你愿意做多阴险的事，能想出多匪夷所思的计谋，能对自己的亲兄弟下多大狠手，承乾的敌人，也就能设多恶毒的圈套。为了成为至尊，有人会不择手段。你如果不保护承乾，他将会是另一个李建成。"

皇帝犹豫："洪义德是怎么死的，还没有查清楚，而且涉及侯君集，如果承乾他……"

太上皇怒道："洪义德一个逆贼，算什么东西？侯君集一个国公，不过也是蝼蚁。太子才是国本！"忽然用最后的力气翻身，一把抓住儿子的手，容色冷厉骇人，"记住！你信任他，保护他，他就活。一旦你怀疑他，让那些垂涎太子位的势力乘虚而入，他必死！当日朕若够坚定，早早以铁血手段毁掉所有攻击太子建成的势力，何来建成之死？何来玄武门之变？"

太上皇顷刻力尽，缓缓倒回榻上："李世民，朕不原谅你，但朕毕竟是你的父亲，不忍看朕的孙儿们再一次手足相残，不忍再看玄武门前的广场，又一次被李家子孙的鲜血染红！你明白吗？"

皇帝思索半晌，终于领悟："明白。承乾是朕的太子，朕会信任他，保护他，绝不动摇。"

太子保住了！长孙皇后暗暗松口气。还是傅柔说得不错，太上皇有切肤之痛，无论对他们夫妇有多少怨念，在太子一事上必定坚持。

汉王匆匆跑入，难得神情惊慌："父皇！父皇！儿臣找傅司言要到了孙道士的丹药，人人都称孙道士是丹仙，他的仙丹什么病都能治。"掏出小瓷瓶倒出丹药，"父皇，儿臣喂你吃药。"

太上皇摇头："傻孩子，父皇是油尽灯枯，阳寿将尽，再好的丹药也没用。"

"父皇，你就吃了吧。你会好起来的！"汉王哭相硬扮笑脸，"父皇，你不是说要儿臣安定下来吗？儿臣看中了一个女子，勋贵之家，容貌美丽，还会跳舞。儿臣打算纳她做妾。"

太上皇神情宽慰："好，好……要抓紧，别又错过了。"

"是！是！一定抓紧。要是父皇看得顺眼，喜欢她，儿臣娶她做王妃也可以啊。父皇要看儿臣生小世子，儿臣就尽快……"

太上皇却唤："皇后，汉王被朕宠坏了，日后你看在朕的分上，帮帮他。"

长孙恭敬："臣媳谨遵父皇圣命。"

太上皇叹："好多年了，才听见你再唤朕一声父皇。太上皇三个字，真刺耳啊……"手无力落下，再无声息。

换上丧服的太子赶到大安宫正殿，望着太上皇的灵柩，有些呆怔。

"太子，跪到朕的身边来。"皇帝忽然发话。

太子犹如看到了光，走过去跪下。

"你皇祖父去了。"皇帝语气一顿，看着太子凄楚的神情，"朕在他临终前，许下承诺，会信任你，保护你，不让任何人伤害你。"

太子浑身一震，随即对着灵柩伏地而拜，以为太上皇对他们这一支怨恨重重，没料到却能救他于水火。

"房玄龄，罪魁祸首洪义德已经服毒自尽，此事就此了结。大苍山一案，从此封存，任何人不许再提起。"皇帝下旨。

房玄龄问："陛下，那侯君集……"

"洪义德用心险恶，构陷太子，他说的话，一个字都不能信。既然能陷害太子，自然也能陷害侯君集。侯君集父子无罪，立即释放。"一切不再追究，不能追究。

"然，罚严子方半年俸禄。大理寺派个人去，面斥他。要他以后说话，先过过脑子，不要中了别人的奸计，居然还在朕面前乱说。"不过，有人脱责，有人就要承责。

房玄龄犹豫："陛下，在立政殿，陛下要严子方转述洪义德的话，严子方已经提醒，洪义德居心叵测，恐怕在挑拨离间。是陛下命他直言不讳，还亲口说了，不怪他。天子金口玉言啊。"

"爱卿言之有理。传旨，罚严子方半年俸禄，大理寺派个人去，面斥他。"惩罚一个字没改，改了理由，"他君前无礼，在立政殿，对着朕说话，语气不够恭敬。"

皇帝所有的心火，只能烧严子方一个。

侯家开了一桌席，庆贺侯君集和侯杰放了出来。

侯君集终于能放声一笑："没想到，我侯君集两次关进天牢，两次都能平安无事地出来。洪义德啊，你总算死了。死得好！死得好啊！"

"这次真是托了太子的福。皇上放过太子，就会放过我们。"侯杰也松口气。

"不，是托了太上皇的福。他老人家临终一言，才改变皇上心意，顺手救了我父子俩。国丧之中，不能歌舞，不能饮宴，席上无酒，我们以茶代酒，敬谢太上皇。"侯君集举起杯。

众人举杯饮茶。

侯杰放下杯，转头看看傅音，握住她的手问道："音儿，你脸色这么白，最近是不是没休息好？早就说了，我不会有事，瞎担心什么？"

傅音脸一红："我没事，当着老爷和小姐的面呢。"

傅音觉得自己快疯了。是她烧了那封信，以至于侯杰没有准备，父子俩进了大牢。但侯杰在牢里的时候，她日思夜念，怕他一去不返。如今，人平安无事，她又想到她可怜的娘亲死不瞑目。她的心，火烧火灼，片刻不能安生。

侯杰笑笑，放开傅音的手。

侯盈盈的目光冷冷扫过傅音，对父兄笑语嫣然："我早就知道，爹和大哥这一次能遇难成祥，逢凶化吉。"

"就你厉害。"侯杰又成了嘴硬心软的好大哥，"你是袁天师吗？能掐会算？"

"我就是能掐会算。"侯盈盈心中一痛，神情不变，"我还算到，我们家会双喜临门。"

侯君集好奇："哦？这次平安归家，逃过一劫，算是一喜。另一喜是什么？"

侯盈盈笑答："女儿要出嫁了。"

傅音一呆，忽然想到侯盈盈这几日早出晚归，为父兄奔走。

"盈盈——"侯杰也预感不对。

侯盈盈打断："女儿对汉王殿下心许已久，愿入汉王府为妾。"

侯杰大叫："什么？！"

侯君集看着女儿半晌，忽然了悟："怪不得汉王到天牢探望我们，还帮我们打点饭食。"

侯盈盈摇头否认："阿爷误会了……"

侯杰恼火得直抓脑袋："什么误会！分明就是！我不同意！阿爷，我绝不同意盈盈嫁给汉王！哪里是嫁人？根本就是跳火坑啊！"

侯盈盈神情平静，因为她很清楚，一切已成定局。但她至少问心无愧，不会伤害别人，来达成自私的心愿。

皇帝听到侯家父子请求觐见时，就知大概是来退婚的，毕竟汉王声名狼藉，他亦有所听闻。

果然不出所料，侯君集上来就跪，不是跪谢重获自由，而说误会，表示女儿年少无知，私下应允了汉王为妾，实在任性又不遵礼法，配不上汉王。

皇帝也不多啰唆："侯君集，你看不上汉王？"

侯君集一惊："老臣不敢。"

皇帝哼："那就回去好好筹备，国丧结束，就把你女儿送到汉王府里。"

他再讨厌汉王，那也是家事，侯家嫌弃汉王，就是不给皇家脸面。

侯杰壮着胆子："请恕微臣直言，此事不妥！"

侯君集担心侯杰莽撞，拦在侯杰前面："陛下！老臣年纪老迈，不堪为用，求陛下让老臣告老还乡，携一双儿女耕织于乡野，以了残生。"

"告老还乡这一招都使出来了。"皇帝转而看侯杰，"侯杰，朕问你话呢，此事有什么不妥？"

侯杰下定决心："汉王殿下并非良配。汉王殿下糟蹋女子之名，长安无人不知，汉王府中被他生生打死的美人歌姬一只手也数不过来。微臣只有这一个妹妹，给汉王做妾实在是太……"

侯君集急了："闭嘴！你不要命了？"

"侯杰身为长兄，就算不要性命，也不能眼睁睁看着妹妹落入魔掌！"平时和汉王交好，不过虚与委蛇，彼此利用而已。

"说得好,朕成全你。"皇帝唤人来,"把侯杰拉出去,廷杖!打死为止!"

侯君集替儿子求饶:"陛下开恩!"

皇帝却有意杀鸡儆猴,拿儿子儆阿爷,要侯君集服软。

外面噼噼啪啪打得不留情,侯君集听得心惊肉跳,但除了磕头,什么都做不了。

过了一会儿,皇帝才道:"你要当慈父,侯杰要做好兄长,你们父子所思所为,朕很明白,虽能说你们大胆,但不能说你们错。只不过,太上皇也是慈父,朕也想做一个好兄长,难道太上皇和朕就错了吗?"

侯君集伏地:"陛下,老臣……"

"朕的父皇刚刚离世,弥留之际,汉王曾在他榻前禀报,说总算看中了一个女子,会安定下来。太上皇大喜,连说了两个好字。这是太上皇的遗愿,也是朕这个儿子最后能为他做的事。"

侯君集咬着牙:"老臣愿将所有家财献入国库,辞去所有官职,只求……"

"侯君集,你侍奉朕多年,朕想还你这份君臣情分。朕给你两条路,一、欢欢喜喜地当汉王的岳丈;二、藐视皇族,抗旨不敬,陈国公府中人,男子处斩,女子充作官妓。"

侯君集看到了皇帝眼中的决意,心知无论哪条路,他女儿都逃不过汉王之手,只不过是体面和不体面的差别而已,他只能选择那条体面的路。

侯杰起初还数多少杖,到后来就麻木了,只是死死撑着不喊一声。他宁可死,也不愿让妹妹被汉王糟践。娘死了,阿爷在外头打仗,他和盈盈相依为命,看着她从襁褓中长起来,长兄如父。

忽然,曹总管传旨,杖停了。

侯杰勉力抬眼,看见父亲从殿门走出,步履蹒跚来到面前。

"阿爷!"他抱着渺茫的希望。

侯君集扶他起来:"别说了,回家吧。"

侯杰的心一沉,已知无望。

国丧本该三年,皇帝体恤百姓,改日为月,实则三十六天,这期间不得饮酒作乐,不得谈婚论嫁。

侯杰还真希望是三年。三年很长,夜长梦多,总能想到办法。然而,三十六天眨眼就过去了。

长孙皇后已经说服汉王,改娶盈盈为王妃,丧期刚过,就开始大张旗鼓准备汉王大婚,到了这时候，箭已在弦上。

这日，侯杰找来珍奇行的人，置办嫁妆。珍奇行的老板，把压箱底的宝贝都拿了出来，滔滔不绝介绍着。

傅音却悲从心中来，背过身去，悄悄拭泪。侯杰说什么都要最好的，但他越是如此，越让她觉得侯盈盈凄惨。侯君集也好，侯杰也好，平时再嚣张跋扈，这时只是宠女儿护妹妹的人，却唯有在嫁妆上竭尽全力，即便弥补不了。她看着这家人，想到自家人，若遇这样的事，应该也会做一般无二，徒劳的努力。

"音儿，你帮我把这些拿给盈盈去过过眼……"侯杰回头，发现她哭了，"已成定局，多想无益。不要再哭了，就算要哭，也千万别让盈盈看见。"

傅音点点头，接过摆满首饰的托盘，到侯盈盈的房里。

侯盈盈一眼不看首饰："让大哥做主吧。"

傅音转身要走，却又转了回来，犹豫问道："你是不是……因为那天帮我解围，才被汉王盯上的？"

"是。"侯盈盈答得毫不犹豫。

傅音喃喃："你不该……"

侯盈盈冷望着她："是啊，我不该救你，你是杀死我堂兄的凶手，撞上汉王，正好死有余辜。可是，我若那么做，我不会比下了地狱的你好上多少，我一点都不会觉得痛快。因为，我向前活着，明白吗？我不会想着自己一出世就害死了娘亲，害大哥没了娘亲疼爱，害阿爷没了娘亲照顾，我只是从中学会，事情发生了，就将它解决；事情过去了，就让它过去，再也不要伤害任何人。所以，事情再发生一次，我还是会救你，哪怕我厌恶你，但我不想看到我大哥伤心。"

傅音怔了半晌，慢慢走了出去。

汉王就要大婚了，太子夫妇请他吃酒。

汉王上来就自罚三杯，笑道："我对不起你啊，太子。当日要不是我多嘴，告诉你洪义德在大理寺说的那些话，你就不会去见洪义德，更不会碰到洪义德自杀。一想到我把你害得关进了天牢，我心里就难受死了。父皇还指着我的鼻子，把我臭骂了一顿，说我没脑子。我惭愧啊。"

太子只觉汉王坦率："不是你的错，是洪义德太奸诈恶毒了。"更何况，皇祖父临终之言为他消灾解难，让他更愿和皇祖父疼爱的汉王和睦相处。

苏灵淑也道："汉王，事情已经过去，就不要放在心上了。太子福大命大，倒是趁着这机会，看清楚了很多人的嘴脸。"

"对啊，吃一堑，长一智，孤经历这些事，懂得了不少道理。人生沉浮，变幻莫测，坐太子这个位置，稍有差错，都会落个死无葬身之地的下场。唯有同孤患难与共之人，方可依靠。"太子饮一杯，与苏灵淑相视而笑，心有灵犀一般。

"你俩在我这个没王妃的人跟前甜甜蜜蜜，存心寒碜我吗？"汉王说笑。

"你不是也要娶妻了吗？侯盈盈出尘之姿，长安绝色，以后就是人人羡慕你俩了。"太子也说笑。

苏灵淑酸醋体质："确实是个大美人，太子殿下只见过她几面，就对她念念不忘，赞不绝口。"

太子面不改色："孤哪里念念不忘了？孤现在念念不忘的，就只有太子妃，绝没有别人。"

苏灵淑这醋消得快，羞红了脸。

汉王哈哈大笑："你看，你看，不到两句话，又开始卿卿我我，把我这个客人都丢在一边了。自从太子从天牢放出来，对太子妃是捧在手里怕摔，含在嘴里怕化了。"

太子感慨："患难夫妻，千金不易。等你成了亲，也会懂得，若找对了妻，自与你比翼双飞，共同进退。"

"受教受教。"汉王拱手告辞，"我还有应酬，先走了，你俩继续甜蜜。"

苏灵淑看汉王卷风而去，笑道："这汉王叔叔真不着调，饭都没吃完，说了几句话就走了。"

太子道："他就这么个人，被太上皇娇纵惯了，是有点不老成。不过，要是跟他一起玩，他能让你说不出的快活。"

"真的？那我就要劝殿下多和他来往了。"

"张玄素恨不得我和汉王断绝关系，你倒不怕我和他在一起久了，近墨者黑，不务正业？"

"我不管别的，只要殿下每天都过得快活，我就心满意足了。"经历这么久的冷落日子，她看明白了，想要得到太子的心，顺着他的意就好。

"还是太子妃对孤最好。"太子果然开怀。

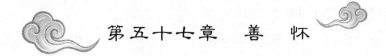

第五十七章　善　怀

张合和严子方对上了。

事没多大。张合在西市吃了一只烤羊腿没给钱，小摊老头不让他走，路人也不让他走，当然就打起来了。这种事，他遇得多了，手下个个有功夫，小百姓根本经不起他们三拳两腿，想不到这回路人还挺厉害，加上人多势众，挨了揍的是他和手下人。

这时，严子方带人赶到。

他张合被打得鼻青脸肿，姓严的不但不严惩那些刁民，反而听他们胡说八道，就因为那只没付钱的羊腿，把他抓了起来。

张合心知严子方和他不对付，也不多费唇舌，就让手下去知会他阿爷，还有告诉本来约好的驸马杜荷，他没法赴约了。只要有这两拨救兵，严子方奈何他不得。

严子方看着张合的手下溜走报信，也不拦着，带张合回西市衙门。

张合不知道的是，严子方早盯上他的欺行霸市，那些厉害的路人都是暗桩，在羊腿摊附近逛了好几天，专门候着他呢。

且说杜荷，接到张合被严子方抓走的消息，挺够义气的，打算出门去救人，却被新城公主瞧见，问他去哪儿。

杜荷赔笑道："朋友有约，我出门一趟。"

"就你那些狐朋狗友，能有什么好事？"新城公主将一支宝石簪插入发间，"驸马帮我瞧瞧，好看吗？"

杜荷拍马："漂亮！公主美若天仙，戴什么都漂亮！"

他绕过屏风，朝新城公主走去，却见厅里还有两人，其中一个竟是怜燕儿。还有一个不认识的女子，长得虎里虎气，感觉有点彪悍。

怜燕儿投靠了镇海将军府之后，教了马海妞三个追男黄金法则，第三条就是独立自强。马海妞历年的海盗生涯，除了一身力气，还有一样拿得出手，就是搜集了很多舶来珠宝。不仅是她，还有她哥哥，海草，镇海将军府上下兄弟，可谓取之不尽，用之不竭。

怜燕儿脑子灵活，直觉这是一门好生意，和马海妞一拍即合，开了一家美人坊，专做式样新奇的珠宝首饰，加上怜燕儿常年浸润的倾倒众生的化妆术，又有魏王妃给她们宣传，很快就在长安打出了名号，连新城公主都是她们的大客了。

"公主，她们是……"只不过，杜荷看到怜燕儿可一点不自在。

"你啊，成天往外跑，居然连长安城出了一个美人坊都不知道？人家魏王，天天都光顾，为魏王妃买首饰呢。这二位，就是美人坊的老板娘。"

杜荷一边想要回避怜燕儿，一边想张合等着他救："公主，我……我约了人……"

"有那么忙吗？整日往外跑。"新城公主不高兴，"还想你看我贴花钿呢。"

马海妞和怜燕儿互看一眼，怜燕儿上前，轻轻往新城公主的脸颊上贴花钿。

新城公主不太确信："花钿不是贴在额上的吗？怎能贴脸颊上？不会闹出笑话吧？"

马海妞一旁道："公主放心，花钿贴脸，自古有之。三国时的吴太子喝酒后在月下舞水晶如意，失手打伤了宠姬邓夫人的脸颊，伤愈之后脸上留下斑斑红点，吴太子反而觉得邓夫人这样更为娇媚，很快宫廷和民间就兴起了丹脂点颊。梁简文帝还有一首诗：'分妆开浅靥，绕脸傅斜红。'说的就是这个。"

新城公主笑了："还没贴完呢，就被说得满心欢喜，美人坊的老板娘真是才艺双全。"

马海妞面带得意，在魏王妃那里苦学的东西，终于派上用场。

忽见杜荷想要开溜，她大声道："说到贴花钿，燕儿认第二，没有人敢认第一。为了学这手艺，她在燕回楼待了许多年呢。"

"燕回楼？"新城公主知道，"那不是长安城有名的青楼吗？"

杜荷脚下一转，回来了。他可不能走，以免怜燕儿说漏了嘴，把他抖出来。在新城公主眼里，他虽不算俊逸潇洒，至少待她忠贞不贰，若知他寻花问柳，指不定要闹到御前。

怜燕儿瞥过杜荷，一笑："青楼女子为了蛊惑男人的心，最需要打扮得艳丽动人，如果要学怎么把一个女人变得最漂亮，燕回楼是最好的地方。"

新城公主不知怜燕儿曾是燕回楼的头牌："原来你是在那里学的打扮妆容。"

"不仅仅学了打扮妆容，还见识了男人的各种丑态。"怜燕儿冷然一眼，看得杜荷心里发怵，"在家俨然一个好夫君，到了燕回楼嘛，就是下流无耻的色狼一条。还有把自己娘子的腰带偷出来的臭男人，寻欢作乐时让青楼女子系上，借此淫戏的呢。"

新城公主吃惊："天底下竟然有这么恶心的男人？"

"可怜他的娇妻，一无所知，还以为自己得了一个好夫婿。其实啊，他娇妻的腰带，还在那青楼女子手上。"

杜荷干咳一声。

马海妞笑嘻嘻："听说男人们碰面喝酒，都喜欢去青楼找乐子。驸马爷，你约的朋友，不会也是在燕回楼吧？"

新城公主竖眉：“他敢？”

杜荷结巴：“不敢……绝……绝不敢。”

“公主殿下，贴好了。”怜燕儿退后一步。

马海妞马上接茬：“公主殿下，这花钿要在日头底下看才最漂亮，我扶您去。”

侧厅只剩杜荷和怜燕儿。

杜荷看一眼外边照着铜镜的公主，回头瞪怜燕儿：“你立即把腰带给我烧了，以后不许你再来这里，听见没有？”

“驸马爷为何觉得，我要听你的？”怜燕儿忽然扬声，“公主殿下。”

杜荷又惊又怕：“你……”

新城公主回过头来：“怎么了？”

杜荷压低了声：“好，好，你到底想怎么样？”

怜燕儿一笑，望着新城公主：“我特意选了翠色的花钿，和头上的翡翠簪子相配，殿下觉得好看吗？”

新城公主左照右照，转一圈照，万分满意。

怜燕儿对杜荷展颜一笑：“这态度才对嘛。”

马海妞在外头瞧着，嘴角翘起，一切照老大的计划，顺利进行。

杜荷到西市衙门的时候，张合正要吃板子。

张合一见杜荷就喊：“驸马！救命啊！严子方恶毒小人，要严刑拷打我！驸马，你来得正好！快把这浑蛋捆起来送去大理寺！”

马海虎嗤声：“好大的口气。大理寺你家开的？”

杜荷应和：“对啊，大理寺你家开的？”

张合傻了眼，想不到杜荷居然不帮自己。

“张合，你欺压善良，做尽坏事，我早就看不顺眼了。”杜荷这时想的，只是怜燕儿手里那根新城公主的腰带。

张合张大了嘴：“驸马，你失心疯了？”

杜荷鼓起眼珠子：“好哇！你还用言语羞辱我？你可知侮辱皇亲国戚，该当何罪？”

严子方喝道：“张合，事实俱在，你认不认罪？”

张合以为：“原来你们是一伙的！杜荷，你厉害！别忘了，你干的那些坏事，我比谁都清楚，等我告诉新城公主……”

严子方不等张合喊完，就下令打板子。

张合哪里受得了，没几下就喊："别打了！我认罪！我认罪！"

"还以为你多能死撑，才挨了几棍子。"严子方示意马海虎，"让张合画押。"

张合画押，恨恨地看着马海虎收了纸，怒瞪严子方："姓严的，你别得意，等我阿爷来了……"

"谁吃了熊心豹子胆，敢碰我张礼的儿子？"张合他爹终于杀到。

张合眼泪都快流下来了："阿爷总算来了！救命啊，阿爷！"

张礼可不是一个人来的，带着徐良平和城卫队，见儿子趴在地上的狼狈模样，勃然大怒。

"来……来啊……"张礼说话有点大舌头，面色通红，倒像是在酒席桌上喝高了，"把他们……姓严的和这群打我儿的，统统给我捆起来！"

严子方无惧："张大人，大家同朝为官，各有职守。我负责西市的治安，抓到令郎为非作歹，审讯他理所当然。你浑身酒气，带人冲进来，想干什么？"

张礼指着严子方："你算什么东西！一个海盗，敢动我张家？今天就让你看看，你在这西市，有几斤几两！"

徐良平为难："大人，这事情要是闹大了，恐怕……"

"怕什么？"张礼一开口，把徐良平逼退两步，"把他给我从上面拽下来，狠狠地打！天塌下来，我顶着！"

城卫队的人冲向西市衙役，谁知海草等人从后堂涌出，反将张礼他们包围，还走出身穿御史官袍的怀东海。

严子方学聪明了，要抓张合、张礼这父子俩，没人镇场子可不行。

张礼看不清，嘴里嚷嚷："放开我！你们这群狗东西，竟敢这样对我！你们等着！我弄死你们易如反掌！"

怀东海摇头："太不像话了，打一桶冷水，让他醒醒酒。"

海草一桶水，浇了张礼一头一脸，他浑身打个哆嗦，看清面前的人。

"御史台的……怀……怀大人！你怎么在这儿？"口齿也清楚了。

"严大人说，今天这里有一场好戏，要请老夫亲眼看一看。张大人，你真令老夫大开眼界啊。"怀东海神情严肃。

"怀大人，怀大人，这是陷害啊。"张礼反应还挺快，感觉自己被人设局，"我……我只是一时喝醉了酒……"

"你是朝廷命官，此时应该正在当值，却喝得醉醺醺的，已是一罪。何况你还带人闯进……"怀东海忽然盯住张礼的衣领，"你里头穿的是什么？来人，解开他的官袍。"

马海虎一把扒拉开，张礼里头穿着紫袍。

怀东海震惊："张礼，皇上早就下旨，天下人着衣需有定规。三品以上的大员，才可以穿紫。你不到三品，却穿着紫袍在身，把皇上的旨意置于何地？"

张礼急忙告饶："这……这是图个吉利……怀大人放我一马……"

"我看你是真糊涂，老夫为御史，专责监察官吏的失职和不法，岂能为你这种人掩饰？老夫这就回去写奏章弹劾你！"怀东海转头要走，顺眼瞧见了杜荷，和颜悦色夸奖他，"老夫听闻驸马和张合从前是好友，本以为今日驸马来了，恐怕是要为张合说情，还为驸马担心。没想到驸马刚正不阿，呵斥不法，正气浩然。"

杜荷手心里捏汗："怀大人过奖了，这是我应该做的。"

怀东海道声好，终于走了。

严子方命人将张礼父子收押，眸中沉寒光。张礼定然料不到，那件紫袍是他严子方请玉合公公出面，借着同张礼喝酒的时机，骗其升官的秘诀就是内穿紫袍，又在张礼的酒水里下了点波斯秘药，让其神志不清做出来的愚蠢举动。

"驸马，机会难得，愿否与严某对饮畅谈？"

官场的游戏，严子方已经玩出一些心得，而看杜荷从迟疑到点头，又领悟一条，狐朋狗友也属官场必备。

傅柔奉吴王召唤，来到凌霄阁。在宫里生活得久了，脾气也磨平不少。以前吴王没事就叫她跑腿，以至于她一到凌霄阁就火气直冒，如今已经无感。

远远地，她就见吴王和一位儒者之风的老人对坐，以掌拍桌，以筷敲碗，彼一唱，此一歌。她少见吴王这么开朗的面貌，也猜到了这位老人是谁。

她走入亭中，向吴王奉上托盘："遵照殿下吩咐，衣服已经做好。"

吴王命人接过，对老者介绍："太傅，这是傅司言，原是司织所女官，若用针线当刀剑，她属绝顶高手。"

老者先看衣物上的绣功，再看傅柔，微笑："瞧得出来，这刺绣不同一般。"

傅柔谦虚："不敢当。若殿下没有其他吩咐，下官告退。"

吴王却道："傅司言，我为你介绍，这位就是我经常提起的权万纪，权太傅。"他想和她分享喜悦。

权万纪想到适才两人唱《诗经》，吴王选了一首《周南·汉广》，分明心中有人，求而不得，而傅司言一出现，他就显得殷切，看来正是此女无疑。

傅柔施施然行礼："权太傅。"

"今日我和太傅相聚，十分高兴，你也留下喝一杯。"吴王坚持。

傅柔迟疑："这……于礼不合。"

"太傅是我的师父，我也算你半个师父，这样算起来，太傅就是你的师祖了，你敬太傅几杯酒，尊师重道，合情合理。"吴王的口才向来了得。

傅柔却真心喜爱学问，对学者更是敬重，倒是觉得机会难得，因此不再推托。

权万纪大觉此女进退得宜，很有素养，怪不得能让高傲的吴王倾心，有意帮他制造机会，请傅柔落座。

吴王忽道："好久没有向太傅讨教学问，有一句话我不太明白，'君子疾没世而名不称焉'。"

权万纪不知其中缘故，以为吴王呆板："傅司言在这儿，你我就不要说道理了，免得她觉得乏味。"

傅柔正襟危坐："机会难得，请太傅讲解，我亦想学。"

权万纪愈觉傅柔不错："这句话出自《论语》，君子最担心的是，自己得名字不为人们所颂。但你们如果以为孔子好名，就不对了。屈原也曾说过：'老冉冉其将至兮，恐修名之不立。'屈原担心的是，自己一身才学不能致用。名是表面，内涵为报国、做事。为国做事，为百姓做事，然后留名。因为名，记着他一生功过和价值。在乎名，才兢兢业业，不敢有半点行差踏错。"

"太傅有没有想过，有些人不在乎留名，人生短暂，及时行乐才重要，要是能携美归隐，恩恩爱爱过一辈子，也是快乐一生。"

吴王似有不同见解，傅柔却听出弦外之音，这是说她和程处默呢。

权万纪声音微扬："人生于天地，有责任回馈天地，家国抚育了他，他就该报效家国。霍去病说匈奴未灭，何以为家。难道他就是傻子，不知找个美人为伴，恩爱度日？携美归隐，不过是逃避，私心为私利，不足道也。六国之初，公义天道，人才辈出，却最终毁于暴秦。缘何？因为太多人逃避乱世，只想过自己逍遥的小日子。可笑，国之祸，何处安？有志者，当恒志，国若需要，随时挺身而出，才不枉此生。"

傅柔有些坐不住。回宫，是无奈，是为了大姐，不得已露面。在那之前，她已然接受处默的想法，找个山清水秀的地方过小日子。而今在宫里，也只能以堂堂正正安慰自己，心中仍存私，尤其在陛下答应处默，可以满足他心愿的那时，她希望他选择带她走。所以，权万纪一席话，令她惭愧。

"傅司言不要见怪，如今大唐初盛，老夫见多了不思进取的年轻人，一时激动。"权万纪看出傅柔的神情变化。

"不，太傅所言，犹如当头棒喝。傅柔自恃读书不少，偏爱名人故事，总以为小故事才见大道理，却经太傅一席话，方知大道在于心。但有一问，太傅恕我冒昧，人人爱国有责，女子当如是否？"

权万纪微笑："傅司言可曾读过《诗经》中的《载驰》？"

傅柔背诵："女子善怀，亦各有行。"

权万纪点头："女子心思柔软爱牵挂，但也有女子的想法和行事。此诗乃许穆夫人所作。她是卫侯的女儿，嫁到许国多年，当她得知卫国被侵占，星夜兼程要赶回卫国，不料半途中被她夫君所拦，她悲愤之下，写下《载驰》，正是她的爱国之心和责任感。"

傅柔起身，屈膝一礼，恭敬道："多谢太傅指点，傅柔受教。"

"傅司言不必多礼。老夫自认见多识广，但傅司言如此通透之女子，仍是少见。只要傅司言有心，定会大有作为。老夫不日就要回齐王封地，既然傅司言爱读书，吴王殿下也是好书之人，请你时而给他做个伴，免得殿下怠惰。"权万纪说着话，看向吴王。

吴王就知自己已被恩师看透心思，神情闪过一丝赧然，但正色道："太傅此次来得正好，我想向父皇请求，将您调回我身边。"

"这个嘛，好是好，只是圣人之意非你我所能揣度，也不必勉强。你如今学已有成，我很放心，倒是齐王——"权万纪叹口气，"诸多任性，单是过度田猎这一样，就要我煞费苦心，好在年轻，来得及从头改过。"

"齐王自大，只怕老师委屈，还是待在我身边好些。"吴王不为所动，心意已决，一定要向父皇争取，"对了，我还为老师准备了一套不错的文房四宝，给您拿来。"

吴王去阁里取物，傅柔为权万纪斟茶。

权万纪抿一口茶："吴王殿下勤奋好学，在诸多皇子中十分出色，正是如此……"语气一顿，似权衡该不该说，但到底说了出来，"得到圣人过多关注，以至于他想要的一切都将阻碍重重，多求而不得，只留寂寞。"

"我知。"在尊敬的人面前，傅柔诚言。

"老夫走后，请傅司言帮老夫开解殿下，心中开朗，天地则宽，让他不要介怀。"

傅柔一怔，权万纪似乎预测到了吴王请求的结果。

果然，第二日早朝，吴王提及调动，太子立刻反对，理由冠冕堂皇，认为齐王更需要像权万纪这样的老师，皇帝再三思量，还是让权万纪辅佐齐王去了。

傅柔得了消息，赶到凌霄阁，和吴王一起，送别了权万纪。虽然只是一席之谈，但她对这位学识渊博、见地非凡的师者十分尊崇。

权万纪走了之后，吴王收起勉强的笑容，心灰意冷地坐在亭中。

"殿下不必沮丧。权太傅说，心中开朗，天地则宽，不要过于介怀。而且下官也相信，殿下和太傅的师徒缘分不会断绝，还有很长的路，可以一起走下去。"傅柔不好立刻掉头走人。

"原来，老师已知父皇不会允我。"吴王苦笑，"也是，父皇总说亏欠我，我难得求他把你给我，他答应了，却还是做不到，更何况能为我排忧解难的权太傅了。我倒宁可父皇无视我，不要口头对我好，让我成为太子的眼中钉，至少能拥有一些属于我的东西。你看我，这么大的宫廷，满眼琳琅，人来人往，可我一无所有。"

傅柔心中一酸，若非吴王对她有情意，她并不介意当他好友，而今她只能如此，保持着距离，言语安慰，不敢再靠近一步。

"不过，看见此时的傅司言，我心中稍有安慰。"吴王深吸一口气，眼角带了笑。

"为什么？"傅柔低头看看自己，她哪里让他觉得好笑？

"你也孑然一身，我也孑然一身，心有所属，求而不得，同为天涯沦落人哪。"

傅柔呵然："殿下说得是，只不过，我与殿下还是有一点不一样，我相信程处默。他对我，不会变。"她转身走出亭子，边走边诵："我欲与君相知，长命无绝衰。山无棱，江水为竭，冬雷震震，夏雨雪……"

吴王望着她的影子远去，神情再次泛苦："'天地合，乃敢与君绝'吗？傅柔，你当真残忍，连一丝希望都不给我。"

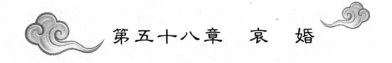

第五十八章　哀　婚

汉王大婚，全长安喜庆，侯家也装点得美轮美奂，放眼望去，一片喜红的灯海。

侯盈盈独坐闺房之中，嫁衣衬得她姿容美艳，只是神色清冷，眼若幽潭，对外面的喧闹声充耳不闻，但从小小的窗缝中望着天空。

天色湛蓝，她本来期望天有暴雨，盼着能晚一天出嫁。她以为她可以面对，直到出嫁的这一天，她才知道自己多害怕。

父亲让她要尽量顺汉王的意，对汉王荒诞不经的生活不要多管，她是皇帝赐婚的汉王妃，只要生个儿子，从此地位稳固，即便失去宠爱，也难以动摇她的妃位。兄长没跟她说怎么当好汉王妃，他只是给她准备了最好的嫁妆，最好的嫁衣，世上所有新娘都会羡慕的一切。她知道，他们想给她的，是最好的体面，让汉王不会轻瞧了侯家，自然也就不会轻慢了她。

她一点都不介意和汉王做名义上的夫妻，可是她也清楚，这样的想法太天真。今夜，她就要同汉王成为夫妻。她固然已经决定嫁他，但想到要接受他的碰触，就让她怕得浑身发抖。她无法想象，被严子方之外的男子碰触。

严子方！这个在她脑子里、心里，扎了根的，令她思念、痛楚、怨愤、同情，却无法不爱的男子，时时刻刻煎熬着她。

如今，眼看自己就要嫁另一个男子，她居然萌生背叛感。被自己背叛！

房门一声响，侯盈盈看过去，来的是傅音。

"你来干什么？"她转移心神，"我和你已无话可说。"

"我只想告诉你，即便每天和自己喜欢的人在一起，也会心如刀割、痛不欲生，我并没有你想象中那么轻松自在，幸福地活着。"傅音也受着煎熬。

侯盈盈只觉好笑："知道你不幸福，我就能变得幸福吗？其实，我希望你能幸福。"

两个饱受煎熬的女子，彼此不知对方处于同样的境地，却都善良。

侯盈盈起身往门口走："虽然我不喜欢你，但我更不愿意看见这世上再多一个像我这样不幸的人。所以，音儿，愿你和我大哥幸福。"

侯盈盈从傅音身边走过，离开她的房间，她的娘家，义无反顾上了花轿。忽然，她心有所感，一手悄抬轿窗的珠帘。

严子方站在围观的人群之外，面无表情，与她对视。

侯盈盈的心跳不受控制地加快，但又在他冷冷的目光中慢下。她放了手，听珠帘乱敲，心速渐渐平稳。她真傻，怎么会以为他来阻止她嫁人呢？怕她不嫁汉王，继续纠缠他，还差不多！

侯盈盈深吸一口气，调开视线，望着另一边朦胧的家门，到了将她所有的情感留下的时候了。既然无法躲过，那么，她就要在汉王府从头开始，幸与不幸，勇敢面对，承担就好。

黄沙褐土，一条大河分两界，一骑静立河岸高坡。马和人皆披铁甲，风痕覆过了伤痕，瞧着那般意气风发。

　　骑士身后，一大片农田延展，村落嵌在地平线中。硝烟缕缕，鲜血未洗，分明刚刚还是战场，但那些布衣农人的脸上喜气洋洋。

　　这是一场正义的胜利。村落遭受马贼多次洗劫，绝望之时遇到了程处默。

　　程处默来到边关之后，自请守最难的关卡，要求必须有仗可打，从通天关、平土谷、水武坡、九杀镇和西沙山，一路清扫。原本以为来了一纨绔子弟的守关大将谷兴言，没料到来了一杀神，把他这一带边关拾掇得比长安还太平。

　　这不，到了最后一摊——东正关，经过程处默"锲而不舍"的追击，今日正式收尾，干净利落，一个马贼不留。

　　程处默望着滔滔河水，心中涌起的是——"蒹葭苍苍，白露为霜。所谓伊人，在水一方。"他已经跑得这么远，没日没夜打仗，让自己忙得连睡觉的时间都没有，为什么傅柔的影子还在他脑海里刻着？难道要拿块石头，磨平他脑袋壳不成？

　　"将军，抓到一个逃兵。"一名士兵跑过来，递给他名牌，"叫叶秋朗。"

　　程处默心道，来得正好，又有事可以让他分心了。结果，他来到村屋一看，抓到的不止叶秋朗一个，还有叶秋朗的心上人燕儿。

　　"你当逃兵，就是为了一个女人？"话说出来，程处默觉得别扭。

　　叶秋朗没注意："我和燕儿从小一起长大，可朝廷派我兵役，我想着当兵要打仗，打仗就容易死，临走的时候叮嘱她，要她别等我，找个好人家嫁了。没想到，家乡到边城这么远的路，她一个弱女子，竟寻到了这里。"

　　燕儿哭道："这不是他的错，是我要他和我一起走的。"

　　叶秋朗抢话："不，下决定的是我，一人做事一人当。"

　　"混账！"程处默忽然大怒，"把叶秋朗拖出去，打一百军棍！"这一对有情人，太刺眼了，不就是当初的他和傅柔？不顾一切，为爱远走。

　　燕儿扑上去，护着叶秋朗，不让士兵拉走："我千里迢迢从家乡找到边城，不是为了看你被活活打死的。没有你，我哪儿也不去！"她猛地回头，目光悲愤，"将军为什么这么残忍，难道你就没有喜欢的人吗？难道你就不想和喜欢的人一辈子在一起吗？"

　　程处默强压心绪起伏，冷然道："你的问题，我无法回答，不过有人可以回答。"

　　他大步走出屋子，让士兵将叶秋朗和燕儿推了出来，指着不远处遇害的妇人和孩童："男儿顶天立地，保家卫国是每个人的责任。如果都像你一样，为了一己私情，就忘了自己的责任，只想过自己的好日子而当逃兵，这些村庄会变成什么样子？大唐，会变成什么样子？你说，你们有没有错？"原来，当初傅柔的劝并没有错，换个立场，才知他那时多么自私！

叶秋朗愧疚而跪："叶秋朗有错，甘愿领罚。"

燕儿的神情也不好看："将军，一百军棍，我愿领一半。"

叶秋朗急了："将军别听她的，此事与她无关。"

程处默神情不动："打叶秋朗一百军棍。"

叶秋朗松口气，自觉走到一旁，趴下。

结结实实一百棍，打得叶秋朗没了动静，打得燕儿泪水涟涟，打得程处默捏紧拳头。军中最忌讳逃兵，动摇军心，而他是领军之人，哪怕他也曾经和叶秋朗一样傻，但军法不容徇私。

士兵来报，打完了。

程处默问："人呢？活着吗？"只能求老天爷帮忙。

"还活着，晕了。"

士兵的回答让程处默松了口气，才想起来似的，看向燕儿："不对，我惩罚了叶秋朗，还没惩罚你呢。营里正缺一个浆洗做杂事的妇人，你就给我的士兵们浆洗衣物，照顾病患，算是将功折罪吧。"

燕儿喜出望外："多谢将军！我这就去照顾病患。多谢将军！"

程处默不再说话，转身就走。叶秋朗比他幸运，遇到的是真心相待的女子。可他，遇到的是冷情冷血、比柳絮还轻浮的傅柔，纵然为她放弃所有，也换不到她洗手做羹汤，死心塌地！

黎明前的最暗时分，汉王府的喜房亮起了明灯，犹如白昼。汉王站在榻旁，面色铁青，死死盯着榻上那片白绢，仿佛如此，白绢就会变色一样。

侯盈盈抓着喜被，坐如泥塑。绢上没有落红，她已知会有什么后果，并未抱有侥幸心理，也没有想过要动手脚来骗他。

"说，是谁？"汉王终于爆发。

侯盈盈当然不会说。

汉王一巴掌扇来："那个奸夫到底是谁？"不等她反应，抓着她的头发拽下榻，"残花败柳之身，也敢觊觎我汉王妃位？你们侯家把我当成了傻子！"

侯盈盈终于开口："我父兄并不知情，殿下不要迁怒他人。"

她的话却只让他怒火中烧，拿起腰带一通猛打："你的处子之身给了谁？你说！你说！你说不说？"

侯盈盈掉过头去，既不躲，也不挣扎，任那腰带一次次抽打在身上，疼痛渐渐麻木，只是一声也不吭。

汉王打到手酸乏力，恨恨把腰带一扔，砸了喜房所有能砸的东西，抬脚踹门，走了出去。

第二日，汉王带侯盈盈入宫，拜见皇帝皇后。想他经手多少美人，正妃居然不是处子，这份羞辱前所未有，恨不得手刃了她。然而父王已去，错虽在侯盈盈那个贱人，可她毕竟是正妃，又是国公之女，皇兄下旨赐的婚，他要闹大了，谁的面子都挂不住。更何况，父王临终前曾那么欣慰，他不能让父王也遭到羞辱。所以，他决定，在人前装作一对夫妻。

拜礼之后，汉王话不多，侯盈盈很沉静，帝后皆未觉得不妥，还以为一个是成家立业了，终于沉稳；一个是新嫁娘，有些害羞。

长孙皇后送了一尊送子观音给侯盈盈："汉王妃，这送子观音是我当年嫁入秦王府时太上皇所赐。你如今嫁入汉王府，太上皇在天之灵必然欣慰。今天我就把这送子观音转赠给你，愿你夫妻琴瑟和鸣，早生贵子。"

侯盈盈看着送子观音发呆，也不伸手接。

长孙微微诧异："汉王妃！"

汉王无声磨牙，随后笑道："父皇在天之灵，皇嫂一片苦心，我皆不会辜负。"一拽侯盈盈的袖子，低声掩盖了情绪："还不快接过来！"

侯盈盈一颤，才伸手接过。

一瞬间，傅柔瞧见侯盈盈手腕上方的瘀青，蹙了眉。虽说汉王生性乖戾，但和侯君集父子向来交好，何至于新婚就对侯盈盈下狠手。

长孙皇后完全没留意，只是笑得欣慰："陛下你看，成了亲就是不同。汉王一夜之间，就老成稳重多了。汉王妃也不是头一次入宫，今天也特别害羞矜持。可是，汉王一开口，她就乖巧地听了。这不就是夫唱妇随吗？"

皇帝笑道："知道汉王妃害羞矜持，皇后你就别笑话她了。"

汉王干笑，随便闲聊了一会儿，便向帝后告退了。

汉王见四下无人，才冷了脸："要不是因为这婚事用了父皇的名义，不能让父皇之名被羞辱，我昨晚就会杀了你。以后，你在外面是汉王王妃，回到汉王府，就只是一个连宫婢也不如的贱人。"

侯盈盈看汉王拂袖而去，也不在意，独自慢吞吞走着。

"汉王妃，"傅柔快步赶来，"适才瞧你脸色不好，是不是汉王他……"

侯盈盈垂眼打断："出嫁事多，免不了劳累。"

傅柔压低声音："那天在大苍山，你把我放走了，严子方他对你……"

"傅司言！"侯盈盈的眼神陡然凌厉，"见到王妃，你应该行礼，没我吩咐，谁给你的胆子开口说话？"

傅柔静望侯盈盈一眼，屈膝行礼："王妃娘娘。"

侯盈盈却没再说一个字，从傅柔身旁走了过去。

傅柔起身抬头，只觉那道背影羸弱无比，好似秋风中的落叶，经受摧残。然而，寥寥数次的接触，她知道，那是个很坚韧的女子，敢爱敢恨，心有智慧，无论眼前的路多坎坷，一定能平安撑过去。

三日后，侯盈盈回门，汉王自是不愿陪同，她也无所谓。面对父兄的殷殷关切，只说一切都好，绝口不提自己被汉王虐打。傍晚回到汉王府，也无人迎接。王侯之家的仆从们向来会看主人眼色，这三日听汉王对她大呼小叫，稍不如意就动上手，谁能当她正经女主人？

经过花厅，听丝竹笙箫，隐约可见汉王和他宠爱的如姬饮酒作乐，侯盈盈面不改色，继续向前走，一直走到王府最冷僻的角落。她的住所已经换到这里，一间结了蛛网的亭子，一间荒了已久的屋子，一张床，一张桌，所有日常物品加起来，大概不过一篓筐。

侯盈盈换了衣物，进了凉亭，自己动手，生火，热炉，烹茶。王府的司徒妈妈却带着两名侍女走进院子，昂着头，眼睛盯着鼻尖，鄙睨她。

"汉王殿下说了，王妃从娘家回来，首饰、衣裳都要收好。"

侯盈盈朝屋子的方向一指，翻书喝茶。

司徒妈妈进屋一看，首饰、衣裳早就放在了托盘里，她让侍女拿了，走出来，神情仍是轻蔑。

"娘娘识时务，那是最好不过。对了，殿下还等着娘娘伺候呢，哪儿能喝茶、读书这么悠闲？"

侯盈盈叹口气，片刻消停都没有，重新来到刚刚经过的花厅。

乐声停了，笑声未歇，如姬坐在汉王腿上，以嘴哺食，婀娜妖媚，旖旎风情。

汉王瞥侯盈盈一眼，不安分的手将如姬的腰搂得更紧："像木头一样，还要我一个字一个字说？快斟酒。"

侯盈盈对眼前的暧昧视而不见，上前斟酒。

汉王拿起酒杯一抿，忽然推开如姬，将杯子往侯盈盈身上一扔，同时起身把她踹倒在地："竟敢拿冷酒给我喝，毒妇！"

侯盈盈狼狈爬起，语气清冷："上次殿下喝酒，说不喜欢喝温过的。"无论她怎么做，都是错的，因为他深深厌恶她。

"还敢顶嘴！"汉王随手拿起鞭子，抽打她身上。他不会伤她的脸，但会让她遍体鳞伤。

如姬都看不下去了，劝道："殿下息怒，要是把王妃娘娘打伤了……"

汉王朝侯盈盈啐一口唾沫："呸！我没看见什么王妃，只看见一个不要脸的贱人！"

侯盈盈默默忍受鞭打。

她越如此，汉王心火越旺，手下不停，直至那身布衣被鞭子抽烂，映出道道血痕，才罢了手。

他咆哮："还不滚下去！明日我要去东宫赴宴，到时会问问侯杰，他若知你的丑事，我就整死你们一家子！"

"一人做事一人当，我父兄并不知情。若是真知情，岂容我嫁入汉王府？哪怕我只想完成当日对汉王之诺，报答你对我父兄的相助之情。"她面无表情说完了，蜷抱着双臂，蹒跚而去。

汉王怔忡，她真有报恩之心吗？

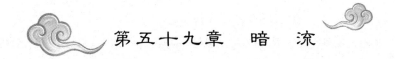

第五十九章　暗　流

杨妃午后小憩醒来，玉合送入一封信。

杨妃读完，淡然说道："齐王因为憎恨权万纪管束太过严厉，和人商量要杀了权万纪，却被权万纪知道了，权万纪抓了教唆齐王的人，但帮齐王隐瞒，没告诉皇上。"

玉合道："权太傅性子刚烈，心肠倒有点软。"

"他是个良师，否则恪儿怎会那么敬重他？"杨妃笑了笑，"齐王得权万纪辅佐，是齐王的福气，我与阴妃交情还算不错，更不能拿她儿子的短处，望齐王好自为之。"她将信交给玉合。

内侍传报，阴妃来访。玉合听了皱皱眉，杨妃正好瞧见。

这时，阴妃走入，笑容满面。

杨妃也笑："妹妹今天怎么有空来瞧我？"

"我表哥王作忠到长安述职，蒙皇上恩泽，允他进宫，见了我一面。"阴妃从随侍的宫女那儿拿来一个礼盒，"从前还有齐王来陪我说说话，解解闷，自从他去了藩地，我那里就冷清多了。难得能见到娘家来人，自是高兴。表哥带了几篓杏干给我，姐姐是见惯好东西的，不在乎这个，但到底也是远方带来的风味，所以拿了一些来，给你尝个新鲜。"

"这种难得的东西，应该先敬奉皇后娘娘呀。"杨妃不接。

"已经给皇后娘娘送去双份了，这一份是给姐姐的。"阴妃表态。

"多谢。"杨妃这才点头示意。

玉合上前，收下杏干。

阴妃看了玉合两眼。

"怎么了？"杨妃问。

阴妃道："我表哥进宫时和玉总管照了一面，觉得玉总管像他从前一个熟人。我从来没觉得，可听他一说，如今再瞧玉总管，是有点脸熟。"

杨妃脸色微变，随即一笑："妹妹真会说笑，他天天在后宫走动，你见得多了，当然脸熟。要是不脸熟，那才奇怪。"

阴妃想了想："也是。"

杨妃捏杏干放进嘴里，直说好甜。

阴妃坐了一会儿就告辞了。待她一走，杨妃就敛了笑意。

玉合忧心："娘娘，阴妃恐怕看出奴婢的来历了。"

"未必。她能在我面前说那话，应该还没想起来。"杨妃眼中闪过寒芒，"不过这种事，一旦心中存疑，就是祸患。刚才我交给你的信呢？"

玉合递上。

杨妃把信掂量着，半晌之后，冷声道："去，找个御史，让他把齐王干的好事告诉陛下。"

母能凭子而贵，也能为儿所累，齐王倒了，阴妃难活。

齐王反了！

御史参了他一本，告他和属臣密谋暗杀权万纪，虽然被权万纪及时识破，皇帝仍然震怒，立刻下旨命齐王和权万纪来长安，解释经过。齐王接到旨意，原来想要装病不去，没想到权万纪以为他真病，就先出发了。齐王认为权万纪是要赶在他之前到长安告状，追上权万纪，把人杀了，同时心知皇帝不会饶他，一不做，二不休，起兵造反。

吴王悲愤之下，请求出兵平叛。太子照样唱反调，提议侯杰领兵。皇帝一时犹豫不决，让众人明日早朝再议。

吴王下朝之后，就开始喝闷酒，连杨妃的劝都听不进耳。权万纪对他而言，亦师亦父，是他身边，除了生养他的父母，最为亲近的人。

"来人，上酒。"酒壶酒坛都空了，日光变成了月光，吴王仍然唤酒。

有人拿了一壶酒来，为他斟酒。他感觉到熟悉的香气，抬眼一看，来的是傅柔。

"母妃已经派过好几次人来，劝我不要多喝，你就不要再劝了，让我今夜喝个大醉吧。"一醉解千愁。

"下官不是来劝殿下，而是来陪殿下一醉的。"傅柔坐下，给自己倒了一杯酒，一口气饮尽，"虽然没有行拜师之礼，但那一夜长谈受教，傅柔心中，已把权太傅视为老师。女子善怀，亦各有行。从前很多的迷惘，被太傅一言点破，豁然开朗。本想着以后若有机会，还要向太傅请教，没想到……"

她再斟酒，举杯对月，把酒洒在地上："敬太傅在天之灵。"

吴王随她一同，洒酒敬魂，随后又自己喝上了："那晚我们一块儿喝酒，太傅大醉，离开时还在唱曹植的《白马篇》。"捐躯赴国难，视死忽如归……"不祥之音，竟似预示今日的结果。早知如此，我就算与太子翻脸，也会想尽办法，留下太傅。"

傅柔摇头："殿下，这不是不祥之音，而是太傅的心声。"

吴王顿悟："为国而生，为国而亡。"

"他是这样教导殿下的，也是这样做的，这才是真正的师者。"因此，也让她钦佩万分。

"我却是懦弱的学生！"吴王激动，"想杀到齐州，为太傅报仇雪恨，奈何太子忌惮，父皇也不允。"

傅柔冷静："陛下自有考量，不管是谁领兵，都会还太傅一个公道。"

"我信不过侯杰，更信不过太子。若不是太子处处针对我，太傅根本不会调到齐王那里，更不会死在齐王手里。太子和齐王一向有书信来往，侯杰又是只知逢迎太子的小人，如果由侯杰领兵，不过为太子跑腿，岂会在意太傅之死？明天早朝，我要再次向父皇争取。就算我不能挂帅，也要找一个能为太傅报仇的人。"

傅柔沉吟片刻："下官斗胆，为殿下推荐一人。"

吴王问："谁？"

"程处默。"她心里，从来只有一个人选。

吴王拍桌而起，居高临下，冷凝着她："你让我失望了。"

傅柔静静看着他。

"你不是来陪我一醉的吗？你不是来怀念你心目中的老师的吗？傅柔，任何时候你都可以利用我，来帮助你的情郎，唯独不能是今晚！"

"程处默已经与我形同陌路。"她惦念着那个人，心意始终如一，却也很清楚他的离开意味着放开了她的手，那么她不强求。

"那你为什么还提他？"他不相信。

"因为，他是我所认识的人里面最会打仗的。"她私心并不想让程处默上战场，然而事实就是事实，"殿下可还记得，程处默随侯君集征战，一路荡平，却被侯君集领了功。侯君集派他去死亡之地，设计陷害他，都以为他绝不可能生还，但他回来了，还揭发了侯君集搜刮百姓财物的真相。而我，也亲眼见过他与海盗打仗，穷追不舍，不到胜利绝不放弃。他就是那样一个人，一旦背负了责任，就会承担到底。"

经傅柔一提，吴王想起来了，至少程处默也讨厌侯君集父子俩。

傅柔又道："程处默或许有很多缺点，但在最关键的时候，他绝不会让人失望。"

魏王下朝了，绘声绘色给魏王妃讲述今日早朝上的情形。

"……朝堂是吵得天翻地覆啊。吴王坚持要亲自领兵，给权万纪报仇。太子是坚持不让吴王领兵，说吴王上战场太危险，他担心弟弟。吴王一看没戏了，转而要求让程处默出征。可是太子说侯杰才是最好的人选……"

魏王妃打断："你简单点啊，别说太子吴王了，父皇是什么个意思？到底我们处默要不要出征？"

魏王重重点头："要。"

魏王妃等着下文。

魏王和她眼对眼，笑嘻嘻。

魏王妃没好气："这就没了？"

"王妃不是要我简单点吗？"恭敬不如从命。

魏王妃做个扭耳朵的动作："还不快说！"

魏王赶紧说道："太子和吴王争得是寸步不让，连父皇也大为头疼。后来父皇决定，侯杰和程处默两个都派出去征讨齐王。"

魏王妃一怔："两个？谁做主帅？"

"一个东路，一个西路。"魏王也知道她担心什么，"王妃放心，这次侯杰没有压过程处默。不过，程处默也没有压过侯杰。他们两个是一样的，平起平坐。"

魏王妃还是想不通："哪有没有主帅的军队？"

"打仗哪能没有主帅呢？父皇说了，派程处默和侯杰两个能打仗的将军去，然后再派一个德高望重的人为主帅，管着东西两路，统筹全局。"

"这么重要的事，你怎么拖拖拉拉还不说？"魏王妃催促，"父皇到底派谁统筹全局？"

魏王笑中脸色又有些脸色暗沉："太子举荐我，父皇已经下旨了。"

魏王妃不可置信："你刚刚说，太子坚持不让吴王出征，是因为吴王上战场太危险，太子担心弟弟？"

魏王没深想："对呀。"

魏王妃又气又怒："你才是他一母同胞的亲弟弟，他为什么不担心你啊？你要是少了一根头发，我和东宫拼命！"

本来只是太子妃跟她不对付，最近太子又疏远魏王，她觉得疏远也不错，东宫就是个马蜂窝，动不动就捅出麻烦来。谁知太子没下限，口头保护了同父异母的弟弟，却把同胞兄弟往战场上推，没搞错吧？

傅柔奉魏王妃传唤，来到魏王府。魏王刚刚出发，魏王妃情绪不高，眼圈微红，似哭过了。

傅柔在魏王府那段日子，知道魏王打心眼里疼爱魏王妃，魏王妃表面凶悍，实则心思细腻，对魏王也是爱护周全，夫妻感情好得令她羡慕。

她行了一礼："不知娘娘传唤，有何吩咐？"

魏王妃从主座走下，携起傅柔的手："不要这么见外。一阵子不见，你又清减了，都是处默那不懂事的，让你伤心了。"

"娘娘，今非昔比，请不要再把程处默将军和下官放在一起说了。"

"口是心非。不要放在一起说，你又为什么请吴王在皇上面前推荐处默？"魏王妃一双明眼。

傅柔微愣："娘娘怎么知道是我？"

"吴王从来看处默不顺眼，居然会推荐处默领军，总得有原因吧。除了你，我想不到别人。"

傅柔想开口。

魏王妃一抬手："算我承你一个人情。这回齐王反叛，本不干我们的事，没想到却让我们看清楚了一个人。"

傅柔心中有数："太子吗？"

想到太子，魏王妃的怒火就难息："魏王善文不善武，满朝皆知，他就是个书呆子，给书做注，撰写什么《括地志》，那才是他的老本行。就为了自己争权，把一个根本不会武事的魏王举荐为平叛主帅，简直就是猪油蒙了心。万一有个闪失怎么办？这可是他亲弟弟！我倒要看看，太子做出这种事，怎么面对母后！"

傅柔力劝："娘娘若是要去见皇后娘娘，万万不可。自从大苍山事后，皇后娘娘的病情再三反复，太医叮嘱不能再伤神，更不能动怒。"

魏王妃叹："这么大的事，我不说，母后就不知道吗？"

长孙皇后比谁都在乎太子，正因如此，她认为太子最可依靠的，只有亲兄弟。晋王还小，魏王和太子年龄差得不多，魏王就该是太子的左膀右臂。谁知，兄弟俩渐行渐远。

傅柔略迟疑："太子殿下可能心有余悸吧，毕竟刚经历洪义德一事……"

魏王妃挑眉："所以呢？因为他受了委屈，就连亲兄弟都忌惮了，反而任侯君集父子那样的小人在他眼前蹦跶？"

傅柔张了张口，却没再说话。太子也好，魏王也好，她其实不该议论，尽管感觉宫廷有一股汹涌的暗流，说得自私些，她也只能独善其身。

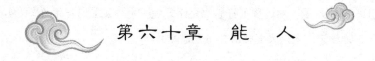

第六十章　能　人

严子方到美人坊想找马海妞问点儿事，看到店铺前面排起长龙，吓了一跳，想不到马海妞和怜燕儿的小打小闹变成这么大的阵仗。

马海妞一看到严子方，连忙将手里的客人交给伙计，拉着他到对面茶馆说话。一坐进茶馆，老板热情招呼，还安排功夫最好的茶博士来点茶，显然马海妞是常客。

"你不喜欢程处默了？"在严子方看来，马海妞又是弄买卖，又对茶博士挤眉弄眼，完全没事人的样子。

"喜欢啊。"说得那么随意，马海妞自己都愣了一下，但笑开了，"他归他，我归我嘛。老大找我什么事？"

"听阿虎说，你近来常常出入那些高门贵府，可知太子和魏王之间的事？"这次太子举荐魏王挂帅，明眼人都瞧出这可不是为兄弟好。

"东宫和魏王府之间的关系，可没外面看起来的那样和睦。太子举荐了魏王做主帅，魏王妃气坏了，埋怨了几句。没想到这些埋怨的话，传到了东宫耳朵里，让太子妃给知道了。家宴上，太子妃仗着自己生了一个儿子，对魏王妃冷嘲热讽，魏王妃也不是好惹的，当即就还了两句。"果然，马海妞知道得详细。

严子方淡问："吵起来了？"

"哪能呢？"马海妞瘪瘪嘴，"皇后咳嗽一声，两个立即就消停了。"

严子方点头："有皇后在，大局还是稳的。皇后病情如何？"

马海妞答得顺溜："勉强撑着。"

严子方抬眉："你的情报可靠？"

"太医院何医正最宠爱的小妾说的。我给她做了一条玛瑙孔雀纹长链，只收她一半的价钱，她现在和我，可是知无不言的好姐妹。如今长安城高门大族的夫人小姐们，都是我们美人坊的忠实客人，有什么瞒得了我呀？"

"那汉王府呢？"这才是严子方光顾的真正原因。

"正要和老大说，汉王府的重大秘密。"马海妞压低声音，"汉王妃很不得宠。"

严子方不以为然："这算什么重大秘密？对汉王那种见一个爱一个的男人来说，妻子不得他的宠爱很正常。"

马海妞竖起食指，摇了又摇："汉王把汉王妃视为贱婢，照着一日三顿，蹂躏鞭打。"

严子方双眸凛冽："什么？"

"汉王严禁府里的人往外说这事，凡有泄露者，一概杖杀。越是秘密，我越好奇啊，就用了不少漂亮的珠宝贿赂，才哄到汉王府的一个宫女说了内情。别看汉王妃外面这么风光，其实她在汉王府里，被打得可惨呢。身上伤痕一道一道一道的，吃穿连最低贱的奴婢都不如。"马海妞才咧开嘴，想起学的礼仪来，抬袖遮笑，"嘿，一想到侯君集的女儿这么倒霉，真是大快人心。这不就是报应吗？哈——呵呵呵！"

她笑了一会儿，发现坐在对面的老大浑身散发寒气，讪讪收了笑声："老大，你怎么了？"

"汉王为什么要这样对待他的王妃？"会是他的错吗？

"她偷人啊。"想不到啊，一个国公的千金，竟然做出这种事。

"偷什么人？"是他的错！

"野男人。"马海妞耸耸肩,"那宫女和我说,汉王和她圆房,发现她不是清白之身,当场就气得打了她一顿。汉王打她的时候,那宫女正好就守在门外,听得清清楚楚。汉王问那奸夫是谁,她就是咬牙不说。汉王把她打得半死也没问出来。将军你说,侯君集女儿的奸夫,会是谁呢?"

严子方忽然高声:"我怎么知道?"

马海妞没在意:"能把一个国公千金的清白之身给骗走,还能让她心甘情愿为自己保密,这奸夫真不简单,我看这奸夫啊……"

严子方起身:"够了!满口奸夫、奸夫的,你一个没出嫁的女孩子,怎么口无遮拦?"从袖中掏出一个荷包,丢给马海妞,"给你。"

马海妞打开一看,金光灿灿:"哇!老大,你太客气了,我们自己人嘛,你朝我吼两句,就送我这么多上等珍珠赔罪,我怎么好意思?"

"谁说给你的?"那个美人坊,他还凑了一分子呢,给她钱干什么?"你美人坊不是最会做首饰吗?你帮我做一件珍珠衣,要用上等珍珠。"

"这点钱不够。"在商言商。

"我会给你凑够。"严子方又吩咐,"汉王府的事,继续打听。"

就如傅柔所说,侯盈盈是无辜的,而那晚,无论他醉得多厉害,把她当成了谁,都对她铸成了大错,他不能看她受折磨,至少不能因他而起。

齐州城外,讨伐齐王的大营犹如一朵朵白蘑菇,十分齐整。只是这齐整的景象之下,人心不齐,尤其两位主将。程处默和侯杰这两位,事事都吵,句句都顶,夹在中间的魏王恨不得直接阵亡。

这不,正商量着怎么攻打齐州城。

侯杰指着沙盘:"这里,这里,还有这里,三处都要布置兵马,截住齐王属地的援军。"

程处默非要抓他错处:"漏了这里。"

侯杰一愣,发现程处默说得对,只得摸摸鼻子:"魏王殿下,这里也要派两千人。"

"行。"魏王觉得这里就自己最好说话,"那齐州城怎么办?"

程处默自告奋勇:"我负责齐州城。"

侯杰必须对着干:"程处默,仗还没有打,就急着抢功啊?"

程处默必须争一争:"实事求是,攻城战我比你厉害。"

侯杰嗤声:"不就打了个九柱城吗?这么嚣张,不知道的,还以为你打下了长安呢。"

程处默假笑："你想怎么样？"

侯杰冷笑："起码两路共进。"

程处默了悟："原来想抢功劳的是你啊！"

侯杰不甘示弱："东西路夹击，这是皇上的意思。怎么，你想抗旨？"

"是的，是的，我们还是要听皇上的。那就东西路夹击。"魏王指着沙盘，依葫芦画瓢，"这样吧，侯杰，你负责东路，处默，你负责西路，各带五千人马，东西两路，合击齐王叛军。这样总行了吧？"

程处默和侯杰难得露出相同的表情，无语地看着魏王。

"怎么？还不满意？"魏王自认很公平。

"姐夫……"程处默无奈，"你指错方向了。"

"哦，这沙盘凹凸起伏，果然容易弄混，我平日看书上的图，还是看得很明白的。"魏王赶紧指一遍，"侯杰负责东路，处默负责西路。"他偷瞄程处默脸色。

程处默干笑，这回点点头。

等侯杰一走，魏王拉住程处默："外人走了，该咱俩说说悄悄话了。"

程处默问："什么话？"

"两件要紧事。第一件，"魏王拿出一封厚厚的信给程处默，"你姐给你的家书。"

程处默抽出信纸，飞快翻阅，然后把信收好。

魏王道："这么多张纸，你这就看完了？"

程处默叹口气："来来回回，翻来覆去，就只写了一件事。姐夫，你要是不能全须全尾地回去，姐姐就找我算账。"

魏王嘿嘿笑两声："那是，你姐姐最心疼我。"

程处默哆嗦一下："老夫老妻的，还这么肉麻？"

"男女相悦，乃是天下至理，你以后娶妻就知道了。处默啊，这次打完仗就回长安吧，总不能为了一个女人就心灰意冷，远走边城。你看你，又黑又瘦，哪里还像当年那个……"

程处默打断："不是有两件事吗？第二件呢？"

"哦，第二件，"魏王云淡风轻，"我母后再三叮嘱，务必活捉齐王。"

程处默呆了半晌，喊道："这么重要的事，你现在才说？"

魏王觉得他大惊小怪："现在说也不迟嘛，反正大军还没有进攻。"

程处默哭笑不得："到底是谁出的馊主意，让姐夫你来当主帅啊？生死不论和活捉，那完全是两回事，军事部署都要重新考虑。"

不过，程处默稍加思索，就知道皇后为什么叮嘱活捉齐王。这次魏王领军，齐王若死，即便罪有应得，魏王还是会背负杀了弟弟的恶名。

魏王见他沉思，等了一会儿才问："处默，这活抓，是不是比较难啊？"

程处默横姐夫一眼，这位绝对是心宽才体胖的！

傅柔奉皇后旨意，来探望阴妃。齐王造反，皇帝震怒，阴妃因此受到牵连，已被软禁。阴妃倒也有志气，儿子有罪，她也不活，已经绝食数日。

看守阴妃的，正是杨柏，虽然曹公公吩咐不得探视，还是让傅柔进去了。

冷窗凉地，昔日光明的宫殿，如今无比幽暗。她绕过百花的屏风，还记得当初阴妃曾嘱咐，精绣其中一簇兰，就猜测阴妃最爱的是兰花，只是这宫廷里皇后一枝独秀，杨妃又得圣眷，阴妃岂敢张扬！

这时，阴妃跪在那儿，头未梳，衣从简，意气风发的贵妇，得失全凭夫君和儿子，朝夕可颠覆，可怜她战战兢兢，仍是防不胜防，这回只怕难以终老。

"阴妃娘娘，"傅柔看见桌上未曾动过的饭菜，"您吃点东西吧。"

阴妃不看傅柔一眼："我只有一子，佑儿小时候多可爱，粉粉嫩嫩，娇憨乖巧，记得他第一次骑马，我怕极了，唯恐他从马上摔下来。他坐在马上，我的心就是悬着的，直到他两脚落了地，我一颗心才落下来。如今，陛下派出大军要杀他，他再回不了长安，回不到本宫眼前。我们母子，以后只能在梦里相见了。"

"下官不知这场仗打完后，齐王要怎样为他做下的事负责，皇上会怎么处置他，但下官知道，娘娘还有机会再见到齐王。娘娘如果不吃东西，倒下了，等齐王到了长安，又与谁相见呢？"

阴妃陡然抬起头："你说……他能活着回到长安？"

"会。"傅柔肯定，"我听见皇后娘娘叮嘱魏王，征讨齐州，不能伤害齐王，务必留他性命。"

"你说的是真的？"阴妃一喜即敛，神色又变得担忧，"兵凶战危，佑儿又是个脾气倔强的，就算魏王受皇后嘱托，他也未必能做到，毕竟刀枪无眼。"

"魏王一定能做到。"傅柔又给一颗定心丸。

"你凭什么这么肯定？"阴妃需要双份定心丸。

"因为魏王身边，有能人。"她对程处默的信心绝无私心。

"能人"程处默，快要把魏王的脑袋给炸了。

虽说这是他的第一次挂帅，可能也会是最后一次。不是他阵亡，而是给程处默这个不怕死的当垫背。他要是抱着这位小舅子的骨灰盒子回长安，肯定被他王妃追杀。他是不会打仗，看个沙盘都能搞错方向，但他读书多啊，兵法也涉猎不少，就没见过程处默这么打仗的。

程处默带了一支百来人的小分队去巡逻，结果碰上人家齐王的数千援兵。好家伙，不但不跑，还直接动手，采用了个什么一字长蛇阵，来了个以少胜多，却把剩下的援兵往齐州城的方向赶。他那队人，包括他在内，个个带着一身血回营，把魏王吓得神魂出窍。

这日，就要攻打齐州城了。

程处默花样百出。先是一支巨箭干掉了向齐王进谗除去权太傅的奸佞小人，让齐王慌了手脚，不管不顾射了八轮箭，用光了武器库的存量，却不知程处默算好射程，根本射不着。然后第二支巨箭，给齐王一封信，好心告知那些逃进齐州城的援兵里有他的人马，还有另一个奸臣倒卖粮仓里的粮，很快城里人就会饿肚子，但他愿意接受投降，保证以礼相待，绝不杀伤。他又算好齐王刚愎自用，胆小怯懦，又全无脑子的性格，连哄带骗，再加离间计，弄得齐州城里乱了套，还真有人出城投降，帮他把城门打开了，他这方没有一个伤亡。

与此同时，侯杰攻打西门，就没那么多花花肠子，正面直攻。守城容易攻城难，他杀得流血流汗，才刚刚到西城门前，还被齐王兵马围了三圈。

跟着侯杰杀红了眼的，还有傅涛。他是人在曹营心在汉，一只耳朵在西门，一只耳朵在东门，总觉得喊杀声都在他们这边。他见过程处默的本事，不知他师父这回又有什么高招，只恨自己不能一起过瘾。

傅涛分了心，敌人却拼命，挑飞了他的剑，眼看就要给他扎一透心凉，对方的胸口被一剑刺穿。他只是万万没想到，救了自己的人竟然是侯杰。

侯杰将傅涛的剑递给他："战场上，兵器就是你的命，别再弄丢。"

傅涛心情复杂地盯着侯杰转回去杀敌的背影，攒紧手里的剑。只要一剑，就能立刻报仇雪恨。

他大吼一声："杀！"

侯杰听得有点心惊，转头一看，见傅涛一剑刺了过来。剑气逼人，杀气慑人，不待他眨眼，一道寒光擦过身侧，刺进偷偷来袭的敌人要害。他才救了傅涛，傅涛就救了他。

侯杰一笑："好兄弟，谢了。"

忽然，敌方号角响起，敌军纷纷后撤。侯杰和傅涛正觉奇怪，传讯兵来报，城门开了。

侯杰看一眼不远处闭得紧紧的西门："没开啊。"

传讯兵挺兴奋："不是西门！是东门！东门开了！"

侯杰心火蹿起："程处默居然比我攻得还快？"

"程将军压根就没发动进攻，城里有人叛变，开了城门，就让他进去了。"

侯杰心火更旺："岂有此理！我们在这里打得要死要活，牵制齐王主力，倒是让他捡了现成便宜。"全然不认为，自己才是捡了便宜的那一个。

傅涛暗叹，不愧是用兵如神的师父啊。

侯杰忽然压低了声："西涛，等会儿进了齐王府，你独自行动，给我去齐王书房和寝殿仔细搜，但凡看见太子给齐王的书信，一律收了，都交给我。"

傅涛眼观鼻，鼻观心，似乖乖听命。

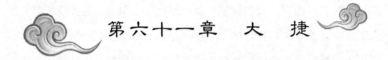

第六十一章　大　捷

程处默带人直闯齐王府，一进门就见前庭搭了一个高台，堆着高高的柴垛，齐王手持火把站在柴垛前，齐王仅剩的死士们把高台围得犹如铁箍。高台下，齐王的姬妾、内侍、佞臣，横尸倒地，皆是服毒，情愿或不情愿，都只有一个下场。

"齐王殿下，这是干什么？"程处默心里已经有数。

齐王已然绝望，神情疯狂："本王性喜英豪，射虎擒狼，不在话下，就算要死，也必须死得轰轰烈烈。"

"为什么？"程处默沉静。

"谋反是不赦之罪，就算回到长安，本王也只有死路一条。反正都是死，还不如本王自己了结，痛快干净！"

"齐王殿下且慢，我还有话说。"姐夫叮叮念，一直在他脑子里盘旋，要活捉啊。

齐王也知道自己已经在他手里吃亏："本王知道你狡诈过人，休想哄得本王下这高台！告诉你，不但这高台柴堆，就连本王身上，也浇了火油，死志绝不更改！"

"我什么时候说要更改你的死志了？你说得对，谋反是不赦之罪，就算我现在骗你，说你被抓到长安，还能活命，你也不会信。"程处默回头要了个火把，从怀里掏出一封信，"来齐州之前，阴妃娘娘托我给殿下捎封信，我一时心软答应了。"

程处默身后的副将范英才和卫兵叶秋朗，清楚地看见信封上写着"处默弟亲启"，互看一眼，面面相觑。

齐王哪能留意到这两人交换眼色："母妃给我的信？"

程处默轻摇火把，把信烧去。

齐王大怒："你居然敢烧毁母妃给我的信？"

"烧了就烧了，何必激动？反正你们母子很快就要黄泉相聚，到时候碰了头，在地府里有的是说话的工夫。"就看这人还有没有一点孝心。

齐王一怔，随即大喊："不，我有罪，母妃无罪！"

"阴妃无罪？怎么可能？整个长安城都知道，阴妃参与了齐王的谋反。有阴妃的娘家做靠山，为齐王沟通联络，齐王才有那么大的胆子，杀权万纪，悍然起兵。"这段就是胡诌。

"不！不！我起兵，和母妃，还有舅家毫无干系！"齐王手里火把乱颤。

"齐王殿下，别激动，火把拿稳一点，不小心把自己给烧了，就变成死无对证了。"

齐王喃喃："死无对证？"

"如今除了你，还有谁能向皇上说明这次谋逆的全部经过呢？如果你向皇上清楚说明来龙去脉，皇上英明，自然能判断出阴妃究竟有没有参与。不过没用啊，你死志已决，绝无更改。"

齐王长叹痛哭，终于走下高台，情愿受绑。

这时，侯杰才从门外走入，对傅涛微微颔首，傅涛独自拐入园廊。

程处默假意不察，语气讥嘲："侯将军来得真是时候啊，棘手的事都让我一人干完了，你来捡现成的。"

侯杰讥嘲回去："要不是我的人马在西门浴血奋战，你能这么轻松杀进城？"看一眼灰心丧气的齐王："以为齐王敢造反，定是有所觉悟，想不到还是贪生怕死。"

程处默知道，太子这次举荐魏王，其目的也几乎摆在明面上，见不得魏王在皇帝面前得宠，有意给对方扣一个弑杀兄弟的恶名。侯杰显然选了太子一边站，当然希望齐王死。

程处默也懒得说透，但看那些尸身，忽问："侍卫长纥干承基呢？"

他打仗可不是蒙着眼乱来一通，敌方主力和干将早调查得清清楚楚。更何况，纥干承基原是太子的人。

程处默找人来问，得知纥干承基率三千精兵去了豆子冈，可是他一想就不可能，所有通往豆子冈的路都被截断了。

侯杰也奇怪了："三千精兵，没去豆子冈，那去哪儿了？"

程处默忽然哎呀一声，大步往外走："糟了，魏王！"

他和侯杰两路尽出，大本营这时空虚，纥干承基要袭击魏王！

长安郊外，红叶卷起绚烂秋色。比红叶更绚烂的，是各色华丽的帐篷，仿佛在山野开出百花。

原来帝后出来秋游，只因长孙皇后精神稍好，皇帝想带她散散心，还邀请了高官携家眷，以天然的溪流做分割，男女各游半片山。

魏王妃虽在邀请之列，却刻意远离了长孙皇后那边，实在不想看到太子妃那张扬扬得意的脸。太子妃生了儿子，太子又在经历了洪义德一案后，人前人后对她呵护备至，她总算是熬出头了。但魏王妃最不喜欢她的地方，在于她明里暗里给魏王府使绊子，自私到全然不顾亲兄弟亲妯娌的感情，目光短浅。

旁边的帐篷里，几名贵妃在说汉王妃，却不知侯盈盈和魏王妃一个帐篷，声量不小。说汉王妃整日不苟言笑，又不会奉承，脾气很古怪，和谁都不打交道，不过一个国公之女，嫁了王爷之后，就眼高于顶。

魏王妃听得清楚，却见侯盈盈面不改色，心中倒是道了声好。处在这个位置，就得宠辱不惊，不用太在意别人说什么。

不一会儿，侯盈盈起身。

魏王妃问："汉王妃去哪儿？"

侯盈盈神色冷清："坐着有些闷，我去附近走走。"

魏王妃点头："也好，不过记得下一个是草坪杂戏，皇后娘娘也许会唤我们过去。"

侯盈盈答应一声，走了出去。

溪水清澈见底，侯盈盈蹲在水边，看逆流向上的小鱼奋力游着。她只想顺水漂走，漂出长安，漂出广州，漂入汪洋。

她不怨任何人，包括汉王在内。但若她能选择，当初不会听阿爷的话，选什么太子妃。至少，日子可以平静一些。

水里划过鹰影，侯盈盈一回头，发现严子方站在身后。

她立刻起身，冷声质问："迎秋日欢庆，帘幕为界，男女分隔，你敢越界？"

严子方一勾嘴角："我就是个喜欢越界的男人，还以为你知道。"

"我只知道，你是个懦弱的男人。"她说着话要走。

"听说汉王对你不好？"他问。

"是。"她脚步一顿，诚实作答。

"要我帮忙吗？"他再问。

"要呀。"她仍干脆。

"怎么帮？"他必尽力。

"放下一切，带我离开，就算颠沛流离，沦落街头，就算被汉王的人追杀到天涯海角，粉身碎骨，也在所不惜。"她忽然一笑。

"……做不到。"明知他不会那么做，但她为什么笑？

"那就挥刀自宫，为了我从此不近女色，断子绝孙。这样，至少我心里得到一些安慰。"她笑得更深。

"……做不到。"她在耍他，他看明白了。

"男人啊……"

她继续往前，却被他从后面抱住，不顾她挣扎，抬起她的手。衣袖滑落，纤细的手腕上方青青紫紫，惨不忍睹。

严子方惊呆了，同时油然而生的，是愤怒！

侯盈盈趁势脱身，反手给了严子方一巴掌："大胆！"

嘴角破了，严子方尝到血腥味，也不擦拭："打得真狠。"

侯盈盈慢慢整理着衣袖，傲然睨视他，清高得不可侵犯："严子方，告诉你一句真话吧，事到如今，你根本配不上我侯盈盈，我已是汉王之妻，与他生死同行。"决然转身，头也不回，走了。

严子方站在原地，第一次感觉心如刀绞，和被傅柔拒绝的心境，竟然完全不同，陌生，却令他不知所措。

"姐夫！"

在马上战战兢兢，看着亲卫们被杀得七零八落，直觉在劫难逃的魏王，听到这一声"姐夫"，终于领悟一个道理，打仗就需要程处默这样的能人，能人所不能，化胖子为大帅。

"处默！处默！你总算来了！"魏王激动得差点哭出来，结果一回头，发现程处默单枪匹马。呃？大军呢？精兵呢？还有程处默整天带进带出的那支小队，也不见踪影！

"其他人呢？"好吧，可能是他不懂打仗，研究不出这回的战略。

"就我一个。"程处默一剑削掉敌人的脑袋，还笑嘻嘻的，"姐夫，你没事就好。"

"不是，为什么就你一个啊？"上回一百多人打赢了数千，这回一夫当关，万夫莫开？

那也别拿他的命来玩！

"我的马快啊。"抢了侯杰的千里马，果然好用。

"哎呀！你单人匹马，何苦闯进来陪姐夫一起死？姐夫很感动，可是你姐姐怎么办？她不能没了夫君，又没了弟弟啊！"至少要保证他回去，俗话说出嫁从夫嘛，弟弟靠后。

"姐夫别说丧气话！"程处默说话带笑，下手却不容情，豁出去的打法，比谁都快，比谁都猛，很快杀出一条血路，亲卫们哪里跟得上他的速度，杀着杀着，就被撇在后头。

"好啦，冲出来了！"程处默杀出重围，回头一看，嘿，魏王还在包围圈里。

于是，他重新杀回去："姐夫，你麻利点儿啊。"

魏王苦笑："你以为都像你，不顾性命往前冲！你看看，你的脸让刀划了一道，就因为你不闪！"

"别废话了，姐夫这次跟紧。"身上疼，就感觉不到心里疼了。

"哦哦！"魏王连连点头。

同样的路线，同样的敌人，程处默再一次开杀，但等他冲出重围，再找魏王，哭笑不得。

魏王还在圈里，原地打转，同时大叫："处默！你快走！不要再回来送死！你……你……你……你……别！"

程处默却第三次杀了回来。

魏王惊恐地瞪着他肋下："你……血……好多血……"

程处默低头一看，肋下被人拉了一道："什么时候划的？怪不得有点使不上劲。"

魏王半张着嘴："你要气死我了！"他算明白过来了，这小子自请去边关，是来自杀的。

"姐夫别感动。"程处默满不在乎的样子，"姐夫如果不能全须全尾地回去，大姐要找我算账，我不想她唠叨。"

这时，纥干承基率一支精兵，汇聚过来。

魏王亲兵伤的伤，死的死，人数上本来就处于劣势，加上纥干承基誓要拿下魏王，当作换命的本钱，穷凶极恶，程处默再能打，也不过血肉之躯，又有多处伤势，坐骑被刺亡之后，斜里忽来一枪，刺中他肩头，终于倒地。魏王也落了马。

"姐夫，对不起，没能把你全须全尾带回去。"程处默苦笑。

纥干承基正要过去拎魏王，忽然唐军的号角声声，大营外出现了密密麻麻的黑点。他心知大势已去，一搜缰绳，逃了。

程处默四脚朝天，大口大口喘气，见到侯杰的脸时，很是不满："你是娘们儿吗？扭着腰来的？"

"我的宝马呢？"侯杰一找，只见马尸，"哦，这笔账记下了。"

魏王坐起来，扑过来，趴在程处默身上："处默！你没有事吧？伤得重不重？你可千万不能出事啊！你不能丢下姐夫！你要是有个三长两短，你姐姐饶不了我啊！"

程处默艰难开口："姐夫，你这体重，压在活蹦乱跳的人身上，都会出人命。"

魏王讪笑："哈哈，不好意思。"

侯杰翻白眼，这俩人真会耍宝。

这日，傅柔给晋王说荆轲刺秦王的故事，长孙皇后就在一旁闭目养神。

晋王道："荆轲是真英雄。"

傅柔问："那太子丹呢？"

晋王想了想："也是真英雄。他不屈服于秦国的强大，力图洗刷耻辱，虽败犹荣。我以后也要做这样的英雄。"

傅柔沉默片刻："下官曾经看过汉代一本杂记，里面有一篇叫《燕丹子》，也说到了太子丹派人刺杀秦王的这件事。里面说，太子丹想到找刺客杀秦王这个主意后，就写信给他的老师鞠武，问这个主意怎么样。"

晋王好奇："哦，他老师怎么说？"

傅柔道："快于意者亏于行，甘于心者伤于性。"

长孙皇后听到这儿，睁开了双眼。她也想听听了，傅柔会怎么解释这句话。

"放纵一时快意的人，对德行会有妨碍；沉溺于内心欲望的人，则会伤及本性。鞠武不赞成太子丹的想法，他认为做大事的人不能寄望于刺杀这种侥幸的事，就算要报仇，也要依循正道，踏实地强大燕国，联合盟国，共同对抗秦国。太子丹不听，用荆轲刺秦王，最终失败。荆轲死，太子丹死，而燕国，也被秦国所灭。晋王殿下，肩上越是负着重大的责任，就越不能放纵心中一时的快意。报仇也好，雪耻也罢，如果走错方向，伤了为人的本性，那就追悔莫及了。"人，还是应该正直，走正确的路，也是她遵奉的、不愿被妥协的原则。

晋王茅塞顿开："傅司言，我懂了。遇到挫折并不可怕，可怕的是在侮辱和仇恨面前没有坚强的心志，误入歧途，伤了做人的本性。"

"对极了。"傅柔笑。

长孙皇后忽然开口："晋王，今后不要再叫傅司言了。"

傅柔望向长孙皇后，目光不解。

长孙皇后一笑："称她老师。"

傅柔屈膝行礼："下官万不敢当。"

长孙皇后不容她推辞："我说当得，那就当得。"

宫廷中人，也许初时心本善良，后来心生鬼胎，主动或被动，渐渐迷失了自己，但傅柔一直坚守着，以她的智慧和勇气，从不曾为权势动摇过分毫，实在难能可贵。

忽然，内侍在外高声传报："禀娘娘，魏王殿下出师大捷，活捉齐王，不日将班师回朝。"

长孙皇后高兴起来："好啊，好！"

晋王瞧见傅柔的眼睛灿若星辰，却不知，那也是溢于言表的喜悦之色。

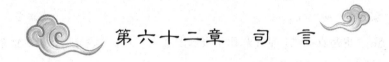

第六十二章　司　言

魏王回长安的那日，万人空巷，百姓们高呼"魏王千岁"，让太子的心里很不是滋味。皇帝圣心大悦，特赐魏王亲笔御题的"贤"字，令百官称道，更让太子的心里涌出醋泉。

至于程处默，用兵如神，战绩显赫，三进三出救下魏王，这些事迹都被一一上报，皇帝不肯再放他回边城，留在长城，封玄武将军，把守玄武门。

一个早朝，皇帝封这个赏那个，连推荐魏王的太子都夸了一通。

太子还是郁闷得要命，他想办的事，一件没办成，魏王的名声更加显赫，给齐王的书信也没找到，就怕落在有心人手里，满打满算变成满盘皆空。

同样被夸举荐有功的吴王，难得和太子差不多的心情，不怎么高兴。他推荐程处默，一来是相信傅柔，二来是自己不能征讨，并不情愿。而他对魏王和程处默都有一点不满，因为残忍杀害了权太傅的齐王，居然还活着。

更让吴王义愤难平的是，齐王关押不过两日，就从母妃那里听说，齐王痛哭求饶，加上皇后求情，父皇有意宽恕齐王，将其贬为庶民，放逐了事。他接受不了，决意一争，跪在了皇帝的必经之路。

"凡学之道，严师为难。师严然后道尊，道尊然后民知敬学……大学之礼，虽诏于天子无北面，所以尊师也！"他头缠白带，神情悲怆。

皇帝叹："朕明白，你放不下权万纪的死。"

"齐王杀权太傅，手段残虐，令人发指。父皇曾经答应过儿臣，为权太傅讨回公道，父皇忘了吗？"

"朕没有忘。"只不过，齐王毕竟是他的骨肉，怎能弑子！

"那就请父皇按律行事，以正国法，告慰忠臣英灵。"吴王不依不饶。

"你是朕的儿子，难道就不能体谅朕的爱子之心吗？齐王也是你的兄弟，不值得你一丝怜悯吗？"

"乱臣贼子，何足怜惜？"他和齐王从来没有交集，何来兄弟之情，"因为齐王的叛乱，多少人无辜死去？要是父皇怜惜齐王，不把他正法，又怎么对得起为国尽忠的忠臣和将士？"

皇帝不悦："够了！"

"父皇不能因为后宫妇人之言，就置大唐法纪于不顾！"

皇帝扬手给他一巴掌："放肆！李恪，朕平日太纵容你了！再敢多言，必当重罚！"说罢，拂袖而去。

吴王跪了良久才站起来，一转身却见傅柔就在不远处，不知她看到了多少。他以为她会走开，谁知她走了过来。然后他想起来，她会为一个不知名的宫女落泪，当然也会可怜他。

"我错了。"他仰望苍穹，却舒散不开心头郁结，"我不该把你从广州城带回来。皇宫不是一个好人应该待的地方，这里正义和忠诚无用，不管多想做一个好人，最终也只能变坏，无可奈何地堕落。"怎么会以为，跪求会有用？

"殿下想得偏激了。皇宫是大唐中枢所在，这里的每一个动静，都关系着整个国家。如果正义和忠诚在这里都没有容身之地，那大唐还剩什么？"她不愿极端。

他苦笑："果然，还是我喜欢的那个，坚持着做自己，不愿意被世道改变的傅司言啊。"

可惜，他做不到。他的父皇，只会说疼爱他，从未给过他想要的东西，但幸运的是，他的母妃永远站在他这一边，对他的事殚精竭虑。他会让齐王付出代价，宁可不择手段。

天牢中，齐王正好酒好菜吃着——长孙皇后派人送来的，并告诉他，皇帝有意宽恕他，他这才胃口大开。

忽然，一个内侍来到铁栏外，说他是东宫内侍，太子不忍心齐王身首异处，才派他来知会。

齐王大喜，以为父皇已经答应饶他一命。

内侍道："殿下太天真了。就算陛下想放殿下一条生路，别人也不会放过殿下。发誓要取殿下你性命的人，就在皇宫之中。还记得权万纪最得意的学生是谁吗？"

齐王想道："吴王？"

"殿下只要被关在这里一日，就会有性命之忧，唯一的法子就是尽快逃离。"

"这……怎么逃？"齐王动摇。

"太子殿下不忍看您丧命，可这事也不能摆在明面上，更不能动用东宫的人。殿下，你在长安还有没有信得过的心腹？"

齐王眼珠子一转："有！有！长安还藏着几个死士，我对他们有再造之恩，他们会誓死为我效命！"

"那可太好了，只要殿下把他们的姓名和住地写给奴，奴为您跑一趟。天牢这边，殿下不用担心，到时自会里应外合。"

齐王毫不犹豫，挥笔写下，还附了一封亲笔信，交给对方。

内侍看一眼酒菜："殿下千万保重，陌生人送来的吃食，万万不能入口。"

等内侍走后，齐王烦躁地走到桌前，一脚踹断了桌腿，任酒菜撒了一地。他却傻傻不知，酒菜并没有问题，倒是他把自己送上了不归路。

长孙皇后听说皇帝急召太子的消息，赶往甘露殿。侍卫们捡到齐王的亲笔书信，交给皇帝之后，皇帝龙颜大怒。

因为走得过急，长孙皇后喘咳起来，脚下不稳。

傅柔急忙扶住："娘娘，身子要紧。"

长孙皇后咳了两声："我就不明白了，齐王的信中写了什么，皇上竟然立刻召见太子。这和太子有何干系？还有，齐王也是，都说了皇上有意赦他死罪，就不能安生些吗？"

傅柔只是默默扶着。她不喜欢阴谋论，也不喜欢粉饰太平，但看事实。这时所知甚少的情况下，她不好多言。

进了甘露殿，傅柔才发现吴王、魏王都在，听皇帝盛怒的声音。

"朕总想着父子至亲，不忍治他死罪，却没想到，他竟给朕明里一套背地一套，根本没有悔意，而是想让朕大意，他可以调遣死士，做最后一搏！这上面写的，出囹圄，破长安，成大事……他的大事，不就是谋反吗？不就是逼死朕吗？这最后一点情分，他是亲手断绝了！来人！"

一名内侍赶紧上前。

"传旨。齐王李佑大逆不道，困于囹圄，尚传递密信、行叛君背父之事，实不可赦，赐毒酒。"

内侍躬身而退。

长孙皇后一惊："陛下……"

皇帝摆手："皇后不必再劝，朕给过齐王机会了。"一掉头，紧盯太子："齐王信上，要死士们听太子号令，好帮他里应外合，逃出天牢。太子你，和齐王兄弟情深啊！"

长孙皇后双眸瞬冷。

太子惊恐跪下："此事儿臣一点也不知情。"

皇帝冷哼："不知情，齐王会把最后一点指望都放在你身上？"

"儿臣是被陷害的。"

"他用自己的命，陷害你？"皇帝差点说，洪义德也是如此，一个个都用命来构陷？但话到嘴边没说出来，因为他自己说过，洪义德一案已经了结。

长孙皇后一个劲地给魏王打眼色。

魏王硬着头皮上阵："父皇，齐王用自己的性命陷害太子，这说得过去。齐王没想过犯了如此大罪，父皇还打算给他机会。他被押回长安，想着自己是死定了，既然没有活路，那他就选择了同归于尽。所以，他故意写一封密信，让人遗落在宫里给侍卫捡到——既可以求个痛快的速死，又可以最后拉一个垫背的。"

皇帝并不信服："就算拉垫背的，也应该挑你，你可是活捉他的人。"

"正是因为儿臣活捉了他，他诬陷我，父皇未必肯信。但追根究底，是太子举荐了儿臣，齐王最怀恨于心的，当然是太子。"

皇帝眯了眯眼："就这些？"

魏王暗暗叫苦，一时想不到更多。

傅柔上前："陛下，下官以为，诬陷魏王，是害了一个皇子，可如果能诬陷太子，那就动摇了大唐国本。"她认为，这件事尚存疑点。

原本仿佛置身其外的吴王，看了她一眼。

皇帝咀嚼："动摇大唐国本？"

魏王急忙加把劲："对啊，父皇，太子怎么可能和齐王勾结？"

长孙皇后是时候提醒："陛下，莫忘太上皇临终之言。"

皇帝神情渐渐缓和，当初没有偏信洪义德，如今自然也不能偏信齐王，都是祸害大唐之人。

"太子起来吧，朕相信你不会做出这等人神共愤之事。"

"父皇明鉴。"太子谢恩，起身。

不一会儿，内侍回来交旨，手上捧着的方盘，上面的酒杯已空，那就意味着齐王死了。

"皇后。"皇帝忽唤。

长孙皇后心头一跳："陛下。"

皇帝问："你是六宫之首，朕就想问一问，打算如何处置阴妃。"

长孙皇后垂眼："阴妃自是没有资格再居妃位，应该……"齐王虽然造反，阴妃即便受到牵连，也不至于死，"降妃为嫔。"

皇帝大为不满："养出恶毒如豺狼的儿子，她这个做母亲的还有脸活下去？皇后多次向朕进言，要整肃宫禁宫规。这就是你的整肃，让逆子之母享受大唐百姓的供养？"

长孙皇后不好反驳："臣妾无能，处置不当，全凭陛下圣裁。"

皇帝冷声："传旨，阴妃养子为逆，有不教之大过，赐白绫。"

长孙皇后张张口，最终没说话。

传旨的内侍转身要走，傅柔再次挺身而出，道了声"慢"。

傅柔道："陛下可曾听过一句话？"

"讲。"皇帝很不高兴，但想听她说什么。

"子不教，父之过。"傅柔从容。

皇帝沉了脸："你的意思是，齐王造反还是朕的过错？"

"臣不敢。只是，齐王逆天行事，如果做父亲的无过，那么身处后宫，和儿子说上一句话都千难万难的阴妃娘娘，又有多大过错，罪至白绫赐死？"

皇帝暴发怒气："好！好啊！朕这几年越发宽仁了，一个女官也敢当面指摘朕的不是！"

长孙皇后劝："陛下息怒。"

"皇后调教的人，果然不同凡响。还是皇后也要指着朕的鼻子，骂朕是个不会教子的父亲？"皇帝迁怒。

长孙皇后跪下："陛下！"

太子和魏王见他们母后跪了，赶紧也跪下。

太子道："父皇，母后绝没有指摘父皇的意思。母后掌管后宫多年，对嫔妃温厚宽仁，而且阴妃一向恭谨，母后只是不忍心罢了。"母后绝不能倒！

魏王道："傅司言就是个直肠直肚的莽撞性子。父皇一代圣君，俯瞰万民，何必在乎区区女官的无知谬说？"冲着处默，也得保傅柔。

"区区女官，也敢在君前放肆狂言。"皇帝转而逼视傅柔，"是谁给你这胆子？"

吴王终于也跪了，平静代答："她的胆子，是父皇给的。"

皇帝怔了怔："你说什么？"

吴王不疾不徐："当日皇孙降生，宫廷家宴上，父皇因为傅司言救了难产的太子妃和小皇孙，要赏赐傅司言。父皇说，她既然是司言，就赏她一个言的权力。以后，在父皇面前，傅司言她……可以言。天子，金口玉言。"

"对啊，父皇就饶了傅司言吧。"魏王又附和吴王，说着话，仰头看看站得笔直的傅柔，急忙用力拉她的袖子。

傅柔跪下，直着上身，不卑不亢，继续道："贞观三年，李大亮因事向陛下进谏，痛陈利害。陛下不但不怒，反而欣悦，夸他远献直言，披露腹心，态度诚恳。还勉励他，要他宜守此诚，终始若一。不少人说，陛下是古往今来最善纳谏的明君，陛下有古往今来最宽广的胸怀。微臣官小职卑，但爱国之心，不以男女论，更不以尊卑论，是大唐人，就应有大唐忠诚之魂，就该直言进谏。"

她深吸一口气，再道："齐王谋逆，不但背叛父亲，也背叛了母亲。父母养出这样的儿子，同样心痛愤怒。陛下如此，阴妃何尝不是如此？齐王已经伏诛，此时再杀阴妃，难道就能抚平陛下心中的伤痛？难道就不是另一次更深的痛？阴妃毕竟伺候了陛下这么多年，陛下一时怒而赐死，事后真的不会后悔？希望陛下三思。"

魏王喃喃："佛祖啊，你就少说两句吧……"

傅柔神情不变："微臣要说的话，已经说完。如果陛下认为这番话全是妄言，毫无可取之处，请赐微臣死罪。"她这才伏首。

皇帝坐着，冷凝她片刻，忽道："吴王，你的眼光还是不错的。可惜此女命数天定，不能伺候皇族之人，也就只能做个女官了。"

皇帝起身往外走，经过长孙皇后身边，停了一步："阴妃，就降为嫔吧。"

长孙皇后如释重负："陛下圣恩。"

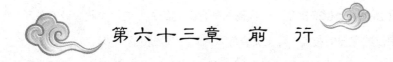

第六十三章　前　行

傅柔送长孙皇后回了立政殿，刚走出门，就被等在一旁的吴王拽住，拉她到了凌霄阁。

"子不教，父之过？"他将她推到秋千架上，双手抓住两边的绳索。

"我说的是实话。"她的身体随秋千震颤，眼底却含着一层不化的冰霜。

"就算程处默对你视而不见，你因此心灰意冷，也犯不着上赶着送死。"吴王咆哮，以为他看不出来吗？

傅柔瞬间一丝恍惚。是因为这样，她才冒险进谏？不，不是！曾经以为程处默死了，那时的她心如死灰，但如今，程处默只是不理她而已，她不会为此自寻短见。她没有做错，更不会因为一时情伤，就要死要活。

吴王伸出手，想要碰触傅柔的脸，她却往旁边一偏，让他的手落了空。

他叹口气："对不住，我不该提程处默。"

她淡然："多谢殿下刚才为我说话。"

"你的语气，没让我感觉到有一丝谢意。"让他心冷。

"说者有意，听者无心，我是真心实意。"只不过，她并没有求他帮忙。

他的目光在她脸上流连好一会儿，才退开，放了秋千架。

"为什么要冒着触怒父皇的危险，为阴妃说话？阴妃与你有交情？"她坏了他的事，但那瞬间，他只怕她弄丢小命，怕得心颤。

"物不平则鸣。陛下盛怒之下处罚过重，也不合唐律，总要有人敢于提醒。"她不说出来，良心不安。

"你以后不能再这么莽撞。父皇这次能饶你，不说明他下次就不会杀你。龙有逆鳞，触之必亡。"拂逆一次，侥幸逃脱，再有第二次，神仙难救。那毕竟是天子，一句话定人生死，金口玉言也会被金口玉言所推翻。

"多谢殿下提醒，告退。"她起身要走。

他开口："我是故意的。"

她停下脚步，等他说完。

"我知道不该提起程处默，但我却故意提起他，因为想看看你的反应。如果你听见这男人的名字，表现出愤怒，是一件好事。起码让人知道，你恨他。如果你哭，也是一件好事，起码我有安慰你的机会。可是，你只是沉默。你越沉默，就越说明你没有放下。"

"如殿下所言，微臣确实是一个执拗的不肯改变的人。天性如此，谁能奈何？"她继续走起，穿过凌霄阁的花园，走上无人的长廊，才虚脱得靠了墙。

处默回来了，她本来很高兴，以为终于可以见面，把在广州发生的事解释清楚，在他下朝的路旁装着经过，谁知他不看她一眼，径直走了。

就在那一瞬，她感觉，他真的放开了她的手，而且已经走出很远了。

这几日，她吃不下睡不着，意识却始终清醒，清醒地体会着什么是心弦撕裂之痛。然后，到了今日，看着天子的冷绝，皇后和皇子们的诚惶诚恐，她就不明白，即便不能像普通一家人，何至于杀子杀妃，难道不曾有过恩爱，不曾有过天伦？就算是皇后，是发妻，都不得不时时刻刻地小心，动辄下跪求饶告罪。

程处默之冷，天家之冷，令她陡生豁出去的愤怒，大胆直言，并非求死，也不乞望这种活法——憋屈的、卑微的、不被理解的活法。

眼泪无声流下，她心中的痛，一寸寸蔓延全身，仿佛将要碎成一片片，但只要她还有一口气，她就不会原地踏步。

傅柔撑住墙，一步步走起，只要自己不变，脚下的路仍通往光明，如此坚信着。

傅音大着肚子，往侯杰书房走去。

侯杰出征的那段时日，她想了许多。侯盈盈出嫁前说的那一句"要向前走"，深深刻在她心里。

她起初还是纠结，直到发生了一件事。茉莉不小心惊吓到她，害她打碎了侯长兴娘亲送的镯子，她发泄般打了茉莉一顿，等到回过神，看见茉莉惊恐的目光，突然想起自己被玲珑欺负的那时候，让她一下子就醒悟过来了。

她绝对不想变成玲珑，变成侯长兴，变成那些不善良的人。她的娘亲，虽然嘴巴坏，但从来没做过真正的恶，打着精细的小算盘，却在全家面临危难的时候，捐出私房钱来。她若为了报仇变坏，娘亲会死不瞑目。

于是，在侯杰出征前，傅音向娘亲的在天之灵祈愿，若侯杰平安归来，她就会放下仇恨，和他好好过日子。如今侯杰回来了，她也不再矛盾，开始把自己的心放进去，想笑就笑。侯杰性子直，并不奇怪她最近的变化，只当她有夫有子万事足，待她比从前更好而已。

这天，傅音进了院子，见好些仆从丫鬟站在书房的台阶下。她走到茉莉身边，问什么事。

"音儿姐姐，我正要去找你，小公爷吩咐吴管家，让所有可以进出书房的人都集中到这里呢。"虽然被傅音打了，但随后傅音又和她道了歉，茉莉就没放在心上，"可我也不知什么事。"

侯杰走出来，一本正色："今年六月初二，我的书房里不见了一封信，你们之中谁偷拿了，站出来。"

那封信，是他派到镇海将军府的卧底送来的，之所以旧事重提，只因卧底暴露行藏，被严子方发现，逃回侯家，侯杰才知道此事，进而怀疑家里也有内鬼。

侯杰又道："能够出入书房的人，如今都在这里。要说军中拷问之刑，你们是熬不过的，赶紧老实交代，免得皮肉吃苦。"

没人吭声，而傅音紧张得手心发汗。

"不说？"侯杰神情冷冽，"那就统统抓起来拷问，打死了可别怪我！"

傅音望着众仆畏惧的模样，想着不能牵连无辜，刚刚往前跨出一小步，身旁的茉莉忽然走上两步，跪了下来。

茉莉哭道："是……是我……"

傅音傻眼。怎么会是茉莉？明明是她把那封信烧了啊！

茉莉颤声解释："那天我打扫书房，不小心打翻了书桌上的茶杯，有一封信被水湿透了，我怕挨骂，就把信带出了书房，想要晒干，谁知墨水都化了，我怕小公爷责怪，就给扔了。"

侯杰眯着眼："该死的贱婢，谁知道你说的是真是假，到底是否受人指使！"命吴管家带下去，严加审问。

吴管家和家丁上来拉茉莉，傅音忽然想到了玲珑挂在悬梁的凄惨死状，挡到茉莉身前。

"不，别碰她，这不是她的错！"因为信是她烧的，不能让无辜的人顶罪。

侯杰不悦："拉开她。"

傅音和家丁们扭搡着，突然觉得腹痛剧烈，却不愿退让。

茉莉尖叫起来："音儿姐姐……血……血！"

傅音低眼一看，裙上迅速渗出一大片红。

"音儿！"侯杰立刻慌了神，大步上前。

傅音满头大汗，面色惨白，却做出拒绝侯杰靠近的手势："不要……不要伤害茉莉，不要……"小腹一阵尖锐疼痛，令她尖叫。

侯杰急死："都什么时候了，还说这个！"

"饶了茉莉……"她不要，不要再用一条命换一条命。

"好，好，我答应。"他望着那片止不住渲染的血，胆战心惊，几近乞求，"音儿，让我抱你回房，好不好？"

"你发誓，用我们的缘分发誓。如果你违背，你我恩断情绝，永不再相见。"她喘着，眼前发黑。

"好！我以你我缘分发誓！"他愿意为她做一切。

她笑了，往前倒，让他接个正着。

"快去请大夫！"侯杰咆哮着。

"请……接生婆……"她勾着他的脖子，"我可能要生了……"

"什么？！"他慌得不知所措，大步立刻变成小步，"怎么会……不是……哎呀，快，快去叫接生婆！"

她紧紧靠着他的胸膛，听到他有力的心跳，让她的心安然停靠。等孩子平安出生，她愿和他守一生。

夕阳斜照城楼，夜幕悄卷半边。风吹直了军旗，程处默独站望台，出神地望着远方。他的相貌已经发生了很大的改变：面容刚硬，仿佛刀刻出来的；肤色被烈日晒得如铜铁，泛着冷光；眼角出现了细纹，带着沧桑。

"那是广州城的方向。"来者陆庭，与之有约，"你娘都找到我娘了，我娘揪着我的耳朵，要我劝你，好歹挑一个。"

"好东西岂能独享，你先挑，我捡剩。"程处默收回视线，望向好友。

他那位操不尽心的母亲，怕他还要去边关，这几天张罗着要给他相亲，把全长安千金的画像都弄来了。但他心里，挥之不去的，唯有一道身影。以为去边关的这些日子，自己至少能做到淡忘，却在下朝的那天，不过眼角余光瞥到了她，他的心立刻狂跳，恨不能冲过去，问个明明白白，到底她对他有心，还是无心。这趟边关，算是白去了。

陆庭没笑。自从傅音失踪，他已不会笑。

程处默何尝不知，又问道："见到傅涛了？"

陆庭正经答道："见到了。傅涛说你观察得不错，当日在齐王府，侯杰命他去齐王书房找太子写给齐王的信，他找到了，虽不知有什么用处，但不想交给侯杰，谎称没找到。"从怀中拿出一沓信，"他让我交给你。"

"他还不知道，我已经和……"程处默连傅柔的名字都不敢说，"我们已经没有关系了。"

"你和傅家之间，还有共同的敌人。总比我好，失去了傅音，傅家无人知道我的存在，真是可悲。"陆庭从腰间撤下一个小银壶，仰头喝两口。

那里面是酒。不知何时起，他已经养成了随身带酒的习惯，每当想起傅音，就喝上两口，否则心里太痛。

"不要再喝了。"程处默按下酒壶，"不然，傅音还没有回来，你的身体就已经垮了。"

"喝完这一次，以后就不喝了。"对上好友怀疑的目光，陆庭苦笑，"我是认真的，喝完这瓶，就戒酒。因为，傅音已经找到了。"

"在哪儿？"程处默察言观色，发现陆庭并不高兴。

"傅涛见到傅音了，说她在很安全的地方，等她想通，自然会回来，但不肯说在哪儿。"

很奇怪，知道傅音没事，他反而明白，他和傅音已经错过了。

程处默哇哇大叫："这小子，什么时候也开始说这些高深莫测的话了！傅音到底有什么心事，怎样才算想通？你找了傅音这么久，为什么不抓住傅涛问清楚？"

陆庭摇头："我开始是想追问，话到嘴边，还是算了。傅音离家出走后，我一直在想，她为什么要走？傅音性格柔弱，如果不是遇到让她很为难的事，她不会离开她的家人。她之所以要走，是因为她已经决定不会嫁给我，无论什么事，结果都一样。"

程处默问："你可以不再满大街地找她，可是，不再想她，你做得到吗？"

"我做不到，但我无能为力，因为选择在她。"陆庭语气一顿，"但你还可以做些事，比如去找她谈一谈，而不是像我这样，等了太久，已无法改变结果。"

程处默转头，再望已经全黑的夜空："我还不如你，连面对那个结果的勇气都没有。"

陆庭一口气喝完了酒，将酒壶抛出："最后一口酒，喝完了。"拍拍程处默的肩，转身离去。

程处默一动不动，看着星斗渐显，心想也许能等到织女星。不知过了多久，风中带了花香，一道倩影来到他身边。他冷瞥一眼，是怜燕儿。

"半路巧遇了陆郎，他说要来见你，我就请他捎我一段。"怜燕儿痴痴望着他的侧面，"我不能再留在镇海将军府了。"

"为什么？"魏王几乎天天跑美人坊，大姐老念叨他错过了马海姐那么有魄力的好女子，所以他知道两人当老板的事，"听说你们混得风生水起。"

怜燕儿叹："马海虎要娶我。"

"你不愿意？"他曾捧过她的场，知道像她这样的女子，才情容貌皆为上乘，出身虽可怜，却往往心比天高。

怜燕儿深深望着他："一直以来，你都是最明白我的那个人。"

程处默不置可否："你有地方去吗？"

怜燕儿摇摇头，程处默却突然转身，离开望台。她看着他这么离开，正感到失望时，却见他停下了脚步。

"还愣着干什么？"他回头望着，心想带她回去的话，应该能让娘亲消停一阵了。

怜燕儿一怔，随之欣喜若狂，跑了过去。

苏府。

苏灵薇熄了灯，却不睡，趴在窗棂上赏星，度过这日属于她自己的时光。

家里有个太子妃姐姐，父母对她的期望自然不低。以往姐姐学的，她都得学。诗词歌赋，琴棋书画，样样涉及，和她喜不喜欢无关。而她没有姐姐漂亮，没有姐姐聪明，学着学着就会觉得喘不过气来，但她十分孝顺，对父母的要求总是竭尽所能去满足，毫无怨言。

星星一闪一闪，她脑海中浮现出一张俊朗的笑脸，他有着比星辰还亮的眼睛，不知怎，说什么都能逗她乐，还那么厉害。他送给她的两个平安结，让她和姐姐冰释前嫌，也让姐姐和太子琴瑟和鸣。

苏灵薇想得出神，看星光幻化出程处剑的脸，有些着迷："要是能天天看见你，该多好。"

"哦，你是在向我求亲吗？"程处剑从窗外跳了进来，眼睛闪亮，"我答应了，你可不能反悔啊。"

苏灵薇吓了一跳，脱口而出："真是你？"

"当然！"程处剑抓起她的小手，"不信你摸摸。"

苏灵薇红了脸，抽回手："你来找我……有事？"

"没事就不能来？"程处剑心里很郁闷，今天娘亲给大哥抱来的一大堆画像里有他的灵薇，他不过想要偷偷藏起来，却被娘亲追着打，说他不要和大哥抢未来大嫂。

所以，程处剑一气之下，潜入了苏府。灵薇不是大嫂，永远不会是，因为她是他的心上人，要娶来当自己老婆的！

"这里是我的闺房。"苏灵薇哪知他的心事？

程处剑恼了："难道还要等你出嫁了，到你夫君的房里找你？我是道德高尚的正人君子，不能窥探有夫之妇。要找，当然只能在未出嫁女子的闺房里找。"

苏灵薇敏锐感觉他不高兴："你今天怎么了？这么凶。"

"我……"程处剑瞪起眼，但见苏灵薇怯怯的兔眼，心中一软，声音放柔，"算了，不是你的错。"

苏灵薇抬起手，笨拙地拍拍他的背："心里不舒服，我帮你拍拍就顺了。"

程处剑感动："灵薇，嫁给我吧。"

苏灵薇的手立刻又缩了回去："嫁人这事我不能做主，父母之命，媒妁之言。"悄悄瞧他一眼，桃眼羞涩，"不过你若有心，可以先禀告你的爹娘，然后找媒人上门提亲，接着纳采、问名、纳吉、纳征、请期、亲迎，这样我们就可以做夫妻了。"

"那你爹会不会答应让你嫁给一个纨绔子弟？"他家好说得很，有女肯嫁就是福，倒是她爹娘那边，估计眼光会很高。

苏灵薇斩钉截铁："不可能。我爹说，那些纨绔子弟把自己家的名声都给败坏了，谁和他们走近一点，清名也会受损。我娘还说，姐姐嫁了太子，现在是太子妃，以后还要做大唐的国母。我这未来大唐国母的妹妹如果要出嫁，必须嫁给出身好、能力好、人品好、名声好的四好勋贵子弟。"

程处剑头疼，果然不出所料啊。

苏灵薇接着道："不然，我所嫁非人，会丢了我的太子姐夫、我太子妃姐姐，还有我们苏府的脸。还有，我娘还说啊……"

程处剑打断："灵薇，我想和你做夫妻，不过你得给我一点时间。"

苏灵薇奇怪："你要做什么？"

程处剑说得诚心实意："你不知道，像我这么厉害、这么正直的人，很多小人羡慕嫉妒恨，泼我脏水，坏我名声。从前我不在意，如今不行了，我必须修复自己的名声，去掉纨绔子弟的帽子，然后光明正大地上门求亲。你愿不愿意等我？"

苏灵薇郑重点头："愿意。"

"如果你在等我的时候，你爹叫你嫁给别的男人呢？"以防万一。

"那我就听爹的。"苏灵薇认真地说，"在家从父，出嫁从夫，夫死从子。没出嫁之前，我什么都听爹的。以后我们做了夫妻，你就是我的夫君，我什么都听你的。要是你死了，我就什么都听我们儿子的。"

"哎哟……"程处剑就地打滚，不知该哭还是该笑，早知道他找了个宝，"我真是服了你。"

苏灵薇开心："你服我？那就是说，我相夫教子的本事还学得不错喽？"双掌合十，向着星空，"阿弥陀佛，总算没有辜负娘对我的循循教导。"

程处剑跳起，将苏灵薇抱起来打转。她本事最大，把他彻底收服了！

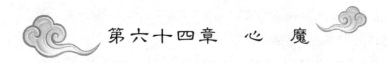

第六十四章　心　魔

傅音一举得男，有惊无险，如今成了侯杰的妾室，人人唤她一声"姨娘"。她也开心了一段时日，照顾着孩子，受侯杰宠爱，心中充实又满足。

直到这日，傅音发现茉莉不见了。先是一早没瞧见人来伺候，她一问其他丫鬟，都说不出所以然，第一反应就是侯杰骗了她，处置了茉莉。

傅音闯进书房，愤怒地质问侯杰，茉莉在哪儿。

侯杰不以为然，走过来为傅音披上外衣，然后才问："你刚刚生完孩子，不躺在床上休息，闯到书房，就是为了问一个丫鬟？"

傅音将外衣扔在地上："茉莉到底在哪儿？"

侯杰皱了皱眉："走了。她毕竟犯了错，毁了我的要紧书信，这么笨手笨脚，不能再留在书房伺候。刚好她叔叔来看她，提到她阿爷病了，所以我干脆做个好心人，放她回家了。"

"你答应过我，会饶了她。"傅音不信，哪有这么巧？

"你这是不信我？"侯杰也来了气。

"我不信。"傅音双眼红了，"你杀了她，就像杀了玲珑一样。"

"音儿，你听我说……"侯杰到底按捺住了，想要解释。

傅音堵住耳朵："我不听！我是个傻瓜，总以为你会改变，有一天恩怨可以消失，一切都会变好。不！不可能！你根本就是凶手。从我认识你的那一天开始，你就是个残忍、无情的凶手！"

"别以为你帮我生了个儿子，就可以在我面前肆无忌惮！立即给我回房里去！"侯杰听得稀里糊涂，但有一点很是分明，傅音语气中的厌恶。

"儿子？"傅音压抑了这么久，终于爆发，"我不该为你生儿子。我怎么可以帮一个杀人的人生孩子？当初怀他的时候，我就不应该要他！"

侯杰目光震惊，心中一股怒火直冲而上，高举起手，但当手落下的瞬间，改为抓住了傅音的手，拽她出了府，上马狂奔。

出了城，约莫半个时辰，傅音看见前面有一辆旧骡车，车帘掀开，露出了茉莉的脸。

茉莉高兴地跳下了车："音儿姐姐！你来送我吗？"

傅音喃喃："茉莉，你还活着……"

"对不住，音儿姐姐，我不能再伺候你了。我阿爷病了，我要跟我叔叔回家去。少郎君说姐姐生了哥儿，府里上下都要赏赐，赏了我一些钱，还免了我的赎身银子。我走的那会儿，姐姐还在睡……"

傅音擦眼泪，为自己感到悲伤。

茉莉一惊："音儿姐姐，你怎么了？"

傅音勉强笑了笑："看见你好好的，我高兴。"

两人说了一会儿话，傅音送别了茉莉，才慢慢地走到侯杰面前。她知道是自己的错，然而对侯杰说的那些气话，有一半却是她想要掩埋的真心。而她不知道，该说什么，才能弥补自己砸出来的裂隙。

"残忍无情的凶手？"侯杰冷然望着她，"不该为我生孩子？"第一次发现，他完全不懂她。

傅音咬着唇。

"我再问最后一个问题，希望你实话答我。"他希望她哄他，哪怕漏洞百出，"怀着这孩子的时候，你真的曾经想过不要他吗？"

傅音沉默良久，最终点了点头，但看侯杰的神色变得僵冷可怕，又禁不住伸出手，想触摸他的脸，以此表达她内心的歉意。

不等傅音碰到他，侯杰转过身，大步而去。她呆呆望着他的背影，流下眼泪，终究因为心魔得到她的报应。

太子到魏王府后山狩猎，出事了！

这次狩猎，由太子主动提出，为了向母后表示他和魏王仍然兄弟情好。但到了打猎的时候，他却暗暗憋了一股劲，想着魏王风光无量，自己无论如何也要在箭法上大大表现一番。为此，他一马当先，抛开了侍卫们，独自进入山林深处，结果失去了踪影。

程处默第一个发现太子的坐骑，立刻展开搜寻，最终在一处陡峭的坡下找到了人，当时太子已经人事不省，身旁有个陌生男子正帮他止血。事关重大，他不能轻率地把男子放走，将其一起带回。

魏王看到这男子时，大吃一惊，这人居然和称心的相貌有七八分相似。他一边惊异世上竟有如此相像的两人，一边赶紧把太子送回东宫。

整个皇宫都被惊动。太子妃惊慌失措，怪魏王照护不周，怪太医不得力。长孙皇后不顾身体虚弱，在立政殿外设坛，祭拜苍天日月，为太子祈福。

唯有程处默做实事，回到魏王府，带着叶秋朗，进了马厩。叶秋朗跟随程处默，看他神机妙算攻下齐州城，活捉齐王，对他心悦诚服。这不，连太子的坐骑还没来得及送回东宫的事，也已在程处默的意料之内。

程处默想检查马鞍，但马十分凶悍，抬前蹄刨后蹄的，不让他靠近。他觉得异样，制住一直躁动不停地马，把马鞍卸了下来，仔细一查，果然发现端倪。马鞍的锦布破漏，里层有一些残留的铁砂，闻起来有呛鼻异味。

程处默清楚记得，马鞍是今日魏王送给太子的新马鞍，当时因为上面的刺绣有些脱线，魏王妃还叫府里的针线人补了一下。崭新的马鞍居然会破，又内藏铁砂，显然与太子摔马有关联。而兽医来诊断之后，发现铁砂掺有一种让马发狂的毒，因为锦布层破损之后，铁砂沾到马的皮肤，导致马儿不受控制。

程处默立刻知会了魏王夫妇。

魏王瞪着马鞍："这……这不是害我吗？我才给太子送了马鞍，太子就出了事！"

魏王妃也心惊："我们和东宫的关系已是大不如前，太子这回来狩猎，也是给母后面子，结果出了事，只怕今后这东宫连表面功夫都懒得做了。"

"姐夫，这事不能捂着，一定要一五一十向陛下说明。"程处默当机立断，"对了，大姐，那个针线人叫什么？"

"夏荷。"魏王妃不明就里，"怎么？"

程处默眯了眯眼："新马鞍装上马之前，经过了太子侍卫的检查，当时没有问题，但等针线人补针之后，里面的毒砂就漏了出来。你们不觉得她有问题吗？"

魏王妃一想："是了，这锦布层也是夏荷做的。"

魏王急忙唤人把夏荷关押，匆匆赶进宫去老实交代。

魏王妃忧心忡忡，目送着魏王："处默，只怕就算你姐夫说破了嘴皮，陛下信，母后信，东宫也未必信他无辜。"

程处默但道："身正不怕影斜，大姐别担心，姐夫不会有事。"

魏王妃苦笑一下："是啊，也只能尽人事，且听天命吧。"

傅柔无论如何也想不到，她和夏荷的再相见，会是在阴森寒冷的天牢，而夏荷浑身血迹斑斑，一副生无可恋的样子。

她从长孙皇后那里听说，马鞍里有毒砂，锦布破损后，毒砂使马发狂，太子由此坠马，而夏荷是最后碰过马鞍的人，嫌疑最大，只是无论怎么严刑拷打，夏荷也不招供。于是，她向皇后说明和夏荷有过故交，愿意一劝。

她无声叹息，蹲身扶夏荷坐起，喂了点水。

夏荷吃力地睁开眼："傅柔，是你？"

傅柔神情感伤："当日为妹妹偷偷作嫁衣的夏荷，怎么会变成如今这个样子？"

夏荷笑了笑："傅柔，你那么聪明，怎会不明白？"

傅柔明白："为了熊锐？"

"对，就是为了熊锐。"夏荷无神的双眼突然放光，"像我这样的针线人，像熊锐那样的戏子，在太子殿下眼里，只不过是蝼蚁。一只蝼蚁，被踩死了就踩死了，要是蝼蚁不甘心,想报仇,想杀死伤害它的人,就是笑话啊。可是,我不是蝼蚁,我是人。我知道爱,知道恨,当然也就知道要报仇!"

"但这一切并不是太子的错。"傅柔摇着头,目光痛惜,"他并不想称心死,也没想过要熊锐的命。"

"不是他的错,那是谁的错?"夏荷叫道,"皇帝的错,还是皇后的错?我这样的,一辈子都见不到他们!但熊锐无辜,他不能白死,必须有人付出代价!这世上,有人应该为熊锐的死付出代价!"

傅柔语气陡然犀利:"你——付出了代价!"

夏荷一下子怔住。

"你本来可以绣着花,吃着粗茶淡饭,看着日落日出,走完自己平凡简单的一生,但是你把自己变成了一个谋害大唐太子的十恶不赦之人。为了熊锐的死,付出代价的不是别人,而是你自己。"傅柔相信,这不是夏荷一人能做到的阴谋,背后必定有他人指使,"幸亏太子命大,逃过一劫,如今已经苏醒,不然,你这双捏针的巧手,就变成了谋害他人性命的凶手。"

夏荷讷讷:"太子没死?"

"你很幸运,太子没死。"傅柔劝道,"夏荷,不要再执迷不悟,把一切都说出来,别再让自己受折磨。"

"为何每个人都认为我受人指使?"夏荷神情变了一变,"不过也没错,我算什么呢,哪有那本事谋害太子?好吧,傅柔,我可以告诉你,但你保证,把我的话原原本本告诉皇后娘娘。"

"好,我保证。"其实不用夏荷说,傅柔也会那么做。

夏荷凑到傅柔耳边:"一切都是魏王主使。魏王下令制作马鞍,他要我在马鞍上绣王孙田猎图,趁着绣图的机会,把毒砂放进马鞍里。要杀太子的是魏王!"

"不可能。"傅柔腾地站了起来,神情警惕,"你在挑拨离间!夏荷,魏王夫妇苛待你了吗?你这么对待他们!"

夏荷稍稍一顿:"熊锐死的时候,他们什么都没做!"

"那是因为他们什么都做不了!"傅柔要走了,"是你不可理喻!"

夏荷扑上去抓住她:"你答应过,会把我说的话原原本本告诉皇后。"

"你说的每个字都是假的。"傅柔却不会被人利用。

夏荷突然大叫大嚷:"是魏王!是他要杀死自己的亲哥哥!是他要我谋害太子!是

魏王！魏王才是害太子的凶手！"

傅柔反抓夏荷的肩："不要再说了！"

夏荷听到牢头的脚步声，银牙一咬，推开傅柔，头撞了墙。摔倒的傅柔顾不得后背的疼痛，爬起来去看夏荷。鲜血流满夏荷苍白的容颜，渐渐失焦的双目失去生机。

她吐出最后一口气："熊锐，等我……"

傅柔脑海中浮现的，却是夏荷拿着她妹妹的嫁衣，笑着转圈的模样，心中万分悲愤。为什么有人会这么残忍，利用人间最美好的真情，扼杀生命，去达到自私自利的目的？

当傅柔到长孙皇后那儿复命，到底将夏荷之言一五一十说了出来，一边是她对夏荷的保证，一边却是她对皇后娘娘的信心。

"离间皇家手足，用心恶毒至极。"果然，长孙皇后十分睿智。

"微臣也觉得夏荷死前说的不是真话，但微臣答应过她，会把她的话原原本本禀告娘娘。"傅柔心中松了口气。

"有人暗中利用了她。"长孙皇后认为这相当明显。

"可惜，她到死都不肯说出那个人是谁。"傅柔无可奈何。

"听说你受伤了。"长孙皇后对韦松略一颔首，韦松捧上一托盘，"这是金丝天甲，西域所贡，质地轻软，刀枪不入，赏你防身吧。"

傅柔连忙推辞："如此珍品，应赏赐战场上的猛将，微臣常年身处宫苑，这件金丝天甲没有用武之地，只怕糟蹋了。"

长孙严肃："你以为宫苑就不是战场吗？拿着吧，我还要继续重用你，自是要护你周全。"

"谢娘娘赏赐。"傅柔接过金丝天甲。

"傅司言，我不希望太子和魏王之间，产生不必要的误会。"该嘱咐的，还要嘱咐。

"娘娘放心，夏荷说的话，微臣一个字也不会泄露。"傅柔想了想，还是以防万一的好，"只是虽然当时只有我和夏荷两人，但她最后大喊大叫，把牢头引了过来，不知牢头是否听见。"

长孙点头，表示知道了。但等傅柔退出大殿，她唤韦松摆驾东宫，就怕消息已经泄露，要去亲自交代太子一声，以免中小人奸计。

太子躺在床上，苏灵淑一旁服侍。

侯君集正在禀报，夏荷临死前说出是魏王指使。

太子惊了惊："魏王？这可能吗？"

苏灵淑想到魏王府就一肚子的火："怎么不可能？自从魏王得胜归来，父皇极为看重，赏赐一日比一日多，人的欲望是没有止境的。"

"太子妃看得明白。"侯君集同意，"并非老臣大胆，挑拨殿下的手足之情，而是事实如此。邀请殿下去打猎的，是魏王；向殿下献上新马鞍的，是魏王。据老臣从大理寺打听到的消息，那叫夏荷的女人，是在太子打猎之前，以缝补为理由接触马鞍。请问太子殿下，在出发前，是谁叫来夏荷，为太子殿下缝补马鞍？"

太子回想："是魏王妃。"

苏灵淑又来火上浇油："果然她也有份。魏王夫妻为了太子之位，都要置殿下于死地了。殿下，你不能再忍下去了。"

太子沉默好一会儿："孤也知道，孤只要一日坐在太子的位置上，就一日不能安生。可是不忍又能如何？父皇和母后对魏王的宠爱，你们不是不知道。如今那个针线人已经是死无对证，如果孤对他们说，是魏王想要害孤，他们不但不会相信，还会反过来骂孤，说孤猜忌兄弟，孤的处境只会更糟。"他已经看明白，想要保住太子位，不能依靠父皇，也不能依靠母后。

"都是亲儿子，你还是长子。如今犯人莫名其妙自尽了，死无对证，分明是魏王要害你，不是你容不下魏王。他们再偏心魏王，总要说句公道话吧。"苏灵淑已经将太子推荐魏王领兵的真正意图抛诸脑后。

"大胆！牢狱中的犯人畏罪自尽，是常有的事，怎么就叫莫名其妙？知道自己活不成，穷凶极恶，想拉别人下水，信口开河，诬陷魏王，分明是荒谬之言。你身为太子妃，既不能明辨是非，又管不住自己的嘴巴，只敢背后说我和陛下偏心！谁给你胆子，在太子面前搬弄？"长孙皇后声音传入，随即走了进来，肃容带厉，"来人，掌太子妃的嘴！"

苏灵淑惊恐跪下。

侯君集也跪："太子妃无心之言，请娘娘息怒。"

"侯君集，东宫你随意来去，要不要我问陛下一声，如此公然攀结太子，合不合适？"长孙皇后冷瞥侯君集一眼。

侯君集只道不敢，退了出去。与此同时，内侍左右开弓，打苏灵淑耳光。

长孙皇后不理会太子的求情，直至苏灵淑满脸都是红印，才道停："看在受伤的太子面上，今日小惩以诫，你日后再敢乱嚼舌头，挑拨太子和魏王的关系，我一定严惩不贷。出去！"

苏灵淑哪敢再说一个字，躬着腰，往后退了出去。

长孙皇后看向太子："谣言，往往比见血封喉的利刃还危险。太子，你和魏王、晋王都是本宫的亲骨肉，你们是打断胳膊也连着筋的亲兄弟，千万不能相信那些居心叵测的挑拨之言。"

太子眉头紧拧，不再开口。

长孙皇后问："太子怎么不说话？"

"儿臣不知道该说什么。"太子一开口就有气，"儿臣也不知道，在母后的心里，儿臣到底还有没有一点分量。如果儿臣在母后心里真的还有一点分量，那就请母后为儿臣做主。"

长孙皇后疑惑："怎么为你做主？"

"母后要儿臣别相信那些居心叵测的挑拨之言，儿臣谨遵母后教诲。可是，儿臣这次受伤，魏王府至少有保护不力的过错。打猎时，魏王命人随护在儿臣身边，那人却在儿臣遇到意外，四下呼救时不见踪影，这个人是不是应该受到惩罚？"他总要找人倒霉，不然难消这口气。

长孙皇后问："是谁？"

"程处默。"新账旧账一起算！

长孙皇后一怔："魏王妃的弟弟？"

"儿臣珍惜魏王这个亲兄弟，可是这次，如果不是儿臣命大，儿臣恐怕就再也不能睁开眼睛见到母后了。如果母后真的在乎儿臣，请为儿臣主持公道。就算是，对儿臣的……"他很明白，他的母后只在乎他们亲兄弟，对其他人并不心慈手软，"一点安慰吧。"

长孙皇后沉吟片刻，点头同意了，只要能保住太子和魏王的兄弟情，无所不可为。

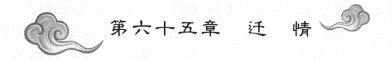

第六十五章　迁　情

傅柔赶到责罚处，就听一阵"噼噼啪啪"的杖声，令她心惊。

皇帝下旨，程处默护卫太子不力，辜负圣恩，杖责一百，降为百骑将军，即日起闭门思过。她得到消息后，立刻请杨柏为之打点，但等杨柏说打点过了，却始终坐立不定，决定亲自过来一看究竟。

"哎哟，傅司言的速度这么快，赶得我气都喘不过来。"不一会儿，杨柏气喘吁吁跑来，

"不是跟你说了吗？包在我身上。"

这时，程处默让人扶了出来，光着上身，披着外衣。风稍稍一吹，傅柔就见外衣上的斑斑血渍，不由得瞥一眼杨柏。

杨柏被她眼神里的怨念看得一哆嗦："陛下说要打一百杖，圣旨不得违抗，少一杖都不行。不过你放心，我和他们打过招呼，轻轻地打。"

风大了一点，吹落了外衣，程处默后背皮开肉绽，鲜血淋漓。傅柔马上又横了杨柏一眼。

杨柏自觉："姑奶奶，这你就不懂门道了。皮开肉绽，那是皮外伤，里面没事。"

傅柔不忍看，更不忍撇开眼："那也不用打得血淋淋的。"

"血淋淋的，看起来很严重，好让皇上知道了起怜悯之心。说不定皇上心里过意不去，过两天就又把程将军从百骑将军升回玄武将军了呢。"杨柏想起来似的，"哎，不对啊，你不是说和他不相往来了吗？这一脸的心疼也太明显了吧。"

"要你管！"傅柔转身，用力过猛，牵动了夏荷推她时落下的背伤，疼得她扶着墙，深呼吸。

"他受伤了，你心疼。你受伤了，也不知道他会不会为你心疼。"杨柏摇头叹道。

傅柔回头瞪他："我受伤是我的事，你可不许告诉他！"

"傅司言今日火气这么大？"杨柏拍拍心口，"知道了，不多嘴。"

她是火气大，想不通东宫和魏王府之间的火，为何烧到了程处默身上。

她打听过了，是太子一意孤行，甩了一干随护，若非程处默发现得早，及时找到太子，太子能不能这么快苏醒都不好说。况且，调查坐骑，察觉马鞍的异样，怀疑夏荷动了手脚的，也是程处默。结果倒好，没功劳，也没苦劳，竟然还罚了一百杖。

一百杖！当初司徒尚仪也是受了一百杖，本该出宫享福的人，却断送了性命。她无比地痛恨这个数字！而且，依她看，太子专挑程处默，不仅仅因为他是魏王的小舅子。

至于长孙皇后，她也很了解，只要太子和魏王都安好，别的人倒霉，并不太在乎。长孙皇后说过，她是皇后之前、国母之前，先是一个母亲。母亲为了儿子，什么都做得出来。

只是，傅柔内心有些失望。处在那么高高在上的位置，岂能以一个普通的母亲自居？这个天子之家，也从来不是寻常之家，因为他们担负着一个国，当以天下百姓为先！

遍体鳞伤的程处默回到府里，程夫人二话不说，亲自帮他敷药。

"你这个不孝子！"说着凶巴巴的话，她却偷偷抹泪。越来越出息的大儿，越来越多的伤痕，可是她只希望他健康平安而已。

"是，孩儿不孝。"程家的孩子，都以孝为先。

"你怎么就得罪东宫了？"谁不是明眼人？一看就知是挟私报复，不单单因为魏王。

"前几日在城中发现纥干承基，搜捕时不小心冲撞了太子殿下。"一百杖也不是白挨的，程处默早就想明白了。

那时，他率人追纥干承基，到了一家酒楼前，失去对方踪迹。他怀疑人就躲藏在里面，于是一个个包间搜，哪知太子在其中一间独自喝酒。纥干承基原是太子的侍卫，他自然不敢大意，尽管太子一再表示没见过纥干承基，他还是照搜不误，最后连桌布都掀了，却无发现，令太子非常不愉快。不过，他虽没搜到，但觉事情太巧，疑心迄今也未消除。

程夫人叹气："你这不懂事的。"

"是孩儿不懂事。"程处默这倒不是孝顺，而是尊重老人家的智慧，"只是这事再来一次，我还是会那么做。"同时，表明自己的立场。

程处亮就忍不了："就是。娘，你说得不对。大哥搜捕逆贼，是公事公办。太子受伤，又不是大哥的过错，东宫借机发泄私愤，不懂事的不是大哥，而是东宫啊。"

程夫人白二儿子一眼："闭嘴！你懂什么？"对待皇族，说道理哪儿能通？至高的权力是不容挑衅的。

程处亮叫："我懂是非曲直、黑白对错。"

"你……"程夫人一手指顶着程处亮的太阳穴，"木头脑袋！和你大哥差远了！"

"处亮，不许和娘顶嘴。"这是长兄的威严。

"娘，我想休息了。"这是长子的福利。

"哦，好，你好好休息，娘不吵你。"程夫人拎着程处亮的耳朵离开，还小心轻声地关上门。

"娘啊，你的偏心眼儿病越来越严重。"程处亮挣脱开去，揉着耳朵。

程夫人一瞪眼："什么病？"正要一掌拍心——

程处剑哼着小调回来了。

"程处剑，这几日不见你着家，上哪儿鬼混去了！"程夫人的注意力立刻转移。

程处亮觉得受伤的心灵得到了治愈，还好家有老三，他比上不足比下有余。

"对啊，程处剑，家里出了那么大的事，你还出去野！"而且，还能趁机拔高娘亲的好感。

"娘、二哥，给你们看一件好东西。"程处剑丝毫不觉气氛紧张，从怀里掏出一卷纸，抖一抖，几乎长及地面，"我这几天可是拼老命了！瞧瞧，这上面每一个手印，都代表着一个长安百姓对我由衷的赞美和认同。现在，我应该是全长安名声最好的勋贵子弟了，哈哈哈！到时候我上苏府提亲，对着苏亶，我就把这张东西往他眼前一摆，以此来证明我有高尚的人格和崇高的声誉，再送上让他眼花缭乱的彩礼，就可以把他女儿娶回家了。"

"你说你要娶谁？"当娘的，当二哥的，异口同声。

"苏家的二女儿苏灵薇。"程处剑在自己的终身大事上还是很警惕的，"你们难道真要让大哥娶苏灵薇？"

程处亮摇摇食指："大哥绝对不会娶她。"

程处剑松口气："那我就放心了。"

程夫人摇摇头："你也不会娶她。"

程处剑一惊："为什么？"

"因为她姐姐是太子妃。"程处亮想不到三弟喜欢的居然是苏家女，只觉孽缘。

"那又怎么样？"程处剑一脸蒙。

"大哥挨打了。因为太子碍着皇后娘娘的面，不敢为难魏王姐夫，正好看大哥不顺眼，挟私报复。还有太子妃也不是省油的灯，夫妻一唱一和。"

"灵薇说她姐姐温柔善良，连蚂蚁都不会踩。"程处剑不敢相信，"是不是有误会？"

"大哥无辜挨了一百杖，你知道太子妃是怎么做的吗？她吩咐内侍监的人，狠狠地打，不许留情。清河亲耳听到的。"他有可靠的耳报神。

"可是……"这和灵薇没关系啊。

程夫人发话："没有可是！你大哥才捡回一条命！苏家的大女儿如此狠辣，苏家的二女儿也好不到哪儿去，再敢和苏府的人来往，我打断你的腿！"

程处剑顿时苦了脸。

侯盈盈脚步迟缓地走入汉王的寝屋，看见一旁的严子方，神情不变，跪下为酩酊大醉的汉王脱靴。汉王迷瞪着眼，盯了侯盈盈好一会儿，突然抬脚将她蹬开。

严子方下意识跨出一步。

虽然他来之前已有心理准备，知道侯盈盈的状态不会太好，却想不到人已经被折磨得不成样子，身子单薄如纸，面色惨白如纸，身上那件衣裙仿佛是麻袋，根本不像王妃身份，连普通宫女都比不上。他还记得第一面，她那么美好，犹如不食人间烟火的仙女。这样强烈的对比，深深刺痛了他的眼、他的心。

汉王却拉住严子方，指着侯盈盈，大着舌头说道："我告诉你，你肯定没见过这么下贱的东西！她本来可以做高高在上的汉王妃，做我今生今世都会爱护的妻子，可她不愿意，她选择做一个贱人。"

汉王改抓侯盈盈的胳膊，用力摇着："贱人，你为什么不说话？你开口啊！别一副看起来是我在羞辱你的可怜模样！只有你才明白，是你在羞辱我！你一直在羞辱我！我掐死你！我掐死你！"冷不丁掐住她的脖子，收紧十指。

侯盈盈脸色通红，却不吭一声。

严子方不自觉走近汉王，哪知汉王忽然倒在侯盈盈肩上，醉死过去。

侯盈盈的双臂环抱汉王，以免他滑下去，同时盯着严子方，目光平静。严子方顺着她的目光，看看自己的手，不知何时多了把短刀，泛着冷光。

他恍然大悟："对，见血就不好了，我有办法让他看起来是饮酒过多而暴死，不会引起任何人怀疑。像他这种酒色过度的人，本来就活不长。"

侯盈盈吃力地扶着汉王走向床榻："你敢碰他一根头发，我就放声大叫，把整个汉王府的人都叫来。"

"侯盈盈，你是不是被他打傻了？"他要救她啊。

"他是我的夫君。"她自己的选择，自己承担，"虽然他打我、折磨我，但那是因为我先对不起他。至少，他还给了我名分。你呢？你给了我什么？"

"你想我给你什么？"除了姻缘。

"严子方，你太穷了，什么都给不起。"她已经想通。

"所以，你就非要留在这里，受汉王的虐待，好让我内疚？"他想说那么做根本没用，但说不出来，因为是谎言。

"小声点儿，我夫君睡着了，你不要吵他。"她连看他一眼都懒。

严子方油然生怒，大步走出屋子，却听到了侯盈盈的歌声。那是他和她初见时她唱的歌，而今她唱给了另外一个男子。他不懂为什么，却痛得撕心裂肺。

太子躺在榻上，伸手爱怜地抚着苏灵淑的脸。苏灵淑也伸手，却挡住太子的眼，不想他看着她的丑样子。

他抓住她的手："你是为了孤才受的委屈。孤对你发誓，日后孤当了皇帝，你是孤永远的皇后。你永远都站在孤的身旁。"

她轻轻偎入他身侧。

"孤告诉你一件事。孤摔下马时，曾有片刻恍惚，还以为看到称心了。"他会待她坦诚。

她转过身来，面对他，目光关切。

"称心来到孤的身边，他摸着孤的脖子，好像在安慰孤，要孤坚持下去。孤早就知道，称心没有把孤丢下，他的魂灵一直在孤的身边。每当孤遇到危难，他就会出现，帮孤渡过难关。"他不自禁微笑。

她沉默半晌。

"怎么不说话？孤说称心的事，是不是让你不高兴了？"

"不。我很高兴。太子和我说称心，这是真正把我当成自己人了。"她语气真挚，笑容真心，"我刚才沉默，只是因为我想起来，他们把殿下送回来时，还押着一个人，说是山中的采药人，怕有可疑，也关在了天牢里。殿下说看到了称心，但会不会是那个采药人啊？"

"很有可能。"他笑着摇了摇头，"罢了，孤也不再提称心了，放他投胎转世去，下辈子一定比这辈子好。"

她却起了身，吩咐内侍去把那个采药人领来。

"你这是……"他不解。

"方才殿下说起称心，开心的神情我许久未见，让我对采药人有些好奇。殿下，和我一起见见吧。"只要能看到他的笑，她什么都愿意做。

很快，内侍领着人来了。那人脸上有伤，显然也受了刑，然而让太子和苏灵淑惊讶的是，他的相貌竟和称心极为相似。

太子甚至自己撑坐了起来，神情不可置信："称心！"

那人跪下，声音不轻不重："草民覆水，拜见太子、太子妃。"

太子喃喃："覆水难收的覆水。这个名字少见。"

"草民是个弃儿，从小被隐居在深山的养父收养。大概捡到我的时候，养父心情正低落吧，所以随口就给我起了一个这样古怪的名字，让殿下见笑了。"

"覆水难收……"太子感怀，"人生许多事开了头就永远也回不去了。覆水，你会下棋吗？"

覆水答："只会一点皮毛。"

太子精神陡然提起："好，好，和孤下一盘。"

苏灵淑已经亲手端来棋盘。

太子感激地看她一眼，放落一子，转看覆水："覆水，到你了。"

覆水坐到榻边，捏着棋子，想了好一会儿。

太子哈哈笑道："你下棋怎么还是这么慢？"

覆水犹豫着，下了一子："我下棋一直这么慢。"

苏灵淑望着这幅画面，静静地退出寝殿。谁说覆水难收？就在刚才，时光重来了，真好！

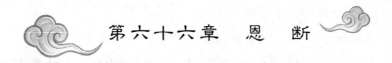

第六十六章　恩　断

程处默睁开眼，屋里灰亮，隐隐可见山水屏风那边一道身影，悄无声息地移动着。他起了身。上身缠满了棉布，每一步都牵动背上的伤，但丝毫不影响他的动作，如豹一样轻。

绕过屏风，他就认出了那道影子。那是他为了让娘亲消停些，别再把各家千金的画像弄到他眼前晃，才带回来的怜燕儿。

"你在做什么？"程处默看怜燕儿好一会儿才开口。

怜燕儿回头，一脸惊吓，手里抱着一叠书："吓我一跳！我瞧书桌太乱，帮你收拾一下。"

"不必，我有自己的摆放习惯。"程处默往书桌前走去，拿过她手里的东西，放上书架。

"对不住，我今后不会了。"怜燕儿微微一笑，"对了，我跟夫人学了炖排骨，盛一碗给你尝尝？"

"我娘没找你麻烦？"他只是把她带回来，娘那儿还没说。

"不会，夫人对我很好。"她和马海妞合开的美人坊，可是把长安城里的贵妇搞定了一大半，直爽脾气的程夫人不过小菜一碟。

"那是因为她不知道你从前在燕回楼待过。"知道的话，他的耳朵会被拧下来。

"她知道啊。"怜燕儿语出惊人，"我主动告诉夫人了。"

她话音刚落，程夫人走了进来，打扮得年轻十岁，从发式到衣装搭配，新颖别致，又特别适合。

"处默，起来了！燕儿，你也在啊。"

"夫人早。"怜燕儿施施然行个礼，"我去端排骨汤给小公爷喝。"

程夫人等怜燕儿走出去，叹道："真是个不错的孩子，可惜命苦，从小被她那狠心的舅妈卖到了不清白的地方。即便如今从了良，想做你的正房也是没指望了。不过，要是给你做端茶倒水、洗脚铺床的侍妾，倒还看得过去。处默，你说是不是啊？"

程处默顾左右而言他："娘，你今天这打扮让人耳目一新啊。"

程夫人得意："哎呀，不就是拔丛回鹘髻吗？马马虎虎啦。你娘我现在，每天都让你爹目瞪口呆。"

程处默想象阿爷掉下巴的模样，忍着笑："怜燕儿帮你打扮的？"

"好不好看？"程夫人扶了扶发髻。

"好看。"程处默语气一转，"可是也不能为了梳妆打扮，就出卖儿子啊。"

"你这没良心的小子，她可是你带回来的，我这不是不想为难你，大人有大量网开一面吗？对了，媒婆又送画像来了，这次的几位官宦千金都不错，你快给我挑一个，老老实实地成亲，我还等着抱孙……"

程处默将唠唠叨叨的程夫人推出房门。

程夫人叫："你干吗？"

"圣上有旨，要我闭门思过。"程处默关上门，语气理所应当，"我闭门思过。"

程处亮兴冲冲跑进院子："娘、大哥，你们猜怎么着？太子他，瘸了！"

程夫人蹙眉："你兴奋什么劲儿？这可不是好事！"往大了说，大唐国本，身体残缺，乃是不祥；往小了说，太子对魏王和他们卢国公府只怕积怨更深。

房门猛地打开，程处默也是一脸震惊。

苏灵淑在太子的书房门前踌躇着，忽见覆水出现，急忙迎上。

她问："这几天你去了哪儿？"

"我去山里采点草药，刚一进宫就听说了太子的事。"覆水往书房紧闭的门看了一眼，"殿下如何？"

"自是心情不好，也不肯好好进食，你帮我劝劝他。"苏灵淑如今把覆水视作同盟之人，"我特意叫膳房做了殿下爱吃的烤鱼，让人送进去，但被他推了出来。"

覆水点点头，拿筷子穿了烤鱼，来到门前："殿下，覆水进来了。"

覆水推门进去，见一地狼藉，书房里的东西已经摔无可摔，太子蜷缩在角落里，犹如困兽。

"我回来了。"覆水将烤鱼送过去，"给你带了条烤鱼。你不是说，你最喜欢吃烤鱼吗？"

太子抬头看一眼，没好气："这烤鱼刚刚还躺在内侍送进来的菜碟里，怎么一转眼就变成你烤的鱼了？"

"我说这是我烤的鱼了？"覆水耸耸肩，"我刚刚明明说的是，给你带了一条烤鱼。"

"狡辩。"太子哼了哼，心情却莫名平静了些。

人人都是苦口婆心，粉饰太平地跟他说瘸腿不是什么大事，却不知他们只要一提他的腿，就让他痛苦一次。他这个太子，越当越痛苦，被父皇训斥已成家常便饭，连牢饭都吃过了，如今腿又变成这样，简直让他崩溃。唯有覆水，只说烤鱼，聊天如常。

"吃不吃？"覆水确认一下。

"不吃。"太子的语气却已不同。

等了一会儿，太子不见覆水回应，抬眼再看，好气又好笑。

覆水自己吃上了烤鱼："殿下，我只是一个采药人，不会说大道理。不过在我看来，天下的道理，就像这条烤鱼。你以为你不吃，别人也会像你一样宁愿饿肚子也不吃吗？想吃它的人多着呢。那些早就眼馋它的人正好取你而代之。到头来，饿死的是你，吃到肚子饱饱的是别人。你想想，如果你一直躲在角落里，把烤鱼拱手相让，那这条香喷喷的烤鱼，最后会落到谁的肚子里？谁会是最后赢的那一个？"

太子沉思，眼神渐渐变了，拿过覆水手里的烤鱼，大咬一口。覆水也不说话，只是笑望着津津有味吃鱼的太子。

太子边吃边道："覆水，你知道你像谁吗？"

覆水答："称心。"

太子奇道："你认识称心？"

覆水摇头："不认识。不过很多人都说我像他。"

太子与之对望："在我心里，你就是他。"

覆水的目光却波澜不兴："殿下要把我当成他，我没问题。不过，殿下要答应我一件事。听说那个称心很年轻就死了，希望太子不要让我像他一样，年纪轻轻就丢了性命。"

太子放下烤鱼："我向你保证，我不会让任何人伤害你。发生在称心身上的事，我绝不允许再发生在你身上。"

覆水的眼中一丝波动。

内侍来报，张玄素求见。

太子毫不犹豫起身："让他在书房等着，孤换身衣服就过去。"回头看着覆水，目光坚定："你说得对，孤不能再躲在角落里了，孤要护住自己的烤鱼。"

只是太子的话说得虽好，没一会儿就又气冲冲回来了。覆水看了他一眼，又看回棋盘，对着棋谱摆棋子。

太子火大："孤把魏王府的长史从吏部的嘉奖名单里去掉，张玄素就啰里啰唆。魏王这次打个仗，奖赏已经够多了，父皇还亲自给他写了一个'贤'字，我觉得应当适可而止。张玄素就教训孤说，魏王是魏王，长史是长史，孤没有公心，做的是糊涂事。"

覆水漫不经心："原来太子生气，是因为张玄素给魏王府的人说好话。这个理所当然啊。人往高处走，水往低处流。张玄素也是人，他见你现在状况不好，投靠魏王，也不是什么奇怪的事。"

"张玄素投靠魏王？"太子一怔，摇摇头，"不会的，张玄素是父皇派给我的大臣，虽然他清高的嘴脸让孤生厌，但应该不是首鼠两端之徒。"

覆水淡道："我也就是按照常理推测，你爱信不信。反正，如果我是你，我就对他提防点。"

"怎么提防？"太子却已经被覆水的话带着走，"张玄素现在明着给魏王的人说话，偏偏又占着道理，如果不听他的，他会闹到父皇那里，那我就更被动了。"

"你是太子，还对付不了自己东宫的官员？想个办法堵住他的嘴不就得了？"覆水耸耸肩，"例如，明升暗降。"

太子沉吟："明升暗降？"

"表面上给魏王那个下属升一级，实则把他调成闲职，让他做个空架子……"覆水对上太子沉沉的目光，放下棋谱，起身往外走，"我多嘴了，这些不是我能过问的事，我还是出去吧。"

太子叫住："覆水，你闲着也是闲着，过来帮我磨墨吧。"

覆水脚上一转，从善如流，一边为太子磨墨，一边探头看他批示的奏章，眼中带笑："太子果然了得，这下张玄素无话可说了。"

太子得意："你磨的这墨也有功劳，以后孤批示奏章，你都来帮孤磨墨吧。"

覆水垂了眼，嘴角一翘，应："是。"

傅柔来到凌霄阁外的花园里，看见吴王正舞剑，剑若游龙，沉吟啸水。吴王也瞧见了她，只是不说话，旋身背对着。

"承蒙皇后娘娘看得起，要下官教导晋王殿下。昨天晋王殿下问起'疑行无成，疑事无功'的出处，下官不能答，所以来请教吴王殿下。"既然她有求于人，她先开口也无妨。

"平时躲着我，有难处就想起我来了。"他一剑回刺，秋花摇曳，"当我是什么？"

"是下官冒昧了。"她有些尴尬，"下官告退。"

"《商君书·更法》。"剑风轻柔，拂动她前方的红叶，他已落在她身前，"'疑行无成，疑事无功'，出自《商君书·更法》。商鞅认为，做大事要果断，不能有疑虑。行动有疑虑就不会成功，做事有疑虑就没有效果。"

她福了福："多谢吴王，下官告退。"

他了然一笑："就这么走了？没有别的事？"

她欲言又止，心知被他看穿。

"程处默还在被罚着闭门思过吧？"他看她禁不住点头，心头懊恼，只有程处默才会让她放下自尊，"皇后代太子出面，要父皇惩罚程处默，那皇后自然不会帮程处默在父皇面前说好话，所以你就把主意打到我头上来了。在你心中，我就是一个可以不断利用的滥好人？"

她有些赧然："下官也知道不该来，却忍不住想来试一试，其实自己想起来也觉得惭愧，就请殿下当下官今天没有来过这里吧。"

"程处默已经有别的女人了。"他的消息比她灵通得多，"燕回楼的怜燕儿，当年就是程处默的红颜知己，如今登堂入室，住进卢国公府了。所谓的闭门思过，却有美人相伴，可不是你想象中的那样冷清可怜。傅司言还是多为自己考虑吧。"

她陡然转身："我不相信你。程处默虽然不是十全十美，而我们之间的确发生了很多事，但他不是一个三心二意的人。"

他嗤声："对自己这么有信心？好！那我们打赌，你要是输了，就陪我好好地游玩一天？"

她默许了，因为心堤有个小小的缺口，一直希望可以弥补，程处默却不给她机会，那她只能制造机会了！

过了几日，魏王借着《括地志》的完成，皇帝龙颜大悦，帮程处默免了闭门思过这一责罚。吴王就约傅柔，在程处默当值的这一天出宫，一起来到了卢国公府门前。时辰差不多的时候，程处默一身轻甲，气宇轩昂地从门里走了出来。

吴王要笑不笑："要不要我陪你上去啊？给你个肩膀依靠，万一你泣不成声，手脚发软……"

傅柔冷冷看他一眼。

吴王举起双手："好，算我多话。去吧，我在这儿，等你哭着跑回来。"

傅柔不再搭理他，正要走过去，但见卢国公府大门里跑出一个女子，容貌绝佳，气质妖娆。

　　"处默，你钱袋忘了。"女子动作轻柔，拉住了程处默的衣袖。

　　吴王哟了一声："那就是怜燕儿。"

　　傅柔紧抿双唇。他们站的这个位置，能听到对方在说什么。

　　程处默接过怜燕儿递来的钱袋："还是你心细。"

　　怜燕儿娇嗔："我就只有心细这一个长处？"

　　程处默笑夸："不但心细，还手巧，把我娘哄得服服帖帖的。"终于让他耳根清净，再不用担心一睁眼就要相各大千金的面。

　　吴王低眼瞧着傅柔泛白的脸色："算了，我们回宫吧。"这叫什么赌？让他心尖儿疼。

　　傅柔却深吸一口气，镇定地走了过去。

　　程处默看到傅柔，笑容僵住。怜燕儿退后一步，手里仍揪着程处默的袖子。

　　"这位姑娘，和你是什么关系？"傅柔问程处默。有时，眼见也未必是真，她要听他亲口说。

　　程处默眼神闪烁一下，随即扬起下巴："她和我是什么关系？"一把将怜燕儿搂到身旁，"你没资格过问！"

　　傅柔眸光起冷："你再说一次。"

　　程处默心头瑟缩，口头强横："再说一百次也是一样！你以为我程处默在你面前，永远只能当一个傻瓜是不是？不管被你耍了多少次，都依然会为你神魂颠倒？从头到尾都是你对不起我，你有什么资格来质问我？我们已经一刀两断，恩断义绝，没有任何关系！我身边有没有女人，我和别的女人是什么关系，轮不到你管！"

　　傅柔沉默半晌，无声苦笑："好，我知道了。"

　　程处默看着傅柔离去的背影，放在怜燕儿肩上的手无力落下，愤怒的目光迅速冷却，露出痛楚的神情。

　　怜燕儿却反而紧紧依偎入怀："处默，你刚才一番话真是掷地有声。"

　　"啊？"程处默茫然，"刚才？我刚才说什么了？"

　　怜燕儿柔笑："你说那女人把你当傻瓜，说她一直在耍你。你说，你和她一刀两断，恩断义绝，没有任何关系。你刚才好有气势，好有大男人的威风。"

　　程处默忽道："不对！"一边朝傅柔离开的方向冲了过去，一边大叫，"柔儿，刚才那些话不算数！"

他在耍什么花枪？这些日子刻意回避她，在边关跌打滚爬，也不过是把她的影子凿得更深。这会儿她主动来找他，不就是下台阶最好的机会吗？

然而，当程处默拐过街角，却紧急刹车，再次目睹傅柔把手伸给了吴王，共乘一骑离去。

"程处默，你到底还要被她欺骗多少次，耍弄多少次才甘心？"他拔出腰间小刀，狠狠插入大腿，鲜血急流，但眉头都不皱一下，"我程处默用自己的血发誓，今生今世再也不犯同样的错误。绝不再对傅柔心存盼望，不再妄想，不再痴迷，不再执着！就算有朝一日她跪在我程处默面前苦苦哀求，我也绝不心软！"

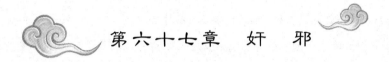

第六十七章　奸　邪

檀香燃起一缕青烟，太子妃在插花，松枝和菊为主，芦草点缀，颇有清高的之气。魏王妃一旁坐着，垂眼喝茶，一小口一小口，优雅悠然。一个是懒得搭理，一个是无话可说。

魏王妃一边喝茶，一边心里骂着魏王。魏王拿着处默的事向她邀功，还表示自己好像做错了事，不该在太子腿伤之后第一次上朝的时候，向父皇呈献《括地志》，导致抢了太子风头，太子又不高兴了。因此，他希望她和太子妃走动走动，聊个天，送个礼，赔个笑脸，能修复一下兄弟之情。

自从太子受伤后，魏王妃一次都没来过。其一，太子夫妇借题发挥，让她夫君受了委屈。其二，太子夫妇小肚鸡肠，让她弟弟受了委屈。想当初，这对夫妻把她夫君强行送去战场，她可是一句怨言都没有，结果只因一个针线人的胡说八道，反倒赖起他们有加害之心，是非黑白皆由他们说了算。

说实在的，太子娶了苏灵淑之后，魏王府和东宫的关系一日不如一日，自是眼前这位使劲吹枕边风的功劳。要说苏灵淑生了皇孙，得了太子的宠，也该打起精神来了，怎么还是阴阳怪气的呢？反正她武将府里出生的女儿，就是瞧不惯！

然而，魏王妃眼见茶杯将要空了，想到自家夫君胖乎乎的脸、圆溜溜的眼，心就软下来了。

"这些天身体不好，没能过来给太子和太子妃请安，请太子妃不要介怀。"她忍吧，谁叫她是贤内助呢。

"我怎么会怪罪魏王妃？"苏灵淑皮笑肉不笑，"我还庆幸来着。太子和魏王一起去打猎，太子摔成了重伤回来，几乎把我都给吓死了。幸好魏王平平安安，我是为魏王妃你庆幸啊。"

魏王妃忽然忍不住："可不是吗？魏王出征齐州的时候，我也是提心吊胆，夜难成寐，可只要想到能为太子和太子妃分忧，心里就好多了。太子这回受伤，魏王寝食难安，都是一家骨肉，血脉相连哪。"

苏灵淑语气一滞，话题转开："那个叫夏荷的针线人，魏王妃认识吗？"

"这……"来真的了？魏王妃叹口气，"魏王府人口众多，要一个个都清楚他们的秉性，也不是件容易的事。"

苏灵淑立刻嘲讽："普通人的秉性要弄清楚都不容易，何况是一个刺客的秉性呢。我到底掌着东宫，明白魏王妃掌着王府，也确实很不容易。"

魏王妃张张口，最终牵强一笑，示意宫女送上礼盒："太子妃忙，我也不叨扰了。这是一支百年老参，小小心意，送给太子进补。"

苏灵淑眖了一眼，面无表情。

魏王妃起身走人，心里清楚，只要她接着顶嘴，这场聊天就会没完没了，而她片刻都不想在东宫里多待。

第二日一早，苏灵淑将礼盒呈给太子。太子一看里面的东西，脸色铁青，扬手就给打翻了。一只干枯的虎爪落在地上。

"岂有此理！"太子怒道。

苏灵淑和书桌旁的覆水交换一个眼色，也气愤道："魏王妃亲自送来的，说殿下如今腿脚不好，这虎爪正好给殿下熬汤，以形补形。"

"孤这头老虎的爪子虽然有了毛病，但孤的这口钢牙，还利着呢。"太子一甩袖，走了出去。

苏灵淑对覆水笑了笑："果然好主意。"

昨夜，覆水扶着醉得不清的太子，从汉王那儿吃酒回来，正好看到魏王妃送的那支老参。苏灵淑就顺便抱怨了一下，怕太子为这点东西又对魏王心软，覆水便出了这个主意。

覆水答："一切都是为了太子。"

苏灵淑点头："不错。只要太子好，就是我们好。"

皇帝去了温泉宫休养，让太子监国。太子就对文学馆下手，编书有功者明升实降，稍有错漏者立刻降等，还因毫不相干的事把人革职。文学馆人人跟魏王抱怨，魏王也没法子，又不能去问魏王妃是不是对太子妃说错了什么，以至于太子变本加厉。

不过，太子这么乱来的同时，也激怒了张玄素。张玄素认为太子公私不分、兄弟无义，已经让私欲夺走了理智。太子一次次忍张玄素，再也不想忍了，反问张玄素的私心是否在魏王一党。

张玄素警觉："是臣有私心，还是太子身边有奸邪？"东宫来了个和称心长相肖似的采药人，他已有所耳闻。

太子当然知道他指覆水，不由得大怒："你大胆！"

张玄素道："称心之事，前车之鉴犹在。如今太子监国，批阅奏章时把东宫官员排除在外，却让一个采药人在身侧磨墨。这不是奸邪是什么？国之将亡，必有妖孽！"

太子怒不可遏："你竟敢诅咒大唐将亡？"

张玄素不遑多让："太子如果想大唐千秋万世，就应该立即处死那个叫覆水的小人！"

"张玄素！你真以为孤可欺吗？你要杀谁就杀谁？背主谋私之徒，孤登基之日，就是取你头颅之时！"太子口不择言。

张玄素强硬："太子尽管取臣的头颅。但是，只要臣活着，就一定会铲除太子身边的奸邪！"

张玄素毫无忌讳的责难，让太子的心情极其恶劣。哪知他还没回到书房，半途又让长孙皇后召去，狠狠训斥了他一番。虽没有张玄素说得那么重，却也痛心他针对亲兄弟。

太子憋了一肚子气，进了书房就对覆水吐苦水，不过打压了几个文学馆的人，他就被母后召去骂得狗血淋头。

覆水眼中藏锐，只问太子是不是和张玄素闹翻了。

太子不以为然。闹翻又怎样？他怕父皇、母后，连魏王都要忌惮，难道对着自己东宫的官员也要小心翼翼地夹着尾巴？

覆水这才告诉太子，张玄素离开长安，显然要去温泉宫面圣，告他的状。

太子立刻懊恼，知道自己把话说得太重，而一旦父皇相信张玄素的话，只怕又要对他失望了。

覆水看太子神情恍惚，忽道："太子，绝不能让张玄素去温泉宫。"

"对！对！一定要截住他！"太子想的是，自己大不了再低个头。

"明白，我这就去办。"覆水主动领了差事，走了出去。

不过，等覆水回来，告诉太子事情办妥了，张玄素已是死人，死人自然没法再开口告状。

"张玄素死了？"太子震惊至极，当下感觉不对，"怎么会呢？孤只让你派人把他

109

追回来啊！"

"我假传太子的口谕，让侍卫把张玄素杀了。"覆水如实交代。

"你！"太子摇着覆水的肩，"你到底干了什么？！张玄素是父皇指派来协助我的，杀了他，那孤与齐王有何不同？"一定会掀起轩然大波！

覆水掏出奏章："这是张玄素准备交给皇帝的奏章，请太子过目。"

太子接过奏章，打开阅览，眉头越皱越紧。张玄素在奏章里说，覆水就是第二个称心，是奸邪，是小人，要皇上像处置称心一样处置覆水。

覆水淡淡一问："皇上是怎么处置称心的？听说，是逼太子亲手杀死称心，以表达太子改过自新的决心？"

太子否认："不是孤！称心是自杀的。"

"如果称心不自杀，太子会杀了他吗？"覆水语气一顿，叹道，"称心不想让太子为难，所以自己了结自己。他能为太子而死，覆水也能做到。张玄素的死是覆水所为，因为他不死，覆水就必须死。如果太子觉得覆水做错了，覆水以死谢罪。"手腕一翻，竟然已经拿了一把匕首，要往心窝上插。

"住手！"太子握住覆水的腕子，"孤说过，绝不会让称心的惨剧，再发生在你身上。你也是孤身边唯一信得过的朋友，你不能丢下孤不管。"

覆水望着太子，情绪微动："太子如此信任覆水，覆水愿为太子粉身碎骨！"

严子方在园中喝酒，看见马海妞抱着珠宝盒子，从外头回来，一脸没赚饱的表情。

"怎么，美人坊生意不好？"作为老大，兼合伙人，关心一下。

"美人坊生意好得很，只是我今天去看魏王妃，带了好多新首饰给她瞧，但她一件都没要。以往，她可是我最忠实的客户呢！"所以，马海妞比较在意。

"为什么没要？"严子方问。

"如今太子和魏王闹成这样，她哪儿来的心思？"马海妞摇头，"还是亲兄弟哪！"

严子方冷撇嘴角："帝王无情。"

马海妞忽然想起来什么："对了，魏王妃跟我说啊，其实当初太子妃还是苏家小姐的时候，到魏王府给太子相看，都是魏王和魏王妃帮忙张罗。太子妃本来没有胜算，全靠着傅柔给她出主意，在她裙子里加丝带和花瓣，舞出漫天花雨，才打败侯盈盈，成为太子妃。按说，魏王府对太子妃有恩，如今太子和魏王有了矛盾，她不但不帮着劝，还火上浇油。"

严子方略一思忖："既然太子妃忘恩负义，你就替天行道，把她的丑事告诉所有人。"

马海妞犹豫："可是老大，我那么做，不是会让魏王府和东宫的关系更糟吗？好像不太对。"

严子方抬眉："魏王妃对你好不好？"

马海妞点头："很好。"

严子方再问："你想不想惩罚太子妃，给魏王妃出气？"

马海妞干脆："想啊。"

严子方有点命令的语气："那你就照我说的办。"

马海妞没听出来，只是本能觉得这么做不对。

"难道你什么都不做，魏王府和东宫的关系就能变好？现在他们两家已经势不两立，我们要不然就是干坐着，要不然就是帮魏王一派。"命令没用，那他就讲道理，马海妞如今很懂道理的，"帮忙总比干坐着强。"

马海妞果然比较讲道理，自己当然要帮魏王一派，三天内要让太子妃的名誉扫地！

三天后。

"什么！"苏灵淑把茶杯狠狠砸在地上。

"那些命妇凑在一块儿，都拿这事取笑，也不知道当日选太子妃的事是怎么传出去的。"双喜将外面传得沸沸扬扬的八卦告诉了苏灵淑。

"还用问吗？除了魏王妃还能是谁？卑鄙无耻下作！"苏灵淑不用想就知道，近来太子对付文学馆，魏王自然跳脚，只是料不到竟然踩到她头上来了。

内侍传报玉总管来了。

苏灵淑心情稍敛，命人收拾地面，才让玉合进来。

"拜见太子妃娘娘。"玉合跪行大礼。

"玉总管，什么事要劳你的大驾？"苏灵淑神情显得十分受用对方的大礼。

"杨妃娘娘听说太子殿下最近代皇上批阅奏章，睡得不好，特意叫奴送一点灵芝过来，给太子殿下补气安神。"玉合奉上灵芝。

"劳杨妃娘娘记挂了。"苏灵淑示意双喜收下，"玉总管回去，代我谢谢杨妃娘娘。"

玉合恭谨告退。

双喜看着灵芝："没想到杨妃也会给太子殿下送礼。"

苏灵淑语气骄纵："如今父皇不在，殿下监国，掌管生杀大权，她和吴王敢不老实吗？倒是魏王府，越来越不识趣。"

玉合还没走远，听在耳里不过一笑，来到东宫一处僻静的旧墙下。那里已经有人在等他。

玉合开口："东宫有你，外有严子方，东宫和魏王府的关系已经势同水火，就等着最后雷霆一击，玉石俱焚。覆水，你做得很好。"

那人回身，正是覆水。

覆水恭敬："父亲大人夸奖了。"

从洪义德到夏荷，太子每每倒霉一次，他们就离目标更近一步。张玄素说的一点都没错，他覆水就是奸佞，就是小人，但他绝不会是称心。因为，称心太蠢。

这日，立政殿摆了丰盛的席面。

长孙皇后以为太子被她训了一顿之后，会有所收敛，谁知太子变本加厉，扣了文学馆的经费，把那些文人学士都遣散了，不用想都知道魏王会有什么反应。还有，最近那些贵妇说的八卦，或多或少她也听了一些，想不到魏王妃和太子妃之间也势同水火了。这一件件的事，让她糟心，吃不好睡不好，只觉闹成这样颇为蹊跷。

傅柔见长孙皇后日益消瘦，就建议办个家宴，兄弟妯娌见见面，把话都说开，消除心里的隔阂。

"太子妃生辰，一家子聚在一块儿也乐乐。"长孙皇后微笑着，一招手，宫女捧着托盘上前，"太子妃，我这里有一件新贡上来的黑貂裘，瞧着不错，眼看天也冷了，正是用得着的时候，就当是我的贺礼吧。"

苏灵淑起身，妆容喜气，眼角眦翘："臣媳是小辈，生辰怎敢劳母后惦记？母后的贺礼更是当不起。"

苏灵淑当然是假客气，来之前就已经知道新贡上来两件黑白貂裘，长孙皇后留了白的那件，黑貂裘打算给她。她正嫌天冷了，没什么好皮子穿，就等着今天家宴上接收。

长孙皇后道："这有什么当不起？你在东宫侍奉太子，还要照顾年幼的皇孙，我知道你的辛苦。今天都是自家人，奏对的虚礼就免了吧。"

苏灵淑这才谢恩，接过黑貂裘，睨对面的魏王妃一眼，难掩得意。

长孙皇后留意到魏王妃对斟酒的宫女摆手，关心地问道："魏王妃，怎么不让他们给你倒酒？身体不舒服？"

魏王妃羞涩不语，见魏王想张口，立刻拽了他一下。魏王乖乖闭嘴，只是傻乐呵。

傅柔见状，低声道："兴许是身子不方便？"

长孙皇后醒悟："是不是有喜了啊？"看魏王妃还是不言，知道这是默认，不由得大喜，"有这样的喜事，怎么还瞒着本宫？"

魏王见已经说穿了，才笑道："母后，太医那边还没报准信呢，儿臣打算过十天半个月，等有了准信，再禀报母后。"

长孙皇后怪道："还等？也该有了，我等这一天，等得脖子都长了。今日一听这好消息，连病都好了大半。来人，把酒满上，我要好好饮一杯。魏王妃，你的酒就免了，斟上蜜汁。"

魏王妃饮了一口蜜汁，突然轻咳出声。

魏王马上紧张："怎么咳嗽了？是不是着凉了？"

长孙皇后更紧张："快，把我那件白貂裘拿来，给魏王妃披上，这时候可千万不能受凉。"

内侍匆匆来去，捧着白貂裘，送到魏王那一席。

魏王赶紧帮魏王妃披上，同时也没忘了讨母后的好："母后，这件貂裘真漂亮，好东西啊。"

长孙皇后笑："你倒有眼光，这也是刚贡上来的，我还没用过一次，就赏给魏王妃了。"

魏王妃要起身谢赏。

长孙挥挥手："不用离席谢恩了。刚刚说过，一家子乐乐，虚礼都免了。"

苏灵淑拉长着脸，眼中深藏嫉恨。魏王妃坏她名声，结果倒好，又是有孕，又得白貂裘，魏王前后左右围着转。什么好处都叫魏王妃得了，她还矮三分，如何不火冒三丈？

长孙皇后却没留意苏灵淑的表情变化："太子、魏王，你们兄弟最近很少一起来看本宫，都在忙什么？"

太子答："儿臣忙于政务，没常来给母后请安，是儿臣的不是。儿臣给母后赔罪。"

魏王答："儿臣当然是忙着……"想到太子已经让他忙不起来了，"忙着编书。"

长孙皇后奇怪："你那本《括地志》不是已经编好了吗？怎么，又想再编一本旷世巨著？"

魏王讪笑："儿臣倒是想再编一本，给我们大唐文治添添风采。可是文学馆最近不知得罪了谁，麻烦是一个接着一个，儿臣头疼得不得了啊。父皇又不在，儿臣这一肚子苦恼，都不知道该怎么办。"

"你也太糊涂了。"长孙皇后装糊涂，"你父皇不在，可你哥哥在啊。太子在长安监国，大小事务都是他在代管，你遇到麻烦，就不懂来求太子吗？"

魏王呵呵："儿臣当然想求，就怕求了不管用，万一弄巧反拙，还被太子怪罪，那可得不偿失。"

"胡说。太子是长兄,对你最亲厚仁爱。你有难处,他绝不会看着你不管。太子,你说对不对?"长孙皇后穿针引线。

太子冷淡:"母后说得对。一母同胞的兄弟,就应该相亲相爱,兄友弟恭。"

长孙对魏王道:"听见了?你哥哥总不会不顾着你的。"

太子语气却转:"说到兄友弟恭,要是弟弟对哥哥不恭敬,当哥哥的有点胸怀,忍一忍也就过去了。但万一遇上弟弟得寸进尺,不但不恭敬,还背后算计哥哥。母后,您说这当哥哥的,又该怎么办?"

魏王叫:"母后,这话我就听不懂了。我文学馆的人一个个倒了大霉,经费也被克扣了,到头来,怎么反而变成是我在算计人了?"

太子直接愤对魏王:"到底谁算计谁,你心里有数。"

魏王跳起来:"把话说明白,谁算计谁?"

太子哼了又哼:"母后面前,要是把话点明白了,你脸上就不好看了。"

魏王也哼:"你还敢当着母后的面点明白?自从父皇去了温泉宫养病,你监国做的那都叫什么事?你我一个娘生的,我一直以来处处帮着你,你倒好,如今处处打压我。你存的什么心?"

"面上装好人,暗地里却勾结大臣们写奏折,要联名向父皇弹劾我。你又存的是什么心?"太子想,别以为他不知道!

"我……什么奏章?"魏王有点心虚,虽说不是他带头,而是那群被太子整治得怨声载道的文士发起联名,那也是太子逼得太狠了。

太子厉声:"你要是敢说没有这回事,就在母后面前发毒誓,虚言者天诛地灭,永坠十八层地狱!"

啪!长孙皇后把酒杯重重拍在案上。

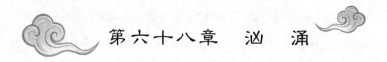

第六十八章　汹　涌

一场家宴,人心却不齐,各有各的盘算,各有各的怨愤,但正如傅柔所言,至少能当面吵架,把心里憋的话都说出来。

太子要魏王发毒誓,长孙皇后闻言大怒,反问亲兄弟之间怎能用这么狠毒的话来发誓。

太子急忙跪下:"母后息怒。"

魏王嘀咕："当着母后的面都这么放肆，背着母后就更可想而知。"

长孙皇后霍然转头，冷凝魏王。

魏王心惊肉跳，赶紧也出来跪下："儿臣多嘴，母后息怒。"

长孙皇后严厉地问："和大臣们联名弹劾太子的奏章，有没有这回事？"

魏王讷讷："……有。"

长孙皇后再问："你在上面签名了？"

"儿臣……"魏王觉得委屈，"儿臣也是被太子逼得没办法，为了保住文学馆才……"

长孙皇后将袖子一拂，酒壶掷地有声，吓得苏灵淑和魏王妃都跑上前跪了。

长孙皇后开口："你们……你们真是好啊——"忽然呛出一口血！

两对夫妇难得异口同声喊"母后"。

傅柔扶住长孙皇后，命宫女送上药瓶，倒出一颗，要给长孙皇后服下。

长孙皇后却摇摇头，用手推开，眼眶湿润："玄武门事变，犹历历在目。隐太子李建成，齐王李元吉，和陛下都是窦太后所生，一母同胞的亲兄弟啊，到最后势同水火，手足相残。这么多年过去了，至今仍是陛下心头一道血淋淋的伤口。难道你们也要闹到这样的地步吗？如果要母后看着你们兄弟反目成仇，肝肠寸断，那母后还不如今日就闭眼撒手，何苦再吃这些药，苟延残喘！"夺过傅柔手里的药瓶，将它扔远。

药瓶的口打开，药丸滚落一地。

太子跪着前行："儿臣不孝。母后生气，只管打骂儿臣，千万不要拿自己的万金之躯撒气！"

魏王也跪着走，捡起一颗颗药丸，放回药瓶里，双手捧到长孙皇后面前。

长孙皇后的脸色惨白，眼中冒火："连亲哥哥都能弹劾，你还管母后的药干什么？你索性取毒药来，了断我吧！"

魏王痛心："母后，儿臣该死！儿臣鬼迷心窍！儿臣……"左右开弓，打自己的嘴巴。

太子拦住魏王："母后都这样了，不能再受刺激。你要是把自己给打伤了，不是更不孝吗？"

魏王点头："对对！太子说得是。我听太子的。"

长孙皇后对魏王叹道："你早有这么一句，对你哥哥恭顺一点，又何来今日？"

"就是，早有这么一句，何来今日？"太子想到从前，"毕竟是兄弟，有事好商量，别明里一套暗地一套，要是把事闹到朝堂，多让父皇、母后伤心啊。"

魏王瞠目："可那也是因为你……"

太子不再看魏王，转身对长孙皇后诚恳认错："母后，儿臣有错，也难怪魏王一时气愤要弹劾儿臣。对文学馆的处置是过于苛刻了，儿臣回去就改，母后千万保重身体，不要为了这些事而动肝火。您要是有什么事，您要儿臣以后……去孝敬侍奉谁啊？"

魏王也哭："母后，那奏章儿臣回去就撕！"

长孙皇后伸出手，让两个儿子一人握一只，最终握在一起，含泪道："好，好！太子、魏王，你们都是母后身上掉下的肉，以后一定要兄弟同心。"

太子和魏王都用力点头。

过了几日，长孙皇后身子略好，惦着魏王妃有孕，循例召了道士来问魏王妃怀的是不是世子。

道士以沙盘扶乩，渐渐面露难色，起初有点支支吾吾不肯说，在长孙皇后的追问下，他才说魏王妃不但不会有子嗣，而且克夫。

长孙皇后认定道士胡说，将人打发出去，然而眉头不展，又觉胸口发闷，抬手按着。

一旁的傅柔开口："娘娘何必往心里去？这道士分明是修炼未精，看不懂上天昭示。浪得虚名的人，靠言辞谋生，最喜欢用虚言恫吓的伎俩，先让人惊恐，再献化解之法，趁机索要钱财。娘娘如果刚才没有赶他走，接下来他一定会告诉娘娘，给道观捐若干香油钱，就能把魏王妃的不祥，改成大大的吉祥。"

长孙皇后笑了："你几句话，把我心头压着的这点不舒服，都给扫得干干净净了。你这就让太医院那边，再去给魏王妃把把脉，我等得心急。"

傅柔应声，走出立政殿，冷冷望着道士和他的弟子交头接耳地走远，那神情分明是兴高采烈。什么事，能让对方被皇后赶出去了，还能保持好心情？贬低了魏王妃，谁能从中取利？她心中有个人选，却又不想往阴谋论的方向去想。

长孙皇后觉得家宴有些帮助，很快就举行了第二场家宴。

魏王对太子恢复热情，因为户部来消息，文学馆的经费照常拨下，还会给一笔额外银钱，让文学馆购买搜集民间藏书，想来是太子在后面使劲。

太子也和颜悦色，让魏王不要客气，颇有前嫌尽释之感。

然而，魏王妃和苏灵淑的目光却无友爱，面部笑容僵硬。道士对长孙皇后说的那些话，已经传到了魏王妃耳里，她认为那是苏灵淑的小动作，竟买通道士，让他在母后面前搬弄。只是说她克夫无子，可不是小小的教训，而是很恶毒了！

"太子妃，听说你有一个妹妹，性格温柔，知书达理。"长孙皇后没漏看两个儿媳妇的表情，忽然问太子妃。

太子妃回神："禀母后，臣媳的二妹叫灵薇，确实挺乖巧。"

长孙皇后又望魏王妃："魏王妃，你三个弟弟都还没有娶妻？"

魏王妃手一抖，筷子夹的一块肉，掉在了席上。而正在喝水的苏灵淑，呛了一口。两人互看一眼，又立刻调开目光，都明白长孙皇后的意思，只不过那是绝对不可能的！

魏王代魏王妃回答："禀母后，她三个弟弟确实还没有娶妻。不过这大弟程处默，母后是知道的，身有隐疾，不宜娶妻。"

"魏王妃的大弟身有隐疾，我也听说过。"长孙皇后假装没看见魏王妃和苏灵淑的反应，"那二弟和三弟，总不会也有毛病吧？"

"呃……这个……"魏王看看魏王妃，见她那双又大又圆的眼，就明白了，"二弟程处亮他……他爱喝酒，喝醉就打人，经常把伺候的丫鬟打得遍体鳞伤。"

苏灵淑暗中拉拉太子衣袖。

太子也领会到了："发酒疯的人分不清好歹，既然会打丫鬟，那就也会打妻子。灵薇娇小瘦弱，恐怕挨不住几拳。"

长孙皇后不放弃："那还有一个呢？难道也是个喝酒打人的？"

"三弟程处剑……他……他……"魏王额头冒汗。

"吞吞吐吐的干什么？在想着怎么敷衍我吗？"长孙皇后比谁都眼亮。

"不是，不是，儿臣怎么敢敷衍母后？"魏王只是找不到适合的"毛病"，"魏王妃的三弟程处剑他……"

太子妃插言："母后，其实臣媳的妹妹灵薇的终身大事，太子殿下已经有所安排。"

太子诧异地看太子妃一眼，想不到轮到他绞尽脑汁。

"是的，母后。"这时候大丈夫必须有担当，"太子妃就灵薇这么一个妹妹，她的终身大事，儿臣怎么会不闻不问？儿臣已经和岳丈商量过，给她做了安排。"

"哦？安排了哪一个？"长孙皇后不问出结果不休。

"安排了那个……那个……"太子脱口而出，"侯杰！"

"陈国公之子，侯杰？"

太子妃急切点头："对，陈国公的儿子，侯杰。"

长孙皇后笑了："这侯杰在大苍山倒是表现英勇。说起来，他为了能让我安全撤走，拼死挡住逆贼洪义德，我还欠他一个人情。"

太子妃立刻跟上："既然母后也赏识他，不如趁这个机会，给他和臣媳二妹赐婚，还他一个人情？"

魏王妃松了一口气，真心笑道："是啊，郎才女貌，天作之合。母后何不成全一对小儿女，成就一段佳话？"

魏王必须锦上添花："太子看中的，肯定错不了。母后，您就点个头吧。"

长孙皇后看着他们，目光放柔："你们如此团结一心，我能不点头吗？好，我会跟陛下提的。"

傅柔站在长孙皇后身后，不发一言，看着其乐融融的氛围，眉头却不为人所觉地皱了一皱。东宫和魏王府，分明暗流汹涌。

皇帝从温泉宫回来了，长孙皇后正高高兴兴等他下朝后过来，谁知韦松先带来了两则坏消息。第一则，太医再次给魏王妃把脉，这回确认，不是喜脉。

长孙皇后失望："还以为魏王终于有后，没想到空欢喜一场。看来倒被那吴道人说中了，魏王妃命中无嗣。"

傅柔不禁说道："道士的话怎么能全信？魏王和魏王妃还年轻，以后多的是机会。娘娘只需要一点耐性，必能心愿得偿。"

长孙皇后看她一眼："魏王妃昔日在魏王府一定对你不薄，你入宫这么久了，还不忘处处为她说话。"

傅柔一惊，只能小心应对："魏王妃昔日对下官确实不错，自从入宫，下官更是多次蒙受皇后娘娘大恩。下官只希望娘娘和娘娘身边的人，都能吉祥如意，一团和气。"

长孙皇后摇头："天子之家，要人人如意，人人和气，谈何容易？"转而问韦松："还有什么消息？"

韦松道："尤建明今日早朝参奏，太子足有疾患，不可治愈，然太子为国之本也，太子有所缺即大唐有所缺。何况从古至今，未尝闻有身残而居九五之尊者，让陛下为大唐的将来，改立魏王为储君，以安天下之情。"

长孙皇后又惊又怒："这个尤建明，向天借了胆不成？"

傅柔问韦松："陛下如何应对？"

韦松道："陛下表明了支持太子的立场，还杖责尤建明五十，惩戒他冒犯太子。"

"那就好了。"傅柔对长孙皇后道，"娘娘，只要陛下不动摇，他人说什么也是无用的。"

长孙皇后缓缓坐下，神情惨淡："不，没这么简单。尤建明号称铁面御史，他的话即便不能影响陛下，只怕也会影响文武百官。千里之堤，溃于蚁穴。太子出事至今，你以为大臣心里没有疙瘩吗？不过隐而不发罢了。还有，太子和魏王。我好不容易让他们兄弟俩的关系稍微缓和了些，如今尤建明这么一奏，太子可能以为魏王背后搞动作。"

"娘娘莫要多虑，也许太子不会那么想的。"傅柔劝。

外面忽然传报，太子来见。

"傅司言，"长孙皇后望着傅柔坦然的双眼，笑容泛苦，"人心若都像你那么澄明，多好啊。"

傅柔不再多言，默然退到一旁。

太子大步入内，眼中充满愤怒，一撩衣袍，重重跪下："母后，今日早朝……"

长孙皇后一抬手："我已知早朝之事，尤建明冒犯太子，被陛下惩戒。"

"魏王呢？"太子压抑着心怒。

"魏王怎么了？"长孙皇后神情不动。

太子扬声："母后，您说的亲兄弟，您说的同心同德，您说的兄友弟恭……儿臣都听母后的。可是您看看，就在今天的大殿上，魏王怎么对我这个哥哥？因为这被人暗害而落下的残疾，他逼着我学吴太伯让位，逼着父皇废黜我！难道魏王是母后的骨肉，我就不是母后的骨肉？"

长孙皇后道："提出废黜太子的，是尤建明，不是魏王。"

太子不敢置信："到现在，母后还在为魏王说话？"

长孙皇后蹙眉："太子……"她哪里为魏王说话了？是他太过偏激！

"太子？一个瘸了腿的太子？"太子起身，仰天大笑，"哈哈！原以为只是废了一条腿，没想到，废的不仅仅是一条腿，而是我这个人，是李承乾哪！"

傅柔忍不住："殿下，娘娘正病着，受不得刺激。"

太子忽然敛笑，神情颓废而伤感："儿臣该死，在母后面前失礼了。儿臣残破之躯，不应在母后这里碍眼。母后，儿臣走了。儿臣……这就走……"

长孙皇后望着太子一瘸一拐离去，心中苦闷，发出一串急咳。

傅柔抚着她的背："殿下只是一时激愤，他是仁孝之人，等他冷静了，会回来向娘娘请罪的。"

"他也许会回来向我请罪，但是他永远也不会放下对魏王的猜忌和仇视了。"长孙皇后长叹一声，觉得自己已无能为力。

傅柔安慰："娘娘，事在人为。只要是谎言，总会拆穿的；只要是误会，总会解开的。"

长孙皇后抓紧傅柔的手，露出一抹淡笑，获得了希冀。

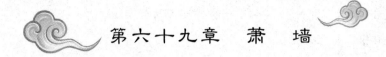

第六十九章　萧　墙

皇帝走进甘露殿，神情肃穆："说吧，张玄素到底是怎么死的？"

殿里早就候着一人，转过身来，竟是陆庭，一脸悲戚伤痛。

"刑部调查，说老师是被拦路的匪徒所杀，但实情绝非如此。那天微臣本该和老师一起上路，老师心急，先走一步。等微臣赶到时，老师已经身受重伤，他对微臣说，东宫有奸邪。"张玄素的死因迄今尚未公开。

皇帝问："张玄素可说了是谁？"

陆庭摇头："老师侍奉东宫，忠直谨慎，从不把东宫的事对外泄露。微臣并非东宫官员，所以老师什么也没有告诉微臣。微臣只知道，他离开长安，就是为了去温泉宫面见陛下，向陛下呈报东宫的情况。"

皇帝叹口气："张玄素临终之前，还有别的话吗？"

陆庭面容沉痛："老师说……他受皇上嘱托，可恨不能尽职，要微臣代他……保护太子！陛下！老师他咽下最后一口气时，也没有忘记他的责任，想的还是保护太子啊！请陛下为老师做主，搜查东宫，清除奸邪，不要让老师死不瞑目！"

"如果朕搜查东宫，张玄素才真的会死不瞑目。"皇帝十分慎重，"今日朝堂上发生了什么，你也知道了。如果朕这时候搜查东宫，太子会怎么想？百官会怎么想？朕不能再削弱太子的威信。"

陆庭自荐："既然不能搜查，就请陛下任命微臣为东宫官员，让微臣入东宫，完成老师的心愿。"

"朕明白你的苦心，但现在不宜妄动。"皇帝挥了挥手，"你回去好好做你的事，总有一天，朕用得着你。"

陆庭无可奈何，只得告退。

皇帝坐在龙椅中出神，心不在焉地拿起一旁的茶杯，却被烫到，手一抖，杯子落地开花。

曹总管跪下："奴该死！让热茶烫到陛下了。"

"是朕自己不小心，不怪你。"皇帝感慨，"人从小就学着分辨世间万物，就像这水，至少要懂得分辨冷热，才能不让自己冻着、烫着。你说，太子懂得分辨冷和热吗？"

曹总管小心回答："太子殿下当然懂得分辨冷热。"

皇帝又问："那么分辨黑白、善恶、忠诚和奸邪呢？"

曹总管低下头："这……陛下，奴什么也不懂，不敢妄言。不过，要是太子殿下连这些都分辨不了，那他以后怎么统御万方，君临天下？"

皇帝无声吐口气："你说得对。如果他连这些都分辨不了，连眼前的风波都经受不住，那朕万岁之后，怎么放心把大唐交到他手上？奸邪！上次出了一个称心，朕雷霆处置，却把太子推得离朕越来越远。这一次，朕不能再贸然出手了。既然是大唐的太子，就要学会分辨身边的人，学会面对逆境，学会即使摔倒了，也要勇敢地站起来，往前走。"

曹总管始终恭敬："陛下英明。"

冬日的天空分外萧凉，杨妃披着火红的狐裘，站在园中，望着甘露殿和立政殿的方向。

她面容带笑："几次家宴，就能让萧墙之祸消弭于无形？皇后病得久了，脑子也不清醒了。燎原之火，哪里是几滴水就可以淋灭的？权势，是天底下最好的燃火之料。"

"太子和魏王的矛盾一直被皇后苦苦压着，今日尤建明在大殿上的一番话，这些勉强压下的恩怨就像洪水决堤，皇后再也控制不住了。"她身旁，永远有一道叫"玉合"的影子。

"我很好奇，严子方是怎么让尤建明答应冒这个险的？"杨妃问道。

"严子方现在只管着西市，但触角已经遍及长安。尤建明表面看起来是铁面御史、刚正君子，其实他瞒着家里，在外头金屋藏娇，偷养了一个青楼女子，这青楼女子还给他生了一个儿子。严子方查到这件事，就抓住了他的把柄。娘娘知道，严子方是海盗出身，恐吓威胁、要挟勒索，那是他的老本行。况且这人懂得软硬兼施，很有点手腕。尤建明遇到他，还不是由着他拿捏？不然，不但立即身败名裂，而且很可能死也落不了一个痛快。"玉合回道。

"说起来，能让严子方站到我们这边，还是覆水的功劳。"杨妃收回目光，笑得轻松自在，"让你去送礼，见到覆水了？他还好吧？"

玉合也微笑着："他很好，比上一次见面时，个头长高了不少。"

"他年幼时，你就净身入宫了，彼此难得相见。如果以后能有机会，让他陪伴在你身边，你也能享受一下天伦之乐。"杨妃仿佛许诺。

玉合笑容更深："但愿会有那么一天。"

"一定会的。"杨妃往寝殿走去，"太子有福啊，只要出事，就有人出面保着。太上皇是一个，皇后是一个。只不过这福气啊，是会用完的。听说，皇后吐血了？"

玉合道："是，近来没出过立政殿。"

"这倒是提醒我，该喝参汤了。"杨妃走入殿门。

清河公主决定，今日无论如何都要和太子哥哥说她和程处亮的事，让他帮忙跟父皇、母后美言几句。她到东宫找太子，苏灵淑告知太子和汉王到校场去了，她就求着抱象儿一起去。苏灵淑知道她喜欢孩子，并不拦着。

清河来到校场时，没看到太子，却一眼看到程处亮被绑在桩上，正遭鞭挞。原来，郁闷的太子受覆水开解，找汉王一起玩，汉王就提议两边的侍卫学外族人骑马打仗。程处亮不得不上场，却因为汉王的侍卫们玩法野蛮，他的同僚们都见血了，甚至有性命之忧，故而反抗。那会儿，太子去解酒，汉王听覆水说起过这小子是程处默的弟弟，正好借题发挥。

"住手！"清河不知这是一次对卢国公府蓄意的报复，冲到程处亮身前。

汉王示意行刑的人暂缓，走上几步，要笑不笑："清河，你怎么来了？"

清河怒问："你为什么打他？"

"这小子他对我不敬……"汉王觉得奇怪，"哎，我打他，关你什么事？"

清河叫道："你太过分了！立即把他放下来！"

汉王沉脸："清河，怎么和叔叔说话的？没大没小。"

清河嗤声："贪酒好色、胡作非为，凭什么在我面前摆叔叔架子？把人打成这样，我还没和你算账呢！"怒视两边侍卫："还不快把他放下来？"

"谁敢？"汉王也火了，"程处亮不听命令，藐视本王，惩戒他理所当然。来啊，给我继续抽，抽到他求饶为止。"

"谁敢？"清河双手展开，母鸡护小鸡之势。

太子解了酒回来，见状皱眉："出了什么事？"

清河以为来了救兵："太子哥哥！汉王无缘无故打人！太子哥哥，你快给清河做主！"

汉王道："太子，是你亲口说了我可以差遣这些侍卫。程处亮不听我的话，还当面顶撞我，你说，我该不该惩治他？"

太子如今和汉王走得近，更何况他也有意杀鸡儆猴，拿程处亮开刀，教训卢国公府，最终伤到魏王。

他自然说道："这样的狂妄无礼之徒，当然不能轻饶。"

清河大叫："太子哥哥！"

太子严肃："清河，一个犯错的侍卫，你护着他干什么？这人就交给汉王发落吧。"

"既然太子放手让我发落，那我就不客气了。"汉王对侍卫招手，"继续给我打。"

清河气急，推打举起鞭子的侍卫，侍卫不敢反抗。

"我来！"汉王夺过鞭子，狠抽程处亮。

清河扑过去，抱住了程处亮："你打啊？有胆子你打！皇祖父已经死了，你敢打我，看父皇怎么收拾你！"

汉王气极："好哇！别人瞧不起我，现在连你一个小辈也来羞辱我？我是你叔叔，打不得你吗？"一鞭下去，两个一起打。

太子看见清河被打，就想张口劝阻。

覆水一旁低语："借来的刀刚刚举起来，太子如果开口，这刀子就又要放下去了，前功尽弃。"

太子不再作声。

苏灵淑久等清河不回，过来一瞧，见汉王鞭打清河和程处亮，极为惊愕。

她赶紧走到太子身旁："太子，这是……"

太子冷漠："不关我们的事。"

程处亮见汉王手下不留情，真打在清河身上，急得让她放手。她却死死抱住他，就是不放。

"我算是看出来了，原来是一对狗男女。"汉王冷笑连连，"清河，你这样不要脸，抱着男人不放，别怨叔叔不留情！"

程处亮本来想着挨一顿鞭子得了，但连累清河，汉王下手又重，猛然挣断绑他的绳索，一脚踢翻汉王，抢走近旁一个侍卫的剑，把清河护在身后。

程处亮道："别过来！过来我真杀人啦！"

覆水忽然高声："程处亮劫持了清河公主！"

太子立刻了悟，接着道："程处亮劫持公主，欲行不轨，人人得而诛之！"

汉王兴奋起来："杀了他！上啊！"

众侍卫将两人包围。

程处亮把清河推到一边："他们要杀的是我，你离我远点。"

清河一步不动："还记得你给我编的平安结吗？要平安一起平安，要死一块儿死！"

程处亮还想把清河往外推，但见刀剑袭来，又赶紧把清河拉回怀里，后背挡了一刀。

"给我住手！"长孙皇后气极的声音传来。

清河跌跌撞撞，扑到长孙皇后脚下："母后！救我！"

长孙看见清河身上的血痕，扬声质问："这是怎么回事？"

太子面无表情："程处亮劫持了清河，儿臣怕清河受伤，要侍卫们围攻程处亮。"

清河怒争："太子说谎！母后，他们鞭打程处亮，女儿觉得无理，想要阻拦，汉王就连女儿一起打。程处亮是为了保护女儿，才反抗的。"

长孙目光落到汉王身上："汉王，你有何话可说？"

汉王老神在在："皇嫂，我怎么知道清河会和一个侍卫有奸情？她一看程处亮挨打，就变了一个泼妇，又骂我，又骂太子，众目睽睽之下，丝毫不顾廉耻。这里所有人都可以做证，是她主动扑到程处亮身上，要替程处亮挨鞭子。我当叔叔的气得不行，所以拿鞭子教训了她两下。"

清河张口结舌："汉王，你！"

"我冤枉你了？"汉王撇了撇嘴，"你要是敢在列祖列宗的灵前发誓，说你和程处亮没有任何关系，我就脱了衣服，让你把刚才的鞭子通通抽回来。"

长孙皇后道："够了！公主受了惊吓，还不快扶公主回去！"

清河还想再说，但对上长孙皇后凌厉的眼神，只好乖乖被宫女们扶走。

"程处亮是东宫的侍卫，为什么要把他绑在树上鞭打？"长孙皇后没忘记询问事情的究竟。

汉王道："他不听号令，藐视宗室，实在太可恨了，所以……"

长孙皇后打断："我问的是太子。"

太子冷淡："儿臣为了纾解心中郁烦，邀请汉王到东宫做客，答应让他差遣东宫侍卫。程处亮藐视汉王的命令，就是藐视孤的命令，理应严惩。"

程处亮忍痛上前，跪下："皇后娘娘，汉王为了取乐，命令我们脱下盔甲，骑上马和他的侍卫用竹枪对战。竹枪锐利，已经有不少侍卫受伤流血。我们加入禁军，是为了保护皇城和皇族，不是为了做供人取乐而自相残杀的玩偶。"

太子厉声："身为禁军，不听命令，就是大罪，说什么借口都没用。"

傅柔开口："娘娘，程处亮没有做错，这种事，圣人是有教诲在前的。孔子曰，其身正，不令而行；其身不正，虽令不从。汉王其身不正，命令程处亮做的事，又血腥而毫无道理，程处亮不从，无可厚非。"

长孙皇后点点头，表示认同，命人扶了程处默去太医院，又对汉王道："汉王回府吧，

124

闭门思过三日，不然等我禀明了陛下，让陛下决断。"

汉王灰溜溜走了。

"太子，你这到底是要干什么？"长孙皇后失望又痛心。

"儿臣要干什么？"太子已经钻入牛角尖，"儿臣想做一个好太子，可儿臣的腿瘸了。朝堂上，大臣说儿臣应该让位给魏王，儿臣拿他们没办法。立政殿里，母后说这不是魏王的错，所以儿臣也拿魏王没办法。儿臣只能待在自己的东宫，和汉王玩个游戏取乐，没想到一个侍卫不听命令，还闹出这么大的动静。如今儿臣拿自己东宫的一个侍卫都没办法了，原来一个瘸了腿的太子，这么不值钱，要处处受人欺辱。儿臣的脚一阵阵剜心地痛，若母后没别的吩咐，恕儿臣失礼，先告退了。"

不等长孙皇后说话，太子转身而去。

苏灵淑想起身去追太子，却被长孙皇后叫住："太子妃，刚才清河被汉王鞭打时，你在不在现场？"

苏灵淑惶恐："臣媳……臣媳当时也想劝来着，可是……"

"在还是不在？"长孙皇后沉脸。

苏灵淑不得不答实话："……在。"

长孙的语气冷冽："你是太子妃，见到他行事荒唐，应该劝诫他，阻止他，但你却没有履行一个妻子的责任。当日太子和戏子称心交往，你和你爹把事情闹到御前，让太子几乎就此失爱于陛下。太子和魏王兄弟失和，你不但不牵线拉桥，缓和他们的关系，相反还处处和魏王妃针锋相对，在太子面前诉苦抱怨，让事情越发不可收拾。今天清河被人用鞭子抽打，她是你的小姑子，你这个做嫂子的居然眼睁睁看着，无动于衷，任她伤痕累累。自从太子娶了你，东宫就坏事连连，灾祸不绝。"

苏灵淑畏缩："臣媳没用。"

"你不是没用，你是有罪。像你这样一个浮躁、嫉妒、愚蠢、自私的女人，有什么资格当太子妃，当东宫的女主人？今天我要休了你，把你逐出东宫，只是一句话的事！别以为你嫁进东宫，就是稳稳当当的太子妃。从现在开始，谨言慎行，规行矩步，再敢在太子面前挑拨是非，离间太子和魏王的兄弟之情，和魏王妃做意气之争，我就让你带着天底下最大的羞辱滚回苏家。"长孙皇后冷着脸，走了过去。

苏灵淑瘫软在地，良久，才被双喜扶了起来。

她眼中一抹彻寒："我啊，自从嫁入东宫，就没过过几天安生日子，苦苦熬着，终于生了象儿，太子也对我好了，她却说什么？要我带着天底下最大的羞辱滚回苏家？"

双喜忧心："不会的，皇后娘娘她只是……"

"吓唬我？"苏灵淑摇着头，"太子妃看着风光无量，在这宫里头却是最可怜的主，陛下、各宫娘娘、太子、皇子、王爷们，甚至先嫁进来的魏王妃都能压过我一头。却凭什么，我要这么委屈？"

双喜不敢再言。

"去，给我查，是谁给母后报的信？若是魏王妃当初安插进来的人，不用回我，直接打死。"苏灵淑慢慢走起，"我已经熬到今天，我还会熬着，熬到太子登基的那一日。我不信，我连魏王妃都治不了！"

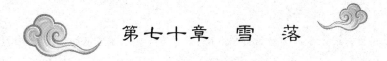

第七十章　雪　落

傅柔走入清河公主的寝殿，见她呆呆坐在窗前，托着腮帮子，一脸茫然无助。她从容上前，行礼。

"傅司言，你见过处亮了没有？他伤得重不重？"清河公主最担心的是程处亮。

傅柔淡道："程处亮自然有卢国公府照看，下官没时间去见他，也没必要见他。"

清河想起来，傅柔和程处默已经没关系了，腹诽她没必要急着划清界限，语气难免不好，问她来干什么。

傅柔道："皇后娘娘召公主去立政殿。"

"母后要见我？"清河露怯，不由得往角落缩了缩，"我……我不去……"

傅柔不动声色："公主是要激怒皇后娘娘吗？今天东宫的事，把娘娘气得不轻，她的病本来就没好，现在身子越发不佳。公主还是不要违逆娘娘，赶紧去立政殿。"

"可是，母后现在一定很生气，我怕……我不知道该怎么办？傅司言，你救救我！"她已经走投无路，只有傅柔主意最多，"就算你和程处默不好了，不当程处亮大嫂了，我平时待你不薄吧，你不能见死不救。再说，你们那一对不能成双，至少也让我们这一对有盼头。"

傅柔哭笑不得："下官只能给公主殿下一个建议。天下的父母，对孩子都会心软的。见到皇后娘娘，你只要做两件事。第一件，认错。第二件，哭。"

清河不但哭了，还哭得梨花带雨。

长孙皇后揉着眉心："别哭了，我一句话都还没说，你就哭成这样。"

"女儿错了。女儿不守宫规，爱慕程处亮。千错万错，都是女儿的错。女儿让母后如此伤心失望，就算被汉王活活打死，也不足以弥补女儿的罪孽。"清河举手拭泪，袖子垂落，露出累累鞭痕。

长孙皇后看得心疼："怎么没有上药？"

傅柔代答："公主殿下说她犯了错，应该受到惩罚，不肯用药。"

长孙皇后生气："胡闹！身体发肤，受之父母，伤在你身，疼在母后的心。"吩咐内侍赶紧传太医。

"母后，"清河跪行到长孙皇后脚下，"何必传太医？女儿让母后蒙羞，让皇家蒙羞。女儿这样一个罪人，活着还有什么意思？女儿愿一死，洗清女儿给父皇、母后带来的羞辱。请母后赐鸩酒，或者……或者赐白绫。"

"你和东宫侍卫之间……确实有错。可母后再生气，也不至于逼你自尽。你哪来这种愚蠢的念头？"毕竟女儿已经到了出嫁的年龄，加上前两次议婚不成，长孙皇后还是十分心疼清河的。

"可是，东宫这么一闹，女儿和程处亮的事众人皆知，女儿名节已经有损。父皇如果知道此事，一生气，要女儿削发为尼，终身伴着青灯古佛，那还不如死了痛快。"

"你父皇所有女儿中最疼爱的就是你，他不会这么狠心。"明明找女儿来训斥的，结果长孙皇后反而安慰起女儿来。

清河继续卖惨，大哭道："就算不削发为尼，最好的下场也就是随随便便把女儿赐婚。夫家知道女儿和程处亮的过往，哪里能容得下女儿？从此公婆打骂，夫君冷落，怕是免不了的了。女儿铸成大错，悔之晚矣。母后，你重重责罚女儿吧，女儿心甘情愿领罚。"

"责罚是为了让人改过，你已经知道错了，我又何必再责罚你？"长孙皇后心想，清河说的倒是有几分道理。

傅柔在清河几次眼色之下，终于说道："娘娘，眼下最要紧的，还是公主的将来怎么安排。东宫人多口杂，等到事情传扬出去，公主的清名就无可挽回了，不如把坏事变了好事。"

"坏事变好事……"长孙皇后立刻领会，"你是说，把清河赐婚给……"

傅柔颔首："只有这样，清河公主和程处亮的事才能由暗转明，公主不用背负污名，还能得到一个归宿，皇族也不会丢了脸面。"

长孙皇后摇头："不行。"

清河公主神情发急，正要开口，却见傅柔示意，只能哭得更惨。

傅柔道："程处亮只是个禁军侍卫，品级太低，要娶公主，确实不够资格。"

长孙皇后解释："品级低倒没什么，给他升两级就可以了。他父亲是卢国公，出身门第也是够得着的，可是魏王说过，程处亮爱喝酒，喝醉了就打人。清河要是嫁过去，岂不是要经常挨打吗？"

傅柔灵机一动："这个好办。娘娘下一道旨，要程处亮从今以后，再也不许喝酒。"

长孙皇后沉吟半晌："这人胆大包天，竟敢对公主起心思，如今为了清河，不能治他的罪，就让他从此以后再不许碰他最喜好的酒，作为惩罚。"

清河公主咧开嘴，在傅柔的目光中转为哭脸："母后，女儿不要嫁人，女儿舍不得母后。"

长孙皇后叹道："舍不得母后，怎么就去犯这种错呢？如今错也犯了，后果你就要承担起来。嫁给程处亮，既保全了你的颜面，也保全了皇家的颜面。不用多说了，这事我会找机会和你父皇商量。清河，你就做好准备嫁人吧。"

清河公主伏抱着长孙皇后的大腿，哇哇大哭。

傅柔看得清楚，分明干打雷不下雨，就差得意地笑了。她心想，这位骄傲的公主总算苦尽甘来，让她羡慕啊。

魏王妃一边为魏王打点行装，一边唉声叹气。长孙皇后有旨，让魏王代她去奉天观祈福，实则就是为了避风头，等太子冷静下来。

"王妃别这样，本就舍不得你，你还这么难受，我心里更不踏实了。"魏王见不得爱妃难受，"来，笑一笑。"

魏王妃给他一白眼："你啊，傻呵呵的，母后说什么是什么，就不知道争一争。尤建明他自作主张，太子却一股脑儿都怪你，本就莫名其妙。"

魏王道："母后也是知道的，不过太子他这时什么都听不进去，以为母后偏帮我。其实母后也确实挺照顾我们，你误诊的事，也没多说，只交代我好好宽慰你。"

魏王妃苦笑："真的这么简单倒好了，就怕有人不识你好心。"

反正，她对太子夫妇没什么指望，也许坐在那个位子上，个个会变得疑神疑鬼。她庆幸，她嫁的是魏王。

"听说奉天观的后山有一种花叫紫衣仙人，漂亮极了，我到了那儿，给你把满后山的都给摘回来。等到了上元节，你插着满头花，穿着美人坊最新制作的衣服去看灯会，保准把全长安的人都给迷住。"

魏王妃苦笑变好笑："满头花，我都成疯婆子了。"

魏王开心："笑了，笑了！笑了就好！"

"殿下，我们什么都别争，什么都别抢，等你回来，同父皇、母后求一处封地，我们离开这里，过些平安简单的日子，可好？"家宴难让兄弟重修旧好，终究要面对现实，魏王妃想得明白。

"好！"魏王也觉得待在长安已经不轻松，"只要有你陪着我，去哪儿都好！对了，母后还说，但凡有什么好东西，一定要记着分给东宫。我不在的这些日子，就劳你惦着。毕竟我们还没走，让太子心里的气顺了，就是让母后的心里顺了。这是我们应尽的孝道。你不是做了些酸枣糕，难得可以拿得出手的……"

魏王妃瞪起眼。

魏王连忙改口："最拿手的，堪比宫廷膳房的手艺。我和母后说了，让你分给东宫一些，别忘了。"

魏王妃又笑了："知道啦。"

魏王出发后，大雪下了一夜，冬天突然来了。

雪还在落。

苏灵淑立在雪地里，失神地望着远去的背影。那是她的亲妹妹，苏灵薇。灵薇今天进宫来求她，不要嫁给侯杰，她就问是否有了心上人。灵薇嘴上说没有，却从袖子里掉出一个平安结，她捡起来瞧了瞧，灵薇就紧张得跟什么似的，说是很重要。

苏灵淑却想起来了。那个平安结清河公主也有，当宝贝一样，她当然就把它和程处亮想到了一起。于是，她找了个机会单独问灵薇的丫头桂圆。桂圆老实告诉她，近来灵薇和卢国公府的三公子走得很近。

怎么能呢？怎么可能呢？她最疼爱的妹妹，竟然和魏王妃的弟弟暗中勾连！这个宫廷，偏心魏王的皇后，偏爱魏王妃的清河，还有那个整天帮着卢国公府的傅柔，难道她应付得还不够辛苦，魏王妃的手都快伸到她娘家去了吗？

苏灵淑茫然走回大殿，只觉孤独。

一个宫女端着盘点心进来，说是魏王府送来一碟酸枣糕。

苏灵淑顿时厌恶，叫起来："扔掉！以后魏王府送来的东西，通通扔掉！"

覆水走入，拿走宫女手中的托盘，同时示意宫女出去："太子妃坐困愁城，把所有让你想起魏王府的东西都扔掉，只为了心里舒服。不过如此作为，是帮不到太子殿下的。"

"覆水,你有过这种感觉吗?曾经你以为身边有很多人,很多关心你、在乎你的人。可是忽然之间,你发现这一切都是假的。所有的人都在欺骗你,连你最疼爱、最相信的妹妹都背叛了你,睁着她那双无辜的眼睛,对着你撒谎,让你感到孤立无援,甚至绝望。"

"我从出生起经历就和别人不同,从没享受过平静和安宁,更没享受过家人的温暖。我这辈子最熟悉的滋味,就是太子妃口中的孤立无援。不过,我从不绝望。"

苏灵淑问:"你是怎么做到的?"

覆水说了一个字:"斗。"

苏灵淑不解:"斗?"

"和看不起我的人斗,和欺骗我的人斗,和羞辱我的人斗,和那些想害我的人斗。谁视我为仇敌,我就和谁斗。人生本来就是一场生死较量,我的心思只用来琢磨怎么赢,没空去想什么叫绝望。"覆水肃然看着苏灵淑,"太子妃,你以为现在这滋味就叫绝望?你错了。等有一天,太子被废,魏王成为大唐的太子,你们失去身份,失去尊严,失去安逸的生活,每天生活在泥泞里,心惊胆战地等待着最后宰割你们的一刀。那时候,你才会知道什么是真正的绝望。你如果不想落到这种境地,就振作起来,帮太子和魏王府斗。"

苏灵淑喃喃:"帮太子和魏王府斗?"

覆水的话犹如毒咒:"对。狠狠地斗,不择手段地斗。魏王府狠,你要比他更狠;魏王府毒,你要比他更毒。东宫和魏王府之间,不是魏王府死,就是东宫亡。"

恰在此时,双喜紧张地跑进来:"太子妃,不好啦!小皇孙被傅司言带去立政殿了!"

苏灵淑腾地站起来,就要往外冲。

覆水拦住:"太子妃去哪儿?"

苏灵淑喊:"他们抢走我的象儿,我要去立政殿,把我的孩子要回来。"

覆水冷然:"你去了,抢得回来吗?你只会激怒皇后,让皇后找到把你赶回苏家的借口。别忘了,那位傅司言就是魏王府出去的。魏王府的计划周密,已经步步紧逼。今天你失去了孩子,明天你会失去什么?"

苏灵淑双手握成拳,浑身发颤,忽然盯住了那碟酸枣糕,目光如刀锋。

雪天放晴,屋檐垂下的冰凌子还没开始化。傅音拎着一筐炭往小屋走,孩子的衣物没办法在外面晒,只能用炉子烘干。

侯杰虽然已经不理她,仆从们说闲话的也不少,但吴管家并没有克扣,不过她需要亲力亲为而已。她来到侯家之后，从丫鬟做起，什么粗活都做过，早已不是小家碧玉。因此，她也不觉得多委屈。

回到小屋外的走廊，傅音点火烧炭，放进炉子，把小衣小裤晒起来，她嘘口气，一转身，却见侯杰抱着孩子站在门里，不知看了她多久。

侯杰把孩子放回摇篮，走出门，转过走廊拐角，忽然顿住步子，大步走回了屋门旁。

他道："我要成亲了，皇后赐婚。"

"我知道，是苏家的二小姐，太子妃的妹妹。"府中上下都在议论。

他等着她再说些什么，谁知她就沉默了。就是这样！一直这样！她的话那么少，他以前常常自以为她害羞，现在才知她是心事重。

他越想越恼火，突然爆发怒气："你说从你认识我的那一天开始，我就是个残忍、无情的凶手？"

她不否认："不错，我说过。"

"你说当初你怀这孩子的时候，你就想过不要他！"人说殃及无辜，他的孩子就是因为他，被娘亲嫌弃。

"不错，我也说过。"她不是口不择言，只是诚实。

"你！"他神情痛苦，"我以为我找了这辈子最值得爱、最值得保护的女人，结果在这女人心里，我只是个凶手。从你说出这些话，把我的心狠狠踩碎的那一天开始，我就一直在想，我要杀了你。从没有人能这样伤我，这样侮辱我，我真想杀了你。"

"那你就动手吧。"若死亡真的是她的归宿，她愿意接受。

"别以为我不会。"他努力扮着无情。

"侯杰，我是个没用的人。我曾经想孝敬爹娘，可我做得很糟。我娘在世的时候，我不懂珍惜，还常常气她。我曾经想做一些事，让我娘瞑目，可我又没做好，反而越陷越深，无力自救。我想做个清清白白的人，可我杀了侯长兴，成了一个杀人的人。我想恩怨分明，有恩报恩，有仇报仇，可我首鼠两端，左右摇摆，就像一棵墙头草。最后，我想，什么都别想了，我就闭着眼睛吧，一心一意做你的女人，做你孩子的母亲，可是……我又弄砸了。"她已经不知如何是好。

"不仅你恨我，我也恨我自己。我这么没用，一无是处，如果我活着，可能会伤害更多的人，还不如死了好。所以，如果你要杀我，就动手吧。"瞧瞧，她又没出息地流泪了，用袖子狠狠擦去眼泪。

"我说错了很多话，我还做错了很多事。我不知道应该怎么去弥补，我真的好想回到从前，变回那个还没有做错事的我。"她会是陆庭乖巧的小妻子，和他一起画画、写字，安度一生。

侯杰忽然跨进屋子，把傅音紧紧抱住："别哭了。我见不得你的眼泪，你知道吗？别怕，人总会做错事，每个人都会的。过去的事，不要再提了，我们重新开始。"

傅音抬眼："你会原谅我吗？"

侯杰用力点点头："会。你会吗？"望入她的眼，里面悲伤却纯净，也许他不曾懂她，但她很善良，这一点他从来没看错。

傅音也用力点点头："会。知错能改，善莫大焉。我们的孩子，以后小名就叫善儿，好不好？"

侯杰笑了："很好。"

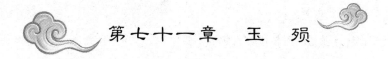

第七十一章　玉　殒

这天晚上，程处剑熟门熟路，潜入苏府，从窗口翻进灵薇的闺房。

"我有一个好消息……"两人同时说。

苏灵薇道："你先说。"

程处剑嘴咧得大大的："我把我家二哥的婚事给解决了，我娘就答应让我娶你。"其实，是忽悠的，趁着娘亲和二哥乐昏头。

苏灵薇羞涩地笑笑："我家的问题也快解决了，姐姐答应帮我的忙。"

"太子妃真的肯帮忙？"程处剑听过那位太子妃太多的"事迹"了，想象不出她能对灵薇好到哪儿去。

"姐姐是皇后娘娘的儿媳，还帮皇后娘娘生了小皇孙，她去和皇后娘娘说，一定能让皇后娘娘改变主意，不让我嫁给侯杰。我早就说了，姐姐最疼我，只要我求她，她准帮我。从小到大，她有什么好吃的、好玩的，都会给我留一份。嫁到东宫后也是如此。看，桌子上那碟酸枣糕，就是她叫桂圆给我带回来的。"

"没想到太子妃还有这么温柔的一面。"程处剑相信他的灵薇，"看东宫那么对我大哥，我还以为太子妃很坏呢。"

"不许你说我姐姐坏话。"灵薇相信她的姐姐。

"好，我不说。我们夫妇同心，你的姐姐，就是我的姐姐。"遇到灵薇，他就没志气了。

"谁和你夫妇？还没成亲呢。"灵薇嗔道，脸颊通红。

"没成亲不要紧，反正我们已经勾搭成奸，人称奸夫淫妇，简称夫妇。"程处剑口没遮拦，皮厚不知羞愧。

苏灵薇捂住脸："说话好难听，羞死人了。"

程处剑去扒她的手："害羞啦？让我看看小脸蛋，红了没有啊？"

两人正在笑闹，苏夫人的声音从外面传来，程处剑赶紧跳出窗口。

苏灵薇拉着苏夫人的手，让她背对窗口："娘，你怎么来了？"

苏夫人道："娘见你房里还亮着光，就过来看看。天也不早了，怎么还不睡？"

"呃……本来要睡的，可是忽然之间……觉得肚子好饿，所以就……"苏灵薇一边望着程处剑蹿上屋顶，一边拿起酸枣糕咬一口。

苏夫人摇头："你这孩子，都要嫁人了，还这么嘴馋。"

"人家肚子饿嘛。娘，这酸枣糕好好吃，你要不要尝一口？"苏灵薇几口吃完了一块。

"娘和你姐姐一样，最不爱吃酸枣糕。好了，吃完早点儿睡。"苏夫人疼爱地拍拍女儿，走出了门。

苏灵薇关上门，再拿起一块酸枣糕，一脸笑意："酸枣酸枣，酸酸甜甜，早生贵子。要是我和程处剑成亲，要生几个呢？要是吃一块酸枣糕生一个……"又拿一块，神情甜蜜，满满幸福的憧憬。

苏灵薇死了！吃了酸枣糕之后，七窍流血而亡！

傅柔一听这个消息，心里咯噔一下，只觉得宫廷上方变天了。当她赶到立政殿，就听太子和太子妃已经在求长孙皇后做主。

"儿臣来请母后赐死！身体发肤，受之父母。父母给的，就让父母亲手收回去，总好过被自己的亲弟弟毒死！"太子二话不说，先给魏王定了罪。

"母后！灵薇她……她是代太子和臣媳而死的啊！那碟酸枣糕，本不该她吃，那是魏王府特意送到东宫的啊！"太子妃脸色惨白，已为妹妹穿了丧服。

"太子妃不要胡说，魏王绝不会做出这种事。"长孙皇后说得吃力，"这案子刑部已经在查……"

太子沉痛："事情都明摆着了，你还要偏帮魏王吗？是不是儿臣就算被毒死了，母后也会像现在这样无动于衷？在母后心中，就真的对儿臣连一丝怜惜都没有了吗？好，好……"忽向长孙皇后三叩头。

"你这是要干什么？"长孙皇后觉得不妙。

"父皇失望于我，母后弃爱于我，兄弟不能容我，我已经无路可走，只能向母后拜别。"太子抽出腰间的剑，搭在自己脖子上。

太子妃惨呼："太子！"

长孙皇后变了脸："太子，你不要！"

"魏王府做的马鞍藏毒，母后说是魏王府下人做的，魏王不知情，不许我追究魏王，结果我瘸了一条腿，魏王毫发无损。一碟下了毒的酸枣糕，从魏王府送到了东宫，居心昭然若揭，母后却熟视无睹。我只求母后一句公道话，难道母后心里，真觉得魏王府是无辜的吗？"

"酸枣糕是魏王府送去的，魏王府确实有嫌疑，但是——"还要进一步查证。

太子打断："那母后打算怎么处置魏王？"

"即便魏王府难逃嫌疑，未必就是魏王指使。"长孙皇后尚且冷静。

太子冷笑，手中的剑锋贴住脖颈："不是魏王，那还有谁？还会是谁？"

"不是魏王，是……是……"长孙皇后心急如焚。

"是魏王妃。"太子妃声音冰冷。

傅柔心头大骇。来了！这场阴谋真正的中心！

长孙皇后一怔，几乎一瞬就下定决心："对，是魏王妃。魏王已经离开长安，酸枣糕只能是魏王妃派人送去东宫的。"如果必须在儿子和儿媳之间选一只替罪羊，只能是儿媳！

太子妃面无表情："一定是魏王妃想让魏王成为太子，就在酸枣糕里面下了毒。母后！母后一定要为我可怜的妹妹做主！严惩魏王妃！"

太子转弯也快："请母后赐死魏王妃。"

"娘娘，刑部未有定论，案情还没有查清，不能先定魏王妃的罪啊。"傅柔坚定地上前跪禀，是非黑白面前，从不动摇。

"傅司言和魏王妃从来都是一伙的，魏王妃罪行已经败露，你还为她说情？难道你也参与其中？"太子妃质问。

太子继续要挟："母后今天还要袒护魏王府，儿臣就死在这里。反正，如果得不到母后的公平，儿臣只会被魏王府一步步逼到绝路，迟早也是一死。"

长孙皇后沉默半晌，缓缓开口："魏王妃下毒害人，应该以死赎罪。但是你要明白，她是她，魏王是魏王，你的弟弟并没有下毒害你。"

"娘娘！"傅柔大惊，"如果魏王妃有罪，也应在查明案情后根据唐律处置，国母擅动私刑，会坏了大唐法纪！娘娘三思！"

"母后为六宫之首，处置皇族家务，何须唐律？你敢诋毁国母，大不敬！"这时，太子妃的声音更为响亮。

长孙皇后神色凌厉："来人，把傅司言带下去，交尚仪局看管起来。"

"娘娘！魏王夫妻情深，若以母杀妻，魏王情何以堪？娘娘将来如何面对魏王？万万不可啊！"不管他人如何诽谤，傅柔问心无愧。

"魏王纯孝，他不会为了一个不能生育的女人忤逆他的母亲。兄弟如手足，妻子如衣服。我宁毁衣服，也绝不允许手足相残！拖下去！收了她出入宫禁的令牌！"

长孙皇后眼前，没有唐律，没有国法，只有她的两个儿子。

傅柔这才知道，那个道士的有心之言，到底在这位国母心里扎了毒刺，如今蔓延成毒蔓，一发不可收拾，即将酿成悲剧。

林宝林在御花园的凉亭赏雪，暖茶一杯，惬意得很。近来立政殿那儿波涛汹涌，东宫和魏王府亲兄弟越闹越凶，她也不是不知情，只是庆幸自己，不会被卷入斗争中去。

远远地，看见好几个内侍在查找着什么，她以静制动，安然喝茶。忽听亭子旁的假山后面有动静，转眼之间竟然钻出一个人来。

林宝林差点惊叫，却在看清那人时，捂住了嘴。

她低声道："姑奶奶，你又惹上什么大事了？"

傅柔一脸焦急："一言难尽。我现在要赶去凌霄阁，做一件很重要的事。"

"满宫的内侍都在找你，你穿成这样，还想去灵霄阁？"林宝林瞥一眼远处的内侍们，对她的贴身宫女道，"桂花，把衣服脱了，给傅司言换上。"

林宝林又对傅柔道："他们找的是女官，不会太注意宫女。那些内侍啊，不懂变通，笨得很。"

傅柔感激一笑，换上桂花的宫装："改日再谢宝林，我先走了。"

林宝林看着她穿过御花园，喃喃自语："但愿你还有机会谢我……"

傅柔来到凌霄阁，看见门敞着，一边走入一边说："殿下，请你赶紧给魏王和程处默送信……"但看清书房里的人，吃了一惊，急忙行礼："杨妃娘娘。"

杨妃好似专程候着她似的，神态从容："傅司言，给魏王送信，不至于要使唤一位皇子吧？"

傅柔顾不得许多："皇后要杀魏王妃，事情万分紧急，请杨妃娘娘伸以援手，立即派人出宫通知魏王和程处默，否则就来不及了。"

杨妃不作声。

傅柔急道："杨妃娘娘，只要帮魏王府这个忙，你就是魏王府和卢国公府的大恩人。宫中形势瞬息万变，谁不需要有过命交情的盟友？这事不但对娘娘，就算对吴王殿下的将来也有极大好处。"她不承想利诱什么人，然而她若不这么说，魏王妃将毫无生机。

杨妃终于点了点头："你说得有道理。"

傅柔心中一松："那就请杨妃娘娘当机立断。"

杨妃唤了两个内侍进来，就在傅柔以为自己成功时，那两个内侍把她抓住。

"押下去吧。"杨妃一笑。

傅柔震惊："杨妃娘娘！"

"傅司言，你的确是一个很能讲道理的人，不过这里是皇宫，讲的不是道理，而是权力。皇后是后宫之主，她做的任何决定，我们这些妃嫔都要听从。既然她命内侍监捉拿你，我也只能配合。"而且这次的配合，让她乐意之至。

"娘娘，你这样做，等于帮着东宫害死魏王妃！你也参与其中！"傅柔正色指责，却不知自己歪打正着。

杨妃可不承认："要她死的是她婆婆，我什么都没做，清白得很。"

"你不能这样！"傅柔不放弃一丝希望，"吴王在哪儿？我要见吴王！"

杨妃好笑："我都不掺和了，吴王更不会掺和。"一挥手，让内侍们把傅柔带走。

没一会儿，吴王走了进来。

"母妃，你怎么在这儿？"他左右看了看，"我好像听见了……"傅柔的声音？

杨妃起身："自然是在等你。你忘了今天是什么日子吗？"

吴王的神情顿时不自在："没忘，今天是外公的忌日。"

杨妃走过吴王身侧："走吧，陪我给你外公上炷香。"

吴王犹豫一下，转身跟上。有些话，他不能说出口。他读史书，知道外公残暴奢侈，把曾外祖开拓的大好江山败得一干二净，最终自食恶果。外公的忌日，是老百姓的节日，多么可悲。偏偏母妃孝顺，表面设了佛堂，实则是供外公香火，年年这日都要他上香，逃也逃不过去。

雪还没有化尽，魏王一脸风霜出现在王府门前。他的袍子上都是泥泞，慌里慌张下马，却差点让台阶绊一跤。门厮来扶，但被他用力一推，摔了个狗吃屎。

他抬眼一看，门上挂着惨白丧灯，咆哮道："这是什么鬼东西！统统给我摘下来！"

魏王直直往里跑，奔过前庭，却见白布素缟。他双目怒红，跑上去就拼命拽，拽不动就喊，把总管和管事们都惊动了。

"扯下来！全都给我扯下来！等我和王妃说完话，出来要是还看见这些晦气东西，你们就给我滚！"他咆哮嘶吼，两眼空洞干涸。

谁也不敢说一个字。

然后，魏王跨过门槛，走进正堂，刹那满眼的黑白色，白的花，黑的棺，刺得他眼前眩晕，几乎站不住。他的王妃，躺在棺中。

"王妃……王妃……你别闹了……"他步履蹒跚，走到棺前，怔怔望着她毫无生气的面容。

他突然将她抱出棺木，坐在地上，握住她的手："我才走了两天，你就不好好照顾身子了。着凉了吧，手这么冰。秀儿，快拿个手炉来，给王妃暖手。"

秀儿哭着："殿下，王妃她已经……已经去了。"

"不准胡说！"他又吼，"我都回来了，她能去哪儿？今天的美容养颜膏呢？拿来，我亲自喂王妃吃。你看王妃这脸，一天没吃美容养颜膏，就苍白苍白的。"

秀儿大哭出声："殿下，王妃临终说，可以侍奉殿下，是她一生最大的幸运，请殿下好好保重，福寿延绵，子孙满堂。"

魏王安静片刻，忽然眼泪飙出，对秀儿咆哮："别废话，你快去拿来！"

这时，门外冲进一人。带着百骑去大苍山特训的程处默还未来得及脱去铁甲，和魏王一样，满面风尘。

魏王眼睛一亮："处默，你来得正好。你姐姐又生气了，她不理我了。你快劝劝她。我保证，这次出门绝没和别的女人勾勾搭搭，连多看一眼都没有。你叫她别生姐夫的气，姐夫给她赔罪……"

程处默置若罔闻，目光停在魏王妃身上许久，大步上前，双膝重跪。

姐姐虽说性子火暴，却很善良，一直照顾他们兄弟仨。他挨阿爷揍的时候，姐姐会从魏王府赶回娘家来，帮他说情。他受委屈的时候，姐姐会心疼得掉眼泪。他在边关的时候，姐姐大包小包给他寄吃的穿的。比起阿爷和娘亲，他更愿意和姐姐分享秘密，因为姐姐总会无条件支持他。

但这么好的姐姐，竟被婆婆赐了毒酒！可笑啊！不遵唐律，不遵国法，什么都不查证，只为保住太子和魏王的兄弟情，就毒杀了他无辜的姐姐！

这要是在寻常百姓家，可以把婆婆送上公堂，以杀人论处，但发生在天子之家，悄无声息，姐姐的死激不起宫廷半片涟漪。他们程家人，只能无声地哭，只能无限地忍，只能背负这沉重的冤屈，一个字都不能抱怨。

但，他恨！

傅柔抱膝，靠角落而坐，看着铁栅栏外的天空。忽然感觉有人停在牢房外，她瞥了一眼，是吴王。

"魏王妃，她死了吗？"她明知故问。

"死了。"吴王淡道。

她眼泪就流了下来："当初我刚到长安，她不许我和程处默在一起，逼我当魏王府的针线人。我曾经……恨过她。"

"你已经尽力了。"吴王劝得浅。

"如果尽力了，她就应该还是活生生的。我没有尽力。我没有做得更好、做得更聪明，以至于无法劝阻皇后娘娘，更加错判了形势，把最后的一点机会用在吴王你身上，还愚蠢地向杨妃求救。"她做错了。

"当时那种情况，就算母妃和我愿意帮你，又能改变什么？"吴王说实情，"就算魏王及时赶回来，你以为他能让皇后回心转意？皇后为了保全自己的儿子，可以牺牲所有人，包括魏王妃。"

"我是有多无知啊，竟然奢望杨妃娘娘去救魏王妃。"傅柔听不进去，"为什么我当时没有转身就跑？也许能跑掉，也许还能找到另一个愿意帮忙的人。"

"要杀魏王妃的是皇后，不要把责任推到我母妃身上。"他明白她的悲伤，但杨妃是他的母亲。

她苦笑一声："都是这样。做娘的，袒护自己亲生的儿女；做儿女的，偏帮自己的娘。小家如此，无可厚非。可是天家也该如此吗？是非呢？黑白呢？公正呢？大唐的利益，又该以谁为重？"

他神情沉冷："一个司言，官不过六品，还是在后宫侍奉的。前朝有那么多王公大臣，领着国家厚禄，大唐的利益，用得着你操心吗？"

"我是大唐人，大唐的土地生我养我，我就有责任为它操一份心。我从你老师那儿学到的，你记得吗？"

"别把自己想得太重要了。"他只能叹，所学未必能用。

"我不重要，我只是蝼蚁。"她自从进宫，一直被提醒，"可是，蝼蚁也有蝼蚁的价值、蝼蚁的尊严。这恢宏壮丽的大唐江山，本来就是由你们这些高高在上的权贵和无数大唐的蝼蚁，一起支撑起来的。"

他说不下去，只能转换话题："我会想办法把你救出来。"

她抱紧双膝："不必了。魏王妃死了，程处默一定很伤心。我在这里吃点苦头，就算我在陪着他，尽一份心吧。"

此时此刻，她无比厌恶立政殿，根本不想回去。

苏灵淑对着一桌子的丰盛饭菜，一动不动。太子走入，见她没有食欲，亲自拿起汤勺，盛了汤，送到她嘴边。她无神的眼忽然重新有了光，张开嘴，任他喂着自己。

"孤身边就剩这几个人了，太子妃就算为了孤，也要保重身体。"心无比酸楚，没有快意。

"嗯。"她会保重的。

"你妹妹很可惜……"他见过她们姐妹情深，"孤知道你心里难过，可你一定要撑下去，撑到孤登基为帝的那一天。"

"太子，"她停顿一下，静静望着他，"你说，灵薇死得值吗？"

"魏王妃自尽，既打击了魏王，也打击了卢国公府，而且还让母后最终站到了孤这一边。虽然这话有些无情，可你妹妹的死确实帮了孤的大忙。"他感激。

她笑了笑："能帮到太子的忙，我妹妹也就值得了……"

他一怔，眼中飞快闪过一抹沉思，伸出手，抚过她苍白的脸，无言深凝。

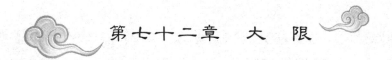

第七十二章　大　限

魏王妃出殡的那日，知道真相的不敢来送，不知道真相的不知来送，但还是有些不怕权贵的性情中人来送一程，比如马海妞。

只是马海妞没想到，就在魏王妃的棺木前，程家老三竟然对魏王磨刀霍霍，程处默和程处亮拦着，直接上演家变。

程处亮喊："处剑，你疯了吗？这是姐夫！"

程处剑也喊："不，他不是我姐夫。他是个利欲熏心的小人！要不是他想当太子，和东宫闹得水火不容，灵薇怎么会被殃及池鱼？毒死灵薇的酸枣糕是魏王府送去的，姐姐绝不会下毒，那就只可能是他。为了毒死太子，他在酸枣糕里下毒，然后推卸责任，让姐姐当他的替罪羊！放开我，我要杀了他！"

程处亮按住弟弟的手："姐夫不是这样的人，你冷静一点！"

程处剑红着眼："二哥，你就要娶公主了，你当然冷静。可是我呢？我的灵薇死了，姐姐……姐姐也死了。他为什么不去找逼死姐姐的皇后算账？一切都是他的阴谋！我要给姐姐报仇！我要给灵薇报仇！"

程处默大步走来，一脚把程处剑踢飞。那一下，连旁观的马海妞都觉得疼。

程处默暴喝："滚！"

程处剑倒在地上惨笑："大哥，你和魏王就是一伙的。从一开始，你们就一起对付太子。东宫说太子断了腿是你们干的，我一直不信，你被打了一百杖，我还替你不平。我真傻，我真傻啊！你们争权夺利没关系，你们要斗倒太子不要紧，为什么要用下毒这种残忍的手段，让灵薇做了牺牲品？为什么事情败露，又把罪名栽到姐姐头上？我恨你们，恨你们！"

程处默上前，又是一脚。这次，程处剑被踢出厅门，滚落台阶，吐出鲜血。

程处默冷然下令："把他赶出去，以后都不许他在魏王府出现。"

程处剑仰天大笑："姐姐！姐姐！这就是你最疼爱的大弟！这就是我最敬爱的大哥！姐姐，你的冤魂何在啊？"

内侍们跑上前，将程处剑拖下。程处默面无表情看着这一切，听着狂肆的笑声消散，化作风中的呜咽。

马海妞看得都忘了悲伤，只觉惨烈。

"程处剑大闹灵堂，嚷嚷着说她姐姐是给魏王做了替罪羊，要杀魏王，被程处默打了一顿。他回卢国公府翻程处默的房间，把当日太子写给齐王的信拿走后，就没了踪迹。魏王妃的死，让卢国公府内部终于出现了分裂。"怜燕儿说着。

"大闹灵堂这事，马海妞也跟我提了。"这声音，却是严子方，正坐怜燕儿对面。

此处僻静，是接头的好地方。

"我只有一个问题。"严子方问，"程处剑怎么知道程处默房间里有太子写给齐王的信？"

怜燕儿微微一笑："你说呢？"她可是随意出入程处默的书房呢。

"你果然聪明。"严子方颔首，"这程处剑也是个情种，没想到他这么爱太子妃的妹妹。"

"在程处剑心里，在那碟酸枣糕里下毒的人就是魏王。魏王贪心不足，想谋夺太子位，所以要毒死太子，结果却误杀了他心爱的苏灵薇。太子要追究下毒之人，魏王又把自己的王妃推出去顶罪，做了牺牲品。而他大哥程处默，就是魏王的帮凶。"怜燕儿没料到事态这么发展，叹了口气，"程处默还说，要是程处剑回了卢国公府，就立即告诉他。不过我想，程处剑是不会再回卢国公府了。"

"觉得对不起程处默？"严子方以为。

"在燕回楼，他曾经是我最美好的期待。我也是因为他，才下定决心离开燕回楼。那一次他从广州城回来，再出现在我面前时，我就懂了，不管恩客对你有多好，对你说多少的甜言蜜语，他们的心都是随时可以收回的。青楼女子就是青楼女子，无聊的时候逗弄一下，不喜欢的时候就不再理会，那种理所当然，甚至连一丝内疚和怀念都没有。"怜燕儿轻挑黛眉，"不把我放在心上的男人，我为什么要把他放在心上？"

严子方有些明白了："所以你选择了海虎。"

"马海虎不是最好的，但他是对我最真心的。男人，我这辈子见得太多了，哪种值得珍惜，我很清楚。"她怜燕儿为了马海虎，愿意当细作。

"果然傻人有傻福，海虎是个连鱼竿都不会使的人，居然钓到你这条美人鱼，让你为他不惜冒着危险，潜入卢国公府。"当初，严子方对她不抱希望。

"不是为他，是为我自己。"怜燕儿能教马海妞三条黄金法则，当然以身作则，"我说过，我喜欢他，但我不喜欢成为一个笑话。我要让他当上大官，吐气扬眉，风风光光地娶我过门，成为一段佳话。"

怜燕儿起身，施施然而去。

立政殿比任何时候都清寂，长孙皇后歪坐榻上，已经数日无法起身。今日，晋王来看她时，问起傅柔。她无言以对。其实，魏王妃死讯传到她耳里，她就冷静下来了。她知道，傅柔说的一点不含私心，纯粹是为了避免一个冤案。可是，她无奈啊——

内侍在外传报，魏王来了。

她叹口气。魏王自从回到长安，还没来见过她一面，她只能派人传唤。有些话，必须当面说。

魏王入内，行礼请安，随后就无言了。

"她是我的儿媳妇，我也怜惜她，可把下了毒的酸枣糕送去东宫，这天大的罪，谁也救不了她。要是让她在大理寺被审问受辱，最终也难逃一死，还不如就这样让她去了，留点体面，也不至于家丑外扬。"虽然她知道傅柔说得没错，但她不能承认，为了太子，也为了魏王，"魏王，不要怨母后，母后心里也难受啊。"

魏王神情不变，语气无波："儿臣不敢。"

长孙皇后反而担忧："魏王……"

魏王平和恭敬："就像母后说的，兄弟如手足，妻子如衣服。魏王妃只是一件……儿臣穿习惯了，穿着就浑身暖洋洋的衣服罢了。现在人已经不在了，还有什么好说的？儿臣已经悲痛多日，总不能继续消沉下去。"

眼前的，是生他养他的母亲，但他的心里愤怒得要炸。就因为太子夫妇几句话，就杀了他的王妃！她心里就只有太子这一个儿子吗？总是让他忍让太子，总是让他想着东宫，谁来为他想想？

长孙皇后稍稍心安："对，就是这话。你要振作起来，过一阵子，我再为你挑一个才貌双全的好女子。"

魏王突然哈笑一声："这个以后再说吧，不然娶进来没多久又被太子讨厌，母后再叫我换衣服，换来换去，什么时候能穿着舒服呢？"

长孙皇后听出不妙，心中惴惴。

"从前儿臣沉溺音律诗词，胸无大志，不懂体恤父皇治理国家的辛劳，真是不孝。儿臣痛定思痛，如今要好好改过。儿臣是大唐的皇子，不能只知享受，不知回报。以后朝政之事，儿臣该管的要管，该说的要说，为大唐尽自己一份心力，也好好地为父皇分忧。"他处处忍让，太子一处也看不出来，既然如此，他就不忍了！

长孙皇后惊瞪魏王。

魏王泰然自若："请母后放心，来日在朝政上，太子和儿臣就这么兄友弟恭，同心同德了。母后好好养病，儿臣告退。"

长孙皇后呆坐半晌，忽然明白，她做错了，太错了。她亲手将魏王彻底推到了太子的对立面，而没有了魏王妃，这个恨再也难以磨灭。她心头一痛，呕出一口血来，颤巍巍拿出药瓶，药撒落一地。只是她眼前，一个帮她拾药的人都没了。

这日早朝，太子和魏王对上了。

前些日子，太子提到官员考核，将权柄交给了侯君集。这时，魏王提出异议，以盛国官员胡宁武贪赃舞弊、欺压百姓、强抢民女等种种劣迹为例，问侯君集为何给胡宁武上上评。太子认为魏王针对自己，但魏王有证有据，还指出侯君集收受贿赂。

皇帝十分重视，立即命刑部严查，并让吏部侍郎接手了考核的事务。

太子回到东宫，大发雷霆："岂有此理！下毒害孤，孤看在母后的分上，只算了魏王妃的账，放过了他。如今他竟然变本加厉，开始公然和孤做对了！"

覆水伺立一旁："太子早就应该下决心对付魏王，可惜此前三番两次被魏王忠厚的伪装所骗。"

苏灵淑也帮腔："我劝过太子多少次，魏王府没有一个是好人，太子太仁慈了。"

覆水道："说起来，这次还是太子妃的妹妹牺牲了性命，才逼得魏王原形毕露。太子以后真的要好好对待太子妃。"

苏灵淑立刻瞥了覆水一眼，覆水却神情不动。

"不用你提醒，太子妃对孤的心意，孤心里明白。"太子皱眉，"现在是魏王，到底怎么教训他？"

"那很简单。"覆水语气轻松，"魏王要利用侯君集来打击太子，就不能让他得逞。"

"侯君集贪财这个毛病，孤是知道的，借着吏部考核收取贿赂，恐怕真有其事。父皇把吏部考核的事从侯君集手里拿走，交给赵侍郎去办，这说明父皇已经对侯君集有了怀疑。要是刑部从胡宁武那里拿到向侯君集行贿的口供，这事就麻烦了。"

苏灵淑如今坏心思随手拈来："难道放弃侯君集？"

"孤要是连侯君集都保不住，孤这个太子还有什么威严？如果还是父皇在温泉宫那会儿，孤什么不能做？如今父皇在长安，孤完全被捆住了手脚，动弹不得。"

"长安里动弹不得，那就在长安外下功夫。"覆水好似胸有成竹。

"你是说，对付胡宁武？"太子问。

"灭口？"苏灵淑比太子狠。

"只灭胡宁武的口没用。侯君集受贿，不会只收胡宁武一人的钱，魏王既然盯上了这件事，必然会盯到底。没了胡宁武，还有周宁武、张宁武。"覆水最狠，"要打盛国的主意。皇上对侯君集的贪财心有不满，但没有立即把他下狱审问，一是念他往日的功劳，二也是惜他的领军之才。如果盛国反了，大唐必定派出大军镇压。太子，你说皇上第一个想到的主帅会是谁？"

太子道："一定是侯君集。上次平定盛国，就是侯君集领兵，大胜而归。可是盛国现在没有反啊。"

覆水笑了笑："没有反，可以逼他们反。既然盛国已经民怨沸腾、积薪如山，我们不妨给他们点一把小小的火，让他们烧起来。"

太子稍做犹豫，随后一咬牙："好，孤和魏王，这回不死不休！"

长孙皇后在睡梦中，在皇帝的身边，走了。

临终前的那夜，她仿佛知道大限将至，请求皇帝答应清河和程处亮的婚事，也为太子和魏王求了一道保命符。她无力改变已经发生的，也不知将要发生的能否阻挡，用尽了她在这个人间的最后一口气。

皇帝大哀。他与她风风雨雨走过来，她从无怨言，帮他料理后宅，乃至后宫，照顾他的父母兄弟，无论发生什么，她都坚定地支持着他。她的病其实是累出来的，他劝她好好养，她却放不下，最终心力交瘁，撒手人寰。好了，她现在，终于可以休息了。

太子和魏王跪在灵堂，彼此难得看一眼。然而，他们眼神中的愤恨、怨毒、不满盖过丧母之痛。

皇帝大概明白了，为什么皇后请求他，无论两个孩子怎么闹，都要留他们一条性命。他只希望，事情不会糟糕到那个地步，同胞手足终会幡然醒悟。

清河哭得最没心机。她虽然任性些，但天真可爱、心地纯净，得到帝后真心的宠爱。

"清河，你已经跪了一天一夜，下去休息会儿吧，这里有太子和魏王。"皇帝让人把她扶了下去。

清河一边哭，一边走，最终停在湖边。

粼粼波光，映着她满脸的泪。她不知道太子哥哥和魏王哥哥是怎么了，两人连一句话都不说。私底下，她根本找不到机会跟他们说话。要么就是太子妃拉走了太子哥哥，要么就是魏王哥哥推托有事要办。她觉得，她不只失去了母后，还失去了两位兄长。

清河更加难过，痛哭出声。忽然，有人握住了她的手。她一惊，转头却见程处亮。

"你……你怎么会在这儿？"清河哭着，想给他一个笑，却眼泪流得更多。

"从前大哥出了事，我难过，你陪着我；现在皇后娘娘薨了，你难过，我当然要来陪着你。"他一直在这儿，默默跟着她。

"我再难过，你也不能偷偷进皇宫啊，被抓住要杀头的。"上次她冲动行事，把事情闹大了，幸亏母后还在，但如今谁还能保护他们，"你快点走，不要让人发现了。"

他挺挺胸膛："谁说我是偷偷进来的？"

"你的东宫侍卫身份，不是被太子革掉了吗？"她不解。

"东宫侍卫的身份是没了，但我现在是你这儿的禁军侍卫了。"柳暗花明又一村。

"这怎么可能？你撒谎。"她不敢相信。

"我去求了皇上。"男子汉大丈夫该有担当，"我求皇上说，你现在一定很伤心，需要人安慰，我想见你一面。"

"父皇居然就答应了？"难道她在做梦？

"皇上说，皇后临终之际，还念念不忘给清河公主安排婚事，可见对公主有多放不下。为了皇后在天之灵安息，他也要多眷顾公主一点。所以，我就被指派到这里当禁军侍卫了，可以多陪陪你。"

"母后……你对女儿这么好，女儿却总让您生气，总是不听你的话……母后！母后！"她再次失声痛哭，顺势靠在他肩膀上。

他倒抽一口气。

她紧张："压到伤口了？你的伤还没好？"想要离开他的肩头。

他一脸英雄气概地按了回去："男人的肩膀，不就是给女人靠的吗？我撑得住。"

她小小感动一下，虽然还是靠在他的肩头，却悄悄抓住了旁边的树干，减去他肩上的重量。

她只有他了，但愿今后，是彼此的负担，也是彼此的幸福。

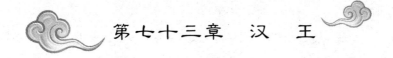

第七十三章　汉　王

长安一片凄冷的氛围之中，严子方到汉王府送礼。

汉王刚睡醒，打个大大呵欠："我说是不是流年不利？太子妃死了妹妹，魏王死了老婆，紧接着皇后也死了。怎么今年的皇亲国戚是一个接着一个归天啊？太不吉利了。"

严子方神情不动："他们不吉利，只要不连累到汉王你就行了。"

"那倒也是。"汉王想想，叹了口气，"唉，我这个皇嫂啊，就是平日太正经了，做了皇后都不知道享福，整天不是操心这就是操心那，能活得长吗？不过话说回来，父皇驾崩后，她对我倒是照顾有加。只是……"

说到这儿，汉王顿了顿，又显得不太高兴："为了她，又要守这么多天国丧，所有王公大臣一律不许宴乐，连酒都不能喝一口，闷死我了。"

"不能喝酒，就喝汤嘛。"严子方对马海虎一招手，桌上多了一个陶罐，"今天过来，特意给汉王殿下带了一罐炖得很美味的鸡汤，请殿下笑纳。"

汉王打开陶罐一闻："好家伙，你又从哪儿弄来这酒……"

严子方一本正经地提醒："鸡汤。"

"对，鸡汤，鸡汤。"说着话，汉王提着陶罐，喝了一大口，神情享受，"上次你送给本王那两坛……两坛鸡汤！我喝过之后是念念不忘啊，肚子里馋虫早就在打滚了。严子方，还是你最懂本王的心意。"

严子方看汉王情绪高涨，这才开口："殿下，太子和魏王如今势同水火，不知道殿下想好没有，要站在哪一边？"

"还用想吗？当然站在太子这边。魏王是贤王，文坛领袖，清高得很，他看不上我，我也看不上他。"汉王想都不用想。

"殿下觉得，自己真的已经站在太子这边了吗？"严子方见汉王瞪起眼，接着说道，"恕严子方直言，我看太子对汉王殿下，充其量也就是一个吃喝玩乐的伴。在太子心中，似乎并没有把殿下你看成是真正的心腹。"

汉王无可奈何："东宫的想法和决策，太子提都很少和我提，就更不说采纳我的意见了。我也想抓住机会，可抓不住啊。难道我就这么走到太子跟前说，以后别只把我当酒肉之交了，你们东宫商量重要事情，要把我也叫上？"

"这次过来，给汉王殿下准备了两份礼物。第一份就是这鸡汤，第二份呢，是一个人。"严子方真正的目的所在。

"一个人？"汉王以他的花花肠子想，"美女？对啊！我怎么没想到呢？只要是男人，这美人计是百发百中。太子也是男人，早就应该给他送几个绝色美人了。太子一高兴，再让送过去的美人为我吹吹枕头风，他不就看重我了吗？"

严子方眼中闪过一丝不屑，语气却耐心："不是美女。人我已经带到门外了，还是请殿下亲自看一眼吧。"

汉王好奇地朝外看了一眼，但见程处剑站在门外。

他立刻变脸："混账！你怎么把卢国公府的人带过来了？"

严子方一笑："殿下，这可是奇货可居啊。程家兄弟内讧，现在程处默这三弟，对魏王和程处默恨之入骨。兵家有云，知己知彼，百战百胜。他既熟悉卢国公府，又熟悉魏王府，如果殿下把他拉入太子的阵营，等于给了太子一件对付魏王的最好的武器。太子能不器重既有谋略又有功劳的汉王殿下你吗？"

汉王明白过来："程处剑投向东宫，就等于捅了魏王一刀子。卢国公两个儿子，一个帮魏王，一个帮东宫，亲兄弟反目成仇，别的不说，光是这一点，就能把程咬金那老不死的气个半死。"

严子方垂眼："殿下英明。"忽然扬声："处剑，进来吧。"

程处剑走进门，表情严肃："程处剑拜见汉王殿下。"

汉王笑得很热情："自己人别客气。程处剑，你相信我，我绝不会亏待你。魏王那家伙，我早就知道他的真面目了，假忠厚，假谦和，假清高，你姐姐长得那么漂亮，活生生被他给连累死了，真是可怜啊。"三句不离美女。

"魏王为了权力不择手段，害死了这么多无辜的人。我已经在姐姐的坟前发誓，从今以后，和魏王府势不两立。"程处剑从怀中掏出书信，"这是我从他房间里搜到的。"

汉王看书信："这是……太子写给齐王的信？"

程处剑道："程处默拿着书信，就如拿着太子的把柄。太子是大唐未来的储君，暗中捣鬼，妄图动摇太子的地位，就是背叛大唐。他们为了一己私欲，不惜毒死灵薇、害死姐姐，我是忍无可忍。古人可以大义灭亲，难道我程处剑就不行吗？我必杀魏王，为我姐姐和灵薇报仇。我也必定让程处默跪在她们的坟前忏悔，得到他应得的惩罚！"

"说得好！大义灭亲，浩气长存！不过要对付魏王府，光靠你一个可不行，我们要联合东宫的力量。我这就带你们去见太子。"汉王回头喊，"严子方……严子方！"

严子方回神。

花园的另一头，侯盈盈抱着洗衣盆刚刚拐过去。

太子手里拿着书信很高兴："确实是孤写给齐王的私信，原来早就落到了程处默他们手里。这次要不是处剑把这书信偷出来，他们一定会拿着这些书信到父皇面前挑拨是非，诬陷孤和齐王的谋反有牵扯，孤可能又要吃上一次大亏。处剑，幸亏有你深明大义。"

汉王抢话表功："一知道处剑和魏王、程处默闹翻，离开了卢国公府，我立即就派人四处找他，一找到，马上带来见太子。我就知道，他对太子有大用处。"

太子笑了："汉王叔做得很好。从前只知道您斗鹰田猎是把好手，没想到还有这么细心的一面。"

汉王呵然："我这人不爱炫耀，日子久了才知道。哦，对了，太子，这一次的事，严子方也帮了不少忙。"

严子方上前："末将拜见太子殿下。"

太子打量严子方两眼，知道他海盗出身，心中尚有狐疑。

覆水道："听说严将军把西市管理得井井有条，为百姓打抱不平，把张礼、徐良平等人毫不留情地绳之以法。太子，这徐良平，就是上次在朝堂上大放厥词，要太子退位让贤给魏王的御史尤建明的妹夫。"

太子再看严子方一眼，目光透出满意："尤建明的妹夫胡作非为，他本人恐怕也脱不了干系，自己不干不净，还敢来找孤的麻烦。严子方，你能不怕开罪同僚，为民主持公道，操守不错。"

严子方恭谨答道："张礼、徐良平贪赃枉法、欺凌商贩，既然皇上信任我，我就不能让他们继续胡作非为。"

太子招呼到花园吃饭，和汉王、程处剑走在前头。严子方和覆水并肩，跟在他们后面。

覆水目视前方，神情淡然："你已经在太子心里留下印象了，恭喜。"

严子方也似淡漠，语气却敬："多谢你的良方。"

寒风吹得落叶疯卷，傅柔刚扫成一堆，又被弄得到处都是，只能用手把叶子拾进筐里。长孙皇后去了，她也从牢里放了出来，重新分配，到了掖庭。

这里，是宫女们住的地方，还有一些被充作奴婢的罪臣女眷。她还算好，只是变成了普通的宫女，在掖庭里做些杂活。

没能见到皇后最后一面，又是以那样不愉快的方式分别，傅柔心里悲恸万分，也无意再回立政殿，反而渐渐地，习惯了掖庭艰苦的却简单的生活。

掖庭每几年会放一些宫女出宫，只要在这儿做好本分工作，也许她还有机会重获自由，同时也避开那些令她厌恶的阴谋算计。

拾了一筐的叶子，她靠着栏杆喘口气。

"喂，这就想偷懒了？"一个年长的宫女不知从哪儿蹦出来的。

"上头指派工作，一人负责一处。这边是我该负责的，那边是你该负责的。"三个人的活儿，只有她一个人在做。

"哎，你是不是想找碴儿啊？掖庭宫的规矩，讲究个先来后到。我是掖庭宫的老人，你是新来的，我叫你做什么，你就要做什么。"

"掖庭宫的规矩？皇后娘娘定的宫规，我全部读过，你说的是第几条？"

另一个宫女啧嘴走近："看你，丢脸了吧？敢说人家是新来的。人家从前是女官，在皇后娘娘面前可得宠呢，能听你使唤？人家是天上来的。"

"管你从前多得宠，哪怕是只凤凰，落了架就不如鸡。我是这一组的头儿，你敢不听我的话，我就能教训你。"年长的宫女抬起手，眼看就要打傅柔耳光。

"你们干什么？"一个内侍转弯而出，见状就吆喝，"当这里是你们家啊？声音那么大，要是吵到贵人们，你有几个脑袋？"

俩宫女吓得不敢动，傅柔定神站着，不卑不亢。

一道威风凛凛的身影从拐角走出，走过内侍身旁，笔直往前去了。

内侍喊："程将军，等等奴……"

年长的宫女见傅柔瞧着程处默离开的方向出神，走到她身后，猛推一把，抬手又要打。

傅柔抓住对方的手腕："你凭什么动手？就算我没遵守规矩，按照宫规，你也只能记下来，呈报到司正所。惩罚宫女是司正所的事，轮不到你滥用私刑。"

"哎呀，你以为你是尚宫局的头儿啊？动不动就宫规宫规。我今日就滥用私刑，看你怎么着？"

年长的宫女想要抓住傅柔，傅柔用力反抗，另一个宫女上前帮忙。傅柔最终受她们钳制。

年长那位拔下头上的簪子，咬牙切齿："你这么嚣张，不就仗着有张漂亮的脸吗？我把你这张脸划出十几道沟来，瞧你还嚣张什么！"

傅柔轻喝："你敢！"

"哈，掖庭宫里想靠着美色攀龙附凤的人多着呢，到死都没能被贵人们宠幸一次。你真以为自己能勾搭上皇孙公子啊？你还是趁早死心吧！"簪子刺向傅柔的脸。

一只手忽然伸过来，牢牢抓住，

"你还真说对了。这女人别的不会，勾搭皇孙公子可是一把好手。我就是被她迷得神魂颠倒的王孙公子之一。"汉王出现，语气不着调，"我看中的女人，你们也敢欺负，胆子不小啊。自己长得那么丑，就嫉妒人家漂亮的脸，本王一向怜香惜玉，最恨的就是你们这种又丑又坏的妒妇。像你们这种人，活着也是浪费粮食，你们就自尽吧。"

两宫女吓得狂磕头。

傅柔道："汉王殿下，宫女有错，应该交由司正所问罪惩处，擅自处罚，不合规矩。"

"我说你这一板一眼讨不讨厌？"汉王哎哎叫，"怪不得脸都差点让人划花。"

宫女们赶紧求傅柔救命，汉王却吼一声"滚"，吓得她们跑了。

傅柔也想走。

汉王伸手拦住傅柔："站住，我可没有说放你走。"

傅柔小心地退开一步："殿下还有什么吩咐？"

149

汉王逼近一步："没吩咐就不能和你说话？"

傅柔紧紧蹙眉："国丧之中，请殿下自重。"

"干吗？怕我吃了你？我当初是瞎了眼，才会看中你这么不解风情的女人。拿着。"他丢给傅柔一个小瓷瓶。

傅柔接住瓷瓶："这是……"

"从前在你这里抢……哦不，借去的那一颗灵丹。"汉王神情有些伤感，"原本想拿给父皇吃的，可父皇终究没吃。反正用不上，还给你。"

傅柔诧异一下："……多谢殿下。"

"谢什么？本来就是你的。"汉王不以为然。

"不是谢这灵丹，是谢汉王殿下刚才帮我解围。"至于灵丹，她也没什么用处了，本来想给程处默的，如今却形同陌路。

"小事一桩。"汉王很爽气，"我在大苍山被有毒的兵器划伤，好歹也是你救的嘛。"

傅柔再次诧异："还以为这种小事，殿下早就忘了。"

汉王不高兴："我脑子又没毛病，忘性有这么大吗？"

傅柔笑了。

回到汉王府的汉王，还是很不高兴。皇帝召见他，闻到他身上的酒气，狠狠训斥了他一番，罚他闭门思过。

"你死了皇后，又不是我死了老婆，凭什么要我陪着你悲痛欲绝？偷偷喝了点酒罢了，好像本王犯了弥天大罪似的。还闭门思过？"汉王仰天，自言自语，"父皇，您一不在，我就不值钱了，成了个十足的受气包！您老人家要是在天有灵，您张大眼睛瞧瞧啊！"

正得宠的美人扭腰而入："殿下要谁张大眼睛呢？妾身的眼睛还不够大吗？你又看上哪个狐狸精了？"

汉王掌扇美人："混账！我的父皇，轮到你这贱人侮辱？"一转身去取鞭子。

美人惊恐地逃出，忽见侯盈盈，把她推向追来的汉王。侯盈盈猝不及防，撞在汉王身上，美人趁机逃走。

"贱人，你也不是好东西！"汉王把侯盈盈狠狠推在地上，举起鞭子，要抽打侯盈盈。

侯盈盈下意识举起胳膊护住头脸，露出手腕上一只手镯。

汉王动作一顿。那镯子，是早上孙太妃送给侯盈盈的，还在他面前说了半天她的好。他才知道，自己不在府里的时候，她就一直陪伴在他母妃身边。怪不得，老人家近来精神好极了，容颜都有回春之感。当时，他还小小触动了一下。

汉王最终将鞭子摔了，反身回房。

侯盈盈大感诧异，爬起身，就听房里传来乱掷东西的响动，不由得来到房门前，正见汉王一拳砸在墙上。墙没事，人有事，手背皮破血流。

"殿下，这是何苦？"伤人伤己。

他回头，望着她苦笑："所有人都一样，口口声声尊称殿下，心里都看不起我。你和他们没什么不同……不，你比他们更狠，他们只是看不起我，你却是时时刻刻都在羞辱我，做着我的王妃，心里却只装着你的奸夫。"

"殿下的手受伤了，妾身帮殿下包扎一下吧。"她能做的事不多。

"不用你假惺惺！"他给白眼。

她看着地上的碎瓷片，蹲身开始收拾。

"不用你捡！看见你这张脸就来气，简直脏了我的眼睛！"其实，好像气少了，更多的是心烦。

她挨打虽然不怨，但也不是喜欢挨揍："妾身不敢污殿下的眼睛，妾身告退。"

"站住！"他大叫一声。

她平静地望着他。

他声量骤减："看见夫君的手在流血，居然还若无其事地告退，有你这样无情的吗？还不快包扎，我就要失血身亡了！"

看在母妃的面上，他可以少跟她计较一点。

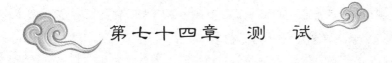

第七十四章　测　试

傅柔给一个生病的小宫女送饭。她叫小武，犯官家眷，不过十三岁，在掖庭之中身份比普通宫女还要低微，自然欺负她的人就更多。

小武感激："谢谢傅姐姐给我送饭，我还以为不会有人想起我，本来打算挨两顿饿了。"

"原以为掖庭宫里都是地位低的宫女和犯官家眷，处境不好，大家会彼此照应，没想到人情更为冷漠。"到哪儿都有高捧低踩。

"她们又在嚼舌头？"小武猜得到。

"你只管吃，不用理会她们。"傅柔看得开。

小武不以为然："我才不理会她们。一群可怜虫，只知道欺负比她们更可怜的人。我只要有傅姐姐照应我就行了。傅姐姐一个，胜她们一千个。"

"小小年纪，倒是嘴甜。"把傅柔说得笑了。

"傅姐姐，听说你读书很厉害，把天下的书都给读遍了，是真的吗？"小武眼睛放光。

"假的。"傅柔诚实，"天下典籍浩瀚如海，就算我用十辈子也不可能读遍。我只能尽量一有空闲就多看看书，多学点东西。"

小武央求："那你也教我读书好不好？过去爹给我请过先生，读过一点。不过，还是觉得自己懂得太少了。"

傅柔答应："知道不足，才会有求知之切。行，以后我带着你一块儿学。"

小武高兴极了："谢谢姐姐！"

"也得带着我一块儿学。师父，我可找到你了。"晋王走了进来。

晋王突至，让掖庭差点乱套，连司正都被惊动，匆匆赶来。众目睽睽之下，他不但不肯离开，还坐下和傅柔同桌用饭，让那些暗中端走傅柔饭菜的宫女紧张得冒汗。最后，还是在傅柔的苦心劝导下，晋王才离开。

但晋王临走前，表示还会再来，因为傅柔是他母后亲自指定的老师，母后虽然已经不在，却不曾交代收回成命，故而他还是傅柔的学生，想来就来。这无疑是给了众人道明令，谁再敢欺负傅柔，就是和他晋王作对！

才来几日，汉王和晋王都为傅柔出头，听闻吴王对她也有心，这让本来想给傅柔一个下马威的司正变得头疼。好在韦松提议，清醉阁清净，既避开宫人们的嫉妒注视，又避开贵人们来往的路线。

第二天，傅柔一早就到了清醉阁，正让一个宫女领着，却听到哭声。她顺着哭声一看，但见一间屋子里，两个嬷嬷围着一个身穿麒麟袍的孩子。

她吃惊地问道："那不是东宫里的小皇孙吗？"

"就是他。除了哭，什么都不会。听说本来是在立政殿皇后娘娘亲自照顾他，后来娘娘病得厉害，怕病气过给小孩子，说这里清净，就移到这里来了。现在太子和太子妃都在为娘娘守丧，大概等守丧完了，就会来把他接回东宫吧。"宫女似想起什么，"不和你说了，我还有事要忙。你今天新来，先自己各处逛逛，熟悉一下，要找我就到西北角那屋子里。"

宫女走了，傅柔却让婴儿的哭声拽住了脚步，看着屋里的情形。

只见原本抱着小皇孙哄的嬷嬷不耐烦了，把他放回摇篮里："哭哭哭，就知道哭，烦不烦啊？这么大了，还不会叫爹娘，我看你就是个天生的傻子。”

另一个嬷嬷道："哟，你可小心点，让太子妃听见，她能剥了你的皮。"

"太子妃正守丧呢，她听不见。哼，我看生个傻儿子也是她的报应，在东宫整天吆喝这个，审问那个，上次查什么东宫奸细，我无缘无故就挨了一顿打。"

"有她当家，东宫里伺候的谁没挨过打？她那疑心比天还大，看着这个像奸细，那个也像奸细。"

"哭就哭呗，这里僻静，不怕人听到。走，我们到外头喝茶去，省得烦心。"

两个嬷嬷就这么走了，留孩子一个人在摇篮里哭个不停。

傅柔看看四周一个人也没有，实在不忍，走进房间，摇动摇篮，哄着小皇孙，小皇孙渐渐安静下来。

这时，门外传来脚步声。

傅柔想着可能是嬷嬷们回来了，见到她肯定不会高兴，赶紧躲到了屏风后面。谁知，进来的不是嬷嬷们，而是两个内侍。

一个道："快，趁着没人，赶紧动手。"

另一个道："怎么动手？"

傅柔听得心头一惊。

"不早就教过你了吗？拿个枕头一捂。"

另一个却明显胆小，声音都发抖了："我下不了手。"

"蠢材，这可是一辈子的富贵。要是把这小东西弄死了，太子无后，再加上残疾，铁定会被扳倒，新太子一上台，你就立大功了。你不是说想比曹总管还风光吗？这可是千载难逢的机会。"那个光说不练，推给他人。

"可……可我瘆得慌。不如你来？"

"想退，晚了！你都已经来了，要是不弄死他，回去别人可不会让你活。爽快点，这么个小玩意儿，捂住嘴鼻，捂到他没气就成了。到时候给他身上盖个小棉被。平日里照顾不谨慎，睡觉捂死的孩子多着呢，有嬷嬷顶罪，你怕什么？快啊！"

傅柔听不下去了，从屏风后面冲出，推开两个内侍，抱起小皇孙，逃了出去。

她一边跑一边喊："救命啊！来人啊！"

然而，求救声犹如石沉大海，周围一个人影都没有。

好不容易，傅柔快跑到清醉阁的入口，瞧见前方站着两名侍卫，松了口气："快来人啊！有人要谋害皇孙！他们在后面追我！"

追在她身后的内侍，也对侍卫喊："事情败露了，快！帮我抓住这女的！走漏了风声，大家都活不了！"

侍卫们气势汹汹转身来追。

傅柔当机立断，抱着小皇孙拐入旁边的侧廊，躲进了其中一间厢房。她心里乱极了，不知道怎么会发生这样的事。长孙皇后尸骨未寒，又有人针对东宫，连无辜的孩子都不放过。

魏王府？她心慌意乱之间，脑中划过，同时又坚定否决，不可能！

忽然，怀里的娃娃大哭起来，把众人引到门口。

"开门！识趣点把孩子交出来，放你一条活路。"

不知道是谁，也无所谓是谁，都是一丘之貉。

傅柔用脊背抵住房门："谋杀皇孙是十恶不赦的大罪，要株连九族。你要是迷途知返，赶紧去自首，也许还能放你家人一条活路。"

"和她废话什么？踢门进去，两个都干掉。"

傅柔虚言恫吓："你们不要乱来，告诉你们，我手上拿着刀子。"

"别说拿着刀子，就算拿着长枪利剑，要杀你也易如反掌。"

傅柔冷笑："杀我当然很简单，不过我在临死之前，不但会在自己身上划两刀，也可能一咬牙，在小皇孙身上划两刀。你们不是要无声无息地杀人吗？用枕头捂死，让嬷嬷顶罪吗？小皇孙如果死于谋杀，身上还有刀伤，这案子可就大了。皇上一定会追查到底。俗话说，天网恢恢，疏而不漏。我倒要看看几位有什么本事，能避过天罗地网。"

门外沉静了一会儿。

有人尖细着嗓问道："不知里头是哪位姐姐？清醉阁里，似乎没这么有见识的宫女啊。"

"我可不敢当谋逆之人的姐姐。我叫傅柔。"

"傅柔？是不是曾经在皇后娘娘跟前伺候过的傅司言？"

"正是。"事到如今，隐瞒自己的身份也没用。

"哎呀，原来是傅司言，那真是一场误会。"

"什么时候，杀人也变成误会了？"她的目光扫过屋里每一处，没找到别的出路。

"傅宫女，你为了救魏王妃顶撞皇后，被皇后惩罚的事，我也听说过。咱们都是帮魏王办事的，一条船上的人。"

"信口雌黄！魏王绝不会如此丧心病狂！"她不信，而且也想得很清楚，"如果真是魏王派你们来的，那他已经失去了理智。你们要做的是规劝他，而不是助纣为虐。"

"魏王妃被东宫害死，魏王为妻报仇理所应当。这说到底呢，我们是正义之师。再说东宫又不是什么好人。就说你吧，你不是也被东宫害得不轻吗？扳倒东宫，魏王必然成为新太子，到时候也有你一份大功。别说重新当司言，就算当尚宫也指日可待。清醉阁僻静无人，这是天赐良机，你只要结果了那小孩子，一桩天大富贵就到手了，神不知鬼不觉。"

"要牺牲无辜的性命来达到目的，算什么正义……"

傅柔的话未完，门就被撞了开来。她被那股冲力撞跌在地上，却还是挡在小皇孙身前，紧紧护住他周身上下。

她闭着眼大叫："你们这些乱臣贼子，不得好死！"

明明听到了脚步声，却没人说话，傅柔奇怪，小心翼翼转头往门口看，却见韦松微笑着。

"韦总管！难道你……连你也……"抵挡不住权力的诱惑吗？

韦松从袖中拿出一卷帛纸开口："凤旨到，傅柔接旨。"

傅柔忙不迭跪下。

韦松打开凤旨念道："兹命傅柔为六局尚宫，掌六局二十四司。"

傅柔呆怔着，不明白怎么回事。

"傅尚宫，接旨啊。"韦松干脆送到傅柔面前。

傅柔一脸困惑地接过旨意，磕头，但一看两个内侍过来，明显要接近小皇孙，她下意识抱起孩子，姿势防备。

韦松道："傅尚宫，放心吧，他们绝不会伤害小皇孙。就算你信不过我，也应该信得过这上面的凤印吧。"

傅柔有点明白了："刚才的一切，是一场测试吗？"

"是一场测试。"韦松回忆着，"娘娘临终前的一天，精神忽然很好，和晋王殿下到御花园赏了一回景，回到立政殿后，娘娘亲自写下这道凤旨。可她并没有立即发出去，而是放在我这儿。娘娘要知道，你为魏王妃说情是出自公心，而不是讨好魏王府的私心。她还要知道，东宫和你有种种矛盾在先，日后在大是大非面前，你能不能不计任何个人恩怨，一碗水端平？太子也好，魏王也好，晋王也好，都是娘娘的亲骨肉。尚宫局掌管无数有职分的女官，和各位皇子贵人都会有千丝万缕的联系。钟尚宫已经老迈，娘娘必须为六局选择一个绝对没有私心的新掌管者。傅尚宫，你有什么想法？"

"我没有想法。"她只希望在其位谋其职，尽自己一份微薄之力，而非随波逐流，

155

让国法律令被私心践踏，低微的生命随意牺牲，"六局二十四司也没有想法，宫中的规矩早就清楚地写在纸上，谁的想法也不能改变它，六局只需要秉公而行，不需要想法。"

韦松甚感欣慰，对傅柔拜施一礼。

盛国再闹叛变，太子和魏王一番较劲后，皇帝派侯君集为主帅，否决了魏王推荐程处默的提议，也否决了侯君集带儿子出征的提议，出人意表地提拔了陆庭随军，职务不大，却可直接奏表，上达天听。

侯君集和侯杰回到家，立刻议论起来。

"这姓陆的分明是来监视父亲的！"侯杰火大。

"当年为皇上拼了多少次老命，我是无怨无悔啊，如今一身旧伤不值钱了，倒是动不动就被丢进大牢。领兵出征，他还要派个人随军监视。难道我侯君集给他卖了一辈子的命，临到老了，还能造他的反？"侯君集却感慨。

"这样逼咱们，迟早不反也得反。"侯杰随口一说。

侯君集呵斥："这种话可不许乱说！"

这时，陆庭上门拜访，叫人递进了帖子。

侯杰气哼："来得倒快！"

"这陆庭是皇上亲自指派的，官虽不大，却不好得罪。"侯君集知道儿子直脾气，开始赶人，"你忙你的去，别在这儿吹胡子瞪眼，给我惹祸。"

陆庭跟在吴管家身后，走过庭院，忽见一片梅林中隐隐有个倩影，手里抱着个娃娃，但背影分外眼熟。他止了步，想要看看清楚。

吴管家回头："陆大人！"

陆庭道："梅林里的女子，背影有点像……像我一个朋友的妹妹。"

吴管家回道："那位啊，是我家少郎君的妾室。"

陆庭尴尬："应该是我看错了。"傅音不可能会是侯杰的妾。

当陆庭的身影消失，傅音却从梅林中走出，神情哀伤又愧疚。她一眼就认出了他来了，只是没有勇气被他瞧见，在不辞而别之后再无耻地伤害他一回。她希望，她和他永远不会再见面，他终会淡忘了她，找一个比她好百倍千倍的女子为妻，快乐一辈子。

"发什么呆？那边有什么好看的？"侯杰突然从身后抱住她，"也让我瞧瞧。"

"啊！吓我一跳！"傅音转身，心虚地踮踮脚，挡在侯杰身前，哪怕知道陆庭已经不在那儿了。

侯杰确实什么也没看到，从她手里抱过孩子："乖儿子，让爹抱抱。"同时发现她脸色不好，"你不舒服？"

傅音勉强笑笑："没啊。"

"脸上一点血色都没有。"侯杰亲昵地摸摸傅音的脸，对另一只胳膊上的小家伙抱怨，"都是你这小子，越来越重，看把你娘累的。"

傅音好笑："关孩子什么事？你还怪他长个头啊？"语气一转，"对了，听说又要出征了？"

侯杰又恢复了自恋的调调："原来你在担心这个。干吗？离开我几天就受不了啦？男人要出征了，才知道舍不得啊？"

傅音现在学会了开玩笑："谁舍不得？你只管去，去一年半载都不要紧。"

侯杰哇叫："一年半载？你想得美。我一天都不去。皇上说，我刚刚才做了父亲，这一次就不用随军出征了，留在长安。倒是阿爷，这次又当主帅，倒霉透顶啊。"

傅音不知怎么，想起陆庭的出现："当主帅不是好事吗？为什么倒霉？"

"皇上往阿爷身边派了个人，其实就是为了监视阿爷。"侯杰的语气随即不以为然，"不过，阿爷还不至于惧怕陆庭那个毛头小子。"

傅音听见陆庭的名字，大吃一惊。

侯杰一无所觉："他如果老实点也就算了，要是敢不老实，哼！大营之中，主将要你死，还不是一句话的事？"

"不可以！"傅音叫起来，但见侯杰打量自己，急忙掩饰，"你答应过我，为了我们的善儿，以后会少做杀孽。你都忘了？"

"我记得。"侯杰想起来，"好啦，我说说而已，你就吓成这样了。他毕竟是皇上派来的，没事我们对付他干什么？我是说万一他不老实，把我们给逼急了。"

傅音蹙眉："那也不要……"

孩子忽然哇哇哭起来，打断了傅音的话。

侯杰一边哄孩子，一边敷衍："知道了，不要造杀孽，要给儿子积福嘛。反正我又不出征，一直陪着你总行了吧？"

侯杰把一直哭个不停地孩子递回给傅音，见他立刻不哭了，嘟囔道："臭小子，才那么一点大，就敢和爹抢你娘……"

傅音心不在焉，愁眉不展，暗暗祈求上苍保佑陆庭平安。

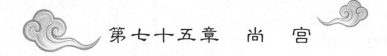

第七十五章　尚　宫

这日，傅柔正式成为尚宫。司织的、司言的、尚仪的女官们，多是对她心悦诚服的，也能让她觉得，其实这个地方还有光明。

新官上任，她对掖庭的司正烧了两把火。第一，各局各司到掖庭挑选女官，要照章程来走，不用先交黑名单。第二，让其回去好好读读六局二十四司的规矩，若继续违反，仗势欺人，她就得照规矩办事了。

傅柔也不怕掖庭司正觉得她报复，在掖庭受到的那些不公平的待遇，若一一找到本主来掐来算，那是她的私心。而她点名司正，正是一份公心，掖庭杂乱无章乃是主管的懈怠和渎职，才有下属的散漫和嚣张。

等傅柔把各局各司的事务大致理了一遍，抬头才发现，已经是深夜。她忽然想到长孙皇后，自己不过掌管宫女就有这么多事务，更何况是整个后宫的主母，怪不得会累病了。

傅柔心中想着，不由得就走到了立政殿。她被带下去的那日，仍历历在目，还曾对这里生出一股强烈的厌恶之情。时至今日，再回到这里，她已明白了长孙皇后的苦恼和抉择。人无完人，长孙皇后用她短暂的一生，尽可能做到尽善尽美，已然伟大。没有经历过长孙皇后所经历的，她有何资格谴责和失望？她若为人母，也许做得还不如长孙皇后。

没有女主人的立政殿，缺了灵秀和温暖，寒风穿过，仿佛荒芜之地。她来到长孙皇后最爱读书的一角，想不到那里有人，却也在意料之中。

傅柔上前行礼："陛下。"

"你来了。"对傅柔一身三品女官服毫无惊讶之意，显然皇帝也知道皇后的遗旨，"皇后不在，这里一丝暖意都没有了。朕走进来，浑身冰凉凉的。皇后一直说，你是个爱书之人。其实，她何尝不也是一个爱书之人？她觉得你拔她的缘分，大概也有这爱看书的缘故。"

"娘娘生前，还正在看《隋书》和《史记》，有时候会看到深夜。"她岂能不知？

"她就是这么倔强，身子不好，还总是劳神，如今却是狠心把朕给抛下了。"皇帝悲从痛中来，双手捂面。

傅柔也不说话，只是侍立一旁。

过了一会儿，皇帝情绪平复，起身往外走："傅尚宫，随朕走走吧。"

傅柔跟上。

"后宫这一大摊子，如今皇后已去，总要找个人来管。"皇帝需要建议，"杨妃如何？"

傅柔仍静默着。

"朕既然赐了你言的权利，就没打算收回来，你有话就说吧。"

她这才开口："皇后娘娘当初在时，也曾让杨妃娘娘协助料理后宫。皇后娘娘说，杨妃尽心尽力，可惜杨妃身子太弱。当初她协助皇后定制新宫规，为此还病了一场，皇后心里很不安，所以从此之后，就很少请杨妃娘娘协助了。"

皇帝点点头："杨妃也是个弱身子骨。"

"皇后娘娘身子不好，却因为统掌后宫，事多繁重，劳神过度，才导致病情一天重过一天，最终撒手而去。如今杨妃娘娘也是身子不好，陛下如果把后宫事务完全交给杨妃娘娘，微臣恐怕娘娘的身体会吃不消。"

皇帝犹豫："但杨妃是皇后之下妃位最高的人，交给别人也说不过去。"

"皇后娘娘刚刚仙去，后宫人心惶惶。不如暂时请一个德高望重，又有经验的人来坐镇。"傅柔在皇帝鼓励的目光中说了出来，"万太妃。太上皇在位时，万太妃掌管后宫，打理得井井有条。皇后娘娘曾经对微臣说过，当初她刚掌管六宫，得过万太妃不少指点，因此对万太妃常有感激之心。"

皇帝颔首："朕的母后早逝。当年朕还是秦王时，万太妃很照顾朕和皇后，好几次在父皇面前为我们说话。她主持后宫的时候，做事也确实公道。万太妃如今在哪儿？"

傅柔答道："太上皇驾崩后，没有子嗣的太妃们一律入道观清修，万太妃也在道观里修行。"

"万太妃曾经生育一子，就是朕的四弟智云，先皇深爱之，可惜十四岁就被阴世师杀害了。万太妃侍奉先皇多年，还是应该受到尊崇。传旨，把万太妃从道观里请回来。"皇帝接受了傅柔的提议，"后宫的事，先让万太妃主持着，她辈分高，有经验。至于杨妃，就让她像从前协助皇后一样，协理六宫。如此一来，既不会让杨妃太伤神，又能安定人心。这就两全其美了。"

消息如风一般，传到杨妃宫中。

玉合禀报："本来陛下已经打算下旨，让娘娘你代为掌管后宫，不料傅柔忽然横插一竿，抬出万太妃来，把事情给搅黄了。"

杨妃望着夜空良久："不愧是皇后，人都埋进黄土了，还能给我扎这么一根刺。傅柔，六局尚宫……我倒要看看，你这颗皇后留下的小棋子，能在这棋盘上活多久。"

她筹谋了那么久,路障一个个清除了,连长孙皇后那座山,都被削平,老天爷也对她厚爱有加。她还真不信,一个三品女官,能改变她的大好形势,令她功败垂成?

傅柔带着小武,来到晋王的宫殿。

由于傅柔的警告,掖庭风气稍正,这次送选宫女,人人都有机会。小武因为读过书,对答又好,被选进二十四司,恰好舒儿最近不舒服,小武就成了她的随身宫女。

晋王记得小武。这个长相娇媚的小宫女,为傅柔搬坐墩、递书、端茶,十分伶俐。

"她怎么也来了?"晋王好奇。

"奴婢求傅尚宫教奴婢读书,傅尚宫答应了。晋王殿下是傅尚宫的弟子,小武也是傅尚宫的弟子。"小武看晋王比自己小,说话就随意。

傅柔教导:"小武,对着殿下,不可这么说话。"随后又向晋王说明:"小武被选入了二十四司,如今跟着我。"

晋王笑笑:"我还挺喜欢她这脾性。"转而对着小武:"我是老师的大弟子,你是老师的小弟子,那我就是你的师兄了。"

小武不服:"可你年纪小呀。"

晋王理所当然:"年纪小,但是我入门比你早。来,叫师兄。"

小武说道:"既然是读书,就应该以学问论长幼。"

晋王诧异:"哎呀,你一个宫女,居然有胆子和我比学问?"

"宫中分贵贱也就罢了,求学难道也要分贵贱?为什么宫女就不能和殿下比学问?请问殿下,你知道求学问的目的是什么吗?"

小武的言论,让傅柔都有些佩服,只是不能夸她:"小武,你是看晋王殿下为人和善,胆子就越发大了。快给殿下赔罪。"

晋王摆手:"不用赔罪。老师,你新收的这个弟子很好,比我身边那些唯唯诺诺的宫女有趣多了。"

他问小武:"那你知道求学问的目的是什么吗?"

小武好不自信:"傅尚宫刚刚教过,孟子曰:'学问之道无他,求其放心而已矣。'学问之道没别的,就是为了活得放心。"

晋王失笑:"原来是为了活得放心呀!哈哈,我倒是听得很开心。"

傅柔也笑着摇头:"才听了一句,就自鸣得意,还来教别人。丢人了吧?别闹了,我来给你们讲这一段。"

晋王扯扯小武的袖子，指着旁边的座位。

小武这点规矩还懂："宫女在皇子面前不能坐的。"

晋王笑她："刚刚是谁说求学无分贵贱？难道怕了？"

小武立刻在晋王身边坐下，挑衅地扬扬眉。

傅柔瞧着这两个孩子斗智，笑在眼里，学习有伴可以学得更好。

程处默率领百骑，在禁苑中的山林中奔驰，如一阵狂风，卷起百鸟，惊走百兽。这百骑，在他带到大苍山特训后，个个精干，以一当百也不夸张。皇帝很高兴，特许他们进入禁苑训练。

禁苑，离宫亭观二十四里，外接渭河，内接宫城，周长一百二十多里，圈养各种珍奇动植物，还有各类校场，更有神策和羽林等禁军驻扎，不仅供帝后娱乐，还可护卫其安全。能进禁苑者，不是皇贵，就是高官重将。

百名骑士意气风发，吆喝连连，疾驰中上马下马，射靶练刀，切换自如，已非当初那帮空有蛮力气的小子。但作为他们的教官，程处默的脸上却一丝笑意都没有。当年，那个连马都骑不好的纨绔子弟，身段已经炼成了钢，脸廓棱角分明，犹如刀剑削出。

接近蔬果园子时，程处默忽然瞧见了傅柔，下意识勒住了缰绳。

"将军，怎么了？"叶秋朗也停了下来，顺着程处默的目光看去，"哦，那女官好气派，领着一群宫女，就跟将军你一样，而且长得还很漂亮。"

"小心我告诉你的燕儿，眼珠子不老实。"程处默白他一眼。

"别啊，将军，我就那么一说而已。"叶秋朗急忙别过头去。

程处默好笑："你带他们继续训练，我一会儿就跟上。"

随即，程处默来到傅柔等人面前，居高睨下。

负责蔬果园的领头宫女行礼："程将军，这是新上任的尚宫……"

程处默冷然打断："不用介绍，我们认识。"语气转而讥讽："傅尚宫，恭喜高升。"

傅柔吩咐众宫女："你们先到园子里去，叫管事的把三年内供应瓜果蔬菜的登记册准备好。"

众宫女离开。

傅柔抬头看向马背上的程处默，目光不让："心里不满，就不要假装恭喜，酸溜溜的，你自己说着不难受吗？"

程处默下马，借机避开她的视线："不难受。"

傅柔叹气："程处默，你到底在生谁的气？"

"你。"这还用问吗？

"你另觅新欢，喜欢上了怜燕儿，居然还有脸生我的气？"都没有给她解释的机会。

"我喜欢怜燕儿和我生你的气，是两回事。我就是既喜欢怜燕儿，又要生你的气，怎么着？六局尚宫大人要惩治我？"她才是，怎么有脸在他面前趾高气扬？

"无耻之徒。"她忍不住骂道。

"对，我程处默无耻，哪有你傅柔高尚？你高尚地讨好了皇后，高尚地攀上了吴王，左右逢源，人人都喜欢你。你这么高尚，所以乐于旁观，看着我姐姐被活活逼死。"他说着说着，眼中冒火。他以为再如何，她也不至于在他姐姐出事的时候，置身事外。

"你把魏王妃的死怪在我身上？"她真是处处被他冤枉，"当日皇后下旨，我没有袖手旁观，只是无力回天啊。"

"掖庭一个杂役宫女转眼成了女官之首，这么高明的戏法，你都会变。当时你就在皇后身边，戏法就不灵了？就不能给姐夫和我送个信？哪怕是一点点的提醒也好，也许我姐姐就还活着。"亏他以为她在掖庭受苦，还去找了晋王，透露她的下落，谁知她的本事远超乎他想象，"不，你不是无力回天，你是不肯尽力。"

"处默，我……"她想告诉他详情。

他却冷酷打断："你口口声声说喜欢我，其实早把心给了吴王，你压根就不在乎我，又怎么会在乎我姐姐的死活？你好不容易得到了皇后的宠爱，又怎么会为了一个魏王妃断送自己的富贵？对啊，我喜欢怜燕儿。因为就算是迎来送往的青楼女子，也比你这种表里不一、贪慕虚荣的女人好上一百倍！"

她抬起手，狠狠给了他一个耳光。他毫不在意，只是逼近她，一手握拳，直至她退无可退，背靠一棵大树。然后，他出了拳，看着她目光动摇，流露出一丝惊惧。

那一拳，打在了树干上，仅剩的枯叶颤巍巍飘落。

他盯着她，一字一顿，无情说道："这是最后一次。下次你再敢对我动手，别怪我不客气。"

她冷凝片刻，推开他要走，脚下却被树干绊了一下。他下意识伸出手想扶，但下一瞬就收了回去。她重重摔在地上，抬眼怒望。他回望她，但被她瞧得渐渐心软，想要再度伸手去扶。

一只手横插两人之间，吴王来了。

"不劳殿下，我自己能起来。"傅柔吃力地站起来。

162

"我送你回去。"吴王神情温柔。

"不必，我还有差事要办，先告退了。"她不必依赖这两人之中的任何一个，就可以独自走下去。

吴王也不强求，侧头瞧程处默两眼。

程处默扬眉扬下巴，神态挑衅："殿下有何指教？"

"还指教什么？你根本无师自通，我想要你做的，你都做了，而且做得比我想象的还好。"吴王勾起嘴角，"多谢了。"

程处默变了脸色，倏地铁青。

陆庭正在写信，下笔匆匆，字迹潦草，但他顾不得了，必须尽快把这封信送到皇帝手里。

他随侯君集出征盛国，侯君集有意正面出击，他则力劝和谈。在他看来，这场叛乱起得有点奇怪。他找了几个逃难出来的当地百姓，才知道是因为有谣言，朝廷派来接替胡宁武的官员比胡宁武还黑，百姓因此集结，结果让新上任的官员误以为是造反，强行镇压。如此一来，才闹得一发不可收拾，导致整个盛国都乱了。

侯君集认为陆庭的消息不准，但还是给了他一个机会，让他和叛军首领洪泽去谈判。只是出乎侯君集意料，洪泽居然接受和谈的提议，派了三位使者。

侯君集这次来，就为了转移太子视线，顺便洗白自己的贪污罪名，也打算趁着大胜再捞最后一笔。已经养肥了的肉，眼看就要到嘴里，岂能让陆庭给毁了？所以，一上来就把使者宰了。

侯君集敢杀使者，就已经对陆庭动了杀心。危急时刻，陆庭告诉侯君集，那三个使者不是洪泽的人，而是他派人假扮的。侯君集一直把他当眼中钉，什么策略都不告诉他，他只能用这种方法来试探，其实他却是太子这边的人。

侯君集似乎信了，没有再追究，才让陆庭有了写信的时机。

陆庭写完之后，吩咐自己的心腹随从，一定要把信交给皇帝。心腹劝他一起走，但他却坚持留下。一旦侯君集发现他不见了，很可能狗急跳墙，干脆勾结洪泽，一起造反。那样的话，长安岌岌可危。

然而，他终究还是错估了侯君集的狠毒。他的心腹一打开门，就被刺了透心凉，直挺挺倒在他眼前。

侯君集走了进来，从没有放过陆庭的打算："陆大人口口声声说尊重恩师，却一转

163

头就辜负了他的临终嘱托。张玄素要你保护太子，你反而对太子举荐的人耍心机、设圈套。你对得起他吗？"

"陆庭永远敬重老师。只要太子和太子举荐的人不伤害大唐的利益，陆庭一定遵照老师的遗嘱，尽一切力量保护太子。"面临死亡，陆庭毫无所惧。

当他踏上这一趟征程，他就告别了父母，告别了程处默，更告别了放在心中很久很久的傅音，义无反顾。庆幸的是，孑然一身，赴死也可从容。

侯君集冷笑："如果伤害了大唐的利益？"

"陆庭是大唐官员。陆庭的忠诚，只会先给大唐。"他隐隐明白了，盛国作乱，太子推荐侯君集，都是恩师所说的，东宫的那个奸佞在作祟。

"说得好。那陆大人，就好好为你的大唐尽忠吧。"侯君集转身离开。

一柄杀人的剑，刺入陆庭的心口，血色从他脸上消失，脑中的最后一缕思绪留给自己的私心——音儿，你要好好的……

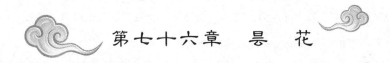

第七十六章　昙　花

傅音炖了排骨汤，端到了书房外。这些日子，侯杰带她逛了长安城好多有趣的地方，她开始觉得自己原来也可以很幸福。

忽然，书房里传来说话声。

"陆庭居然和阿爷玩手段？"

"别看是个书生，胆子够大的，不但派下属假扮叛军使者试探大帅，还借他老师的名义哄骗大帅。要不是大帅经验老到，看穿他的奸计，恐怕那封会让陈国公府大祸临头的密信此刻已经摆在皇上的案桌上了。"

"阿爷是怎么处置的？"

"还用问吗？大帅当机立断，把他……"那声音忽然一顿，"对外就说是叛军派来的刺客干的。"

"杀得好。"侯杰的声音好不快意，"敢和我们作对，他陆庭就活该死无全尸……"

陆庭死了？！傅音捂住嘴，顾不得托盘掉到地上，碗碎了，汤洒了。

侯杰从门里冲出，看见傅音和地上的狼藉，还以为烫手洒了。

他关切地问："是不是烫到了？"

傅音猛然回神，打开侯杰的手，用一种仇恨的目光盯着他："你们杀了他？"

侯杰隐隐感觉不对："谁？"

傅音重复道："你们杀了他……"

"杀了谁？"侯杰回头看手下一眼，示意对方离开，这才沉了脸，"你偷听我们说话？"

她忽然扑上来，捶打他："你们杀了陆庭！你们杀了他！"

他抓住她的手，露出怀疑的目光："你怎么认识陆庭？"

"你们杀了陆庭！刽子手……"她恨自己，为什么不坚定？为什么会觉得在这种人身边生活还能幸福？

"你们都是刽子手！"她早知道侯家父子不是好人，他们手上沾满鲜血，但因为侯杰对她的真，让她自欺欺人，觉得他会变好。

"为了一个臭男人，你居然和我对着干？你什么时候背着我在外面勾搭上姓陆的了？说！"他给了她机会，得到的还是背叛吗？

"对，我早就勾搭男人了。在没认识你之前，我就和陆庭勾搭上了。"她本该嫁给陆庭的，也许嫁了，就能阻止陆庭出征，陆庭就不会死在这对父子手里。

侯杰震惊："你说什么？"

傅音喊道："陆庭教我写字，教我画画，我们心心相印，花前月下，山盟海誓。我最大的愿望，就是当他的小妻子，他是我这辈子真正喜欢的男人。"

侯杰愤怒："你给我闭嘴！"

"不，我要把一切通通告诉你。知道我为什么离开陆庭，到你的身边吗？因为我要报仇。我要为我的亲娘报仇，她是傅家的三太太。你还记得广州城的傅家吗？你指使人放火烧成一片平地的傅家。那一晚烧死在里面的女人，就是我的娘。你是我的杀母仇人！"她放弃了，虚假的爱情，虚假的幸福，令自己患得患失。

侯杰真正惊呆："音儿……"

"我不叫音儿，我姓傅，我是傅家的四小姐，我叫傅音。"她要做回自己，首先要承认过往的一切。

"别说了，一个字也别说了。"侯杰无法接受。

"枉你自以为聪明，其实蠢得不可救药。我待在你身边，唯一的目的就是报仇，可你居然一点都察觉不到。侯长兴点燃了那把火，所以我亲手杀了他，没想到你竟还在你爹面前为我掩饰。对了，还有那封提醒你洪义德被严子方抓住的信，不是茉莉弄丢的，是我把它烧了……"

"别说了！闭嘴！不许再说了！"一开始，他就觉得她不同他人，原来她看似木讷和羞涩，只是为了掩盖仇恨。

"我每天都擦亮了眼睛，就等着亲眼看你们陈国公府家破人亡！"陆庭的死讯令傅音所有的内疚犹如出闸的水，放尽狠话。

侯杰突然抓着傅音的胳膊肘，将她拉回她的屋子，抱走孩子，锁了屋门。

孩子受了惊吓，哇哇大哭。他抱紧，贴着孩子的脸，无声流泪。他终于明白，她和他在一起，永远不会快乐。哪怕他对她掏心掏肺，能获得她一时的开心笑颜，但他手上沾着她娘亲的血、陆庭的血，那些笑容就只是昙花一现。

这日，苏灵淑和程处剑见了面。

起因在于覆水送了太子一匹烈马，太子急于证明自己的骑术，驯马过狠，导致马失控，冲向了苏灵淑，多亏程处剑出手相救。

程处剑护送苏灵淑回宫。苏灵淑的心里五味杂陈，不知该说什么好，忽见他腰间的袋子里露出一支簪头。

她忍不住道："那个……好像是灵薇的紫雀簪。"

程处剑低头，将簪子取出，深情凝望着它。

"那是我妹妹最喜欢的簪子。当日太子选妃，爹带我去魏王府赴宴，临行前，灵薇把她的紫雀簪插在我头上，对我说，姐姐戴着它，一定会被选为太子妃。也许正因为有她的祝福，我才能打败侯盈盈，赢得太子的喜欢……"苏灵淑突然说不下去了，眼中悲痛，"灵薇曾经到东宫对我苦苦哀求，说她不想嫁给侯杰。是因为你？"

程处剑答："是的。"

"你喜欢她？"簪不离身，可见情真。

程处剑再答："是的。"

"她喜欢你吗？"又是明知故问。

程处剑点头："喜欢。"

"很好。我可怜的妹妹，至少在死去前，尝过两情相悦的滋味。"苏灵淑一脚跨入寝殿。

程处剑忽道："灵薇被砒霜毒死的那一晚，我潜入她的闺房，和她见了面。"

苏灵淑立刻止步，静静倾听。

"她高兴得像一只出了笼的小云雀。因为太子妃答应帮她的忙，她不用被迫嫁给侯杰，我们有希望在一起了。太子妃，我感激你。感激你在她最彷徨无助的时候，给予她姐姐的关爱，感激你的帮助和允诺，让灵薇在生命的最后一刻还怀着对幸福的憧憬。"

苏灵淑顿了一会儿："说起来，我还没有谢谢你今天救了我一命。"

"太子妃是灵薇最重视的姐姐，我从前没有保护好灵薇，我今后一定会好好保护太子妃。就算豁出我的性命，也绝不让那些害死灵薇的恶人再伤太子妃一根头发。"程处剑诚恳地说道。

苏灵淑却没有回头，往里走去："多谢你了。"

双喜对程处剑笑了笑，急忙跟上苏灵淑，瞥见她的侧面，不禁呆了呆。苏灵淑此刻的表情，绝不是感动，而是冰冷如霜。

双喜忽然想起一件事，因为一个宫女带砒霜进来毒老鼠，皇后娘娘判其死罪，因此苏灵淑让她把一小包砒霜收好，但前两天桂圆来告别，她想请她把砒霜带出去，却找不到了。她再想起苏灵淑近来噩梦连连，甚至有一次大喊"别来找我"，她还以为是魏王妃的鬼魂纠缠，可如果是魏王妃杀害了二小姐，早该下地狱去了，何来冤情滞留人间？若是二小姐喊冤，该找魏王才对，为什么来找自己的姐姐呢？

不知怎的，双喜心里咯噔一下。

严子方来到汉王府花厅，平时总是听见汉王和美人饮酒作乐的吵闹声，今日的情形却让他一怔。

侯盈盈正在给汉王的手包扎，汉王难得乖静，还时不时偷窥一下她的端庄容颜，神情祥和。

"殿下可以大方点。"侯盈盈显然察觉了，"盈盈是殿下的妻，殿下要看盈盈，可以大大方方。"

"对哦。"汉王改为理直气壮地看，却见她发上沾着一片落叶，禁不住伸手轻轻拂去。

严子方再也瞧不下去了，大步走入。

侯盈盈起身："殿下，伤口包扎好了。"

汉王很满意，同时提醒："记得明天也要来帮我换药。"

侯盈盈实话实说："太医说殿下的伤好得差不多，不用再换药，明天绷带也可以取下了。"

汉王毫不尴尬："那些庸医懂什么？我要你换你就换。明天一早就过来，迟到了我可要发飙的。"

侯盈盈答应了，转身离开。

汉王的视线追着侯盈盈，因此没瞧见严子方的视线也紧盯着他的妻。

等侯盈盈的身影完全看不见了，汉王才问："严子方，你什么时候来的？"

严子方语气微扬："来了一会儿了，见殿下夫妻正有问有答，不敢惊扰，所以就没作声。"

汉王抬眉："瞧你那酸溜溜的样子，不是我说你，你老大不小，也该娶妻了，外面怎么玩都无所谓，回到家还是有个老婆伺候好。都说成家的男人才稳重，就像我……"

严子方突兀打断："殿下，我这次来，是听到一个对殿下不利的消息。"

汉王听到"不利"二字，也就没在意对方的态度："什么消息？"

严子方道："尤建明打算上表，劝皇上把殿下打发到封地梁州去。"

基本上，他严子方叫尤建明干什么，尤建明就干什么，就像上次尤建明参奏，要皇帝废太子一样。以往的铁面御史，如今是他手里的牵线木偶。

汉王恼火："这个尤建明，前阵子上奏换太子还嫌不够，找麻烦找到本王的头上来了，你马上帮我查那家伙的行踪。"

严子方笑了笑："这时候，他差不多该回家了。"

汉王蹦起来："来人，抄家伙，跟我走！"

严子方敛笑，神情高深莫测。侯盈盈不让他杀了汉王，他就将之赶出长安城，路上发生点什么，人挂掉了，侯盈盈没证据，也怪不到他头上。

夜深人静，程处默率他百骑中最出挑的几个人，包括已经算得上老兵的叶秋朗，还有新晋兵王宗建修，悄悄潜入郊外的一处农庄。

他得到消息，杀害张玄素的凶手毛寿平就藏在这里。只要活捉对方，就有证据证明谁是主使，尽管所有蛛丝马迹已经指向了太子。忽然，一队不知从哪儿冒出来的巡逻庄丁发现了他们，尽管他们制伏对方的速度极快，最后还是漏出一声示警。

毛寿平打算翻窗逃跑，好在叶秋朗和宗建修早奉了程处默的命令，把后路给堵死了。两人也不废话，往毛寿平脑袋上套了个麻袋，扛起来就走。

到了门外，众人会合。

叶秋朗高兴："将军，得手了，活口。"

程处默下令撤走，忽听"噗"的一声，麻袋上多出一支箭。

"暗箭！"程处默示警，随即一个旋身，踢飞另一支箭，并且精准找到箭来的方向，反射性追了过去。

他有一种直觉，这人即便不是主使，也离主使很近了。可惜的是，天太黑，附近地势又复杂，他追到树下时，那人已经杳无踪迹，而毛寿平惨遭灭口。

程处默回到魏王府，告知魏王这个坏消息。

魏王来回踱步，但没走两步，因为发福的身材坐下了，还喝了一口茶："没有活口，就没有口供，拿到父皇面前也定不了太子的罪，看来这次又要让他逃过去了。"

程处默沉声："天网恢恢，疏而不漏，他总有尝到恶果的一天。"

魏王却摇头："他在太子位上多年，在朝堂上已经形成一股强大的势力，要让他得到应有的惩罚，哪有那么容易？"

程处默已有打算："太子再强，也强不过皇上。姐夫，你要想办法把皇上的支持争取过来。"

魏王问："怎么争取？"

程处默出主意："任何感情都需要培养，父子之情也不例外。在皇上面前待得越久，皇上越会把你放在心上。你要争取和皇上多相处，最好是朝夕相处。"

内侍匆匆而入，报说皇帝晕倒了。

魏王大吃一惊，立刻要进宫。

程处默略思忖："你先去，我回家找阿爷，让他也进宫去，撑你一把。"

魏王啊了一声："撑我什么啊？我可比你阿爷敦实多了。"

程处默眼珠子一翻，自顾自走了。不知道太子哪只眼睛瞧出来的，他这位敦实的姐夫对太子之位有贪心。就他长年的观察，魏王就好吃。当然，姐姐还在的时候，是姐姐排第一。

想到大姐，程处默的心就揪了一下。他会报仇，但报仇之前，想要弄清整件事的来龙去脉，谁是谁非。

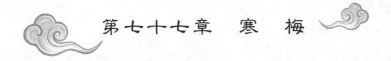

第七十七章　寒　梅

皇帝醒来，看见魏王和程咬金跪在榻前。

魏王趴上榻沿："父皇，儿臣听说您忽然晕倒，吓得三魂不见了七魄。母后已经弃儿臣而去，你可不能再丢下儿臣。"

皇帝叹道："你母后去得比朕早，免了亲眼看这家国的沧桑变化，其实是有福之人啊。

汉王又惹事，竟然带人堵了尤建明，殴打御史。这事倒也罢了，大不了朕让他回封地。可是，朕派去盛国历练的户部主事陆庭被叛军的刺客杀了。你们都听说了？"消息是太子送来的，侯君集的急报。

魏王和程咬金同时点头。

皇帝就问："你们有什么想法？"

"儿臣觉得这事肯定是……"魏王几乎脱口而出是太子。

程咬金用手肘轻轻碰了一下魏王。

魏王改口："这……肯定……肯定太可惜了，陆庭是个聪明的年轻人，如果不是遇到刺客，再历练几年，会是大唐的栋梁之材。"

皇帝意味深长："是啊，可惜。年轻人聪明，但也要懂得韬光养晦、自保性命。性命都丢了，还何谈将来？程咬金，你年轻时也是锐气十足，不过你比陆庭幸运，多少次都能死里逃生。要是当年送了命，今日又何来你这卢国公、一代名将？"

"老臣能活成如此有出息的模样，都是陛下的恩德。"程咬金心想，他要是落到侯君集那种人手里，也是难逃一死，由此说明明君的重要性，"老臣对陛下的感激，是十张嘴也说不完的。"

"年岁不饶人，当初跟着朕打天下的老人死的死，去的去，一年比一年少了。如今就剩你和侯君集那么几个。朕封你们爵位，赏你们金银，提拔你们的儿子，就是没有忘记大家的功劳，盼着老臣们、功臣们都能善始善终。人世间最难做到的事，就是善始善终。唯愿老臣们体谅朕这片苦心，和朕齐心协力。"但是，人心不足啊。

程咬金道："陛下仁慈，感天动地，如果有谁还敢辜负陛下，老臣虽已老迈，也要再次上马出战，斩下那忘恩负义之人的首级。"

魏王哭丧着脸："父皇，您身体不好，刚刚醒来，别又动了情绪。人一激动，这风疾就容易复发。"

皇帝看到儿子真切的神情，略感宽慰："你的老父亲一时半会儿还去不了。"

"您怎么越说越让儿臣悬心了？"魏王看到程咬金，就想到了程处默，就想到了程处默的建议，"父皇，儿臣有一件事，求父皇答应儿臣。请父皇允许儿臣进宫居住，每天伺候父皇汤药，让儿臣尽一份孝心。"

"你住在魏王府，自在惯了，进了宫要受拘束。"其实魏王倒是个能让他开心的儿子，"朕不想你受累。"

魏王坚持："儿子对父亲尽孝，再累也心甘情愿。"

"陛下，别人再怎么侍奉，也不如自己的亲儿子贴心呀。"程咬金发挥支撑魏王的作用，"陛下，你就答应吧。"

皇帝沉吟："孝为百善之首，确实不能辜负了魏王的孝心。那就搬进来吧，只是该让魏王住宫中哪处殿室为好？"

曹总管接到皇帝的眼神，回答："武德殿正空着。"

"是个好地方，魏王住着合适。"皇帝应允了。

魏王憨笑。

太子和杜荷回到东宫，覆水和程处剑迎上来，四个人的脸色都不好看。

覆水先问："太子，陛下怎么样了？"

杜荷哼道："陛下好得很，魏王更好。陛下准许魏王入住武德殿，封他为左武侯大将军，领雍州牧。雍州牧，那是掌管整个长安的长官，一旦这位置坐稳，长安就落在魏王手中了。"

太子揉揉眉头："父皇向来宠爱魏王，如今母后都不在了，谁还能为孤说好话？"直到长孙皇后离世，他才懊悔对母后太过任性，"你们呢？为什么如此焦急？"

覆水回答："程处默抓走了毛寿平，我虽射了一箭，却暴露行踪，没法确认是否毛寿平还活着。"

太子眉头皱得更深。

覆水见他不说话："只要毛寿平还活着，魏王就能问出张玄素一案的内情，再利用此事在皇上面前挑拨，大祸就在旦夕之间。太子，你必须出手。"

太子无奈苦笑："怎么出手？孤又不能杀了他。"

覆水眼中闪过犀利冷光："为什么不能？"

众人一惊。

覆水语气沉沉："武德殿就在东宫殿外，虎狼已徘徊不去，太子，你手中的剑要一露锋芒了。"

太子十分犹豫。

覆水追问："先发者制人，后发者制于人，我们还有退路吗？"

程处剑忽道："魏王害死我姐姐，害死灵薇，他早就该偿命了。"

杜荷面露戚戚焉："魏王可不是一般人，如果要杀他……"

太子忽然将食指竖在嘴前，警惕地看看左右，压低声音："到书房再说。"

众人走向太子书房。

网已经张开很久，快到收网的时候了。

这日，万太妃设宴，汉王夫妇也受邀入宫，只是汉王和侯盈盈各走各的。

汉王本来对侯盈盈已经有了不少好感，谁知昨日有意讨她亲近时，被她躲开，令他恼羞成怒。他心知，她拒绝他，是因为心里那个人。这让他更加怒不可遏，却不知这种情绪已经算作嫉妒，因为再生气，他都没有对她动一根手指头。他如今舍不得她受伤。

侯盈盈自觉活该承受，但又不能违背自己的本心，假装去讨好汉王。她诚实地表现着自己，承受结果，无论好坏。她对汉王也有所改观，感觉他像个被宠坏的孩子，因为太上皇老来子的身份，既得不到皇帝的兄弟情，又没有真心的朋友，以至于喜欢什么就用抢的，而且越如此越得不到人心的时候，索性放弃了善良。但他内心深处，懂得基本做人的道理，别人善待他，他就会善待别人，哪怕表达得很笨拙。

傅柔从对面走来，见侯盈盈的脸色比之前好了不少，心里稍安。

"汉王妃。"她施施然行礼。

侯盈盈也记得上次的小冲突，却聪明地不提："傅尚宫，多日不见，宴席时间未到，不如先和我聊两句。"

傅柔脚下转了方向："我为汉王妃领路吧。"

两人一前一后走着。

侯盈盈主动开口："汉王惹怒了皇上，很担心会被逐出长安，有什么办法帮他吗？"

"你要为汉王分忧？"傅柔顿感诧异。

侯盈盈点头。

"第一次见你，以为你只是一个被宠坏的千金大小姐。后来才知道，你真是一个好人。称心的事，你二话不说就帮我送了信，后来又把我从林中的小屋子里救出来。做了汉王妃后，我看你日益消瘦，可见汉王对你并不好，但你如今却在为他担心。"每一次都令傅柔刮目相看。

"每个人内心都有与生俱来的温柔和善良，哪怕是再坏的人，也有澄净美好的时候。"侯盈盈记得他人每一次的好。

傅柔好奇："你这辈子，就没恨过谁，想看谁倒霉吗？"

侯盈盈立刻想到严子方："也许恨过，但我并不想看那人倒霉，如今只希望他平平安安。"

傅柔忍不住笑："整个陈国公府，所有的良善都集中在你一人身上了。"

侯盈盈微微噘嘴："笑什么？你不该取笑我。你看这天底下，看这长安，看这皇宫，如果人人都一样，只会算计利害得失，想着怎么报仇，怎么往上爬，怎么扬眉吐气，那多可怕。就应该多几个异类，多点像你这样一板一眼，不会捧高踩低的女官，再多点像我这样的滥好人，这个世界才会更精彩。"

傅柔由衷道："这番话，我倒是很赞同。"

侯盈盈言归正传："到底有没有办法，帮汉王渡过这个难关？"

傅柔思索片刻："与其说帮汉王渡过这个难关，不如说，帮汉王在皇宫里找到新的靠山。"

侯盈盈领悟："莫非，你指万太妃？她会愿意为汉王说话吗？"

傅柔相当自信："只要汉王为万太妃做一件事，万太妃必然会对汉王另眼相看。"她对侯盈盈附耳说了两句。

侯盈盈面露喜色："这个主意好，你这次可帮我们大忙了。"

"我要帮也只能帮这一次。你呢？真打算从此以后做他的贤内助？汉王可是最会惹祸的，你能次次都给他收拾烂摊子？"傅柔见识过汉王的胡搅蛮缠。

侯盈盈毫无怨言："能收拾多少就收拾多少。既然做了夫妻，我就和他同甘共苦、同生共死。"

傅柔有事先走了，侯盈盈一个人悠悠向前走。前几日又一场大雪，福安宫的蜡梅开了一片，香气袭人。忽然，一道影子从花砖上溜过。

"殿下，我知道是你，出来吧。"侯盈盈早知汉王躲在树后面。

汉王走了出来，有些尴尬，却轻轻握住了侯盈盈的手。侯盈盈的手一颤，最终任他握着。

汉王不看侯盈盈，目视前方："你是我的王妃，却不许我亲近，我生你的气天经地义。不过，我大人有大量，决定……决定……"忽然沉默。

"殿下决定什么了？"侯盈盈问。

汉王停下脚步，转过头来，认真地问："别的男人都能找到一个真心真意爱他的女人，为什么我贵为皇子，却偏偏没这个福气？"

侯盈盈想了想："因为要得到别人的真心真意，首先要自己付出真心真意。"

"如果我付出真心真意，就能让我喜欢的女人忘记别的男人，从此以后一心一意对我吗？"汉王这辈子想不到自己还需要勇气。

"我不知道。"侯盈盈不想撒谎。

汉王眉头的怒云聚了又散，生硬地说："好。"

侯盈盈一怔："好什么？"

"总比你直接拒绝好。"汉王又牵住侯盈盈的手，"刚才傅尚宫教你什么法子了？"

侯盈盈轻笑："原来，殿下偷听了我们说话。"假以时日，她会喜欢他吗？

汉王犟着："谁偷听了？我正好经过。快说，什么法子？"

两人说着话，走向正殿。梅花的清香无形萦绕着，来自苦寒之后。

傅柔出宫探亲，谁知才出宫门，就见严子方迎了上来。

傅柔冷道："你又想干什么？"以为他消停了这些日子，已经想明白了呢。

严子方苦笑："举目四望，这陌生的长安城里能陪我喝一杯消愁酒的人，也就只有你了。"说完，转身就走。

傅柔想了想，到底跟了上去，随他走入一家酒肆。

严子方斟酒，说干就仰头饮尽。傅柔忽然想通了，他这次为情所苦，和她没有关系。她着实松了口气，该说的都已经说了，他要是再纠缠，她只有断绝往来。但他，是她童年的好哥哥，而她已经失去过他一次。

严子方又喝一杯："我好像一直都在为情苦恼。当初你看上程处默，背弃我们之间的婚约，我就苦恼了很久。"

"你想抓住的，只是长年海上漂泊，心中造出来的一抹完美幻影。"一旦解开了婚约这个结，她不介意当他朋友，"我倒有点好奇，今天你是为了谁要借酒消愁？"

严子方一杯接一杯："我谁也不为。"

傅柔只好点透："为了汉王妃？"

严子方沉下脸："不许这样叫她，她有自己的名字。"

"果然如此。"这两人之间的秘密，傅柔无意深掘，"凭空而得的不足珍贵，失去才会让人懂得珍惜，是吗？"

严子方恨恨道："汉王那种败类，没有资格拥有她。可我不明白，为什么她会帮他？他本来就要被赶到封地去了，我已经安排好了一切，能让她摆脱他，再无后顾之忧！"

昨日，汉王在万太妃宴上提议为智云过继一子，身为智云的生母万太妃感动于汉王的心意，侯盈盈趁势提到汉王即将离开长安。之后，万太妃向皇帝求情，皇帝答应再给汉王一次机会。

傅柔惊愕："严子方，你真是一朝是海盗，一辈子是海盗。侯盈盈未嫁之前，你毫无作为；如今她嫁人了，安心待在汉王身边，你却起了贪念。你可知，因为汉王的事，她有多烦恼吗？"

　　严子方将杯子往桌上一拍："有什么烦恼？他虐待她！不把她当人看！汉王没资格拥有她！"

　　"那你呢？你有什么资格呢？"傅柔语气犀利，"你总是愤怒别人提及你的海盗出身，认为他们因此而轻视你。可你有没有想过？这是因为不在于出身，而在于你的海盗行为方式，黑白混淆，毫无规矩，不顾及他人的感受，野蛮地、不讲理地，将你的意图强行附加于人，大家才以异样的目光看你。你说因为我看不起海盗，你上了岸当了官，还问我为什么我还是瞧不上你。可到了今时今日，我看你，仍是那个自私自利的海盗帮主，为达目的，不分是非善恶。"

　　严子方的神情渐渐发冷。

　　"这就是你失去她的真正原因，不因为任何人，就因为你自己。"傅柔一针见血。

　　"六局尚宫大人，说话越来越犀利了。怎么？程处默不要你，你一气之下，就把天底下的男人都当成敌人了？"严子方没有醉，但酒能壮胆，最重要的是，他不想承认她说得对。

　　"喝你的酒吧。再胡说八道，以后整个长安城里能陪你喝一杯消愁酒的人，恐怕一个都不剩了。"傅柔拿起酒杯，先抿一口，随后喝干。

　　唉，不知道算不算得上可悲，严子方大概也是她能找的唯一酒友了。

　　入夜之后，程处默来到一家客栈。

　　客栈下面是大堂，喝酒的客人不少，他低调走过，上了楼梯，进了一间客房。房里的圆桌上放着几碟小菜、一盅酒、两只杯，其中一只已经倒了酒，小菜也被动过。

　　程处默不以为意，坐下斟酒。

　　从内屋走出一人，手拿蜡烛，插在一旁窗几的烛台上，才到程处默对面坐下，夹菜一口，喝酒一口，袖子擦擦嘴。

　　"决定动手了？"程处默问。

　　"决定了，这月初九，在魏王回府的路上截杀他，纥干承基领队。"烛火照亮斗室，也照亮那人的脸。

　　那是程家老三，程处剑。

程家三兄弟上演的是一场苦肉计。他们都认为姐姐或魏王不可能在酸枣糕里下毒，那么下毒的人，只可能在东宫。为了查出真相，程处剑假意和两个哥哥闹翻，混到太子身边。

"初九！"程处默心念一转，"那不就是明天？"

"东宫不知道毛寿平已死，担心他交代张玄素被杀的真相，当然狗急跳墙。太子决定取魏王那家伙的性命，铲除心腹大患。"

程处默好笑："什么魏王那家伙？叫姐夫。"

程处剑一咧嘴："在东宫叫顺了口嘛。和太子他们在一起，只能他们怎么叫，我就怎么叫。"

程处默有些内疚："处剑，这次真难为你了。"

程处剑摇摇头，但拿出一张地图："他们会在这里发动突袭。纥干承基带领二百死士，目标是姐夫的首级。魏王府里也有一些侍卫被收买了，他们会在东宫动手的时候倒戈。这里是背叛者的名单。"

程处默又关心："查到是谁在酸枣糕里下毒了吗？"

程处剑摇头："没有。本来怀疑是太子，可看他提及这事的愤怒样子，似乎真认为是魏王要毒死他。如果不是太子干的，那会是谁干的？"

"不要多想了。等我们明天当场揭发他们要刺杀姐夫的阴谋，太子就再也保不住他的地位，就能挖出东宫所有的秘密。"程处默起身，一切迫在眉睫，"从此刻起，你不需要再去东宫，那里太危险了。"

程处剑道："好"，同时想起，"大哥，有件事拜托你，也要请你和姐夫打个招呼。东宫倒台，人人倒霉，只是不要为难太子妃。"

程处默倒是明白："因为她？"

程处剑道："灵薇一直很维护她姐姐，如若太子妃下场凄惨，她在天之灵也会难过。"

"这太子妃推波助澜……"程处默看着三弟认真的神色，"好吧，我和姐夫商量一下。"

程处默走后，程处剑自得其乐，喝酒吃菜，吃得差不多了，才取下荷包会账。

"咦？灵薇的簪子呢？"他低头再看腰带上的小挂件，"可能留在东宫了。不行，我得拿回来。"

苏灵淑朝覆水的屋子走去，没带着双喜。

她感觉这两天双喜看自己的眼神有些古怪，突如其来问及当初那包砒霜，她就搪塞，

176

说交给覆水带出宫去扔了。不过，掉转头来，她就想着要不要跟覆水提前打声招呼，以免双喜再找覆水问。至于怎么跟覆水说，她还没想好。

正在迟疑之时，她发现自己走到了一处死角，想是走了神，刚要往回走，却听见有人说话。她稍稍往里走几步，看到其中一人是覆水，另一个是面生的内侍。

覆水道："回去告诉玉总管，东宫明天就会动手。天，终于要彻底地变了。"

苏灵淑一听，惊白了脸色。整个宫廷，姓玉的总管只有一个，杨妃身边的玉合。覆水这时给玉合通报这么大的秘密，只有一个解释。

苏灵淑太震惊了，脚下好像生了钉子，直到覆水看到她，才如梦方醒，仓皇失措地跑回了自己的屋里。

然而，覆水追了进来。

苏灵淑猛地转回身，怒目相向："出去！否则我喊人了！"

覆水神色自若："太子妃，你这是干什么？"

"狼心狗肺的东西，太子和我对你不薄，你却同杨妃勾结！"苏灵淑不明白他怎么不怕。

"太子妃误会了，我和杨妃的人来往，并不是背叛太子，恰恰相反，我是在帮太子的忙。"在东宫这么久，他很清楚这个女人内心的脆弱，还有就是，不太聪明。

苏灵淑果然从愤怒转为困惑："帮太子？"

"明天我们就能铲除魏王，接下来就要对付杨妃和吴王。你说，是不是需要在他们身边布置内应？"覆水一笑，"那人就是玉合——玉总管。"

苏灵淑不太相信："玉合伺候杨妃多年，是杨妃最信任的人，他怎么会背叛杨妃，投向太子？"

"人都有欲望，只要你满足他的欲望，他就会做出令你满意的取舍。程处剑就是最好的例子。自家兄弟都能反目成仇，更何况只是主仆而已。"覆水又是一笑。

苏灵淑虽不聪明，倒也不傻："你们这些男人，一肚子阴谋诡计。无论如何，我要告诉太子。"

覆水厉声："不行，这样会打乱我的计划。"

"我是太子妃，只忠诚于只有太子一人。"她一直以来，只有一个目标，和太子一起走下去。

"好吧，如果太子妃非要告诉太子这件事，那么是否也该禀报一下，你是怎么亲手毒死自己的亲妹妹的？"

苏灵淑身影僵住，猛回头："你血口喷人！"

覆水一锤定音："你在酸枣糕里下毒时，我就站在窗外。"

寂静之中，一颗珍珠从柜子底下滚了出来，人影颤晃。

覆水敛眸："出来！"

双喜从柜后站起身，手里抱着首饰盒子，满面惊恐。

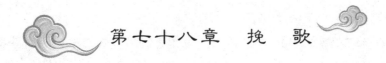

第七十八章　挽　歌

程处剑拿回了簪子，匆匆穿过花园，必须尽快离开这儿。忽然，一人从旁边狭道冲出，差点撞上。

他抓住那人的双肩，同时看清了她，不由得诧异："双喜！"

双喜见了他，立刻紧紧反抓他的手腕："程处剑，快！快去苏府告诉老爷和夫人，下毒的是太子妃！"

程处剑不可置信："你再说一遍！"

双喜叫道："真的！我亲耳听见的！是太子妃下了砒霜，陷害魏工妃……"

侍卫们追出，气势汹汹。

双喜惊慌地躲到程处剑身后："救救我……我知道太子妃毒死了亲妹妹，她会杀我灭口……"

"混账！"苏灵淑从侍卫们的后面走上来，"偷了主人的东西，还反咬一口，说出这种恶毒的话诬陷主人。"

两个侍卫从程处剑身后包抄，双喜没有防备，被他们制住拖走。

"我没有说谎！我说的都是真的！相信我，我没有说谎！"双喜不停挣扎，不停尖叫，却毫无反击之力。

程处剑没有任何动作，只是面无表情地看着苏灵淑。原来，杀害灵薇和姐姐的真凶，就是他刚刚向大哥求情的太子妃。无法想象，却又如此顺理成章。

苏灵淑试图遮掩："双喜在我身边伺候了这么多年，我竟然没有看出她的本性。其实，她偷东西也好，撒谎也好，我都可以原谅她。但她为了给自己脱罪，竟然不惜诋毁我，说我害死了灵薇，我说什么也不能容忍。程处剑，你不会相信双喜的那些鬼话吧？"

程处剑沉默良久，就在苏灵淑快失去耐性时，才开口："要是我装作相信你，事情也许还有挽回的余地。可我不想装，不愿装，我也不在乎今天能不能活着走出东宫的大门。因为害死我心爱的女人的凶手，终于站在我面前。要我装装样子转头离开，我做不到！我只想问一个灵薇死后，每日每夜我都会问上无数次的问题——为什么？灵薇那么天真单纯，她是一个永远也不会伤害别人的人，为什么要杀她？"

"好吧，你既然不愿装，我又何必心虚？"苏灵淑冷笑，"一切因你而起。你说她是一个永远也不会伤害别人的人，你错了。从她喜欢上你的那一天起，她就伤害了我，背叛了我。她喜欢谁都可以，为什么偏偏是你？偏偏是魏王妃的弟弟？"

苏灵淑渐渐激动："她明明知道魏王妃在和她的姐姐作对，欺辱她的姐姐，为什么她要这样对待从小疼爱她的姐姐？为什么她这么无情无义？"

程处剑盯着她："灵薇总说你是个好姐姐，却不知你已经变成了毒妇，什么事都能做得出来。而我姐姐和你又有何仇怨，非要置她于死地？"沉了眼，拔出剑，"不过，没关系了，你死后自有炼狱等着你。"

苏灵淑的眸子微颤："她们先对不起我……"

突来一支箭，射中了程处剑的胸口。

覆水手持弯弓，高高站在假山石上，冷然下令："程处剑行刺太子妃，杀无赦！"

侍卫们立刻围攻，一通毫不留情地乱砍。重伤的程处剑忽然一声长啸，一招暂时击退众人，手中剑插地，撑住最后一口气，另一手一甩——紫雀簪飞出，擦过苏灵淑的脸颊。

苏灵淑惊叫一声，捂脸慌乱道："你们还愣着干什么？杀了他！立刻杀了他！"

就在这刹那，程处剑的头颅耷拉下去。人还站着，却已没了呼吸。

苏灵淑瞪着程处剑的尸身，双手环抱双臂："也许真的像他说的那样，只要他肯假装相信我，今晚会是另一个结局。为什么他这么蠢，只为了当面质问我，甚至愿意面对死亡？"

"因为太爱。"覆水将紫雀簪拾了起来，递到苏灵淑面前，"因为太恨。"

苏灵淑茫然接过簪子："太爱？太恨？"

"爱和恨一旦过了头，就会让人变成不计后果的疯子。"覆水吩咐众人把程处剑的尸体处理掉。

"等等。"苏灵淑走上前，颤抖着将簪子放进程处剑的手里，"我不后悔杀了你，但我还是要谢谢你。谢谢你，没有辜负灵薇。"

不知何处，隐隐的箫声，为逝去的年轻生命致上哀歌。

傅柔望着吹箫的吴王。

她本不想来的，但箫声太凄凉，令人觉得不祥。她想到了权太傅，当初也是唱着悲凉之音，结果就走了。她怎么都无法再忽视这箫声，来这儿看一眼。若是她多想，那就最好。若是他有心事，或可开解，以免不祥发生。逝者如斯夫，生命仍可贵。

吴王若有所觉，抬眼看见了她，却还是吹完了一曲。

"不知我犯了哪条宫规，把傅尚宫给惊动了？"要牢记那一条，今后多犯。

"殿下……"傅柔想了想，"扰人清梦。"

吴王自嘲地笑："果然罪该万死。"

"我说笑的。"傅柔却说得一本正经，"刚才一曲，隐有肃杀凄怆之音，殿下内心很不平静。"

"傅尚宫也会在乎我的心吗？"是不是表示他还有些希望？

傅柔不答反问："发生什么事了？"

"什么都没发生。只是想起了一些往事。"

想起她刚刚入宫时给母妃绣的那幅和和睦睦的荷花；想起权太傅还在身边时那些平平淡淡的日子；想起当初误传程处默战死的消息，她含着眼泪求他带出宫，他远远看着她在程处默的衣冠冢前心碎欲绝。

"傅柔，回答我一个问题。"

"殿下请说。"

"程处默已经变心，不再爱你。如果有一天他死了，你还会像从前那样伤心欲绝吗？"

"不要再说了。"她到底还是不愿被人提及伤心事。

"六局尚宫好气魄，敢让皇子闭嘴。可难道我闭上嘴，你和程处默就能回到从前？明明知道自己受了伤，为什么就是不肯忘记，不肯让伤口愈合？真搞不懂你这顽固的女人。你知不知道，看着你执迷不悟，我心里是什么滋味？"

"傅柔是一个执迷不悟的人，殿下早就知道的。"何必一试再试，连做朋友的可能性都毁了，"喜欢一个人，其实毫无道理可言。就算程处默是我心上的一道伤口，那也是属于我的伤口。我不想它愈合，更不想它被人触碰。"

"伤口不愈合，只会越来越疼。"

"我愿意让它疼。疼得越厉害，我就越能把他牢牢地记在骨髓里。"

吴王沉默了，看她的目光却越来越深。

傅柔很不自在："为什么这样看着我？"

他很坚定："看清楚点，好将你记在骨髓里。"

傅柔转身，走了。

吴王回到书房，母妃又在。他的母妃，每次出现在凌霄阁，都是非常时刻。

"许久不听你吹箫了。"杨妃笑了笑，随即郑重，"东宫那边的消息，你可都知道了？"

吴王颔首。

"一旦太子杀了魏王，皇上定会废黜太子。太子和魏王双双倒下，再没有谁能阻止你成为新的大唐储君。"多年的隐忍和退让，全都变得值得。

"这盘棋能下到今日，母妃费了不少心。"他并不一开始就知道，但洪义德的死令他察觉微妙。

对于魏王和太子的关系交恶，他这个旁观者看得分明，显然有人从中挑拨。然后就顺理成章了。真正的受益人，不就是他吗？然而，他没有布置这个局，那就只有一人可疑：他的母妃！

杨妃慈祥温言："我知道，你觉得自己被逼上了一条不想选择的路。可儿子啊，这就是现实，人人都一样，只要没有踏上最高处，受制于人，就只有被逼的份儿。不要紧，等你做了太子，日后再做了皇帝，你就可以安安心心，再也不用担心被谁逼迫了。"

谁让皇后欺人太甚，处处压制打击！皇帝在尚且如此，皇帝若走在前头，她母子还有活命的份儿吗？再看太子，稍稍挑拨，就能动手铲除自己的亲弟弟，对她的恪儿连一丝一毫的兄弟情都没有！

吴王淡然道："夜深了，母妃回去休息吧。"

"好，我回去，你也早点儿休息。"杨妃临走前想起一件事，"程处默是魏王的臂膀，每天和魏王一起上下朝，他也是刺客明天要击杀的目标吧？"

"是。"这一声答应，他已泥足深陷。

他明白母妃都是为他好，也明白自己处境艰难，将来更难，所以当母妃告知他这一盘棋局时，他没有太多的抗拒，顺应着成了棋盘上的棋。

"唉，可怜傅尚宫又要难过一阵子了。不过，长痛不如短痛，对不对？"杨妃看着儿子。

吴王垂着眼，没有表情，语气谦恭："儿子恭送母妃。"

母妃的苦心，他懂。他的忍让，也有限度。只是，这些见不得光的阴谋，还有那些无辜生命的牵连，让他始终感到彷徨。

太子和覆水下着棋。

双喜和程处剑的事，太子已知晓，对苏灵淑一句责怪也没有，轻描淡写地说程处剑相信贱婢的话，竟敢行刺太子妃，死有余辜。

"毒死苏灵微的，是不是太子妃？"直到这时，太子才问。

覆水放棋子的动作一顿："太子什么时候开始怀疑的？"

太子眼神黯淡："苏灵微死后，太子妃曾经问过我一个奇怪的问题。她问我，灵微死得值吗？从那一刻起，我心里就怀疑了。"

其实也不难猜，用酸枣糕下毒，魏王夫妇这么做，如同不打自招。他当时是在气头上，无暇多想，随着时日推移，总觉得哪里对不上。只是如今，箭在弦上，不得不发。

覆水问道："既然怀疑，为什么不问问太子妃？"

"她是我的妻子，我儿子的娘。"苏灵淑变了，变狠了，变毒了，却因为他才变成今日的模样。

他犹记得，那一片花瓣雨纷纷，她恍若仙子，飞下凡间来。若不是他朝不保夕，她何至于无所不用其极，助他一臂之力！所以，他也不会背弃她。

覆水忽道："太子妃为了太子，能杀亲妹，夫妻情深令我感动。如果有一天，太子需要覆水为你死……"

太子忽然抬眼，凝视着对面的覆水，打断他："不可能！我说过，你我要做一辈子的知己。我李承乾做太子也好，登基当了皇帝也好，不管身份怎么变，地位怎么变，你就是你，我还是我。有棋一起下，有心事就一起聊。那一天，你出现在我眼前，我很感激，感激上天把我最好的朋友还给了我。我说过会保护你，不让你重蹈称心的覆辙，我一定做到，我一定不变。"

覆水微微动容："如果你没变，可我却变了呢？"

"如果有一天你变了，那就瞒着我，别让我知道，让我心里永远只记得我们的友情。"他此生别无所求。

覆水呆了半晌，失笑："太子，别摆出这种认真的表情行不行？我都被你唬住了。"

太子也笑了："心里无尽烦恼，只能开开玩笑让自己舒坦一下。"袖子不小心拂到了棋子，他弯腰去捡。

覆水望着太子的身影，心头一动，低喃："明天的计划，不如考虑延后吧。走错一步，就会满盘皆输。"

捡到棋子的太子直起腰，一脸疑问："你刚才说什么？什么满盘皆输？"

覆水敛眸，笑着掩饰："我说的是这盘棋，你要输了。"

"你才要输了。"太子自信地往棋盘中下一子，"看，你的大龙完了。"

覆水缓道："嗯，完了。"

原来，悲伤的感觉，是冬夜取暖的一团火突然被浇灭了一样，火灭了，心也冷了。

傅柔立在东宫正殿上。昨日接到六局禀报，太子妃的贴身宫女双喜不慎失足，掉进井里淹死了。

这要是别人，傅柔不好随便猜疑，但偏偏是打过交道的人。当初太子妃处处针对她的时候，双喜是殷勤的帮手，对太子妃忠心耿耿，还是陪嫁进来的。这么无缘无故就死了，她岂能不觉得古怪？

苏灵淑从内殿走出，坐上主位，姿态傲慢："一个宫女罢了，你还专程来一趟。六局的事多，这样事必躬亲，你忙得过来吗？"

傅柔听得出自己不受欢迎，却神情自若："双喜和寻常宫女不同，她是跟着太子妃陪嫁过来的，下官应该过来看看。太子妃不要太伤心了。"

劝她别伤心，苏灵淑才想起应该显得伤心，蹙起眉心："伤心也难免，毕竟伺候了我多年。"

傅柔看在眼里，目光深深。

苏灵淑心虚："傅尚宫在看什么？"

傅柔指指自己的脸："这里，太子妃的脸颊，怎么受伤了？"

苏灵淑摸了一下，那是簪子的划伤，想不到施了粉还能让对方看出来，只好随口胡编："昨天被象儿的小手抓了一下，不碍事。"

"小皇孙昨天不是进宫了吗？"掌管六局，傅柔更加耳聪目明，"万太妃喜欢小孩子，留他过夜，现在应该还在福安宫吧？"

"就是，昨天我抱着他去福安宫的路上，他撒娇，用手抓了我的脸。"一个谎言只能用另一个谎言来圆。

傅柔点了点头："有伤口就别敷脂粉了，虽然能盖住一点，可对伤口不好。"

苏灵淑客套一下："多谢傅尚宫提醒。"

傅柔状似不经意："双喜究竟是怎么死的？"

苏灵淑却十分警惕："不是报上去了？内侍打水，在井里发现了她的尸体。大概是晚上看不清，经过井边时掉进去了。"

"这说不通呀。"傅柔还是说出了自己的想法,"双喜又不是刚进东宫,她在这儿早就待熟了,哪里有井应该很清楚。"

苏灵淑不悦:"你是来宽慰我的,还是来审问我的?"

傅柔淡定:"不敢,只是觉得有点奇怪。六局管的事杂,宫中各处大小事务,都免不了和六局有牵扯。不过太子妃也说得对,六局不直接查案,如果是宫女死因存疑,应该把宗卷交给内侍监的曹总管,由内侍监主持查清,六局协理。对了,魏王殿下是内务大臣,还要抄一份给魏王殿下。"

苏灵淑则是故作淡定,拿起茶杯抿一口,忽然好像烫了嘴,痛呼一声,扔了杯子。

"呀,弄湿了衣服,我去换一件,傅尚宫稍待。"苏灵淑总觉得傅柔察觉了什么,想找覆水商量一下。

傅柔冷眼看着苏灵淑匆匆走入内殿,也端起茶来喝。

奇怪,茶是温的。两杯茶是一前一后倒的,一杯烫,一杯温,可能吗?

她一进东宫,就已经察觉不对。戒备森严,人手增倍,才坐了片刻不到,已经有两队巡逻侍卫经过,每个人都手握刀柄,随时准备拔刀一般。还有太子妃,悲伤不足,慌张有余,稍加试探就如惊弓之鸟。双喜之死非常可疑,而东宫之势,更让她觉得有大事将要发生。直觉已经知道此地不能久留,但这种时候,越急着离开,就越让人疑心。她喝着茶,安坐着。

苏灵淑从内堂走出,神情焕然一新:"我身边这些人,也没几个好使。像双喜这样,辛苦调教了多年,以为可以做个臂膀,帮我打理一下家务,谁知道就这样走了。要是再把事情闹到内侍监,说要追查什么案子,我就更面上无光了。"

覆水告诉她,要仔细观察傅柔的反应。要是傅柔坚称双喜死得可疑,或者搪塞,或者急着走,都说明对方已经心里有数。此刻正是东宫最紧要的关头,绝对不能把人放走,否则会有后患。

傅柔道:"太子妃误会了。刚才下官说的是宫女死因存疑,才要把宗卷交内侍监主持追查。双喜意外掉进井里身亡,虽然可惜了她,但事情摆在明面上,没有交给内侍监的理由。"

苏灵淑暗暗松口气:"你说得也是。"

远处又有侍卫经过,傅柔朝外看了一眼。

苏灵淑这时紧盯着她的一举一动,试探道:"傅尚宫急着回去?"

傅柔回眼,一本正经地回答:"不急。其实今日来,主要是六局还有些事,要想向太子妃禀报。"

说到这儿,她让随行女官拿出一沓册子,和苏灵淑絮絮叨叨说起东宫的用度、东宫金银器物的库存惯例,还有宫女内侍每年选用的规矩,等等。

苏灵淑平时就把心思用在太子一人身上了,傅柔说的这些,她听得云里雾里,眼看日头偏西,累得她打了个呵欠。

傅柔就问:"太子妃困了吗?"

苏灵淑讪笑:"困倒是不困,只是傅尚宫说的这些,我早就知道了。"对外,她是个强悍的女主人。

"那就好了。"傅柔看看外面的天色,"哟,瞧我,一说起来没完没了,都这个时辰了。不知太子妃还有什么吩咐吗?"

苏灵淑心想,傅柔这么喋喋不休,多半没看出蹊跷,打发她走得了,别坏了今日大事。

"没什么吩咐。傅尚宫事务忙,我也不好留你吃些点心。"苏灵淑起身,亲自送傅柔。

傅柔又是一奇,但不动声色,跟着来到台阶前:"太子妃不必送了,下官告退。"走下台阶,朝东宫大门走去,步履从容。

苏灵淑看了傅柔的背影一会儿,什么端倪都看不出,转身正要进殿。

忽然,一声尖叫划破冷凝的空气。

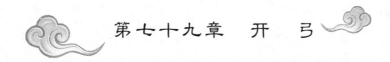

第七十九章　开　弓

苏灵淑猛地转回身,只见傅柔丝毫没受惊叫声的影响,头也不回地走着,心里忽然觉得有些奇怪。

这时,从侧门跑出一个小宫女,连滚带爬,来到台阶下大喊:"死人!太子妃,有死人!"

苏灵淑心惊:"什么死人,不要胡说。"往傅柔的方向看一眼,这个距离,这么大的声量,她不可能听不见。

小宫女惶恐地喊叫:"真的!就在箱子里,是程三公子……他……他死在箱子里!"

傅柔的脚步一滞,但没有回头,转眼又走了起来,步子稍稍加快。

望着傅柔背影的苏灵淑,神情转厉,陡然高声喝令:"傅尚宫请留步!"

傅柔仿佛置若罔闻，已经快到大门口。

苏灵淑厉声："来人，拦住她们！"

一队侍卫冲上前，拦在傅柔和随行女官面前，拔刀相向。

傅柔终于转了身，远望苏灵淑一会儿，走了回来。

苏灵淑居高临下，面容仿佛渗入蝎毒："傅尚宫，有什么吓着你了，干吗急着走，连叫都叫不住？"

傅柔不答，也不望苏灵淑，但低头看跪在地上惊魂未定的小宫女："你刚才说程三公子死在箱子里，哪位程三公子？"

文书殿书房。

汉王走进来，奇怪："魏王那边怎么没动静啊？不会不回府了吧？"

太子坐在窗边，往外看着庭院："每日此时，他一定会回府用膳。成亲后养成的习惯，如今魏王妃不在了，他仍习惯难改。"

汉王歪嘴一笑："活该他要和魏王妃双宿双栖。"

风过一树红梅，花跃入太子的眼，瞬间恍惚："魏王妃没有下毒。"

汉王惊讶道："什么？魏王妃没下毒？苏灵薇不是她杀的？那魏王岂不是白白没了王妃，白白和东宫结了死仇？太子，都到节骨眼上了，你忽然来这么一句，什么意思啊？"

太子不知怎么回答。

汉王瞪半天，不耐烦地摆摆手："算了算了，不管魏王妃下毒也好，冤死也好，反正她已经死了，魏王和太子你已经势同水火。就这么着吧！开弓没有回头箭，魏王今天非死不可！"

"开弓没有回头箭……"太子嚼着这几个字，苦笑，"再也回不去了。"

这时，魏王和程处默经过了庭院。太子起身来到窗前，和魏王的视线碰个正着。

魏王怔了怔，犹豫一下，点头示意："太子。"

"回去啦？"太子忽然想起兄弟俩喝酒打猎、谈古论今的往昔，曾经令他毫无压力的亲兄弟，为何疏远至此？

魏王憨笑："太子是知道我的，不喜欢御膳房的口味，又不禁饿，都这时辰了，得回去填填肚子。"

太子也笑了起来："你从小就这样，什么都不在乎，就只在乎一口吃的。记得你八九岁时，一口气吃了三只烧鸡，撑得坐不住，把母后都给急坏了。"母后不在了。

魏王挠挠头："小时候胃口好，现在不行了，别说三只烧鸡，两只都够呛。唉，要是人可以不长大，永远都是八九岁，无忧无虑，那多好啊。不说了，饿得慌。太子，我先走了。"母后不在了。

没有人，能让他们再把手心手背叠在一块儿。

太子眼中渐冷，神情莫测："四弟，去吧。"

魏王没再多话，走得再无迟疑，直到出了宫门，他上了马，才失神片刻。

程处默叫一声"姐夫"，魏王才回神。

"太子刚才叫我四弟……"他苦笑一下，"他已经很久没有这样叫我了。"

程处默神情不变："叫得再亲热，还是决心对你痛下杀手。太子那一声四弟，是送你上路呢。四弟后面还跟着两个字——去吧。"他听得分明，一字不漏，包括深藏在其中的祸心，"箭在弦上，他不会不发。"

魏王压抑着痛楚的情绪："是啊，当我听不出来呢。去吧，去吧——"他语气也冷了，"是该去为王妃报仇了，驾！"

骏马放开四蹄，前方是虎穴，不入虎穴，焉得虎子？

侍卫押着傅柔，来到一间厢房，将她粗鲁地推了进去。

苏灵淑站在门外，目光冰冷："你不是想知道死的是哪位程三公子吗？我就发个慈悲，让你看看。"

傅柔的目光已经定在角落的箱子上。

苏灵淑嘲讽："怎么？害怕了？想不到，傅尚宫也有害怕的时候。"

傅柔从地上爬起来，缓缓走到箱子前，一看见那具尸身，就沉痛地闭了闭眼。她犹记得初次见面，那个叫着"嫂子"的年轻人，虽然油嘴滑舌，眼睛却那般清澈。如今，这双睁着的眸子已经失去了光。

她为之合眼，转身沉问站在门口的女子，语气悲愤："你杀了他？"

苏灵淑嘴角一翘："是。"

傅柔问："为什么？"

苏灵淑嗤笑："又是为什么？程处剑临死前，和你一样，也在问为什么。"目光突然幽深，"也许每个人到红尘来一趟，辛苦走到尽头，就是为了问个为什么。"

傅柔忍无可忍："为什么要杀了他？"

苏灵淑冷静得可怕："因为他勾搭灵薇，蛊惑了灵薇的心智，让这世上我最信任的妹妹背叛了我，以至于不得不清理门户。我妹妹死了，他怎能逍遥自在地活着呢？"

傅柔震惊："清理门户？毒死苏灵薇的，是你？"

"是我。"苏灵淑没什么不能承认，东宫已将得到这个天下，她将会是一国之母。

"那……那魏王妃……明明是你，你却在皇后面前咬定是魏王妃，让皇后冤杀了她！"太可怕了！纵然知道魏王妃冤枉，怎么也想不到会是姐姐毒杀妹妹！

"冤？她活该！"苏灵淑眼里没有一丝波动，"自从我进了东宫，就处处和我过不去，一而再，再而三地羞辱我。如果她不这么过分，哪里会有今天？我赔上自己亲妹妹一条命，才让母后赐了她毒酒。一命换一命，她一点也不冤。"

"你这个疯子。"傅柔不寒而栗。

"疯就疯吧。只要最后赢的是我，所有失去的都会回来。不管前面有多艰难，我都要笑到最后。魏王妃曾经那么嚣张，还不是死了？不但她要死，而且她身边的人也要死。程处剑已经死了，接下来就是魏王，还有程处默。"

"不！我绝不会让你伤害处默！"傅柔失控喊起来。

"傅尚宫，晚了，好像你还自身难保。"苏灵淑笑着走出门去，冷冷下令，"把门锁上，严加看管。"

傅柔缓缓坐下，目光穿窗看向天空，忽见一道明光升上天空，绽开。

在文书殿的太子和汉王，也瞧见了。

汉王兴奋地喊道："成功了！魏王已死！太子，该轮到我们了。"

太子拍案而起，目光坚定，走出书房呼喝一声。早就暗伏在周围的侍卫们，从各个角落涌了出来，整齐列队。

太子道："长安有小人作乱，尔等随孤入内宫，护卫皇族！事成之后，论功行赏！"

这不是一场只为解决魏王的布局。杀了魏王，父皇回来岂能饶他？他已经受够了太子这个身份，战战兢兢，半点差错都不能出，就算没差错，还是会被人冤错。母后已经不在，父皇又一向严厉，他若再不做些什么，迟早失去所有。他只有主动出击，登上皇位，那么还有谁，能令他患得患失，日日活在恐惧之中？

再者，他也没什么不能做的，毕竟有父皇在先。父皇当初就是铲除了两个兄弟，逼皇祖父让位，才得到的天下。而他本就是太子，天下本就是他的，比父皇名正言顺。

今日之后，他李承乾将是天子！

城郊湖边，吴王双手枕头，躺在大石上晒太阳。不似长安残冬萧索，这里风和日丽，枯黄的草地隐隐泛绿，春来得悄悄然。

有人来到大石旁，笑道："城里血流成河，殿下这儿倒是很清净。"

吴王瞥一眼，来者覆水。

"你不也跑得挺快？这么重大的日子，应该留在太子身边，看大戏才是。若以为在我这儿可以邀功，只怕你要失望，应该找我母妃。"

他只是一枚棋，不如覆水，覆水是下棋的人。

"我就不能像殿下一样，偶尔找个清净地方看看风景？"覆水不介意吴王语气里的嘲讽，"严子方的密信应该快送到了。"

吴王一笑："太子以为胜券在握，哪想到他最信任的人早就把他给卖了。从一开始，他就注定了一败涂地。"

严子方派了马海虎，到温泉宫给皇帝报信去了，信中说太子受汉王蛊惑，要杀魏王，还要夺宫。

吴王又道："你叫严子方送温泉宫的这封密信，真是挑了一个最恰当的时间。送早了，父皇及时赶回救下魏王，魏王就死不了。送晚了，太子杀死魏王后如果顺利掌握大局，趁势登基，把在京外的父皇架空，那天下就变成太子的了。只有密信送得不早不晚，才能既保证魏王死，又保证父皇能赶回来重掌大局，不让太子成为最后的赢家。覆水，你是个人才，什么都被你算计到了。"

"多谢夸奖。"覆水虽然听不出夸他的诚意。

"不过你也很蠢。"吴王确实还有后话，"曾经有一个人，原本会成为天下之主，他将你视为挚友，以心腹相托，你却处心积虑策划一个阴谋，背叛他，让他一败涂地。你有没有想过，假如李承乾登基，他一样会给你荣华富贵，甚至可能比母妃可以给予你的更多？"

"一直以来，我都在为你的未来谋划。如今成功在望，你却说出这种动摇军心的话。蠢的不是我，而是你。"覆水不懂吴王的心态。

"太子死了，你会难过吗？"吴王继续自己的问题。

"不会。"覆水神情不变。

"你是一个冷血无情的人。"这样的人，吴王自觉欣赏不了。

覆水想了想："我是一个要实现心中理想的人。为了这个理想，我可以骗人害人，我可以不择手段。当然，也可以很冷血，很无情。"太子虽待他不错，可惜是李世民之子。

杜荷带着一批人马，控制城东去了。侯杰应该去把持城门，却让严子方拦住："如果我是你，就不会去城门。"

侯杰疑惑："你说什么？"

严子方吐露实情："太子输定了，我们没必要陪他一条道走到黑。"

侯杰陡然拔剑，指向严子方："姓严的，我就知道你不安好心！"

严子方面不改色："你可以杀我，但你挽回不了太子的败局。皇上收到揭露太子阴谋的密信，大军应该已在回京途中。太子在宝座上还没坐热，就要面对皇上的大军和雷霆之怒，他毫无胜算。太子的所有党羽，都会遭到清算。"

"太子的计划只有我们知道，谁会给皇上写密信？"侯杰忽然冷凝严子方，"你……"

严子方大方承认："当然是我。"

"你这个叛徒！"侯杰一剑刺向严子方。

严子方一剑挡开："我从未真心投靠东宫，却是你的救命恩人。最后提醒你一次，东宫覆灭在即，你唯一的生路就是离开长安。"

侯杰吼："我凭什么信你？"

"你可以不信，不过我连拥立太子的大功都舍弃了，主动承认我给皇上写了告密信，难道就是为了骗你？告诉你，我其实是吴王的人。"严子方掏出一块令牌。

侯杰大惊失色："这是杨妃的信物！你……"

严子方道："从一开始，东宫就被杨妃玩弄于股掌之中。太子的计划，杨妃全部知情。"

侯杰仍然怀疑："我爹和你有灭门之仇，你为什么救我？"

严子方沉默片刻："我要侯盈盈。"

侯杰误以为他是好色之徒，勃然大怒："你想羞辱我妹妹来报仇，我杀了你！"

严子方见招拆招，显然留情："东宫一败涂地，你父子二人一向归附东宫，汉王这次也完了，除了我这个密告皇上的功臣，还有谁能庇护你妹妹？盈盈如果不跟着我，那才是要遭受羞辱！你现在有两条路：一是继续追随太子，被皇上大军剿灭在长安，盈盈父兄夫君都为叛逆，沦为官婢。二是保住自己的性命，在离开前把你妹妹交给真心爱她又能保护她的人。你自己挑！"

真心爱盈盈？侯杰听得有些糊涂，但看严子方认真的神色，不知怎么，内心有点相信他所说的了。想到这儿，他一声暴喝，打开严子方的剑，掉头就走。

严子方知道，那是陈国公府的方向。

侯杰一回府里，就吩咐吴管家整理行装，自己到书房去烧毁文书信件，烧着烧着，忽然想起傅音来。于是，扔了手里的东西往外走，不料竟然撞见了傅涛。

傅涛一惊。程处默给他传了消息，他知道今日要乱，刻意避开侯家父子的耳目，来带傅音离开。

侯杰心里一团乱麻，对傅涛的出现也不甚在意，还想着正好需要帮手。

两人来到傅音的院子，傅涛看见窗子都被木条钉死，门上还绕着手腕粗的铁链，不由得怒目，但侯杰踹烂门的动作，又让他看不懂。

傅音看到侯杰走进来，神情平静："你终于来了。"

侯杰眼中一闪希冀："你在等我？"

"对，等你。等你结束这一切，结束我的痛苦，也结束你的痛苦。自从到了你身边，我每一天都在痛苦中煎熬，无数次做噩梦，无数次从噩梦中惊醒。我现在最想要的，是一个彻底的结束。"傅音想明白了，唯有死可以解脱。

"好，你要的，我给你。"侯杰突然拔剑。

傅涛一见，神情凛冽，悄然拔出匕首，无声走近侯杰。

傅音看在眼里，呼吸渐渐加快，眼见傅涛高举匕首，再也无法坐视不理。她跑过去，抱住侯杰，以自己的后背对着傅涛。

傅涛惊讶之余，却有些了然，收起匕首。

侯杰什么也没看见，只是被傅音忽然抱住，令他感到那份刻骨铭心的温暖，但下个瞬间，神情已冷。

"还要多少次？你还要这样，反反复复玩弄我多少次？你不是恨我吗？你不是要杀了我吗？你最爱的男人，不是那个死去的陆庭吗？你把我侯杰当成了什么？为了乞求活命，你现在却肯抱住我了？"他猛然推开傅音，大喝一声，举剑劈下。

傅音面前的木桌，被劈成两半。

侯杰喊："西涛！把这女人带离长安！"

傅涛心道正好，上前扶起傅音。

傅音猛然想起孩子："不，我不走。我的孩子呢？我要见我的孩子！"

侯杰沉声："你从来就不想生下他，有什么资格见他？西涛，带她走！"

"是。"傅涛强行拉走傅音，到了门外，压低声音解释，"太子要杀魏王，还要夺宫，我师父早有准备。侯家父子投靠太子已久，当然大难临头。"

"什么？"傅音想要挣脱傅涛的手，"我要带孩子一起走！"

傅涛不放手："我刚才听到侯杰吩咐管家把孩子送到城外，我们先离开，此地不可久留。"

"侯杰他……"傅音担忧。

"他只怕比你我跑得还快，吩咐马房牵出最好的千里驹呢。"傅涛信口胡诌。这种时候，多行不义必自毙，他们要给老天爷让道。

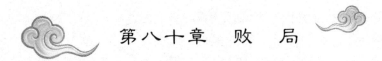

第八十章　败　局

铠甲擦着刀鞘，锵锵声，在宫廷四处响起。人人一见太子的侍卫们，立刻恭顺退让，令太子有一种君临天下之感，愈发认准了这次行动。

只是当他和汉王闯入清河的住处，打算要回他的儿子，却见清河安坐正殿外，一干宫女排立整齐，毫无惊慌失措之色，让他忽感违和。

"清河，交出孤的儿子。"象儿本来在万太妃那儿，但汉王空手而回，告诉他清河抱走了孩子。

"象儿年幼，太子哥哥真要带着他一起走这条不归路？"清河望着对面那片乌压压的森冷铁光，不由得感慨，曾几何时那个疼爱她的阿兄，眼中已经没有亲切。

"一派胡言。孤为大唐储君，受命于天，秉公义，除不法，走的是光明大道，怎么会是不归路？"自从成了太子，走在悬崖边上，危命多年，谁又在乎过？

"和她啰唆什么！"汉王吩咐侍卫，"把公主抓起来，拷问小皇孙下落！"

然而，侍卫们一动，程处亮带着一队禁军出现，拔刀对峙。

"程处亮，你敢对孤拔剑？"太子冷然。

"程处亮是大唐禁军，负责护卫大唐皇宫，谁擅闯皇宫，我的剑就对着谁。"尤其是想要造反的人。

"放肆！哪个敢在皇宫之内擅启兵戈？"令狐得关走入，见双方如此阵仗，也不含糊，手一挥，大批禁军将双方包围，"这是怎么回事？"

程处亮高声道："回禀令狐将军，太子和汉王带人擅闯清河公主住处，属下尽自己的职责，保护公主殿下。"

汉王蛮横："令狐得关，禁军侍卫程处亮对太子拔剑，图谋不轨，你还不赶紧把程处亮抓起来，交由太子处置！"

"令狐得关蒙陛下恩典，掌管禁军，戍卫皇城，那就必须问一句，太子和汉王带兵闯宫，是想干什么？"令狐得关不是盲人。

"太子是大唐储君，皇宫就是他的家，想进就进，有什么闯不闯的？再说，皇上已经让太子监国，现在一切都是太子说了算。"汉王腰板挺得很直。

令狐得关眯了眯眼："监国就可为所欲为？"

太子对令狐得关和颜悦色："令狐将军，事出有因。魏王犯上作乱，在长安密谋兵变，孤已派人将其诛杀。程处亮是魏王安插在宫内的党羽，他勾结了几个禁军侍卫，企图用清河公主和小皇孙要挟孤。孤带人赶来，是为了阻止他在宫中趁乱伤人。仓促之间，来不及和令狐将军打招呼。"

令狐得关谁都不想得罪，所以犹豫。

汉王不耐烦："令狐将军，关键时刻举棋不定，可犯了大忌。魏王犯上作乱，已经身首异处，你不会想给魏王陪葬吧？"

"叔父，侄儿我的脑袋和身子还连在一块儿，用不着谁陪葬。"

太子和汉王震惊回头，就见魏王昂然走了进来。

清河大喜："四哥！"

"魏王，你怎么……"太子万万料不到。

魏王帮他接下去："怎么还活着？因为我命大呀，逃过了一劫。你不但派人杀我，还闯入皇宫，胁迫众皇族。父皇尚在，你就想篡位登基，真是狼子野心！"

太子虽然心慌，嘴上却犟："血口喷人！是你早就对孤心怀不满，趁父皇离京，密谋造反。你还敢入宫，在孤面前信口雌黄？"

魏王冷笑："我不入宫，难道应该去温泉宫向父王告状？"

太子神情一滞。

汉王强横："令狐得关，你亲眼所见，魏王对储君不敬，立即拿下魏王。对了，程处亮也一并拿下。"

清河公主学着汉王的口吻："令狐将军，关键时刻，一失足就是千古恨。父皇信任你，才将宫禁护卫的责任交付与你，你可要明白是非，不要被别有居心的人蛊惑。"

令狐得关硬着头皮："太子殿下和魏王殿下都说对方谋逆，请问可有证据？"

太子道："孤就是人证。"

汉王道："本王也是人证。"

魏王嗤笑："你们算什么人证？来啊，带人证！"

魏王的侍卫把一人推到前头，拉着他头发往后一扯，正是纥干承基！

太子和汉王脸色大变。

纥干承基神情吃痛："太子忌惮魏王受到皇上的信任，命我带人刺杀魏王。"只是想不到，魏王早有准备，他杀的是替身，还以为是正主，发了信号，如今一切为时已晚。

太子慌张道："你收了魏王多少好处，竟敢说出这样的谎言？"

"诬陷储君，其罪当诛！"汉王拔剑砍向纥干承基，堂而皇之要灭口。

令狐得关挥剑挡住："纥干承基就算当诛，也不该由汉王殿下在皇宫里擅自处置。"

纥干承基本来还有点内疚，见汉王气势汹汹要杀他，神情也变了狠："要杀我？哼，那大家一起死！太子和汉王密谋已久，要铲除魏王这个眼中钉。他们还说一不做，二不休，杀了魏王再控制皇宫，慑服群臣后立即登基，等皇上回来，就……"

太子已难掩目光狼狈："闭嘴！一派胡言！"

"我信口雌黄？李承乾，你这连亲兄弟都容不下的小人，我早就防着你了。你给我的手谕，我并没有烧掉，就藏在长安一间民宅里。令狐将军，你要是不信，到那里一搜就知分晓。"纥干承基屡次大难不死，只因自私自利，从不真心臣服什么人。

令狐得关一挥手，众禁军围住太子和汉王的人马。

太子徒劳喊道："令狐得关，你敢对孤无礼？"

魏王摇头："人证、物证俱全，太子，你就消停点吧。已经有人去东宫了，更多的人证和物证都会找到。"

太子脸色大变："魏王，你竟敢派人闯孤的东宫！"怎么会这样？明明他胜券在握。

"你连皇宫都敢闯，我性命受到威胁，万般无奈之下为求自保，闯一闯你的东宫，想来父皇不会怪罪。"魏王才是真正的赢家。

太子怒吼："你！我早知道你暗藏祸心！孤不杀你，你就要杀了孤！"

令狐得关终于看清形势："太子殿下，事关重大，得关无礼了。来啊，请太子殿下和汉王殿下下去歇息。"

禁军们押走太子等人。

魏王松了一口气："好险，总算我来得及时。我说清河啊，这次算是老天保佑，要是慢一点，真让太子他们把皇宫给占据了……"转头一看，清河和程处亮这对爱情鸟正含情脉脉地对望。

清河对程处亮撒娇："好险啊，刚才我的心怦怦乱跳，都快跳出嗓子眼了。"

程处亮亮出男子汉气概："有我保护你，怕什么？"

清河崇拜地看着程处亮，偎进程处亮怀里："不是怕，我是看见你这么威风，高兴嘛。"

魏王抚额："喂！你们两个！宫规呢！"

宫规在天上飞呢。

苏灵淑手持酒盏，笑意盈盈，站在傅柔面前："傅尚宫，当年我是感激过你的，没有你帮我改那条漫天飞花的舞裙，我当不上太子妃。"

"你当初还是单纯质朴的苏家小姐，没想到你心志不坚，当了太子妃，受点挫折就走上邪道，变成这样的疯女人。如果是侯盈盈入东宫，必不会如此。我因为看侯君集不顺眼，帮助你而阻碍侯盈盈，私心杂念误人至此，我悔不当初。"傅柔冷冷看着那张笑脸，全然陌生。

苏灵淑立刻露出狠毒神色："不许提侯盈盈！那个贱人，蛊惑不了太子，就巴结母后，让母后屡次逼迫我，差点让太子纳她为侧妃。太子殿下心里只能有我，谁也别想抢走殿下的宠爱！等太子登基，我就是母仪天下的皇后，定要杀了那贱人！"

傅柔叹："果然疯了。"

苏灵淑哈笑："皇宫不是最适合疯子吗？你疯得不如我，所以，最后死的是你。"

两个宫女押住傅柔，苏灵淑抓着她的下巴，正要灌下毒酒。

一个侍卫冲到门口："太子妃，不好了，敌人闯进东宫……啊！"

那个侍卫一声惨叫，被人一剑穿心，颓然倒下后，露出那把剑的主人——程处默。

"程处默！"傅柔看到他安然无恙，立刻忘了自己处境堪忧，满面欢欣。

程处默看清眼前，不由得一愣，没料到傅柔会出现在东宫。

苏灵淑拔出发簪，抵住傅柔喉咙，恶狠狠道："程处默，你好大胆子，竟敢闯入东宫。等太子回来，必处你极刑！"

程处默撇笑，故作从容，语气调侃："你确定太子能回来？太子丧心病狂，派人暗杀魏王，不过既然我来了东宫，那太子妃你说，魏王在哪儿？"

苏灵淑慌了："魏王……他不会……"她明明看到信号了，魏王应该死了！

傅柔也感觉苏灵淑的慌张，突然挣扎。

苏灵淑回过神来，簪尖刺破傅柔的脖颈："再乱动就杀了你！"

程处默心惊，神情未变："魏王已经去了皇宫，太子此刻也在皇宫里，你想不想知道魏王把太子怎么了？"

苏灵淑心知其中一定出了变数："我要见太子，你立即把太子请回东宫。不然，你就要看着你心爱的女人死在你面前！"

程处默故作无所谓："她曾经是我心爱的女人，不过现在已经不是了。"

苏灵淑不信："你骗谁？如果不在乎她，你早就杀进来了，用得着说这么多废话？"

"唉，虽然已经一刀两断，但毕竟有点旧情。你要杀她就杀吧，大不了我帮她报仇。你杀她，我杀你儿子。"他手一伸，拎出一个小娃娃。跟苏灵淑那么多废话，其实是拖延时间，等着叶秋朗他们把小皇孙抱过来。

"象儿！"苏灵淑惊得魂魄不定，"把孩子还给我，不然我就杀了她！"

"做梦。"程处默出其不意，把小娃娃往后一抛。

苏灵淑不顾一切地扑出去，看到落在叶秋朗手中的儿子，知道上当也迟了，被一旁的宗建修制住。

傅柔张张口，却不知从何说起，看着程处默沉脸走到面前，以为又要冷言冷语时，却突然被他抱住。

"我果然没出息。就算下一万次决心，扎自己一万刀，要和你一刀两断，还是忍不住梦见你，看到你被人要挟，还是会被吓得魂飞魄散。你在阎王殿前转了一个来回，宛如重生，是不是我们就能把过去的事都忘了？"程处默说出真心话。

傅柔却推开他，回望墙角的箱子，目光悲伤。

程处默喋喋不休："东宫完了，长安局势终于稳定，一切雨过天晴。吴王也好，严子方也好，让他们通通都见鬼去吧。柔儿，你不要再骗我，我也不再让你伤心。我们回到过去，就像回到广州城一样，以后都开开心心的，好不好？我知道自己以前很荒唐，做错很多事，但我真的不能没有你。经过生生死死的风雨，请你再给我一次机会。对了，怜燕儿，我和她真的什么事都没有。"

他拉着她的手要离开屋子，却被她轻轻拉回。

"柔儿，到底怎么了？"他是不是认错太迟？

傅柔带着程处默，走到箱子前，他的双眸陡然定住，眼中映着处剑毫无生气的脸。

侯盈盈打量四周，这里已是荒无人烟的山区。

她愈来愈怀疑，勒住缰绳："严子方，我阿兄到底在哪儿？"

严子方到汉王府找她，说侯杰和程处默撕破脸打架，受了伤，还拿出玉佩和书信。她担心哥哥的伤势，才随严子方出城。

严子方不动声色指着前方："拐过去就看到了。"

侯盈盈姑且再信他一回，拐过山道，见林中一座木屋，松了口气，驰到屋前，下马就往屋里跑。

"阿兄！阿兄！"外屋没人，她又跑到里屋，却不见侯杰的身影。

一转身，见严子方关门的动作，她立刻警惕："你骗我？"

"我的确骗了你。事实是，你哥并没有受伤，他这会儿应该已经离开长安了。不过，我也的确救了侯杰，因为我喜欢他妹妹，不能眼见他去送死。"傅柔曾说他行事方式仍是海盗，他承认，而且也改不好。

侯盈盈绕过严子方，往门口走去。

严子方也不拦："盈盈，汉王活不成了，你在这儿才安全。"

侯盈盈猛回头："你说什么？"

严子方道："汉王参与了太子谋反，他唯一的下场就是因谋逆罪而被处决。"更何况，他在给皇帝的告密信中，还说了很多汉王的坏话。

"谋反？"侯盈盈回想这几日汉王的行为举止，确实有不少蹊跷之处，而且太子和魏王之争已在明面上。

她喃喃自语："汉王，你怎么这么糊涂……"皇帝已经同意他留在长安，只要不惹是生非，可以有一段太平日子的。

"太子和汉王密谋刺杀魏王，皇上已经知道消息，正从温泉宫赶回来。等皇上回来，一定会严惩逆贼，到时候，恐怕长安城的地面都要被血染红了，汉王府也必受牵连。"

侯盈盈突然又往门口走去。

严子方不得不抓住她："你要去哪儿？"

她不回头："回汉王府。"

"夫妻本是同林鸟，大难临头各自飞，何况你嫁给汉王，根本就是被迫的！你忘了他是怎样一个卑鄙下流的家伙？你忘了他在王府里怎么折磨你？还有你身上、手上那些被他殴打的伤痕，你都忘了？"他真想不通，"况且你喜欢的是我，不是吗？"

她用力甩着胳膊："你放开我！"

"我为了救你忙前忙后，你却要和一个虐待你、糟蹋你的男人同生共死。"他不肯放手，眼中妒火中烧，"侯盈盈，你是不是犯贱？"

"到底犯贱的是谁？"她觉得可笑，"我当初苦苦哀求，你不屑一顾。等我嫁为人妇，你却用尽手段，要把我夺回来。犯贱的不是我，是你严子方！是的，我不想嫁给汉王，可我不能违抗圣旨。当我只能强颜欢笑地走进汉王府时，你又在哪里？汉王纵有种种过错，好歹有了悔改之心，开始懂得珍惜。我尽我所能，做一个妻子的本分，不想在他最

197

失意的时候背叛他，这有什么错？"

"你错就错在不会为自己着想。你总想着别人，你想过自己没有？你真想做汉王的妻子？那你为什么百般推托，不和汉王同房？你就是在自欺欺人！"

侯盈盈惊愕羞愤，打了严子方一耳光："你竟然……刺探王府的隐私。"

严子方神色不变："知己知彼，才能消灭敌人。从汉王娶走你的那天起，他就是我严子方的死敌。"

他一边说，一边解下腰带。

她慌了神："你想干什么？严子方，你敢行非礼之事，我就咬舌自尽！"

他抱起她，将她压到床上，用腰带把她的手腕缠在床架上，要笑不笑："都这时候了，我哪儿还有歪心思？"随即正色，"外面很危险，你只能待在这儿。"

她红了脸，只能用言语攻击："我恨你！"

他很平静地接受："我活该。"

第八十一章　守　护

程处默直闯内侍监，问明了关押苏灵淑的牢房。他来势汹汹，一把长剑在手，谁敢挡他？

傅柔得知消息，急忙赶来。

程处默怒目相对："傅尚宫，交出太子妃。"

他总是最傻的那个，成天就想围在她石榴裙下，单纯快乐地过日子，不怕得罪谁。而她总是最聪明的那个，审时度势，说着冠冕堂皇的规矩，处事圆滑，讨好每个人。她怎么能，一次又一次，站在他的对立面，与他的敌人、仇人，并肩？

"太子妃是皇族女眷，该由万太妃与皇帝商量后处置发落，不由兵部或刑部干涉，这是宫规。"她明白他心中的怒火，可是她也决不能让他执法犯法，她必须守护他！

"见鬼的宫规！这个蛇蝎女人，毒死她自己的亲妹妹，嫁祸给我阿姐，逼死了她，又为掩饰罪行，杀了我弟弟。你却要护着她？"他爱上了一个冷血的女子，也许他早该看清，"让开，今日我要她以命抵命！"

"就算不说宫规，还有唐律，你不得滥用私刑。太子妃杀人是犯罪，你杀人也是犯罪，即使情有可原，但法律不容。我不想你一时糊涂，犯下大错。"她多希望他懂她。

"满口法理，满口规矩，说得好像在为我着想，其实你只是想继续做你高高在上的六局尚宫，要保住好不容易得到的权势，要让所有人知道，现在是你说了算！"被怒火冲昏了头的他，口不择言，"傅柔，你说一句真话，我们相识这么久，你到底有几分真心对我？你在乎过我的感受吗？如果你有那么一丁点在乎，就应该明白我的心情，给我让一条路。"

"这条路，我没办法让。"因为，会是不归路。

"你让不让？"他拔剑。

"不让！"她愿用生命守护。

程处默咬牙，正要出剑，牢房的门忽然打开。

魏王失魂落魄地从门里走出来，手上拿着的一条白绫滑落地上，笑得泪流满面："王妃，我这次，总算没有辜负你了……"自言自语走过程处默和傅柔身侧。

一个女官往里探头，尖声大叫："太子妃死了！"

程处默冷哼一声，随魏王走出。

傅柔呆怔半晌，长叹一口气，只怕魏王此举，将会后患无穷。

皇帝赶回长安，一切看似尘埃落定，同时欣慰魏王顾念兄弟之情，没有伤害太子。只是可恨他的长子，终究还是让他失望了。

太子被关在一处厢房，看见皇帝来了，却一味发呆。

皇帝恼火："你不但糊涂地不认兄弟，连你父亲都认不出来了？"

太子这才一瘸一拐走过来跪下，目光迟滞："儿臣见过父皇。"

"朕来，就想问个明白。"皇帝想知道为什么，"天下最不该起谋逆之心的人，就是你啊！你已经是太子了，为什么要这么做？你难道真的要把老父亲赶尽杀绝，才满意吗？或者，你告诉我，这次是不是又有人陷害你、冤枉你，朕答应，一定查个水落石出！"

"不必了。"太子苦笑，"就是我容不下魏王，我要杀死自己的亲弟弟。既然动手铲除眼中钉，长安又能控制在手，我是太子、监国，为什么不把路走到底？杀了魏王，父皇也不会原谅我，我干脆一不做、二不休，往上一步，做天下至尊。"

"你！"皇帝不敢置信，"你真想弑君？"

"李承乾再狠，也不会杀自己的父亲。我只想控制局势，等父皇回来，奉父皇为太上皇，荣华富贵，颐养天年。这一招，不是跟父皇你学的吗？"有其父，就有其子。

皇帝扇太子一巴掌，怒不可遏。

太子挨了打，反而惨笑起来："不忠不孝，十恶不赦之人，何劳父皇动手？赐我一杯毒酒，了结我吧。我李承乾，长孙皇后所出，生于承乾殿，襁褓中就为恒山王，八岁被立太子，受教于当世大儒，受《诗》《礼》熏陶，怎么会走到这一步？我已经是太子，为什么还要谋反？是谁逼得我走投无路？"

他忽然抱住皇帝的腿，痛哭流涕："我罪无可赦，只求一死。还请父皇看在父子一场的面上，饶恕太子妃和象儿。魏王恨我入骨，我死后，他一定会残害我的妻儿，但那毕竟是父皇的儿媳和孙儿，求父皇保全他们！"

皇帝的目光悲痛而不解："你知道，最让朕痛心的是什么？是你即使到了这一刻，还不真正悔过，你还在怀疑、诬陷你的亲弟弟。魏王是仁厚君子，他差点死在你手里，可他把长安控制在手上后，没伤你一根头发。这样的人，又怎么会趁着你势败，残害你的妻儿？李承乾，是你的猜忌之心，把自己变得杯弓蛇影、草木皆兵，落到今日这个地步！"

太子喃喃："是我一直在猜忌他、冤枉他吗？但愿如此。但愿他没有我想的那样恶毒无情。若他给我妻儿留一条生路，我愿向他剖心谢罪。父皇，儿臣已到末路，想在临死之前，见太子妃和象儿一面。求父皇慈悲，父皇慈悲。"

皇帝看着苦苦哀求的太子，面露不忍，哀痛无比。他不知，那个小时候聪明伶俐的孩子，为何成了如今这般个性无常、钻牛角尖的可憎模样。他真希望，他能知道缘由，让一切重来。

从太子那儿出来，心烦的皇帝去了杨妃的住处。杨妃的体贴总是他的一剂良药，而看到在这场风波中独善其身，还在专心写务农文章的吴王，更让他觉得宽慰。

皇帝感慨："承乾这孩子，从前聪慧孝顺，友爱兄弟，受大臣们拥戴，都说他将来会成为大唐一代明主，朕和皇后在他身上寄托了多少期望，如今尽化流水。"

"太子到这一步，谁见了都心痛。可陛下也不要太感伤，陛下是明君，更是慈父，对太子的慈爱之心、谆谆教诲，人所共知。"杨妃的劝，是蜜糖包衣的毒种，只是到了如今，种子该发芽了，"是他不上进，辜负了陛下。"

"朕在养心亭中，苦思过往。自从那个叫称心的戏子死后，太子似乎就变了一个人。太子固然有他的错，可朕是不是也做错了呢？如果朕当日不逼他杀死称心，他是不是就不会心里有那么多怨恨，以至于越来越偏执，最终落到这个境地？"

这时，宫女上来送茶，让皇帝看到她手腕上的伤痕。

皇帝惊讶道："你怎么手上带了伤？"

宫女迟疑着，要开口。

杨妃却阻止："锦儿，不许多嘴，下去吧。"

皇帝不悦："难道朕不能问她的话？"

杨妃请罪："臣妾无礼，皇上恕罪。臣妾是见皇上烦心事已经太多了，如果再听宫女琐碎小事，怕皇上心里更不快。"

皇帝沉吟："你会出口阻止，可见不是琐碎小事。"再问宫女："你说，这伤是哪来的？"

宫女跪下："回皇上，是被太子叫人用鞭子打的。太子那天带了许多人杀气腾腾地闯进来，逼问娘娘和吴王殿下下落。他认为奴婢有所隐瞒，就命人鞭打拷问奴婢。"

皇帝顿现怒容："逼问杨妃和吴王下落？他想干什么？难道连杨妃这样与世无争的后宫妇人，吴王这样安分的弟弟，他都容不下吗？"随即自问自答，"是了，他连亲兄弟都容不下。"

杨妃假意责怪："锦儿，都是你多嘴。"

宫女磕头："奴婢知罪。陛下，当时虽然情况凶险，可娘娘和吴王殿下刚好都不在这殿里，逃过一劫，这都是陛下洪福庇佑。对了，陛下洪福齐天，还庇佑了清河公主，所以公主殿下也能逢凶化吉。皇上是天底下最有福气的贵人……"

"好了，皇上当然是天底下最有福气的人。"杨妃这才说到点子上，"清河公主逢凶化吉，却是魏王的功劳。魏王早就在公主身边安排侍卫保护，又及时赶去阻止太子加害公主，这是魏王对妹妹的一片爱护之情。"

宫女早有杨妃面授机宜："可是，魏王既然早就知道太子要闯宫，能安排侍卫保护公主，为什么不安排人保护娘娘和吴王殿下呢？清河公主殿下是魏王的妹妹，但吴王殿下不是魏王的哥哥吗？"

皇帝果然又变了脸。

杨妃呵斥："闭嘴！皇子的事，你一个宫女也敢议论？再多说一字，打烂你的嘴，还不下去！"

宫女退了下去。

杨妃跪下："陛下，宫女言辞不当，是臣妾管教不严，请陛下处罚臣妾。"

李世民把杨妃扶起来："没想到，朕去了一趟温泉宫，不但差点失去太子和魏王，更几乎让你和吴王被殃及池鱼。朕原本还很欣慰魏王的仁厚，可他对太子眷顾，对清河眷顾，对吴王……为什么却置之于危险而不理会？"

"陛下对魏王太苛责了。魏王和太子都是皇后所生,清河自幼由皇后抚养,他们的情分自然不同。至于吴王,只是臣妾所出,不比谁重要。那时情势危急,魏王没顾得上吴王,也在情理之中。"

"荒谬!"皇帝恼火,"吴王是朕的爱子,谁敢说他不重要?等朕召魏王入宫,非问问他不可。"

"万万不可。"杨妃暗喜煽动成功,"臣妾和吴王不是好好的吗?再说,这次太子在长安闹出这么大乱子,多亏魏王周旋,魏王于国有大功,陛下应该好好赏赐他才对,犯不着为了吴王让魏王不快。"

这时,曹总管来接皇帝。

皇帝表示要留在杨妃这儿用膳,但到底还是念及太子的请求,吩咐曹总管,谁都不准为难太子妃和小皇孙。

一时,众人表情微妙。

皇帝岂能错过,问曹总管怎么回事。

曹总管躬身禀奏:"陛下,太子妃,她已经死了。"

皇帝愕然:"死了?怎么会?"

曹总管答:"据奴听闻,是魏王殿下在皇上未回京前,闯入内侍监,亲手把太子妃给……给勒死了。"

皇帝一阵眩晕,盛怒之下不分青红皂白,问责曹总管:"你是怎么掌管内侍监的?居然让魏王闯进去,犯下杀嫂的人伦大罪!"

杨妃帮忙说了句话:"曹总管在温泉宫侍奉圣驾,内侍监暂由傅尚宫掌管。太子妃的死,怪不到曹总管头上。听说魏王勒杀太子妃时,傅尚宫在场。事后,她不但任由魏王离开,还严令女官内侍不得泄露此事。"

皇帝稍稍镇定:"召傅尚宫,朕今天要问个清楚。"

曹总管领命而去。

傅柔入内,向皇帝行礼。她知道,皇帝召见她是迟早的事,因此从容。

皇帝却在杨妃的暗示下,对傅柔是否对魏王徇私抱持着怀疑,在她来之前,已经召见并询问了内侍监的几个目击证人,就看她的回答对不对得上了。

皇帝问:"傅尚宫,太子妃死在你代管的内侍监里,你知道吗?"

"微臣知道。"傅柔如实回答。

202

皇帝又问："她是怎么死的？"

"太子妃死于魏王之手。"傅柔并无迟疑。

皇帝再问："魏王仁厚，对太子和太子妃一向尊敬恭顺，他杀太子妃，未必是存心的吧？"

傅柔神色平静："魏王是存心的。他用白绫勒死太子妃，是为了给魏王妃报仇。微臣经过一番查证，得知杀死太子妃的凶器，也就是那条白绫，是魏王带进宫的。只凭这一条，就可知魏王去见太子妃时，已存杀心。"

杨妃脱口而出："那傅尚宫为什么在事后下缄口令，不许宫人泄露？想帮魏王掩饰什么？又想在陛下面前隐瞒什么？"

"娘娘说笑了。"傅柔看杨妃一眼，转而对皇帝说道，"微臣受遗命于长孙皇后，掌管六局，侍奉陛下和各位贵人，只求恪尽职守。真相是什么，就是什么，微臣不会帮魏王掩饰，更不敢对陛下隐瞒。至于缄口令，是不想让弟杀长嫂的事情泄露出去，损伤皇族颜面，伤了陛下的圣德。"

杨妃张了张口，没再说话。

傅柔取出一份文书："陛下，在圣驾回京之前，微臣已把初九当日的所见所闻，以及太子妃死亡的经过，并相关宫人的供词，详细记录在案。这份文书，微臣已经带来了。凭此文书，可以证明微臣没有任何隐瞒之心。"

玉合笑笑："临时写一份，也不算什么，傅尚宫怎么能证明这是圣驾回京之前写的呢？"

傅柔从容："不知万太妃的证词，玉总管可信得过？"

玉合合上了嘴。

"陛下，微臣这文书，一共抄录两份。一份存于六局，随时准备陛下查问。另一份早就送到万太妃处。如果怀疑微臣企图隐瞒事实,临时做手脚，可以把万太妃那一份取来，两下对照。若有一字不符，微臣甘愿受死。"

韦松进来，手捧一份文书："陛下，万太妃听闻陛下要查问太子妃的事，想起六局曾送来一份文书，里面记述了事情经过，特命奴把文书送来。另外，万太妃还说，太子妃本来关押在他处，傅尚宫担心有人对太子妃不利，向万太妃请命，万太妃许可后，才将太子妃转到宫中内侍监。此举是想保护太子妃，可惜事与愿违。傅尚宫对太子妃，已经尽力了。"

皇帝对照两份文书，无一字不符。

"傅尚宫，这上面写到你当日去东宫一趟，差点死在太子妃的匕首下。为什么你还要保护太子妃？"皇帝不解。

傅柔禀奏："微臣要她活着，接受大唐律的惩罚。有罪之人，不该绞杀于暗室，而应该明正典刑，警示世人。这，才是微臣希望太子妃得到的下场。"

皇帝顿悟："闹了半天，你在魏王权势大盛之时，不但没有偏袒魏王一方，反而对太子妃尽了保护之责。"

傅柔恭谨："这是微臣应该做的，也是皇后娘娘希望微臣做的。"

皇帝十分欣慰："皇后没有看错人，你下去吧。"

傅柔全身而退。

杨妃的神情晦暗莫名，向玉合使了个眼色。

玉合悄然退下，召来他的心腹内侍志和，耳语几句，志和急忙去了。

志和来到关押太子的厢房外，隔窗向太子请安。

志和道："去年奴婢违了宫里规矩，要挨二十鞭，你刚好经过，为我说了一句好话，曹总管才饶了我。"

太子没想起来，只是苦笑："你来干什么？今非昔比。从前你落难，孤为你说一句好话；如今孤落难，谁能为孤说一句好话？你走吧。"

志和叹："太子殿下，太子妃虽然死了，可你千万要振作……"

太子大惊："你说什么？太子妃她怎么了？"

"殿下还不知道？太子妃被带到内侍监的第二天，就让魏王活生生勒死了。"志和遵照玉合的吩咐，特来刺激太子。

太子如遭雷殛，随即咬牙切齿："魏王！你如此丧心病狂，定不得好死！"

志和又叹："奴本来想要去探望皇孙殿下，只是他们看得很紧，见不到殿下。不过，奴听说小皇孙日夜啼哭，那些嬷嬷对他恶言恐吓，只怕……"

太子急得团团转："象儿怎么说也是魏王的亲侄儿，他竟然这样毫无人性！到底要孤怎么样，他才肯放过孤的儿子？"

"魏王的手下放出风声，说太子要杀同胞手足，又谋夺大位，十恶不赦，既然罪行败露就应该以死谢天下。可太子既然不顾廉耻地苟且偷生，魏王就要让太子眼睁睁看着妻儿被杀被凌虐而无能为力，让太子尝尝生不如死的滋味……太子殿下，无论发生什么，请你一定要多保重自己啊。"志和离开。

太子跌坐椅子里，悲愤道："魏王，父皇说你没杀我，是你仁厚。你哪里是仁厚？你比蛇蝎还毒。既要仁厚之名，将来好风风光光地当新太子，又用卑鄙手段杀我妻虐我儿，逼我自尽。好，好，李承乾死不足惜，我这个哥哥，今天就把命给你！"

太子当下咬破手指，在墙上写下三行血书——杀嫂者魏王，残幼者魏王，逼死长兄者魏王，而后他看向头顶房梁。

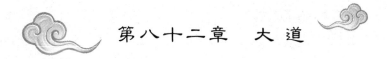

第八十二章　大　道

傅柔批改着文书，也终于坐不定了，走出屋子，眺望夜空。

太子悬梁自尽，虽被及时救回一条命，但泣血书，指控魏王杀其妻虐其子，逼他走上绝路。皇帝震惊之余，又得知魏王府门前车水马龙，送礼的宾客络绎不绝，令他勃然大怒，下旨训诫，说魏王李泰妄自尊大，辜负朕望，即日起封门思过，所掌诸事，一应交由吴王，文学馆即刻关闭。这道旨意一出，朝堂再度动荡，百官谁也看不懂皇帝朝令夕改的态度。

傅柔却想起这日早些时候，自己面呈皇帝，杨妃和玉合咄咄逼人的场景。从魏王妃出事那会儿开始，她就对杨妃改观了。

宫里皆知，杨妃娘娘宠辱不惊，为人处世一向冷淡，倒是皇后防范得紧，显得不够大度。她如今觉得，皇后的直觉不错，杨妃只是很能忍，看似什么都不争，或是三年不鸣，一鸣惊人。

今日，杨妃要将她和魏王捆绑在一起的意图，几乎不加掩藏，若不是她考虑周全，岂知她不会像魏王那样遭殃？

她不明白，每件事为什么不能照着法令或规章来做？为什么早上还夸忠贤，到了晚上就变成妄自尊大了？为什么这个天子之家掌管着天下，家里的事却处置得那么率性，以至于黑白颠倒？但她明白一点，她要是事事强出头，很快就没头可出了。

她内心深处，还是自私的，想要离开这个人吃人的地方，所以只能最大限度地坚守原则，而不是拿头撞墙。

咚咚咚的脚步声，由远及近。

"公主殿下。"傅柔不用看，就已知道来者是清河。

她最羡慕的，大概就是这位公主了，真真正正做自己，想爱就爱，想争就争，最简单的是非曲直，从善良的本心出发。

"你到底在父皇面前说了什么？"清河怒气冲冲。

"真相。"保护自己，也保护他人，哪怕眼前还看不出好处。

"真相，真相，你以为你是大唐正义的化身？道貌岸然！父皇下旨，解散文学馆，夺走四哥手上所有权力，四哥被软禁，魏王府成了不见天日的牢笼。这都是你害的！"在清河看来，傅柔应该是自己人。

"我害的？"傅柔难得有了脾气。

没人懂她！程处默认为她贪图权力，不让他手刃太子妃。又来一个清河，指责她害了魏王。没人会好好想，如果一开始听她的，根本就不会有这样的事！

"对！就是你！"清河不想，只找她能找的人算账。

"魏王殿下杀太子妃，是我怂恿？"傅柔必须争辩。

"……不是。"清河顿了顿。

"那条白绫，是我给魏王的？"傅柔的委屈，谁能明白！

"……"清河一哑，"不是。"

"那为什么是我害了他，而不是他害了自己？"当她好欺负吗？

清河被她的质问吓了一吓："你……你明明知道四哥杀太子妃，是因为太子妃害死了魏王妃。四哥眼睁睁看着杀了他妻子的仇人活着，心里太痛苦，才控制不住，下了杀手。他有他的无奈。"

"太子妃的妹妹苏灵薇，是太子妃亲手把砒霜下在酸枣糕里毒死的。你觉得，太子妃毒死她的亲妹妹时，在想什么？"

"这……我怎么知道？"清河招架不住。

"她一定在想，魏王妃是她的仇敌，眼睁睁看着魏王妃活着，心里太痛苦了。她控制不住，就只能想办法铲除魏王妃，就算付出的代价是她亲妹妹的命也在所不惜。太子妃，也有太子妃的无奈。每个杀人者，都觉得自己有杀人的理由。"

"你完全就是胡搅蛮缠。"清河丝毫不觉得她自己才是胡搅蛮缠的那一个，"反正我算看透你了！你根本就是杨妃一党！"

"杨妃说我是魏王一党，现在你又说我是杨妃一党。公主殿下，苍天在上，皇后娘娘英灵在上，我傅柔，永远不是任何一党。就是因为这些钩心斗角，分帮立派，不分是非黑白的互相攻讦，才让亲兄弟自相残杀，两败俱伤。我只希望太子和魏王殿下经历过这些教训，都能迷途知返，不再辜负皇后娘娘一片爱子之心。"而她，只想远离这里。

"你就会说大道理，虚伪！"清河知道对方说得没错，可是她就是偏心善良的一方。

"大道理有错吗？什么时候堂堂正正做人，不欺瞒君主，不帮藩王掩饰杀人的罪行，就要被骂虚伪了？一个谎言要用十个谎言来掩盖，十个谎言要用无数的谎言来掩盖，杀了第一个人，为了掩饰，就要杀第二个、第三个，罪孽层层加深，直到无可挽回。太子妃当初也是温柔良善，她为什么会变成一个连亲妹妹都毒杀的凶手？就是因为她踏错了第一步后，不知悔改，继续一步步错下去！魏王杀死太子妃，已经错了一步，再为他掩饰，是要让他继续错下去，重蹈太子妃的覆辙吗？你不是在帮他，是在害他！"只有面对事实，才能治根治本。

清河被她的气势彻底震慑："你……这么凶干什么？规矩呢？我可是公主。"

"魏王犯下的错，陛下已经知道，也给出了惩罚。此事就此结束，应该是一件好事。至少，比现在掩饰过关，将来纸包不住火，被皇上治欺君之罪要好。"是啊，她没有天生的贵命，讲再多的道理，不敌一阵耳边风，所以她左右不了结果。

"你厉害，我说不过你。我只是不懂，如果喜欢一个人，为什么不能为他做一切？"清河摇摇头，转身就走，"若是为了处亮，我就会豁出去。"

傅柔终于哑然。她何尝不知，经过这回，只怕程处默会更恨她了。

程处默利索地攀上树，望过高墙，见魏王坐在石桌前独自饮酒，看着挺想得开，才放了心，从腰上卸下小坛子酒，枕着树杈，也喝了起来。

今日早朝，皇帝赏了一群人，包括他在内，但他一点也不高兴。阿姐、处剑，都不在了，加封赏赐算什么？

他还把整件事情梳理了一遍，觉得太子和魏王两败俱伤的这个结果实在有些匪夷所思，而且仍有疑点。

魏王忽然开始自言自语："为了王妃，我把自己的亲哥哥恨到了骨子里，好不容易把他斗倒了，才发现真正的罪魁祸首是太子妃。"呵呵苦笑两声，"太子妃，你该死啊！你毒死自己的亲妹妹，诬陷逼死我的王妃，挑拨太子和我自相残杀，你说你是不是该死？可是太子妃你为什么要造这些孽？我李泰从来就没想过要坐太子的位置，从来就没想过啊！"

程处默咳了一声，掏掏耳朵，这位姐夫自己跟自己说话还那么大声？

魏王一听，摇头晃脑起来："父皇训斥我，说我杀死自己的大嫂，无仁无德。无仁无德又怎样？反正我没想着当太子，不在乎这名声。就算再给我一次机会，我还是会杀了她，给王妃报仇。只是，仇虽然报了，想喝一口王妃做的汤，却永远喝不到了。有心爱的人啊，一定要珍惜。吵架，争风吃醋，意见不合，都没什么大不了，只要喜欢的人活着，还有相见的机会，这就是莫大的福气。明白吗？"

没人答应。

魏王干脆高声道："处默，听见了吗？"已知他在树上。

程处默无奈开口："姐夫小点声，你如今被皇上勒令封门思过，惊动了看守你的侍卫，会被罚得更重。"

魏王满不在乎："你姐夫现在是破罐子破摔，随他怎么罚。我是说你，不要记恨傅尚宫。她阻拦你杀太子妃，那是为你好。我是嫡皇子，干这件事尚且落到如此下场，如果下手的是你，恐怕已经明正典刑了。傅尚宫其实是救了你一命，她心里一定是有你的。"

程处默喝着酒，有些事冷静之后，就能看得通透，但也回不了头。

"清河派人送信过来，痛骂傅尚宫，说是傅尚宫在父皇面前揭露，我才会被处罚。清河这小傻瓜，父皇是明白人，太子妃的死，就算瞒得过初一，也瞒不过十五。我做的事，我认，用不着谁帮我隐瞒，也怪不到傅尚宫头上。"魏王语重心长，"处默，姐夫以后帮不了你了，好好照顾自己。记住，别的都不重要，重要的是，你和你喜欢的人都活着。"

程处默终于再度开口："活着有什么用？见一次，痛一次。既然姐夫挺好，夜深了，我回去睡觉了。"

树叶簌簌，很快没了动静。

"痛？你哪知道什么叫痛？夜夜独饮，怕自己孤零零地变老，怕有一天会连她笑起来是什么样子都忘了，这才是真痛。"魏王醉笑，"王妃，来，陪我一杯。父皇把魏王府的大门给封了，不要紧，我已经传话，美容养颜膏还是每天送上门。其实封门挺好，门封了，我哪儿也不去，就陪着你。如果我那天也陪着你，寸步不离，谁敢害你？谁能逼你喝毒酒啊——"

一张笑脸变成哭脸，泪流满面。

傅柔听说杨妃忽然昏迷不醒，立刻亲自送来两名医女。皇帝也正好赶到，赞她想得周到，又问玉合怎么回事。

玉合回禀："当时娘娘正和各宫贵人饮茶，除了各位贵人，还有宫女内侍，少说也有二十人，没一会儿就晕了过去。"

皇帝问什么茶。

"饮的阳羡紫笋茶，娘娘很爱喝，每天都要喝上一次。"玉合语气微微加重，"娘娘晕倒前，还正和萧嫔说这茶里放了甘草。"

太医"哎呀"一声："陛下，微臣明白了，这让娘娘昏迷不醒的罪魁祸首应该就是甘草。虽说甘草补脾益气、清热解毒，但甘草也有毒性，何况娘娘有痰湿之症，忌用甘草。"

皇帝责怪玉合："糊涂！居然用甘草煎茶，你就是这样侍奉杨妃的？"

玉合下跪："陛下息怒！有甘草的煎茶方子是别人献上的，娘娘因为阳羡紫笋茶是陛下所赐，特别喜爱，说用寻常煎方唯恐辜负了，怎知一个煎茶方子里，还会有一味危害娘娘的东西？是奴不仔细，奴该死！"

玉合取来方子，让太医仔细看过。

吴王问："这煎茶方子到底是谁献的？母妃身子虚弱，众所周知，献这东西安的什么心？"

玉合垂眼："回殿下，这方子是司徒真大人的手笔。"

傅柔即刻看玉合一眼。她知道，司徒真已经递了两份为魏王喊冤的折子。这时候，杨妃这边突然说起司徒真，未免太巧。

"司徒真？"皇帝果然往阴谋诡计的方向想，"又要上奏折给魏王喊冤，又要煎茶献方，哪个朝廷大臣都没他忙啊。"

玉合道："司徒真大人嗜好煎茶，也爱琢磨煎茶方子。这个甘草方子就是司徒真大人独创的。他献了这方子，娘娘看着不错就用了，谁知道他……"

傅柔忍不住："陛下，对于杨妃娘娘的病微臣有一事不明，想向太医请教，求陛下恩准。"

皇帝允准。

傅柔就问太医："宫中贵人的脉案，太医署会外传吗？"

太医连忙摇头："宫中贵人脉案何等机密，太医署万万不敢外传。"

傅柔道："也就是说，虽然众所周知杨妃娘娘身子虚弱，但娘娘身子到底是怎么个虚弱法，是否痰湿之症，忌讳服用什么，像司徒大人这样的外臣应该是不知道的。"

玉合不动声色："傅尚宫平日只在贵人们针织茶饮等细微处用心，哪知道那些心怀叵测者的手段？有人手眼通天，说不定就能知道一些别人不知道的消息。"

"是否有人手眼通天，这个我不清楚。不过，倒想请问玉总管，司徒大人的方子是专门献给杨妃娘娘的？"傅柔不太明白。

"这……"玉合迟疑，"方子是献给宫里的。"

吴王忽然发声："既然是献给宫里，司徒真自然知道母妃可能使用。父皇，司徒真是魏王一党，献此方居心叵测，请父皇下旨，将司徒真锁拿审问。"

"吴王殿下，可知道宫中有多少外面献上的煎茶方子？"傅柔微微失望，想不到向来看得通透的吴王也要装糊涂。

吴王当然答不上来。

傅柔自问自答："这两年宫中贵人嗜好煎茶，外头纷纷进献煎茶方子。所有方子都要在尚食局备案。微臣管辖六局，尚食局正是六局之一，看册本时，记得登记在案的煎茶方子，共四百零七个。"

吴王眯了眯眼："六局这么多册本，傅尚宫记性真不错。"

傅柔垂眸："奉差办事，不敢疏忽。微臣只是觉得，司徒大人如果对杨妃娘娘有歹心，这用的办法也太碰运气了。他怎么知道四百零七个煎茶方子里，娘娘哪个都没看中，偏偏就看中了他那一个呢？决定选用这个方子的，是娘娘，可不是司徒大人。再说，微臣只记得方子的总数，但那些方子具体的内容，什么花椒、胡椒、豆蔻、桂皮、陈皮，并不一一记得。微臣等一下就回去仔细查查，看看这四百多个方子里，是不是只有司徒大人一人写了甘草。如果再多几个人，恰好也献过方子，恰好里面也有一味甘草，吴王殿下是不是也要一并锁拿问罪？如果这样推算，是不是凡往皇宫献过不宜痰湿之症病人服用的东西的人，也要锁拿问罪？这会不会伤了陛下的圣名？"若是唱反调的官员都要铲除，世间还有明理吗？

皇帝终究是明君："司徒真身为朝廷大臣，不思正业，献茶方以媚上，应该训斥。但说他存心谋害杨妃和吴王，那是你多疑了。你如今刚开始学着怎么处理朝务，这明辨是非就是头一条。朕知道你心疼你母妃，可也不能凭一时意气发泄。"

"父皇教训得是，儿臣知错。儿臣会在这儿好好照顾母妃，母妃一日不醒，儿臣一日不离。"吴王再看傅柔一眼，"儿臣还听说昏迷不醒的人其实略有知觉，如果有人不断在她耳边说话，也许能让她早点儿醒来。母妃一向最欣赏傅尚宫，而傅尚宫说话又最动听，儿臣想让傅尚宫留下，一并侍奉母妃，求父皇恩准。"

皇帝点头允了。

210

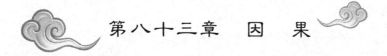

夜已深，傅柔随侍在杨妃榻前。吴王坐一旁，手上一本书，却一个字都没看进去，只是围着傅柔转。

"听说……"他开口。

"不许提他。"她知道。

"他？"他明知故问，"他是谁？"

她不答，为杨妃掖好被角。

"听说有人和傅尚宫在内侍监闹得很僵。"他紧盯着她，"某位将军连剑都拔了，锋刃甚至对准了傅尚宫的喉咙，一点都不顾念旧情。"

"他是因为心疼姐姐和弟弟，被悲伤冲昏头脑，才一时冲动。"终究还是要讨论程处默吗？

"我也是因为心疼母妃，才要锁拿司徒真。"他提程处默，只是为了替自己背黑锅。

"快于意者亏于行。放纵一时快意，有时候要付出一生的代价。而我以为殿下深知宫中的规则，如此轻率快意，倒不像你了。"她很怕权力侵蚀这里的每个人。

"所以你刚才那样不给我面子，居然是为了我好喽？"他反而有些明白程处默为何拔剑相向。

"对他，对任何人，我从来没有加害之心。一言一行，本的是善心，自然应该得善果。"她只想做正确的事。

"说是这么说，但世间不如意事十之八九，如果不得善果呢？"他不如她。

"死而无悔，至少不亏心。"哪怕独行，渐渐身边无伴，她相信前方仍然光明。

吴王忽然抓住傅柔的手，目光深凝："不要死。像你这样的人，一定要好好活着。"

傅柔问："我这样的人？我是怎样的人？"

"一个善良、忠诚、正直的……笨蛋。"而他做不到，只能慢慢放开她的手。

又过了一日，杨妃仍没醒转。在玉合的旁敲侧击之下，皇帝下旨征召民间名医入宫，只要能治好杨妃，不但有赏金，还可入太医署。

来的名医不少，只是来一个，走一个，皆束手无策。只剩最后一个，太医在外先问了问，认为其年轻气盛，言语轻狂，应该直接赶出去。

皇帝却召对方入内。

吴王一见十分吃惊，料不到覆水竟然通过这种方式，堂而皇之再度混进宫来了。

覆水镇定自若："皇上万岁万岁万万岁。只要皇上允许草民对娘娘下针，草民就能让娘娘苏醒。"

太医还是反对："此人要在百会、印堂和风池三穴下针，却不知道针要刺入几分。这种不学无术之徒，妄图富贵，请陛下三思。"

覆水道："草民从小跟随养父学习医理，也医治过不少人，并非不学无术之徒。不知道针要刺入几分，是因为娘娘的病症非常人可见。草民养父曾言，治奇症要随机应变，用针不能古板僵化，必须随时查看病人的反应和针感，以做调整。请陛下给草民一个机会，草民相信，只要用了针，就能让娘娘苏醒。"

吴王收到玉合好几个眼色，明白过来，这是母妃、玉合和覆水早就设好的局。

吴王无声苦笑："父皇，这么多人给母妃诊过脉，个个无计可施，只有他敢开口，就让他试一试吧。"身为其子，却是棋子，可悲。

傅柔看出吴王神情反复，但不解其中缘由，仍是客观中立："娘娘乃万金之躯，让一个外来人医治本来就不寻常，何况治疗的方法过于独特，太冒险了。是不是先好好查验一下他医术如何，再做决定？"

玉合道："陛下，所有从民间召来的大夫，全部经过太医署鉴定，都是精通医理之人。"

吴王跪请："母妃实在拖延不起了，请父皇当机立断。"

皇帝终于点头，对覆水道："如果杨妃有个差池，你知道是什么后果？"

"草民以项上人头作保，一定治好杨妃娘娘！"覆水放话。

然而，做完针灸后，杨妃毫无动静。

皇帝愠怒："果然是不学无术之徒！"

覆水神情略微惊慌："皇上，草民对自己的针灸之术有把握，应该是娘娘昏迷太久，需要等一等才能起效。"

但皇帝可等不起，直接叫人把覆水拖下去。

玉合突兀道："陛下，不妨等一等，也许娘娘很快就醒了。"

皇帝看看杨妃苍白的脸色，心急更上火，哪里听得进劝？

眼看覆水就要被拉出门去，玉合扑通跪爬到榻前，抓着杨妃的手臂直摇，悲痛喊道："娘娘！娘娘！你快醒醒吧！你这样，奴的一颗心都要熬成油了！"

傅柔上前阻拦："玉总管还不住手？虽然你是一片忠心，但娘娘正在病中，怎禁得起揉搓？"

玉合毫不理会傅柔，仍然摇着杨妃："娘娘，你睁开眼看看，皇上和吴王都在等着娘娘啊！"

杨妃忽然咳了一声。

玉合喜出望外："娘娘！"

吴王扑跪至榻前，激动地望着："母妃！"

皇帝的眼也一瞬不瞬，就怕错听错看。

杨妃缓缓睁开眼睛："好刺眼，什么时辰了？"

玉合回头，冲着门口大喊："娘娘醒了！娘娘她醒了！"

正要被押出门去的覆水回过头来，一笑。

傅柔看看覆水，又看看玉合，心里说不上来的一种古怪感觉。

杨妃醒了，皇帝很高兴，认为傅柔照顾得辛苦，放她一天假。傅柔就想着回家一趟，不想在宫门外遇到了程处默，彼此有些出乎意料，气氛陡然尴尬。

宗建修看程处默死死盯着对方，压低了声："将军，要不要打个招呼？"

傅柔却从程处默身旁走了过去。

程处默的视线紧迫盯人。

宗建修嘟囔："看得眼珠子都快掉出来了，还不如打个招呼。"

程处默一股无名火蹿头，不由得大声呵斥："那是皇上面前的红人，和人家打招呼，我们配吗？不自量力！"

傅柔忽然走了回来："程将军。"

程处默立刻昂起骄傲的脑袋："干什么？"

"人人都说程将军文武双全，想必不但弓马娴熟，书应该也是精通的？"

"好说。"

"也读过佛经？"

"读过。"

"那程将军是否相信因果？"

"在傅尚宫眼里，何为因果？"

"凡事皆有开始和结束。种恶因，得恶果。种善因，得善果。秉承善念，不因为一时冲动而误走邪路，就算经历波折，最后也会转危为安。"她真希望他开悟。

"世间的事，有这么简单？"他真觉得她天真。

"就是因为世间太复杂，所以才要用最简单的方法，让自己不忘初心。"她不曾忘过她的初心，就是要离开这里，和他在一起，"种恨因，得恨果。种爱因，最后得到的应该是爱果吧？所以我才会问程将军，是否相信因果。"

程处默心中开始动摇。魏王说得不错，他脑袋也不笨，何尝不明白傅柔坚定阻止他杀太子妃的行为下是一份守护之心。这是她给他的台阶，又一次。他正要踩下去——

"没有因果，只有恩怨。"吴王又来搅局，气定神闲走出宫门，"程处默又不是和尚，怎么会信因果？喋血沙场的将军，只信恩仇。我信的也是恩仇。比如傅尚宫，就对我有恩。"

"下官何德何能，会对殿下有恩？"傅柔头疼。

"母妃生病，你每晚都陪在我身边。要不是你，我怎能熬过这段日子？你放心，我以后一定好好待你。"吴王故意说得暧昧。

程处默神情渐渐冷下。

傅柔无从解释，若只因为他人的三言两语，就能让程处默对她的感情冷却，她也不想强求，转身走了。

吴王的话却还没说完："程将军，傅尚宫书读多了，越来越有点呆气。她刚才那番因果的话，昨晚也和我说过呢。不过漫漫长夜，有佳人相伴，不管她说什么都是好听的。"

见程处默怒瞪自己，吴王才满意地扬长而去。对傅柔，他或会放手，若程处默死抓着不放的话。不过，只要程处默彻底松手，他则反之抓紧。这么做够君子了吧，因为他让程处默先选。

宗建修小心翼翼："将军……"正想着怎么措辞。

叶秋朗从另一边跑过来："将军，那小子正朝我们这边来。"

程处默调整呼吸，压住怒气，手抓剑柄，提醒自己不要忘了正事。

覆水从门里走出，面色微醺。杨妃娘娘醒了，皇帝封他为太医署医官，从此可自由出入宫门，因此众太医见风使舵，特意为他摆席庆贺。忽然，眼前人影晃动，他已被人包围。

程处默一剑指着："都说皇宫里来了个叫覆水的神医，我还以为听错了。到处抓不着，你居然自己送上门。来人，捆起来！"

覆水也不挣扎，嘴角浮起笑意："这是误会。"

程处默冷然："误会不误会，到陛下面前去说吧。"

程处默扭送覆水到皇帝面前，陈述他在追查太子一案中，发现覆水是漏网之鱼，并提及程处剑潜伏东宫时，多次目睹覆水教唆太子。覆水承认自己出入东宫，却是为太子治疗腿伤，并未参与其谋反。

双方各执一词，皇帝自然要问实证。

程处默早有准备，把汉王和杜荷提了上来。汉王和杜荷皆承认，覆水才是幕后元凶，包括杀魏王的主意，也是他最先提出的。

皇帝终于有点相信了，谁知严子方求见。

汉王看见严子方，顿时失去理智："严子方，你这个恶毒小人，把我的王妃藏哪里去了？"

汉王在太子事败之后，曾逃出宫廷，回王府想带盈盈一起走，不料被告知盈盈跟着严子方走了。而后他再想跑，鹰王却在高空示警，暴露了他的位置。他才明白严子方送他鹰王真正的目的。

严子方面不改色："汉王哪只眼睛看见我藏起了王妃？我不知道王妃在哪儿，不过，听说汉王多次虐打王妃。王妃对汉王早就心怀惧恨。从前她迫于汉王淫威，只能虚与委蛇，讨好奉承汉王，如今有机会逃离汉王的魔掌，想来她会有多远逃多远吧。"

汉王不信："不会的，她对我好是真心的！她和那些讨好我的女人不同，不会丢下我逃走！"

严子方冷笑："事实就在眼前，自欺欺人也没用。"今早去了小屋，却发现侯盈盈不见了，他一直以为她对他还有情，原来只不过自欺欺人。

汉王盯了严子方片刻，忽然了然："是你！你就是她一直不肯说的那个男人！你这个奸夫，我杀了你！"

两旁侍卫押住汉王。

汉王只能骂："严子方，怪不得你处处巴结我，原来从一开始你就不安好心，把我害到这地步！你不得好死！"

皇帝只以为又是因汉王好色引起的："够了！把你害到这一步的是你自己！今天要问的是太子一案，不是你汉王府里那些见不得人的事！"

"我不服！不服！"汉王大喊，同样都是帮着太子谋反，严子方却摇身一变，成了功臣。

皇帝命人掌嘴。

汉王被打了巴掌，索性豁出去了："打啊！打死我！大唐的皇上是仁君啊！当年玄武门杀死大哥建成、四哥元吉，如今太上皇不在了，更加容不下兄弟！我算是明白了，就算没太子这事，你也不会放过我！天理循环，报应不爽，你今日容不下手足，明日也容不下子孙，终有一日，你要亲眼看着你的儿孙们血流成河……"

皇帝气得说不出话。

曹总管看眼色，急忙吩咐侍卫把人拖下去。

皇帝接过曹总管递来的茶，喝了一杯才神色稍缓："严子方，你还没有说明你的来意。"

"臣赶来，是为了求陛下奖赏一个功臣。"严子方跪下，指着覆水，"太子之事，覆水才是真正的功臣。"

程处默拢起眉头。

严子方接着道："当日太子生出反心，举措可疑，臣假意效忠太子，虚与委蛇，终于在前一晚得到消息，密信飞报陛下。潜伏东宫打探消息，危险不言而喻，像程处剑，就是一时不慎，惨遭杀害。微臣之所以能平安向陛下报信，是因为有覆水这个帮手。他为太子治疗腿伤，颇得太子信任，好几次为微臣掩护，让微臣死里逃生。"

杜荷激动："胡说！陛下，微臣对天发誓，害人的主意都是覆水出的，他真的是主谋！"

严子方神情不动："如果说微臣送信有功，那至少有一半的功劳属于覆水。陛下，覆水不该受罚，而应该受赏。"

"严子方，我真是瞎了眼，居然没认出你这吃里爬外的畜生……"杜荷发现皇帝冷瞅着自己，语气一转，"你吃里爬外，向陛下告密，对陛下忠心耿耿，我没意见，可覆水明明把东宫连我们一同都给害惨了，你为什么还为他说话？"

严子方好不义正词严："驸马，你拖一个无辜者下水，诬陷他是主谋，就能减轻你的罪，逃过应得的惩罚吗？"

程处默开口："就算要拖人下水，也应该选有分量的大臣诬陷。覆水在东宫只是一个默默无闻的大夫，如果没有教唆太子，参与机密，驸马怎么会想到他身上？就算驸马的话不可信，我弟弟连性命都丢在了东宫，难道连他临死前的话都不可信？"

严子方冷笑："程处剑临死前说过什么，除了你没有别人知道，你想怎么说就怎么说。"

程处默眉头皱得更深："严子方，处剑对我说过什么，我心里有数。你为了保住覆水，竟然反咬到我身上……"他本来以为严子方急功近利，才冒险接近太子，不曾怀疑另一种可能，此时此刻，严子方却显然和覆水是同一阵营的。

严子方神情微变。

程处默向皇帝请求："陛下，严子方言行可疑，请把他交给微臣，微臣一定审个水落石出。"

皇帝思索着："程处剑为东宫所杀，可见他绝不是东宫一党。你刚才是在暗示程处默撒谎，故意借程处剑临死前说的话来诬陷覆水？程处默和一个大夫有什么仇怨，要这样诬陷他？你的居心确实可疑啊。"

"陛下，微臣和覆水是一同从东宫逃出性命的交情，见覆水被诬陷，满心愤怒，一时冲动才呛了程处默一句。其实，卢国公满门忠良，程处剑更是为刺探太子的阴谋牺牲了性命，微臣深感敬服。只是一码归一码，就算程处剑曾经说过覆水有罪，也不能凭他的话给覆水定罪。"在官场混久了，撒谎犹如吃饭，严子方沉着应变，"程处剑假装依附太子，谁都不知道他是在为程处默打探消息。微臣和覆水何尝不也是如此？我们为国尽忠的心，为陛下尽忠的心，只有自己知道。我们不知道程处剑的忠诚，以为程处剑为太子出谋划策，是奸佞。程处剑不知道覆水和微臣商量好了，要打探到消息向陛下禀报，自然也同样把覆水看成奸佞。说不定在程处剑眼里，不但覆水有罪，连微臣也有罪。"

程处默不为所动："陛下，严子方的话前后不一，十分可疑……"

覆水突然打断："陛下！覆水不过是个给人看病的大夫，卷入东宫之事，完全是天意。覆水知道自己身份卑微，掺和到这种事里迟早是个死，可当时已经无法抽身，一咬牙，才和严将军商定打探消息以报陛下，哪怕被人发现丢了命，也算以身殉国。现在严将军的密信已经起了作用，东宫阴谋败露，陛下平安回京，什么都值了。至于覆水，程处默将军说得没错，我确实曾因形势所迫，参与过东宫阴谋，为了不被当场灭口，还勉为其难给太子出过几个主意。这都是我的罪过。请陛下降罪，我死而无怨！"

严子方附和："如果陛下处死覆水，请一并处死微臣。微臣为了得到准确的消息，也曾经参与东宫阴谋，也曾经给太子出过主意。覆水之罪，也是微臣之罪！"

杜荷大叫："陛下不要受他们蒙蔽！覆水给太子出谋划策时比谁都积极。催促太子对魏王动手的是他！怂恿太子尽快掌控长安，趁着皇上没有防备，把皇上架空，逼着皇上当太上皇的，也是他！"

程处默开口："陛下……"

"够了！"皇帝一挥手，"东宫的事，有人比你们清楚。"

主谋也罢，串谋也罢，问太子就知。

第八十四章　伪　善

太子上殿，形容憔悴，一瘸一拐，哪有昔日半分意气风发？他目光迟滞无神，缓缓扫过在场的众人，只在覆水身上停顿了一下。

皇帝眼里只有失望："太子，汉王和驸马指证这个覆水，说你那些大逆不道之举，通通都是受他的唆使。可有此事？"

"太子，如果不是覆水蛊惑，你能走到这一步吗？事情本来就是他挑的头，结果他一边蛊惑你，一边暗中勾搭严子方写告密信，转手就把你给卖了。"杜荷大叫。

太子猛地看向覆水，目光震惊："密信？"

覆水冷道："对，严子方向温泉宫送密信，我早就知道。就在那一晚，你我书房下棋的时候。"

太子半晌说不出话来，脑中空白。

曹总管催促："太子，陛下还在等着你的回答呢。"

太子浑身一颤，回过神来："父皇，他们说的都是实情，没有覆水，儿臣绝不会走上这条路，所有的事都是覆水教唆！请父皇处死覆水，为儿臣报仇！"

皇帝听出其中怨愤，半信半疑："他都教唆你做了什么？你说说。"

"他教唆儿臣杀魏王，教唆儿臣篡位，还有……还有……对！儿臣荒废功课，宠幸戏子，也是他教唆的！要不是他，儿臣也不会失爱于父皇！一切都是他的错！他该死！"太子磕头，"求父皇饶儿臣一回。"

严子方即刻道："陛下，太子恨覆水背叛他，才会这么说。他刚才已经把话讲得很明白，要陛下处死覆水，为他报仇。"

曹总管对皇帝耳语："陛下，太子摔下马，腿受伤后，覆水才去了东宫，当时太子宠爱的那个叫称心的戏子早死了，覆水再怎么教唆，也教唆不到这上头去呀。"

皇帝也听得分明，对太子怒目相向："当着朕的面满口谎言，使这种拙劣的借刀杀人计，朕会上你的当吗？自己作孽，到如今不思悔改，还妄想诬陷忠良，看来朕是对你太慈悲了。"

随即，皇帝就吩咐，把太子关到内侍监牢里，让他和那些犯了错的低贱内侍一样睡干草堆，伙食也相同。

太子被押着往外走，却回头大喊："父皇，都是覆水的错！求父皇将覆水千刀万剐！就是他把我害成这样的，不是他告密，我早就做皇帝了！"忽然疯癫大笑，"哈哈哈！是他害我功亏一篑！他是叛徒！叛徒都该死！"

父皇不了解他，他却很懂他父皇，常常对他人宽容，却对他这个儿子苛刻，眼里容不下一粒沙子，他越想为自己澄清，父皇越会把他往绝路上推。给他陪葬的人，已经够多了，而他答应过，会保护覆水，不会让覆水落得和称心一样的下场。

覆水静静望着太子蹒跚的身影，冰冷的目光一丝闪动。

傅柔、侯盈盈和傅音，三人面面相觑。

起先，侯盈盈悄悄跟踪傅柔，让傅柔发现。她想打听汉王的情况，也有意向官府投案。傅柔虽赞叹侯盈盈的善良，却对她要自投罗网的想法不以为然。汉王帮太子谋反，罪在汉王，与侯盈盈无关。侯盈盈能逃过一劫，其实十分幸运，正是好人有好报。若只为了夫妻同生共死，而白白搭上自己的命，只让人觉得不值。所以，侯盈盈被傅柔说动，答应先到傅家暂住，看看情形再说。

不是命运不相逢，恰恰傅音也回来了。傅涛还把善儿从管家手里抢回，对家里说是弃婴，要抱回来养。

傅柔还没来得及问傅音一句，侯盈盈和傅音就面对了面，彼此吃了一惊。傅柔瞧出不对，找了个借口，把侯盈盈和傅音带入厢房。

她见两人谁都不开口，只好主动："你俩，总有一个要先开口的。"

侯盈盈率先打破沉默："父母双亡？被舅妈卖给人贩子？"

傅音苦笑："假的。"

侯盈盈问："为什么？"

傅音道："侯杰指使侯长兴在傅家放火，只因二姐看见你们侯家搬运不义之财，结果我娘惨死于那场大火。"

傅柔震惊："你怎么知道的？"

傅音神情不动："侯长兴亲口所言。"

侯盈盈终于了然："所以你杀侯长兴，不是因为他调戏过你，而是为了报仇。你当了我哥哥的房里人，生下善儿，也是为了报仇。"

短短两句，让傅柔惊得无以复加，还心痛万分。她想不到傅音出走的原因竟是为了报仇，更想不到傅音为了报仇竟然屈身侯杰。

侯盈盈问："让一个深爱你的男人心碎，让他生不如死，报仇的滋味，有你想象的好吗？"

傅音答非所问："你如果要为侯杰报仇，现在就可以动手。"

侯盈盈摇摇头："像你这样为了报仇，毁掉别人也毁掉自己的人，我认识的不止一个。自以为恩怨分明，其实是天底下最自私、最愚蠢的人，为了报仇不择手段，善良和正义哪有容身之地？如果仇恨代代不休，那善儿的将来会怎样？"

她能明白失去娘亲的痛苦，但非要报仇才能令死者安息吗？明明还有别的方式，比如幸福地过日子。

善儿忽然哇哇大哭。

侯盈盈叹息："等善儿长大了，是应该杀了自己的父亲为外婆报仇，还是应该杀了你这个母亲，为自己的父亲报仇？也许他应该杀死的是他自己，因为他根本就是仇恨结出的果子！"

傅音抱紧善儿，紧紧贴着他的面颊。悔了，却悔之晚矣。

覆水对杨妃行跪拜大礼："侄儿拜见姑母。"

杨妃欣慰："好孩子，你总算来了。"

杨妃和玉合本是同父异母的姐弟。大隋覆灭，生母身份低微，养在宫外的玉合，才逃过一劫。后来，为了保护杨妃，玉合隐姓埋名，丢下刚刚出生的覆水，净身入宫。而如今，姐弟俩齐心协力把太子拉下了马。

玉合劝："娘娘，病才好一点，不要太伤感了。"

杨妃看向玉合："现在这里只有我们自家人，你还要叫我娘娘吗？"

玉合一怔，颤声唤道："姐姐！"

杨妃眼中顿现泪光，握住玉合的手："弟弟！多少年了，我们姐弟二人在宫里如履薄冰，虽日夜相对，却连叫一声姐姐、弟弟都不敢啊！"

覆水感慨："堂堂大隋皇族，忍辱偷生，竟至与此。"

玉合道："太子和魏王已经倒台，吴王的地位越来越稳固，很快我们就不用再忍了。"

"忍辱偷生是为了将来。"杨妃忍了这么多年，"只要有希望，眼前忍一忍又有什么？孩子，这些年你在外面吃苦，甚至放弃姓氏，如今阴错阳差，竟被皇上赐了杨姓。这是上天的吉兆，我们大隋杨家，终将重见天日。"

玉合拿袖子点了点眼角："覆水，快为你姑母把脉。"

覆水把完脉："没有大碍，按我的方子吃上三个月，补充元气就好。"

"少说满话。"玉合对儿子十分严厉，"恐怕你的医术不行。你姑母喝了你那药昏迷，不是说扎三针立即就能醒吗？怎么那天扎下去，这么久才醒？你姑母眼睛睁得再晚一刻，你的头就已经被砍下来了。早知道你做事这样不周全，我绝不答应让你姑母冒险。"

杨妃微笑："别骂他了，险是险了点，不过，最后不是挺过来了吗？"

"是我的错。计算好了药量，却没估准姑母身体虚弱的程度。父亲说得是，这次太冒险，稍微差一点，就是全盘皆输。"覆水聪明地转换话题，"姑母，吴王这几天经常出宫散心？"

杨妃无奈："他是个孝顺孩子，我以身犯险，若事前让他知道，定会反对，因此我们瞒着他。如今，他见你入宫，又见你让我醒来，就猜到了八九分，气得不轻。"

玉合叹道："怨不得他生气。姐姐病倒昏迷那几天，他吃也吃不下，睡也睡不着，时时刻刻守在姐姐身边，现在忽然知道一切都是我们瞒着他设计的，自然……"

杨妃打断："覆水，你和恪儿年纪相近，有空劝劝他。将来他登上大位，还是要靠你这个自家人给他保驾护航。"

覆水垂首："侄儿遵命。"

林宝林逛御花园，想不到赶上一桩事。

杨妃的宫女和郑妃的宫女撞到了一起，摔了皇帝赐给杨妃的首饰，杨妃的宫女出手教训，惊动了不远处赏花的郑妃。郑妃近日刚确诊了身孕，只是时机不凑巧，碰上杨妃昏迷不醒，皇帝的心思都在杨妃那儿，她心里正上火。如今一看，杨妃底下的宫女都这么嚣张，岂肯善罢甘休，立刻叫人掌嘴。

眼看事态严重，林宝林只好出面，为杨妃的宫女求情。

郑妃很不高兴："林宝林，最近巴结杨妃的人多了去了，你再奉承她也上不了台面。何必出这个头？"

林宝林笑："姐姐多心了，我算哪一号，有本事给杨妃出头？"她把地上掉落的首饰捡起来，数落杨妃的宫女，"御赐的东西摔了，不赶紧捡起来看看有没有摔坏，反而顾着斗嘴生事。郑妃教训你们也是为你们好，还不快谢过郑妃？"

宫女们也回过神来了，行礼道谢。

郑妃仍想说什么。

林宝林挽住她的手肘："刚才我往姐姐那儿去了一趟，本想探望姐姐，没想到姐姐到御花园散心了。倒是走的时候，看见内侍监的人捧着许多东西来，说是皇上赏赐姐姐的。姐姐现在怀着龙种，皇上虽然忙于国务难以抽身，但心里时时刻刻都记挂着姐姐呢。打这些奴婢事小，万一惹得姐姐动气，伤了龙种事大。"

　　郑妃的脸色顿时缓和多了，随林宝林离开。

　　郑妃道："不是我爱生气，皇后娘娘在时，杨妃尚且收敛一二，如今后位空悬，皇上又受她蛊惑，她气焰越来越嚣张。我如果不趁现在打一打她的气焰，只怕以后我连落脚的余地都没有了。"

　　林宝林说好话："姐姐和我们不同，你是伺候皇上多年的人，没有功劳也有苦劳，如今又怀了龙种，等生下小皇子，还怕皇上不加倍恩宠？"

　　"你还年轻，想得天真。伺候皇上多年又如何？生了皇子又如何？一朝从天上打下地狱，从前的恩宠再也休提。"郑妃指指远处一角飞檐，"那儿就有一个活生生的榜样，瞧瞧去？"

　　林宝林架不住好奇，和郑妃去了冷宫，通过雕花石窗往里窥探，但见一个女子灰发披散，形容枯槁，在门窗破损的屋子里敲木鱼。

　　"这不是阴妃吗？就算降了等，好歹是个嫔，也不用落到这个境地啊。"

　　郑妃摇摇头，叹道："皇后在时还算照应她，如今杨妃做主，说她住的地方不干净，三五天换一个住处，一次比一次糟，这都落到冷宫里来了。她也是可怜，本来皇上不忍心，答应不杀齐王，还让母子见面，谁知齐王就写了那封密信，妄想反击，却没想到那封信掉了，还被侍卫捡到，送到陛下那里。陛下大怒，这才处置了齐王，阴妃也遭连累。"

　　林宝林突然想起，齐王出事那晚，她正好在假山附近，看到一个内侍扔了一封信在地上，还特意惊动侍卫。当时她不知什么事，也没关心齐王造反一案，如今听郑妃说起，莫名觉得有关联。

　　郑妃见林宝林发呆："怎么，把你吓得魂都不见了？"

　　林宝林回神："我不是被吓到，我只是在琢磨，皇上正想宽恕齐王，齐王却偏偏在这时候写了一封谋逆密信，还偏偏就掉了，偏偏就让宫里的侍卫捡到。是不是太巧了？"她分明看清是那个内侍刻意惊动了侍卫。

　　郑妃不以为意："齐王已经死了，还琢磨什么？不过——"突然计上心头的模样，"我倒要让陛下亲眼看看，他心中善良温柔的杨妃到底是怎么对待多年姐妹的。"

　　林宝林张张口，最终只能明哲保身。

没过几日，万太妃向皇帝进言，说明了阴嫔被安置在冷宫中受的不公的待遇。皇帝查实之后，惩戒了杨妃安排服侍阴嫔的两名内侍。

行刑完毕，皇帝派来的公公扬声道："陛下仁慈，这次只打一百。下次谁再敢借着杨妃娘娘的名头为难宫里的贵人，一律打死。听见没有？"

宫人们唯唯诺诺。

公公这才走进厅里，对杨妃打着笑脸："娘娘，这两个奴婢为非作歹，败坏娘娘的名声，所以皇上下旨，替娘娘好好教训他们一顿，让他们学学规矩。这是皇上对娘娘的爱护，娘娘可不要往心里去。"

杨妃温和道："这是什么话？陛下爱护我，替我找出两个刁奴，我高兴都来不及。我早就训斥过他俩几次，只是仗着我脾气好，竟然变本加厉。阴嫔和我是多年的姐妹，能叫他们糟践？陛下仁慈，我可不敢再让他们伺候，从今起当贱婢去，再不准到我跟前来。"

一旁宫女给公公送上好处。

公公告退："娘娘放心，奴知道怎么跟陛下回话。"

杨妃命众宫人散了，只留玉合。

"谁在皇上面前多嘴？"她神色阴沉。

"郑妃跟万太妃说起，万太妃才和陛下说了。"玉合已经查清。

"玉合，我啊，一直以来忍着，因为皇后是正宫，我若嚣张，错都在我。你说，如今皇后不在了，太子也完了，你说我还要忍谁呢？"

一个行将就木的老太太，一个肚子还没大起来的妃子，她可忍不了这口气呀！

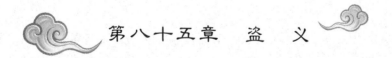

第八十五章　盗　义

这天，在魏王名下的当铺里，马海虎和马海妞起了内讧。

魏王如今落难，禁足令解封遥遥无期，别有用心的人趁机落井下石，跑到当铺里，把前年当进来的不值钱的玉佩说成家传宝，胡搅蛮缠，非要当铺掌柜把东西还回来。玉佩因为过了赎回期，已经卖出去了，掌柜架不住这客难缠，答应三倍赔偿，谁知客人非说那东西值三千两，要求马上付现银。

掌柜傻眼，没那么多现银，马海虎突然杀出，愿出这份银子，但要求交换铺面，让这个开在旺市的铺子换到犄角旮旯里去。

眼看事情不能善了，马海妞横插一杠，大方资助当铺掌柜三千两银票，以至于这场蓄意的阴谋不了了之。

马海虎把马海妞拉到当铺外的小巷子里，生气地问她干什么。

马海妞反问："你干什么才对！怎么能趁火打劫、落井下石？"

马海虎没好气："趁火打劫、落井下石，是我们海盗的本分。"

马海妞啐一口："呸！你还是海盗吗？你现在是朝廷命官。"

马海虎腰杆挺直："就是因为当了朝廷命官，才更要落井下石。我们跟了吴王才有如今的风光，当然要对吴王表忠心，而对吴王表忠心的最好办法，就是狠狠打魏王这只落水狗。"

马海妞好笑："以你的脑子，未必能想到这一点吧。"

马海虎承认："虽有咱们将军提点，不过我也努力思考过。"

"那你有没有思考过，魏王妃对我有恩？"镇海将军府所有的人和魏王一点私怨都没有，想当初他们当海盗的时候，还属于盗亦有道呢，如今怎么黑白不分了？

"她都已经死了，你报恩她也看不见。"再说，什么恩？他可是一点好处没见着。

马海妞怒气冲冲："那你以后死了，我是不是不用去烧香烧纸？反正你死了也看不见！马海虎，就算你是海盗，也做个有底线、有原则、盗亦有道的海盗！知道古人怎么说真正有本事的大盗吗？入先，勇也；出后，义也。海盗也是讲义气的！你看看你自己，到长安后有什么长进？别的没学会，长安人龌龊无耻、下流卑鄙的心思都学满出师了！"

马海虎大叫："够了！读了几天书，教训起你哥来了！开个美人坊，有几个臭钱了不起吗？"

马海妞摇头："马将军好大的威风啊。还是怜燕儿有眼光，早看穿了你这人，无权无势时什么都好，一有了权势就翻脸不认人，怪不得她早早地离开你！"

马海虎给了马海妞一拳，朝脸上打的。

马海妞惊愕一瞬，眼里就蓄了泪，脸上心里哪儿都疼。她其实很不喜欢现在的帮主，还有阿兄。帮主说她应该把太子妃靠魏王妃当选的事抖出去，没多久太子妃就把魏王妃害死了，她总觉得自己好像成了帮凶。好些事，她想不明白，但隐隐有不好的预感。而今日再看阿兄，简直跟恶霸没两样，令她难以接受。

看妹妹哭着跑了，马海虎也有点傻眼。他和海妞相依为命，长兄如父，宠得她无法无天，从未想过会对她动手。他心里着急，正要去追，忽听有人喊他。

"马将军。"

马海虎回头一看，眼睛直愣，竟然是消失了好一阵的怜燕儿。

怜燕儿盈盈笑着："恭喜高升。"

马海虎表面装冷酷："你是知道我升官了才来找我的吧？"

怜燕儿坦然得很："当然。"

马海虎气结，话冲出口："爱慕虚荣！"

怜燕儿笑道："你早就知道我的出身，青楼女子无可傍身，只能爱慕虚荣。"

"我以为你是不一样的。"

怜燕儿眼眸亮晶晶："哪里不一样？"

马海虎赌气道："我知道自己傻，你其实和那些女人一样！"

"青楼女子都一样爱慕虚荣，可天下的男人呢？不也是一样？没钱时有情有义，有钱就没了情义，即使曾经同甘共苦，人老珠黄还是会被抛弃，让你在夫人的位置上当个傀儡，自己抱着新娶的美妾去受用，那都算念旧情了。付出真心的女人，总是会被男人辜负。"

"我就不会辜负你。"马海虎不知不觉泄了气。

"骗人。"怜燕儿神情略带委屈，"从前你对我多好，如今一升了官，就对我摆脸色，大声呵斥。"

"我……"马海虎立刻小声，"你不辞而别，我这不是着急吗？"

"马海虎，如果我对你真心，你也会对我真心吗？"怜燕儿目光深凝。

马海虎傻傻看不出来，只是老实点头。

"一辈子？"

"一辈子。"

"如果你以后做了大官，甚至成了国公，人人都来奉承你，送你许多年轻的美人，那时候我已经老了丑了，你还会陪着我吗？"她怜燕儿的要求很高的。

马海虎承诺："会。"

"你今天这些承诺，就像一个梦。我许多姐妹都曾做过这个梦，梦见自己遇见良人，山盟海誓，海枯石烂，她们原本青春貌美，受人奉承，不愁吃穿，却愿意为了男人拿出自己积攒的体己，愿意洗尽铅华，跟着男人吃苦，最后好不容易，男人有出息了，她们得到的却是不屑的抛弃。她们老了，丑了，没有家，最后像乞丐一样死在街头。因为她们曾是青楼女子，没有人会同情她们，只会说她们活该。这世界从来就不愿意给我们这

225

种人一条活路。我很怕，怕自己也会做这样的噩梦。"

马海虎握住怜燕儿双手："有我在，你的梦一定是美梦。我虽然是海盗，可说话也算数的。古人说，盗亦有道。"

怜燕儿笑得有点羞涩："我以前以为你笨笨的……"

马海虎反对："哎，你这就不厚道了，我正和你说真心话……"

"没想到你其实很厉害，每句话都能打动我。所以，我想嫁给你。"怜燕儿微微脸红，眼中流露一丝不自信。

马海虎不敢相信："真的？"

"你明天带一件定情之物来，我以后就是你的人。"她想要和他过日子。

"为什么要等明天？今天不好吗？"马海虎笨拙地掏出一个钱袋，"这行不行？"

"傻瓜，不行的。"怜燕儿看着笑了，"能表明你心意的东西才算信物。不要买，要你自己亲手做。一个小木雕也行，一把梳子也行，甚至一个小风车，只要是你亲手为我做的。"

"行！"这不难！

"明天午时，城郊湖畔，不见不散。"怜燕儿相约。

"明天不见不散，我这就回去做！"马海虎一边跑一边回头，冲怜燕儿挥手道别。

怜燕儿也挥着手，眼中有了希冀。等马海虎跑得不见影了，她才转过身去，面对巷子的另一头："出来吧，早看见你了。"

严子方从拐角走出，面无表情。

"既然你都听见了，我也直截了当。"怜燕儿敛了笑容，"我不想再留在卢国公府了。"

"可马海虎还没当上国公。"严子方以为她的目标更大。

怜燕儿摇头："他那么笨，当了国公很容易被人害死的，现在能升到这位置已经不错了。"

"不错，海虎也该过点好日子了。"严子方替兄弟高兴，只是不显在面上，"不过在这之前，有一个人要见你。"

怜燕儿问："谁？"

严子方不答反问："你想看海吗？以后马海虎调到沿海一带驻防，你跟着他一起，每天看海上壮观的日出日落，觉得怎么样？"

怜燕儿一笑："不管去哪儿，我都跟着他。"

严子方有点羡慕马海虎，他比自己幸运多了，傻人有傻福。

汉王垂头丧气地坐在牢里，听说杜荷已遭斩首，心知对他的处置大概也快下来了。忽然，铁栅栏外出现一道纤细身影，他恍惚间以为是侯盈盈，急切抬头，却失望了。

"汉王殿下，是王妃要我来的。"来的是傅柔。

汉王陡然睁眼，起身来到傅柔跟前："侯盈盈叫你来的？"

傅柔拿出一只玉镯："我有凭证。"

汉王接过，看清那是母妃送给侯盈盈的镯子，神情复杂。

傅柔道："王妃很担心你。"

"她担心我？"汉王一抬脸，狰狞凶狠，"她是担心我还没死吧？我死了，她就可以和她的奸夫逍遥快活了！做梦！告诉那贱人，就算做了鬼，我也会日日夜夜缠着她，让她活得比死了还痛苦！"用力砸碎了玉镯。

傅柔冷眼旁观："殿下凭什么恨王妃？"

汉王叫："她背叛我，伤害我，我恨她有错吗？"

"请问殿下这一生又背叛过多少人，伤害过多少人？"傅柔不假辞色，"到底多少，恐怕殿下自己都数不清吧？那些把真心交给殿下，却被殿下玩弄后抛弃的女子。那些被殿下从父母身边夺走，遭受虐待，凄惨死去的女子。那些忠心耿耿保护殿下，却被殿下命令装扮成外族人，被迫互相残杀以让殿下取乐的侍卫。那些人的名字，殿下还记得吗？"

汉王懊恼："闭嘴！"

"我并不赞成侯盈盈的好心，世间有因果，做坏事就应该受惩罚。殿下伤害过的人太多，甚至连侯盈盈也是曾经的受害者，她为什么逃出后不一走了之，反而回来自讨苦吃？"傅柔叹息，"她却说，你曾逃出过宫廷，却回了汉王府找她，因此才被捉住。她可以想象你找不到她那一刻的痛苦绝望，因为她觉得你正在改变，变得愿意去相信世间的美好。她若这个时候弃你而去，等于表明她骗了你，但却不是事实。她说，她真心想和你过日子，认真当你的妻，选择了这条路，就会一起走下去，哪怕已经到了尽头，这就是她生命的价值。"

侯盈盈奇异的理论，让傅柔终于答应跑了这一趟。

"她要我一定向你澄清，长安大乱那天，她是被骗走的，想了很多办法才逃出来，并没有背叛你。"

汉王半信半疑："到现在还想骗我，当我是傻瓜吗？我谁也不信！要我再相信她，除非她亲自来，陪我坐牢，陪着我一起下十八层地狱！我活不成，她也别想活！她敢不敢？敢不敢？"

傅柔又叹了一声："她已经那么做了，只为让你相信世上有一份真诚。你不信我，可以问看管这里的内侍，他们应该都知道。"

汉王突然疯狂地踩踏已经碎了的玉镯："父皇驾崩了，母妃进道观了，再也没有人会在乎我！胡作非为的汉王要自食其果了，你们很开心吧？你们一个个都恨不得我死！我是大唐皇子，我是太上皇最钟爱的儿子！想要我死？我先要你们的命！"他伸出手，隔着牢房栅栏掐住傅柔的脖子。

杨柏陪傅柔来的，本来在不远处把风，一看汉王掐住傅柔的脖子，急忙跑来救人。

傅柔摆脱汉王的钳制，眼神流露失望："终究，是她错信了你。"

"赶紧走吧，要是惊动太多人，我也招架不住。"杨柏催促，"汉王自知大限将至，脑子已经不清楚，说不通的。"

傅柔看着大叫大嚷的汉王，转身离开。然而，她不知道的是，她一走，汉王就叫了看守的内侍过来。

"你可听闻汉王妃投案自首的消息？"他必须确认。

"是有这么回事，宫里还议论纷纷，说汉王妃对殿下情深义重，同甘共苦呢。"内侍如实回答。

汉王愣了好一会儿："你，去给我取纸笔来。"

怜燕儿望着覆水山庄的牌匾，不知怎么，心里有些忐忑不安。严子方也不多说话，带着她走进山庄，穿过竹林，上了一座宽阔的观景台。

覆水走了上来，浅笑，看似友好："怜娘子，请坐。"

怜燕儿虽然坐下了，目光却警惕，看着覆水递过来的酒水，碰都不碰。

"你怕我？"覆水抿了口酒。

"我见过的男人多了，怕你什么？别拐弯抹角了，你要问我什么？"怜燕儿心知严子方也是听命于此人。

"我只有一个问题。"那他就直接一点，"当初你告诉严子方，亲眼看见程处剑和程处默翻脸后，闯进程处默的房间搜出太子写给齐王的信。你说的是实话？"

怜燕儿蹙眉："当然是实话。"

"也就是说，程处默和程处剑明明设下苦肉计，却瞒着你，甚至故意在你眼前演了一场戏？"覆水嘴角一抹似有似无的笑。

怜燕儿只觉眼前的男子森冷："我怎么知道？反正我在卢国公府看见什么，就告诉你们什么。"她有些紧张,到底拿起酒杯喝了一口,"你不会以为我和程处默串通了在骗你们吧?"

"不,你没有骗我们。"覆水突然下令,"带上来。"

有人押着一个穿着普通百姓衣服的男子走进观景台。

覆水问那男子:"叫你一路跟踪怜燕儿的人,是程处默吧?"

男子露出军士的骨气:"老子落在你手上,你要杀就杀,要剐就剐,休想我……"

覆水一抬手,手下就把男子的脖子扭断了。

怜燕儿惊得站了起来,目光渐渐流露恐惧。

严子方默不作声,冷眼看着。

"听说燕回楼的前花魁终于看中了一个男人,想洗手做羹汤,长伴君郎侧了?"覆水转着酒杯,"和自己喜欢的人在一起,安安稳稳地过一辈子,这是多大的福气。可惜,我没有这种福气。怜姑娘,你也没有。"

怜燕儿一步步往后退:"你想怎么样?"

"你一到程处默身边,他就怀疑你了,而且他还利用你,让我们相信程处剑真心投靠太子,以至于魏王事先得到消息,逃过杀手团的偷袭。你,正是我们这次计划没有完全成功的原因。"他一直在找原因,如今要亡羊补牢。

"我怎么知道程处默会怀疑我?再说,你们不是已经赢了吗?太子和魏王都不是吴王的对手了。"她看看严子方,再看看覆水,决定离两人都远点儿,往观景台的石阶那边退去。

覆水依旧坐着:"赢得太险给了我一个教训,那就是任何时候都要把事情做得滴水不漏。比方,我们的密探却变成对方的密探,这种可能性,坚决杜绝。"

怜燕儿忽觉腹中剧痛,喉头一呛,一口血喷出,同时眼耳口鼻都渗出血来。

严子方大吃一惊,快步上前扶住她:"怜燕儿!怜燕儿!"

怜燕儿的目光往石桌上的酒杯看了一眼,无力倒在严子方怀里,用最后一口气说道:"别告诉他,我不要他伤心……"

严子方待了片刻,大掌抚过那双流血泪的眼,怒向覆水:"为什么杀她?既然程处默看穿了她,就让她离开长安。你不是答应了吗?"

"我答应你会考虑一下,可想来想去,还是杀了最保险。上一次程处默利用她让东宫吃了大亏,今天程处默又利用她,派人跟踪到了这里,要不是我的手下警醒,抓住了跟踪者,我们又要遭程处默的暗算。这女人虽然对我们已经没有用处,但未必对程处默没用，留着她迟早会惹出祸来。"覆水不以为然。

严子方愤愤不平："她是我好兄弟心爱的女人。"

覆水目光陡然犀利："谁坏我的大事，我就杀谁。别说马海虎心爱的人，就算是皇帝心爱的人我也照杀！"

严子方不遑多让："如果是你的呢？"

覆水一怔。

严子方逼问："如果是你心爱的人，你也下得去手？"

覆水面色僵冷："人性只有自私贪婪，哪来的爱？我不信它，更不会有什么心爱的人。你这问题，问错人了。"

严子方不再多言，大步而去。

这从来不是他想要的结果。抛却道义，加官晋爵，步步高升，却断送他兄弟一生的幸福。所谓的权力，根本不在他手中，他只是覆水手里的刀。他以为官位可以帮他摆脱海盗的身份，堂堂正正做人，然而这一刻，他才知道，原来在当海盗的时候，最是堂堂正正，如今却活得像阴沟里的地老鼠了，连知错还改的汉王也不如。

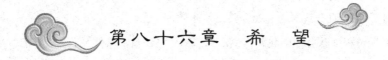

第八十六章　希　望

侯盈盈一身犯妇布服，跪在皇帝面前。她每一次面圣，都如履薄冰，包括成亲后的那次拜见。

皇帝神情莫测，问道："听说，你主动投案。"

侯盈盈垂眸："是。"

"当年你阿爷和阿兄打入天牢，你穿着你阿爷的战甲，跪了几天几夜，差点死在宫门前。而今汉王谋逆，你已经逃走，却回过头来主动投案。外人眼里，都以为你是一个贤良淑德的好女子。"皇帝突然一拍案，颤手拿起一份文书，神情严厉，"你干的那些好事，通通都写在这上面！这是汉王的谢罪书，上半段是醒悟懊悔之言，下半段却是对你愤怒的控诉。太上皇指婚，皇后不顾病体，亲自筹划婚事，这是何等天恩！你若有一丝感恩，嫁入汉王府后，就该尽自己的本分。谁料你不但不好好伺候婆婆，反而诸般无礼，仗着孙太妃性格柔善怯懦，对她处处顶撞，甚至把孙太妃气得病倒后，连汤药都不侍奉。"

侯盈盈讶然："盈盈虽然年轻不懂事，但对婆婆从来都……"

"你还敢在朕面前狡辩！"皇帝不想听，"汉王再不肖，难道会在自己临终所写的遗书上撒谎吗？"

"遗书？"侯盈盈惊道，"汉王他……"

曹总管一旁补充："汉王已服下毒酒。"

侯盈盈捂住嘴，忍不住落泪："他到最后，对我还是满腔恨意吗？"

皇帝只当她故作姿态："汉王自尽，已经赎清他所犯的罪孽，但一事归一事。你辜负朕的弟弟，如今他虽不在了，朕要代他处置你。传旨，侯盈盈不顺公婆，所行多有悖逆，合七出之条，念你并未参与谋逆，朕代弟休之，退回本宗。立即赶出去！"

内侍把怔忡的侯盈盈拉起来，强行带离甘露殿，推倒在殿外。侯盈盈从地上爬起来，不知方向，犹如幽魂飘着，直到有人挡住她的去路。

那是傅柔，手中捧着一套衣物。

"记得我和你第一次面对面说的话吗？那天，也是我借你衣服穿，这应该是最后一次了吧。"但愿她从今往后海阔天空。

侯盈盈哭着："你见了他最后一面，他是不是恨我入骨？"

"不是。"傅柔将外衣给她披上，"最后，他不但认了错，还懂得了宽恕，带着希望你好好活下去的善意离开的。盈盈，世间因你的善良而精彩，也会因为有汉王的爱情而精彩，你们让我看到了希望。"

林宝林走在园子里，见一小簇明黄的迎春花开在湖畔，想着是个漂亮的花样子，驻足仔细观赏。

忽然，雨点打在她脸上，抬头才发现，天空乌云密布。她急忙跑向亭子，却和一个躲雨的内侍撞了一下，手里的团扇甩了出去。

内侍急忙捡起，递了过去："奴失礼了。"

林宝林看清对方的脸，吃了一惊，忘了接回团扇。那人正是齐王送出密信那晚，将一封书信刻意丢在御花园的内侍。

内侍眼中闪过阴沉："宝林，你认识奴婢？"

林宝林回过神，微笑着接过团扇，机灵道："就是不认识，所以才多看两眼。你很眼生，刚进宫？"

内侍笑答："进宫七八年了，只是奴一直在内侍监伺候各位管事公公，没福气给贵人们送东西传话，在贵人前露脸，所以贵人们都不认得奴这张脸。"

林宝林好似恍然大悟："原来如此。那你今天怎么不在内侍监当差，跑御花园来了？"

"宝林看这天气，最近见了鬼似的，前一刻大太阳，后一刻就电闪雷鸣，下雨就像倒水一样。曹公公怕下雨路滑，摔了贵人们，叫奴到御花园查看各处小路，如果有要修葺扫整的，赶紧报上去。"

林宝林夸他："看不出你年纪轻轻，还挺能干。"

内侍的眼神不再有防备："在皇宫里没点小本事，日子不好过。不瞒宝林，奴还有一手修剪花木的绝活呢。日后宝林有用得着奴的地方，只管吩咐。"

林宝林始终亲切："倒是嘴甜。你叫什么？"

"奴叫志和。"

甘露殿外，皇帝站在檐下，看着倾盆大雨。

傅柔走上前来，郑重行礼："多谢陛下网开一面，饶恕了汉王妃。"其实谁都明白汉王认罪的真正意义。

"好一阵春雷春雨啊，开了个好年。"皇帝长吁一口气，"汉王是太上皇最钟爱的儿子，骄纵过甚，专横暴戾，对待弱女子犹如贱花野草，肆意摧折，可他死前竟然愿意自承罪过。朕明白，他并不是真心觉得对不起朕，而是为侯盈盈求一条生路，才刻意讨好。"

"陛下……"傅柔欲言又止。

"不管是真心还是假意，他毕竟认了错。他这一生荒唐无稽，但到了最后，他竟然懂得了爱一个女子，并尽全力保护她。作为兄长，朕十分欣慰。"皇帝转身走入甘露殿。

傅柔对着皇帝的背影恭敬行了大礼，然后撑起伞，走下台阶，穿过甬道，听着雨点打在油纸上的声响，难得心情喜悦。她不是侯盈盈，没有侯盈盈那样的遭遇，但她从中学到的是，坚守自己。

快走到六局门前的时候，雨势变小了，傅柔将伞稍稍抬高，忽见林宝林站在她面前，一脸严肃。

"我有事和你说。"林宝林拉着傅柔，回她的花音阁。

傅柔听她说完经过，替她捏把汗："这么重要的事，你怎么现在才告诉我？"

林宝林哎哟一声："姑奶奶，齐王谋反，密信泄露，这是沾点边都要命的事，我以前可没胆子掺和。"

傅柔失笑："那你现在就生出胆子了？"

林宝林尴尬："有胆子也是逼出来的。皇宫那么大，内侍那么多，偏偏就在御花园碰上他，也不知道他是不是知道了什么，故意来试探我。我怕再不说，会被人无声无息地灭口。"

"你做得对。"傅柔为她的机灵而感到庆幸，"你看清楚了，他是故意把密信丢在地上，引侍卫发现的？"

林宝林笃定点头："为了引起侍卫注意，他还丢了一块石头弄出声响。"

傅柔沉思片刻："知道了，我会处理。"

林宝林担心："你小心点，内侍监的势力不小。万一六局和内侍监直接对上，可不是好玩的。"

傅柔微微一笑："不过是个品级不高的小内侍，何必扯上整个内侍监？"

吴王在书房读书。每每心烦气躁，唯有读书能给予自己安宁。

内侍在外说覆水来见。

吴王没好气："不见。"

覆水如入无人之境："微臣给殿下请安。"

吴王讥讽："我身体健壮，不需要太医。还是你又想出了什么步步高升的好主意，要我也昏迷一段日子，再让你扎三针？"

覆水看看门外左右，关上书房门才道："姑母知道你心情不快……"

"你还知道她是你……"吴王硬生生压低声音，"知道是你姑母，就不该拿她的性命冒险！"

"不是我推卸责任，主意虽是我出的，但整个计划都经过姑母同意，她知道有风险。"覆水神情不动，"为了殿下将来能继承江山，姑母愿意冒任何风险。"

"江山，江山……"吴王哈了一声，"你们的眼里只有江山，没有一点亲情。"

覆水严肃："殿下错了。姑母为了殿下不惜以身犯险，这就是亲情。我们杨氏子孙要夺回大隋江山，就是对祖宗先辈最大的亲情。殿下如果连这都不明白，怎么对得起姑母这几十年的含屈忍辱？"

吴王冷笑："你就真的这么明白？"

覆水慨然："对！我明白！从父亲给我起名覆水的那一刻开始，我的存在只为了一件事——光复大隋。任何事，任何人，都不能让我动摇半分。"

吴王望着覆水半晌，缓缓道："长安大乱，魏王逃过刺杀，反过来抓住了太子。你听到消息后，做出的第一个决定，是把太子妃害死魏王妃的真相传给魏王。"

覆水一怔，神色突然微妙。

"母妃和玉合都觉得你聪明，一见没有铲除魏王，居然能想出如此绝妙之计，毁掉魏王的名声。"吴王眼神犀利，"那天我就在你身旁，我看见你脸上的表情。那表情不是你惯有的狠厉，而是努力掩饰也遮不住的忧心忡忡。你在担心太子，担心他落在魏王手里，会因为魏王妃之死而被魏王折磨。你一手把太子妃推出去，是为了让她代太子承受魏王所有的怒火。你成功了，最后被魏王活活勒死的是太子妃，而不是太子。你保护了太子。"

覆水努力解释："殿下又错了。太子被揭发谋逆，已经不能威胁我们，活着死了都一样。我这样的决定是为了对付魏王，最后也证明我是对的。"

吴王目光变得怜悯："如果我是你，会趁着他还活着，去看看他。你这辈子遇见无数人，但在乎你而又让你在乎的，就这么一个。"

覆水垂了眼，再不露一丝情绪，走了。他没吴王那么命好，一出生就是皇子，双手不用沾血，就有他们这些人为之解决障碍，一路顺遂。他还有重要的事要做。一个叫志和的内侍失踪了，在万太妃的福安宫不见的。这个志和，是父亲常用来干暗事的人，知道不少。他不认为小小内侍能掀多大的风浪，不过，万太妃实在太碍眼了。

一道闪电，割裂天空，覆水突然计上心来！

傅柔来到连翠殿，听到木鱼声声。自从齐王去后，阴嫔每日木鱼诵经，与世无争。可惜，即便如此，杨妃还是视之为眼中钉，非要拔除不可。

志和被扣在福安宫之后，经过韦松审讯，已经知道他听命于杨妃，包括嫁祸齐王的那封信，都是奉杨妃和玉合的差遣行事。

傅柔起初以为杨妃为吴王出气，因为齐王杀了权太傅，但这并不能解释，为何齐王死后杨妃继续针对阴嫔。

"下官来看看娘娘，是否还有短缺。"所以，她特意跑这一趟，想知道阴嫔和杨妃有什么恩怨。

阴嫔感激："什么也不缺。你把我安排到连翠殿，又把所有东西都准备妥当，派来伺候的几个宫女都勤快听话，已经很尽心了，只是辛苦了你。"

傅柔笑笑："娘娘千万别这么说。下官在六局奉差，娘娘受委屈，下官竟一无所觉，这是下官的过错。所幸皇上圣明，亲自为娘娘下了恩旨，娘娘以后不用受委屈了。"

"自然是皇上天恩。不过你也不要自责，不是你的错。后宫这么多人，你就算有三头六臂，也不可能处处照应。杨妃不容我，她总能有机会下手的。"阴嫔眼中没有波澜，看淡了一切。

"下官其实正想问一问，娘娘和杨妃有什么解不开的仇怨？她为什么要这样迫害娘娘？"

阴嫔表情困惑："我和杨妃从前私交不错，就算后来有了些嫌隙，也只是因为我顺从侍奉皇后罢了，却不算什么大仇。我百思不得其解，为什么她忽然就变了一个样，非要对我步步相逼。"

傅柔心中一动："忽然变了一个样？什么时候忽然变了？"

阴嫔道："有一回我到她那儿去坐了一下，那之后，她好像就对我冷淡了许多。"

傅柔追问："娘娘去她那里做什么？"

"没什么特别的事。"阴嫔记得清楚，"我表兄在外地做官，回京面圣，皇上给了恩旨，让他进宫和我见一面。他送来几篓子家乡的杏干，我拿一些去给杨妃，也就是闲聊几句，说说对家乡的想念。"

傅柔觉得或许这里就藏着关键："会不会顺嘴说了一些要紧的话？"

"我这人，除非皇后要我说，不然那些正经大事，我从不多一句嘴，能说什么要紧话？我能和杨妃说的，也就是一些无关紧要的闲话……"阴嫔忽然想起来，"对了，我表兄入宫时碰巧见了玉总管一面，跟我说眼熟，我去杨妃那里的时候就多看了玉总管一眼。说也奇怪，让我表兄一说，我也觉得有些眼熟。"

傅柔仿佛抓住什么："杨妃注意到了吗？"

阴嫔点头："我也就实话实说，但她只是笑笑，说玉总管在宫里伺候，我又不是没见过他，当然会面熟。我说也是，可回去之后，又有点疑惑。"

傅柔猜测："也许娘娘在入宫前曾经见过玉总管？"

阴嫔摇头："肯入宫当内侍的，都是没家没业的贱民。我虽不如杨妃昔日的身份，但我娘家也是世代官宦，出嫁前来往的皆是勋贵子女，怎么会见过玉总管呢？"

傅柔思忖："也许是微臣多心，能不能请娘娘询问一下那位表兄呢？"

阴嫔露出伤感的神情："他已经死于齐王的叛乱了。"

傅柔直觉太巧。

 # 第八十七章 天 雷

这几日，程处默天天进山猎狐，要打张好狐皮孝敬娘亲。

又是一日天气晴朗，他看到一只漂亮的火狐，谁知失手没射中，让它跑了。好在运气不错，回去的路上遇到一个猎人，肩上扛着的猎物中就有野狐。

"哎，你这野狐狸皮不错，卖不卖？"程处默骑马趋近。

猎人头也不回："不卖。"

"我是买回去孝敬我娘的，给你两倍价钱怎么样？"程处默耐心问道。

猎人身形一僵，停下脚步："好，卖给你。"

猎人蹲身解着猎物，程处默下马走过去，低头打量地上的野狐。猎人忽然转身，手中一道寒光，气势汹汹。谁知，身后压根没人。他正发愣，一张大网从半空落下，网住他。

叶秋朗和宗建修早就埋伏一旁，跳出来将其制伏，扯掉猎人的皮帽，露出马海虎的脸。

马海虎挣扎大叫："放开我！程处默，你个卑鄙小人！还我怜燕儿！我要杀了你！"

怜燕儿约了他，他从早上一直等到深夜，在雨中一步不敢走，最终却凉透了心。怜燕儿失约了，但他怎么都想不通，她说好要嫁他，只是过去一天，为什么失约？老大说，青楼女子无情无义。他不信。他再笨，也知道什么是真什么是假。怜燕儿当时说的每句话，他知道都是真的。她没来，一定有别的原因。最后老大才说实话，怜燕儿走了，因为她帮他当密探的事情被程处默发现，程处默威胁要取她性命，她不得不走。

所以，马海虎来找程处默，并且深信，只要杀了程处默，怜燕儿就会回来。

叶秋朗死死压住马海虎："我们将军早就候着你了。看我们将军多心疼你，为了给你留下性命，又装打猎，又准备网，就是怕一不小心顺手宰了你。"

马海虎忽然放弃挣扎，问程处默："你怎么知道我要来？"

程处默没说话，但从他身后，走出了马海妞。

她沉默好一会儿才开口："阿兄，老大骗了你。"

马海虎瞪大了眼。

皇帝批着奏章，晋王进来请安。

"父皇最近每天都忙到很晚，儿臣担心父皇的身体。"

皇帝颇觉宽慰，招手让晋王坐到身边："父皇是大唐天子，很多事必须亲力亲为。"指指正在批阅的奏章，"例如这牢狱中犯人的勾决，人命关天，要一一过目。"

晋王读起奏章："有刘恭者，颈有'胜'文，自云'当胜天下'。父皇，脖子上刺了一个胜字，说了一句当胜天下，也要砍头吗？"

皇帝心道正好："刑部觉得此人冒犯天子威严，应该严惩。晋王，你觉得呢？"

晋王思索之后答道："应该放了他。"

皇帝问："为什么？"

"大唐千千万万百姓，身上刺字的人不知道有多少，喜欢说两句大话的人更是数不胜数，如果通通都要严惩，那要杀多少人？再说，如果他是受命于天，当胜天下，那他就不是刑部可以杀掉的。如果没有天命照应，刻一个'胜'字又有什么？君王胸怀可纳海川，才不会和这种无聊小民计较。"

皇帝露出笑容："你看看下面朕的朱批。"

晋王看过，果然是放人，喜道："父皇是个爱民如子的仁君。"

皇帝让晋王坐到自己腿上："君父不易为啊。晋王，父皇问你一个问题。如果一个人伤害了你，你会私下杀他泄愤吗？"

晋王摇头："不会，因为这样违了律法。"

皇帝继续问："如果你真的很恨他呢？恨得连律法都顾不上了呢？你可是皇子。"

晋王还是坚持："不会。老师说，甘于心者伤于性。沉溺于自己的欲望，什么都不顾地冲动行事，虽然一时快意，却会伤到为人的本性。儿臣才不要为了一个仇人，把自己的本性给扭曲了。如果他有错，就应该用朝廷律法惩戒，让所有人心服口服。滥用私刑，有道理也变成了没道理。这很笨啊！"

皇帝微微诧异："你还跟着傅尚宫读书？"

晋王道："是。母后说她是儿臣的老师，那她就一辈子都是儿臣的老师。"

皇帝赞叹："好啊。"

第二日早朝，司徒真再次出列奏禀，不过这次不是为魏王求情，而是请立晋王为太子。这一谏，又激千层浪。一派支持吴王，一派支持晋王，争执不下。

皇帝听了半天，终于开口，却是让房玄龄别看热闹。

房玄龄说自己只是走神，想起武德末年，皇帝尚未登基，隐太子步步紧逼，皇后腰系毒药，表示若皇帝出事，绝不独活。

房玄龄这么一说，一干老臣个个开启回忆模式，把皇后当年和皇帝同甘共苦的事全都翻了一遍，引得皇帝长吁短叹，几乎落泪。

最后立太子的事虽还没有定论，但吴王这些日子认真学习朝政的功劳也被完全淹没了。

消息传到杨妃那儿，没生气没上火，只是冷然。自从她生下儿子，就无一日不在为儿子登基筹谋，等了这么多年，并不在乎多等些日子，更何况，最大的障碍已经清除，而她有的是耐心。

杨妃道："旧太子是嫡子，算计把自己的父皇逼成太上皇；魏王是嫡子，也让皇上大失所望。这些人自诩忠诚，怎么就把这最重要的两桩事给忘了？难道皇后生的就一定是最好的？"

"娘娘是大隋公主，吴王殿下是皇上和娘娘所出，身上流着杨李两个皇族的血。论起来，就算是皇后生的嫡子，也不如吴王的血统高贵。"玉合如此以为。

"他们心里何尝不明白？就是因为明白才更加忌惮，因为他们都不想大隋杨家复兴。可是，天命是他们能拦得住的吗？"杨妃冷笑，"既然说晋王是嫡子，是天命所在，那就让他们睁大眼睛，好好看看上天的意思。"

所有阻碍她儿子的，都不会有好下场，这就是上天的意思。

又下雨了，还伴着电闪雷鸣。傅柔关上窗户，忽听门响，回头就见小武冲进来，淋得跟落汤鸡似的。

这时辰该是上课的时候，一向由小武去接晋王，谁知只有小武一个。

傅柔立刻问："怎么就你一个？晋王殿下呢？"

早朝上的争议，她已耳闻，下意识觉得如今更要事事小心。

小武答道："我们走到半路就下起大雨了，殿下在假山下避雨，我来拿伞。"

傅柔一边找伞，一边嘱咐："这么大的雨，天又黑了，今后若有同样的情形，不可把殿下一人留在那儿。"

小武应："哦。"

然而，两人赶到假山旁，晋王却不见了。

"明明说了等我的，怎么不见了？"小武皱着眉，"不过那之前，他说过想去福安宫躲雨。"

一道闪电劈下，竟然诡异地打了个折，劈入了福安宫，发出一声巨响。

傅柔和小武互看一眼，同时往福安宫跑去。一进福安宫大门，就见庭院正中的两棵大树，其中一棵已被劈成两半，还着了火。

"傅尚宫！晋王殿下在那里！"小武大叫，指着另一棵树下。

晋王躺在那儿，不知什么原因，一动不动。雷声轰隆滚动，电光在云层里忽隐忽现，傅柔奋不顾身，冲到树下抱起晋王。

另一道闪电打下！

傅柔以为又是劈树，急忙以身护住晋王。

那道闪电劈的却不是树，而是福安宫的一角。

傅柔一看，反应极快，再次抱起晋王，跑离树下。身后一声可怕响声，她回头，刚才晋王所在的那棵树被第三道闪电劈成焦炭。

小武跑到傅柔身边，为他们打伞："吓死我了！就差一点……"

傅柔心有余悸。

第四道闪电来了！

有人惊呼："太妃！"

又有人大叫："不好了，太妃被砸到了！快找太医！"

一时雷电交加，福安宫四处着火，飞沙走石，到处充斥着焦土焦木的味道、人们惊慌奔走的身影，还有惨呼尖叫。

傅柔一言不发，抱着晋王不松手。小武苍白着脸，紧紧抓住傅柔的衣角。两人望着这一切，既不知所措，也束手无策。

第二天，傅柔听说皇帝有意将万太妃送回清修观，急急赶去杨妃宫中面君。她知道，经过昨夜，宫里都传开了，说万太妃惹怒上天，以至于上天降下如此恐怖的天雷，一个接一个。但她认为，此事蹊跷。

"陛下,《淮南子》第四卷《坠形训》里就有,阴阳相薄为雷,激扬为电。汉代王充的《论衡》里也说得明白,雷电是阴阳分争,则相校轸,校轸则激射。对于雷击是上天降怒的说法,王充认为都是虚妄之言,所以才在《论衡》里头加上了《雷虚篇》。"傅柔说理。

杨妃要笑不笑："傅尚宫真是什么杂书都看。这王充都当过什么大官呀？"

傅柔看吴王一眼。

吴王无可奈何:"王充只当过郡县僚属之类的小官,不过他写的《论衡》还有点看头。这本书……是儿子介绍傅尚宫看的。"

杨妃也看吴王一眼，没好气。

傅柔又道："而且，陛下，微臣认为这不只是天灾，还有人祸。晋王殿下醒来后告诉微臣，他昨晚在假山下避雨，有人把他打晕过去。微臣找到他时，他就坐在福安宫的

239

大树下面，要是微臣晚一步，他现在已经和那棵大树一样变成焦炭了。有人谋害晋王，他们知道大树会被雷击，所以才把晋王打晕了放在那里。"

杨妃今日遑论不让："雷击是天意，万中无一的事。谁知道哪棵树会被雷击中？用这种方法谋害晋王，太侥幸了吧。晋王殿下年幼，昨晚电闪雷鸣，小孩子一时害怕，跑到树底下躲着也是常有的事。"

"晋王殿下何必无中生有，说自己是被人打晕的？"傅柔寸步不让。

玉合道："傅尚宫为了把晋王从树下救回来，差点没命。晋王怕说出真相会挨骂，不敢告诉傅尚宫他是自己跑到树底下去的，所以只好编个被人打晕的故事。"

傅柔面向皇帝："陛下，晋王不会撒谎。这次的事，微臣怀疑有人弄奸。"

吴王接到杨妃的眼色，迟疑再三才开口："傅尚宫，你要说服父皇这是一场人祸，首先就要拿出凭据让父皇相信，世上有人可以预知雷电会击中哪一棵树。你有凭据吗？"

傅柔一时无言。

吴王接着道："风云雷电，干旱洪水，地龙翻身，这些都是上天给世人的警示，古人早就知道。昔日有水旱疾疫之灾，汉文帝下诏问政之所失。永平八年出现日食，汉明帝下诏要群司勉修职事。父皇是天子，与上天感应，昨夜雷击福安宫，上天必有深意。傅尚宫，你不但不谏劝父皇思索其中深意，反而一味以人为而做阴谋之论，意欲何为？"

傅柔只恨时间太匆匆，来不及搜集证据。

"朕曾赏赐傅尚宫，准她在朕面前畅所欲言。她有话就说，也是出自忠诚，吴王，你不要为难她。"还是皇帝替她解围。

吴王松口气："是。"他是被夹在中间，两边不能得罪。

杨妃接棒："陛下，万太妃到底有没有不好的心思，以后可以追查。眼下要紧的是，上天昭示不能置之不理。臣妾斗胆，请陛下将万太妃迁出皇宫，送归清修观。如果日后查明，万太妃并没有过错，那再把她请回来也不妨。"

傅柔急道："陛下……"想要争取些时间。

皇帝却做出了决定："先把万太妃送归清修观，别的以后再说。杨妃，从今日起，你代掌六宫事务。"

杨妃暗喜在心："臣妾遵旨。"

皇帝又对傅柔说："傅尚宫，杨妃体弱，不能太劳累，你为女官之首，要辅助杨妃，多尽点心。"

傅柔垂眼："微臣一定尽心竭力，保护六宫的祥和安宁。"

傅柔送走了万太妃之后，韦松告诉她，志和也死于雷火之中。

韦松感慨老天也有瞎眼的时候，她却不信邪，又来福安宫查看，还真在晋王躺的那棵树下发现了端倪。她并不冒失，先去请教了太史令，知道还有一场大雨，而且伴有雷电，这才请了皇帝来福安宫。

皇帝虽然来了，心里却显然不大痛快："有事不去甘露殿见朕，反而让朕半夜冒着雨到一个损毁的宫殿来，如此大胆，女官里你是头一个。不给朕一个说得过去的理由，朕必重罚。"

傅柔深深一福："若今夜雷击再次击中福安宫，则是上天保佑大唐福运昌隆。"

"雷击不是寻常事，昨晚福安宫才遭过雷击，哪有这么巧？今晚又……"皇帝话没说完，天空撕破一道闪电，劈中福安宫的残骸。

皇帝震惊："这是怎么回事？"

傅柔跪下："陛下，昨夜福安宫被毁并不是所谓的天意，而是有人做了手脚，故意引来雷电！"一招手，让人把被火烧过的旗杆搬上来，旗杆破裂的地方露出黄澄澄的色泽，"微臣找匠人来分辨过，这是黄铜做的。历来宫里悬挂吉祥彩旗的杆子用的都是木杆，这次为万太妃祝寿用的彩旗却不知为何变成了黄铜杆。这些黄铜杆外面被人涂了颜料借以掩饰，一遇大雨，颜料溶化，才露出里面的黄铜。微臣不知道它们究竟怎样和雷电扯上关系，不过福安宫遭受雷击的每一处，都有黄铜杆矗立，所以微臣和韦总管做了一个实验，斗胆请陛下前来当个见证。"

"这完全是傅尚宫想到的。"韦松跪禀，"据说在福安宫出事前，这些黄铜杆都被安插在福安宫高处，而且最早被雷击中的树，正是福安宫里最高的一棵。"

皇帝摸了摸黄铜杆："也就是说，这些杆子引来了雷？"

傅柔道："陛下，方才那一道闪电直击黄铜杆，尽管匪夷所思，却也显而易见，它们正是福安宫遭到雷击的罪魁祸首。"

皇帝本就有所怀疑，如今事实摆在眼前："魑魅魍魉，竟敢在朕的眼皮底下弄鬼，朕绝不轻饶！韦松，这些黄铜杆是怎么进入福安宫的，立即给朕查清楚！"

韦松早已查明："万太妃的寿诞皆由郑妃娘娘打理，据说这旗杆绕红绸的吉祥意头也是她想到的。"

皇帝目光一凛："既然牵涉后妃，杨妃暂代六宫之首，即刻宣郑妃去杨妃宫中，朕要亲自问讯。"

韦松应是。

皇帝再看向傅柔："你也随朕一起去吧。"

一行人来到杨妃宫中，郑妃已跪在殿中，神情惶惶然。

她一见皇帝就哭喊："陛下，臣妾冤枉！臣妾用彩旗装饰了福安宫是不假，但挂彩旗的杆子，臣妾亲眼看过，还摸了一下，明明是木杆！怎么会变成了什么黄铜？再说，臣妾和万太妃无冤无仇，甚至还颇投万太妃的缘法，为什么要害万太妃？"

"郑妃说得也有道理。万太妃年老，与人无争，她犯不着费这么大工夫去加害太妃。"杨妃话锋一转，"她要害的人应该是晋王。"

郑妃惊愕："你不要血口喷人！"

杨妃目光幽冷："晋王深得陛下宠爱，往常他不碍你什么事，不过却是此一时彼一时了。"

郑妃喊道："陛下，没有！杨妃满口胡言，嫉妒臣妾怀了陛下的龙种，所以才诬陷臣妾！"

玉合一击掌，内侍押了郑妃的贴身宫女梧桐上来，显然受过刑。

傅柔皱皱眉，杨妃的行事神速啊。

杨妃循循善诱："梧桐，你不用怕。陛下在此，你把自己亲眼所见亲耳所闻，一一据实说来。"

梧桐神色惊恐，说话语气有些虚："郑妃娘娘怀了龙种后，以为陛下会把一颗心都放在她身上，没想到陛下不大来看她，反而常常探望杨妃娘娘。郑妃娘娘很生气，多次口出怨言。她曾说，李承乾没本事，丢了太子宝座，现在大唐一定要有一个新太子，皇子们人人都有机会，如果她生了皇子，那就是陛下最小的儿子。她还说，男子都疼幼子，当年钩弋夫人生下皇子弗陵，汉武帝就是因为他是自己最疼爱的幼子，让弗陵做了太子。"

郑妃被皇帝紧迫盯住，不得不承认："臣妾平素信任这贱婢，无人处偶说两句玩笑话，并不当真。她竟拿来在圣前挑拨。陛下，臣妾的为人陛下是知道的，臣妾是大嘴巴，爱乱说话，可臣妾从不害人。陛下，臣妾真的没有！"

"陛下，臣妾有过错。臣妾奉旨协理六宫，竟没有发现这条藏在后宫的毒蛇，臣妾失职。"杨妃这话一出，就是要杀鸡儆猴。

郑妃骇然："杨妃，你……"

傅柔开口："陛下，害人除了要有原因，还需要能力。虽然宫女梧桐证实了郑妃曾经口出怨言，心存妄想，但她有能力做成这件事吗？她从哪里弄来这么多黄铜杆？又怎么能不动声色地用黄铜杆替代了木杆？"

郑妃猛然被点醒："陛下，傅尚宫说得是，这些旗杆是内侍监的人搬来的。"

傅柔接着道："黄铜杆外面涂了颜料，看起来像木杆，可黄铜和木头的重量相差甚远，一过手就能察觉异常。为什么那些内侍监的人没有一个开口质疑？难道郑妃把内侍监都买通了？"

郑妃赶紧提供线索："彩旗是内侍监的杨升叫人挂的，那些都是杨升的人，杆子也是杨升从故物库里拿出来的。"

皇帝立刻派人提杨升。

不一会儿，杨升押到。

郑妃犹如抓到救命稻草："就是他！一定是他干的！是他故意让福安宫被雷击！杨升，你为什么做这种丧心病狂的事？你说！你快认罪！"

杨升先是深深看郑妃一眼，好似让她安心，毅然转头对皇帝道："陛下，一切都是奴婢做的。奴曾经犯过小错被万太妃责骂，想调到晋王那混个好差使，晋王却说不缺人使唤，不肯要奴婢。奴早就怀恨在心，听人说在高处插黄铜杆可以招雷，奴就趁着郑妃装点福安宫，把木杆换成了黄铜杆。事情都是奴做的，郑妃全不知情。请陛下不要错怪郑妃，郑妃是无辜的！奴婢宫外的亲人早死光了，奴婢一人做事一人当！"

话一说完，杨升突然撞向柱子。

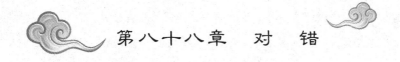

第八十八章　对　错

事出突然，没人能拉住杨升，眼睁睁看他倒在地上，血流满面。

"娘娘保重……娘娘的大恩，杨升下辈子再报……"杨升望向郑妃，微笑着咽下最后一口气。

郑妃吓得魂飞魄散："陛下，臣妾冤枉！臣妾跳进黄河也洗不清啊！"

傅柔冷静："陛下，杨升畏罪自杀，但牵涉这件事的内侍并不只有杨升一人，那些曾经搬过黄铜杆的……"

一名内侍快步入内："陛下，内侍监几个往日和杨升交情不错的内侍都自尽了！"

杨妃趁势："杨升说郑妃对他有恩，显然听命于她。郑妃究竟如何处置，请陛下明示。"

傅柔一看，对方又要用强硬手段，这回她却绝不会让其得逞。

243

"陛下，郑妃肚子里怀着龙种。按长孙皇后亲自立下的宫规，嫔妃有孕，就算犯了罪，也要等诞下皇上骨血后再论罪惩处。何况郑妃到底有没有罪，还没查清楚。"

皇帝看着郑妃，露出一点不忍之色，正要开口，又有消息传入，说万太妃车马劳顿，伤势加重，一进清修观就薨逝了。

杨妃再次拿捏时机："万太妃撒手人寰，都是因为福寿宫的雷击，哪怕杨升说的是真话，郑妃不知道黄铜杆的事，可如果没有她指使人悬挂彩旗，又怎么会给杨升可乘之机？太妃之死，郑妃难辞其咎。"

"杨妃所言极是。"傅柔压抑悲痛，赞同杨妃之言，却又无视杨妃错愕的表情，对皇帝道，"太妃之死，郑妃难辞其咎，应该亲自到太妃灵柩前请罪。微臣愿为陛下护送郑妃到清修观给太妃守灵。一则告慰万太妃在天之灵；二则，清修观是静修之地，既消减郑妃那些不该有的想法，又可安全地孕育龙种。"

郑妃心知这是全身而退的唯一机会："臣妾一定在太妃灵前恳切请罪，一定尽心尽力为太妃守灵。"

皇帝思忖，慢慢点头，允准。他心有内疚，若能先把事情查清，万太妃也不至于去了，因此在郑妃一事上，还是谨慎些好。

杨妃脸上闪过一丝怨怼。

傅柔看在眼里，不动声色，尽她所能，护得一个是一个。

覆水随内侍走向关押太子的牢房，听对方说太子几日不肯吃饭，怕有闪失，他的神情晦暗莫名。父亲交代，今日下手，解决太子，以绝后患。他知道，迟早有这么一天。

覆水走进牢房，见太子闭目而坐，脸色苍白，神色却平静，是失去一切之后的认命。他心头有说不出来的悲凉，打开药箱，掏出一条烤鱼，递到太子面前。

太子睁开了眼，望着覆水一言不发。

覆水主动开口："虽然有点冷了，不过味道还不错。"

太子不明白："孤已经一无所有，你还来干什么？"

覆水淡道："既然已经一无所有，你就应该相信，我这次是真正一无所图。"

太子接过烤鱼咬了一口。

覆水眼中一痛。

太子忽然发问，不再自称孤："害我摔断腿，装了毒砂的马鞍，是魏王准备的吗？"

"木已成舟，就算你现在知道真相，也不可能东山再起。"真相很残酷。

"是不可能。"太子心里明白，"但这里只有你我，也为了不做一个糊涂鬼，告诉我，到底是不是魏王？"

"不，马鞍里的毒砂不是魏王放的。"就算知道，为时已晚。

太子又问："尤建明在大殿上主张废黜我，立魏王做新太子？"

覆水摇头："并非魏王唆使。"

太子怅然许久，苦笑道："一母同胞，手足相残，所为何来？"

"这不是你的错，是命运的错。命运让你做了李承乾，做了皇帝的嫡长子。也是命运，让我成了杨覆水。"他们注定背道而驰。

"那么，是命运，让我视你为知己？是命运，让我立下要保护你的承诺？覆水，这世上有命运，但也有人心，我已经葬送了自己，你却还有机会。如果你能活下去，希望你能活得有血有肉，有笑有泪。"命运让他们都成了可怜人。

覆水看着太子："对不起。"

太子张了张嘴，神情一变，发出"啊啊"沙哑的声音，最后一点声音都发不出来了。烤鱼掉在地上，他摸着喉咙，缓缓倒在草堆上。

覆水垂着眼皮，看不到心思："这是我亲手调制的，药效发作时，喉咙会麻痹，让人发不出声音。它比别的毒药见效慢，可只有它，能在人死后什么都验不出来。你已经几天没吃饭，皇上派人来验尸时，应该会认为你是绝食而亡。"

太子望着覆水的目光，没有仇恨，只有哀伤。

覆水有些不忍看，微微撇头："因为我姓杨。我父亲是隋炀帝的皇子，我是隋炀帝的亲孙子。覆水，只为光复大隋而生。是我精心策划，让东宫和魏王府生出重重误会，到最后手足相残。是你蠢，你看错了人，我从来就不是你心中那个知己。从到你身边的那一刻开始，我所思所想，就是怎么彻底地毁了你。"

太子艰难地向覆水伸出手。

覆水犹豫一下，到底握住了太子的手，眼看他呼吸越来越困难，忽然蹲下身，用力抱住了他，迸出一滴热泪。

从未有过这么强烈的愿望，想要遵循自己的心意做一回主，覆水从怀里掏出瓷瓶，倒出一颗药丸，喂进太子的嘴里。

程处默一举端了覆水山庄，虽然里面的人要么拼到死，要么自己抹了脖子，但搜出一面隋朝旧旗，还在后山发现一具面貌不清的女尸，估计正是失踪的怜燕儿。

这件事，引起了以司徒真为首的朝中重臣的极大重视，皇帝更无法忽视。

司徒真直言，隋炀帝之女杨妃所出的吴王，作为隋氏之后，不可继承大统。连房玄龄这样的老臣，在太子一事上从不站队，也提出立晋王为太子，如此吴王尽心辅佐，主客已定，不会对吴王产生非议。

皇帝并没有立即表态，只让晋王去慈恩寺主持皇后的追福仪式，等他回来，再做决断。

人人一听，这话中，分明是有意立晋王了。

程处默从甘露殿走出，见傅柔候在一旁，刻意转过脸去，只当没看见就走了。傅柔心里虽不好受，却也不放在面上。

皇帝宣傅柔来，有意让她和晋王一同出发，由令狐得关护送。

傅柔正要离开，内侍来报，说魏王因为看守没给他买养颜膏，大发雷霆，把一个火盆踹翻，差点烧了房子。

皇帝头疼。

傅柔觉得也是时候了："陛下，龙游浅滩也会遭鱼虾戏弄。魏王昔日养尊处优，现在犯了错被幽禁，看守他的人未必像从前那么恭敬。微臣听说有下人甚至敢对魏王语出讥讽，魏王应该是被激怒了。况且，陛下对魏王下旨惩罚斥责之后，就没有再召见过魏王，更别说亲自教诲魏王。子不教……"话不说全，点到即止。

皇帝接过："朕之过，是吗？"稍加思忖，"传旨，魏王不再关王府了，把人送到宫里来，和太子关一块儿吧。"

傅柔哭笑不得，原本想帮魏王一把，谁知适得其反，所以有时候还真不能自作聪明。她这会儿只能希望，魏王和太子相安无事，别再火上浇油了。

魏王走入牢房，看见太子坐在角落，当下变了脸。

"开门，给我换间牢房。"内侍监的大牢这么大，何至于和这位共用一间？

内侍笑得为难："圣意难违，殿下得罪了。"内侍监看守不好当，关押的都是皇贵，这一刻瞧着倒霉，谁能保证下一刻不会翻身？

魏王见内侍头也不回，毫无办法，但一转身，太子的脸猛然跳进眼帘。

"你偷偷摸摸靠近我干什么？"魏王吓一跳，随即捏起两个肉包拳头，"属官们散了，王妃也死了，羽翼尽去，只剩你我。很好，李承乾，有本事，跟我一对一，打架啊。"

太子却缓缓包住魏王的拳头："就是这双手，勒死了太子妃。"

魏王甩开他的手："不错！太子妃是我勒死的，我的王妃死在她手里，我怎么能不

246

报仇？王妃以前对她多好，明明可以妯娌和睦，帮我们兄弟更加齐心……"说着说着，鼻涕眼泪一起下，"那碟酸枣糕，还是我千叮咛万嘱咐让王妃送到东宫的，早知如此……早知如此……我就算让母后恼火，也不讨好你了。"

太子忽然双手掩脸，全身颤抖，显露出极端的痛苦："不，太子妃是为了我才……是我对不起她，也是我害了她……"

魏王看太子如此，悲从痛中来："也是我，害了王妃……她要不是为了我，也不会死……"

兄弟俩各自跌坐一角，神色苍凉。

太子再开口："马鞍里的毒砂……"

魏王答："不是我。"

太子道："我知道。"

魏王惊讶："当初怎么解释你都不信，现在居然信了？"

"不知为何，我现在相信你了。似乎有谁告诉过我真相，马鞍不是你……"太子努力回想，却觉头痛，双手不由得抱住脑袋。

虽然在最后关头，覆水为太子解了毒，但毒性导致他的很多记忆模糊。

魏王也没在意："现在抱头悔恨也晚了。"自己却陷入回忆，"小时候听太傅讲一日时辰可看日光计算，我请教了太傅几天，好不容易亲手做了一个小日晷，兴致勃勃拿去送给太子。太子却随手就把它丢进了放废物的箱子里。"

太子还记得："你手笨，为了做那日晷，手上划了好几个口子。我如果对它爱不释手，就是鼓励你继续干这些吃力不讨好的手工活。就怕你一时性起，又去做别的，给自己再添上几道伤口。"

魏王沉默了。

太子道："我摔断了腿，你魏王府送剥了皮的虎爪来，恶毒讥讽。"

魏王叫冤："到底是谁挑拨离间？魏王府送的是人参，从没送过虎爪。母后之灵在上，我有一字虚言，天打雷劈！"

太子沉默了。

玉合一巴掌，打在覆水脸上："为什么太子还活着？"

这日，他到太医署，得知太子进食终于正常了，还是多亏他这儿子的妙手。明明让覆水解决掉对方，谁知竟然违抗他的命令，简直前所未有！

覆水神情冷淡："他已失去所有，再不能翻身，何必赶尽杀绝？"

玉合怒目："什么时候你会同情仇人了？李氏杀了你的祖父，夺了我们大隋的天下！"

"但无论如何，他视我为知己，我已经出卖了他，若再夺他性命，岂非与禽兽没两样？"覆水沉眼，"我为父亲做了那么多事，愿以此换他一命。如若父亲坚持出手，就休怪我无情。"

"你！"玉合没想到儿子会为了太子如此决绝，转念再想，此时已到关键时刻，应该一致对外，不可因小失大，"罢了，只要太子一日不出牢房，我可暂且不提。"

父子俩之间的气氛一时冷凝。

杨妃从寝殿走出，正在气头上，因此也未察觉他们的异样："想不到皇后不在了，还能笼络住那些老臣，如今只怕陛下已属意立晋王为太子。"

玉合谦卑："都是我们一时大意，想不到程处默竟能端了覆水山庄，搜出大隋的旗，以至于变得被动。"

覆水上前一步："娘娘不必忧心，程处默手上没有我们一个活口，单凭一面旧旗，难以指证什么。至于晋王，躲得过初一，躲不过十五，覆水已安排妥当，定叫他有去无回。"

杨妃嘘了口气："多亏外头有你，否则纵使我费尽心机，只怕也难以成事。陛下看似疼爱我们母子，却向来自有主张，一旦他定了晋王为太子，势必为其铺平道路，到时吴王肯定要回封地，最终也就是个架空的富贵王爷罢了。"

覆水恭敬："因为有了娘娘和吴王殿下，大隋才有了希望，让覆水的存在有了价值。覆水一定会帮殿下登上皇位，鞠躬尽瘁。"

杨妃额首："好！好孩子！"

玉合看儿子一眼，紧拧的眉头略展，还好他分得清轻重。覆水眼角余光留意到了父亲的神情，也稍稍安心了些，看来太子的命暂时保住了。

前往清修观和慈恩寺的车队，在山路上颠簸，傅柔掀开了车窗帘，看着初春的山景。山茶开始凋零，迎春却正盛，还有各种不知名的野花，将山坡变成最手巧的织工都无法创造出来的绝色织品。

这里没有一处华丽，却美得令她屏息，可以自由呼吸、随心畅想，而无须担心哪里有眼睛暗中盯着，算计他人生死。

当然，她也不仅仅看景色，还时不时前后张望。前方是晋王的马车，后面是郑妃的马车，她必须两头兼顾。忽然，风把后方马车的车帘掀了一下子，郑妃呕吐的样子一闪而过。

傅柔想了想，问一旁骑马的令狐得关："将军，是不是该停下来歇歇了？在宫里舒服惯了，一坐马车就受不了，尤其还是山路，颠得我头昏脑涨的。"

令狐得关舒舒眉头："这……还得问问晋王殿下的意思。"

傅柔微笑："那是当然，劳烦将军。"

晋王听说傅柔要休息，自然允准。

车队停在一处缓坡下，傅柔来到脸色惨白的郑妃跟前，递过去一个嗅瓶："这是以前皇后娘娘出行时常备的香料，清脑提神，对孕妇也无害处。"临出发前，她想到以前陪皇后去大苍山的时候，总要带嗅瓶，于是将它放在了行李之中。

郑妃略一迟疑，但接了过去，嗅一嗅，果然感觉好多了。

"傅尚宫——"郑妃一顿，"多谢。"

"举手之劳，娘娘客气。"傅柔要走。

"我多谢你，不只这瓶药。"郑妃却再度开口，"我在宫中人缘不佳，更不曾对傅尚宫有何赏赐施恩，就算傅尚宫帮了我，也无法给予回报。觊觎太子之位，谋害晋王，桩桩非同小可的罪名，傅尚宫敢为我说话，难道不怕牵连？"

傅柔反问："郑妃娘娘当真是主使加害万太妃之人？"

郑妃摇头："当然不是。"

傅柔淡笑："下官也如此认为。"

郑妃惊奇："可是宫廷并不只以真相论对错，其中的利害得失……"

傅柔打断："个人得失是小。皇宫是天下的榜样、大唐的中心，若宫廷被谎言和阴谋层层笼罩，总让无辜者受屈，使奸者得益，天下会变成什么样子？国强则民强，大唐之盛，才是每个小老百姓最应该在乎的得失。我傅柔，人也罢，心也罢，皆属大唐。"

郑妃深受震撼："说得真好。"

"下官还要去看一眼殿下，娘娘抓紧歇息吧。"傅柔告退。

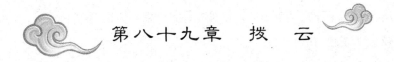

第八十九章 拨 云

日落时分，车队来到驿站外，驿丞已在守候，带着两名小吏。傅柔从车里往外看他们一眼，见这三人膀大腰圆，不像驿馆里的，倒像武官。

傅柔自言自语说出了口，正好让令狐得关听见。他也起了警觉，盯看驿丞半晌，再往大门里扫一眼，见有人影悄悄滑过，不由得眯了眯眼，打个手势，要下马的众侍卫立刻不动，自己慢腾腾地走上前去。

"崔驿丞，这驿站连你一共有几个人啊？"

驿丞看出令狐得关的谨慎，躬着身，规矩答道："大唐有规制，按我们这驿站的等级，设驿丞一名，副吏两名，杂役四名，一共六个人。将军是看见杂役在里面忙活吧？他们是在给将军和各位侍卫大人的马准备草料。"

"四名杂役，确实是这个规制。"令狐得关语气忽然一沉，"可这里的驿丞不姓崔！"陡然拔剑，刺进驿丞心窝。

两名小吏凶相毕露，同时手握匕首，往令狐得关攻去。令狐得关也不恋战，飞身上马，呼喝着撤走。然而，慌乱之中，车队失去秩序，马车拥挤抢道。

傅柔当机立断，吩咐车夫让晋王和郑妃的马车先行，她的马车落在了最后面。车夫眼见众侍卫只顾护着晋王和郑妃的马车，离他们越来越远，惊慌失措，一顿猛鞭直抽马匹。

马吃痛之下狂性大发，突然转向，往林子里跑。林中没路，还有沟渠，车辘辘一不小心歪进沟里，马车侧翻。车夫一看不对，自顾自跑了。

傅柔还算手脚灵敏，抓着车辕，钻出马车，本想往回找路，但见从驿站追出来的杀手们气势汹汹出现在林中，只能硬着头皮往深处跑，却很快被杀手们追上。

"就她一个，也不像那个什么郑妃娘娘的。"其中一个杀手看清傅柔，"女官而已。"

另一个杀手道："上头说了，宁可错杀，不可放过，一个不留！杀！"

傅柔摔倒在地，无力反抗，只能撇头闭眼，听天由命。忽然，一道身影从树上俯冲而下，一剑削了那个杀手的脑袋，另一只手伸向傅柔，想要拉她起身。

"处默！"傅柔看对方轮廓就知道是谁。

程处默却闷哼一声，后背空门大开，被杀手刺中后腰。

"处默！"傅柔惊吓。

程处默反手一剑，又削了两颗脑袋，拉起傅柔："快走！"

傅柔迟疑："晋王他们……"

程处默气不过："先顾着你自己的小命吧，傅尚宫！"

起初，程处默带着傅柔走，后来他渐渐乏力，让傅柔一肩扛一手扶，结果失足滚下陡坡，落在一处隐秘的山涧中。

这样的一个凶夜，偏偏月亮特别美，月光映着涧潭，仿佛硕大的珍珠。只是没有人有心思看美景。

傅柔为程处默检查伤口，深锁眉头："流的是黑血，对方的刀上有毒。"怪不得突然乏力。

程处默靠着山岩，虚弱顶嘴："死就死，用不着傅尚宫操心。"

傅柔目光幽幽，与他对视半晌，忽然掏出一个小瓷瓶，倒了一颗药丸，连问都不问一声，抓着他的下巴就塞进他嘴里。

"什么东西？"程处默想吐出来。

傅柔及时看穿，用手捂住他的嘴，直到他咽下去。

程处默恼羞成怒："要不是我手脚麻痹，我绝饶不了你！你给我吃的到底是什么？"

傅柔终于回答："丹仙的解毒丹。"

程处默听说过丹仙，一丹千金难求，哪知傅柔随手就给他喂了一颗。

他心生感激，却又不肯服软，语气硬邦邦道："何必在我身上浪费？没了我，你和吴王长夜相伴，大谈因果。"

"何止吴王，和我交好的权贵多着呢。你刚才吃的那颗解毒丹，就是汉王还给我的。"气死他算了，不然先气死了自己。

"你！"看着傅柔在月光下分外明丽的容颜，程处默有些恍神，随即恨恨地别过脸，"你走！"枉费他暗中守护，全是白搭。

傅柔的眼中也沉了月光："处默，你想清楚，我走了，就真的不会再回头了。"

程处默张张口，却没说一个字。他没出息，他知，她也知。

"服下解毒丹，半个时辰之内起不来，不如趁此机会，你我把话说开？"她想知道，她和他还有没有未来？"我一直在想，你究竟恼我什么？然后我明白了，我离开广州时，没能见到你，告诉你事情的经过，所以你以为我是贪慕虚荣，和吴王一起回了长安。是吗？"

程处默哼了哼："难道不是？"

"不是。"傅柔沉静，"那日官兵搜到客栈，皆因陈友虚报你是洪义德同伙，我急着离开客栈去找你，谁知在途中看见姐夫被押解官衙。我担心大姐，不得不跟去。眼看姐夫和大姐要受冤受刑，才揭示女官身份。吴王出面，证实我没有撒谎，但也意味着我没有选择，只能回宫。"

程处默没想到会是这样，露出惊讶的表情。

"我本以为等你回到长安，可以和你解释清楚，谁知你不肯给我机会，就自请去了边关。再后来，你身边又多了怜燕儿。"傅柔语气稍顿，"也许你希望，我该更勇敢，甚至放下自尊抓住你，可是我希望的是，你能懂我，即便无声，也胜有声，坚定不移。处默，难道我们当真渐行渐远了吗？"

"柔儿……"他禁不住唤道，但一份歉意搁了太久，不知如何开口。

傅柔因那声"柔儿"而眼角湿润，然而她和他的心结，需要时间解开。

"我要找晋王殿下去了。不瞒你，魏王和太子闹成如此，我总觉得哪里不对，如今就快拨云见日，也因此，殿下身边危机重重。魏王妃出事的时候，我很天真，错求了杨妃，结果却被她送到内侍监，以至于什么都做不了。这回，我绝不会再让任何人成为牺牲品。但愿从今往后，程将军对我不要再横眉冷对，你我即便无法回到从前，也不是敌人。"

程处默望着傅柔离开的身影，目光不挪。

他错了，但不会再用花言巧语来讨她的原谅。他也想起来了，她要的，是一个顶天立地的大英雄。英雄，不是吹出来的，是用成就来体现的。他这会儿，还欠着火候呢。不过，来日方长！

"什么！玉合是隋炀帝之子？"皇帝吃惊，望着下方跪着的阴嫄。

阴嫄额头隐隐见汗："启禀陛下，正是。"

皇帝极为重视："说仔细些。"

阴嫄谨言："臣妾一直不明白，为什么杨妃对臣妾苦苦相逼。现在回想起来，杨妃对臣妾态度改变，就是那次陛下恩准臣妾的表兄王作忠入宫。他和臣妾提起在御花园正巧遇见玉合，说玉合很像一个人。臣妾当时没放在心上，后来见到杨妃，随口提了一句。臣妾是无心之言，但当时应该已经引起杨妃的忌惮，她怕臣妾识穿，所以才会处处逼迫臣妾。"

皇帝道："这些不过是猜测。"

"陛下也知道，臣妾父祖都是隋朝大臣，臣妾幼年长居长安。隋炀帝登基十四年，常年巡幸，真正留在长安的时间不足两百天。受宠的皇子公主能陪着他满天下游玩，其余的都被丢在长安。那些留居长安的皇子里面，有一个叫杨连，因为母亲身份卑贱，又不受隋炀帝宠爱，所以迟迟没有封王，很不起眼。当年臣妾的表兄曾经与他做过一段时间的玩伴，臣妾因为说话冒犯他，被他推进水里病了一场，后来就再不和他玩了。多年之后，物是人非，臣妾再也没想起这个人，不料他就在宫里，近在眼前。"

"你怎能肯定玉合就是杨连？"兹事体大。

"年纪大了，相貌虽有变化，但脱不了少年时轮廓。臣妾从前是没往这方面想，如今回忆起来，是越想越对得上。臣妾肯定，他就是杨连！而且，他小时曾遭雷击，右手臂上留下了一块难看的伤疤。陛下一验便知！"

事关重大，皇帝也不迟疑，立刻召来玉合。玉合一进甘露殿，看到阴嫔，脸色微变。

皇帝直接下令："玉合，把你右手的袖子卷高。"

玉合恢复恭敬的神情，镇定地卷起袖子，露出半只手臂。

阴嫔震惊："啊！这……"

玉合的手臂上方是一大片恐怖的伤痕，但看起来不像雷击造成，而是被烫伤的。

"小时候贪玩，打翻了炉子上烧的开水，就烫成这样了。"他早知道幼年那块伤疤可能成为隐患，在进宫之前不惜烫伤了自己，如今庆幸。

阴嫔的目光惊疑不定。

皇帝问："几岁烫伤的？"

玉合答："五六岁的时候。"

皇帝意味深长："这么小的孩子打翻一锅开水，就只烫伤了右边的手臂，那算运气很好了。"他看过了太多奸佞小人，像这样为了隐藏身份，在旧伤之上加新伤，反而是有大阴谋的。

玉合听得出来："奴婢不敢隐瞒，当时不但烫到右臂，还烫掉了肩膀上的一大块皮。请恕奴婢无状。"

他脱下衣服，肩上还有一大片恐怖的伤疤。

皇帝看阴嫔一眼，才对玉合道："你可以下去了。"

玉合才走，皇帝派去调查旧卷宗的内侍来报，说杨连死于长安战乱，还有下葬的记录。

阴嫔左思右想，总觉得自己没有看错人："陛下，他可能……"

皇帝却一抬手，让阴嫔先下去了。但他独自沉思了良久，要说阴嫔错看，如何解释杨妃对她的步步紧逼，还有玉合这片烫伤，这么巧也在右边，欲盖弥彰，细思极恐啊。

皇帝立刻写了好几份圣旨，叫来内侍加急送出，又让人把杨妃叫来，才喝了一口茶。

"曹养德，朕这么做，是对是错呢？"皇帝未必需要建议，但求一份心安。

"陛下一向圣明。"曹总管也很清楚。

"大唐如何建起来的……"皇帝眼前仿佛在回放过去，"朕不能对不起那些为大唐开辟江山而牺牲了性命的功臣，更不能对不起好不容易过上太平日子的百姓，朕为了保全自己，不得不和兄弟厮杀，也不得不杀了自己的一个儿子，足够了！李氏血脉，不能再为了这张龙椅互相残杀。朕但愿他们能了解这苦心的安排，并非重了这个轻了那个，而是想要保全帝王之家的珍贵亲情。"

曹总管没答话，知道何时闭嘴。

不一会儿，杨妃领着玉合入殿，神情柔和。

"不知陛下召唤臣妾，有什么事？"

皇帝的目光在杨妃和玉合脸上流连，想要看出什么似的："杨妃，阴嫔告诉朕，玉合是隋炀帝的皇子杨连。"

杨妃吃了一惊，立刻跪下。

玉合也跪了。

杨妃眉间拢紧："这……完全是无稽之谈。臣妾在后宫对阴嫔有失照料，阴嫔怨恨臣妾，臣妾不怪她，可她不该造出如此可怕的谣言。隋炀帝的皇子，这是可以随便说的吗？请陛下召阴嫔来，臣妾愿和她当场对质，如果她拿不出真凭实据，求陛下为臣妾做主。"

皇帝神情不动："阴嫔唯一能说出来的凭据，是她从前见过杨连手臂上有一块雷击的伤疤。这一点，朕已经召玉合亲自看过，玉合身上只有烫伤，看不出雷击的伤疤。不过——"终于切入正题，"朕心里还是不安稳。"在大局面前，真相从来不重要。

深谙此道的杨妃顿时感觉不妙。

皇帝言语温和："朕和你相依数十年，不管外头怎么拿你隋朝公主的身份做文章，朕只希望你可以平平安安地陪着朕终老。"

杨妃疑惑："是……陛下，臣妾愿一生一世追随陛下。"

"所以，朕要亲自为爱妃洗掉身上的嫌疑。"皇帝神情忽转严厉，"来人！"

内侍端来一杯酒，候在玉合面前。

杨妃大惊失色。

皇帝冷然："三人成虎，众口铄金，宫廷之中更是如此。玉合，既然出现了你是隋炀帝皇子的这番说法，不管是否属实，你都已经没了立足之地。杨妃是隋炀帝女，本就受尽委屈，你在她身边伺候，只会雪上加霜。喝了这杯酒，就算是你为杨妃尽忠吧。"

杨妃跪行至皇帝面前："陛下！玉合伺候臣妾多年，并无过错！求陛下开恩！"

"杨妃，朕是为你好。玉合一死，胡言乱语随风飘散，你不必蒙受不白之冤。朕以后一定好好对你，永远保护你。"皇帝厉目，"玉合，还在等什么？"

玉合缓缓端过酒杯："谢皇上圣恩。"转看杨妃："娘娘保重，玉合去了！"

杨妃突然爬起来，冲过去打掉了酒杯，抱住玉合大哭："我不答应！我绝不答应！"

皇帝并不显得惊讶，毕竟玉合是前朝皇子这样的话，不是能随意编出来的，何况对于丧子的阴嫔，中伤杨妃又有何好处？他心里有八九分确定，这不是谎言。

254

"天下最能试出真相的，不是滴血认亲，而是骨肉亲情。杨妃，你在朕身边的日日夜夜，是不是就从来没有忘记过那已经消逝的隋朝？"心中冰凉，他自问对她恩宠有加，除了皇后的称号，一切与皇后相同。

杨妃已经豁了出去，与皇帝对视："如果大唐覆灭，陛下会忘记大唐，忘记自己身上流着大唐皇族的血吗？"

"可你是朕的妃子，是朕皇子的母亲！这么多年，朕对你……对你……"皇帝忽然捂着胸口，满面痛楚。

杨妃愕然，不知怎么反应。

皇帝看向桌上那杯茶，随即不可置信地看向一旁的曹总管。

曹总管镇定自若："陛下的风疾又发作了，这一次比往常都要厉害，恐怕很难醒过来。"

"曹养德，朕待你不薄，你……你……"皇帝扫落茶杯，却被曹总管敏捷地接住。

"皇上待奴婢当然不薄。可待奴婢恩重如山的是前朝皇帝。隋炀帝在巡幸路上，救了快饿死的奴婢。他虽然只是随口吩咐一句，但奴婢却捡回一条命，得以净身入宫。有饭吃，有衣穿，还可以跟着老内侍们读书，对奴婢来说，这就是再造之恩。可惜还没报恩，恩人就被人杀了。长安城破之日，奴婢只是一个不起眼的小内侍，所以被留在皇宫里继续伺候。可这个小内侍几十年来，都盼着恩人的子孙们再回到这座皇宫，重享往昔的尊荣。今天终于是时候了。"曹总管始终恭谨，"陛下，您也该歇歇了。"

"大唐受命于天，暴隋休……休想……"皇帝头一偏，歪倒在龙椅上不再动弹。

甘露殿死寂一片，忽然哐当一声，刚才端毒酒给玉合的内侍还在。他惊恐地后退两步，转身要逃。杨妃却快一步，玉合更是面露杀机，两人一前一后拦住内侍，一个捂嘴，一个掐脖，很快内侍就断气了。

杨妃这才知道害怕，跌坐地上，望着龙椅上一动不动的皇帝。

曹总管上前扶起她："杨妃娘娘，陛下已打定主意，要处死玉合，倒是对娘娘心存怜爱，不想事情传扬出去损害娘娘的名声。所以今日甘露殿除了我们，其他侍卫和内侍都奉旨退到了远处。这是娘娘的洪福，也是大隋的天命。"

杨妃颤声："他……死了吗？"

曹总管一笑："还活着，只是比死了多一口气。"

玉合道："娘娘，事情完全出乎我们意料，现在害怕也来不及了，只能随机应变。"

杨妃深呼吸，眼神渐渐变得锋利，慢慢来到皇帝身旁，伸手抚着他的脸庞，眼中挣扎着悲伤和坚毅。

曹总管和玉合一起把内侍的尸身藏好。

"陛下，陛下……"杨妃陡地高声，"来人啊！陛下风疾发作晕过去了！来人啊！"她深爱他，但爱情和故国，只能选一个。

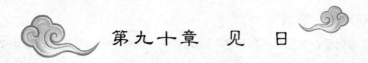

第九十章　见　日

皇帝突然病重不起，后宫人心惶惶，妃子们个个想要看望。杨妃当然不可能让她们见到人，吩咐内侍把所有人都挡在了门外。只是也不是每个人都乖乖听话。有个新晋的才人，刚得皇帝宠爱，脾性颇大，吵着要见皇帝，还对内侍大发雷霆，因此惊动了杨妃。

杨妃走出来，三言两语打发众人离开。林宝林一向识时务，缩在最后，溜在最前，正要赶紧回她的花音阁去，却听见杨妃让才人留下。她和其他人一样，好奇地停下脚步，回身看热闹。

杨妃一声令下，小木板打脸四十下，把才人打得十分凄惨，连牙都掉了好几颗。

众人看得胆战心惊。

杨妃却笑说，她一向最心慈手软，只是皇上既然把后宫交给她，她不能不给皇上一个交代，对不守规矩的宫里人稍加管束，让众人体谅她，多多帮着她一点。话说得那么好听，手段却比皇后狠。无论怎么说，才人的品级虽低，也是皇帝的人，皇后虽严厉，但不至于动辄用刑。

众人强笑敷衍。

杨妃走了，人群才敢散。

林宝林隐隐听人在说，原来杨妃凶起来那么可怕，与从前判若两人。她却觉得，不是判若两人，而是以前隐藏得太深，如今终于展露真性情罢了。

回到花音阁，打探消息的桂花也回来了，告诉她一个惊人的噩耗——阴嫔死了！

内侍监的人说是自尽，但林宝林怎么想都不对。陛下今日上早朝的时候还好好的，桂花则打听到阴嫔去见过陛下，如今陛下重病，阴嫔没命，又听说陛下发病时杨妃正在跟前。

林宝林不由得打个寒战，让桂花找信得过的人，去卢国公府送个口信，让傅柔无论如何都要留在慈恩寺，不要回宫。

吴王急匆匆回宫，探望过昏迷不醒的父皇，听说母妃当时在场，也是起疑。他来到母妃的住处，见正门宫人守着，门却紧闭，心念一转，悄然走到侧面的窗下。

　　"不愧是皇上，总是那么深谋远虑。原来在甘露殿召见本宫和玉合之前，他已经写好这些密旨调动长安各处禁卫，架空吴王手上的权力。只要等晋王从慈恩寺回来，册封晋王为太子，吴王就不得不离开长安回他的封地了。"

　　"这里其中一道密旨是给吴地总督的，要他等吴王一回到封地，就剥夺吴王手上所有权力，让吴王只能做一个碌碌无为的富家翁。"

　　"幸亏曹总管截住这些密旨，不然大事不妙。"

　　吴王怎么都料不到，父皇最信任的曹总管竟然帮着母妃。

　　"这次多亏有曹总管，我们才能化险为夷。"杨妃的语气充满感激。

　　"大隋皇帝对奴婢有再造之恩，奴婢这些年在宫里头，白天兢兢业业地伺候主子，晚上偷偷摸摸地对天悲戚，总以为自己的心愿不过是浮云一场。没想到苍天开眼，竟让奴婢等来了大隋复国的一丝曙光。"人在曹营，心在汉。

　　"曹总管对大隋忠心耿耿，怎么不早说？甘露殿一幕，几乎吓破我的胆。"玉合大觉庆幸。

　　"这种事谁敢随便吐露？说错一句，就是个死。魏王和太子两败俱伤，福安宫又差点死了晋王，我才觉察出蹊跷，猜到这宫里有志同道合者。最大的可能，就是有大隋皇帝血脉的杨妃娘娘，可是又不敢贸然行事。不过，玉总管和内侍监的人私下往来，我已经大开方便之门了。不然，玉总管，我曹养德也不是糊涂蛋，怎能让你一个又一个地往内侍监里塞人？"

　　"谁说大隋不得人心？这就是大隋的人心啊！"杨妃好不感慨。

　　吴王听不下去了，大步走到正门，就在内侍迟疑着要不要阻挡时，用力推开了门。

　　曹总管和玉合自觉走了出去，把门重新合上。

　　吴王看着正在喝茶的母妃，仿佛看一个陌生人："为了江山，为了皇位，可以伤害自己的丈夫，这么不择手段，冷酷无情吗？"

　　杨妃道："不错，为了大隋的江山，为了大隋血脉可以重登皇位，我可以不择手段，可以冷酷无情。但我用大隋杨氏的列祖列宗发誓，我从来不曾想过要伤害皇上。他是你的父皇，他也是我的夫君，我几十年的枕边人，你以为你的母妃是没有人性的禽兽吗？看见他奄奄一息，我也心如刀绞！"

　　"不是你指使曹总管？"吴王看她不像撒谎。

"曹总管与我父皇的渊源，我也刚刚得知，但要不是他当机立断，你已被你的父皇赶出长安了。"事到如今，不必再隐瞒儿子。

吴王叹息："母妃，父皇虽然没打算传位给我，但他比谁都疼爱我。如果拥有天下的代价，是成为一个弑君杀父的凶手，我宁愿一无所有。"

杨妃眼中却执着："先例不就摆在眼前吗？玄武门之变，你父皇也不是你皇祖父心目中的继承人，可你父皇最终做了皇帝，尊你皇祖父为太上皇，你皇祖父照样享荣华富贵，颐养天年，膝下还有子孙承欢。再者说，晋王又何尝是长子？恪儿，你有资格一争，为何要隐忍退让，等到他人登基，坐以待毙呢？"

吴王终于动摇。他很清楚，母妃最后那句话说对了，若一味退让，只有死路一条。看太子和魏王，他们谁想过他也是兄弟？只怕晋王亦如此。

山风吹拂，那场可怕的伏击仿佛已经久远，傅柔站在山门前往下望，见宫人们正把东西搬上马车，侍卫们也整装待发。

让她印象深刻的是，程处默的百骑特别精神。三人一组，看似分散各处，却时不时打着一套奇怪的手势，与各个点的伙伴联络。小小一个铁三角，一个大的方圆之地就在他们的保护之中，竟有固若金汤之感。

那时，傅柔找到晋王他们，人人平安。原来程处默奉皇帝旨意暗中跟随，才能及时化解危机。

因为有了百骑的加入，令狐得关在防护上也做到了滴水不漏，傅柔的心情才能这般轻松，可以吹吹山风。

程处默走到傅柔身边，没说话，只是陪伴着。

"程将军，"傅柔打破沉寂，"有事？"

"傅尚宫，"程处默顺着她的目光看下去，出发的队伍一览无遗，"没事。居高临下，看看那群小子有没有偷懒。不知傅尚宫在看什么？"

"江山。"傅柔总不能说也在看他的百骑，"静谧的山，温柔的风，安乐祥和。大唐的江山真美。"

程处默目光移到傅柔的侧面："大唐的女子也很美。"

傅柔也调回视线："可大唐的将军嘛……"

"怎样？"程处默的耳朵几乎要竖出两个尖角，"大唐的将军怎样？"

傅柔一笑，走下石阶："不予置评。"

程处默在傅柔身后喊："大唐的将军又怎么了？大唐的将军雄壮威武、英勇果敢，就算偶尔爱吃醋，那也是比谁都帅！"

这可不是花言巧语，是十足的事实，只是佳人头也不回，看似不为所动。

傍晚，因为程处默坚持更换回程的路线，路上没有歇息的客栈或驿馆，只能搭了简易的帐篷。晋王倒是觉得十分新鲜，尤其程处默在不远处打野味，箭无虚发，令他哇哇赞叹不已。

小武却百无聊赖："你有完没完？不就是射了两只鸟啊？做武将的都会骑马射箭，又不是什么出奇的本事。"

晋王争辩："不止两只！他射了十几支箭，箭无虚发！你看，一箭射中了两只，神了！"

小武找能说会道的："傅尚宫，殿下大呼小叫的，你也不说说他。"

傅柔的眼神却着迷，看的也是程处默，回不过神来。

小武奇道："傅尚宫，你为什么也盯着程将军看？"

傅柔反应过来："呃……我是看他虽然箭术不错，但太喜欢炫耀，整天扬扬得意，自以为了不起，让人讨厌。"各方神明，原谅她违心之语。

晋王愣一下："原来老师讨厌程将军？"他马上不看程处默了，讨好般的语气，"既然老师讨厌他，那我以后也讨厌他。等回长安，我就向父皇告状，说他不好好做他的护卫，居然只顾着射鸟。"

傅柔高声："不可以！"

晋王也奇了："为什么不可以？"

傅柔一本正经："爱炫耀只是小毛病，人无完人，谁没有几个小毛病？程将军忠心耿耿，有勇有谋，是顶天立地的男子汉，大唐的栋梁之材，殿下一定要珍惜重用，千万不要因为一点无伤大雅的小毛病就对他存有成见。"

晋王看向傅柔身后，调皮地眨眨眼："程将军，老师很欣赏你哦。"

傅柔急忙回头看，发现程处默不知什么时候站过来的，笑得嘴巴都咧开了。

傅柔十分尴尬，一时无语。

程处默敛起笑容："末将拿猎物来献给晋王殿下的。"

晋王老气横秋："多谢了。小武。"

小武上前接过程处默手里的鸟。

晋王凑到小武身侧，兴奋地说："瞧，这两只鸟是同一支箭射下的。"

"奴婢才懒得管几支箭射的。这东西怎么吃呀？"

"你没在外头烤过野味？我也没试过。"晋王拉着小武就走，"今晚有的玩了。"

程处默自言自语："忠心耿耿，有勇有谋，是顶天立地的男子汉，大唐的栋梁之材。本将军的优点，你还算归纳得不错。不过嘛，少了玉树临风，气宇轩……"

一道骑影由远及近。

傅柔最先瞧见，紧张起来："那是什么人？"

程处默眉头一凛，手搭剑柄，疾步迎上前去，同时呼哨一声。叶秋朗和宗建修这组人立刻动起来，率先阻拦来人，俨然训练有素。

那人狼狈下马，大叫道，"我是卢国公府的！"

程处默大步上前："君慧，你怎么来了？"

君慧扒开叶秋朗和宗建修，压低了声："小公爷，见到你真好，不过，我其实要找的是傅尚宫。"

程处默拢眉，转头回望，但见傅柔已经走到了晋王那边，一副警惕的架势。果然和他心有灵犀，都感觉不妙啊。

不远处，篝火已经燃起，晋王和小武烤着野味，似模似样，兴味盎然。

傅柔和程处默坐在另一边，听君慧说着宫里的情形，还有林宝林让她不要回宫的传讯。她还挺庆幸的，宫里有林宝林这么一个好姐妹，风声鹤唳之中，冒险给她送来警示。

皇帝病倒，阴嫔自尽，刺杀晋王的行动虽然失败，但杨妃统掌六宫，吴王代管天下，此刻回去如同羊入虎口。不过，傅柔不得不回去，而且必须回去！

程处默对君慧使个眼色，君慧识相地走开了。

傅柔道："我知道你要说什么。"

程处默道："我知道你要干什么，可我不答应。"

傅柔沉静："因为太危险？"

程处默摇头："因为我喜欢你，在乎你。我不许你为了所谓的责任，拿自己的性命去冒险。"

"所以，我们又要做一次逃兵？我们曾经逃避过，抛家弃国，只因为憧憬两人相依相恋的甜蜜，可那滋味甜蜜吗？责任就是责任，处默，你我都逃避不了，因为你不是这样的人，我也不是这样的人。"

"别想用花言巧语说服我！"程处默沉声道，"你冒险进宫，对得起皇上和皇后，对得起大唐，你心安理得了，但我每时每刻为你提心吊胆，我怎么办？哪怕你在乎我那么一点点，你就不能这样对我。"

"你也曾经这样对我。"傅柔沉静若水，"你打安西峡的时候，你自请去边关的时候，你出征齐州的时候，哪一次不是用性命去拼？难道你不在乎我吗？"

"当然在乎！"毋庸置疑。

"但你还是选择了最危险的路。"傅柔笑着摇头，"你哪怕有一点点在乎我，你就应该凡事以自己性命为重，不要让我提心吊胆。"

程处默争论："我是领兵的将军，如果我扔下追随我的士兵，自己逃命，那我成什么人了？"

傅柔忽然主动抱住程处默："真好。我喜欢这样的程处默，一身正气浩然，就算要经常为你提心吊胆，我还是喜欢。而我，同样也不是丢下责任逃命的人。你我皆为大唐子民，为了大唐，这一次，我们绝不逃避。"

程处默的心悸动不已："好，不逃避！但你不准再不理我！"

傅柔退开，笑着反问："到底是谁不理谁啊？"

终于，小情侣之间的吵架到此为止，一笑而过。

韦松来找杨妃，想讨一份出宫的手谕，只因杨妃说宫中失窃，加强了宫门的守卫，有出宫腰牌都出不去。

玉合冷嘲热讽："福安宫已经烧成灰烬了，你这福安宫总管，应该去管管怎么打扫福安宫的破烂瓦砾。娘娘奉旨整肃六宫，发生窃案加强门禁，你没事出什么宫呢？"

韦松最知宫里这些人事，心知不对："是，奴这就告退。"

"有件事，我正想问你。"杨妃却不放人走，"听说福安宫有个叫志和的内侍死了？"

韦松谨慎答道："是。那晚福安宫被雷击后燃起大火，志和被烧死了。"

玉合和杨妃一唱一和："志和被发现的时候，烧焦的尸首上还锁着铁链，事情可不简单哪。"

韦松镇定："志和在福安宫偷东西被抓住了，怕他逃走才用铁链锁上。"

玉合哦了一声："人已经死了，你说他是贼，他就是贼吗？"

韦松一听，糟了，这是要强按罪名："志和偷窃，当时就已经告知六局傅尚宫，六局有记录存档。这个物证，是胡诌不出来的。"

杨妃道："宫里人偷窃，应该送到司正所审问，韦总管私下囚禁，也属滥用私刑。"

韦松回道："奴不敢。奴把此事禀告了万太妃，万太妃说这种小事就不要闹到外头

261

去了，福安宫自己处置。奴婢也只是奉万太妃的命令行事。"

杨妃冷笑："可有人证？"

韦松一怔："这……禀报时只有万太妃在。"因为抓人的动机不单纯，不好让别人听见。

玉合奸笑："万太妃已经去世，那就是拿不出人证喽？"

韦松气结："你……"

杨妃已然不容："韦松，你受皇后娘娘多年教诲，居然滥用私刑，怎么对得起皇后娘娘的在天之灵？对宫人滥用私刑，杖责一百。来人，拿下韦松！"

韦松被人包夹："岂有此理！"

玉合高声："推出去，杖责一百。"

"慢。"杨妃略思，"韦松是伺候皇后多年的人，如今犯错受罚，无声无息可不好。把大家都请来，当众说明罪因，免得日后有人埋怨我办事不公道。"

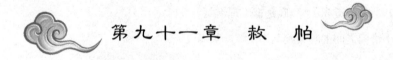

第九十一章　赦　帕

傅柔回宫了，当着守卫的面，亲自抱着熟睡的晋王，回了晋王的住处。安置好晋王之后，她本想回六局办事处，经过御花园的时候，却见很多人朝一个方向去，才知杨妃要惩戒韦松，当即往杨妃的宫殿赶去。

傅柔来到正殿前的庭院里，看到杨妃高坐殿门前，一干宫人围绕，犹如众星捧月，下方台阶两旁嫔妃们和女官们神色戚戚。她来宫中时日虽不算长，对长孙皇后的严厉曾经感到困惑，而今却见杨妃不分青红皂白地一味跋扈，方知长孙皇后的仁德。

玉合眼高于顶："韦松对内侍志和滥用私刑，令志和在福安宫的大火中无法逃生，活活被烧死。杨妃娘娘按宫规处置，对韦松杖责一百，当众行刑。"

韦松愤怒："欲加之罪，何患无辞！"

杨妃不理会："六宫良莠不齐，早就应该整肃了。今日请各位姐妹过来，就是要大家为本宫做个见证。志和即便有错，韦松也不该私下处置。"转头问何司正："何司正，我说得有没有道理？"

何司正谄媚："杨妃娘娘说得是。宫里人有过错，按规矩应该送到司正所，私下囚禁，就是滥用私刑，韦松应该被严惩。"

杨妃环视四周："我并非独行专断之人，大家若还有话要说，不妨畅所欲言。"

262

"杨妃娘娘。"傅柔走上前，准备畅所欲言。

杨妃早已得了消息："傅尚宫刚回来就赶热闹，也不嫌累啊？"

傅柔神情不动："下官为六局尚宫，执行宫规正好在下官职责之内。请娘娘别急着打人，因为照宫里规矩，处罚违规的人之前，还有一件事要办。"

杨妃问："什么事？"

"问受罚的人，"傅柔问韦松，"你可认罚？"

韦松大声道："我是福安宫总管，奉万太妃之命处置偷窃的内侍，没有过错。我不认罚！"

傅柔道："韦松既然说了他奉命行事，万太妃又已仙逝，无法做证，娘娘就应该明白，这件事存有疑点。既然存有疑点，就应该暂缓处罚。"

"傅尚宫此话不通。"何司正讨好杨妃，"事情存有疑点，应该请贵人裁决。在场人中，以杨妃娘娘身份最尊贵，自然就看杨妃娘娘的决断了。"

"娘娘确实有决断之权。"傅柔语气一转，"但下官提醒娘娘，娘娘的决断是否公正仁慈，各位贵人和女官都在睁大眼睛看呢，请娘娘三思。"

杨妃神情之中露出厉色："我原是想仁慈的，只是对那些敢挑衅的人，这次纵容了，将来就是祸患，只能见一次就狠狠发落一次。韦松对下属滥用私刑，本就该严惩，现在为逃避责罚，砌词狡辩，把责任推到万太妃身上，亵渎亡魂，又是一罪。两罪并罚，改一百杖为三百重杖。"

众妃嫔吃惊，不由得窃窃私语。

林宝林喃喃自语："姑奶奶，叫你不要回来，你偏不听，还和杨妃当面顶上。哎呀，真是急死我了。"

傅柔面色也沉："娘娘这是要用人命立威。"

杨妃心火越来越旺："掌管后宫，无威不立。我打定主意要罚的人，你一个女官之首想救？你还没那个本事。"已经在傅柔那儿吃了太多哑巴亏，今日新账旧账一起算，只可怜韦松当了替罪羊。

玉合趁势大喝："来啊！"

内侍换上重杖，高高举起，准备对韦松行刑。

傅柔高声："慢！"

杨妃威胁："傅尚宫，你再阻挠，就治你不敬之罪。"

傅柔不卑不亢："娘娘虽然裁决了要处罚韦松，不过，天道仁慈，恩出自上。"

杨妃眯眼："我心意已决，要对韦松施恩，不可能！"

傅柔摇头："娘娘误会了。下官说的恩出自上，不是指杨妃娘娘您，而是文德皇后。皇后娘娘仁慈，恕韦松无罪。"

杨妃讥笑："韦松抬出已死的万太妃，你就抬出已死的文德皇后。你刚才耳朵有毛病，没听见我的话？托词于逝者，亵渎亡魂，有罪！你虽是六局尚宫，也不能有罪不罚。玉合。"

玉合恭敬："在。"

杨妃心想终于可以出口气："把她押到韦松旁边跪下，重杖两百，以慰文德皇后之灵。"

玉合也狐假虎威："来人，把傅尚宫押下！"

傅柔镇定自若，掏出一方手帕托在掌心举起："文德皇后手令在此，谁敢无礼？"

人人吃了一惊。

林宝林躲在最后，憋着嗓音："恭领皇后娘娘手令。"

立刻，呼啦啦跪了一地。

杨妃当着这么多人的面，也不好坏了规矩，不得不领着玉合跪下："恭领皇后娘娘手令。"

傅柔道："此为文德皇后亲笔所书，立政殿有存档，一查可知真伪。皇后娘娘仁慈宽厚，特意在这上面写了一个赦字，以此赦免一个人一次罪过。韦松。"

韦松激动："在！"

傅柔将手帕双手送过去："这是皇后娘娘对你的赦免。"

"奴谢皇后娘娘！"韦松接帕磕头，"皇后娘娘慈恩，六宫铭记于心！"

众人齐声："皇后娘娘慈恩，六宫铭记于心！"

杨妃气得全身发颤，却也一时不能发作。等着！都给她等着！等她的儿子登基，和她对着干的人，一个也别想好过！

傅柔回到六局，召集众女官，特意叫来何司正。

"来人，剥去何灵花的女官服。"这个何司正，种种鬼魅，处事不公，导致掖庭乱象，今日她不会再忍。

宫女上前要剥何司正的官服。

何司正怒目相向："傅尚宫，下官今日在杨妃娘娘面前只是据实而答，并没有违反宫规，凭什么夺下官的司正职？你这是公报私仇！"

"我夺你的职，不为你今天奉承讨好杨妃，为的是其他事。"傅柔看向何司正身后，"徐

264

掌正。”

徐掌正一直以来都是何司正的左右手，不过傅柔看得出来，与何司正不同，徐掌正眼中隐隐有一抹敢怒不敢言之气。

徐掌正走上前，将一本账册放在傅柔面前：“何灵花利用司正的职权收受贿赂，做错事的宫女只要给钱就不用受罚，不肯讨好她的没错也要挨打。这册子上记得清清楚楚。”

何司正气急败坏：“徐三茗，枉我待你如亲姐妹！你这叛徒，你不得好死！”

傅柔冷道：“贪赃枉法的人才会不得好死。剥去女官服，看管起来。”

何司正被押了下去。

徐掌正忐忑不安：“下官受上司威逼，也做错了许多事，不敢再忝居掌正一职，只求能留在司正所当个普通女官。”

傅柔道：“知错能改，善莫大焉。我看过你的宗卷，你在掌正这位置上做了五年，判事还算公正。司正一职，正的是宫内风气，不可小觑，你以后要加倍谨慎自律，万万不能重蹈前任何灵花的覆辙。”

徐掌正有点不敢相信：“前任？傅尚宫是说……”

吴尚仪笑：“恭喜了，徐司正。”

徐掌正大喜过望，庄重行礼：“多谢傅尚宫！下官以后一定以身作则，一正宫内风气。”

傅柔微笑颔首。杨妃已然一手遮天，她不知道自己能撑多久，但只要在这个位子上一刻，她就要秉公办事，不放弃正气。

杨妃将殿里的东西砸光了。

这些年时时刻刻忍耐，连真性情都隐藏了，天知道，她忍得多辛苦。出身公主，又得父皇宠爱，何等荣耀的血脉！只因皇朝陨落，嫁给当今的皇帝，还非正妻。搁在民间，就是个妾。虽然获得了皇帝的宠爱，长孙皇后却一直给她心里添堵，从正宫的地位到儿子们的地位，不把她和儿子踩在脚底就不罢休。

她很清楚，只有牢牢抓住皇帝的心，才能带给母子真正的胜利。所以，她人前人后都装笑脸，谁提到她杨妃，都是慈善的主，连伺候自己的宫人都鲜少说重话，就怕失了口碑，失了帝心。但她本该是集万千宠爱于一身、一人之下万人之上的人，本该想说什么说什么，想做什么做什么，随心所欲，肆意而活的。如今，摆平了皇后，摆平了太子，摆平了魏王，却屡屡在一个小小的女官手里吃哑巴亏，令她爆发了骄纵的真我，也不必再对谁伪善。

曹总管等杨妃发完脾气，才不疾不徐劝道："娘娘无须置气，只要我们掌控大局，吴王殿下顺利登基，一个女官要死要活，还不是任娘娘拿捏吗？"

杨妃一想也是，缓缓嘘口气，坐了下来："禁军将领对恪儿的手谕反应如何？"

曹总管回答："其他人倒还好，软硬兼施之下愿意听命行事，唯有令狐得关和程处默，态度强硬，只听皇帝调命，对吴王殿下的手谕无动于衷。"

杨妃冷哼："程处默一个百骑将军，手中那点兵力，不足为患。"

"是。"曹总管同意，"不过令狐得关是禁军大将，他要是不肯松口，只怕会生变数。"

"那就抓紧拉拢其他人，把令狐得关孤立，他不松口也没奈何。"杨妃指示。

曹总管正要应声，玉合走了进来。

"娘娘，不好了，晋王不见了。"

杨妃凛眸。

玉合道："奴照计划，安排晋王身边的人往他饭菜里下料，谁知那名内侍进去送饭菜，却发现房里无人。"下的不是立即毙命的毒药，而是毁人神志的东西，连着吃上十天八天，就会变成傻子。如此一来，不但没有落下实证，而且一个傻子也不可能继承皇位。

"他是压根没回宫，还是回宫后不见了？人到底在不在宫里？"杨妃起急。一日不除晋王，吴王就难登大宝。

玉合已打听过："守卫和晋王宫中的人都明眼瞧见傅尚宫把人抱回寝殿的，应该还在宫里。"

曹总管道："娘娘莫急，也许是晋王贪玩，自己跑出去了。他时常如此，孩子心性。"

杨妃想得深远："会不会是傅柔耍心眼？都看清楚她抱的是晋王？"

玉合语气一顿："这……奴以为，陛下病倒这事尚未传出长安，他们路上又遭暗算，肯定急着回宫向陛下禀报，不会有所防备。不过，倒有一种可能，韦松一事让傅柔警惕，把晋王藏了起来。"

杨妃点点头："只要人还在宫里，就不怕了。找！给我掘地三尺，也要把晋王找出来！"

这一夜，鸡飞狗跳，内侍监的人把整个皇宫差点翻了过来。

这种时候，多混有无理取闹的恶棍，趁机向六局的女官们发难，好在傅柔和程处默皆有准备，一边请动了清河公主镇场子，一边调动百骑精锐监视，因此有惊无险。

傅柔一夜未眠，走出办公所，望着即将破晓的天色。手下女官过来禀报，搜查结束，有点小摩擦，但无大碍，总算平安度过。

傅柔放了心，往杨妃的宫殿走去。这就是权力的好处吧，哪怕很有限，哪怕上方有人会有一手遮天的可能，好就好在尚未发生，能利用到这一时间差，已然侥幸。

杨妃也不遮掩对傅柔的反感神色："傅尚宫脸色憔悴，昨夜没睡？"

傅柔不懂奉承："娘娘不也一样？"

杨妃眯眼："晋王由傅尚宫陪同去慈恩寺，回宫时被傅尚宫抱在怀里送回卧房，也就是说晋王是否真的回了宫，只有傅尚宫你最清楚。"

傅柔一脸平静："众目睽睽，娘娘只管去问，下官无愧于心。"

眼前这位，横竖不分是非黑白，只靠权势压人，即便她确实用了障眼法，但对付阴险之徒，计较的是轻重，她撒谎可以不眨眼。

杨妃看不出端倪，只能质问："宫里搜了整整一夜，却查不到晋王丝毫踪迹，傅尚宫难道就没有别的话可说？"

傅柔坦言："有。娘娘昨夜搜宫，漏了一个地方。"

杨妃挑眉："什么地方？"

傅柔道："甘露殿。"

杨妃本就心虚："大胆。"

傅柔无畏："皇上近日一直在甘露殿养病，除了曹总管安排伺候皇上的人和娘娘指定的两位太医，其他人都见不到皇上。"

杨妃眼露厉光："那是因为皇上的病需要静养。"

"晋王是个孝顺的孩子，他记挂皇上，可能偷偷去了甘露殿看皇上。"傅柔始终镇定，"请娘娘允许下官入甘露殿寻找晋王。"

杨妃直截了当："没这个必要。如果晋王在甘露殿，伺候皇上的内侍自然会通报本宫。"

"下官不敢强求。"傅柔语调一转，"不过娘娘因为晋王失踪，都已经把六局二十四司翻个底朝天了，可见事态严重。下官不够分量求见皇上，总有够分量的人。"

杨妃逼视傅柔，目光带着明显的威胁。

傅柔平静无波，行礼告退。

严子方下了马，放马去吃草，朝林子那头的翠湖走去。覆水约见他，但他已不像从前那么天真，还愿与对方邀月饮酒。

自从覆水当着他的面杀了怜燕儿，他就知道，那不是可以攀交的人。无情无心，自然也没有义气。也因为覆水，他对他最好的兄弟撒了谎，卑鄙地甩锅给程处默。

原本他所做的，不只为自己，还为了这群兄弟，但看着马海虎日日泡在酒缸里，再也没有往日的精神气，令他迷惘自己做得对不对。

覆水已经等在湖畔，大概也看出严子方冷淡，开门见山就问："人，找到了吗？"

"还没有。"严子方简答。

"抓紧。不惜一切代价也要把他找出来。"覆水也是长话短说。

"你急着找这个叫舒子琪的人干什么？"严子方到底好奇。

"有用。"覆水不会给他真正的答案，因为他只是帮他们做事的一条狗。

"有用的时候急着找，以后用不着了，是不是又一杯毒酒送他归西？"严子方一笑，早该看出来，他即便做得再多，也不过是这些人的一条狗。

覆水也笑："还对怜燕儿的事耿耿于怀？一人之下万人之上的荣华富贵，是要用很多人的性命来换的，如果你到现在还是想不通，我劝你现在就退出，和你渴望的一切挥手告别。"

严子方并不迟疑，只是沉声警告："事成之后，你也要给海虎高官厚爵。"

覆水缓缓点头："我答应了，就一定办到。"

两人却都没发现，不远处的树后，马海虎双目圆睁。

原来，马海虎杀程处默不成，程处默没有为难他，还告诉他到底发生了什么。

怜燕儿是严子方和覆水的眼线，混入卢国公府打探，程处默早就察觉，反利用她传递假消息，有一日怜燕儿去和严子方接头，程处默派手下跟踪，然而怜燕儿和跟踪的手下都没再回来，只怕已经凶多吉少。

马海虎起初不信，但后来想到怜燕儿两次的不辞而别都是老大告诉他的，才有点半信半疑。此时，他亲耳听见老大和覆水的对话，终于确信覆水杀了怜燕儿，而且老大知情。

他这人读书不多，大字不识，说不出什么大道理，他只知一向仗义的老大着了覆水那个坏家伙的道儿，当兄弟的，有今生没来世，他一定要把覆水干掉！

马海虎等严子方走了，就悄悄跟着覆水回城，看其走入一户民居，也立刻翻墙而入。谁知，他还没站稳，四面来风，被乱剑刺死。

马海虎的血，汩汩流动，漫到覆水的鞋尖前。

"有个女人拿性命给你争来了锦绣前程，你只要等着享福就行了，可你偏要自寻死路。"覆水忽见马海虎身边掉落了一把手工粗糙的梳子，不由得捡起梳子，眼中闪过一丝落寞，语气却冷，"有心，有血有肉，更容易受伤，更容易没命，就像这家伙一样。"随手把梳子丢在尸身上。

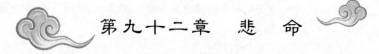

第九十二章　悲　命

在房玄龄一干重臣的要求下，杨妃不得不松口，由何太医对皇帝施针。施针完毕，皇帝的手指动了一下，杨妃马上坐到榻沿，看似激动地抓住了他的手，心里却慌得不行。

"陛下。"房玄龄和令狐得关等人也是急急呼唤。

何太医叮咛着："陛下即使醒来，也是气虚至极，诸位大人有事千万要缓着说。"

杨妃听在耳里，神情不动，但目光紧紧盯着皇帝的脸。

皇帝的眼睛睁开，涣散的目光渐渐聚凝，突然定在杨妃身后的曹总管身上，张开嘴，有气无力颤声道："曹……曹养德……"

房玄龄皱眉，看向曹总管。

曹总管浑身一震，陡地扑到榻边，装作激动："陛下！陛下总算醒了，晋王有救了！"

皇帝半张着嘴，眼中震惊。

曹总管继续嚷嚷，伴随哭音："晋王失踪了，杨妃娘娘彻夜搜宫，也找不到他的踪迹。陛下醒了就好了，您说，这可怎么办啊？"

"曹总管，陛下才刚醒来，你……"房玄龄不知内情，转而安慰皇帝，"陛下放心，臣等一定把晋王找回来。"

皇帝又看到了杨妃，想要抬手。

杨妃暗暗咬牙，以双手按住皇帝的手，哭道："陛下不要动气，龙体要紧！"

皇帝的手臂微微抽搐一下，却没人注意到。

皇帝看向房玄龄，吃力道："立……立晋王……"眼珠子往上翻两下。

杨妃截住话头："晋王会平安的！令狐将军正派人寻找。陛下也不必担心别的，吴王遵陛下旨意在处理国务，万事在掌握之中。"

皇帝看着杨妃，目光痛楚且失望，头一歪，晕了过去。

杨妃大叫："陛下！陛下！"

何太医急急上前诊视，杨妃这才松开皇帝的手，从榻旁退开，面无表情。

何太医叹："还好，还好，只是晕过去了。"

房玄龄看向曹总管，神情相当不满。

杨妃见状，立刻主动出声："曹养德，你怎么可以一张口就说出晋王的事，让陛下动气？陛下刚一醒来又晕过去了，现在如何是好？"

曹总管跪下："奴婢该死，今天见陛下总算睁开眼睛，奴婢一激动就……奴婢该死！任凭娘娘责罚！"

杨妃哼了哼："暂且不和你计较，等陛下醒了，再请陛下发落你。"面对房玄龄等人，面容忧心，"各位也看见了，皇上这病还是需要静养，欲速则不达。"

房玄龄和令狐得关看一眼，只得告退。

众人退出后，杨妃却愣了神，下意识去摸手上的戒指，但被玉合一把抓住。

"娘娘小心！"他难得强势，将杨妃的手腕一翻。

戒指朝内，一点寒芒，幸亏这小小尖刺上的药，让皇帝再次昏厥。

杨妃猛地回神，任玉合取下戒指："这药，不会把陛下伤得太厉害吧？"

玉合不甚在意地答道："药量只让他昏迷，大局未定，他这条命还得留着。"

杨妃听出他话里隐含的杀机，心头一惊，但不显露，平静吩咐："等吴王以太子身份名正言顺地继承帝位，奉他父皇为太上皇，到时一定要让陛下醒来，明白吗？"

曹总管不由得说道："娘娘，宫中形势瞬息变化，很多事是说不定的。"

杨妃的眼神陡然犀利："我的儿将是古往今来最伟大最完美的皇帝，我不能让史书把他写成一个弑父夺位的逆子！陛下退位后必须活下去，而且活得舒舒服服，享尽荣华，儿孙满膝。你们听清楚了？"

玉合和曹总管齐跪："是。"

吴王从宫外回来，见傅柔与守门的侍卫们争执着什么，鲜见她有如此激动的神色。

"怎么了？"他大步走过去，也只有她，能轻易调动他的关心。

"我要出宫，他们凭什么不放行！"傅柔不仅激动，还火大。

"晋王失踪，母妃加强了门禁，任何人不得随意出入，需要她的手谕。"他拉着她的手往宫里走，"你该知道，为难守门的侍卫也没用。"

"放开我！"她想抽手，"我要去看父母！"

他没有放手，也没停下脚步："父皇病倒，晋王不见，你觉得是时候回家探亲吗？"

"拜你母妃所赐！"她气冲冲出口。

他刹那停步，转身凝视她，心里已然透亮，母妃对她的家人出手了。

她不甘示弱，与之对视。她多希望，他不会卷入皇位之争，保持高贵高洁之心，笑在阳光下。她对他虽无男女之情，却有友情，毫无杂质，心底相惜。

"回答一个问题，我就帮你。"吴王看不明她的眼神，"晋王在哪儿？"

傅柔眼底突黯："任何人问我这个问题，都不会比你更让我难过。"终于，他还是踏上了不归路吗？

吴王眼中泛上苦涩之色："如果我不能成为太子，不能登上皇位，你应该知道我母妃会是什么下场，我会是什么下场。"

傅柔一怔："皇上昏迷，难道……难道是你……"

吴王愤怒："这就是我在你心中的样子？相识这么久，我把你当知己，你却把我看得冷血残酷？不，我以前没有伤害过父皇，以后更不可能伤害他！"但语气一转，无可奈何，"可事情已经不能回头，我踏上了一条并非自己选择的路，这条路的尽头是大唐最尊贵的宝座，如果不能坐上去，我和我最亲的人就会死在这条路上。"

"你也可以急流勇退。"还有其他的选择。

"退去哪儿？你告诉我，谁当上太子会放过我和母妃？李承乾吗？魏王李泰吗？不管他们谁上台，我和母妃都是死路一条。"他很早就看清了，那些一脉相承的兄弟，都不把他当兄弟。

傅柔坚定："还有晋王。"

"如果晋王没有失踪，也许还有一线可能，但他失踪了。如果他是被人抓了，被害了，我和母妃跳进黄河也洗不清。如果他是故意躲起来……"

傅柔道："如果他是故意躲起来，等他出来就可以证明你和杨妃的清白。"

吴王突然伸手，温柔地抚过傅柔的脸颊，苦笑道："柔儿，你真不适合待在宫里，你太幼稚了。如果他是故意躲起来，说明他忌惮我，怀疑我会伤害他。开了这样的先例，我和晋王之间的隔阂永远不会消失，待他登基，他会杀了我。"

"不会的。晋王不会的。我会好好教导他。"傅柔对晋王有信心。

"他现在听你的话，是因为他还小。可他终有一天会长大。当他手握生杀大权，俯瞰众生时，他还能听得进你的劝诫吗？他的生母是长孙皇后，他的亲哥哥是李承乾和李泰，他会忘记我和他天生就是两个阵营吗？"那是彼此注定的命运。

傅柔张张口，说不出话。

"我必须成为太子，成为大唐下一代新君。可我向你保证，我会比李承乾更好地侍奉父皇，也不会杀害兄弟，比任何一个君主都更勤奋，更宽仁。"吴王真诚请求，"柔儿，告诉我，晋王在哪儿？他不能成为太子，但我保证他会活下去，至少做一个富贵闲人。"

傅柔迟疑着，内心挣扎着，最终摇了摇头。她虽可以信他，但无法相信他身后那些人。

吴王露出伤心失望之色，松开抓住傅柔的手："我做的一切，是为了让我母妃能在这宫里好好地活下去。你呢，柔儿？为了让你爹娘活下去，你愿意付出什么代价？"

"你果然知情！"傅柔目光震惊。

吴王却转身走了。知不知情，动没动手，他已经无力辩驳，因为他只能选择他的母妃，她的所有决定，等同他的决定，就这么可悲！

傅柔辗转难眠，眼睁睁看着漆黑的房间透进灰蒙蒙的亮光，叹息着坐了起来。

昨日求过吴王之后，她又去找了令狐得关，哪知令狐得关就在她眼前突然吐血，尽管处默也在，当时的情形混乱一片，都在忙着救治令狐得关，她也没法再开口，无功而返。

后来，坏消息传来，令狐得关死了。他在护送晋王的路上就受了伤，为了完成使命，拖延了治疗，以至于伤口恶化，他家的厨子在他的饭食里头放了一味草药。草药无毒，只是和太医署开给他的方子相冲，导致他吐血而亡。

谁指使了厨子，已经不言而喻。统掌禁军的将军被害，让傅柔明白，事到如今，只能靠自己了。她虽然早就习惯自己一肩扛，但从未像今日这样，感到无助和彷徨。

门外传来说话声，起初傅柔不以为意，当听出是谁时，起身快步走了出去。

玉合站在院中。

黎明的天光无法打亮他的五官，他那身深色的宫袍被晨风吹起，仿佛一团旋涡，可怕而深沉。

这个总是浅笑着，恭敬着，说话轻声轻气的公公，当权力加身时，会是如此猖獗恶毒，为铲除异己，罔顾无辜者的性命。

"玉总管有何贵干？"双方立场不同，她也懒得装礼貌。

玉合将手里的提盒放下，一个个打开。盒子里装着拨浪鼓、帕子等，属于她家人的小东西。

她心中惊怕，面上强自镇定："只凭这些东西，不能证明我家人在你手里。"

"傅尚宫要什么证明？令尊的一根手指？令堂的舌头？或者你妹妹那孩儿的一颗眼珠子？不过就算我拿来了，那血淋淋的，你认得出来吗？"权力，让人变得丑陋。

"杨妃敢动他们一根头发，我立即告上大理寺！"话语空洞，但不想就此屈服。

"傅尚宫说笑了，娘娘仁慈，从不伤害任何人。娘娘派人去你二叔家探望，是娘娘器重你，没想到你的家人都失踪了，听人说是回乡探亲。希望他们不要在路上遇到强盗，被关到哪个不见天日的地方，等着被人像猪狗一样屠宰。"玉合能隐藏这么多年，擅长利用人心，"若你识时务，说出晋王的下落，娘娘倒是可以帮你找一找人，并保证他们平安。"

傅柔沉默良久："我不知晋王在哪儿。"她不会用命换命。

玉合笑了："不知道？"

傅柔起急："我以自己的性命发誓，真的不知道！"

"那就证明给娘娘看。"玉合从怀里掏出一个瓷瓶，抛在装着帕子的盒子里，"不是用性命发誓吗？如果你做到了，上天必会怜悯你的家人。"就算问不出晋王的下落，也不想留着傅柔添堵。

"日过中天，傅尚宫要是还活着，娘娘会认为你所有的誓言都不过是谎话。"玉合转身离开。

傅柔在风里站了好一会儿，弯腰将瓷瓶拾起。她要想想！她要好好想想！

吴王来到皇帝寝殿见母妃，心里却还在想着傅柔怀疑他的模样。他当时虽义正词严，但内心又何尝没有起疑，怀疑他的母妃隐瞒了他，是让父皇昏迷不醒的元凶。

想到这儿，他阻止宫人的传报，悄然无声走到门边，却见母妃动作温柔地喂着父皇汤药。父皇不省人事，一口药流出大半，母妃也毫无不耐烦，轻轻擦拭干净，接着喂药。母妃待他虽然一向温柔，他却难得一见父母相处的情形。他能感觉得出，母妃真心爱护父皇。

他轻轻吐了一口气，走向她："母妃。"

杨妃回头微笑："你来得正好，陪你父皇说说话。"

吴王坐到榻边："父皇血色看着还不错，多亏母妃照料，只是母妃别累坏了身子。"

杨妃以无比怜惜的目光看向皇帝："应该的，他身边只有我了。"

吴王将两份手谕交给玉合："照母妃的吩咐，钟玉堂替任令狐得关，严子方为副手，由这二人接管禁军。"

杨妃容色柔和："这样不挺好吗？这皇宫内外总要让自己人守着，才最放心。房玄龄那边……"

吴王打断："房玄龄是国之重臣，不能动。"但见母妃神情不大好看，语气放缓，"儿子不是故意顶撞母妃，而是为将来着想，那些文官手无缚鸡之力，就算心有不服，也闹不出多大乱子，还不如留着他们安定民心。"

杨妃不想让吴王起叛逆之心，点了点头，不争了。

玉合插言："程处默那支百骑，个个都是精锐，不知殿下可有打算？"

杨妃也道："这程处默屡立战功，确实有点本事，既然不能为你所用，留着就是个祸患。"

"万事俱备，只欠东风，母妃放心。"吴王话锋一转，"傅尚宫的父母……"

杨妃神色如常："她虽与我处处作对，但我知你在意她，无论如何会保她一条命，等大局一定，只要不是封她为后，随你怎么办。至于她的父母，我当然不会让你成为她的仇人的。"

吴王深信不疑："多谢母妃。"

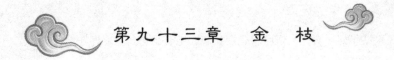

第九十三章　金　枝

日近中天，傅柔坐在办公所也有半日了。她倒不是什么都没做，而是该做的都做了，要等消息。

珍珠走进来："傅尚宫，公主要我来知会你一声，她没办法出宫，程侍卫也还没回来。她还让我问你，到底什么大事要找程将军，若实在紧急，公主说她会再想办法，怎么说她都是公主，大不了强行出宫，谁也奈何不得。"

傅柔苦笑："不用了，珍珠，辛苦你走一趟，请帮我谢谢公主好意。"如今杨妃当道，只怕容不得清河公主任性了。

珍珠告退。

傅柔摊开手心，失神望了瓷瓶好一会儿："我不能赌。我赌不起。可是，晋王必须活下去！"她拔掉瓶塞，往嘴边凑去。

"傅尚宫，我今天总算……"杨柏的脑袋从门口探入，笑嘻嘻的。

傅柔一惊，手里的瓷瓶抖了一下，里面的液体洒出几滴，落到地上直冒烟。

杨柏变脸，冲过来夺走瓷瓶，将毒液倒到窗下的花坛之中："我可算救了你一命，不过你不用客气。到底为什么做这种傻事？有难处说出来，我一定会帮你。"

傅柔摇头："说了，你也帮不了我。"

杨柏抗议："你不说怎么知道我帮不了？这么灰心丧气，你还是我认识的那个傅尚宫吗？"

傅柔陡生勇气，将事情经过告诉了他。

"这么说，有人用你的家人威胁你，你只有死，才能保护你的家人。"杨柏听明白了，

"所以你选择死？"

傅柔无奈："对。"

"如果日过中天你还没死？"

"那我爹娘，我妹妹，我小外甥，我二叔二婶，都会有危险。"傅柔叹了口气，"可我不能出宫，也无法传递消息，更找不到人救他们，而且时辰快到了。"

杨柏忽然咧嘴："办法是想不出来，照目前看来，要保护你的家人，你确实也只能选择死。不过，怎么个死法，我还是可以帮忙的。"

傅柔完全没懂。

杨柏眉毛一扬："傅尚宫，你知道历来皇宫里赐死，毒酒是从哪儿来的吗？"

傅柔神情微动。

"对。赐毒酒，这可是内侍监的差事。"杨柏小心翼翼，翻了一下腰带，里面露出夹层，捏出一样小东西，递给傅柔，"曹总管偷偷藏了一种药，我呢，恰好捡了一颗。"

傅柔接过："这难道就是……假死药？可是，曹总管怎么会藏着这种东西？"

"你想想，曹总管当差几十年，颁过多少圣旨，看过多少人被赐毒酒啊，当然怕有一天轮到自己头上。"杨柏觉得正常。

傅柔给杨柏看一封信："我在绝命书里写了，希望死后可以被送到宫外的化人庄，让家里人把烧化的骨灰带回故乡安葬。"

"好。到时我去求曹总管，让我亲自护送你的尸体出宫，再找个偏僻的地方等你醒来，神不知鬼不觉。"

傅柔看看药丸："这药真的有用吗？"

杨柏耸耸肩："这我就帮不到你了，我自己又没喝过。可我听说，这东西很伤人，喝下去虽然不会真死，但会觉得死一般的痛苦。"

"我不怕痛苦，只要活着。"傅柔仰头，抬手。

杨柏喊："等等！"

傅柔停下，不解地看着杨柏。

杨柏道："傅尚宫，这药我没有试过，不知道灵不灵，如果你喝了后，再也醒不过来，你的冤魂不会找我报仇吧？"

傅柔好笑："为了救我家人，我本来就打算不要这条命了，你至少给了我一线希望。我不会找你报仇，只会在天上保佑你。"

杨柏连连摆手："保佑就不用了，你别晚上来吓唬我就行。"

傅柔又仰头。

杨柏又叫："等等！"

傅柔叹气："又怎么了？"该迟疑的不是她吗？

杨柏道："等我走了你再喝。你可是六局尚宫，等下你把药一喝，人往地上一躺，心也不跳了，气也不喘了，要是让别人看见我在屋里，那我岂不完了？可别变成你是假死，我是真死。我走了。"他走出门，还帮忙关上门，从门缝里传声，"等我走远，你再喝啊。"

傅柔独自坐了一会儿，算算差不多了，自言自语："爹、娘、傅音、善儿、二叔、二婶，我会努力活下去。你们一定要平安。"

傅柔再一次仰头，要吃假死药，房门却被人用力推开，这次打扰她"寻死"的是程处亮。

程处亮盯着她手里的药丸，一手拿了过去："这是什么？"

"你别管，还给我。"傅柔立刻夺回。

"要不是大哥吩咐，我才懒得管你。"搞不懂这两人如今什么关系，害得他也不知道怎么称呼她。

"处默叫你来的？你来得太迟，就算现在去送消息也来不及了。"她已经没有退路。

程处亮嘟囔："有什么办法？昨晚大哥忙了一夜，为了送你爹娘他们离开长安……"

傅柔猛然抓住程处亮的胳膊："你说什么？我爹娘他们……"

"就是为了这个才特意来找你。"他可不闲着，"大哥要我告诉你，他已经把你爹娘，还有你妹妹、二叔……反正就是全部都送走了，只有大哥知道那地方，你就放心吧。"

"真的？"傅柔惊喜。

程处亮奇怪地看看她："当然是真的，我吃饱了撑着跑到这里来逗你玩啊？我只会对清河那么干。咦？你干吗这么激动？"

"杨妃根本就是骗我的，爹娘他们都平安无事……"看看手里的药，急忙把它丢开，想想就后怕，再想到处默，她心头泛上甜蜜，"处默怎么知道杨妃要对我家里人下手的？他是怎么抢在杨妃之前把爹娘他们带出长安的？他真是太神了。"

"那当然，我大哥可是绝世将才，有未卜先知的本事。所以大嫂——"算了，估摸大哥是不可能再反复了，程处亮还是叫大嫂，"你以后对我大哥就应该千依百顺、毕恭毕敬、敬若神明……"

傅柔冷瞪。

程处亮赶紧换一种语气："其实呢，是我大哥对你非常重视，从慈恩寺回来，就派人暗中保护你家里人。派去的人回报说，在你二叔家附近发现形迹可疑的人，可能是来

276

打前站的。大哥担心你的家人有危险，当机立断，把他们送出了长安。"

傅柔总算彻底放下心来，转身从柜子里找出一个精致的傀儡人："给你。"

"给我，还是给我大哥？"

"给你。"她也感激他，"处亮，你给我带了一个最重要最盼望的好消息，我知道卢国公府什么都不缺，只能把这个给你。这是下头女官孝敬的，你拿去哄清河公主，她一定会喜欢。"

"清河就喜欢这种小孩子玩意儿，可幼稚了。"程处亮说归说，自己把玩得很开心，"多谢大嫂。我要去清河那儿当值了，你还有没有什么话要我帮你带给大哥？"

傅柔想都不想："告诉处默，他是我心里最顶天立地、最威风、最有本事的男子。"如今传个消息不易，不能再矜持了，要把握机会。

程处亮打了个哆嗦："我的娘啊，大嫂，你这情话真是不说则已，一说比大哥还肉麻。"

傅柔看程处亮走出门，这才腿软坐了下来。

"傅柔啊傅柔，真让吴王说对了，你太幼稚了，被人几句话诓得差点自绝性命，枉你还自觉聪明，真是聪明反被聪明误。"她长长吐口气，拍拍心口，难得俏皮的模样，"千万不能让处默知道，不然非骂死我不可。"

傅柔走去，拾起假死药丸，放进一个小瓶子里，轻轻晃着，听着药丸的滚动声，神情渐渐凝重。下次，她一定要用对地方。

清河操纵着傀儡人。四肢灵活，脑袋会转，很是可爱的小玩意儿。搁在从前，她会爱不释手，如今却索然无味。

母后在的时候，她很少烦心，太子哥哥、魏王哥哥，都是她的保护伞，虽说也知道一些明争暗斗，但感觉离自己很远。然而，这一切都变了。母后走了，太子和魏王两位兄长入狱，父皇病倒，杨妃掌控整个宫廷，她再怎么不懂事，都会尽量待在住处。自从处亮被汉王无故找碴儿，她就明白，想要他平平安安，必须保持低调。

程处亮见清河眉心轻蹙，岂能不知她的忧虑？他咧开嘴，凑到她眼皮底下，挤眉弄眼。

"怎么了？不喜欢？我知道，这小东西，没我可爱，不过你将就一下吧，好歹也是大嫂一片心意。"

清河被他逗得一乐，随即又显愁绪："喜欢的。谢谢你。"

"喜欢就不要苦着脸，让我心疼。"程处亮伸出两根手指，点在清河脸颊的笑窝上，"学学我，笑一个，阳光灿烂。"

"你只是看起来乐呵呵的，其实也是心事重重。"程处亮已经失去了大姐和小弟，清河真怕，怕这场浩荡之中会失去彼此，"处亮，有苦我们一起吃，你不用在我面前装笑脸。"

程处亮一怔，眼中一丝触动，轻轻拥住她："我的清河懂事了，这么善解人意，我眼光果然好。"

清河安静地待在他怀抱里："这是我的家，可我越来越害怕留在这里，每次你轮值结束离开，我都怕你再也不会出现了。"更可怕的是，如果真的发生这样的事，她都不知道求谁帮忙。

"不怕，我正打算向上官请求，暂住宫中，这样就能一直陪着你。"宫里动荡不安，他也确实放心不下。

清河神情苦涩："令狐将军死了，只怕又会换上杨妃那边的人，谈何容易？"

"就算他们居心叵测，目前也得照章程走，皇上只是病倒，怎么也不至于撕破脸……"程处亮话音未落，外面就传来纷杂的脚步声，还有宫人们的惊呼声。

"处亮……"清河抓紧程处亮的衣襟。

程处亮笑了笑："别怕，有我在。"

两人来到庭院，但见严子方率了一队禁军，气势汹汹地推开挡道的宫人。

严子方一看到程处亮就下令："人在那儿，给我抓起来！"

禁军一拥而上，钳住程处亮。

清河阻挡他们的去路，喝道："谁敢带走他！"

严子方冷声："禁军事务，公主殿下最好别插手。"

清河回头，怒望严子方："当初要不是处亮的大哥为你在父皇面前力保求情，你现在还是一个被通缉的海盗！"

严子方毫不动容："为国办事，只有公心，不论恩仇。程处亮犯了事，我身为上官，自要整肃。"

"我倒要问问，他犯了什么事？"清河眼神清澈。

严子方要笑不笑："末将不方便向公主殿下泄露，如若坚持，可以去问一问杨妃。"

程处亮一脸凛然："清河，别担心，我会没事的！"

严子方一挥手，把人带走。

杨妃看着呼吸急促，显然跑过来的清河，目光冷淡。她不是长孙皇后，就算贵为公主，在她这儿也讨不到糖吃。

"为什么抓程处亮？"清河质问。

杨妃也不说话，看了玉合一眼。

玉合领会："程处亮的两个同僚向上司举发，程处亮监守自盗，和公主殿下私通苟且，淫乱宫闱。"

"混账！"这不是连她一起数落吗？"父皇要你代掌六宫，你就是这样代掌的吗？小人毁坏皇女清誉，污损皇族颜面，你不但不严惩他们，反而听凭他们闯入我的宫殿抓人！等父皇醒了，看你怎么解释！"

杨妃不冷不淡："我自会向皇上解释。污损皇族颜面的人，不是那些举报的人，而是清河公主你。"

清河怒道："你居然只凭几个乱嚼舌头的告密者就胡乱判定！"

杨妃嘴角一牵："公主错了，你与那程处亮不清不楚，乃是我亲眼见证。公主可记得有一晚，你二人正让我撞见？莫非以为我眼瞎，没看见你俩牵手不成？"

清河尽管不太自在，仍然勇敢："即便如此，我和程处亮也非你想的那么不堪。"

杨妃眼中无情："清河，你是皇上最喜爱的女儿，我当时才秘而不宣，可你居然不知好歹，跑到我这里吵嚷放肆，既然如此，就别怪我铁面无私。"

一列宫女被内侍们拖上来，身上血迹斑斑，显然受了刑。她们纷纷说起清河公主常常行踪不明，自从程处亮当了侍卫之后，经常进出公主的寝殿，还说珍珠一定知情。

杨妃当即下令拿下珍珠，当着清河的面，施以杖刑，要她老实交代清河是否与程处亮私通。

珍珠忠诚，咬紧牙关不认，却被那些下手不留情的内侍打得惨叫连连，声量也越来越弱。

清河无法保持沉默："住手！别打了！"

杨妃没有让人停手，冷冷一笑："公主有话就说，我听着呢。"

"不错，我和程处亮情投意合，互托终身，不过我已禀报过母后，父皇也答应会为我们赐婚，才将程处亮调到我宫中当侍卫。"清河虽然说出了实话，心态却不乐观。

杨妃果然神情不改："赐婚？我可从没听皇上提起过。空口无凭，不足为信。"

清河忍气吞声："我说的都是实话，等父皇醒了，自然水落石出。"

"皇上没醒，做主的人是我。一个未出嫁的公主，居然和侍卫三番五次私下幽会，把礼法抛之脑后，丢尽皇家颜面。更让人痛心的是，我竟看不出你有一丝羞耻和懊悔。"话音一转，杨妃一脸惋惜，"清河，你是皇后抚育教导长大的，皇上对你相当疼爱，你不该如此让他们失望啊。"

杨妃低眼看向珍珠："身为公主贴身宫婢，不好好规劝公主，反而教唆蛊惑，让公主犯下大错，珍珠不可饶恕，立即杖毙。"

"谁敢！"清河想要冲到珍珠身边去，却被两个宫女拽住，不由得大叫，"我都已经承认了，为什么还不放过她？"

"奴婢代主人受过，天经地义。"杨妃铁了心要对付程处亮，顺便杀鸡儆猴，"谁叫主人不听话呢？"

清河愤怒至极，拼命挣扎："杨妃！等父皇醒了，我一定要告诉他，你有多伪善狠毒！"

"住手！"傅柔领着一队女官走入。

只是珍珠口吐鲜血，已经断了气。

清河从宫女们的手中挣脱，扑到珍珠身边，号啕大哭，想不到自己终究还是连累了她。

傅柔皱了皱眉，抬眼问杨妃："请问娘娘，珍珠所犯何罪，为何要把她杖毙？"

玉合代答："清河公主和侍卫程处亮幽会私通，淫乱宫闱，珍珠是公主的心腹，知情不报，还推波助澜，罪大恶极。"

杨妃这才开口："我也是为公主将来着想，才处置她身边的人。"

傅柔就事论事："公主有错，应交尚仪局教导。珍珠有罪，也应交司正所处罚。"

杨妃脸色一沉，但目光落在傅柔身后那一群女官身上，不得不克制脾气："傅尚宫不觉得自己来晚了吗？"

玉合语带双关："这个时候日到中天，太阳都已正正地挂在头顶上了。"

傅柔也语带双关："这样才好。日头毒一点，才能驱散妖魔鬼怪。刚才玉总管说清河公主的过错，是什么来着？"

玉合道："和侍卫幽会私通，淫乱宫闱，还有娘娘亲眼为证。"

傅柔略一侧头："吴尚仪，淫乱宫闱，可有查验之法？"

吴尚仪谨答："针对不同的状况，查验之法各不相同。公主是未出阁的女孩，是否曾有淫行，一验贞洁便有定论。"

杨妃这时故作好心："毕竟是金枝玉叶，这就不必了……"

清河猛然抬头："必须验！"愤愤起身，坚定地扯开衣襟。

众宫人不敢直视。

杨妃大觉事态不好，正要说话，却被傅柔抢在前面："娘娘不会因为自己是证人，就不允许公主自证清白吧？"

杨妃坐直，气势凌人："我好心维护公主声名，既然她自己不在乎，我又何必煞费苦心？"

吴尚仪嘱咐众女官几句，女官们就行动起来，搬来屏风，挂上帘幕。

清河入内，由吴尚仪和杨妃派的嬷嬷一同验看，很快就有了结论，清河白璧无瑕。

杨妃脸色不变："就算淫乱宫闱不属实，至少不顾礼法，和侍卫幽会，总不能说公主没错。"

清河发怒："强词夺理！卑鄙无耻！你滥杀无辜！还我珍珠命来！"

傅柔拦住清河，从容地对杨妃说道："下官何曾说了公主没错？不过凭刚才这一幕，就知道这次指控存在不实之处，有刻意夸大的嫌疑。娘娘仁慈宽厚，如果娘娘早一点知道事情性质并没有听说的那么恶劣严重，下官想，娘娘也不至于那么狠心，把珍珠活活杖毙，对吗？"

杨妃假装仁慈："当然。我何尝愿意杖毙宫女？只是兹事体大，不得不从严处置。既然过错没有原先想的那么严重，我是个讲理的人，自然会弥补，一定厚葬珍珠。"

傅柔又道："娘娘,此案牵扯的除了宫女珍珠，还有侍卫程处亮。听说程处亮已经被抓，为了避免刑讯冤杀的不幸再次发生，请娘娘允准下官和吴尚仪在场。"

清河顿时明白傅柔的意思，咬牙切齿道："你把珍珠活活打死，现在还想把这一手用在程处亮身上？我绝不答应！你别忘了，父皇还在呢！"

杨妃环视众人，感觉到了无形的压力："要旁观对程处亮的审讯，不是不可以，只允傅尚宫在场。而且尚仪局负责礼仪，公主如今失仪，尚仪局也要承担责任，吴尚仪不适合再掌理。"

傅柔紧抿着唇，不愿屈从。

吴尚仪主动为之解围："下官有过，甘受处罚。"

傅柔迟疑着，却在对上吴尚仪平静的目光时心领神会："徐司正，吴尚仪暂交你司正所看管，等理清来龙去脉，再行责罚。"

徐司正道是，命人将吴尚仪押下。

杨妃心知傅柔不服："尚仪局需要整肃，单单罚一个吴尚仪，岂能足够？我这儿正好有个人选，就不知傅尚宫点不点头了。"

"娘娘打算推荐何人？"傅柔也明白，她要是拒绝，杨妃更不会善罢甘休。

杨妃点名："庄女史。"

一名女官上前跪下："下官在。"

杨妃道："从今起，由你代掌尚仪局。"

庄女史喜上眉梢，眼珠子一转："谢娘娘提拔，下官一定好好整肃尚仪局，不辜负娘娘的一片苦心。清河公主殿下既然已经认错，尚仪局自会好好教导，以期她日后举止言行合乎礼法。"

傅柔身后的女官们个个神情不好看，傅柔却沉静若水。她越着急，对方就越得意，而她不会让他们称心如意。

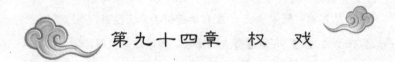

第九十四章　权　戏

傅柔从没来过禁卫所，虽不知从前如何，但觉这时气氛森然，一队队的禁军全都佩带刀穿着甲，神情肃杀。严子方走出，也是软甲战袍，脚踩登云靴，威风不同以往，再无往日那股子向天问公的正气，整个人显得阴沉。

"傅尚宫有何贵干？"亲切温和的哥哥，骁勇义气的海盗，说她是唯一酒友的将军，已经与她殊途。

"奉杨妃娘娘口谕，允我旁观程处亮审讯。"人各有志，她不勉强。

"程处亮打伤看守，逃了。"严子方神情淡漠。

"我不信。"傅柔反应极快，这地方守卫森严，怎么可能逃得出去？

"逃了就是逃了，禁卫所没必要向六局解释。"严子方走过傅柔身边，"恕我不奉陪，我还得去追捕逃犯，没傅尚宫那么清闲。"

"严子方！"傅柔禁不住喊。

严子方回头："有话快说。"

"即便是今日，广织县的乡亲们提起你阿爷严县尉，还会赞叹佩服他正直无私，不肯对权贵摧眉折腰，可你只怕会让严伯父的在天之灵失望。"傅柔不勉强，但还是要说上一说。

"失望？"严子方好笑，"阿爷正直得把自己的命都丢了，但你知道，真正让我家破人亡的原因吗？"

"是什么？"她想知道。

"权力。"严子方嘴角一撇，"没有权力的正直是愚蠢，而我不想走上我阿爷的老路。我劝你也想开点，杨妃娘娘正需要得力助手。"

傅柔冷凝他半晌，随即笑了一声："怪不得盈盈会离开，严子方，你配不上她。"

严子方愣了愣，两眼射出寒光："你知道她在哪儿？"

傅柔挑起眉："不知道。"

严子方眼神慑人："你一定见过她。"

傅柔不置可否："傅柔告辞，不劳严将军远送。"轮到她从严子方身边走了过去。

严子方一把抓住傅柔的臂弯，万分迫切："告诉我她的下落！"

"放过程处亮，否则休想！"傅柔用力一挣，甩开他的钳制。

严子方迫切的神情渐渐冷却："不懂你说什么。已经逃离的人犯，我怎么放？"他撞过傅柔的肩，走了。

傅柔看得出，严子方做出了选择，在爱情和权力之间。那么，对她而言，也只剩一个选择了，找程处默，不再独自扛。

严子方一走出宫门，志得意满的神情就消失了。

他身边，曾经有战友、好友，旗鼓相当但值得尊重的对手，现在，一个人都没有了。一阵不知从何而来的大风，卷来一张纸，他眼疾手快地抓住，那是海虎的画像。他眯了眯眼，将纸折好，收进袖袋，忽然从旁边的小巷蹿出一道黑影，将他拽下马。

严子方就地一滚，抬头但见来人眸闪寒光："程处默！"

程处默低吼："把处亮交出来！"

严子方哈了一声："果然，那些风筝有问题。"

这日当值，天上多了好些风筝。他当时就起疑了，立刻让禁军加强巡查，没有发现异样。他甚至拿到一只风筝，以海盗的经验，觉得上面稀稀落落的针脚很古怪，却看不出其中的含义。原来，傅柔用这种方法传消息给程处默！

程处默二话不说，拔剑反手一刺。严子方旋身拔刀，挡住那一剑。

"严子方，你不如回去当海盗，至少坏得光明正大。"程处默旋着手腕，剑花朵朵，困住严子方周身。

严子方略处下风："你若杀了我，程处亮陪葬！"

程处默一剑刺进墙壁，擦过严子方的耳朵。

严子方眼睛不眨："你想见你弟弟，就得听我的。"

程处默冷笑："你打什么主意？"

"如你所盼，坏得光明正大。"严子方扬眉。

不远处的廊下宫灯明亮，白昼里美好的庭园却漆黑无底。傅柔静静站在假山后，听到脚步声才悄悄探头，也不急于走出去。

来人东张西望，甚至有些鬼祟，来到假山前才嘀咕一声"人呢"。傅柔这才伸出手，在对方肩上拍了一下。

那人惊吓回头，张口要喊。

傅柔低声道："是我。"同时，把人拉到假山后。

"姑奶奶，这都风声鹤唳了，你还约我见面哪？"来者正是傅柔唯一的好姐妹，林宝林。

"确定没人跟着你吧？"傅柔反问。

"怎么可能！我那么小心。"林宝林挺骄傲，"你傅尚宫天不怕地不怕，已经把杨妃得罪到死地，要是让她知道我和你姐妹好，三更半夜秘密碰面，我大概看不到今天的太阳了。"

傅柔真心担心："你也是六局二十四司出来的，杨妃不怀疑你我的交情？"整个六局都快成为杨妃的眼中钉了吧。

林宝林骄傲更甚："我不像你饱读诗书，只有小聪明，最能夹缝里求存。自打皇后去世，我就嗅到你和杨妃之间不对劲，人前人后都埋怨你两句。你没觉得，我最近都没找你喝茶唠闲嗑了？"

傅柔摇摇头。

林宝林好笑："迟钝啊你。"

傅柔也笑："这会儿反应过来也不迟。你说说，埋怨我什么？"

林宝林翻白眼："哎，你倒忘得干净，当初你一进司织所就压在我头上，夺了本来应该归我的司织位子，你对得起我呀？"

傅柔故作内疚："对啊，对不起啊。可是你当了宝林后，我们也有来往呀。"

林宝林觉得她不开窍："从司织到司言，你有皇后娘娘撑腰，谁敢给你脸色？再说，这宫里当面笑呵呵来往，一转身在背地里埋怨诅咒的多着呢。"

傅柔失笑："好啦，聪明人，你有这手准备就好，我就怕和杨妃翻了脸，会牵连到你。如今形势比人强，你一定要保重自己。"

"你啊……"林宝林语气一滞，眼中感动，"放心吧，我怕死得很。快说，这么晚找我出来有什么事？"

傅柔认真起来："你和萧嫔的交情如何？"

"还行吧，平时有些走动。"林宝林一转念，"怎么，莫非你想让萧嫔给清河公主求情？"

"猜对一半。清河公主让庄女史关了起来，杨妃正好树威，可我有办法让公主脱困，运气好的话，杨妃亦会收敛些。不过，需要里应外合才行。"

林宝林沉吟："萧嫔有岳阳公主，算下来地位仅次于杨妃，不过她敢和杨妃对着干吗？杨妃的气势，比皇后有过之而无不及，如今禁军都听命于她了。"

"萧嫔一个人当然不敢，但以她的身份，可以说动其他娘娘，一起去见杨妃，还得挑好时辰，两日之后。"傅柔胸有成竹。

"为什么还得挑时辰？"林宝林心想，吉时？

傅柔凑到林宝林耳边，低语。

清河平躺在榻上，容颜憔悴惨白，没有了生气。

杨妃匆匆赶来，看到那样子，心里一点渺茫的希望也破灭了。她回头狠狠瞪庄女史一眼，暗骂蠢不可及。其一，竟没能看管好清河，没能及时发现她寻死。其二，竟不会挑时候报信，当着众嫔妃的面就说了出来。

她之前为了树立威信，才突然狠辣，今日众嫔妃一起来为清河求情，她也把话说得很好听，打算施以恩惠，结果却变得无可转圜。害死帝女这样的恶名上身，今后还有谁真心服她？

钟玉堂上前禀报："末将赶到时，公主已经去了。"

严子方插话："看公主的样子，应该是服毒。"

杨妃心火蹿烧，怒对庄女史："你是怎么做事的？谁给你的胆子逼死公主？"事到如今，只能找替罪羊。

庄女史骇然："这都是按照娘娘的吩咐……"先饿公主两天，让她没力气撒野。

玉合上前就是一巴掌："大胆！你敢把责任推到娘娘身上？"

庄女史跪伏，不敢再吭声。

严子方忽道："娘娘要尚仪局教导公主礼仪，这是宫中历来的规矩，公主又不是第一次被教导，怎么会因为这种事就想不开自尽呢？"

玉合赞同："对，皇后在世时，也好几次因为公主任性而下令司徒尚仪对公主严加教导呢。公主之死，绝不是娘娘的责任。"

杨妃面露喜色，总算有人为她着想。

"如果公主不是自尽，那就是他杀。清河公主性格刚烈，难免有时候对下人不够宽厚，也许……"严子方语气一顿。

钟玉堂抢过去："也许有人怀恨在心，趁机在公主的饮食里下毒，制造出公主因为受到娘娘训斥而服毒自尽的假象，既害死公主，又毁谤娘娘。"

杨妃大觉有理："如此居心，当真歹毒。"

"凶手应该就在这宫殿里，请娘娘把事情交给末将，末将一定查个水落石出！"钟玉堂说着，朝门外那些哀哭的宫女看了一眼。

杨妃领会："那就有劳钟将军了。"

钟玉堂下令："来人！把这些宫女通通带回去，严加审问！"

侍卫们将惊慌失措的宫女们押走。

庄女史偷偷瞄见，吓得瑟缩。

严子方留意："娘娘，这庄女史是娘娘指派调教公主的人……"

钟玉堂毫不客气地截住严子方的话："正因为她是娘娘派来的人，更应该拘押严审，以示娘娘的公正。"

庄女史爬上前，抱住杨妃的腿："下官对娘娘忠心耿耿！下官帮娘娘办的事，从来没有泄露过一点半点……"

杨妃变脸。

玉合沉声："放肆！你是女官，为娘娘用心办事乃是本分！"

"钟将军，我不会袒护任何人，你只管严查。"放弃一颗小卒子罢了，杨妃眼不眨一下。

庄女史大惊："娘娘！娘娘开恩！下官这些年没有功劳也有苦劳，娘娘当初刚进宫时……"

玉合掏出一块绸巾，堵住庄女史的嘴："钟将军，这女人满口胡言，很会撒谎，你要好好教训她，免得她再信口雌黄。"

"玉总管放心。"钟玉堂冷冷看了严子方一眼，昂头离开。

严子方视若无睹："娘娘，既然是谋杀重案，公主的尸身是不是也应该先放在禁卫所？"

杨妃点头："那就先移到禁卫所，只是要尽快入殓，以全公主尊荣。"

覆水来到甘露殿，向守在大殿门前的曹总管行礼。

曹总管微笑："杨太医不必待奴如此客气。"

覆水谦逊："多亏了曹总管，我们才有今日，应当的。"目光往里一探，隔着屏风，见杨妃的影子隐隐约约，正在喂皇帝汤药。

曹总管顺覆水的视线看去："杨太医找娘娘有事？"

"看来我来得不是时候。"覆水笑了笑，"就是来告诉娘娘一声，程处亮这个诱饵有用，程处默已经上钩，今晚就能解决他。"

曹总管却看着覆水，出了神。

覆水敛笑："曹总管为何如此看我？"

曹总管感叹："杨太医说话时从容自若、顾盼神飞的模样，像极了先帝。奴猛一晃神，还以为又回到了从前。"

覆水不以为意："孙子自然像爷爷。我还有事要办，程处默的事，请你帮我转告娘娘吧。"

覆水转身走了，曹总管却望着他的背影良久。

这时内殿里，杨妃一边喂药，一边和玉合说着话。

玉合禀报："清河公主的事，吴王殿下已经得到消息了。"

杨妃叹："他心情很不好吧？"

玉合有意无意："殿下就是太心软，像覆水那样冷心冷肺，倒也省事。"

杨妃蹙眉："覆水也有心软的时候，还偏偏就软在绝不能软的地方。"她的儿子只是重情而已，对敌人可不容情。

玉合默然。

杨妃接着道："越接近成功，越要当机立断。长孙生的儿子，一个都不能放过，尤其是当了多年太子的李承乾，留着他必成大患。现在皇上人事不省，李承乾和李泰都在宫中，这是千载难逢的机会。"

玉合有些为难："覆水很少提要求，可他一旦开口，就是认真的。如果不顾他的反对，对李承乾下手，我担心……"

杨妃眯眼："要一个人死，未必要做什么。有时候，只要什么都不做，或者少做就行了。"

玉合明白了她的意思："覆水最近很忙，应该不会到内侍监的牢房去。太子和魏王的兄弟情淡，再经不起折腾，只要稍做手脚，就会让他们两败俱伤。"

杨妃神情舒缓："很好。"

只是事事未必如杨妃所想的那般顺遂，好比这夜禁卫所突然失火了，烧了停放清河遗体的房间。

杨妃听钟玉堂来报，不禁惊怒。

"最近天气干燥，易生火患。"钟玉堂可不想揽责任上身，"末将用最快的速度组织救火，在火势进一步蔓延之前，就把火给扑灭了，否则后果更不堪设想。"

杨妃光火："烧什么不好？居然烧了停放清河遗体的房间。有没有可能从火场里找回公主的遗体？"

钟玉堂摇头："那是烧得最厉害的地方，别说遗体，连骨头渣子都不好找。"

对于清河的死，已有不少微词，如今又来一出，让她弥补的法子都没了。想到这儿，杨妃露出不满的表情。

钟玉堂急忙拉严子方垫背："这都是严子方，没有问过我这个上官的意思，就把清河公主的遗体移送到禁卫所。如果末将知道公主遗体在那儿，一定会叮嘱他们多加小心。"

严子方不甘示弱，冷冷回击："末将本不想说话，可钟将军既然想把责任推卸到末将身上，末将只好开口向娘娘说明真相了。"

杨妃挑眉："什么真相？"

严子方道："火之所以转眼之间就烧起来，火势特别大，是因为禁卫所放了一大批烈酒。钟将军嗜好饮酒，每顿无酒不欢，火遇烈酒，才导致遗体烧得渣子不剩。"

杨妃的目光犀利，冷凝钟玉堂："严子方所言确实？"

钟玉堂尴尬："这……这是底下人硬要孝敬，说是贺末将升职，末将原本打算过几天就退回去，没想到……"

"别说了！"钟玉堂是她自己选的，如今哑巴吃黄连，"还有，清河遗体的事不能外传，尽快找一具尸体替代入殓。此事，交给严将军办。"

钟玉堂神情难看。

严子方从容："是，末将一定处理得妥妥当当。以末将所见，清河公主并非自尽，而是被庄女史谋害而亡，庄女史畏罪自尽。娘娘觉得可好？"

杨妃一笑："怪不得覆水常夸严将军能干，果然敢想敢做，就照你的意思吧。"

严子方告退。

钟玉堂还想争取："娘娘……"

杨妃冷了脸："还不下去！一点小事都办不好，怎么期望你办大事！"

钟玉堂沮丧地退了出去。

玉合上前："娘娘莫恼，别气坏了身子。"

杨妃摇摇头，长吐一口气。自从清河出了事，她总觉得有些心神不宁，却说不清道不明为什么。但愿她多想了，一个公主而已，很快整个天下都会是她儿子的，她则母仪天下，人人都在她脚下。

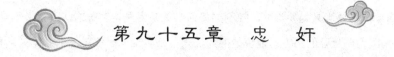

第九十五章　忠　奸

傅柔睁开眼，烛光勾勒出一道伟岸的身影，站在她榻前。

"吴王殿下。"她想要起身。

吴王按住她的肩："躺着吧，何太医说你悲伤过度，需要休息。"

"舒儿告诉你了？"傅柔还是坐了起来，"没什么大碍。"

吴王握住她的手，目光温柔似水："记得你有一次病得很重，是我一直在照顾你，看着你一天一天好起来，我心里比谁都高兴。"

傅柔很不自在："殿下，我说得很清楚了。"

吴王却自顾自："我还真想你病得重些，病得不能再掺和宫中的事，最好像父皇一样暂时昏睡。这样等你醒来时，一切已成定局，迎接你的，将是雨过天晴、鸟语花香，还有一直等着你的我。"

傅柔陡然抽出手："这是自欺欺人！该是你的，就是你的，无须谁病谁死，一样水到渠成。否则，就是欺骗，就是谎言！杨妃娘娘抓了程处亮，杖毙珍珠，清河公主因此自尽，你知道吗？"

吴王沉重："知道。"

傅柔又问："她假装抓住了我的家人，逼我服毒自尽，你知道吗？"

吴王一怔："不可能！母妃答应过，绝不会伤你性命！"

傅柔拿出毒药瓶："这是玉合留下的，我也不会骗你。"

吴王接过药瓶，转着看。

"杨妃是殿下的母妃，殿下一向孝顺，可她当真事事对殿下坦承吗？"依她看来，吴王很多事不知情，"傅柔只是一个女官，性命不足一提，我刚才说的，殿下可以不信。我就想问殿下一句，如果杨妃对皇上下手，殿下如何抉择？"

"母妃对父皇……"吴王坚定否认，"绝无可能！母妃为了我的前途，有时候的确会做事偏激，但她和父皇非常恩爱，绝不会……"

傅柔打断："皇上的病忽然发作，接着杨妃封锁甘露殿，把常年为皇上看病的何太医强行排除在外，指定只能让张、杨两位太医医治。这一切，殿下就没起过一丝疑心？"

"父皇病倒，母妃要控制局势，只能随机应变。"吴王自认客观，"单凭这个就断定母妃对父皇做了什么，我可不糊涂。"

"陛下病倒，首要当是为他治病，控制局势何必更换太医？"傅柔拿出一张药方递给吴王，"何太医为皇上开的药方。他说他的药比张、杨两位太医的对皇上身体更有利。何太医最了解皇上的身体状况，我相信他。"

吴王其实心焦："你就逼迫我配合你，让父皇喝这些莫名其妙的药？"

"张、杨两位太医的药，殿下很了解？"傅柔觉得吴王在逃避，"更何况殿下大权在握，谁有本事逼迫殿下？这药方我拿着没用，煎了药也送不到皇上那里。殿下拿着，该怎么做，全凭殿下自己做主。"

傅柔抓着吴王的手，将药方放在他手心。吴王收拢五指，把她的手，连同药方一起抓紧。

傅柔淡然收回："殿下该回去了。"

吴王欲言又止，最终没再说话，起身走了。

今夜，他会杀了程处默。他无惧杀人，对程处默也无怜悯，但他若看到傅柔伤心，心会比她更痛。可是，他想要自私一回，天下将得，难道还得不到他心爱的女子？如母妃所说，忍了这么多年，无须再忍！

覆水山庄建在峰上，怜燕儿见覆水的那片平台，另一边就是直崖。

程处默独自走上来，见严子方带了一群人，要笑不笑，严阵以待啊。

严子方撇撇嘴："挺准时。"

"那是。长兄如父。不准时，坏我名气。"程处默嘴滑，同时托起一个卷轴，"你要的东西都在这里。晋王的下落，暗语的手法，我全写下来了，两天两夜没合眼。"

严子方懒得理他油嘴滑舌："交出来。"

"我长得像个傻子吗？处亮都没露面，我会把这个交给你？我耐性不怎么好，你再婆婆妈妈——"程处默将火把移到卷轴前，"大家一拍两散，反正我名气早臭了。"

严子方无奈："带程处亮出来。"

程处亮五花大绑，被人推出来："大哥，这是个陷阱！别管我，快走！"

"现在你壮烈个什么劲？有本事别被人抓住啊。"程处默一挥手，"给我闭嘴。"

程处亮立刻闭牢嘴巴，得罪谁也别得罪长兄。

"严子方，你先放人。"看严子方要张口，程处默截断，"你带的人这么多，我们就两个，又不是孬种。"

严子方向来心高气傲，怎能被程处默小看？他重新安排一番之后，同意先放程处亮。

程处亮走到两人中间时，程处默主动抛出卷轴。严子方打开卷轴，程处默的火把也出了手。

明明程处默扔偏了，卷轴却突然烧起来，严子方这才发现卷轴上的火药粉末，急忙甩开，眼睁睁看它化为灰烬。与此同时，他听到身后一声巨响，回头查看，还没瞧出名堂，就见程处默拉着程处亮冲向悬崖边。

"抓住绳索，走！"程处默喊道。

严子方心念一转，夺过手下的一个火把，往前扔出，火光清晰地照出半空的一截绳索。原来程处默早有准备，从对面的山上射出巨型铁箭，支起这根绳索天桥。

严子方大叫："拦住他们！"

程处默殿后，拦住严子方的围堵。

程处亮一边被移动的绳索带离，一边回头望："大哥，走啊！"

程处默好不容易击退严子方一干人等，转身扑向绳索。不料，一支暗箭射出，正中他的背心。他一吃痛，错过了绳索，掉下悬崖。

"大哥——"程处亮神情震骇，却被越带越远，很快隐没在黑暗中。

覆水手持弓箭，从暗处走出来，和严子方并肩而站，一同垂望着无底的深渊。

程处亮悲怆的回声，久久盘旋。

晋王和小武同坐一桌，头也不抬，扒饭。他玩了一上午，到处探新，不亦乐乎，所以都饿得不行了。

"慢点儿吃。"一大筷子的菜送进晋王的碗，程夫人喜笑颜开，"这腊肉是我亲手腌制的，处剑他就最喜欢……"忽觉失言，重新振作精神，饭桌上就是要有孩子才热闹嘛。

看着他俩吃饭的样子，程夫人想起处默他们小时候，那会儿四个孩子一大桌，每顿饭就跟打扫战场一样，让她头疼不已。然而，现在往回看，那竟是最快乐的时光。大女儿走了，小儿子走了，白发人送黑发人，虽不会再瞬间流下眼泪，心却始终痛。

晋王突然放下筷子。

"殿下怎么不吃了？"程夫人关心。

"清河姐姐她……真的死了吗？"卢国公府看似平静，实则密切关注着宫里，消息很快就传进来了，晋王年纪虽小，心思却敏感。

程夫人目光慈蔼，并没有说话。

晋王认为这就是默认了，神情好不难过，但转开话题："父皇是不是不要我了？"

傅柔不想让晋王担心，因此没有告知他详情，只道皇帝病倒，吴王掌权，最好在卢国公府住几日，等宫里的形势明朗了就接他回宫。

程夫人不知怎么解释，此时的宫廷遍布荆棘，人人自危。

"皇上最疼爱晋王殿下啦。傅尚宫说了，皇上生病这段日子，我们先住在卢国公府。晋王只要每天为皇上祈福，皇上很快就会好起来，把晋王接回去的。"还是小武的率真，让晋王的神情开朗不少。

忽然，管家上气不接下气地跑进来，说禁军朝卢国公府而来。

"慌什么！"程夫人拍桌而起，眉间一股英气，目光镇定自若，"小武，你先带晋王藏到我说过的那个地方。"早就等着这一天了！

小武拉着晋王就走。

程夫人吩咐管家："去，把大家召集到前庭，候着！"

管家去了，程夫人走回自己的屋子去，她也得准备准备。

钟玉堂率一大批人，涌到卢国公府门前。宫里找不到晋王，那就只剩一个可能，傅柔根本没有带晋王回宫，而宫外也只有一个地方可以安置晋王，就是这里！

周围的街坊多受卢国公府看顾，见这杀气腾腾的阵仗，纷纷走出来。

钟玉堂大手一挥："拍门！"

手下立刻大步跑上台阶，只是巴掌还没碰到门，门就自己开了。

两列头发花白的家仆和仆妇昂首挺胸走了出来，最后两个老仆抬了张太师椅，摆在正中央，程夫人身穿诰命朝服，手拄长杆大刀，往太师椅上一坐，气场惊人。

钟玉堂稍愣，但背后有吴王和杨妃撑腰，立刻强横起来："今日前来，奉吴王之命搜捕逃犯，程夫人是一品诰命，应当深明大义，配合我等办案。"

程夫人哦了一声："想当年随国公爷南征北战的时候，还能认得不少战将。如今安居乐业，在宅子里享福多年，已不知朝中武将后辈。你贵姓啊？"

钟玉堂的品阶比程夫人低，口头不得不客气："禁军统领钟玉堂。"

程夫人好似想起来："我倒认识一个姓钟的，叫钟玉满，当过国公爷的亲兵，后来被举荐到济州做了武官，可惜年纪轻轻就病死了。"

钟玉堂干笑："钟玉满是我的族兄。"

"还有一个钟氏，当年国公爷驰骋疆场，他随之杀敌，使得一柄好长枪，只是不幸中了乱箭。下葬时，国公爷亲手把长枪放入了他的棺椁……"

钟玉堂神色一正："那是末将的亲叔父。"

程夫人诧异一下，随即欣喜："原来是自己人嘛！那可要好好招待！"

话音刚落，门里就有人抬了桌椅，摆上果子和点心，甚至还捧了一坛老酒上来。

钟玉堂这才有机会说话："这……夫人不必客气，今日此来——"

程夫人突然站起："钟将军职务在身，不便饮酒，不过这国公爷的好酒既然拿出来，就没有原封不动的道理。今日，我请保家卫国的大唐人喝酒，在场还有谁自问有资格，只管来饮。"

一个独眼的白发家丁出列："跟着国公爷打窦建德，敌人一箭射中我这眼睛，可我没往后退半步，而且还是头一个冲进了敌营。国公爷的酒，我自问能喝一杯。"

又一老家仆，扯开衣襟，露出斑驳的伤口："这是为咱大唐受的伤，国公爷的好酒咱也能喝！"

接二连三，老仆人们说起战场上忠勇的过往，一一上前倒酒饮酒。

还有那些嬷嬷年纪的仆妇，为她们已经为国捐躯的丈夫和儿子们，敬酒洒地，告慰英灵。

众街坊看得感动，大声喊"好"。

钟玉堂深受压力，咬牙不让："程夫人，这酒也喝了，旧情也叙了，接下来该让末将做事了吧？"

程夫人气定神闲："钟将军要做什么事？"

钟玉堂不耐烦了："末将奉命搜查卢国公府，捉拿逃犯程处亮，谁敢阻挠，就是和朝廷作对！"

程夫人回到太师椅坐下："处亮到底身犯何法，我可以暂不追究，相信朝廷自有法度，让有罪者获罪，还无辜者清白。你要搜，请自便。"

钟玉堂眼睛一亮："多谢夫人体谅。"举起手正要下令行动。

"不过，要等我死了，才行！"程夫人往身后一抓，一柄长刀横在身前，刀刃在正午的阳光下光芒刺目。

钟玉堂凛眸："夫人，你这是……"

程夫人高声道："卢国公为大唐征战几十年，老了只剩一身旧伤。我的长女嫁给魏王，被毒死了。我的三儿为了报效皇上，死在东宫逆贼的围攻下。长子程处默，平定叛乱时几乎丢了性命，皇上亲封为百骑将军，可他昨晚无缘无故地失踪了！我等啊等啊，没等来他的消息，却等来了清河公主的死讯，等来二子处亮成了逃犯的噩耗，等来了你们这些威风凛凛的后辈小子，要硬闯我的家门！要搜府？可以。反正我只剩了这条老命，能从我身上跨过去，你们就只管搜！"

一众老仆齐声大喝："从我们身上跨过去！"

钟玉堂恼羞成怒："禁军为朝廷办差，岂能受你们这些老东西挟制？给我上！"

突然，半空飞来一只鸡蛋，正砸在钟玉堂脑袋上，黄白的蛋液流了他半张脸。

钟玉堂回头怒瞪街坊们："谁扔的？"

街坊们个个面无表情，无人搭腔，下一刻却爆发了，纷纷扔出臭鸡蛋、烂菜叶，还有泥巴夹杂。

钟玉堂想要张口发飙，却吃了一嘴泥。

"残害忠良，奸佞小人！"

"卢国公府一门忠烈，畜生将军还不快滚！"

"滚！滚！滚！"

群情激愤！

钟玉堂狼狈得抬不起头，也怕引发民变，只得灰溜溜夹起尾巴撤了。

街坊们，老仆们，人人欢呼。

程夫人暗暗松口气，面露微笑，看着这些古道热肠的好人，忽然发现房玄龄身着便衣，静静站在人群中，神情欣慰，并对她颔首致敬。她也微微一点头。

吴王站在傅柔的房间门前，有些踌躇。刚收到消息，程处默中箭坠崖，等同身死。他只要想到傅柔得知这个消息的悲痛模样，就感觉内疚，但与此同时，心底又有一丝独得佳人的窃喜。

他深呼吸一口，推门而入。

傅柔松散着长发坐在榻上，眼睛有些红肿，看到吴王的刹那，面容变得僵冷。

吴王心里咯噔一下，故作从容："今日感觉好些了吗？"

傅柔沉默着，双手渐渐收紧成拳："请殿下出去！"

吴王反而坐了下来："怎么了？"

傅柔目光痛楚："殿下原来是这么可怕的人吗？笑里藏刀，绵里藏针，不动声色就能夺好人的性命。"

吴王突然抓起她的拳头。傅柔也不甘示弱，摊开掌心。掌心里，有一只沾了血的香囊。

"这是我为处默亲手所绣，就在刚才，它突然出现在我房门外。"傅柔咬咬唇，再开口就带着浓浓怨怒，"你们对处默做了什么？"

"……"吴王稍稍迟疑，"我不知道。"

"你很不会撒谎。处默出事了，你说不知道。何太医死了，你也不知道。何太医为皇上开的药方，我只给了你，转眼他就失足溺毙！我相信过你，可是再也不会那么天真。"傅柔一指门口，"出去！"

吴王起身，失魂落魄走出去。他从未见过傅柔发怒，也以为即便她知道真相之后怨他，他也能够承受，然而真正面对的时候，才发现难以忍受，心如刀绞。而且，他遭到了背叛，被他自己的母妃。

覆水跟他说，严子方已经向母妃复命，上交了程处默中箭身亡的一应物证。所以，那个香囊只可能是母妃派人放的。

为什么？吴王想不明白。母妃明明答应过他，会保全傅柔，也会成全他，可她这么做，让他原本就微小的机会变得渺茫。

还有何太医。他向母妃请求，让何太医为父皇诊治，母妃也答应了。但何太医居然死了！难怪傅柔会怒，连他都毫不犹豫地认定了是母妃所为。

母妃这么做，就是不想让何太医给父皇治病，同时却也欲盖弥彰，父皇的病另有蹊跷。吴王从袖中摸出傅柔给他的药方，当时觉得不必交给母妃，毕竟是何太医自己开的方子。而今何太医已经不在，他就成了唯一知道药方的人。

吴王沉吟片刻，将药方收进怀里，此时能做的，只有一件事。

甘露殿外，吴王静立在角落的阴影里。

一个内侍端着托盘，上面放着药碗，来到殿门口。

吴王等到了他的猎物，神态自若地走到光下，仿佛只是巧遇："这是给父皇的药？"

内侍不疑："是。"

"交给我吧，你可以退下了。"吴王拿过汤药。

内侍转身走下台阶。

四下无人，吴王这才转向刚刚那个角落，阴影里又走出一个人来。那是他的亲信，手捧一只一模一样的汤碗，换掉了托盘上的碗，又无声地迅速走开。

吴王神情不变，走入内殿之中，将汤药喂进他父皇的口中。

杨妃和玉合进来的时候，吴王手里的碗已空。

吴王一笑："每次都是母妃喂药，儿臣也该以尽孝道。"

杨妃也没怀疑："你是个孝顺孩子，母妃一向知道，你父皇也知道。"

吴王起身："儿臣还有些奏折要看，晚点再来陪父皇。"

杨妃语气温柔："去吧。"

吴王走后，杨妃的表情才变得犀利："钟玉堂去卢国公府了？"

玉合道："是。"

"但愿他这回把差事办好，才不枉我把他调回长安来。"杨妃叹。

玉合正要说话，内侍进来禀报，房玄龄求见皇帝。

杨妃蹙眉："告诉他，皇上的病还是老样子。"

玉合思忖："用这话已经搪塞过很多次了，不然让他进来瞧瞧，也免得百官议论。"

杨妃一想："也好。"让内侍去宣。

忽然，杨妃瞧见皇帝的眼睑动了一下，居然缓缓睁开了眼睛。

玉合大惊："娘娘……"

皇帝的眼睛圆睁，目光涣散，难以聚焦，却把杨妃和玉合都吓得不轻。恰在这时，房玄龄已到了门外。

玉合想道："戒指。"

杨妃摇摇头，今天并没有准备。

玉合一咬牙，伸手捂住皇帝的嘴和鼻。

杨妃震惊，随即反应过来，去拉玉合的手："不行，我做不到……"

玉合却更用力了。

杨妃低声怒道："还不放手？"

玉合没说话，只是眼神不让。

皇帝无法呼吸，眼神却因窒息的痛苦而有了一线光芒，求生本能出现，揪住了杨妃的袖子。

杨妃几欲哭了出来。她向往太后的位置，向往儿子成为一代帝王，然而内心深处最向往的，不过是白首一心，夫妻到老。如此简单，却要用尽一切手段，因为她喜欢的人是帝王，有一整个后宫的敌人。

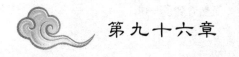

第九十六章　惊　涛

透过屏风，隐隐可见房玄龄走近，杨妃的目光犹豫不定，看着皇帝涨红的脸，凸出的眼，还有那只紧紧拽着她袖子的手，突然使出全身的力气，掰开了玉合的手，推开他。

她做不到！她说过无数的谎言，唯有对皇帝的爱，全心全意，绝不掺假！

房玄龄出现在屏风边，看见玉合双手撑地，惊瞪着杨妃，而杨妃也是呼吸急促，面色仓皇，正觉奇怪，视线却落在皇帝脸上，看见他睁着眼。

"陛下！"房玄龄喜出望外，跪到榻前。

杨妃暗暗松口气，看似优雅，不动声色地整理一下发髻和衣装，语气轻快："是呀，皇上总算醒了。你看，皇上还抓着我的袖子呢。"握起皇帝的手："陛下，房相来了。"

皇帝刚刚透不过气，此时张大了嘴，全力呼吸，耗尽最后一点神志，眼神再度涣散。

房玄龄以为皇帝有话要说，耳朵贴近他嘴旁："陛下说什么？"

杨妃向跌在地上的玉合使个眼色，玉合清楚地看到了她目光里的杀机，他无声爬起，从袖子里拿出一根极细的绳索，靠近房玄龄。

房玄龄毫无防备："陛下，你说大声点，老臣听不见。陛下！陛下！"

皇帝却闭上了眼，再无反应。

房玄龄叹口气，起身转过来，但见玉合背着手走过，站到杨妃身后。

他不觉有异："皇上这病……"

杨妃道："房相该往好处想，皇上今天能醒转片刻，已经是喜讯了。"

房玄龄点头："对，对，该往好处想。老臣就不打扰皇上了，老臣告退。"

杨妃冷眼看着房玄龄离开，一转身，伸手抓住玉合的领口，揿成一团，努力压抑怒火："你……好啊！把我的话当耳旁风！"

"姐姐……"衣领勒得玉合难以发声，"都是为了大隋。"

杨妃神情一僵，松开手，推开他："滚！"

"姐姐当真觉得，等吴王登基，皇上醒来，发现自己再不是天子，他还能与姐姐当神仙夫妻？您想想，太上皇临终前原谅皇上了吗？"玉合苦口婆心，"此时此刻，孰轻孰重，可不能犯糊涂啊。"

杨妃咬着牙："无论陛下怎么想，我都会始终陪着他，会熬过去的。"

玉合转身走了出去，却见曹总管立在门边，似乎已经待了很久。

曹总管语气平稳："玉总管没事吧？"显然看到了一切。

玉合一拢眉头，但现一股怨怼。

御花园百花争艳，却静谧得连一个走动的人影都没有。自从杨妃执掌六宫，动辄伤人害命，各宫妃嫔都怕撞到她枪口上，能不走动就不走动了。

忽然，严子方出现在入口，身后还跟着一个身穿灰袍头戴青巾书生模样的人。两人脚步匆匆，穿过园子。那书生悄悄抬头，好奇地环顾着四周那些奇花异草，眼含敬畏。

"严子方。"傅柔正要去禁卫所找他。

严子方止步，转向她，语气冷淡："直呼其名，这难道就是六局女官的礼仪吗？"

傅柔拿出染血的香囊："我要知道他的消息。"

"何必徒增伤心？伤心懂吗？"严子方指指心口，"这里中了一箭，神仙难救，你就死心吧。"他说完，掉头就走。

傅柔紧紧握住香囊。严子方说的，她一个字都不信。处默用兵如神、神机妙算，怎么可能中箭？与此同时，她的目光落在那个书生的背影上。

严子方和钟玉堂都是吴王选上来的，不言而喻，两人得到了杨妃的信任。也就是说，严子方为杨妃办事。那个书生样的人，既不是内侍，又不是侍卫，更不是文武官，却出现在后宫，显然杨妃要派用场。

派什么用场呢？傅柔想了想，离开御花园，走过长长的甬道，来到一个荒凉的院子，推门进入一间厢房。

内屋传出说话声。

"皇后娘娘走了，皇上病了，我这把老骨头也快不中用了，谁都没法子和天地岁月对着干呀。"韦松的声音。

"少嘀咕吧，你，安心养病比什么都强。"

傅柔记得这个声音。

内侍监的黄公公，曾经也是皇上跟前的红人，可同曹总管比肩。不过，去年曹总管的风头更劲，黄公公没什么机会面圣。

傅柔走进门里。

黄公公站了起来："傅尚宫来了。我还有事，先走了。"

"黄公公，"本来想请韦松给她出出主意，"没想到你也会来探望韦总管。"

"唉，兔死狐悲罢了。"黄公公苦笑，"当年我们老哥俩是不怎么对付，不过这宫里，谁又知道自己的下场呢？"

韦松一看傅柔的神情，就明白三分："老弟啊，最近在内侍监不如意？"

黄公公哼了哼："能如意吗？我现在对着曹养德，简直就是个孙子。"

傅柔接茬："曹总管最近常去杨妃宫中，也似乎颇得杨妃的信任，帮她牢牢守住甘露殿，就好像里头有什么阴谋诡计见不得光。黄公公可知道或瞧见过什么？"

"我也没法靠近。曹养德啊，有杨妃撑腰比有皇上撑腰还得意，前阵子还把我训斥了一顿，做人都不会了。"因为郁闷，才想到来看看韦松，也算心理安慰吧。

韦松哟了一声："内侍监那些老资格里，能对他挟制一二的，也只有公公你了。皇上对你向来器重，曹养德只是服侍皇上的近侍。"

黄公公哪能听不出来："行啊，韦总管，想挑拨离间啊？"

傅柔道："我和韦总管说的都是实情罢了，感叹最近日子是越来越不好过了。公公难道没有同感？"

黄公公语气一顿："我没这么傻，你们的事，我不敢掺和。"需要脑袋提在腰带上的觉悟。

傅柔笑了笑："不用掺和，要是看见生面孔，帮忙留意一下。"

"别想了。"黄公公走了出去。

傅柔听出他语气中的坚决，轻轻叹了口气。

韦松咳了两声，虚弱却沉稳："傅尚宫莫急，老马识途，他可是这宫里的人精，明白好歹的。"

傅柔到底年轻，心里不太相信这话。哪知到了晚上，有人敲她房门。她打开门，一看见黄公公，当下就对韦松佩服无比。这是属于长者的无价智慧。

"黄公公，"思绪纷纷，她面色不露，"这么晚了，有事吗？"

黄公公紧张兮兮地往身后扫了一眼，走进屋子，关门的时候又往左右看两眼。

傅柔心里暗喜，多半能得到宝贵的消息。

"这次真是被你害死了！"黄公公一开口就是埋怨。

傅柔本想顶他两句，毕竟她提议的时候，他可是直接拒绝了。然而，转念之间，她还是忍了，这不是逞强的时候。

"怎么？"她语气平和。

"御书房里多了张生面孔，我瞧曹养德和他鬼鬼祟祟，就想到你的话，偷看了两眼。"

黄公公掏出两张纸，神情惶恐，"你自己看！要我老命哟！"

傅柔接过一看，渐渐蹙起眉头，目光由疑惑到清晰。纸上写的大致是，皇帝自认年岁已高，身体不堪重负，愿以太上皇之尊颐养天年，由皇三子李恪继位大统。

"这是……"传位诏？

黄公公愁眉苦脸："傅尚宫想得不错，这可是……"说那两个字，需要先壮胆，"篡位！"

传位诏是不可能写在纸上的，而且字迹也古怪，有些字像是皇帝的，有些却不像。傅柔忽然想起那个青巾书生，茅塞顿开："杨妃他们找人冒充皇上笔迹？"

黄公公嘿了一声："还能是什么呀？"

傅柔神情凝重起来。

"这可怎么办哪？"黄公公反而催促。

"……"傅柔沉吟半晌，"看字迹，对方尚未完成模仿，而且传位诏书要合法度，还需一件最重要的东西，或许仍有机会阻止杨妃和曹总管他们的阴谋。"

黄公公一想，也明白了："玉玺！"

平静没几日的宫廷，暗涛终于卷到了面上，波浪汹涌。

玉合和钟玉堂带着禁军到处搜找，说傅柔居心叵测，对杨妃不恭，要捉拿问罪。六局人心惶惶，谁也不知道，是因为傅柔带走了玉玺，让杨妃处心积虑制造的诏书无法盖印，而吴王召集群臣上殿的手谕已经送进各个官邸，到时还没有传位诏，就是大逆不道了。所以，杨妃也顾不得许多，公然开始找人。

傅柔躲在一个冷僻的花园里。当了尚宫的好处就是对皇宫了若指掌。这里刚出过何太医落水的命案，杨妃让人锁了园门，大概想不到她敢躲在这儿。她低头看一眼手里紧紧捧着的小包袱，不由得苦笑，哪里想过会有这么一日，能碰得到玉玺？

这东西，真是沉得让她心慌。可是掌玺的余敏陈说了，他不能有异动，否则打草惊蛇，唯一的办法就是交给她，他能挡一时就挡一时。她吃了一惊，原以为他可能不会相信她的话，毕竟杨妃控制了宫中局势，连禁军都在掌控之中。谁知余敏陈表示皇帝病发之前曾发下圣旨，有意钳制吴王，曹总管却随即将圣旨取走，只道皇帝改了主意。从那时开始，他已经怀疑曹总管有问题。她这才知道，余敏陈也是长孙皇后设下的一道屏障。

忽然，人声隐隐。

傅柔悄无声息走到园门后，透过缝隙往外瞧，看到不远处好些侍卫跑了过去。她推敲着他们去的方向，陡地脸色一变，那是萧嫔所住的宫殿，心道不好。

萧嫔看着侍卫们肆无忌惮地到处翻找，心中戚戚。只是怕什么来什么，几个侍卫冲着她过来，要搜寝殿。

"连我的寝殿都要搜？"她尽量装出一副恼火的样子。

"奉杨妃娘娘和钟将军之命，一处不可漏过。"一个侍卫态度强横。

"我是皇上的嫔妃，寝宫乃是我与皇上的休憩之处，你等什么身份，也敢随便入内，不怕亵渎龙颜？"萧嫔不肯让开。

"都愣着干什么？"玉合走来。

萧嫔一愣，随即摆出友好笑脸："玉总管来得正好，这些侍卫不知好歹……"

"萧嫔娘娘与杨妃娘娘情同姐妹，那傅柔冒犯杨妃娘娘，你该带头配合才是，不会唱对台戏吧？"玉合撇笑。

"这个……"萧嫔面部一僵，"当然不会……"

玉合对侍卫们抬抬下巴，众人冲了进去，翻箱倒柜。

萧嫔有些紧张。

玉合瞧了出来："萧嫔娘娘放心，不会弄坏东西的，他们瞧着粗莽，其实很仔细。"

萧嫔笑得勉强，仍盯着对方的举动，但见其中一个侍卫来到榻前，蹲身敲着床板，突然露出狐疑的神色，又敲了好几下。

玉合也留意到："怎么了？"

萧嫔神情惊慌，心道要命，有点不敢往下看，调开视线。

"傅尚宫！"她脱口而出。

玉合立刻转过头："在哪儿？"

萧嫔指着大门："那儿！"

玉合看过去，果然见到傅柔在门外探头探脑，视线一和他对上，马上转身就跑。

玉合一边喊，一边跑："都别瞎找了，快给我追！"

众侍卫从各处跑出来，跟着玉合追去了。

萧嫔大大松口气，走入寝殿合上门，来到床榻前，敲开了床板。

"没事了，出来吧。"

床下钻出一个人，棉花团儿一样的脸蛋，圆溜溜的眼，竟是清河公主。傅柔将假死药给了清河，以此逃过杨妃的迫害。那之后，清河一直在萧嫔这儿。萧嫔让林宝林说服了，杨妃要是当上太后，谁都别想过好日子，也是为着她的女儿着想，她才收留了清河。

"没事了？"清河差点吓破了胆。

"原本他们要抓的就是傅尚宫，她知道你在这儿，应该是故意露面，好把他们引开。"萧嫔猜得够准。

"不愧是傅尚宫，我大嫂啊——"清河感叹着，忽然回过神来，"他们要抓她，她却为了救我引开他们，那岂不是……"

萧嫔点了点头，无可奈何。

傅柔到底逃不过侍卫们的追捕，被带到杨妃面前，好在事先已将玉玺藏了起来。杨妃撬不开她的口，就让玉合把六局的女官们统统抓过来，再问不出玉玺的下落，就拿那些女官开刀。

傅柔暂被押入一间杂物房，门外落了锁，也无法从透气的小窗逃出去，不禁心急如焚。

一声啾啾鸟叫，杨柏从窗口露出脸来。

傅柔大喜："杨柏！"

"我一听说你被抓，就想办法溜了进来。"杨柏神色担忧，"你说你也是，要是上回服了假死药，这会儿说不准已经在宫外逍遥了，怎么还跟杨妃娘娘对着干？"

"有些事，必须去做。"傅柔深知逃避得了责任，逃避不了内心的苛责，"杨柏，你帮我个忙。"

"什么忙？"

"杨妃他们伪造了传位诏，只差玉玺盖印，而吴王已经召集群臣，现在都在大殿上等着，你想办法向百官揭穿他们的阴谋。"

杨柏哆嗦一下："我不掺和！这种事，一不小心就会死得凄惨，还是置身事外的好。"

傅柔意味深长："一旦阴谋得逞，大唐颠倒乾坤，盛世变成乱世，大唐百姓，没一个可以置身事外。你若挺身而出，就是惊天动地，拯救我朝。杨柏，你问问自己，是不是就是你一直在等待的千载难逢的好机会？"

杨柏开始迟疑："就算我去了大殿，那些大臣知道我是谁呀？什么凭证都没有，他们不会相信我。"

"你有凭证。"傅柔相信杨柏，"玉玺在我手上。只要你拿着玉玺，并告诉百官，这是掌玺大臣亲手交给你的，百官就算不会尽信，也会生出疑心。只要怀疑，就会追查，那就是转机了。"

杨柏问："玉玺在哪儿？"

傅柔压低了声，郑重托付："就埋在湖心亭旁那棵老石榴树下面。杨柏，拜托你了。"

杨柏重复道："湖心亭旁那棵老石榴树下面。"

傅柔不疑有他："对。"

杨柏忽然撇头，扬声大喊："玉玺就埋在湖心亭旁那棵老石榴树下面！"

曹总管微笑着出现在窗外："杨柏，做得好，从今往后荣华富贵享之不尽。"

傅柔震惊，目光难以置信："杨柏，你……"

杨柏打断："还记得我的好兄弟杨厚吗？因为帮宫女李春儿带了一包毒老鼠的砒霜入宫，他被长孙皇后下令活活打死。一条人命，还不如宫中的老鼠。我发誓要为他报仇。对长孙最好的复仇，就是让吴王登上皇位，永远压在长孙那些儿子的头上。"

傅柔眼中沉痛："就为了复仇，搭上天下百姓的安康？"

杨柏道："不，如你所说，我要干一件惊天动地的大事，拯救被人遗忘的大隋，成为大隋千古流芳的英雄。"

傅柔只觉可悲："你知道隋朝的暴政是怎样凌虐百姓的吗？你知道隋朝有多少人因为繁重的苦役而死在离家千里的地方？为了私仇、私利，你竟要让千万人赴汤蹈火？"

曹总管转身就走："何必与她啰唆？走吧，杨柏。"

杨柏稍愣，最终梗着脖子对傅柔道："天下那么大，和我没关系。我是个实在人，谁对我好，我就对谁好；谁对我坏，我就报复谁。傅尚宫，你一直对我很好，这次是我对不起你。等我飞黄腾达了，我会报答你的。"

傅柔眼睁睁地看杨柏跟着曹总管走远，颓然顺墙坐下，双手抱膝。以为付出真心就能得到真心，却无论如何算不过人心中的欲望。人心难测，她过于高估自己了。

不知坐了多久，笃笃笃！有人敲窗！

傅柔抬眼一看，意想不到，竟是黄公公。

"你也投靠了杨妃？"她太傻了，这是杨妃的宫殿，杨柏怎么可能闯得进来？

"就算我想，曹总管能干吗？平日就当我眼中钉，得了势还不要我老命？我现在，只能吊死在你这棵靠不住的树上了。姑奶奶，你可不能这时候撂挑子，文德皇后那么看重你，就仗你挽救大局了。"

她听得苦笑连连："玉玺都让他们拿走了，我还有什么办法？"

"事在人为，天底下没有必输的仗。"黄公公也是被逼急了。

这话，在傅柔心里振出回音。她突然想起，处默和她说过类似的话，战局处于不利时，要物尽其用。这宫里，真正与杨妃和吴王对立的人，可不是她和黄公公。

第九十七章　夺　宫

河水奔流不息，突然溅起无数光点，浮出两颗人头，一个程处默，一个程处亮。程处亮被水呛了一口，正要咳嗽，却让他家老大捂住了嘴。

"别出声！"程处默望一眼前方的林子，隐隐可见百骑的营帐，暗自庆幸顶替他的将领没有换地方。

程处亮嘟囔道："这么远，谁听得见？再说，我家清河又不是鱼，你带我下水干什么？"

这年头，奇迹多。先是他家老大再次死里复活，精神奕奕地回到了家。其次，他家老大告诉他，清河也没死，只是装死，让傅柔藏在宫里，人好好的。他一听，立刻打起十二万分的精神，打算随老大潜入宫中救妻。

不过，这里怎么看，都不是宫里啊。

"长安守将已被调换，无人可信，房相他们又被召进宫里，这里是我们唯一可以找到帮手的地方了。"程处默不待弟弟再开口，"禁苑，北枕渭水，西揽长安，南接宫城，东抵浐河灞河，乃军事要害。你以为，皇上为何让我在禁苑训练百骑？"

程处亮想了一会儿，诧异至极："难道皇上已经知道了有这么一天，所以早做准备？不过，说来说去，你手下就那么百来号人，还能扭转乾坤？"

程处默得意一笑："这个嘛，试试就知道了！"说着话，双手一撑，跃上岸，无声地朝林子跑去。

叶秋朗和宗建修率领百骑，在林中飞快穿梭，丝毫没有惊动新来的将领，很快在河边集结。程处默走了出来，程处亮跟从。众人激动，齐齐抱拳，压低声量喊将军。

程处默笑露白牙："你们有没有想我啊？"

宗建修嬉笑："那当然，叶哥比想他家燕儿还厉害。"

叶秋朗一肘子顶开宗建修："将军可算来了，兄弟们等您好久了。"

程处默正色："功夫一日不可不练，你们没荒废吧？"

叶秋朗和宗建修异口同声："当然没有。"

"很好。"程处默点点头，"你们也知道，我去覆水山庄救处亮的时候，中了覆水的埋伏，覆水身份大为可疑，却以太医之职进出宫廷，为皇上诊治。而今皇上始终未醒，朝中人事变动剧烈，今日吴王更是召集文武百官上殿，我有相当的理由怀疑，其中大有

304

阴谋。"

宗建修咂嘴："难道是谋朝篡位？"

叶秋朗很直接："将军，我们要怎么做？"

"占领皇宫，清除奸邪。"程处默说了八个字。

"占领皇宫？凭你们这一百号人就想占领皇宫？你知不知道什么叫皇宫？高墙深院！铜墙壁垒！"程处亮曾是侍卫，自豪地认为皇宫守卫固若金汤。

程处默气定神闲："这里是禁苑，西揽长安，南接宫城。我们和皇宫内城只隔着一道玄武门。百骑对玄武门，对禁军的布置，都了如指掌，平时我同你们也已经演练过无数次，包括如何应对篡位。"

叶秋朗恍然大悟："怪不得当初这些犯忌讳的演练，皇上都不加干预，原来他把将军安排在禁苑是为了……"

程处默接过话："为了大唐。"

程处亮半张着嘴："原来如此。"

想当初，他还抱怨皇帝不识人才，大哥那么厉害，居然只因太子一句话，就给降成百骑将军，虽说出入禁苑，倒像是帮忙赶猎物的小分队，谁知却是真正的帝王之师！

太子和魏王正面对面坐着，肚子咕噜噜叫，尤其魏王肚子的叫唤特别响。一日两餐，每餐半碗粥，已经连着几日。太子即便再没胃口，天天和魏王分半碗粥，终于也饿得受不了了。但奇异的是，玉合期望中的兄弟相争、两败俱伤的情形并没有发生，反而让他们和谐了起来。

"今天怎么迟了？不会连半碗粥都不给了吧？"魏王咽了一下口水。

"父皇病了，清河死了，你还盼吃的啊？"太子饿归饿，口头可不承认。

"那能怎么办？事到如今，我俩能不饿死，就不错了。"魏王叹口气，"就怕父皇要是一直醒不过来……"

"父皇会康复的。"太子坚定打断。

"我是说如果……"

"没有如果，父皇一定会好……"太子忽然收声，但见三名宫女来到牢房前，手提食篮。

魏王眼睛一亮："老天开眼，终于给我们送大餐来了。"

太子斜他一眼，低声道："最后的大餐。"

魏王顿悟，脸色刷白："不会吧？"

牢头打开门："杨妃娘娘开恩，今日给两位殿下准备……"话没说完，被人敲晕了过去，敲晕的工具落地，正是食篮。

太子和魏王错愕至极。

"奉傅尚宫指令，护送两位殿下去皇上那儿。"宫女们是对傅柔钦佩有加的女官。

太子回神："为什么？难道父皇他……"

"皇上还是昏迷不醒，但杨妃抓了傅尚宫，拿了玉玺，伪造传位诏，此时此刻，群臣都在殿上，只要传位诏一到，吴王就是新帝了。"

魏王大叫："这可是谋反！"

太子也变了脸："我们应该去大殿，阻止吴王才是。"

带头女官摇头："不，那里傅尚宫已有安排，请两位殿下保护好皇上，一切才有转机。"

太子神情不愿。

魏王赞同："太子，傅尚宫的本事我们都是见识过的，母后那么器重她，将六局交托，她不会辜负母后的期望，就听她的吧。"

太子盯看魏王一会儿，点了点头。他因为不信自己的兄弟，落得如今这个下场，所以他发誓，再也不会犯同样的过错。

这时，吴王站在屏风后，身穿真龙朝服，心潮澎湃。

母妃告诉他，父皇醒来短短的片刻，立了传位诏，选定他为继承人。他简直不敢相信自己的耳朵。母妃说，他到底感动了他的父皇，承认他才是最出色的子嗣。那瞬间，多年的忍气吞声仿佛一口吐尽。

吴王深深呼吸，走上大殿，在百官之上，跪在那张空空的龙椅前，听曹总管宣读诏书。

"天生烝民，树以司牧，三灵辅德，百姓与能，皇长子李承乾伤败于典礼，不可承七庙之重，今废承乾为庶人。朕万几填委，明发不寐，听政劳神，多有病忧。皇三子李恪器质冲远，风猷昭茂，推而弗居，就垂显号，致皇帝位于李恪，以康四海。"

曹总管的每字每句，渐渐填满他这么多年来的内心空洞，但他很快发现，大殿上寂静无比。

吴王侧头看去，以房相为首的一群重臣，既无敬意，也无欣喜，而是疑惑重重。

他眯了眯眼，化被动为主动："事关重大，还请房相找两位熟悉父皇笔墨的大人验看诏书，以辨真伪。"

房玄龄当仁不让："张大人、庞大人。"

三人上前，接过传位诏书，仔细验看，最终彼此互换眼神，承认是皇帝亲笔。这回，房玄龄率先跪拜，带领群臣，山呼万岁。

曹总管宣道："新君登基，再拜——"

吴王走到龙椅前，手才碰到扶手，一个清脆的声音响起："父皇尚在，谁敢夺位，就是谋逆！"

百官一齐回头，只见清河公主身着宫女服，身后一群女官跟随，站在大殿门口。人人都以为清河已不在人世，想不到她还活着，而且指责吴王谋逆，一下子傻了眼。

清河扬声道："传位诏书是伪造的！"

房玄龄站了起来。

覆水从屏风后走出，大声斥责："清河公主，你任性诈死，引发宫廷不安，如今又信口雌黄，侮辱新君，居心何在？"

清河无惧："你们趁着父皇昏迷，为了铲除卢国公府，对程处亮栽赃陷害，逼得我不得不假死脱身，你们居心何在？而你一个太医，竟然出现在大殿，旁听传位诏这么大的事，我倒要问问你，你究竟是什么人！"

覆水说不出话来，心知以清河的性子，不可能说出如此有条理的话。

吴王又惊又疑，瞥一眼覆水，但问清河："你凭什么说传位诏书是伪造的？"

"凭事实！凭你们为了给这假诏书盖上玉玺不择手段！凭你不敢把掌玺大臣余敏陈叫出来当场对质！"没错，傅柔教她说的！

"余敏陈何在？"吴王大声喝问，"这诏书不是由余敏陈加盖玉玺的吗？立即召他来！"

然而，曹总管和覆水皆不作声。

吴王忽然懂了，嘴角浮现自嘲的苦笑，又是骗他的！从父皇的病，到传位诏，统统都是谎言，可惜他太渴望得到父皇的认可了，一次次甘心受骗。他内心深处，明知是一场美梦，却想美梦成真。

房玄龄对几个老臣使个眼色，悄悄走向殿门。

严子方则接到覆水的眼色："来人！"

大批侍卫涌入，将殿门关上，把清河推到房玄龄旁边。

吴王看着这一切，转头冷凝覆水："你们要造反，别算我一个。"他正要走下台阶，却觉脖子上一抹冰凉。

覆水用匕首贴着他的脖子，语气平静："殿下，为了娘娘，请三思而行。"

吴王咬牙："你拿我母妃要挟我？"

覆水要笑不笑："怎么能呢？还是让姑母亲自跟你说吧。"

覆水将吴王关在大殿后的书房，外面安排了守卫，就离开了。

吴王来回踱步，犹如困兽。父皇没有传位给他，覆水他们控制了群臣，伪造传位诏一事已经暴露，那么接下来，覆水只有一件事可做：杀了所有知情的人，强行改朝换代，到时势必血流成河。

"恪儿。"杨妃走了进来。

吴王顿时停下脚步，望着他的母妃。他早知他也不过是个棋子，却偏偏甘心被驱使，因为相信母妃真心爱护他。但是，他继承大唐帝位是一回事，推翻大唐重建大隋又是另一回事。

"想问就问吧。"杨妃轻轻叹息。

"传位诏书究竟怎么来的？"他无法不问。

"找了个天下第一的模仿高手。"她回答。

"父皇是旧病复发吗？"

"他被下了药。如果不如此，你的母妃早就活不成了。"

吴王浑身一震，目光愤恨："为什么？为什么要做到这个地步？母妃，我本来什么都不求，只求您福寿安康。"

"只要皇后的儿子登基，你我都是短命的份儿。"杨妃自觉没有选择，"我知道你恨我，但哪怕你心中的恨能填满海川，也无济于事。千错万错，也已经错到了这一步，如今你只剩一条路。不管你以后认不认我这个母亲，我只求你听我最后一次。"

"不要再说了！你让我成为一个谋害自己亲生父亲的逆子！一个伪造传位诏书的逆贼！一个被人千秋万世唾骂的罪人！我以为你只是受太多苦，所以才不择手段地保护自己，我以为你不管多贪恋权力，至少心里还有亲情。可是你没有！没有！你念念不忘的，只有你曾经的公主身份！只有你那已经被摧毁的大隋！连和你恩爱了几十年的父皇，你都下得了手……"他绝不再听从任何人。

杨妃突然转头向着书房门口，好似刻意要让外面听见一样，大声道："你不能死，我就你一个儿子，你一定要活下去。建立大隋，登基为帝，你能活得风光无限！"随即压低声音，颤抖着握住他的手，"不管你怎么决定，他们都会杀死你父皇。"

就在刚才，玉合和覆水说要杀群臣，要改朝换代，如此一来，皇帝也必须死。他们父子俩，根本不听她的命令。她才发现，原来他们只在意光复大隋，根本不在意她，或是她的儿子。

吴王一怔："母妃……"

"如果你答应他们，就会变成一个受他们摆布的傀儡皇帝。他们拥有权力，而你背负所有骂名。"杨妃从怀里掏出一颗药丸，塞进他手里，"对你父皇下药的是曹养德，我偷偷叫人从他房里搜来了解药。去吧，救醒你的父皇，迷途知返，立下擎天之功，就是你最后的机会。"

吴王握紧解药。

杨妃再次扬声："孩子，你总算知道母妃的一片苦心。母妃所做的一切，真的都是为了你呀！"

玉合推门而入："姐姐。"

杨妃回头一笑，泪迹未干："太好了，恪儿想通了。"

吴王配合："不能做大唐皇帝，那就做大隋皇帝吧。天无二日，民无二主，可他毕竟是我亲生父亲，如果一定要送他上路，必须是我这当儿子的亲自恭送。"

玉合也笑了笑，招了四名侍卫上前："殿下要去甘露殿尽孝，你们四个好好跟着，可别把殿下弄丢了。"

吴王走出门，侍卫们紧紧跟上。

杨妃呆呆目送。

玉合看着杨妃，眼神渐冷。他跟了她那么多年，岂能不知她对皇帝到底是真情还是假意，所以她突然改口，同意他们杀了皇帝，反而让他起了疑心。

杨妃坐立不安，手里拿着佛经，却完全看不进去。儿子去了那么久，也没人来报消息。不知道解药有没有用，也不知道皇上醒了没有，若是醒了，是否又能原谅恪儿。

她心慌意乱，放下佛经，佛经却掉到了地上，弯腰要捡，却听"砰"的一声门响。

"娘娘，不好了！"锦儿跑进来，"侍卫们说吴王给皇上喂什么解药，和吴王动了手，他们……他们把吴王给……杀了！"

杨妃大惊失色，一起身，眼前天昏地暗。

锦儿急忙扶她坐下。

杨妃痛哭："恪儿，是母妃害了你，母妃不该给你那颗解药啊！母妃不该叫你去救皇上啊！"

曹总管和玉合走了进来，锦儿一脸内疚地退了下去。

杨妃打个冷战，擦去眼泪："怎么回事？"

曹总管不理杨妃，但对门口的侍卫吩咐："立即封锁甘露殿，告诉钟将军，吴王现在已经成了我们的敌人，不必留他活口。"

杨妃怒道："你敢！"

玉合走近杨妃："为什么不敢？明明是你先背叛大隋，背叛了我们毕生的志愿！"

杨妃摇头："我早就说过，为了杨家，为了大隋，我什么都可以做。只有皇上！我和他几十年夫妻，我不能杀他！"

曹总管冷冷插嘴："我早就说了，你心太软，只记得她是你的亲姐姐，忘了她是李世民的女人。"

玉合咬牙切齿，太阳穴凸起："我不会再心软，李姓皇族的所有人都必须死，包括吴王。我要斩草除根，以绝后患。"

杨妃狠狠甩玉合一个耳光："我不准！"

玉合突然伸手掐住她脖子："不准？你凭什么不准？我自残身体，受尽屈辱，心甘情愿地当一块最卑贱的石砖，让你踩，让你踏，捧着你的脚让你往上爬，可我得到了什么？你的背叛！"

杨妃惊瞪玉合，双手抓着他的手，用力往外掰。她好后悔啊，不该争的，正因为她的野心，养出了玉合无法收敛的贪欲，终究摧毁了她。

"吴王算什么？他只是大隋皇帝的外孙，身上还流着一半仇人污浊的血！我是大隋皇子！我的覆水是大隋皇帝的嫡亲孙！他的血统比吴王更尊贵，他才是理所当然的大隋新君！我们根本不需要你和李世民的儿子！"玉合双目充红，一边大声吼，一边勒紧杨妃的脖子。

杨妃的挣扎渐渐变弱，脸色由红变白，青筋暴起，双臂无力垂落。

玉合还没看出杨妃没了呼吸，不停摇晃她："我是真正的大隋皇子！我的儿子才是真正的大隋血脉！"

曹总管提醒："她已经死了。"

玉合的神志回笼，看见杨妃惨白的脸，猛然松手。杨妃跌落地面，已经全无生息。他急促呼吸，眼中懊恼，蹲下身，伸手想去抚摸杨妃的脸颊。

曹总管突然跪拜："恭喜殿下，为覆水皇孙殿下登上皇帝位，成功铲除了最后一个障碍。覆水皇孙殿下英明神武，果决勇毅，必能成一代雄主，重现大隋昔日的辉煌。"

玉合的动作一顿，眼神再度充满贪婪："是的，覆水会成为一代雄主。这江山不归她的儿子，而是归我的儿子。本来就应该这样，本来就应该！"

是姐姐不好！是姐姐太自私了，只考虑她的儿子，从未将大隋放在心上！妇人，终究心向夫家，他无须内疚！大隋属于杨氏，不是李氏！

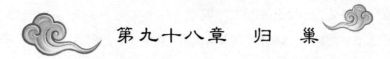

第九十八章　归　巢

吴王手持长剑，一夫当关。在他的身后，太子和魏王紧跟，还有在太子背上，好似沉睡的皇帝。三兄弟因为同一颗救父亲的孝心，终于联结在了一起。

吴王听着四周的动静，往后看一眼，见魏王拿着块糕点往嘴里塞，不由得失笑："魏王，你还能边走边吃啊？"

魏王边吃边道："你自己每顿吃半碗粥试试？"忽然盯住太子的背上，激动地冲过去，"父皇醒了！"

太子将皇帝放下，吴王也快步走回。

玄武门映入皇帝的眼帘，屹立如山。

"玄武门？"他吃力地吐出这几个字。

吴王解释："禁军已被玉合和曹总管掌控，正在大肆搜捕我们，只有这里守卫最薄弱。父皇放心，我们会把您平安带出去。"

魏王嘀咕："这个玄武门也太邪乎了，当年——"

太子打断："当年父皇在玄武门粉碎了隐太子他们加害你的阴谋，今日父皇也会化险为夷。"

魏王急忙附和："对，对，上天选中了父皇，父皇福寿绵绵。"

皇帝看向太子，露出一抹久违的会心的笑意。

太子再把皇帝背了起来，跑向玄武门的石梯。魏王跑了两步，却不见吴王跟上，回头想要催促。

吴王却拔出了长剑，一脸肃穆："他们追来了，你们先走。"

话音刚落，侍卫们就出现在广场的另一头，最后面是玉合和曹总管。

魏王眯着眼，看清玉合的穿着："那是大隋的真龙黄袍吧？吴王，他们应该不会对你手下留情了，跟我们一起跑吧。"

吴王忽然朝侍卫们冲了过去，同时喊道："你们先走，我殿后，保护父皇要紧！"

魏王看着吴王转眼就干掉了几个侍卫，表情惊叹："行，那你帮父皇撑一会儿，撑不住了就赶紧溜。"他掉头跟着太子跑。

玉合怒道："李恪，你自寻死路，休怪我无情。禁军听令，吴王和太子、魏王勾结，欲谋害陛下，奉杨妃口谕，大义灭亲，格杀勿论。"

更多侍卫涌上，将吴王团团围住。

曹总管赞赏玉合："殿下不愧继承了先帝的决断，禁军听命于杨妃，这时不可对外宣扬其死讯，否则乱了军心。"

玉合点点头。

吴王一边抵御，一边看太子和魏王那边的情形，眼见他们上了玄武门的石梯，还来不及庆幸，却见他们又跑了下来。原来，玄武门的守卫也是对方的人。

吴王突破包围圈，和太子、魏王在石梯边会合。

太子放下皇帝，交代魏王："你照顾父皇。"跑下石梯，打算和吴王并肩战斗，哪怕赤手空拳。

吴王一剑刺出，从旁边侍卫手里挑来一柄剑。

太子顺势接住："谢了。"

"不客气。"

吴王反手又是一剑，为太子解决侧翼的偷袭。太子配合极好，顺着吴王的走位，出剑也命中了一个。

魏王完全没留意太子和吴王的默契，安慰满面悲愤的皇帝："父皇别着急，吉人自有天相，救兵总是最要紧的一刻出现。上次我被齐王叛军包围大营，那场面比这还惊险，我以为自己必死无疑……"眼角余光见太子和吴王露出颓势，步步败退，眼看成了强弩之末，更加絮絮叨叨，连珠炮似的，"千钧一发的最后关头，处默来了……哇！哇！哇！"

魏王兴奋地站了起来，指着天空："来了！处默来了！"

城楼上的守卫纷纷跌落，一条条绳索犹如天降，程处默一马当先，俯冲而下，随即百骑跟来，隔开吴王、太子和那些禁军，整齐列队，仿佛竖起铜墙铁壁，却又以迅雷不及掩耳之势，插入侍卫们之中。百骑个个以一当百，侍卫们哪堪匹敌，兵败如潮。程处默和程处亮更是气势如虹，擒贼先擒王，直击玉合和曹总管，转瞬制住。

程处亮瞥着玉合身上，实在很好奇："隋朝的冠服？哪个坟堆里刨出来的？"

玉合敢怒不敢言，心惊程处默的百骑竟然如此可怕，这么多侍卫却不堪一击。

程处默一口气不歇，大步赶到皇帝面前，单膝复命："末将救驾来迟，陛下恕罪！"

皇帝张了张嘴。

魏王激动地代言："来得很及时，非常及时！"一转头，对伤痕累累还在喘气的吴王："处默这次对你有救命之恩，你如果还和他抢老婆，就是没良心啰！"

程处默刚想问傅柔的处境如何，程处亮突然跑来："不好了，房相他们还在大殿上，覆水要痛下杀手！"

皇帝抓住程处默的手腕："程处默……"虚弱地说不下去。

"陛下放心，末将绝不会让逆贼得逞。宗建修，你留下保护皇上。程处亮、叶秋朗，跟我去大殿！"程处默大步而去。

大殿之中，无数条血溪蜿蜒可怖，但这些血不属于百官，而属于覆水手下那些叛军。

覆水踩过血水，眼神冰冷："严子方，你这个叛徒！"

严子方眼中更冷："我们做海盗的，从来都是两面三刀，不会有永远的主人。不过，有永远的敌人。谁杀死我的兄弟，谁就是我永远的敌人！"

从知道马海虎失踪的刹那，他已经知道是覆水动的手。但他还知道，覆水这些人布局多年，光凭他一己之力无法扳倒，所以暗暗布局，直到这一刻，报仇的时机来临。

就在刚才，覆水下令诛杀百官，他和他手下禁军的剑，一柄柄刺进了叛军的心口，局势瞬间反转。

覆水忽然一笑："你以为，手里这么点人马就能力挽狂澜？此时此刻，我父亲已经杀了吴王、太子和魏王，还有李世民，这天下已经不归姓李的了。你和这群蠢到无药可救的前朝臣子，统统难逃一死。"

严子方回头望一眼噤若寒蝉的百官，再转回头来，目光落在覆水身后，肃穆的面庞露出诡异的笑意："我要是你，可不会那么自信。"

覆水顺着严子方的目光看去，大吃一惊，快步走到殿外。一长列疾行的身影，恍若黑龙，朝这儿游来。领头的，竟是程处默！

严子方趁势率人把住了大殿门口。

清河胆子大了，从严子方身旁探出脑袋，兴奋地挥手："处亮！处亮！我在这儿！"

程处亮立刻来了劲头，比程处默跑得还快，对着清河大喊："清河，我来了！今天我就娶你回家！"

清河笑得像朵花。

严子方叹口气，这一对能不能分一分场合？这会儿可是真刀真枪，遍地要死人的时候！

程处默也有同感，推开堵在石阶上的处亮："覆水，你已被我们包围，大势已去，投降吧！"

　　严子方调侃："喂，你能来得再晚一点吗？打算把我当枪使，你独占头功？"

　　覆水这才醒悟："你俩竟是一伙的？"怪不得，计划出了这么多岔子！

　　程处默眨眨眼："不好意思，你刚给人提拔成禁军副统领，我就把他招过来了。"他的长项之一，就是超级具有说服力，不管是美人，还是海盗，都拜倒在他的鞋尖下。

　　覆水哈哈一笑："好！很好！果然有些手段！可你以为我下这么大一盘棋，会只靠一支禁军吗？没有遗忘大隋的忠诚勇士们，多得你们想都想不到！"

　　他忽然一声呼哨，从大殿广场的各个出入口涌入黑压压一大批人，皆穿大隋兵服。

　　严子方和程处默一挥手，主力出击，而他俩一齐包抄了覆水。

　　覆水不屑："两个打一个，也好意思逞英雄。"

　　程处默一听，踢开严子方的大刀，与此同时，反手一刺："我来单挑你，让你死得瞑目！"

　　严子方也不争："程处默，打不过，你可别哭鼻子！"提刀下了石阶，一气狂扫眼前一片敌人。

　　程处默没再说话，专注对战覆水。

　　很快覆水就知道了，程处默比自己想象中的厉害得多。

　　"你神出鬼没，处处扬威，却是个连自己心爱的人都保护不了的废物！"技不如人，还可用阴招。

　　程处默果然动作一滞，大腿吃了覆水一剑，吃痛跪地，仰头："你们把柔儿怎么样了？"

　　覆水绕到程处默身后，对准他的背心："别问了，我这就送你和她相会——"一剑刺过去。

　　谁知，剑尖刺穿了程处默的软甲，就再也刺不进去，露出里头一片金丝。

　　与此同时，程处默一跃而起，反身刺中覆水的心口。

　　覆水怔望着，口吐鲜血："金丝天甲？怎么可——"话未完，头一歪，死了。

　　程处默茫然望着下方的战场，百骑大占优势，胜负已定。他下意识摸着领口，碰触到了金丝天甲。那是傅柔上次陪晋王出行遭袭之后，从她自己身上脱下来，非要交给他的。她说，金丝天甲抵挡不了宫廷里的阴毒，却能帮他战场厮杀，而她唯一心愿，就是他活着凯旋。因此，他收了，为了她。

　　他突然打个冷战，起身就往杨妃宫里跑。他的柔儿聪明善良，福泽绵延，有苍天庇佑，不会有事的！

　　程处默冲进杨妃的正殿，看到她的尸身时心中一惊。玉合、覆水这两人，手段残忍，连杨妃都能杀，傅柔又会如何？

　　他嘶吼着："柔儿——柔儿——"

　　一间间的屋子搜过去，始终不见傅柔的身影，直到经过一个小院子，看到一扇半开的门上挂着锁，心里咯噔一下，慢慢走了过去。

　　地上伏倒着一人，身穿宫女的衣装。

　　他想，这不是柔儿，柔儿是六局尚宫，应该穿的是女官服。但那双苍白的手，那一头披散的青丝，都在提醒他，这个女子曾令他多么魂牵梦萦。

　　他张开口，声音嘶哑低沉："柔儿？"

　　人一动不动。

　　他走进屋去，静静地望着她半晌，才蹲身将她翻转过来。脸色如纸，眉眼却精致如画，曾经如樱桃一般红润的双唇再无色泽，不是傅柔，又是谁？

　　他轻柔地将她抱在怀中，颤手抚过她冰冷的面颊："柔儿，我来了，你醒醒啊。"

　　死气沉沉。

　　"柔儿，你别闹脾气了。我们不是说好了吗？等皇上醒来，晋王平安进宫，我们就一起求皇上恩典。我知道，我这人不太开窍，一对着你，脑子就不够使了，尽做出一些幼稚的举动，让你伤心难过。可是我保证今后不会了。从今往后，柔儿，你说了算，指东我绝不往西。好不好？你睁开眼吧，给我笑一个，不然……"他刹那泪崩，紧紧抱住了她，绝望大叫，"不！不！不！老天爷不会那么残忍的，你和我经历了那么多，好不容易……好不容易……"

　　不知过去了多久，日头偏西，金黄渐渐晕染成瑰色，几声清脆的鸟鸣打破了死一般的冷寂。程处默呆呆抬起头，看见一对绿色的鹦鹉落在院子里的树上，彼此嬉戏玩闹，却又那么甜蜜。

　　倦鸟归巢了。他想着，鼻子一酸，忽觉身侧传来一股拉力，低头看见自己的衣角被拉住了。他不敢置信，也不敢去确认那只手的主人，只是呼吸促起。

　　"处默……"轻轻柔柔的一声呼唤，仿佛清雨滴旱林。

　　他浑身一震，再度用力抱紧了怀里的她，脸贴脸。她是温暖的！

　　他眼泪又下："柔儿，你回来了……你回来了……"

傅柔闭了闭眼，神志渐渐恢复，猛地回抱住他："处默，你来了！你终于来了！我好怕，他们要我服毒，硬塞在我嘴里，我还以为再也见不到你了！"

她所有的坚强，在此刻化为一池春水，只为她心爱的人。

"不怕了！不怕了！柔儿，你我生死离别两次，事不过三，我用我的生命起誓，绝不会再有第三次——"

她用手捂住了他的嘴，双目含情："别，别用你的性命发誓，你要好好活着，我才能好好活着。"

两人久久相拥，夕阳斜照入内，悄悄染了满屋。

这日，皇帝亲临早朝，虽然说话声还有些虚弱，精神却好了很多。

久未露脸的程咬金出列，中气十足："陛下，老臣已把侯君集和侯杰抓回来了，请皇上发落！"

侯家父子被推入大殿。

侯杰在太子谋宫之时出逃，与出征的侯君集会合后，侯君集就再三推迟归程，直至接到杨妃的手谕，要他调大军前往长安镇守。谁知，就在长安城外不远，遭到程咬金堵截，侯君集才知皇帝早就怀疑他杀了陆庭，心怀异心，密旨命程咬金率领大军，等他父子自动送上门。眼见大势已去，侯君集没有挣扎，向程咬金投降了。

皇帝沉声问："侯君集，你可知罪？"

侯君集跪伏，语气诚挚："臣犯此大过，罪该万死，愿受凌迟之刑，千刀万剐，以正典刑！"

皇帝见侯君集请死，也触动情肠，蹒跚走下龙椅，来到他面前："你随朕南征北战，立下汗马功劳。武德九年，你看出隐太子李建成对朕已生杀意，泣血苦谏朕了断，才让朕下定决心，有了玄武门之变。君集，你的画像，朕还悬挂在凌烟阁上，今日让朕情何以堪？"

侯君集老泪纵横："千错万错，都是罪臣一人之错。罪臣有幸遇得明主，却晚节不保，如今唯有一死以谢罪。只求皇上看在臣多年效命，也有微末功劳的分上，饶了我儿一命，待我死后，还有儿子送葬守丧。"

程咬金一怔，这才明白侯君集投降的用意。

侯杰急道："陛下，父亲已经老迈，多年征战，一身伤病，求陛下饶他一命，微臣愿替父承担所有罪责！"

"陛下，侯杰犯下过错，是因为罪臣把他带上歧途。老臣之罪，罪不可赦！"侯君集连着磕头，血流满面也不顾。

侯杰流泪大叫："父亲！"

程咬金突然跪求："陛下，侯君集手握大军，若负隅顽抗，早就血流成河，损失惨重，但老臣一拿出圣旨，侯君集二话不说就下马跪降了。还请陛下酌情处置。"

皇帝沉默片刻："好，朕答应了。侯杰免死，流放岭南。"

侯君集痛哭流涕："皇上天恩！皇上天恩！"

皇帝又道："侯君集，斩。"

侯杰还想求情："皇上……"

侯君集高声压过儿子的声音："罪臣心甘情愿领死！皇恩浩荡！"

皇帝扶着金栏，向龙椅走了一步，回头沉痛道："君集，为了卿，朕今生今世，永不再上凌烟阁。"

他会将曾以命相护的那名忠将，永远留在画里，不让任何污点沾染。而凌烟阁里，挂的都是真正的英雄。

侯君集父子是这场滔天惊变之中最后下狱的人。

不久之后，圣旨一道道颁下。大罪者，如玉合、曹养德、侯君集等人死刑；小罪者，如魏王、吴王等降为郡王。有功者，萧嫔升为萧妃，林宝林升为良媛，清河赐婚程处亮。出乎傅柔意料的是，随护晋王有功的小武被封为了才人。

傅柔奉召去见皇帝，走出六局，但见已经换上才人宫装的小武呆呆看着晋王宫殿的方向。她心里叹了口气，何尝不懂小武和晋王之间那层朦胧的感情。可是，在多数人眼中，对宫女最大的赏赐，就是晋升为后宫的女主人们之一。无奈，可悲，却无可转圜。

"小武。"她不想放这孩子胡思乱想，钻牛角尖。

"傅尚宫，他们说才人就是皇上的人，今后再不能找晋王殿下读书玩耍了。这个赏赐，我不喜欢。可以跟皇上说，我什么封赏也不要，请他收回吗？"小武目光悲切。

傅柔摇了摇头："君无戏言，天威不可冒犯。但是，小武啊，脚下的路也许崎岖，也许弯折，只要你持之以恒，坚定地走下去，终究会抵达你心里的目的地。你要记住，皇上是明君，他可以给你一个享有荣华富贵的机会，但也会尊重你的本愿，只要好好表达。"

小武神情逐渐开朗："嗯，我会像傅尚宫那样，尊重皇上，真诚以待，一切都会好的。"

傅柔微笑颔首，前往甘露殿。但她来到殿外，就听里面正在说着如何处置太子，大部分人，都认为太子谋逆，救驾乃父子人伦，没有泯灭天良，但小功不能抵大过，死罪难逃。连房相都认为，不可不顾法度。唯有皇帝的语气迟疑，能听出里头的宽恕之意。

　　傅柔走入殿中拜见："陛下。"

　　皇帝微微急切："傅尚宫来得正好，朕想听听你的进言。"

　　傅柔双手呈上一本书："陛下，微臣无言可进，却想进书一册。"

　　皇帝奇道："进书？"

　　"是，此书名为《女则》，乃文德皇后所撰，记述了她在阅读历代妃嫔的故事后所汲取的经验和道理，共十卷。"

　　皇帝动容，亲手接过书册翻看，目光流露思念之意："果然是皇后的笔墨……"

　　傅柔道："皇后娘娘把这书交给微臣时曾说，她疾病缠身，自知不能伴皇上百年，亲写此书以做念想。愿皇上见书如见人，怜惜眷顾她为皇上留下的骨血。"

　　皇帝想起皇后临终前的嘱托，如果将来有一天，孩子们闹得不像话，辜负了他，求他留他们一命。

　　皇帝热泪盈眶："朕曾答应皇后，无论发生什么事，绝不伤承乾他们的性命。而皇后所著《女则》之功，千古流芳，此功足以消弭孩子们的过错。传旨，赦免李承乾死罪，让他到黔州去吧。"

　　房玄龄等人不再多言，毕竟心中皆保留着一份对已故皇后的缅怀。

　　傅柔谢恩："皇上金口玉言。上不失作慈父，下得尽天年，即为善矣。"

　　皇帝也算了却一桩心事："傅尚宫，随朕去立政殿看看吧。"

　　傅柔领命："是。"

　　两人一前一后，来到立政殿的庭院里漫步，月光在这宁静的夜里落下清霜。

　　皇帝感慨："自从皇后故去，月光再也没有那么美了。"

　　傅柔垂眸："微臣进宫之后，多得娘娘教诲，如今斯人仙逝，回首前尘，仿佛经历了无数轮回。有时候，微臣真以为自己在这皇宫里已经度过漫漫百年了。"她，想要离开这里，开始一段新的人生。

　　皇帝微笑，似早已料到："傅尚宫，终于忍不住开口了？"

　　傅柔跪下："求陛下恩典。"

　　"程处默每天跑到甘露殿，跪啊求啊哄啊磕头啊，像小孩子吃不到糖一样撒泼，比猴戏还有趣，朕还想多看两天。"好戏难得。

"陛下……"傅柔苦笑。

"呵呵，都说女大不中留。这女官大了，也不中留呀。尚仪局奏上来，说你的内人试到现在都没通过？"

这两人是力挽狂澜的大功臣，他要再不成全，就显得不通情理了。也好，让两人感恩，从此忠心耿耿守护大唐。

傅柔紧张："这……"

"既然连内人试都没通过，也就比宫里其他人少了许多规矩，朕现在就免了你六局尚宫的职，你今夜就出宫吧。"话刚说完，皇帝就见傅柔一下子显出惊喜的神情。

傅柔不敢相信自己的耳朵："真的？"

"你和清河都要做卢国公的媳妇，朕特许你和清河同一天办喜事，清河是什么嫁妆仪仗，你就是什么嫁妆仪仗，让卢国公府热热闹闹，双喜临门。"说得够清楚明白了吧？皇帝笑得开怀。

傅柔郑重跪拜："傅柔谢陛下恩赐。"

话虽这么说，走出立政殿之后，傅柔还觉得脚踩不着实地。忽见一队侍卫押着一群内侍走过，杨柏也在其中。她快步追上，请侍卫通融一下，想和杨柏说两句话。

傅柔之名，传遍六宫，谁人不知她深受皇帝器重？当然要给她这个面子。

傅柔来到杨柏面前："杨妃用我家人要挟我时，你恰好带着假死药，我怎么想都觉得太巧。"

杨柏如实说道："那是杨妃的意思，不想伤害吴王心爱之人，希望你喝下假死药，以此脱身。"

傅柔诧异一下，又问："那瓶毒酒被调了包？"

杨柏点点头："那是我做的。我虽然要为杨厚报仇，但也从来没有想要害死你。"

傅柔眼中闪现微芒："你做的事，我会禀报皇上，但愿对你的处境有所帮助。"

杨柏苦笑："原来帮人，就是帮自己。"

傅柔肯定："对，一念之善，就是生机，你多保重。"

杨柏转身走了。

三月十五，大吉大利，宜嫁娶，宜远行，两顶八抬大轿从宫门而出，长长的送嫁队伍望不到边。

本要出发的吴王，痴痴望着其中一顶花轿，直至它消失在长街尽头。

母妃死了，父皇对外宣称她被玉合和曹养德谋害而死，并未参与夺位的阴谋，保全了母妃和他的声名。而他可以回封地，做一个清闲富贵人，只是从此不能再回长安。

父皇原谅了他的过错，而他永远不会原谅自己，离开是最好的选择。而他唯一放不下的人，今日将成为别人的新娘，也到了不得不放下的时候。

他手握那枚玉佩，想要丢弃，最终还是没能做到，重新收进怀里。谁知道呢？也许重新开始之后，他还能去爱人，也能被人所爱。

吴王一笑，脚下马镫轻敲，朝反方向驰出。

花轿入了卢国公府，两对新人拜堂礼成，送入洞房。

四周完全静下来的时候，傅柔轻轻掀开盖头，推开后窗，望着天上的星星。她的心，终于踏实了。

窗外，再看不到飞檐高墙，还有让人透不过气来的华丽绚烂，只有素雅的灯笼静静照亮，还有朴实无华的小院和走廊。

"看什么呢？"程处默的笑脸出现在窗外。

"看星星。"傅柔被身穿喜服的程处默所迷，多俊朗的新郎。

程处默对她招招手，走到廊栏边，拍拍坐栏："来，这个位置最佳。"

傅柔看看桌上的交杯酒："这……坏了规矩呢。"

程处默咧嘴笑："我们卢国公府没有那么多规矩，怎么舒服怎么来。柔儿，来！"

傅柔长吐一口气，是了，这里已不是皇宫，是她的家了。

她走出门，坐到他身边，让他握住了自己的手。

"严子方那家伙回去当海盗了。他两面三刀的，一会儿跟太子，一会儿跟吴王，虽然关键时候总能及时拨正，皇上却也受够了，本来打算好好治他一下的。他倒好，溜得很快，还带走了那张航海图。"他和严子方，大概永远当不了朋友，道不同。

"侯盈盈也不见了。爹说，她去给她爹上坟，半天都没回来，原本还说要送嫁呢。处默，我有点担心，她一个人在外边……"

"她没事。"他相当有把握。

"呃？你知道什么？"她追问，"快说！"

"被严子方抢上船去了呗。不然你以为，严子方为什么突然让我招安？我知道他未来夫人的下落啊。"嘿嘿，他神机妙算。

"严子方总算开窍了。"她内心还挺看好那一对的。

"不是冤家不聚头嘛。"他往她身边挤了挤。

"说起冤家，你猜怎么，涛弟在我临出门时告诉我，音妹抱着善儿随侯杰一起去流放地了。她说冤冤相报，就此了结，从今要和侯杰同甘共苦，也许这辈子我们姐妹都见不着面了。"她突然伤感，叹了口气。

"哎呀，哎呀，我的好柔儿，大喜的日子，叹气可不好。我答应你，只要有机会，就帮侯杰说说好话，他要是真心改过，没准还能回长安来，当官是没可能了，当个富翁还是有可能的，到时候音妹也不会受苦了。"他侧过脸，痴痴瞧着她桃花般美好的容颜。

"可是，我还是担心，你说她手头也没什么钱……"话，被她的新郎吞到了他嘴里。

她没有躲开，双臂环上他的脖子，羞涩地回应。

程处默一把将傅柔抱起，大步走入洞房。

门合上了，喜字耀红，烛火忽熄。

美好的月，美好的星，笑看着天下每一对有情人。

（全文终）